DIOGENES TASCHENBUCH 130/XXVIII

detebe

Die Menschliche Komödie

Honoré de Balzac

Die Kleinbürger

Roman

Deutsch von Hugo Kaatz

Diogenes

TITEL DER FRANZÖSISCHEN ORIGINALAUSGABE:
›LES PETITS BOURGEOIS‹

MIT FREUNDLICHER GENEHMIGUNG DER
ROWOHLT VERLAG GMBH, REINBEK BEI HAMBURG
VERÖFFENTLICHT ALS DIOGENES TASCHENBUCH, 1977

100/77/E/I
ISBN 3 257 20468 X

Die Kleinbürger

ERSTER TEIL

DAS DREHKREUZ SAINT-JEAN, DESSEN SCHILderung seiner Zeit zu Beginn der Studie „Eine doppelte Familie" langweilig erschienen sein mag, dieses kleine harmlose Wahrzeichen des alten Paris, existiert nur noch in dieser Beschreibung. Die Errichtung des heutigen Rathauses hat ein ganzes Stadtviertel verschwinden lassen.

Im Jahre 1830 konnten die Passanten noch das Drehkreuz auf dem Schilde eines Weinhändlers erblicken, aber auch dieses Haus, sein letzter Zufluchtsort, ist inzwischen niedergelegt worden. Ach, das alte Paris verschwindet mit erschreckender Schnelligkeit! Bei dieser Zerstörung bleibt noch irgendwo ein Haus aus dem Mittelalter stehen, wie das am Anfang der „Ballspielenden Katze" geschilderte, und wie solche nur noch in ein oder zwei Exemplaren existieren; oder ein Haus wie das des Richters Popinot in der Rue du Fouarre, das Muster eines alten Bürgerhauses. So ist auch das Haus von Fulbert erhalten, ebenso das ganze Seinebassin aus der Zeit Karls IX. Warum sollte der Historiker der französischen Gesellschaft, ein moderner „Old mortality", nicht die interessanten Denkmäler der Vergangenheit vor der Vergessenheit bewahren, ebenso wie es Walter Scotts Alter mit den Gräbern tat? Die Warnrufe der Publizisten, die seit zehn Jahren laut geworden sind, waren wahrhaftig nicht unbegründet: Die Baukunst wird durch die gemeinen Fassaden der Häuser verschimpfiert, die man in Paris „Rentenhäuser“ nennt und die einer unserer Poeten in amüsanter Weise mit Kommoden verglichen hat.

Es mag hier darauf hingewiesen werden, daß die Einrichtung einer städtischen Kommission „del ornamento“, die in Mailand die Architektur der Straßenfassaden zu überwachen hat, und der jeder Bauherr seine Pläne vorlegen muß, aus dem XII. Jahrhundet stammt. Daher wird auch jedermann in dieser schönen Hauptstadt erkennen müssen, was der Patriotismus der Bürgerschaft und des Adels für seine Stadt geleistet hat, und die charakteristischen eigenartigen Bauten bewundern ... Die abscheuliche, zügellose Spekulation, die Jahr für Jahr die Höhe der Stockwerke vermindert, aus dem Raum, den früher ein Salon ausfüllte, eine ganze Wohnung macht und einen mörderischen Kampf gegen die Gärten führt, wird unvermeidbar ihren Einfluß auch auf die Pariser Sitten ausüben. In kurzer Zeit wird man genötigt sein, mehr draußen als drinnen zu leben. Das geheiligte Privatleben, das unbeeinträchtigte Zuhause, wo ist es noch zu finden? Es fängt erst bei fünfzigtausend Franken Rente an. Und es gibt sogar nur noch wenige Millionäre, die sich den Luxus eines eigenen Hauses gestatten, das von der Straße durch einen Vorhof getrennt und durch einen schattigen Garten vor der Neugierde des Publikums geschützt ist.

Durch das Nivellieren der Vermögen hat der Code, der die Erbschaften regelt, diese steinernen Phalansterien entstehen lassen, in denen dreißig Familien wohnen, und die hunderttausend Franken Rente bringen. Daher werden in fünfzig Jahren die Häuser zu zählen sein, zu denen das gehört, welches zu Beginn dieser Erzählung die Familie Thuillier bewohnte, ein wirklich interessantes Haus, das der Ehre einer eingehenden Beschreibung würdig ist, sei es auch nur, um die frühere Bourgeoisie mit der heutigen vergleichen zu können.

Die Lage und das Äußere dieses Hauses, das den Rahmen für dieses Sittenbild abgibt, hat übrigens schon an sich einen gewissen Anstrich von Kleinbürgerlichkeit, der, je nach dem Geschmack eines jeden, die Aufmerksamkeit fesseln kann oder nicht.

Zunächst muß bemerkt werden, daß das Haus Thuillier weder Herrn noch Frau, sondern Fräulein Thuillier, der älteren Schwester des Herrn Thuillier, gehörte.

Es war während der ersten sechs Monate nach der Revolution von 1830 von Fräulein Marie-Jeanne-Brigitte Thuillier, einem majorennen Mädchen, erworben worden und befand sich etwa in der Mitte der Rue Saint-Dominique-d'Enfer, wenn man von der Rue d'Enfer kommt auf der rechten Seite, so daß der Flügel, in dem Herr Thuillier wohnte, nach Süden zu gelegen war.

Der fortschreitende Drang, mit dem sich die Pariser Bevölkerung nach dem höheren Teil des rechten Seineufers hinüberzieht, während das linke Ufer leer wird, hatte lange Zeit hindurch den Verkauf der Grundstücke des sogenannten lateinischen Viertels stocken lassen; da veranlaßten Gründe, die bei der Schilderung des Charakters und Wesens des Herrn Thuillier angegeben werden sollen, seine Schwester, ein Haus zu erwerben: sie kaufte dieses für den geringen Grundpreis von sechsundvierzigtausend Franken; die Nebenkosten betrugen etwa sechstausend Franken, so daß die Gesamtausgabe sich auf zweiundfünfzigtausend Franken belief. Die Einzelbeschreibung dieser Besitzung im Stil einer Verkaufsanzeige und die durch die Bemühungen des Herrn Thuillier erzielten Resultate werden erkennen lassen, auf welche Weise im Juli 1830 so viele Vermögen sich neu zu bilden begannen, während vorhandene Vermögen zurückgingen.

Nach der Straße hin besaß das Haus eine Fassade aus Gipsputz, der sich mit der Zeit geworfen hatte, und auf der mit der Maurerkelle Einschnitte gemacht waren, wodurch Hausteine vorgetäuscht werden sollten. Diese Häuserfassaden sind so verbreitet in Paris und so häßlich, daß die Stadt Preise für Grundbesitzer aussetzen sollte, die neue Fassaden in Hausteinen herstellen. Die grau gewordene, sieben Fenster breite Vorderfront war drei Stockwerke hoch, über denen Mansarden unter einem Ziegeldache sich befanden. Das dicke, solide Seitentor zeigte in Form und Stil deutlich, daß der nach der Straße zu gelegene Flügel zur Zeit des Kaiserreichs errichtet war, um einen Teil des Hofes damals, als das Quartier d'Enfer sich noch einer gewissen Gunst erfreute, für eine sehr geräumige alte Wohnung auszunutzen.

Auf der einen Seite war der Portier untergebracht, auf der andern befand sich die Treppe des Vorderhauses. Die beiden Flügel, die an die Nachbarhäuser stießen, waren früher für Remisen, Ställe,

Küchen und Gesindezimmer des Hinterhauses verwendet worden; seit dem Jahre 1830 aber hatte man sie in Lagerräume umgewandelt.
Die rechte Seite hatte ein Papierhändler en gros, in Firma M. Métiviers Neffe, gemietet; die linke ein Buchhändler namens Barbet. Die Bureaus der beiden Kaufleute befanden sich über ihren Lagerräumen, die Wohnung des Buchhändlers im ersten, die des Papierhändlers im zweiten Stock des Vorderhauses. Métivier war weit mehr Agent in der Papierbranche als Kaufmann, Barbet mehr Darlehnsgeber als Buchhändler, und beide benutzten die ausgedehnten Lagerräume, der eine um Partien von Papier, die er in Bedrängnis geratenen Fabrikanten abgekauft hatte, der andere, um Auflagen von Büchern, die ihm als Pfand für Darlehen gegeben waren, unterzubringen.
Der Haifisch des Buchhandels und der Hecht des Papiergeschäfts lebten im besten Einvernehmen miteinander, und ihre Tätigkeit, die nichts von der Geschäftigkeit des Detailhändlers hatte, ließ nur selten Wagen in diesem Hofe erscheinen, der so unbenutzt dalag, daß der Portier das Unkraut, das zwischen einzelnen Pflastersteinen wuchs, ausjäten mußte. Die Herren Barbet und Métivier, die hier bloß eine Statistenrolle zu spielen haben, machten ihren Hauswirten nur selten einmal einen Besuch, zählten aber, da sie ihre Miete pünktlich bezahlten, zu den guten Mietern; sie galten in den Augen der Familie Thuillier als sehr anständige Leute.
Der dritte Stock des Vorderhauses enthielt zwei Wohnungen: die eine hatte ein Herr Dutocq, Gerichtsvollzieher beim Friedensgericht, ein pensio-

nierter Beamter, inne, der zu dem ständigen Kreise der Thuilliers gehörte; die andere bewohnte der Held dieser Erzählung: für jetzt mag es genügen, die Höhe seines Mietzinses anzugeben, der siebenhundert Franken betrug, und die Stellung zu kennzeichnen, die er inmitten dieses Hauses drei Jahre vor dem Augenblick eingenommen hatte, in dem sich der Vorhang vor dieser häuslichen Tragödie hebt.

Der Gerichtsvollzieher, ein Junggeselle im Alter von fünfzig Jahren, hatte die größere der beiden Wohnungen des dritten Stocks inne; er hielt sich eine Köchin und zahlte tausend Franken Miete. Zwei Jahre nach dem Erwerb des Grundstücks hatte Fräulein Thuillier ein Einkommen von siebentausendzweihundert Franken aus ihrem Hause, das der letzte Besitzer mit Jalousien ausgestattet, im Inneren restauriert und mit Spiegeln versehen hatte, ohne es verkaufen oder vermieten zu können; und die Thuilliers, die, wie man sehen wird, eine großartige Wohnung besaßen, erfreuten sich außerdem eines der schönsten Gärten dieses Viertels, dessen Bäume die kleine stille Rue Neuve-Sainte-Cathérine beschatteten.

Der Flügel, den sie bewohnten, zwischen Hof und Garten gelegen, verdankte anscheinend sein Dasein der Laune eines reich gewordenen Bürgers unter Ludwig XIV., eines Parlamentspräsidenten, oder es war die Behausung eines stillen Gelehrten gewesen. Seine schöne, von der Zeit angegriffene Hausteinfassade hatte etwas von der Großartigkeit der Zeit Ludwigs XIV.; die Rustika stellten Steinschichten dar, die roten Ziegelsteinmuster erinnerten an das Aussehen der Versailler Pferdeställe,

die Rundbogenfenster hatten Masken als Schmuck der Schlußsteine der Bögen und unterhalb des Gesimses. Durch die Tür, die in ihrem oberen Teile mit kleinen viereckigen Scheiben versehen, in ihrem unteren glatt geschlossen war, sah man in den Garten; sie zeigte den soliden unaufdringlichen Stil, den man so häufig an den Pavillons der Portiers bei königlichen Schlössern sieht.
Dieser Pavillon mit fünf Fenstern hatte über dem Parterre zwei Stockwerke und zeichnete sich durch ein viereckiges Dach mit einer Wetterfahne aus, das von großen schönen Schornsteinen und Oeils-de-boeuf-Fenstern durchbrochen war. Vielleicht war dieser Bau der Rest irgendeines großen Privathauses; aber in den alten Plänen von Paris ist nichts zu finden, was diese Annahme rechtfertigte; im übrigen nennen die Akten des Fräuleins Thuillier als Besitzer unter Ludwig XIV. Petitot, den berühmten Emailmaler, der dieses Grundstück von dem Präsidenten Lecamus erworben hatte. Es ist anzunehmen, daß der Präsident diesen Pavillon bewohnte, während er sein berühmtes Haus in der Rue de Thorigny erbauen ließ.
Die Richterschaft und die Kunst hatten also beide hier gehaust. Aber mit welchem reichen Verständnis für das Nötige wie für das Angenehme war auch das Innere dieses Pavillons eingerichtet worden! In dem viereckigen Saal, der ein abgeschlossenes Vestibül bildete, befand sich rechts eine steinerne Treppe, die durch zwei Fenster nach der Gartenseite hin erhellt wurde; unter der Treppe war die Tür zum Keller. Vom Vestibül ging es in ein Speisezimmer, dessen Fenster auf den Hof hinaussahen. An das Speisezimmer schloß sich seitlich

eine Küche an, die an Barbets Lagerräume grenzte. Hinter der Treppe nach dem Garten zu befand sich ein prächtiges, längliches, zweifenstriges Arbeitszimmer. Der erste und der zweite Stock enthielten zwei vollständige Wohnungen, die Dienstbotenzimmer lagen unter dem viereckigen Dache hinter den Oeils-de-boeuf-Fenstern. Ein prachtvoller Ofen schmückte das geräumige, quadratische Vestibül; die beiden einander gegenüberliegenden Glastüren gewährten das erforderliche Licht. Dieser mit einem Fußboden von schwarzem und weißem Marmor versehene Raum zeichnete sich durch eine Decke mit vorspringenden Balken aus, die, früher farbig und vergoldet, zweifellos unter dem Kaiserreich glatt weiß überstrichen worden waren. Gegenüber dem Ofen war ein Springbrunnen aus rotem Marmor mit einem Marmorbassin angebracht. Über den drei Türen des Arbeitszimmers, des Salons und des Speisezimmers enthielten die ovalen Rahmen der Sopraporten Bilder, deren Restaurierung mehr als nötig war. Das Holzwerk war plump, zeigte aber feine Ornamente. Der ganz in Holz getäfelte Salon erinnerte mit seinem Kamin aus Languedoc-Marmor, seinen Deckenverzierungen und der Form seiner mit kleinen quadratischen Scheiben versehenen Fenster an das große Jahrhundert. Das Speisezimmer, in das eine zweiflügelige Tür aus dem Salon führte, hatte Steinfußboden; es war in naturfarbenem Eichenholz getäfelt und an Stelle der alten Wandbehänge mit einer abscheulichen modernen Tapete versehen. Die Decke war aus geschnitztem Kastanienholz hergestellt, das unberührt geblieben war. Das von Thuillier moder-

nisierte Arbeitszimmer erhöhte noch die Disharmonie.
Das Gold und Weiß der Gesimse des Salons war so verändert, daß man an Stelle des Goldes nur noch rote Linien sah, während das gelb und streifig gewordene Weiß abblätterte. Ein schönerer Kommentar zu dem lateinischen Worte Otium cum dignitate als diese Wohnung wäre für einen Poeten nicht zu finden gewesen. Die Schmiedearbeit des Treppengeländers war eines Richters und eines Künstlers würdig; um aber in dem, was heute von dieser majestätischen Antiquität übriggeblieben war, ihre Spuren wiederzufinden, dazu bedürfte es der Späheraugen eines Künstlers.
Die Thuilliers und ihre Vorgänger haben dieses Kleinod der vornehmen Bourgeosie durch die Lebensweise und die Erfindungen des Kleinbürgertums entstellt. Man braucht bloß auf die Nußbaumstühle mit Roßhaarbezug zu achten, auf den mit Wachstuch überzogenen Mahagonitisch, die Mahagonibuffets, den bei einem Gelegenheitskauf erworbenen Teppich unter dem Tische, die Lampen aus Zinkguß, die billige Tapete mit roter Borte, die gräßlichen Schabkunstbilder und die Schirtinggardinen mit rotem Rande in diesem Speisezimmer, wo Petitots Freunde tafelten! Und wie wirkten im Salon die Bilder von Herrn, Frau und Fräulein Thuillier von Pierre Grassou, dem Porträtmaler der bürgerlichen Gesellschaft; die Spieltische, die seit zwanzig Jahren im Gebrauch waren, die Konsolen im Empirestil, der von einer großen Lyra getragene Theetisch, die Möbel aus ästigem Mahagoni, mit buntem Plüsch auf schokoladenfarbenem Grund bezogen; die Kandelaber

mit kanellierten Säulen auf dem Kamin mit seiner Uhr, die eine Bellona im Empirestil darstellte, die leinenen Vorhänge und die gestickten Musselingardinen, die mit gestanzten kupfernen Haltern aufgenommen waren! Auf dem Parkett lag ein billiger Teppich. In dem schönen länglichen Vestibül standen Plüschbänke; die Reliefbilder der Wände waren mit Schränken in verschiedenen Stilarten verstellt, die in den früheren Wohnungen der Thuilliers gestanden hatten. Über den Springbrunnen war ein Brett gelegt, das eine qualmende Lampe aus dem Jahre 1815 trug. Schließlich hatte die Furcht, diese scheußliche Gottheit, die Besitzer veranlaßt, nach der Garten- und nach der Hofseite hin doppelte, mit Eisenblech beschlagene Türen anzubringen, die am Tage zurückgeklappt und nachts vorgelegt wurden.

Die beklagenswerte Profanierung dieses Monuments des Privatlebens im siebzehnten Jahrhundert durch die privaten Lebensgewohnheiten des neunzehnten Jahrhunderts läßt sich unschwer erklären. Etwa zu Beginn der Konsulatszeit kam ein Maurermeister, der das kleine Haus erworben hatte, auf den Gedanken, das nach der Straße hin gelegene Terrain auszunutzen; er legte wahrscheinlich den schönen, von kleinen Pavillons, die, um einen altertümlichen Ausdruck zu gebrauchen, diesen hübschen „Wohnsitz“ vervollständigten, flankierten Seiteneingang nieder, und die Betriebsamkeit eines Pariser Hausbesitzers drückte dieser Zierlichkeit ihr Brandmal auf, wie die Zeitungen und ihre Druckerpressen, die Fabriken und ihre Magazine, der Handel und seine Kontore an die Stelle der Aristokratie, der alten Bourgeosie, der Finanzleute und der Richterschaft überall, wo diese sich glanzvoll ausgebreitet hatten, getreten sind. Was für ein interessantes Studium gewähren Akten des Hausbesitzes von Paris! In der Rue des Batailles ist aus der Besitzung des Chevaliers Pierre Bayard du Terrail ein Krankenhaus geworden; der dritte Stand hat dort, wo das Haus Neckers sich befand, eine Straße entstehen lassen. Das alte Paris verschwindet, wie die Könige verschwunden sind. Für ein erhaltenes architektonisches Meisterwerk, das eine polnische Fürstin vor der Zerstörung bewahrt hat, fallen so viele andere kleine Palais, wie Petitots Wohnung, in die Hände von Thuilliers! Die Gründe, aus denen Fräulein Thuillier dieses Haus kaufte, waren folgende:

Beim Sturz des Ministeriums Villèle wurde Herr Louis-Jérôme Thuillier, der damals sechsundzwanzig Dienstjahre hinter sich hatte, Vizechef; aber kaum erfreute er sich der subalternen Ehre dieser Stellung, die einst das geringste war, worauf er gehofft hatte, als die Ereignisse des Julis 1830 ihn zwangen, seinen Abschied zu nehmen. Er rechnete sehr schlau damit, daß ihm von den Leuten, die glücklich waren, über einen freien Platz mehr verfügen zu können, eine anständige Pension glatt bewilligt werden würde, und er hatte sich nicht verrechnet, denn seine Pension wurde auf siebzehnhundert Franken festgesetzt.

Als der kluge Vizechef davon sprach, daß er sich aus dem Verwaltungsdienst zurückziehen wolle, geriet seine Schwester, die weit mehr als seine Frau seine Lebensgefährtin war, in Angst wegen seiner Zukunft.

„Was soll aus Thuillier werden? ...“ Das war die

Frage, die sich Frau und Fräulein Thuillier, die damals in einer kleinen Wohnung im dritten Stock in der Rue d'Argenteuil lebten, gegenseitig in großer Sorge vorlegten.

„Mit der Regelung seiner Pensionsansprüche wird er nur für einige Zeit zu tun haben," hatte Fräulein Thuillier gesagt; „aber ich denke daran, meine Ersparnisse so anzulegen, daß eine Beschäftigung für ihn damit verbunden ist... Die Verwaltung eines Grundstücks ist ja beinahe so etwas wie eine amtliche Tätigkeit."

„Ach, liebe Schwägerin, Sie sind seine Lebensretterin!" rief Frau Thuillier aus.

„Ich habe schon immer an diese für Jérômes Leben kritische Zeit gedacht!" antwortete die alte Jungfer mit Protektormiene.

Fräulein Thuillier hatte ihren Bruder allzuoft sagen hören: „Der und der ist gestorben! Er hat seine Pensionierung nicht zwei Jahre überlebt!" Sie hatte allzuoft Colleville, den intimen Freund Thuilliers, einen Beamten wie er, wenn er über diese kritische Zeit der Bureaukraten scherzte, sagen hören: „Wir kommen alle dahin!"..., um nicht die Gefahr, die ihr Bruder lief, zu würdigen. Der Übergang von der Tätigkeit zum Ruhestand ist in der Tat die kritische Zeit für den Beamten. Wer von ihnen nicht die Fähigkeit oder die Möglichkeit hat, an Stelle seiner bisherigen Tätigkeit eine andere Beschäftigung aufzunehmen, der verändert sich ganz auffallend: einige sterben, viele werden Angler, eine Zerstreuung, deren Leere ihrer früheren Bureauarbeit entspricht; wieder andere, spekulative Köpfe, kaufen Aktien, verlieren daran ihre Ersparnisse und sind glücklich, wenn sie dann eine

Anstellung bei einem Unternehmen erhalten, das nach dem ersten Niederbruch und der ersten Liquidation in geschickten Händen, die das abgewartet hatten, Aussicht auf Ertrag gewährt; dann reibt sich der Beamte die Hände, die inzwischen leer geworden sind, und sagt zu sich: „Ich habe es richtig geahnt, daß aus dieser Sache mal etwas werden wird ...“ Aber fast alle sträuben sich dagegen, ihre frühere Lebensweise beizubehalten.
„Es gibt welche,“ pflegte Colleville zu sagen, „die von dem besonderen Beamtenspleen (er sagte: Splehn) aufgezehrt werden; sie gehen an den immer wiederkehrenden Erinnerungen an die Rundverfügungen zugrunde; sie leiden nicht am Bandwurm, sondern am Papierwurm. Der kleine Poiret konnte kein weißes, blau liniiertes Papier sehen, ohne daß dieses geliebte Bild ihn die Farbe wechseln ließ; seine grünliche Gesichtsfarbe wurde dann gelb.“
Fräulein Thuillier galt als der starke Geist des brüderlichen Haushalts; es fehlte ihr nicht an Kraft und Entschlußfähigkeit, wie ihre eigene Lebensgeschichte erweisen wird. Diese Überlegenheit über ihre Umgebung gestattete ihr, ihren Bruder richtig zu beurteilen, so leidenschaftlich sie ihn auch liebte. Nachdem die auf ihr Ideal gesetzten Hoffnungen zunichte geworden waren, wurde ihr mütterliches Empfinden sich über die soziale Bedeutung des Vizechefs klar.
Thuillier und seine Schwester waren die Kinder des ersten Portiers im Finanzministerium. Jérôme war, dank seiner Kurzsichtigkeit, allen militärischen Requisitionen und Konskriptionen entgangen. Der Vater hatte den Ehrgeiz, aus seinem Sohne

einen Beamten werden zu lassen. Zu Beginn dieses Jahrhunderts gab es zu viele Stellen bei der Armee, als daß nicht viele in den Bureaus unbesetzt gewesen wären, und der Mangel an Unterbeamten machte es dem dicken Vater Thuillier möglich, seinen Sohn die ersten Stufen der Beamtenhierarchie überspringen zu lassen.

Der Portier starb im Jahre 1814, als Jérôme kurz vor der Ernennung zum Vizechef stand, und hinterließ ihm als einziges Vermögen nur diese Hoffnung. Der dicke Thuillier und seine Frau, die im Jahre 1806 gestorben war, waren mit der Pension als ihrem einzigen Besitz in den Ruhestand getreten, denn sie hatten ihre Ersparnisse aufgebraucht, um Jérôme eine zeitgemäße Erziehung zu geben und ihn und seine Schwester zu unterhalten.

Es ist bekannt, welchen Einfluß die Restauration auf die Bureaukratie ausübte. Aus einundvierzig verlorengegangenen Departements kehrte eine Menge tüchtiger Beamter zurück und verlangte eine Anstellung, die niedriger war als die von ihnen innegehabte. Zu jenen Rechtsansprüchen kamen noch die Ansprüche der proskribierten Familien hinzu, die durch die Revolution ruiniert worden waren. Von diesen beiden Strömen bedrängt, war Jérôme noch sehr glücklich, daß er nicht unter irgendeinem bei den Haaren herbeigezogenen Vorwande verabschiedet wurde. Er zitterte davor bis zu dem Tage, wo er durch einen Glücksfall Vizechef geworden und nun sicher war, daß er sich in Ehren zurückziehen konnte. Dieser kurze Bericht zeigt, daß Thuillier wenig Bedeutung und Beziehungen besaß. Er hatte Latein, Mathematik, Geschichte und Geographie gelernt, wie man das in

der Schule lernt; aber er war nicht über die sogenannte zweite Klasse hinausgekommen, da sein Vater von einer günstigen Gelegenheit, in das Ministerium hineinzukommen, Gebrauch machen wollte, wobei er rühmte, daß sein Sohn „eine vortreffliche Hand" schriebe. Da der kleine Thuillier also die ersten Eintragungen in das Hauptbuch zu machen hatte, konnte er den Kursus der Rhetorik und Philosophie nicht besuchen.
Einmal in das ministerielle Triebwerk eingespannt, befaßte er sich wenig mit Literatur und noch weniger mit Kunst; aber er erwarb sich Routine in seinem Amte; und als es ihm unter dem Kaiserreich möglich wurde, in die Sphäre der höheren Beamten zu gelangen, eignete er sich äußerliche Formen an, die den Portiersohn verbargen, aber auf seinen Geist hatte das nicht den geringsten Einfluß. Seine Unwissenheit riet ihm, sich schweigend zu verhalten, und dieses Schweigen war ihm nützlich. Unter der kaiserlichen Verwaltung gewöhnte er sich an den passiven Gehorsam, der den Vorgesetzten gefällt, und dieser Eigenschaft verdankte er es, daß er dann zum Vizechef aufrückte. Mit seiner Routine erwarb er sich eine große Geschäftserfahrung, und seine Manieren wie sein Schweigen verbargen seinen Mangel an Kenntnissen. Seine Unbedeutendheit empfahl ihn, wenn man einen Unbedeutenden brauchte. Man scheute sich, die beiden Parteien in der Kammer vor den Kopf zu stoßen, und das Ministerium half sich dadurch aus der Verlegenheit, daß es das Prinzip der Ancìennität durchführte. So wurde Thuillier Vizechef. Da Fräulein Thuillier wußte, daß ihr Bruder einen Widerwillen gegen Bücher hatte und

das Bureaugetriebe durch keine andere Tätigkeit ersetzen konnte, so hatte sie klugerweise beschlossen, ihm die Sorge für das Grundstück aufzuhalsen, die Pflege des Gartens, die unendlich vielen kleinen Mühen des Privatlebens und die Intrigen mit der Nachbarschaft.

Die Übersiedelung der Familie Thuillier aus der Rue d'Argenteuil in die Rue Saint-Dominique-d'Enfer, die durch den Grundstückskauf sich ergebenden Erfordernisse, die Suche nach einem geeigneten Portier, das Heranschaffen von Mietern beschäftigten Thuillier von 1831 bis 1832. Als die Übersiedelung beendet war und seine Schwester sich überzeugt hatte, daß Jérôme diese Sache gut überstanden hatte, fand sie andere Mühewaltungen für ihn, von denen später die Rede sein soll, die aber auf Thuilliers Charakter basiert waren, den jetzt zu schildern am Platze sein dürfte.

Obwohl der Sohn eines Portiers im Ministerium, war Thuillier das, was man einen schönen Mann nennt; über mittelgroß, schlank, besaß er ein Gesicht, das mit der Brille nicht unangenehm, aber, wie bei vielen Kurzsichtigen, schrecklich war, wenn er seine Augengläser abnahm; denn die Gewohnheit, durch die Brille zu sehen, hatte über seine Pupillen eine Art von Schleier gebreitet.

Zwischen achtzehn und dreißig Jahren hatte der junge Thuillier Erfolg bei Frauen gehabt, allerdings immer nur in der Sphäre, die bei den Kleinbürgern beginnt und bei den Abteilungsvorstehern endet; es ist bekannt, daß unter dem Kaiserreich der Krieg die Pariser Gesellschaft ein wenig dezimiert hatte, indem er die kraftvollen Männer auf das Schlachtfeld führte, und diesem

Umstande ist vielleicht, wie ein großer Arzt gesagt hat, die Verweichlichung der Generation um die Mitte des neunzehnten Jahrhunderts zuzuschreiben.

Da Thuillier genötigt war, sich durch andere als geistige Vorzüge bemerkbar zu machen, so lernte er so gut Walzer tanzen, daß man ihn als Muster nannte; er hieß „der schöne Thuillier", er spielte vollendet Billard, konnte Schattenrisse ausschneiden, und sein Freund Colleville verstand es, ihn so gut einzuüben, daß er modische Romanzen zu singen vermochte. Mit diesen kleinen Gesellschaftskünsten hatte er den äußerlichen Erfolg, der die Jugend zu täuschen und sie über ihre Zukunft zu verblenden pflegt. Von 1806 bis 1814 glaubte Fräulein Thuillier an ihren Bruder, wie die Prinzessin Orléans an Louis-Philippe; sie war stolz auf Jérôme, sie sah ihn schon als Generaldirektor, dank seinen Erfolgen, die ihm damals den Zutritt zu einigen Salons eröffneten, in denen er sicherlich ohne die Verhältnisse, die unter dem Kaiserreich aus der Gesellschaft ein buntes Allerlei gemacht hatten, niemals zugelassen worden wäre.

Aber die Triumphe des schönen Thuillier waren im allgemeinen von kurzer Dauer; die Frauen legten ebensowenig Wert darauf, ihn zu halten, wie er darauf, ewig an sie gefesselt zu sein; er hätte das Sujet für eine Komödie mit dem Titel „Der Don Juan wider Willen" abgeben können. Das Handwerk eines „Beau" ermüdete Thuillier dermaßen, daß er alt wurde; sein mit Runzeln bedecktes Gesicht, wie das einer alten Kokette, ließ ihn zwölf Jahre älter erscheinen, als er war. Von seinen Erfolgen hatte er nur die Gewohnheit beibehalten, sich im Spiegel zu betrachten, sich an die Taille zu fassen, um sie hervortreten zu lassen, und die Pose eines Tänzers anzunehmen, so daß über die Zeit hinaus, wo ihm seine Vorzüge Annehmlichkeiten verschaffen konnten, der Kontrakt, den er mit seinem Beinamen „der schöne Thuillier“ geschlossen hatte, verlängert wurde! Was im Jahre 1806 der Wahrheit entsprach, wurde im Jahre 1826 zur Lächerlichkeit. Er behielt noch einige Reste der Tracht eines Beau aus der Kaiserzeit bei, was übrigens seiner Würde eines früheren Vizechefs keinen Abbruch tat. Er trug weiterhin die weiße Krawatte mit zahlreichen Falten, in die das Kinn vergraben war, und deren beide Enden rechts und links die Passanten bedrohten, während sie von einem ziemlich zierlichen Knoten zusammengehalten wurde, der einstmals von schöner Hand geknüpft worden war. Er richtete sich ein wenig nach der Mode, trug den Hut sehr nach hinten geschoben und zog im Sommer Schuhe und feine Strümpfe an; seine langen Überröcke erinnerten an die Leviten des Kaiserreichs; er behielt auch das steife Jabot und die weiße Weste bei, spielte immer noch mit seinem Spazierstöckchen aus dem Jahre 1810 und hielt sich gebeugt. Wenn Thuillier über die Boulevards spazierte, so hätte niemand in ihm den Sohn eines Mannes vermutet, der für die Beamten des Finanzministeriums das Frühstück zubereitete und die Livree Ludwigs XVI. trug: er sah aus wie ein kaiserlicher Diplomat oder wie ein Unterpräfekt. Und Fräulein Thuillier begünstigte nicht nur ganz harmlos diese Schwäche ihres Bruders dadurch, daß sie ihn noch zu besonderer

Sorgfalt für seine Person antrieb, was bei ihr nur eine Fortsetzung ihrer Anbetung war, sondern sie gewährte ihm auch alle häuslichen Freuden, indem sie in ihr Haus als Nachbarn eine Familie aufnahm, deren Existenz ein Seitenstück zu der ihrigen bildete.

Es handelt sich um Herrn Colleville, den intimen Freund Thuilliers; bevor aber Pylades geschildert werden kann, ist es um so unerläßlicher, mit Orestes zu Ende zu kommen, als erklärt werden muß, weshalb Thuillier, der schöne Thuillier, ohne Familie war, denn von einer Familie kann man nur sprechen, wo Kinder vorhanden sind; und hier muß nun eins von den tiefen Geheimnissen ans Licht gezogen werden, die im Privatleben vergraben liegen, und von denen nur Teile sichtbar werden, wenn bei einer sonst geheimgehaltenen Situation die Bedrängnisse allzu stark geworden sind: es handelt sich um das Privatleben von Frau und Fräulein Thuillier, denn bis jetzt haben wir nur das sozusagen öffentliche Leben Jérôme Thuilliers betrachtet.

Marie-Jeanne-Brigitte Thuillier, die vier Jahre älter war als ihr Bruder, wurde diesem vollständig aufgeopfert; es war leichter, dem einen eine Stellung zu verschaffen, als der andern eine Mitgift zu geben. Für gewisse Charaktere ist das Unglück ein Leuchtturm, der über die dunklen Tiefen des sozialen Lebens Licht verbreitet. Ihrem Bruder an Energie und Intelligenz überlegen, besaß Brigitte jenen Charakter, der sich unter den Hammerschlägen der Verfolgung zusammenpreßt, hart wird, und eine große Widerstandsfähigkeit, um nicht zu sagen Unbeugsamkeit, erlangt. Auf ihre

Unabhängigkeit eifersüchtig bedacht, wollte sie nicht in der Portierloge ihr Leben fortführen, sondern sich selbst ihr Geschick gestalten.
Vierzehn Jahre alt mietete sie sich ein Mansardenzimmer, wenige Schritte vom Finanzamt entfernt, das damals in der Rue Vivienne war, nicht weit von der Rue de la Vrillière, wo sich noch heute die Bank von Frankreich befindet. Mutig begann sie eine wenig bekannte Tätigkeit, die, dank den Protektoren ihres Vaters, ein Privileg genoß und die darin bestand, daß sie Säcke für die Bank, für die Schatzkammer und auch für große Finanzhäuser nähte. Im dritten Jahre beschäftigte sie schon zwei Arbeiterinnen. Ihre Ersparnisse ließ sie ins Staatsschuldbuch eintragen und besaß im Jahre 1814 bereits dreitausendsechshundert Franken, die sie im Verlaufe von fünfzehn Jahren beiseite gelegt hatte. Sie hatte wenig Ausgaben, aß fast alle Tage bei ihrem Vater, solange er lebte, und es ist ja bekannt, daß die Rente während der letzten Erschütterungen des Kaiserreichs nur einige Vierzig stand; so erklärt sich dieses anscheinend so außerordentliche Ergebnis von selbst.
Nach dem Tode des alten Portiers zogen Brigitte und Jérôme, die eine siebenundzwanzig, der andere dreiundzwanzig Jahre alt, zusammen. Der Bruder und die Schwester besaßen eine ganz ungewöhnliche Zuneigung zueinander. Wenn Jérôme, der damals auf der Höhe seiner Erfolge stand, in Geldverlegenheit war, so hatte seine Schwester, die grobe Wolle trug und von dem starken Faden, mit dem sie nähte, zerarbeitete Finger hatte, immer einige Louisdor für ihren Bruder übrig. In Brigittes Augen war Jérôme der schönste und rei-

zendste Mann des französischen Kaiserreichs. Diesem geliebten Bruder die Wirtschaft zu führen, in seine Lindor- und Don Juan-Geheimnisse eingeweiht zu werden, seine Dienerin, sein Pudel zu sein, das war der Traum Brigittes; sie war beinahe verliebt in den Gedanken, sich für ihr Idol aufopfern zu können, dessen Egoismus durch ihre Opfer noch vergrößert wurde. Sie verkaufte ihre Kundschaft für fünfzehntausend Franken an ihre erste Arbeiterin und bezog mit Thuillier eine Wohnung in der Rue d'Argenteuil, wo sie sich zur Mutter, Beschützerin und Dienerin dieses „verhätschelten Lieblings der Damen" machte. Mit der bei einem Mädchen, das alles seiner Umsicht und seiner Arbeit verdankte, selbstverständlichen Klugheit, verheimlichte sie ihrem Bruder ihr Vermögen; sie mußte fürchten, daß ein Mann, der sich für wohlhabend halten dürfte, es bald vergeudet haben würde, und trug nur sechshundert Franken zu den Wirtschaftsausgaben bei, was mit Jérômes achtzehnhundert Franken zusammen für den Jahresverbrauch hinreichte.

Vom ersten Tage ihres Zusammenlebens an hörte Thuillier auf seine Schwester wie auf ein Orakel, fragte sie bei den geringsten Anlässen um Rat, hatte kein Geheimnis vor ihr und ließ sie so das Bewußtsein ihrer Machtvollkommenheit, ihrer einzigen kleinen Charakterschwäche, auskosten. Die Schwester hatte ja auch dem Bruder alles geopfert und alle seine Wünsche zu den ihrigen gemacht; sie lebte ja nur für ihn. Der Einfluß Brigittes auf Jérôme verstärkte sich noch ganz erheblich durch seine Heirat, die sie gegen das Jahr 1814 zustande brachte.

Als sie sah, welchen heftigen Druck die neuen Männer der Restauration auf die Ämter ausübten, und besonders wie die frühere Gesellschaft die Bürgerlichen zurückdrängte, begriff Brigitte, und zwar um so deutlicher, als ihr Bruder sie darüber aufklärte, daß dieser soziale Umschwung ihre gemeinsamen Hoffnungen vernichtete. Für den schönen Thuillier war von dem Adel, der jetzt die bürgerlichen Kreise der Kaiserzeit von ihrem Platze verdrängte, nichts mehr zu erwarten!
Thuillier war nicht imstande, sich eine politische Meinung zu bilden, aber er empfand, ebensosehr wie seine Schwester, daß er das, was ihm noch von Jugend verblieben war, benutzen müsse, um einen entscheidenden Schritt zu tun. In einer solchen Situation mußte ein auf ihre Stellung so eifersüchtiges Mädchen wie Brigitte daran denken, ebensowohl ihretwegen wie seinetwegen, ihren Bruder zu verheiraten; ihn glücklich machen konnte allein sie, und eine Frau Thuillier war nur ein zwar notwendiges, aber nebensächliches Beiwerk, damit er ein oder zwei Kinder haben könnte. Wenn auch Brigitte den ihrer Willenskraft entsprechenden Geist nicht besaß, so hatte sie doch instinktiv das Bewußtsein ihrer Herrschfähigkeit; sie hatte keinerlei Unterricht genossen, aber sie ging geradeswegs auf ihr Ziel los mit der Hartnäckigkeit einer Natur, die gewohnt ist, sich durchzusetzen. Sie verstand vortrefflich zu wirtschaften, hatte den Sinn für Sparsamkeit, das Verständnis für die Erfordernisse des täglichen Lebens und die Liebe zur Arbeit. Es war ihr daher klar, daß sie Jérôme niemals in einer höheren Sphäre als der ihrigen, wo die Familien sich über ihre häuslichen

Verhältnisse informieren und sich an einer schon vorhandenen Leiterin des Haushaltes stoßen könnten, zu verheiraten vermöge; deshalb suchte sie in niedrigeren Gesellschaftsschichten nach Leuten, die sie blenden konnte, und sie fand auch in der Nähe eine passende Partie.

Der älteste Bankdiener, ein gewisser Lemprun, hatte eine einzige Tochter Celeste. Fräulein Celeste Lemprun war die dereinstige Erbin ihrer Mutter, der einzigen Tochter eines Landwirts. Das Vermögen bestand aus einigen Morgen Land in der Umgegend von Paris, die der alte Mann immer noch selbst bebaute; dann aus dem Vermögen des guten Lemprun, der zuerst bei der Firma Thélusson und der Firma Keller in Stellung gewesen, und dann zur Staatsbank bei ihrer Gründung übergetreten war. Lemprun, der damals Dienstleiter war, genoß Achtung und Ansehen bei der Direktion und bei den Kommissaren.

Daher setzte auch der Aufsichtsrat der Bank, als er von der Heirat Celestes mit einem achtbaren Beamten des Finanzministeriums hörte, ihr eine Gratifikation von sechstausend Franken aus. Diese Gratifikation, die zwölftausend Franken, die der Vater Lemprun seiner Tochter mitgab, und die zwölftausend Franken die Galard, der Gemüsezüchter aus Auteuil, spendete, machten zusammen eine Mitgift von dreißigtausend Franken aus. Der alte Galard und Herr und Frau Lemprun waren entzückt von dieser Verbindung; dem Dienstleiter war Fräulein Thuillier als eins der anständigsten und ehrenhaftesten Mädchen von Paris bekannt. Brigitte verstand es im übrigen, ihre Eintragungen ins Staatsschuldbuch ins rechte Licht zu setzen, und gab Lemprun vertraulich die Versicherung, daß sie sich nie verheiraten würde, und weder der Dienstleiter noch seine Frau, Leute aus dem goldenen Zeitalter, hätten gewagt, an Brigittes Wort zu zweifeln. Ihnen imponierte besonders die glänzende Stellung Thuilliers, und die Hochzeit fand, wie die geheiligte Formel lautet, zu allseitiger Zufriedenheit statt.

Der Gouverneur und der Sekretär der Bank waren Trauzeugen der Braut, ebenso wie Herr von Billardière, der Abteilungsvorsteher, und Herr Rabourdin, der Bureauchef, die des Bräutigams waren. Sechs Tage nach der Hochzeit wurde der alte Lemprun das Opfer eines frechen Diebstahls, von dem damals in den Zeitungen die Rede war, der aber über den Ereignissen von 1814 in Vergessenheit geriet. Die Diebe hatten sich allen Nachforschungen entzogen und Lemprun wollte den Verlust bezahlen; aber obgleich die Bank ihn auf ihr Gewinn- und Verlustkonto übernehmen wollte, starb der arme Alte an dem Kummer, den ihm dieser Schimpf verursachte. Er sah diesen Handstreich als ein Attentat auf seine siebzigjährige Ehrlichkeit an.

Frau Lemprun überließ ihr Erbteil Frau Thuillier, ihrer Tochter, und zog zu ihrem Vater nach Auteuil; dieser starb infolge eines Unfalls im Jahre 1817. Da sie davor zurückschrak, die Gemüsezucht und die Feldwirtschaft ihres Vaters selbst zu leiten oder zu verpachten, so bat Frau Lemprun Brigitte, deren Fähigkeit und Ehrlichkeit sie bewunderte, den Besitz des guten Galard zu liquidieren und die Angelegenheit so zu arrangieren, daß ihre Tochter alles bekäme und ihr nur eine Rente von fünfzehnhundert Franken zugesichert und das Haus in Auteuil überlassen würde. Das Gelände des alten Landwirts erbrachte, in Parzellen verkauft, dreißigtausend Franken. Lemprun hatte ebensoviel hinterlassen und so betrug das Vermögen von beiden Seiten zusammen mit der Mitgift im Jahre 1818 neunzigtausend Franken.

Die Mitgift war in Aktien der Bank angelegt worden, als diese neunhundert standen. Brigitte kaufte für sechzigtausend Franken fünftausend Franken Rente, als die fünfprozentige sechzig stand und ließ auf den Namen der Witwe Lemprun als Nutznießerin fünfzehnhundert Franken eintragen. So gewährten zu Beginn des Jahres 1818 die Pension von sechshundert Franken, die Brigitte bezahlte, die dreitausendfünfhundert Franken, die Thuillier Gehalt hatte, die dreitausendfünfhundert Franken Rente Celestes und die Dividende der vierunddreißig Aktien der Bank der Familie Thuillier ein Einkommen von elftausend Franken, über die, ohne die andern zu fragen, Brigitte verfügte. Es war nötig, sich zunächst mit dieser Geldfrage zu befassen, nicht nur um etwaigen Einwürfen zu begegnen, sondern auch um den tragischen Verlauf klarzulegen.

Anfangs gab Brigitte ihrem Bruder monatlich fünfhundert Franken und lenkte das Schiff so, daß der Haushalt mit fünftausend Franken bestritten wurde; ihrer Schwägerin bewilligte sie monatlich fünfzig Franken, wobei sie hervorhob, daß sie sich für ihren Teil mit vierzig begnügte. Um ihre Oberherrschaft noch durch die Macht des Geldes zu festigen, verschaffte sich Brigitte noch einen Zuschuß zu ihren Renten; sie machte, wie man sich in den Bureaus erzählte, Darlehngeschäfte durch Vermittlung ihres Bruders, der als ein Geschäftstalent galt. Wenn Brigitte von 1813 bis 1830 ein Kapital von sechzigtausend Franken zusammenbrachte, so ließ sich ein solcher Betrag aber auch durch geschäftliche Operationen mit der Staatsrente, die in ihrem Kurse um vierzig Prozent schwankte, erklären, ohne daß man auf diese mehr oder weniger begründeten Anschuldigungen zu hören brauchte, die, auch wenn sie wahr wären, für diese Geschichte kein Interesse böten.

Vom ersten Tage ab unterwarf sich Brigitte die unglückliche Frau Thuillier mit Spornstößen und Anziehen der Zügel, die sie sie hart fühlen ließ. Aber dieses Übermaß von Tyrannei war unnötig; das Opfer unterwarf sich sofort. Celeste war, wie Brigitte sie richtig beurteilte, ohne Geist, ohne Kenntnisse, gewöhnt, zu Hause in aller Ruhe zu leben, und besaß einen Charakter von außergewöhnlicher Sanftmut; sie war fromm im umfassendsten Sinne dieses Wortes; sie hätte für ein Unrecht, daß sie unwissentlich ihrem Nächsten angetan hätte, die härteste Buße auf sich genommen. Vom Leben hatte sie keine Ahnung; gewöhnt, von ihrer Mutter bedient zu werden, die selber die Wirtschaft besorgte, und genötigt, sich wegen ihrer lymphatischen Konstitution, die sie bei der geringsten Arbeit ermüden ließ, nur wenig zu bewegen, war sie so recht ein Pariser Volkskind, eins von jenen selten hübschen Produkten des Elends, der übermäßigen Arbeit, der stickigen Wohnungen, ohne Bewegung in freier Luft und aller Bequemlichkeiten des Lebens beraubt.

Nach ihrer Heirat war Celeste eine kleine, widerwärtig fade Blondine, dick, träge und sehr dumm. Ihre zu große und übermäßig vorspringende Stirn ähnelte der eines Wasserkopfes, das unverhältnismäßig kleine Gesicht unter dieser wachsfarbenen Kuppel lief spitz wie ein Mäuseschnäuzchen aus und ließ bei manchen Besuchern die Ansicht aufkommen, daß sie früher oder später irrsinnig werden würde. Ihre blaßblauen Augen und ihr fast starres Lächeln auf den Lippen widersprach dem nicht. An ihrem Hochzeitstage machte sie in ihrer Haltung, ihrem Aussehen und ihrem Benehmen den Eindruck einer zum Tode Verurteilten, die nur den Wunsch hat, daß alles möglichst bald zu Ende sein möchte.

„Sie hat etwas von einem Kloß!..." sagte Colleville zu Thuillier.

Brigitte drang in dieses Wesen, zu dem sie den schärfsten Kontrast darstellte, wie ein Dolch ein. Sie selbst war von regelmäßiger, fehlerfreier Schönheit, die nur von den Anstrengungen schwerer, mühevoller Arbeit von klein auf und von den Entbehrungen, die sie sich im stillen auferlegte, um Ersparnisse machen zu können, zerstört worden war. Ihr frühzeitig fleckig gewordener Teint schimmerte wie Stahl. Ihre braunen Augen waren von dunklen Ringen umzogen, oder vielmehr zerdrückt; auf der Oberlippe lag wie ein Hauch ein brauner Flaum; die Lippen waren schmal und über ihrer Herrscherstirn thronten früher schwarze, jetzt wie Chinchilla schimmernde Haarflechten. Sie hielt sich gerade, wie eine schöne Blondine, und alles an ihr zeugte von harter Arbeit und gedämpftem Feuer; sie hatte, wie die Gerichtsvollzieher sagen, „die Kosten des Verfahrens" zu tragen.

Für Brigitte war Celeste nur ein Vermögen, das man sich angeeignet hatte, eine, die als Mutter zu dienen, ein Subjekt mehr, dem sie zu befehlen hatte. Sie warf ihr sehr bald ihre „Schlappheit", wie sie sich ausdrückte, vor, und das eifersüchtige Mädchen, das eine tätige Schwägerin zur Verzweiflung gebracht hätte, fand ein grausames Vergnügen darin, dieses schwache Wesen aus seiner Untätigkeit aufzurütteln. Celeste, die sich schämte, daß ihre Schwägerin alle Stubenarbeit und die Küche so eifrig besorgte, versuchte, ihr zu helfen; aber davon wurde sie krank; sofort war Brigitte eifrig um Frau Thuillier besorgt, pflegte sie wie eine liebe Schwester und sagte vor Thuillier zu ihr: „Du hast keine Kräfte, also darfst du nichts anfassen, Kleine!..." Mit diesem zur Schau getragenen Troste, der Celestes Unfähigkeit noch betonte, zeigte sie, wie die Kraft ihr zärtliches Mitleid mit der Schwäche dazu benutzt, um sich selber zu rühmen.

Und weil despotische Naturen, die ihre Kräfte gern zeigen, voll zarten Empfindens gegen körperlich Leidende sind, so pflegte sie ihre Schwägerin so gut, daß Celestes Mutter, wenn sie ihre Tochter besuchte, zufrieden war. Als Frau Thuillier aber wiederhergestellt war, nannte sie sie wieder, und zwar so, daß sie es hören mußte, „krankes Gewächs, zu nichts zu gebrauchen usw." Dann ging Celeste weinend in ihr Zimmer, und wenn Thuillier sie in Tränen überraschte, entschuldigte er seine Schwester, indem er sagte:

„Sie ist ein vortrefflicher Mensch, aber sie ist zu lebhaft; sie liebt dich auf ihre Art; mit mir macht sie es ebenso."

Celeste, die daran dachte, wie mütterlich ihre Schwägerin für sie gesorgt hatte, verzieh ihr. Ihren Bruder behandelte Brigitte übrigens als Herrn des Hauses: sie rühmte ihn vor Celeste und machte aus ihm einen Autokraten, einen Ladislaus, einen unfehlbaren Papst. Frau Thuillier, die keinen Vater und Großvater mehr hatte, und ihre Mutter, die nur an den Donnerstagen zu ihr kam, und welche sie im Sommer Sonntags besuchte, nur wenig sah, besaß als Gegenstand ihrer Liebe nur ihren Mann, erstens weil er ihr Mann war und dann, weil er für sie der schöne Thuillier blieb. Er behandelte sie auch manchmal wie seine Frau, und alle diese Gründe machten ihn für sie anbetungswürdig. Er erschien ihr um so vollkommener, als er sie oft verteidigte und mit seiner Schwester schalt, obwohl das nicht aus Interesse für seine Frau geschah, sondern aus Egoismus und um in der kurzen Zeit, die er zu Hause verbrachte, Ruhe zu haben.

Der schöne Thuillier erschien zu Hause nur zum Essen und spät abends zum Schlafen; er besuchte Bälle in seinem Gesellschaftskreise, und zwar immer allein, ganz so, als ob er noch Junggeselle wäre. So waren die beiden Frauen immer mit sich allein. Unmerklich gewöhnte sich Celeste an ihre passive Rolle und wurde das, was Brigitte wollte: ihre Sklavin. Die Königin Elisabeth dieses Haushalts ging nun von ihrem herrschsüchtigen Benehmen zu einer Art mitleidigen Verhaltens gegen dieses Opferlamm, das sich dauernd aufopferte, über. Sie mäßigte schließlich ihr hochmütiges Wesen, ihre verletzenden Redensarten und ihren verächtlichen Ton, nachdem sie sich über-

zeugt hatte, daß ihre Schwägerin ihr Joch willig trug.
Und als sie bemerkte, daß die Kette den Hals ihres Opfers wund rieb, sorgte sie für es als für eine ihr gehörige Sache, und Celeste lernte bessere Zeiten kennen. Wenn sie diesen Verlauf mit dem Anfang verglich, so fühlte sie eine gewisse Zuneigung für ihren Henker. Um irgendeine Möglichkeit, sich zu verteidigen, zu finden, um irgend etwas in diesem Hause, das ohne ihr Wissen von ihrem Vermögen lebte, ohne daß sie mehr als die vom Tische gefallenen Brosamen bekam, zu werden, dafür bot sich für die arme Sklavin nur eine Aussicht, aber diese Aussicht erfüllte sich nicht.
Nach sechsjähriger Ehe hatte Celeste noch kein Kind bekommen. Diese Unfruchtbarkeit, die sie allmonatlich Ströme von Tränen vergießen ließ, erregte lange Zeit Verachtung bei Brigitte, die ihr vorwarf, daß sie zu gar nichts tauge, nicht einmal zum Kinderkriegen. Die alte Jungfer, die so sehr darauf gerechnet hatte, ein Kind ihres Bruders wie ein eigenes liebhaben zu können, brauchte lange Zeit, um sich an den Gedanken einer solchen unheilbaren Unfruchtbarkeit zu gewöhnen.
Zur Zeit, da diese Geschichte beginnt, im Jahre 1840, hatte Celeste, nun sechsundvierzig Jahre alt, aufgehört, darüber zu weinen, nachdem sie die traurige Gewißheit erlangt hatte, daß sie niemals Mutter werden würde. Merkwürdig! Nach fünfundzwanzig Jahren häuslichen Zusammenlebens, nachdem ihr Sieg den Dolch stumpf gemacht und zerbrochen hatte, liebte Brigitte Celeste ebenso, wie Celeste sie liebte. Die Zeit, die

Gewohnheit, das beständige Nebeneinander im Hause, das die Ecken abgestumpft und die Rauheiten abgeschliffen hatte, ihre Ergebung und ihre Lammesgeduld – alles zusammen verschaffte Celeste einen heiteren Lebensherbst. Beide Frauen hatten ja dasselbe gemeinsame Gefühl, das sie belebte: sie beteten beide den glücklichen egoistischen Thuillier an.

Und endlich hatten die beiden Frauen, alle beide kinderlos, wie alle Frauen, die sich vergeblich nach Kindern gesehnt haben, sich in ein Kind verliebt. Diese fingierte Mutterschaft, die aber so stark war wie eine wirkliche, verlangt eine Auseinandersetzung, die auf den Kernpunkt dieses Dramas führt und zugleich die Gründe für einen Zuwachs an Beschäftigung angibt, die Fräulein Thuillier für ihren Bruder gefunden hatte.

☆

THUILLIER WAR ALS SUPERNUMERAR ZUsammen mit Colleville eingetreten, von dem, als seinem intimen Freunde, schon die Rede gewesen ist. Neben die ruhige und so geregelte Wirtschaft Thuilliers hatte das Geselligkeitsbedürfnis die Collevilles als Kontrast hingesetzt, und wenn man auch unmöglich übersehen kann, daß es ein auf den Zufall gestellter und kein bewußter Kontrast war, so muß doch hinzugefügt werden, daß man Schlüsse daraus besser erst am Ende dieses Dramas zieht, das unglücklicherweise nur allzuwahr, für das im übrigen aber der Erzähler nicht verantwortlich ist.

Dieser Colleville war der Sohn eines talentvollen Musikers, der vordem an der Oper unter Franceur und Rebel die erste Violine spielte. Bei seinen Lebzeiten erzählte er mindestens sechsmal im Monat Anekdoten von den Aufführungen des „Dorfpropheten" und machte Jean-Jacques Rousseau wundervoll nach. Colleville und Thuillier waren unzertrennliche Freunde; sie hatten keine Geheimnisse voreinander, und ihre Freundschaft, die mit fünfzehn Jahren begonnen hatte, war bis zum Jahre 1839 ungetrübt geblieben.
Colleville war einer von den Beamten, die in den Bureaus mit „Betriebsvetter" bezeichnet werden. Diese Beamten zeichnen sich durch ihre Betriebsamkeit aus. Colleville, ein guter Musiker, verdankte dem Namen und dem Einflusse seines Vaters die Stelle als erster Klarinettist an der Komischen Oper, und solange er Junggeselle war, teilte er, da er etwas mehr als Thuillier hatte, häufig mit seinem Freunde. Aber im Gegensatz zu Thuillier schloß Colleville eine Neigungsheirat, indem er zur Frau Fräulein Flavia nahm, die natürliche Tochter einer berühmten Tänzerin an der Oper, ein angebliches Kind von du Bourguier, einem der reichsten Lieferanten dieser Zeit, der, nachdem er sich im Jahre 1800 ruiniert hatte, sich um so weniger um seine Tochter kümmerte, als er Zweifel an der Treue der berühmten Tänzerin hegte.
Ihrem Äußeren und ihrer Herkunft nach sah sich Flavia zu einem ziemlich traurigen Handwerk bestimmt, als Colleville, der häufig mit der reichen ersten Kraft der Oper zu tun hatte, sich in Flavia verliebte und sie heiratete. Der Fürst Galathionne, der im September 1815 der Protektor der be-

rühmten Tänzerin war, die damals am Ende ihrer glänzenden Laufbahn stand, gab Flavia eine Mitgift von zwanzigtausend Franken, und die Mutter fügte dem eine prachtvolle Ausstattung hinzu. Die ständigen Gäste des Hauses und die Kameraden an der Oper schenkten Schmucksachen und Geschirr, so daß Collevilles Haushalt viel reicher an Überflüssigem als an Kapital war. Flavia, im Überfluß aufgewachsen, bezog zuerst eine reizende Wohnung, die der Lieferant ihrer Mutter möblierte, und hier thronte die junge Frau, die voll Geschmack für die Künste, die Künstler und für eine gewisse Eleganz des Lebens war.

Frau Colleville war hübsch und pikant, geistvoll, lustig, liebenswürdig und, alles zusammengenommen, ein guter Kerl. Im Alter von dreiundvierzig Jahren verließ die Tänzerin das Theater und zog sich aufs Land zurück, und so sah sich ihre Tochter der Hilfsquellen beraubt, die ihr ihre verschwenderische Üppigkeit gewährt hatte. Frau Colleville führte ein sehr angenehmes Haus, das aber außerordentlich kostspielig war. Sie gebar zwischen den Jahren 1816 und 1826 fünf Kinder. Abends Musiker, führte Colleville morgens von sieben bis neun Uhr einem Kaufmann die Bücher. Um zehn Uhr erschien er in seinem Bureau. Und indem er so abends in ein Stück Holz blies und morgens an der doppelten Buchführung schrieb, verdiente er sich jährlich sieben- bis achttausend Franken.

Frau Colleville spielte die vornehme Dame; sie empfing Mittwochs, hatte alle Monat ein Konzert bei sich und gab alle vierzehn Tage ein Diner. Colleville sah sie nur beim Essen und spät, wenn er um Mitternacht heimkehrte; oft war sie dann selbst noch nicht zu Hause. Sie ging ins Theater, da sie manchmal Logenplätze geschenkt bekam, und benachrichtigte Colleville mit ein paar Worten, daß er sie in dem und dem Hause, wo sie tanzte oder soupierte, abholen solle. Man speiste vortrefflich bei Frau Colleville, und die etwas gemischte Gesellschaft amüsierte sich dort ausgezeichnet; sie sah berühmte Schauspielerinnen bei sich, Maler, Schriftsteller und einige reiche Leute. Frau Colleville war ebenso elegant wie Tullia, die erste Tänzerin an der Oper, die sie oft besuchte; aber wenn die Collevilles auch alles, was sie hatten, verbrauchten und am Monatsende häufig in Verlegenheit waren, so machte Flavia doch niemals Schulden.

Colleville war sehr glücklich; er liebte seine Frau immer noch und war immer noch ihr bester Freund. Stets mit liebevollem Lächeln und mit gewinnender Herzlichkeit empfangen, unterwarf er sich ihrer reizenden Art und ihrem unwiderstehlichen Zauber. Die wilde Arbeitslust, die er in seinen drei Berufen entwickelte, entsprach übrigens seinem Charakter und seinem Temperament. Er war ein kräftiger Kerl, von frischer Gesichtsfarbe, gutmütig, freigebig und voll guter Laune. Im Verlaufe von zehn Jahren gab es kein einziges Mal Streit in seinem Hause. In den Bureaus galt er als ein Leichtfuß, wofür man dort alle Künstler hielt, und oberflächliche Leute hielten seine beständige Arbeitshast für das Hin und Her eines Wirrkopfes.

Colleville war so klug, sich dumm zu stellen; er rühmte sein häusliches Glück und gab sich die

größte Mühe, Anagramme zu fabrizieren, um als ein Mann zu erscheinen, der von dieser Leidenschaft ganz in Anspruch genommen wird. Die Beamten seiner Abteilung im Ministerium, die Bureauchefs, ja selbst die Abteilungsvorsteher kamen zu seinen Konzerten; von Zeit zu Zeit und bei passender Gelegenheit verteilte er unter der Hand Theaterbilletts, denn er war auf eine außerordentliche Nachsicht bei seinem beständigen Wegbleiben vom Dienste angewiesen. Die Proben nahmen ihm die Hälfte seiner Dienststunden weg, aber seine vom Vater ererbten musikalischen Fähigkeiten waren bedeutend genug, um ihm zu erlauben, nur bei den Generalproben anwesend zu sein. Dank den Beziehungen der Frau Colleville genügten das Theater und das Ministerium den Bedürfnissen des ehrenwerten Vielarbeiters, der übrigens seinerseits einen kleinen jungen Menschen, den ihm seine Frau warm empfohlen hatte, verhätschelte, einen Musiker mit großen Zukunftshoffnungen, der ihn im Orchester vertrat und sein Nachfolger werden sollte.
In der Tat wurde um das Jahr 1827, als Colleville seinen Abschied nahm, dieser junge Mann erster Klarinettist. Alle Kritik, die Flavia erfuhr, bestand in dem Satze: Sie ist „eine kleine Spur" kokett, die Frau Colleville! Die älteste Tochter, geboren 1816, war das leibhaftige Ebenbild des guten Colleville. Im Jahre 1818 bevorzugte Frau Colleville die Kavallerie vor allem anderen, selbst vor den Künsten, und zeichnete einen Unterleutnant der Dragoner von Saint-Chamans, den jungen reichen Charles Gondreville aus, der später im spanischen Feldzuge fiel; inzwischen hatte sie ein

zweites Kind, einen Sohn, geboren, den sie für die militärische Karriere bestimmte. 1820 erklärte sie die Banken für die Ernährer der Industrie und die Stützen des Staates, und der große Keller, der berühmte Redner, war ihr Idol; sie bekam damals einen Sohn, Franz, den sie später Kaufmann werden lassen wollte, und dem die Protektion Kellers sicher niemals fehlen würde. Gegen Ende des Jahres 1820 fühlte Thuillier, der intime Freund von Herrn und Frau Colleville und Flavias Bewunderer, das Bedürfnis, seinen Schmerz am Busen dieser vortrefflichen Frau auszuweinen; seit sechs Jahren machte er vergebliche Versuche, ein Kind zu bekommen; der liebe Gott segnete seine Bemühungen nicht, denn die arme Frau Thuillier verrichtete ihre neuntägigen Andachten vergeblich; und sie war dazu bis nach Notre Dame de Liesse gegangen! Er schilderte ihr Celeste nach allen Richtungen hin, und die Worte: „Armer Thuillier!" fielen von den Lippen der Frau Colleville, die auch ihrerseits ziemlich betrübt war; sie hatte damals keine ausgesprochene Vorliebe für irgend jemanden. Und so weinte auch sie ihren Kummer an Thuilliers Herzen aus. Der große Keller, dieser Heros der liberalen Partei, war in Wirklichkeit ein kleinlicher Mensch; sie hatte die Kehrseite der Berühmtheiten, die Torheiten der Bankwelt, die Härte eines Volkstribunen kennengelernt. Der Redner sprach nur in der Kammer und hatte sich ihr gegenüber sehr schlecht benommen; Thuillier war darüber entrüstet. „Nur die Einfältigen verstehen zu lieben," sagte er, „nehmen Sie mich doch!" Es hieß, daß der schöne Thuillier Frau Colleville ein klein wenig den Hof mache, und er wurde einer ihrer „Anbeter", ein Wort, das aus der Zeit des Kaiserreichs stammte.

„Ach, du bemühst dich um meine Frau!" sagte Colleville lachend zu ihm; „nimm dich in acht, sie wird dich ebenso wie alle die andern abblitzen lassen."

Eine feine Wendung, mit der Colleville seine Manneswürde in den Bureaus aufrecht erhielt. Von 1820 bis 1821 fühlte sich Thuillier in seiner Eigenschaft als Hausfreund veranlaßt, Colleville, der ihm früher so oft ausgeholfen hatte, beizuspringen, und lieh im Verlaufe von anderthalb Jahren der Familie Colleville etwa zehntausend Franken, wovon niemals die Rede sein sollte. Im Frühjahr 1821 wurde Frau Colleville von einem reizenden Mädchen entbunden, dessen Paten Herr und Frau Thuillier waren; sie wurde deshalb Celeste-Louise-Caroline-Brigitte genannt. Denn auch Fräulein Thuillier wollte dem kleinen Engel einen ihrer Vornamen geben.

Der Name Caroline war eine Aufmerksamkeit für Colleville. Die alte Frau Lemprun nahm es auf sich, das kleine Wesen zu einer Amme nach Auteuil zu geben, wo sie es unter ihrer Aufsicht hatte und wo Celeste und ihre Schwägerin es zweimal wöchentlich besuchten. Sobald Frau Colleville wieder aufgestanden war, sagte sie offen, aber ernsthaft zu Thuillier:

„Wenn wir gute Freunde bleiben wollen, mein Lieber, dann dürfen Sie nicht mehr als unser Freund sein wollen; Colleville liebt Sie ja, und wenn es einer im Hause tut, so genügt das."

„Erklären Sie mir doch," sagte der schöne Thuillier zu der Tänzerin Tullia, die sich gerade bei Frau Colleville befand, „weshalb die Frauen mich nicht lieb behalten wollen. Ich bin ja gewiß kein Apollo von Belvedere, aber doch auch kein Vulkan; ich sehe erträglich aus, ich habe Geist, ich bin treu..."

„Wollen Sie die Wahrheit wissen?" erwiderte Tullia.

„Jawohl", sagte der schöne Thuillier.

„Also, wenn wir auch mal ein Vieh lieben können, so lieben wir doch nie einen Dummkopf."

Dieses Wort vernichtete Thuillier, und er kam nicht mehr auf die Sache zurück; er war seitdem melancholisch und schalt auf die Launen der Weiber.

„Habe ich dir das nicht vorhergesagt?..." sagte Colleville. „Ich bin kein Napoleon, mein Lieber, und ich möchte auch keiner sein; aber ich besitze eine Josephine,... eine Perle!"

Der Generalsekretär des Ministeriums, des Lupeaulx, dem Frau Colleville mehr Einfluß zugetraut hatte, als er besaß, und von dem sie später zu sagen pflegte: „Der war einer von denen, in welchen ich mich geirrt habe...", war damals eine Zeitlang der große Mann im Salon Colleville; aber da er nicht imstande war, Colleville in die Abteilung Bois-Levant zu bringen, war Flavia so klug, seine Bemühungen um Frau Rabourdin, die Gattin des Bureauchefs, übelzunehmen, eine Zierpuppe, wie sie sich ausdrückte, die sie niemals eingeladen und ihr gegenüber zweimal sich herausgenommen hatte, nicht zu ihren Konzerten zu kommen.

Frau Colleville war tief erschüttert von dem Tode

des jungen Gondreville; sie war untröstlich; sie erblickte darin, wie sie sagte, die Hand Gottes. Im Jahre 1824 wurde sie häuslich, redete vom Sparen, gab ihre Empfangsabende auf, beschäftigte sich mit ihren Kindern, wollte eine gute Hausmutter sein, und ihre Freunde hörten nicht, daß sie jemanden bevorzugte; sie ging in die Kirche, kleidete sich einfach, in graue Farben, und redete über Katholizismus und über Schicklichkeit; und diese Richtung aufs Geistliche ließ im Jahre 1825 ein reizendes Kind zur Welt kommen, das sie Theodor nannte, das heißt „Gottesgeschenk".

So wurde auch Colleville im Jahre 1826, der schönen Zeit der Kongregationen, zum Vizechef in der Abteilung Clergeot ernannt und im Jahre 1828 zum Steuereinnehmer eines Pariser Bezirks. Er erhielt das Kreuz der Ehrenlegion, so daß er einmal seine Tochter in Saint-Denis würde erziehen lassen können. Die halbe Freistelle, die Keller für Charles, das älteste Kind Collevilles, im Jahre 1823 durchgesetzt hatte, wurde auf den zweiten Sohn übertragen; Charles erhielt eine volle Freistelle im Gymnasium Saint-Louis, und der dritte Sohn, ein Schützling der Dauphine, bekam eine Dreiviertel-Freistelle am Gymnasium Henri IV.

Im Jahre 1830 war Colleville, der das Glück hatte, daß ihm alle seine Kinder erhalten geblieben waren, genötigt, wegen seiner Anhänglichkeit an die alte Linie des Königshauses seinen Abschied zu nehmen; aber er verstand das so geschickt zu bewerkstelligen, daß er mit Rücksicht auf seine Dienstzeit eine Pension von zweitausendvierhundert und von seinem Nachfolger eine Abfindungssumme von zehntausend Franken erhielt und zum Offizier der Ehrenlegion befördert wurde. Trotzdem befand er sich in schwieriger Lage, und so riet ihm im Jahre 1832 Fräulein Thuillier, in ihr Haus zu ziehen, wobei sie die Aussicht durchblikken ließ, daß er eine Stelle in der städtischen Verwaltung erhalten könne, was ihm auch nach vierzehn Tagen gelang und ihm ein Einkommen von tausend Talern einbrachte.

Charles Colleville war eben in die Marineschule eingetreten. Die Gymnasien, in denen die beiden andern kleinen Collevilles erzogen wurden, lagen in ihrem Stadtviertel. Das Seminar von Saint-Sulpice, in das dereinst der Jüngste kommen sollte, war nur wenige Schritte vom Luxembourg entfernt. Endlich wollten Thuillier und Colleville ihr Leben zusammen beendigen. Im Jahre 1833 zog Frau Colleville, damals fünfunddreißig Jahre alt, mit Celeste und dem kleinen Theodor nach der Rue d'Enfer, an der Ecke der Rue des Deux-Eglises. Colleville hatte es gleich weit nach dem Rathause und nach der Rue Saint-Dominique. So sah sich das Ehepaar nach einem abwechselnd glänzenden und entbehrungsreichen, festlichen und zurückgezogenen ruhigen Leben ins kleinbürgerliche Dunkel mit einem Einkommen von fünftausendvierhundert Franken als einzigem Vermögen zurückgeworfen.

Celeste war damals vierzehn Jahr alt; sie versprach hübsch zu werden; sie mußte Lehrer haben, das erforderte eine Ausgabe von mindestens zweitausend Franken jährlich. Die Mutter hielt es für nötig, daß sie unter den Augen ihrer Paten lebe. Deshalb hatte sie den, im übrigen sehr verständi-

gen Vorschlag des Fräuleins Thuillier angenommen, die ihr, ohne sich zu binden, ziemlich deutlich zu verstehen gab, daß die Vermögen ihres Bruders, ihrer Schwägerin und auch das ihrige dereinst Celeste zufallen würden. Das kleine Mädchen war bis zu seinem siebenten Jahre in Auteuil geblieben, angebetet von der guten alten Frau Lemprun, die im Jahre 1829 starb und zwanzigtausend Franken nebst dem Hause hinterließ, das für die enorme Summe von achtundzwanzigtausend Franken verkauft wurde. Der kleine Schelm hatte bis zum Jahre 1829, wo er in das elterliche Haus zurückkehrte, seine Mutter wenig, aber Fräulein und Frau Thuillier sehr häufig gesehen. Im Jahre 1833 kam sie unter die Zucht Flavias, die damals sehr bemüht war, ihre Pflichten zu erfüllen, und das wie alle Frauen, die Gewissensbisse haben, übertrieb. Ohne eine schlechte Mutter zu sein, hielt Flavia ihre Tochter sehr strenge; sie dachte an ihre eigene Erziehung und schwor sich heimlich zu, aus Celeste eine anständige und nicht eine leichtfertige Frau zu machen. Sie nahm sie daher zur Messe mit und ließ sie unter der Leitung eines Pariser Pfarrers, der später Bischof wurde, einsegnen. Celeste war um so frömmer, als ihre Patin, Frau Thuillier, eine wahre Heilige war; das Kind betete seine Patin an; es empfand, daß es von der armen, verlassenen Frau heißer geliebt wurde als von seiner eigenen Mutter.
Von 1833 bis 1840 erhielt sie eine nach bürgerlichen Begriffen ausgezeichnete Erziehung. Die besten Musiklehrer machten eine ziemlich gute Musikerin aus ihr; sie konnte sauber in Aquarell malen, tanzte wundervoll und hatte Französisch,

Geschichte, Geographie, Englisch und Italienisch gelernt, kurz alles, was zu der vollendeten Erziehung einer jungen Dame gehört. Mittelgroß, etwas dick und kurzsichtig, war sie weder häßlich noch hübsch, hatte weder einen weißen noch einen leuchtenden Teint und war gänzlich ohne vornehme Manieren. Sie war von zurückgehaltener Empfindlichkeit, und ihr Pate, ihre Patin, Fräulein Thuillier und ihr Vater waren darüber einig, daß Celeste warme Anhänglichkeit, eine Tugend, an die sich alle Mütter klammern, besaß. Schön war ihr prachtvolles aschblondes Haar; aber Hände und Füße verrieten ihre kleinbürgerliche Herkunft.

Celeste hatte sehr wertvolle Eigenschaften: sie war gut, einfach, ohne jede böse Regung; sie liebte ihren Vater und ihre Mutter und hätte sich für sie aufgeopfert. In tiefer Verehrung für ihren Paten, für Brigitte, die sich von ihr „Tante Brigitte" nennen ließ, für Frau Thuillier und für ihre Mutter aufgewachsen, die sich wieder mehr und mehr dem alten Beau der Kaiserzeit näherte, hatte Celeste den höchsten Begriff von dem früheren Vizechef. Der Pavillon der Rue Saint-Dominique machte auf sie einen Eindruck, wie das Tuilerienschloß auf einen Hofmann der jungen Dynastie.

Thuillier hatte der aufreibenden Arbeit seiner Verwaltungstätigkeit nicht Stand halten können, die ihn abmagern ließ, je umfangreicher sie wurde. Von dieser langweiligen Tätigkeit ebenso abgebraucht wie von seinen Erfolgen als Liebhaber, hatte der ehemalige Vizechef schon alle seine Vorzüge eingebüßt, als er in die Rue Saint-Dominique kam; aber sein müdes Gesicht mit hochmütigem Ausdruck im Verein mit einer gewissen Selbstzufriedenheit, die an die gesuchte Haltung eines höheren Beamten erinnerte, machte einen lebhaften Eindruck auf Celeste. Sie allein schwärmte für dieses bleiche Gesicht. Sie wußte, daß sie die Freude des Hauses Thuillier war.

Die Collevilles und ihre Kinder bildeten natürlich den Mittelpunkt der Gesellschaft, die Fräulein Thuillier um ihren Bruder zu versammeln den Ehrgeiz hatte. Ein früherer Beamter der Abteilung la Billiardière, der seit mehr als dreißig Jahren im Stadtviertel Saint-Jacques wohnte, Herr Phellion, Bataillons-Kommandeur der Legion, wurde sogleich bei der ersten Begegnung von dem früheren Steuereinnehmer und Vizechef wieder begrüßt. Phellion war einer der angesehensten Männer in seinem Bezirk. Er hatte eine Tochter, eine ehemalige Unterlehrerin am Pensionat Lagrave, die mit einem Lehrer aus der Rue Saint-Hyacinthe, Herrn Barniol, verheiratet war.

Der ältere Sohn Phellions war Professor der Mathematik an einem königlichen Gymnasium; er gab Unterricht, Nachhilfestunden und widmete sich, wie sein Vater sich ausdrückte, der reinen Mathematik. Der zweite Sohn war auf der Ingenieurschule. Phellion hatte neunhundert Franken Pension und eine Rente von neuntausend und einigen hundert Franken, das Resultat seiner Ersparnisse und der seiner Frau aus dreißigjähriger Arbeit und Entbehrung. Er besaß außerdem ein kleines Haus mit einem Garten in der Gasse des Feuillantines. (In dreißig Jahren hatte er nicht ein einziges Mal den alten Ausdruck „Sackgasse“ gebraucht.) Dutocq, Gerichtsvollzieher beim Friedensgericht, war früher Beamter im Finanzministerium; er war damals das Opfer einer Zwangsmaßregel, wie sie bei einer Regierung des Repräsentativ-Systems vorkommen, geworden und hatte die Rolle eines Sündenbocks in einer unsauberen Verwaltungsangelegenheit, die zur Kenntnis der Budgetkommission gekommen war, auf sich genommen, wofür er im geheimen mit einer ziemlich runden Summe entschädigt worden war; er war damit imstande, sich die Gerichtsvollzieherstelle zu kaufen. Dieser, im übrigen wenig anständige Mensch, ein Bureau-Spion, wurde von den Thuilliers nicht so aufgenommen, wie er es erwartet hatte; aber trotz des kühlen Verhaltens seiner Hauswirte beharrte er dabei, sie zu besuchen.

Er war ein lasterhafter Junggeselle, der seine Lebensweise ziemlich sorgsam geheim hielt und sich bei seinen Vorgesetzten durch Schmeichelei in seiner Stellung erhielt. Der Friedensrichter hatte Dutocq sehr gern. Diese üble Persönlichkeit verstand es, durch niedrige, grobe Lobhudeleien, die niemals ihre Wirkung verfehlen, zu erreichen, daß er bei den Thuilliers geduldet wurde. Er kannte Thuilliers Leben, seine Beziehungen zu Colleville, und vor allem die zu seiner Frau, ganz genau; man fürchtete seine gefährliche Zunge, und die Thuilliers ließen ihn sich gefallen, ohne ihn zu ihrem engeren Kreise zuzulassen. Die Familie aber, die der Stolz ihres Salons wurde, war die eines armen kleinen Beamten, der früher ein Gegenstand des Mitleids in den Bureaus gewesen war, und der, durch seine Armut genötigt, im Jahre 1827 aus dem Dienst geschieden war, um sich mit einer Idee im Kopfe auf die Industrie zu legen.

Minard erblickte eine hoffnungsvolle Aussicht in einer der üblen Manipulationen, die den französischen Handelsstand in Verruf gebracht haben, und die um das Jahr 1827 vor der Öffentlichkeit noch nicht gebrandmarkt waren. Minard kaufte Tee und mischte ihn zu gleichen Teilen mit gebrauchten Teeblättern; dann wendete er ein ähnliches Verfahren bei der Schokolade an, das ihm gestattete, sie billig zu verkaufen. Der Handel mit Kolonialwaren, den er in dem Stadtviertel Saint-Marcel begonnen hatte, machte aus Minard einen richtigen Kaufmann; er besaß eine Fabrik und konnte vermöge seiner Beziehungen nun seine Rohstoffe von den Erzeugern beziehen; und so betrieb er jetzt in anständiger Weise das Geschäft weiter, das er mit Fälschungen begonnen hatte. Er wurde Destillateur, handelte mit riesigen Mengen von Waren und galt im Jahre 1835 als der reichste Kaufmann des Viertels an der Place Maubert. Er hatte sich eins der schönsten Häuser in der Rue des Maçons-Sorbonne gekauft, war Beigeordneter gewesen und im Jahre 1839 zum Bürgermeister seines Bezirks und zum Handelsrichter ernannt worden. Er hatte einen Wagen und einen Landsitz bei Lagny; seine Frau erschien mit Brillanten bei den Hofbällen, und er war stolz auf die Rosette eines Offizieres der Ehrenlegion in seinem Knopfloch. Minard und seine Frau waren übrigens außerordentlich wohltätig. Vielleicht wollten sie im Kleinen den Armen wieder zurückgeben, was sie im Großen dem Publikum abgenommen hatten. Phellion, Colleville und Thuillier trafen Minard bei den Wahlen wieder, und es entspann sich eine um so intimere Freundschaft mit Thuillier und Colleville, als Frau Zélie entzückt darüber zu sein schien, ihre „Fräulein" Tochter mit Celeste Colleville Bekanntschaft machen zu lassen. Auf einem großen Balle, den die Minards gaben, wurde Celeste in die Gesellschaft eingeführt, sie war damals sechzehneinhalb Jahr alt und wundervoll gekleidet, wie es ihr Name verlangte, der für ihr Leben verheißungsvoll zu sein schien. Glücklich über die Freundschaft mit Fräulein Minard, die vier Jahre älter war als sie, veranlaßte sie ihren Paten und ihren Vater, die Beziehungen zu dem Hause Minard mit seinen goldstrotzenden Salons, seinem Reichtum, dem Treffpunkt mehrerer politischer Zelebritäten der Mittelpartei, zu pflegen; hier verkehrte Herr Popinot, der spätere Handelsminister, Cochu, der Baron geworden war, ein früherer Beamter der Abteilung Clergeot im Finanzministerium, der, stark bei einer Drogeriefirma beteiligt, das Orakel der Stadtviertel des Lombards und des Bourdonnais zusammen mit Anselm Popinot war. Der älteste Sohn Minards, Advokat, der beabsichtigte, der Nachfolger eines der Advokaten, die seit 1830 sich der politischen Karriere zugewendet hatten, zu werden, war das Genie der Familie, und seine Mutter ebenso wie sein Vater wünschten, ihn gut zu verheiraten. Zélie Minard, eine frühere Blumenmacherin, hatte eine brennende Vorliebe für die hohen Gesellschaftskreise und wollte sich vermittelst der Heiraten ihrer Tochter und ihres Sohnes dort Zutritt verschaffen, während Minard, klüger als sie und strotzend von der Kraft der Mittelklasse, mit der die Julirevolution das Blut der Machthaber auffrischte, nur daran dachte, reich zu werden.

Er besuchte den Salon der Thuilliers, um dort Genaueres über Celestes Erbschaftsaussichten zu erfahren. Er kannte, ebenso wie Dutocq und Phellion, die Gerüchte über das frühere Verhältnis Thuilliers mit Flavia und hatte auf den ersten Blick gemerkt, wie sehr die Thuilliers ihr Mündel anbeteten. Um bei Minard zugelassen zu werden, überhäufte Dutocq ihn mit übermäßigen Schmeicheleien. Er verglich Minard, den Rothschild des Bezirks, als er ihn bei Thuilliers traf, in beinahe geistvoller Art mit Napoleon, da er ihn, stark, dick und blühend wiedersah, den er im Bureau mager, blaß und elend verlassen hatte: „In der Abteilung la Billardière waren Sie wie Napoleon vor dem achtzehnten Brumaire, und jetzt sehe ich Sie hier wie Napoleon, als er Kaiser geworden war!" Trotzdem behandelte Minard Dutocq kühl und lud ihn nicht ein; daher machte er auch den giftigen Gerichtsvollzieher zu seinem Todfeinde.

Was für ehrenwerte Leute Herr und Frau Phellion auch waren, so konnten sie doch nicht unterlassen, Berechnungen anzustellen und Hoffnungen zu hegen; sie meinten, daß Celeste eine gute Partie für ihren Sohn, den Professor, wäre, und um eine Rolle in Thuilliers Salon zu spielen, brachten sie auch ihren Schwiegersohn, Herrn Barniol, eine im Faubourg Saint-Jacques angesehene Persönlichkeit, und einen früheren Beamten der stadtischen Verwaltung, ihren intimen Freund, mit, dem Colleville gewissermaßen seine Stelle weggenommen hatte; denn Herr Leudigeois, seit zwanzig Jahren städtischer Beamter, hatte als Belohnung für seine langjährigen

Dienste auf die Sekretärsstelle, die Colleville erhalten hatte, gerechnet. So bildeten die Phellions eine Phalanx von sieben zuverlässigen Getreuen; nicht weniger zahlreich war die Familie Colleville, so daß an manchen Sonntagen dreißig Personen im Salon Thuillier zusammenkamen. Thuillier machte auch die Bekanntschaft der Saillards, der Baudoyers und der Falleix, angesehener Leute des Viertels der Place-Royale, die häufig zum Diner eingeladen wurden.

Frau Colleville war die distinguierteste Dame dieser Gesellschaft, ebenso wie der junge Minard und der Professor Phellion ihre geistig bedeutendsten Männer waren; denn alle anderen, ohne eigene Gedanken, ohne Kenntnisse, aus den unteren Ständen hervorgegangen, waren komische Typen des Kleinbürgertums. Obgleich jedes mühsam erworbene Vermögen gewisse Verdienste zur Voraussetzung hat, war Minard doch nur ein aufgeblasener Ballon. Sich in wilden Phrasen ergießend, Unterwürfigkeit für Höflichkeit und Redensarten für Geist haltend, gab er Gemeinplätze mit einem Aplomb und einer Ungeniertheit von sich, daß das für Beredsamkeit gehalten wurde. Solche Worte, die nichts bedeuten und auf alles eine Antwort sind, wie: Fortschritt, Dampfkraft, Asphalt, Nationalgarde, Ordnung, demokratisches Element, Geist der Einigkeit, Gesetzmäßigkeit, Bewegung und Widerstand, Einschüchterung, schienen bei jeder politischen Phase für Minard neu erfunden zu sein, der dann damit die Sätze seiner Zeitung ausschmückte. Julian Minard, der junge Advokat, litt ebenso unter seinem Vater wie sein Vater unter seiner Frau. Zélie Minard hatte mit dem Reichtum Prätentionen angenommen, ohne je richtig Französisch gelernt zu haben; sie war dick geworden und sah in ihrem reichen Staat wie eine Köchin aus, die ihren Herrn geheiratet hat.

Phellion, dieses Musterbild eines Kleinbürgers, besaß ebenso viele Vorzüge wie lächerliche Eigenschaften. Ein Subalterner während seiner ganzen Amtstätigkeit, hatte er Respekt vor den sozial Höherstehenden. Deshalb verhielt er sich auch Minard gegenüber schweigsam. Die kritische Zeit der Pensionierten hatte er für seinen Teil vortrefflich überstanden, und zwar in folgender Weise: Niemals vorher hatte dieser würdige, ausgezeichnete Mann seinen Neigungen entsprechen können. Er liebte die Stadt Paris, er interessierte sich für Baufluchtlinien, Verschönerungen, er konnte zwei Stunden lang vor Häusern, die abgebrochen wurden, stehen bleiben. Man konnte ihn dabei überraschen, wie er unerschütterlich, auf seine zwei Beine hingepflanzt, die Nase in der Luft, auf das Herabfallen eines Steins wartete, den ein Maurer oben auf der Mauer mit seiner Brechstange gelockert hatte, und wie er nicht eher vom Platze wich, als bis der Stein heruntergefallen war; und wenn er dann gefallen war, ging er weiter, glücklich wie ein Akademiker über den Durchfall eines romantischen Dramas. Als echte Statisten bei der großen menschlichen Komödie, übten Phellion, Leudigeois und ihresgleichen die Funktionen des antiken Chors aus. Sie weinten, wenn man weinen, sie lachten, wenn man lachen mußte, und sangen ihren Refrain zu den öffentlichen Leiden und Freuden, indem sie in ihrem Winkel über die Triumphe von Algier, Konstantinopel, Lissabon,

Saint-Jean-d'Ulloa mit triumphierten und ebenso den Tod Napoleons und die verhängnisvollen Katastrophen von Saint-Merri und in der Rue Transnonnain bejammerten und berühmte Leute beklagten, die ihnen völlig unbekannt waren. Nur Phellion zeigte ein doppeltes Gesicht: er teilte seine Ansichten gewissenhaft zwischen der Opposition und der Regierung. Bei Straßenkämpfen besaß Phellion den Mut, vor seinen Nachbarn hervorzutreten; er begab sich nach der Place Saint-Michel, wo sich sein Bataillon versammelte, bedauerte die Regierung und tat seine Pflicht. Vor und während einer Emeute stand er auf Seiten der Julimonarchie; aber sobald ein politischer Prozeß eingeleitet wurde, ging er zu den Angeklagten über. Dieses ziemlich unschuldige „Wetterwendische" trat auch bei seinen politischen Ansichten hervor; seine Antwort auf alles war der nordische Koloß. England war für ihn, wie für den alten Constitutionel, eine Gevatterin mit zwei Gesichtern; abwechselnd war es das macchiavellistische Albion und das Musterland: macchiavellistisch, wenn es sich um die Interessen des beleidigten Frankreichs und Napoleons handelte; Musterland, wenn von den Fehlern der Regierung die Rede war. Er billigte wie seine Zeitung, das demokratische Element und lehnte in der Unterhaltung jedes Paktieren mit dem republikanischen Geiste ab. Der republikanische Geist, das war das Jahr 1793, das war die Emeute, der Terror, das Agrargesetz. Das demokratische Element, das war die Entwicklung des Kleinbürgertums, das war die Herrschaft der Phellions.

Dieser ehrenwerte Alte gab sich immer würdevoll; aus dieser würdevollen Haltung erklärt sich sein ganzes Leben. Er hatte seine Kinder würdig erzogen; er war in ihren Augen immer der Vater geblieben, und er hielt darauf, daß ihm zu Hause Achtung erwiesen wurde, wie man Achtung vor der Regierung und den Vorgesetzten haben soll. Niemals hatte er Schulden gemacht. Als Geschworener schwitzte er Blut und Wasser, um der Verhandlung des Prozesses folgen zu können, und niemals lachte er, selbst nicht, wenn der Gerichtshof, die Zuhörer und der Staatsanwalt lachten. Außerordentlich dienstwillig, opferte er seine Bemühungen, seine Zeit, nur nicht sein Geld. Sein Sohn Felix, der Professor, war sein Idol; er hielt ihn für fähig, Mitglied der Akademie der Wissenschaften zu werden. Thuillier, ein neutrales Element zwischen der vorlauten Nichtigkeit Minards und der gravitätischen Albernheit Phellions, neigte sich mit seinen trüben Erfahrungen bald auf die eine, bald auf die andere Seite. Er verbarg die Leerheit seines Kopfes hinter Banalitäten, wie er seinen gelben Schädel unter den fadenscheinigen Strähnen seines grauen Haars versteckte, die der Kamm des Friseurs mit außerordentlicher Geschicklichkeit von unten hinaufzog.

„In jeder andern Karriere“, pflegte er zu sagen, wenn er von der Verwaltung sprach, „hätte ich mir ein ganz anderes Vermögen erworben.“

Er hatte gesehen, wie das Gute theoretisch möglich, aber praktisch unmöglich war, und wie die Ergebnisse mit den Erwartungen in Widerspruch standen, und er erzählte von Ungerechtigkeiten, Intrigen und der Affäre Rabourdin.

„Hiernach kann man an alles und an nichts glauben,“ sagte er. „Ach, so eine Verwaltung, das ist eine verdrehte Sache; ich bin glücklich, daß ich keinen Sohn habe, der solch eine Karriere einschlagen könnte.“

Colleville, immer lustig, rund und gutmütig, Witze erzählend und Anagramme machend, war das Bild des tüchtigen, spottlustigen Bourgeois, die Begabung ohne Erfolg, die hartnäckige Arbeit ohne Resultat, aber auch die gutmütige Resignation, der Witz ohne Bosheit und die nutzlose Kunst, denn er war ein ausgezeichneter Musiker, spielte aber nur für seine Tochter.

Dieser Salon war also eine Art Provinz-Salon, aber von dem Reflex des dauernden Pariser Leuchtfeuers überstrahlt: mit seiner Mittelmäßigkeit, seinen Plattituden folgte er dem Strom des Jahrhunderts. Das Modewort und die Modesache, denn in Paris verhalten sich Wort und Sache zueinander wie Pferd und Reiter, gelangten erst aus zweiter Hand dorthin. Man wartete ungeduldig auf Herrn Minard, der bei wichtigen Angelegenheiten die Wahrheit wissen mußte. Die Frauen im Salon Thuillier standen auf seiten der Jesuiten, die Männer verteidigten die Universität; aber im allgemeinen hörten die Frauen zu. Ein geistvoller Mann, der die Langeweile solcher Abende hätte ertragen können, würde wie bei einem Lustspiel Molières gelacht haben, wenn er nach langen Diskussionen solche Dinge gehört hätte wie:

„Konnte die Revolution von 1789 vermieden werden? Die Anleihen Ludwigs XIV. waren ein starker Anstoß dazu. Ludwig XV., ein Egoist, ein Mann von beschränktem Geiste (er hat gesagt: „Wenn ich Polizeileutnant wäre, würde ich die Kabriolets verbieten"), ein liederlicher König, man kennt seinen Hirschpark! hat viel dazu beigetragen, daß sich der Abgrund der Revolution öffnete. Herr von Necker, ein übelgesinnter Genfer, hat den Anstoß dazu gegeben. Das Maximum hat der Revolution sehr unrecht getan. Von Rechts wegen hätte Ludwig XVI. nicht verurteilt werden dürfen; von einer Geschworenenbank wäre er freigesprochen worden. Weshalb hat Karl X. den Thron verloren? Napoleon war ein großer Mann, und die Einzelheiten, die sein Genie bezeugen, sind in Anekdoten enthalten: er nahm fünf Prisen Tabak in der Minute und aus ledergefütterten Taschen, die in seine Westen eingenäht waren. Er bezahlte alle Rechnungen der Lieferanten; er ging selbst nach der Rue Saint-Denis, um den Preis der Waren zu erfahren. Er hatte Talma zum Freunde; Talma brachte ihm seine Gesten bei, und trotzdem hat er sich immer geweigert, Talma einen Orden zu verleihen. Der Kaiser ist auf Wache gezogen für einen Soldaten, der verschlafen hatte, damit dieser nicht erschossen würde. Deshalb beteten ihn die Soldaten an. Ludwig XVIII., der ein geistvoller Mann war, hat doch darin unrecht getan, daß er ihn mit Herr von Buonaparte anredete. Der Fehler der gegenwärtigen Regierung besteht darin, daß sie sich führen läßt, anstatt selbst zu führen. Sie erniedrigt sich selbst. Sie fürchtet sich vor energischen Männern; sie hätten den Vertrag von 1815 zerreißen und von Europa den Rhein verlangen müssen. Man arbeitet im Ministerium zu lange mit denselben Männern."

„Sie haben nun genug Geist entwickelt," pflegte Fräulein Thuillier nach solchen lichtvollen Aussprüchen zu sagen: „Der Tisch ist hergerichtet, machen Sie Ihre kleine Partie.“

Die alte Jungfer beendete immer die Diskussionen, bei denen sich die Damen langweilten, mit einem solchen Vorschlage.

Wären diese früheren Vorgänge und all diese allgemeinen Bemerkungen nicht in der Form von Schlußfolgerungen vorgebracht worden, um den Rahmen für diese Erzählung zu bilden und einen Begriff vom Geiste dieser Gesellschaft zu geben, so würde die dramatische Entwicklung darunter gelitten haben. Im übrigen ist diese Skizze historisch treu und schildert eine gesellschaftliche Schicht von gewisser sozialer Bedeutung, besonders wenn man bedenkt, daß die politischen Maximen der jüngeren Linie der Königsfamilie sich auf sie gestützt haben.

Der Winter des Jahres 1839 war sozusagen die Zeitspanne, in der der Salon der Thuilliers seinen höchsten Glanz erreichte. Die Minards erschienen fast alle Sonntage und pflegten, auch wenn sie anderswo eingeladen waren, eine Stunde hier zu verbringen, und oft ließ Minard, wenn er mit seiner Tochter und seinem älteren Sohne, dem Advokaten, fortging, seine Frau zurück. Diese Beharrlichkeit Minards fand ihre Erklärung in einer, allerdings ziemlich späten Unterredung mit den Herren Métivier und Barbet, die eines Abends stattfand, als diese beiden wichtigen Mieter etwas länger als gewöhnlich dablieben und mit Fräulein Thuillier sprachen. Minard erfuhr von Barbet, daß die alte Jungfer ihm etwa dreißigtausend Franken gegen Sechsmonatswechsel zu siebeneinhalb Prozent jährlich lieh und Métivier den

gleichen Betrag, so daß sie wenigstens über hundertachtzigtausend Franken verfügen müßte.
„Ich nehme für Darlehen im Buchhandel zwölf Prozent, und gebe sie nur gegen sichere Unterlagen. Ich kann es also gar nicht bequemer haben," schloß Barbet. „Ich behaupte, daß sie hundertachtzigtausend Franken besitzen muß, denn die Bank nimmt nur Dreimonatsakzepte."
„Sie hat also ein Konto bei der Bank?" sagte Minard.
„Ich glaube es", erwiderte Barbet.
Da er Beziehungen zu einem Verwaltungsrat der Bank hatte, erfuhr Minard, daß Fräulein Thuillier in der Tat dort ein Konto in Höhe von etwa zweihunderttausend Franken besaß, für das als Unterlage vierzig Aktien deponiert waren. Diese Unterlage war übrigens, wie es hieß, überflüssig; die Bank hatte alles Entgegenkommen gegen eine Persönlichkeit, die ihr bekannt war und das Vermögen Celeste Lempruns verwaltete, der Tochter eines Angestellten, der ebensoviel Dienstjahre zählte, wie die Bank Jahre ihres Bestehens.
Im übrigen hatte Fräulein Thuillier im Verlaufe von zwanzig Jahren niemals ihren Kredit überschritten. Sie diskontierte allmonatlich Dreimonatswechsel über sechzigtausend Franken, was ungefähr hundertsechzigtausend Franken ausmachte. Da die deponierten Aktien einen Wert von hundertzwanzigtausend Franken hatten, so lief man gar kein Risiko, denn die Wechsel waren jedenfalls sechzigtausend Franken wert.
„Würde sie", sagte der Bankkommissar, „im dritten Monat uns auch Wechsel über hunderttausend Franken bringen, wir würden nicht einen

einzigen zurückweisen. Sie besitzt ein unbelastetes Haus, das mehr als hunderttausend Franken wert ist. Und schließlich sind alle diese Wechsel von Barbet und Métivier ausgestellt und tragen vier Unterschriften, die ihrige inbegriffen."

„Weshalb macht Fräulein Thuillier noch solche Geschäfte?" fragte Minard Métivier. „Aber das wäre doch etwas für Sie", fügte er hinzu.

„Oh, was mich anlangt," erwiderte Métivier, „ich tue besser, wenn ich eine von meinen Kusinen heirate; mein Onkel Métivier hat mir seine Geschäfte übertragen; er hat hunderttausend Franken Einkommen und nur zwei Töchter."

So heimlich Fräulein Thuillier, die niemandem, nicht einmal ihrem Bruder, etwas von solchen Geldanlagen mitteilte, auch vorging, und obwohl in diesen Summen auch die Ersparnisse aus dem Einkommen der Frau Thuillier mit den ihrigen zusammen enthalten waren, so ließ es sich doch schwer verhüten, daß nicht ein Strahl des Lichtes unter dem Scheffel, der ihren Schatz bedeckte, hervordrang.

Dutocq, der bei Barbet verkehrte, dem er im Charakter und im Aussehen vielfach ähnelte, hatte, zutreffender als Minard, die Ersparnisse der Thuilliers im Jahre 1838 auf hundertfünfzigtausend Franken geschätzt und konnte im geheimen ihr weiteres Anwachsen verfolgen, wenn er die Gewinne berechnete, die sie mit Hilfe des schlauen Geldverleihers Barbet machten.

„Celeste bekommt von uns zweihunderttausend Franken bar," hatte die alte Jungfer Barbet vertraulich mitgeteilt, „und Frau Thuillier will ihr kontraktlich ihr Vermögen verschreiben und sich nur die Nutznießung vorbehalten. Was mich betrifft, so ist mein Testament gemacht. Mein Bruder behält alles, solange er lebt, und Celeste ist meine Erbin. Herr Cardot, mein Notar, ist mein Testamentsvollstrecker."

Inzwischen hatte Fräulein Thuillier ihren Bruder veranlaßt, seine alten Beziehungen zu den Saillards, den Baudoyers und den Falleix wieder aufzunehmen, die im Viertel Saint-Antoine, wo Saillard Bürgermeister war, eine den Thuilliers und Minards entsprechende Stellung einnahmen. Der Notar Cardot hatte seinerseits ihnen einen Bewerber in der Person des Advokaten Godeschal, Dervilles Nachfolger, präsentiert, eines tüchtigen Mannes von sechsunddreißig Jahren, der beim Ankauf seiner Stelle hunderttausend Franken angezahlt hatte, und den Rest mit den zweihunderttausend Franken der Mitgift würde begleichen können. Aber Minard bewirkte, daß Godeschal abgelehnt wurde, nachdem er Fräulein Thuillier mitgeteilt hatte, daß Celeste dann zur Schwägerin die berühmte Marietta von der Oper bekommen würde.

„Sie kommt ja von dort her," sagte Colleville mit einer Anspielung auf seine Frau, „und sie will doch nicht wieder dorthin zurückkehren."

„Außerdem ist Herr Godeschal zu alt für Celeste", sagte Brigitte.

„Und dann," fügte Frau Thuillier schüchtern hinzu, „soll man sie nicht nach ihrem Geschmack wählen lassen, damit sie glücklich wird?"

Die arme Frau hatte gemerkt, daß Felix Phellion Celeste wahrhaft liebte, mit einer Liebe, wie sie eine Frau, die von Brigitte unterdrückt und durch die Gleichgültigkeit Thuilliers, der sich um seine Frau weniger als um ein Dienstmädchen kümmerte, verletzt war, sich erträumte: innerlich voll Mut, schüchtern nach außen hin, selbstsicher und doch furchtsam, vor allen andern zurückhaltend und in allen Himmeln schwelgend. Dreiundzwanzig Jahre alt, war Felix Phellion ein sanfter, harmloser junger Mann, wie die Gelehrten sind, die sich der Wissenschaft um der Wissenschaft willen hingeben. Er war sorgfältig von seinem Vater erzogen worden, der alles ernst nahm und ihm stets ein gutes Vorbild gewesen war, wenn er ihm auch triviale Lehren gab. Er war ein junger mittelgroßer Mann mit hellbraunem Haar, grauen Augen und einem Gesicht voller Sommersprossen; er hatte eine sehr angenehme Stimme, eine ruhige Haltung, bewegte sich wenig, war träumerisch, machte nur sinnvolle Bemerkungen, widersprach niemandem und war vor allem jedes schmutzigen Gedankens und jeder egoistischen Berechnung bar.

„Solch einen Mann hätte ich mir gewünscht!" sagte sich Frau Thuillier oft.

Zu Anfang des Jahres 1840, im Februar, waren im Salon bei den Thuilliers mehrere der eben geschilderten Personen anwesend. Es war gegen Ende des Monats. Barbet und Métivier, die jeder dreißigtausend Franken von Fräulein Brigitte bekommen hatten, spielten mit Minard und Phellion Whist. An einem andern Tisch spielten Julian, der Advokat, welchen Spitznamen Colleville dem jungen Minard gegeben hatte, Frau Colleville, Herr Barniol und Frau Phellion. Eine Bouillotte, den Point zu fünf Sous, machten Frau Minard, die kein anderes Spiel verstand, Colleville, der alte Vater Saillard und sein Schwiegersohn Bandoze. Laudigeois und Dutocq waren Ersatzmänner; die Damen Falleix, Baudoyer, Barniol und Fräulein Minard spielten Boston, und Celeste saß neben Prudence Minard. Der junge Phellion unterhielt sich mit Frau Thuillier und sah Celeste an.

Am Kamin thronte auf einem Sofa die Königin Elisabeth der Familie, ebenso einfach wie seit dreißig Jahren gekleidet, denn kein Reichtum hätte sie ihren Gewohnheiten untreu machen können. Auf ihren chinchillafarbenen Haaren saß eine Haube aus schwarzer Gaze mit Charles X.-Geranien garniert; ihr Kleid aus schleierartigem korinthenfarbigem Stoff hatte fünfzehn Franken gekostet; ihre gestickte Halskrause für sechs Franken verhüllte nur mangelhaft den tiefen Einschnitt, den die beiden Muskeln, die den Kopf mit der Wirbelsäule verbinden, machen. Monvel, wenn er den alten Augustus spielte, zeigte kein so strenges Profil wie das dieser Autokratin, die für ihren Bruder Strümpfe strickte. Vor dem Kamin stand Thuillier, immer auf dem Sprunge, den Neuankommenden entgegenzugehen, und neben ihm befand sich ein junger Mann, dessen Erscheinen großes Aufsehen erregt hatte, als der Portier, der an Sonntagen in seinem besten Anzug als Diener fungierte, Herrn Olivier Vinet anmeldete.

Eine vertrauliche Mitteilung, die Cardot dem berühmten Generalstaatsanwalt, dem Vater dieses jungen Beamten gemacht hatte, war die Veranlassung zu dessen Besuch gewesen. Olivier Vinet war als Staatsanwaltsgehilfe von dem Gericht in Arcis-sur-Aube an das Seinegericht versetzt worden. Der Notar Cardot hatte Thuillier mit dem Generalstaatsanwalt, der Aussicht hatte, Justizminister zu werden, und seinem Sohne zum Essen eingeladen. Cardot schätzte das Vermögen, das Celeste einmal zufallen sollte, augenblicklich auf siebenhunderttausend Franken. Der junge Vinet war entzückt, daß er Sonntags bei Thuilliers erscheinen durfte. Große Mitgiften verführen heutzutage zu großen Gemeinheiten, ohne daß man sich deren schämt.

Zehn Minuten später erhob ein anderer junger Mann, der vor der Ankunft des Staatsanwaltsgehilfen mit Thuillier geplaudert hatte, bei einer erregten politischen Diskussion laut seine Stimme und nötigte den Beamten, infolge der Lebhaftigkeit der Debatte, seinem Beispiele zu folgen. Es war die Rede von einem Beschluß, durch den die Deputiertenkammer soeben das Ministerium des 12. Mai gestürzt hatte, weil sie die für den Herzog von Nemours verlangte Apanage ablehnte.

„Ich bin gewiß weit davon entfernt," sagte der junge Mann, „zur monarchischen Partei zu gehören, aber ebenso weit davon, den Anspruch der Bourgeoisie auf die Regierung zu billigen. Die Bourgeoisie hat ebensowenig wie früher der Adel das Recht, zu behaupten, daß sie der Staat sei. Aber schließlich hat doch die französische Bourgeoisie eine neue Dynastie geschaffen, ihr Königtum, und jetzt behandelt sie es so! Wenn das Volk den Aufstieg Napoleons zuließ, so hat es mit ihm doch etwas Großartiges, etwas Monumentales geschaffen; es war stolz auf seine Größe und hat edelmütig sein Blut und seinen Schweiß hergegeben, um das Kaiserreich aufzurichten. Neben dem Glanz des aristokratischen Thrones und dem kaiserlichen Purpur, neben den Großen und dem Volke erscheint die Bourgeoisie armselig, sie zieht die Regierungsgewalt zu sich herab, anstatt sich zu ihr hinauf zu erheben. Ihre Kontorsparsamkeit mit Kerzenendchen mutet sie den Prinzen zu. Was in ihrem Laden eine Tugend ist, das ist oben ein Fehler und ein Verbrechen. Ich würde viel für das Volk verlangt haben, aber ich hätte von der neuen Zivilliste nicht zehn Millionen abgestrichen. Nachdem sie in Frankreich fast alles geworden ist, schuldet die Bourgeoisie dem Volke das Glück, sie schuldet ihm Glanz ohne Prunk, Größe ohne Privilegien."

Der Vater Olivier Vinets war damals schlecht auf die Regierung zu sprechen: Die Amtstracht des Großsiegelbewahrers, die sein Traum war, wollte sich immer noch nicht um seine Schultern legen. Der junge Staatsanwaltsgehilfe wußte daher nicht recht, wie er antworten sollte, und glaubte am besten zu tun, wenn er nur einer Seite der Frage zustimmte.

„Sie haben recht, mein Herr," sagte Olivier Vinet. „Aber bevor sie sich bereit macht, muß die Bourgeoisie ihre Pflichten gegen Frankreich erfüllen. Der Glanz, von dem Sie sprechen, kommt erst hinter der Pflicht. Was Ihnen so sehr tadelnswert erscheint, entspricht dem Zwange der augenblicklichen Verhältnisse. Die Kammer ist weit davon entfernt, den ihr zukommenden Anteil an den Geschäften gewährt zu erhalten; die Minister dienen weniger Frankreich als der Krone, und die Kammer will, daß das Ministerium wie in England eine selbständige Macht haben soll und nicht nur eine entliehene. An dem Tage, an dem das Ministerium selbständig handeln und als Exekutivgewalt die Kammer repräsentieren wird, wie die Kammer die Repräsentantin des Landes ist, wird sich das Parlament auch sehr freigebig gegen die Krone bezeigen. Hierin liegt der Kernpunkt der Frage; ich erkläre sie bloß, ohne meine persönliche Meinung zu äußern, denn die Pflichten meines Amtes verlangen von mir in politischer Hinsicht eine Art von Lehnstreue gegenüber der Krone."

„Abgesehen von der politischen Seite der Frage", erwiderte der junge Mann, dessen Aussprache und Akzent ein Kind der Provence verrieten, „ist es nicht weniger wahr, daß die Bourgeoisie ihre Mission nur mangelhaft begriffen hat; wir sehen Generalstaatsanwälte, erste Gerichtspräsidenten und Pairs von Frankreich im Omnibus fahren, Richter, die von ihrem Gehalt leben, Präfekten ohne Vermögen, Minister, die Schulden haben; wenn die Bourgeoisie solche Stellen besetzt, dann muß sie auch angemessene Gehälter für ihre Inhaber aussetzen, wie das früher die Aristokratie getan hat, damit sie sie nicht dazu benutzen, um sich ein Vermögen zu verschaffen, wie das Skandalprozesse erwiesen haben, sondern um ihr Einkommen auszugeben..."

„Wer ist denn dieser junge Mensch?" fragte sich Olivier Vinet als er ihn so reden hörte; „ein Verwandter? Cardot hätte mich eigentlich bei meinem ersten Besuche begleiten können."

„Wer ist denn dieser kleine Herr?" fragte Minard Herrn Barbet; „ich habe ihn hier schon mehrmals getroffen."

„Er ist ein Mieter", erwiderte Métivier, während er Karten gab.
„Es ist ein Advokat", sagte Barbet leise; „er hat eine kleine Wohnung im dritten Stock vorn heraus... Oh, nichts von Bedeutung, er hat nichts."
„Wie heißt er denn?" sagte Olivier Vinet zu Herrn Thuillier.
„Theodosius de la Peyrade; er ist Advokat", erwiderte Thuillier leise.
In diesem Moment blickten die Damen wie die Heren auf die beiden jungen Leute, und Frau Minard konnte sich nicht enthalten, zu Colleville zu sagen:
„Der junge Mann sieht recht gut aus."
„Ich habe schon ein Anagramm auf ihn gemacht", antwortete Celestes Vater; „sein Name und seine Vornamen bedeuten nichts gutes... Deshalb hüten Sie sich, meine liebe Mama Minard, ihm Ihre Tochter zu geben."
„Man findet diesen jungen Mann hübscher als meinen Sohn", sagte Frau Phellion zu Frau Colleville; „wie denken Sie darüber?"
„Oh, was das Äußere anlangt," erwiderte Frau Colleville, „so könnte eine Frau schwanken, bevor sie ihre Wahl träfe."
Der junge Vinet glaubte jetzt klug zu handeln, wenn er sich, im Hinblick auf diesen Salon voller Kleinbürger, für die Bourgeoisie begeisterte, und er stimmte der Ansicht des jungen provenzalischen Advokaten bei, indem er sagte, daß die mit dem Vertrauen der Regierung beehrten Leute es machen müßten wie der König, dessen Freigebigkeit noch die des früheren Hofes überträfe, und daß Sparen bei den Repräsentationspflichten einer

Stellung eine Torheit sei. Und außerdem, wie sei das vor allem in Paris möglich, wo das Leben dreimal so teuer sei und wo zum Beispiel die Wohnung eines Richters dreitausend Franken koste?...

„Mein Vater", schloß er, „gibt mir jährlich tausend Taler und ich kann damit und mit meinem Gehalt kaum meiner Stellung entsprechend leben."

Als der Staatsanwaltsgehilfe sich auf dieses schlüpfrige Gebiet begab, wechselte der Provenzale, der ihn geschickt dorthin geführt hatte, ohne daß es jemand merkte, einen Blick mit Dutocq, der wieder am Bouillottetisch seinen Platz einnehmen mußte.

„Und es sollen soviele Stellen besetzt werden," sagte der Gerichtsvollzieher, „daß man davon spricht, es würden in jedem Bezirk zwei Friedensgerichte gebildet werden, damit wir noch zwölf Gerichtsvollzieherstellen mehr bekommen... Gerade als ob man unsere Rechte angreifen wolle, wo wir doch unsere Ämter so übermäßig hoch bezahlt haben!"

„Ich hatte noch nicht den Vorzug, Sie vor Gericht plädieren zu hören", sagte der Staatsanwaltsgehilfe zu Herrn de la Peyrade.

„Ich bin Armenadvokat, ich plädiere nur vor dem Friedensgericht", erwiderte der Provenzale.

Als sie die Grundsätze des jungen Beamten über die Pflicht, sein Einkommen zu verbrauchen, verkündigen hörte, hatte Fräulein Thuillier ihr feierliches Gesicht, das dem jungen Provenzalen und Dutocq schon bekannt war, aufgesetzt. Der junge Vinet entfernte sich jetzt mit Minard und dem Advokaten Julian, so daß das Schlachtfeld vor dem Kamin dem jungen la Peyrade und Dutocq überlassen blieb.

„Die hohe Bourgeoisie“, sagte Dutocq zu Thuillier, „wird es ebenso machen, wie früher die Aristokratie. Der Adel wollte reiche Mädchen haben, um sein Land zu düngen; unsere heutigen Parvenüs wollen Mitgiften haben, um ihre Schuhe mit Stroh füttern zu können.“

„Dasselbe hat Herr Thuillier heute morgen zu mir gesagt“, erwiderte der Provenzale ungeniert.

„Sein Vater“, bemerkte Dutocq, „hat ein Fräulein de Chargeboeuf geheiratet und sich die Anschauungen des Adels zu eigen gemacht; er will um jeden Preis zu Geld kommen, seine Frau führt einen fürstlichen Haushalt.“

„Ach,“ sagte Thuillier, bei dem der Neid der Bourgeois gegen ihresgleichen erwachte, „man braucht diesen Leuten bloß ihr Amt zu nehmen, und sie werden wieder, was sie waren...“

Fräulein Thuillier strickte so heftig, als ob sie von einer Dampfmaschine getrieben würde.

„Die Reihe ist an Ihnen, Herr Dutocq“, sagte Frau Minard und stand auf. „Ich habe kalte Füße bekommen“, fügte sie hinzu und stellte sich ans Feuer, wo das Gold ihres Turbans beim Lichte der rosa Kerzen, die vergeblich den riesigen Salon zu erhellen versuchten, wie ein Feuerwerk strahlte.

Frau Colleville beobachtete den Provenzalen und verglich ihn mit dem jungen Phellion, der mit Celeste plauderte, ohne sich um das zu kümmern, was um sie herum vorging. Es ist nun sicher an der Zeit, diese eigenartige Persönlichkeit, die eine so wichtige Rolle bei den Thuilliers spielen sollte, zu schildern und die wohl der Darstellung durch die Hand eines großen Künstlers würdig wäre.

☆

ES GIBT IN DER PROVENCE UND VOR ALLEM in der Gegend des Hafens von Avignon eine Sorte blonder oder hellbrünetter Männer mit weißem Teint und beinahe zärtlichem Ausdruck, deren Augen eher matt, ruhig und schmachtend sind, als lebhaft, glühend und dunkel, wie es gewöhnlich bei Südländern der Fall ist. Es mag nebenbei bemerkt werden, daß auch bei den Korsen, Leuten, die zu Aufwallungen und zu den gefährlichsten Zornausbrüchen neigen, sich häufig solche blonden, anscheinend ruhigen Erscheinungen finden. Diese bleichen, ziemlich dicken Männer mit unruhigen grünen oder blauen Augen sind die schlimmste Sorte in der Provence, und Charles-Marie-Theodosius de la Peyrade war ein gutes Beispiel dieser Gattung, deren Wesen ein sorgfältiges Studium seitens der Medizin und der Physiologie verdiente. Es kocht in ihnen eine Art Galle, ein bitterer Hohn, der ihnen zu Kopf steigt und sie zu brutalen Handlungen, die scheinbar kühl ausgeführt werden, hinreißt. Das Ergebnis eines geistigen Rausches, scheint diese Art stummer Wut unvereinbar mit ihrer gewissermaßen lymphatischen äußeren Hülle und dem ruhigen Ausdruck ihres freundlichen Blickes.

In der Umgegend von Avignon geboren, war der junge Provenzale mit dem erwähnten Namen von mittlerer Statur, wohlproportioniert, beinahe dick, von farblosem Teint, der weder blaß, noch matt, noch leuchtend, sondern gallertartig war, denn diese Bezeichnung kann allein einen Begriff von dieser weichen matten Oberfläche geben, unter der sich weniger starke als im gegebenen Moment außerordentlich widerstandsfähige Nerven verbargen. Die Augen von kaltem Blaßblau hatten gewöhnlich einen Ausdruck trügerischer Melancholie, der einen großen Reiz auf die Frauen ausüben mußte. Die gut geformte Stirn war nicht ohne Adel und paßte zu dem feinen, dünnen, hellbraunen Haar, das sich an den Enden leicht und natürlich lockte. Die Nase war, genau wie bei einem Jagdhunde, glatt, an der Spitze eingekerbt, neugierig und klug umhersuchend und immer spürend; sie gab dem Gesicht nicht einen gutmütigen, sondern einen ironischen, spöttischen Ausdruck; aber diese beiden Seiten des Charakters traten nicht deutlich hervor, und der junge Mann mußte erst aufhören, sich zu beobachten, und heftig werden, damit sein Sarkasmus und sein Geist, der dann einen teuflischen Spott entwickelte, hervorbrechen konnten. Sein ganz angenehm geschwungener Mund mit granatroten Lippen schien ein wundervolles Instrument für seine in der Mittellage, die Theodosius gewöhnlich festhielt, beinahe süße Stimme, die aber in der Höhenlage wie der Ton eines Gongs in den Ohren vibrierte. Diese Fistelstimme ertönte, wenn er nervös und gereizt war. Sein Gesicht, von gewollter Ausdruckslosigkeit, hatte ovale Form. Sein ganzes Wesen war in Übereinstimmung mit der priesterlichen Ruhe seines Antlitzes sehr zurückhaltend und angemessen, aber schmiegsam und entgegenkommend, ohne fuchsschwänzelnd zu sein, und es besaß eine gewisse Anziehungskraft, die man sich übrigens nicht erklären konnte, sobald er verschwunden war. Wenn das Reizvolle von Herzen kommt, so hinterläßt es einen tiefen Eindruck; ist es aber nur ein Kunstprodukt, dann feiert es, ebenso wie die Beredsamkeit, nur flüchtige Triumphe; es will um jeden Preis Effekt machen. Aber wieviele Philosophen findet man im Leben, die imstande sind, einen solchen Vergleich anzustellen? Fast immer ist, um einen gewöhnlichen Ausdruck zu gebrauchen, die Geschichte vorbei, wenn die Leute dahinterkommen.

Bei diesem jungen Menschen von siebenundzwanzig Jahren stand alles im Einklang mit seinem wahren Charakter; er folgte seiner natürlichen Bestimmung wenn er die Philanthropie pflegte. Theodosius liebte das Volk, und er beschränkte seine Menschenliebe hierauf. Ebenso wie die Blumenpächter sich mit Rosen, Dahlien, Nelken oder Geranien befassen, und keinerlei Interesse an den Blumenarten, die ihre Liebhaberei nicht erwählt hat, nehmen, so gehörte dieser junge la Roche-Foucauld-Liancourt allein den Arbeitern, den Proletariern, den Elenden der Faubourgs Saint-Jacques und Saint-Marceau. Der hervorragende Mann, das Genie in verzweifelter Not, die verschämten Armen des Mittelstandes waren für sein Mitleid nicht vorhanden. Bei allen Leuten mit einer fixen Idee gleicht das Herz einem jener Kästen mit Abteilungen für die einzelnen Sorten Zuckerzeug; das „suum cuique tribuere“ ist ihr Wahlspruch, und sie wiegen jeder Pflicht ihre Dosis ab. Es gibt Philanthropen, die nur den Verirrungen Verurteilter ihr Mitleid zuwenden. Die Eitelkeit ist sicherlich die Grundlage der Philanthropie; bei dem Provenzalen aber war es die Berechnung, eine gespielte Rolle, eine liberale und demokratische Heuchelei, die mit einer Vollendung durchgeführt wurde, wie sie kein Schauspieler hätte zustande bringen können. Er griff die Reichen nicht an, er begnügte sich damit, sie nicht zu begreifen, aber er duldete sie; nach seiner Ansicht müßte jeder von seiner Arbeit leben; er war, wie er sagte, ein begeisterter Schüler Saint-Simons gewesen, aber diesen Fehler müsse man seiner frühen Jugend zugute halten: die moderne Gesellschaft könne keine andere Grundlage haben als das Erbrecht. Strenggläubiger Katholik, wie fast alle Leute des Comtats, ging er ganz früh zur Messe und verheimlichte seine Frömmigkeit. Wie fast alle Philanthropen war er schmutzig geizig und schenkte den Armen nur seine Zeit, seinen Rat, seine Beredsamkeit und das Geld, das er für sie von den Reichen erlangen konnte. Stiefel und ein Anzug von schwarzem Tuch, den er abtrug, bis die Nähte weiß schimmerten, bildeten seine Kleidung. Die Natur hatte viel für Theodosius getan dadurch, daß sie ihm nicht die männliche, vornehme Schönheit der Südländer verlieh, die bei anderen eingebildete Bedürfnisse erzeugt, die ein Mann nur sehr schwer befriedigen kann. Da es ihn nur wenig kostete, zu gefallen, so wurde er, ganz wie er wollte, für angenehm, für hübsch oder für sehr gewöhnlich angesehen. Seit er im Hause Thuillier zugelassen war, hatte er noch niemals bis zu diesem Abend gewagt, seine Stimme zu erheben und sich mit solcher Autorität zu äußern, wie er es eben gegen Olivier Vinet riskiert hatte; aber wahrscheinlich war es Theodosius de la Peyrade nicht unangenehm gewesen, aus der Dunkelheit, in der er sich bis dahin gehalten hatte, herauszutreten; außerdem war es nötig, sich dieses jungen Beamten zu entledigen, ebenso wie die Minards vorher den Anwalt Godeschal vernichtet hatten. Gleich allen überlegenen Geistern, und es fehlte ihm nicht an Überlegenheit, hatte der Staatsanwaltsgehilfe sich nicht bis zu dem Punkte vorgewagt, wo die Fäden dieser bourgeoisen Spinnennetze deutlich erkennbar werden, aber er war, wie eine Fliege mit dem Kopf voran, in die Falle gegangen, die ihm Theodosius fast unwahrnehmbar mit einer Schlauheit gestellt hatte, die auch gewandtere Leute als Olivier nicht gemerkt haben würden.

Um die Schilderung dieses Armenadvokaten abzuschließen, wird es nicht überflüssig sein, über sein erstes Auftreten im Hause Thuillier zu berichten.

Theodosius war gegen Ende des Jahres 1837 erschienen; er war damals seit fünf Jahren Rechtskandidat und hatte seinen Vorbereitungsdienst in Paris absolviert, um Advokat zu werden; unbekannte Umstände, über die er Schweigen bewahrte, hatten ihn verhindert, sich in die Liste der Pariser Advokaten eintragen zu lassen; er war noch Advokat im Vorbereitungsdienst. Sobald er aber die kleine Wohnung im dritten Stock bezogen hatte, mit dem für seinen vornehmen Beruf unbedingt erforderlichen Mobiliar – denn der Advokatenstand läßt keinen neuen Kollegen zu, der nicht ein anständiges Arbeitszimmer und eine Bibliothek besitzt, und zwar wird das nachgeprüft – wurde Theodosius de la Peyrade Advokat beim Pariser Obergericht.

Über dieser neuen Gestaltung seiner Lage verging das ganze Jahr 1838; er führte ein sehr regelmäßiges Leben, studierte von früh morgens an bis zur Essensstunde und erschien bei wichtigen

Sachen vor Gericht. Seine Beziehungen zu Dutocq hatten sich, nach Dutocqs Aussage, nur schwer angeknüpft, und zwar dadurch, daß er einigen Unglücklichen aus dem Faubourg Saint-Jacques, für die der Gerichtsvollzieher sich bei ihm verwendet hatte, den Dienst erwies, ihre Vertretung vor Gericht zu übernehmen; er ließ Anwälte für sie tätig sein, die nach den Statuten der Anwaltschaft umschichtig Armensachen annehmen mußten, und da er nur ganz sichere Sachen übernahm, so gewann er alle Prozesse. Nachdem er so in Beziehungen zu einigen Anwaltsbureaus getreten war, wurde er der Anwaltschaft durch solch ein rühmliches Verhalten bekannt, und aus diesem einiges Aufsehen erregenden Anlaß wurde er zunächst unter die Hilfsadvokaten aufgenommen und dann in das ordentliche Advokatenregister eingetragen. Von da ab war er Armenadvokat beim Friedensgericht und blieb weiter der Beschützer der unteren Klasse. Die Theodosius zu Dank Verpflichteten gaben ihrer Dankbarkeit und ihrer Bewunderung, trotz des Widerspruchs des jungen Advokaten, vor den Portiers Ausdruck, und vieles davon drang bis zu den Ohren der Hausbesitzer. Entzückt darüber, daß bei ihnen ein so rühmenswerter und hilfsbereiter Mann wohnte, wollten die Thuilliers ihn gern in ihrem Salon sehen und erkundigten sich bei Dutocq über ihn. Der Gerichtsvollzieher äußerte sich über ihn, wie es nordische Leute zu tun pflegen, und wenn er dem jungen Manne auch Gerechtigkeit widerfahren ließ, so bemerkte er doch, daß er auffallend geizig sei, was sich allerdings aus seiner Armut erklären lassen könne.

„Ich besitze übrigens eine Auskunft über ihn. Er gehört zu der Familie de la Peyrade, einer alten Familie der Grafschaft Avignon; er ist gegen Ende des Jahres 1829 hierhergekommen, um Nachforschungen nach einem Onkel anzustellen, dessen Vermögen für bedeutend galt; er hat schließlich die Wohnung dieses Verwandten drei Tage nach dessen Tode aufgefunden, und die Möbel des Verstorbenen haben gerade dazu hingereicht, die Kosten der Beerdigung und die Schulden zu bezahlen. Ein Freund dieses nutzlosen Onkels hat dann unserm Vermögenssucher hundert Louisdor zukommen lassen und ihn veranlaßt, Jura zu studieren und sich der Rechtskarriere zu widmen; mit diesen hundert Louisdors hat er seinen Lebensunterhalt in Paris drei Jahre hindurch bestritten und wie ein Einsiedler gelebt; da er aber niemals etwas über seinen unbekannten Beschützer erfahren konnte, so befand sich der arme Student im Jahre 1833 in großer Not.

Er warf sich nun, wie damals viele Rechtskandidaten, auf die Politik und die Literatur und war so eine Zeitlang der Bedürftigkeit überhoben; von seiner Familie hatte er nichts zu erwarten: sein Vater, der jüngere Bruder des in der Rue des Moineaux verstorbenen Onkels, hat elf lebende Kinder, die von dem Ertrag einer kleinen Besitzung, Canquoelles genannt, leben.

Schließlich erhielt er eine Stellung bei einer offiziösen Zeitung, deren verantwortlicher Leiter der bekannte Cérizet war, der so berühmt geworden ist durch die Verfolgungen, die er unter der Restauration wegen seiner Anlehnung an die Liberalen erlitten hat, und dem die Männer der neuen

Linken seine offiziöse Stellung nicht verzeihen wollen. Ebenso wie heute die Regierung ihre treuesten Diener sehr wenig schützt, wie die Affäre Gisquet beweist, ebenso haben die Republikaner Cérizet schließlich zugrunde gerichtet. Ich erwähne das, um Ihnen zu erklären, wie es kam, daß Cérizet jetzt Sekretär in unserer Gerichtsschreiberei ist.

Zu der Zeit also, wo er als Leiter eines von dem Minister Perier auf gefährliche Zeitungen, wie die Tribüne und andere, losgelassenen Blattes in Ansehen stand, war Cérizet, alles in allem ein guter Kerl, der aber die Weiber, gutes Essen und Vergnügungen ein bißchen zu sehr liebt, dem Theodosius sehr nützlich, der bei ihm politischer Redakteur war; und ohne den Tod Casimir Periers wäre der junge Mann Staatsanwaltsgehilfe geworden. In den Jahren 1834 und 1835 geriet er, trotz seiner Begabung, wieder ins Elend, denn seine Mitarbeit an einem Regierungsblatt hat ihm geschadet. ‚Ohne meine religiösen Grundsätze', sagte er einmal zu mir, ‚hätte ich mich damals in die Seine gestürzt.' Anscheinend hat schließlich der Freund seines Onkels von seiner üblen Lage gehört und hat ihm so viel zugewendet, daß er sich als Advokat eintragen lassen konnte; Namen und Wohnung seines unbekannten Beschützers kennt er aber immer noch nicht. Nach alledem ist unter solchen Umständen seine Sparsamkeit entschuldbar, und es bedarf eines festen Charakters, um alles abzulehnen, was ihm die armen Teufel anbieten, die durch seine aufopfernde Tätigkeit ihre Prozesse gewinnen. Es ist wirklich unwürdig, wenn, wie man sieht, Leute darauf spekulieren, daß die

Armen nicht in der Lage sind, die Kosten für einen Prozeß aufzubringen, den man ihnen ungerechterweise angehängt hat. Oh, der wird schon seinen Weg machen, und es würde mich nicht in Erstaunen setzen, wenn ich diesen Jungen mal in sehr glänzender Stellung sehen würde; er besitzt Zähigkeit, Ehrlichkeit und Mut; er arbeitet und büffelt."

Trotz der Freundlichkeit, mit der er empfangen worden war, ließ sich la Peyrade nur selten bei Thuilliers sehen. Erst als man ihm wegen seiner Zurückhaltung Vorwürfe machte, zeigte er sich häufiger, erschien schließlich an allen Sonntagen, wurde zu allen Diners eingeladen und endlich so vertraut im Hause, daß man ihn, wenn er um vier Uhr kam, um mit Thuillier zu sprechen, nötigte, zwanglos an dem täglichen Essen teilzunehmen. Fräulein Thuillier sagte sich dann:

‚Wir sind so wenigstens sicher, daß er gut zu essen bekommt, der arme junge Mensch!'

Eine soziale Erscheinung, die gewiß schon beobachtet, aber noch nicht formuliert oder, wenn man will, schriftlich festgehalten worden ist, obgleich sie konstatiert zu werden verdient, ist die Wiederkehr der Gewohnheiten, der Gedanken, der Manieren der früheren Situation bei Leuten, die von der Kinderzeit bis ins Alter aus ihrem ursprünglichem Stande empor gestiegen sind. So war Thuillier innerlich wieder der Portierssohn geworden; er wendete Scherzworte seines Vaters an und ließ schließlich auf der äußeren Oberfläche seines im Abstieg befindlichen Lebens die Spuren seiner Herkunft deutlich werden.

Fünf-, sechsmal im Monat pflegte er, wenn die fette

Suppe gut war, wie einen ganz neuen Einfall zu äußern, während er seinen Löffel auf den leeren Teller legte: „Das ist besser als ein Fußtritt, selbst wenn man ihn aufs Schienbein bekommt!...“ Als er diesen Scherz zum erstenmal hörte, verlor Theodosius, der ihn noch nicht kannte, seinen würdevollen Ernst und lachte so herzlich los, daß Thuillier, der schöne Thuillier, sich in seiner Eitelkeit geschmeichelt fühlte wie nie zuvor. Seitdem begleitete Theodosius diese Redensart immer mit einem kleinen verständnisvollen Lächeln. Dieser kleine Umstand mag erklären, warum Theodosius am Morgen des Tages, an dessen Vorabend er den Disput mit dem jungen Staatsanwaltsgehilfen gehabt hatte, zu Thuillier, mit dem er im Garten nach den Folgen des Frostes sah, sagen konnte:
„Sie sind viel geistreicher, als Sie glauben!“
Und er hatte zur Antwort bekommen:
„In jeder andern Laufbahn, mein lieber Theodosius, hätte ich sehr viel erreicht, aber der Sturz des Kaisers hat mir den Hals gebrochen.“
„Es ist noch nicht zu spät“, hatte der junge Advokat gesagt. „Was hat denn eigentlich Colleville, dieser Hanswurst, getan, daß er das Kreuz erhalten hat?“
Damit hatte de la Peyrade einen wunden Punkt berührt, den Thuillier vor allen Augen verbarg, und zwar so, daß selbst seine Schwester nichts davon wußte; aber der junge Mann, in dessen Interesse es lag, das Wesen dieser Bourgeois zu studieren, hatte den heimlichen Neid, der am Herzen des ehemaligen Vizechefs nagte, geahnt.
„Wenn Sie, der Sie so erfahren sind, mir die Ehre erweisen wollen, meinem Rat zu folgen“, hatte

der Philantrop hinzugefügt, „und vor allem niemals mit jemandem von unsrer Abmachung zu sprechen, selbst nicht mit Ihrer vortrefflichen Schwester, wenn ich nicht meine Zustimmung gebe, so verpflichte ich mich, Ihnen den Orden unter dem Beifall des ganzen Viertels zu verschaffen."

„Oh, wenn wir das erreichen könnten!" hatte Thuillier ausgerufen; „Sie wissen nicht, was ich dann für Sie tun könnte..."

Das mag erklären, weshalb Thuillier sich so in die Brust warf, als Theodosius eben die Kühnheit gehabt hatte, ihm seine Ansicht unterzuschieben.

In der Kunst – und Molière hat wohl die Heuchelei zur Höhe der Kunst erhoben, indem er Tartüff für immer zum Komödiantentypus gemacht hat – gibt es einen Höhepunkt der Vollkommenheit, bis zu dem das Talent nicht heranreicht, sondern allein das Genie. Zwischen den Werken der Genies und denen der Talente besteht nur ein geringer Unterschied, und nur geniale Menschen können diesen Unterschied empfinden, der Raphael von Correggio, Tizian von Rubens trennt. Ja noch mehr: der Durchschnittsmensch läßt sich täuschen. Denn das Zeichen des Genies ist gewissermaßen die Leichtigkeit, mit der das Werk geschaffen zu sein scheint. Es muß, mit einem Wort, auf den ersten Anblick ganz einfach erscheinen, weil es immer ganz natürlich, selbst bei den erhabensten Sujets, ist.

Viele Bauernweiber halten ihr Kind ebenso wie die berühmte Dresdener Madonna. Nun, bei einem Mann von der Fähigkeit Theodosius' war der Gipfel der Kunst, daß man nachher von ihm sagen mußte: „Jeder wäre darauf hereingefallen!“ Er sah also im Salon Thuillier einen Zwist aufkeimen, er verstand Collevilles ziemlich klarsehende Natur und das kritische Wesen des Künstlers, der seinen Beruf verfehlt hat. Der Advokat wußte, daß er Colleville mißfiel, der, infolge von Umständen, die zu berichten überflüssig wäre, Grund hatte, an die Geheimwissenschaft der Anagramme zu glauben. Bei keinem seiner Anagramme hatte er sich getäuscht. Man hatte sich auf dem Amte über ihn mokiert, als er, auf die Frage nach Minards Anagramm, verkündet hatte: „Ich werde ein großes Vermögen zusammenraffen,“ und zehn Jahre später hatte sich das Anagramm bestätigt. Theodosius' Anagramm war fatal. Das seiner Frau hatte ihn erschreckt, und niemals hatte er es laut werden lassen, denn Flavia-Minard-Colleville ergab: „Die alte C***, ein beschimpfter Name, stiehlt.“

Mehrmals bereits hatte Theodosius dem jovialen Sekretär der Stadtverwaltung sich nähern wollen, war aber immer einer kühlen, bei einem so entgegenkommenden Manne wenig natürlicher Abweisung begegnet. In dem Augenblick, wo die Bouillottepartie beendet war, zog Colleville Thuillier in eine Fensternische und sagte zu ihm:

„Du läßt diesen Advokaten hier bei dir zu festen Fuß fassen, er hat heute abend das große Wort geführt.“

„Ich danke dir, lieber Freund, ein Mann, der gewarnt ist, ist so klug wie zweie“, antwortete Thuillier, während er sich heimlich über Colleville lustig machte.

Theodosius, der in diesem Augenblick gerade mit

Frau Colleville plauderte, hatte seinen Blick auf die beiden Freunde gerichtet, und mit dem Ahnungsvermögen, das die Frauen zu gebrauchen verstehen, wenn sie wissen wollen, ob und in welcher Weise von ihnen die Rede ist, merkte er, daß Colleville ihm bei dem schwachen unbedeutenden Thuillier zu schaden versuchte.

„Gnädige Frau," sagte er leise zu der fromm gewordenen Dame, „glauben Sie mir, wenn hier jemand imstande ist, Sie richtig zu würdigen, so bin ich es. Wenn man Sie ansieht, so möchte man sagen: eine Perle, die in den Schmutz gefallen ist; Sie sind noch nicht zweiundvierzig Jahr alt, denn eine Frau ist so alt, wie sie aussieht, und viele Frauen von dreißig Jahren, die nicht an Sie heranreichen, würden glücklich sein, wenn sie eine solche Figur hätten und ein so entzückendes Gesicht, das von der Liebe erzählt, die niemals die Sehnsucht Ihres Herzens zu befriedigen vermocht hat. Sie haben sich Gott zugewendet, ich weiß es, und ich empfinde zu viel Mitgefühl, als daß ich etwas anderes für Sie zu sein begehrte als Ihr Freund; aber Sie haben das nur getan, weil Sie niemals einen Ihrer Würdigen gefunden haben. Gewiß, geliebt sind Sie worden, aber Sie haben nie empfunden, daß man Sie anbetete, ich habe das geahnt... Und Ihr Mann hier hat niemals verstanden, Ihnen eine Ihres Wertes würdige Stellung zu verschaffen; er haßt mich, als ob er fürchtete, daß ich Sie liebe, und will mich daran hindern, Ihnen zu sagen, daß ich eine Möglichkeit gefunden zu haben glaube, Sie in eine Sphäre zu bringen, die Ihrer Bestimmung entspricht . . . Nein, gnädige Frau", sagte er laut und erhob sich,

„nicht der Abbé Gondrin wird dieses Jahr in der Fastenzeit in unsrer bescheidenen Kirche Saint-Jaques du Haut-Pas predigen, sondern Herr d'Estival, ein Landsmann von mir, der sich dem Predigerberuf aus Mitgefühl für die Armen geweiht hat, und Sie werden da einen der weihevollsten Redner, die ich kenne, zu hören bekommen, einen Priester, der zwar kein sehr angenehmes Äußere hat, aber was für eine Seele!..."

„Mein Wunsch wird also erfüllt werden," sagte die arme Frau Thuillier; „ich habe die berühmten Prediger nie verstehen können!"

Ein Lächeln erschien auf Fräulein Thuilliers Lippen und auf denen mehrerer anderen.

„Sie befassen sich zu sehr mit theologischen Erklärungen, das ist schon lange meine Ansicht", sagte Theodosius; „aber ich spreche niemals über Religion, und ohne Frau Colleville..."

„Gibt es denn in der Theologie Erklärungen?" fragte der Mathematikprofessor naiv und geradezu.

„Ich will nicht annehmen," erwiderte Theodosius und sah Felix Phellion an, „daß Sie diese Frage im Ernst gestellt haben."

„Felix," sagte der alte Phellion und kam schwerfällig seinem Sohn zu Hilfe, als er auf Frau Thuilliers blassem Gesicht einen schmerzlichen Ausdruck wahrnahm, „Felix unterscheidet bei der Religion zwei Kategorien: er betrachtet sie einmal vom menschlichen und einmal vom göttlichen Standpunkt, von dem der Tradition und dem der Begründung aus."

‚Was für eine ketzerische Ansicht, Herr Phellion!" entgegnete Theodosius; „die Religion ist eine Einheit; sie verlangt vor allem den Glauben."

Durch diese Phrase festgenagelt, sah der alte Phellion seine Frau an:
„Es ist Zeit, meine Liebe ...“
Und er zeigte auf die Uhr.
„Oh, Herr Felix,“ sagte Celeste leise zu dem offenherzigen Mathematiker, „können Sie nicht, wie Pascal und Bossuet, gleichzeitig ein Gelehrter und fromm sein? ...“
Mit den Phellions brachen auch Collevilles auf, und es blieben bald nur noch Dutocq, Theodosius und die Thuilliers zurück.
Die Schmeicheleien, die Theodosius Flavia zugeflüstert hatte, waren zwar lauter Gemeinplätze; aber es muß im Interesse dieser Erzählung bemerkt werden, daß der Advokat sich so sehr als möglich auf dem geistigen Niveau dieser vulgären Leute hielt; er schwamm in ihrem Wasser und redete ihre Sprache. Sein Maler war Pierre Grassou und nicht Joseph Bridau; sein Buch „Paul und Virginie“. Der größte lebende Dichter war für ihn Casimir Delavigne; in seinen Augen war der Zweck der Kunst vor allem die Nützlichkeit. Parmentier, „der Schöpfer des Kartoffelbaus“ galt ihm mehr als dreißig Rafaels; der Mann mit dem kleinen blauen Mantel war für ihn „eine barmherzige Schwester“. Diese Ausdrücke Thuilliers wiederholte er zuweilen.
„Der junge Felix Phellion“, sagte er, „ist der typische Universitätsgelehrte unserer Zeit, das Produkt einer Wissenschaft, die Gott beiseite geschoben hat. Mein Gott, wo kommen wir hin! Nur die Religion kann Frankreich retten, denn nur die Furcht vor der Hölle schützt uns vor dem Hausdiebstahl, der fortwährend vorkommt und der

die sichersten Vermögen aufzehrt. Sie alle haben einen heimlichen Krieg im Schoß der Familie". Nach dieser geschickten Tirade, die lebhaften Eindruck auf Brigitte machte, empfahl er sich in Begleitung von Dutocq, nachdem er den drei Thuilliers gute Nacht gewünscht hatte.

„Das ist ein sehr begabter junger Mensch!" sagte Thuillier in feierlichem Tone.

„Ja, wahrhaftig", erwiderte Brigitte und löschte die Lampe aus.

„Und er besitzt Religion", sagte Frau Thuillier, die sich zuerst entfernte.

„Lieber Herr," sagte Phellion zu Colleville, als sie die Gegend der Bergbauschule erreichten, nachdem er sich überzeugt hatte, daß sie allein in der Straße waren, „ich habe die Gewohnheit, mich von andern belehren zu lassen, aber es ist mir unmöglich, zu übersehen, daß dieser junge Advokat bei unsern Freunden, den Thuilliers, sehr herrisch auftritt."

„Meiner Meinung nach," entgegnete Colleville, der mit Phellion hinter seiner Frau, Celeste und Frau Phellion ging, die sich alle drei dicht aneinander drängten, „ist er ein Jesuit, und ich liebe diese Leute nicht... Auch der beste von ihnen taugt nichts. Ein Jesuit, das bedeutet für mich Betrug, und zwar Betrug, um zu betrügen; sie betrügen aus Freude am Betruge, und, wie man sagt, um nicht aus der Übung zu kommen. Das ist meine Ansicht, und ich schlucke sie nicht hinunter."

„Ich verstehe Sie, Herr Colleville", erwiderte Phellion und reichten ihm den Arm.

„Nein, Herr Phellion," bemerkte Flavia mit leiser hoher Stimme, „Sie verstehen Colleville nicht,

aber ich weiß recht gut, was er sagen will, und er täte besser, nicht weiter zu sprechen ... So etwas kann man nicht auf der Straße behandeln, um elf Uhr, und in Gegenwart eines jungen Mädchens'".
„Du hast Recht, liebe Frau", sagte Colleville.
Als sie die Rue des Deux-Eglises erreicht hatten, in die Phellion einbiegen mußte, wünschte man sich gute Nacht. Felix Phellion sagte noch zu Colleville:
„Herr Colleville, Ihr Sohn Franz könnte in die Polytechnische Schule aufgenommen werden, wenn er viel Nachhilfestunden nehmen würde; ich bin bereit, ihn so weit zu bringen, daß er in diesem Jahre das Examen bestehen kann."
„Das würde ich gewiß nicht ablehnen! Ich danke Ihnen, lieber Freund", sagte Colleville; „wir sprechen noch darüber."
„Gut!" sagte Phellion zu seinem Sohne.
„Das hast du geschickt gemacht!" rief die Mutter.
„Was meint ihr denn damit?" fragte Felix.
„Nun, du hast sehr geschickt Celestes Eltern den Hof gemacht."
„Ich will nie wieder ein Problem lösen, wenn ich daran gedacht habe!" rief der junge Professor aus; „ich habe, wenn ich mit den jungen Collevilles plauderte, bemerkt, daß Franz eine Begabung für Mathematik besitzt, und ich habe mich für verpflichtet gehalten, seinem Vater das mitzuteilen."
„Schön, mein Sohn!" wiederholte Phellion, „ich möchte dich auch nicht anders haben, als du bist. Meine Wünsche sind erhört worden, ich habe einen braven, ehrenhaften Sohn, der alle bürgerlichen und persönlichen Tugenden besitzt, die man von ihm verlangen kann."

Als Celeste zu Bett gegangen war, sagte Frau Colleville zu ihrem Manne:

„Colleville, sprich dich doch nicht so rücksichtslos über Leute aus, die du nicht genau kennst. Wenn du Jesuiten sagst, dann meinst du Priester, das weiß ich; tu mir doch den Gefallen und behalte deine Ansichten über Religion für dich, wenn deine Tochter zugegen ist. Wir dürfen wohl unser Seelenheil verkaufen, aber nicht das unserer Kinder. Möchtest du, daß deine Tochter ein Geschöpf ohne Religion sei? ... Wir sind jetzt von allen Leuten abhängig, mein Engel, wir haben vier Kinder zu versorgen; willst du behaupten, daß du nie in die Lage kommen wirst, den einen oder den andern nötig zu haben? Mach dir doch keine Feinde; du hast ja sonst keine, du bist ein guter Kerl; dank dieser Eigenschaft, mit der du die Leute direkt bezaubern kannst, haben wir uns noch immer ziemlich gut herausgezogen! ..."

„Genug, genug!" sagte Colleville, der seinen Rock über einen Stuhl hängte und seine Krawatte abnahm; „ich habe unrecht, und du hast recht, meine Schönste."

„Bei der ersten Gelegenheit, du dickes Schaf," sagte die schlaue Hausmutter und klopfte ihrem Mann auf die Backen, „wirst du versuchen, dem kleinen Advokaten eine Liebenswürdigkeit zu sagen; das ist ein Schlaukopf, den müssen wir für uns gewinnen. Er spielt Komödie? ... Schön, spiel du auch mit ihm Komödie; tu, als ob du ihm glaubst, und wenn er begabt ist und Zukunftsaussichten hat, dann mach ihn dir zum Freunde. Meinst du, daß ich dich noch lange als Stadtsekretär sehen möchte?"

„Kommen Sie her, Frau Colleville," sagte der ehemalige Klarinettist der Komischen Oper und schlug sich aufs Knie, um anzuzeigen, wo seine Frau sich hinsetzen solle, „wärmen Sie sich die kleinen Füße, und plaudern wir noch ein bißchen... Wenn ich dich ansehe, dann bin ich immer mehr davon überzeugt, daß die Jugend der Frauen in ihrer Figur liegt..."

„Und in ihrem Herzen . . ."

„In dem einen, wie in dem andern," erwiderte Colleville, „eine leichte Gestalt und ein schweres Herz..."

„Nein, du Schöps... ein tiefes."

„Wie hübsch das ist, daß du dir deinen weißen Teint erhalten hast, ohne daß du dick geworden bist! . . . Gott, was hast du für zarte Knochen... Höre, Flavia, und wenn ich mein Leben noch einmal von vorn anfangen sollte, ich möchte keine andere Frau haben als dich."

„Du weißt auch ganz genau, daß ich dich immer lieber als ‚die Andern' gehabt habe... Ach, was ist das für ein Unglück, daß Monseigneur gestorben ist. Weißt du, was ich für dich gern gehabt hätte?"

„Nein."

„Eine Stellung bei der Stadt mit zwölftausend Franken Gehalt, so etwas wie Kassierer bei der städtischen oder der Kasse von Poissy, oder Geschäftsführer."

„Das würde mir alles gut passen."

„Nun, vielleicht könnte dieses Scheusal von Advokat etwas für uns tun; er ist ein großer Intrigant: wir müssen Rücksicht auf ihn nehmen... Ich werde bei ihm mal auf den Busch klopfen... laß mich nur machen ... und vor allem störe ihm sein Spiel bei den Thuilliers nicht ..."

Theodosius hatte den wunden Punkt in Flavia Collevilles Herzen berührt, und das verdient eine Erläuterung, zu der wohl eine Analyse des weiblichen Empfindens erforderlich ist.

Mit vierzig Jahren verspüren die Frauen und besonders die, die von der vergifteten Frucht der Leidenschaft gekostet haben, ein tiefes Angstgefühl; sie merken, daß es zweierlei Tod gibt: den körperlichen und den seelischen. Teilt man die Frauen in zwei Kategorien, indem man, vulgär gesprochen, die Tugendhaften und die Schuldigen unterscheidet, so kann man sagen, daß sie von diesem gefährlichen Alter an Schreckliches zu leiden haben. Tugendhaft, aber in ihrem natürlichen Verlangen unbefriedigt, sei es, daß sie ihr Begehren im Herzen oder daß sie es vor dem Altar Gottes begraben haben, können sie sich nicht ohne Erschrecken eingestehen, daß für sie alles zu Ende ist. Dieses Gefühl kann so eigenartige und so fürchterliche Wirkungen hervorbringen, daß sich hieraus ihr Apostatentum erklären läßt, das zuweilen die Welt in Erstaunen und Schrecken versetzt. Sind sie schuldig, so geraten sie in eine Schwindel erregende Lage, die oft zum Irrsinn oder zum Tode führt, die aber auch in eine Leidenschaft von gleicher Gewalt umschlagen kann.

Das Dilemma einer solchen Krisis ist dieses: Entweder haben sie das Glück kennengelernt und ein tugendhaftes Leben geführt und können nun nicht anders, als diese von Glut geschwängerte Luft einatmen und sich in dieser duftenden Atmosphäre, wo die Schmeicheleien wie Liebkosungen wirken, bewegen; wie sollen sie dem widerstehen? Oder, was ein noch merkwürdigeres und selteneres Phänomen ist, sie haben auf der Suche nach dem fliehenden Glück nur schnell schal gewordene Freuden gefunden, aber sie haben, von der trügerischen Befriedigung der Eitelkeit gepeitscht, die wilde Jagd fortgesetzt und sich an dieses Spiel geklammert wie der Spieler an sein System, denn diese letzten Tage ihrer Schönheit sind für sie der letzte Einsatz des verzweifelten Hazardeurs.

„Sie sind geliebt, aber nicht angebetet worden!" Dieses Wort Theodosius, von einem Blicke begleitet, der, wenn auch nicht in ihrem Herzen, so doch in ihrem Leben gelesen hatte, war die Lösung eines Rätsels, und Flavia fühlte sich durchschaut.

Der Advokat hatte nur einige Ideen wiedergegeben, die in der Literatur schon trivial geworden waren; aber was kommt es darauf an, aus welcher Fabrik die Reitpeitsche herstammt und was für eine Sorte es ist, wenn sie nur die empfindliche Stelle des Rassepferdes trifft! Das poetische Gefühl lag in Flavias Innerem und nicht in dem, was ihr Theodosius vorgesungen hatte, ebenso wie das Brausen nicht in der Flut steckt, wenn sie es auch erzeugt.

Ein junger Offizier, zwei nichtssagende Männer, ein unbeholfener kleiner Jüngling und der gute Colleville, das waren ihre traurigen Versuchsobjekte. Einmal in ihrem Leben hatte Frau Colleville von Glück geträumt, aber empfinden hatte sie es noch nicht können; dann hatte der Tod allzu schnell die einzige Neigung, bei der Flavia wirkliche Seligkeit empfunden hatte, vernichtet. Seit zwei Jahren vernahm sie die göttliche Stimme der Religion, die ihr verkündete, daß weder in der Kirche, noch in der menschlichen Gesellschaft von Glück und von Liebe die Rede ist, sondern von Pflicht und Resignation; daß für diese beiden großen Mächte das Glück in der Befriedigung ruht, die die Erfüllung mühseliger, schwer zu erfüllender Pflichten erzeugt, und daß die Belohnung nicht in dieser Welt erfolgt. Aber sie hörte noch eine andere laute Stimme in ihrem Innern, und da die Religion nur eine Maske für sie war, die sie notgedrungen vorbinden mußte, und nicht auf wirklicher Bekehrung beruhte, und weil sie sie nicht ablegte, da sie in ihr ein Hilfsmittel erblickte, und ihre falsche oder wahre Frömmigkeit nur ein äußerliches Kleid war, das sie ihren Zukunftshoffnungen anpaßte, so blieb sie in der Kirche, wie auf einer Bank im Walde an einem Kreuzwege, wo man die Aufschriften des Wegweisers liest, und mit dem Gefühl, daß bald die Nacht kommt, die Entscheidung dem Zufall überläßt.

So wurde auch ihre Wißbegier lebhaft erregt, als Theodosius ihr ihre den andern verborgene Lage klar machte, ohne dabei Ansprüche für sich geltend zu machen, sondern indem er sich allein an ihr inneres Empfinden wandte und ihr die Verwirklichung von Luftschlössern verhieß, die sich für sie schon sieben- oder achtmal in nichts aufgelöst hatten.

Seit Beginn des Winters hatte sie gemerkt, daß sie heimlich von Theodosius beobachtet und studiert wurde. Mehr als einmal hatte sie ihr graues Moiréekleid, ihre schwarzen Spitzen und ihren Kopfschmuck von mit Spitzen garnierten Blumen angelegt, um sich vorteilhaft zeigen zu können, und die Männer wissen immer recht gut, ob man für sie Toilette gemacht hat. Der gräßliche Beau der Kaiserzeit hatte sich in faden Schmeicheleien erschöpft, aber der Provenzale hatte mit einem verständnisvollen Blick tausendmal mehr gesagt.

Von einem Sonntag zum andern hatte Flavia auf eine Erklärung gewartet; sie sagte sich:

„Er weiß, daß ich nichts habe, und er selbst besitzt keinen Heller! Vielleicht ist er wirklich fromm."

Theodosius wollte nichts überstürzen, und wie ein geschickter Musiker hatte er sich die Stelle seiner Partitur angestrichen, wo er das Zeichen zum vollen Einsatz geben wollte. Als er merkte, daß Colleville ihn bei Thuillier verdächtigte, hatte er, nach geschickter Vorbereitung während drei bis vier Monaten, die er auf das Studium Flavias verwandt hatte, seine Ladung abgeschossen, und es war ihm damit ebenso geglückt, wie am Morgen mit Thuillier.

Als er sich zu Bett legte, sagte er sich:

„Die Frau habe ich gewonnen, der Mann kann mich nicht leiden; jetzt, in diesem Augenblick werden sie sich zanken, aber ich werde der Stärkere sein, denn sie macht mit ihrem Manne, was sie will."

Darin hatte sich der Provenzale allerdings getäuscht, denn es hatte nicht den geringsten Streit gegeben, und während er das zu sich sagte, schlief Colleville bereits neben seiner kleinen, süßen Flavia, welche dachte: ‚Theodosius ist ein überlegener Mensch.'

Bei vielen Männern wird ebenso wie bei la Peyrade, die Überlegenheit durch die Kühnheit oder die Schwierigkeit des Unternehmens erzeugt; die Anstrengungen, die sie machen, straffen ihre Muskeln, und sie verbrauchen außerordentlich viel Kraft; dann, nach dem Erfolge oder dem Mißlingen, ist alle Welt erstaunt, sie klein, elend oder erschöpft zu sehen. Nachdem er den beiden Personen, von denen das Geschick Celestes abhing, eine Wißbegierde eingeimpft hatte, die fieberhaft werden mußte, spielte Theodosius den Beschäftigten: fünf bis sechs Tage hindurch war er von früh bis abends abwesend, so daß er Flavia erst dann wiedersah, als ihre Begierde einen Höhepunkt erreicht hatte, wo man alle Schicklichkeit beiseite setzt, und daß er den alten Beau zwang, zu ihm zu kommen.
Am nächsten Sonntag war er ziemlich sicher, Frau Colleville in der Kirche zu finden; sie traten auch beide in demselben Augenblick heraus, trafen sich in der Rue des Deux-Eglises, und Theodosius bot Flavia den Arm, die ihn auch annahm und ihre Tochter mit ihrem Bruder Anatole vorausgehen ließ. Dieses jüngste Kind, das jetzt zwölf Jahre alt war, sollte in das Seminar eintreten und war in Barniols Institut in Halbpension, wo es den Elementarunterricht erhielt, und der Schwiegersohn Phellions hatte natürlich den Preis für die Halbpension mit Rücksicht auf die erhoffte Verbindung zwischen Phellion und Celeste ermäßigt.
„Haben Sie mir die Ehre und die Gunst erwiesen, über das, was ich Ihnen neulich so unbeholfen sagte, nachzudenken?“ fragte der Advokat mit einschmeichelndem Ton die hübsche Fromme und

drückte ihren Arm ebenso zärtlich wie stark an sein Herz, denn er schien sich zu bezwingen, um im Widerstreit mit seinem Empfinden respektvoll zu erscheinen. „Täuschen Sie sich nicht über meine Absichten“, fuhr er fort, als Frau Colleville ihm einen Blick zuwarf, wie ihn die Frauen, die die hohe Schule der Leidenschaft durchgemacht haben, zu schleudern verstehen, und dessen Ausdruck ebensogut eine strenge Zurückweisung wie eine geheime Übereinstimmung der Gefühle bedeuten kann. „Ich liebe Sie, wie man ein schönes Wesen liebt, das im Kampf mit dem Unglück steht; die christliche Nächstenliebe umfaßt die Starken wie die Schwachen, und ihr Schatz gehört allen. Zart, reizend, elegant wie Sie sind, geschaffen, die Zierde der vornehmsten Gesellschaft zu sein, welcher Mann kann Sie anschauen ohne das tiefste Mitgefühl im Herzen, daß Sie unter diesen widerwärtigen Kleinbürgern leben müssen, die nichts von Ihnen verstehen, nicht einmal den aristokratischen Reiz einer Ihrer Haltungen oder eines Ihrer Blicke oder eines der einschmeichelnden Laute Ihrer Stimme! Ach ... wenn ich reich wäre! Ach, wenn ich Einfluß hätte! Ihr Mann, der gewiß ein guter Kerl ist, müßte Generalsteuereinnehmer werden, und Sie würden ihn dann zum Deputierten machen! Aber ich, ein armer Ehrgeiziger, dessen erste Pflicht ist, seinen Ehrgeiz zu zügeln, da ich die letzte Nummer in dem Beutel der Familienlotterie bin, ich kann Ihnen nur meinen Arm anbieten, nicht mein Herz. Ich erhoffe alles für mich von einer reichen Heirat, und seien Sie überzeugt, daß ich meine Frau nicht nur glücklich, sondern zu eine der ersten Frauen des

Landes machen würde, wenn sie mir die Mittel gewährte, vorwärts zu kommen ... – Es ist schönes Wetter, machen wir einen Spaziergang durch den Luxembourgpark", fuhr er fort, als sie an die Rue d'Enfer gelangt waren, an die Ecke des Hauses der Frau Colleville, dem gegenüber ein Durchgang nach dem Garten über die Treppe eines kleinen Hauses führt, dem letzten Rest des berühmten Karthäuserklosters.

Das Anschmiegen des Armes, der auf seinem lag, verkündete ihm das stillschweigende Einverständnis Flavias, und da sie es verdiente, daß er ihr die Ehre eines gewissen Zwanges erwies, so zog er sie schnell mit sich fort, indem er hinzufügte:

„Kommen Sie! Wir werden nicht immer einen so günstigen Moment abpassen können. Oh," sagte er „Ihr Mann hat uns gesehen, er steht am Fenster; gehen wir langsamer ..."

„Sie haben von Herrn Colleville nichts zu befürchten," sagte Flavia lächelnd, „er läßt mir vollkommene Freiheit in allem, was ich tue."

„Ach, Sie sind wirklich die Frau, von der ich immer geträumt habe", rief der Provenzale mit einer Ekstase und einer Betonung aus, wie sie Seelen in Brand setzen und nur aus dem Munde eines Südländers laut werden können. „Verzeihung, gnädige Frau", sagte er, indem er sich besann und aus einer höheren Welt zu dem vertriebenen Engel zurückzukehren schien, den er mit frommen Blicken ansah; „Verzeihung, ich muß wieder auf das, was ich sagte, zurückkommen ... Aber, wie soll man kein Mitgefühl mit Schmerzen haben, die man selber empfindet, wenn man sieht, daß sie das Schicksal eines Wesens sind, dem das Leben nur Freude und Glück bescheren dürfte!... Sie erdulden dasselbe wie ich, ich bin ebensowenig an meinem Platze wie Sie an dem Ihrigen: das gleiche Schicksal macht uns zu Bruder und Schwester! Ach, meine teure Flavia, der erste Tag, an dem es mir vergönnt war, Sie zu erblicken, das war der letzte Sonntag des Septembers 1838... Sie waren so schön; ich werde Sie immer vor mir sehen, in diesem einfachen Mousselinedelaine-Kleide mit der Garnitur des Tartans irgendeines schottischen Clans!... An diesem Tage habe ich mich gefragt: ‚Was will diese Frau bei den Thuilliers, und vor allem, warum hat sie ein Verhältnis mit einem Menschen wie Thuillier gehabt?‘"

„Mein Herr!"... sagte Flavia, erschreckt über die Wendung, die der Provenzale plötzlich dem Gespräche gab.

„Oh, ich weiß alles!" rief er achselzuckend aus; „Und mir ist auch alles erklärlich... und ich achte Sie deshalb nicht geringer. Lassen Sie gut sein, Häßliche und Bucklige begehen solche Sünden nicht... Sie aber, Sie müssen auch den Nutzen aus Ihrem Fehltritt ziehen können, und dabei will ich Ihnen helfen! Celeste wird einmal sehr reich sein, und auf dieser Grundlage ruht Ihre ganze Zukunft; Sie können nur einen Schwiegersohn haben, seien Sie klug genug, ihn richtig auszuwählen. Ein Ehrgeiziger würde es zum Minister bringen können, aber er würde Sie demütigen, Sie schikanieren und Ihre Tochter unglücklich machen; und verliert er sein Vermögen, dann wird er sicher kein neues erwerben. Ja, gewiß, ich liebe Sie mit grenzenloser Zuneigung; Sie sind über der Masse kleinlicher Bedenken, über die die Dummköpfe stolpern, erhaben. Verstehen wir uns...“

Flavia war verblüfft; aber sie hatte trotzdem Verständnis für die ungewöhnliche Freimütigkeit dieser Sprache und sagte sich: ‚Er hält nicht hinterm Berge mit seiner Ansicht!...‘ Aber sie mußte sich gestehen, daß sie noch niemals von jemandem so tief in Erregung versetzt worden war wie von diesem jungen Manne.

„Ich begreife nicht, Herr de la Peyrade, woher Sie diese irrige Ansicht über meine Vergangenheit haben, und mit welchem Rechte Sie...

„Oh, Verzeihung, gnädige Frau,“ unterbrach sie der Provenzale so kühl, daß es fast verächtlich klang, „ich habe geträumt. Ich habe mir gesagt: ‚Alles dies ist sie‘, aber ich sehe, ich stoße auf Vorurteile. Ich weiß jetzt, warum Sie für immer in Ihrem vierten Stock dort oben in der Rue d'Enfer bleiben werden.“

Und er begleitete diese Worte mit einer energischen Handbewegung, indem er auf die Fenster der Collevilleschen Wohnung zeigte, die man von der Allee des Luxembourgparks, in der sie allein waren, sehen konnte, dieses riesigen Ackerfeldes, das schon von so vielen jungen ehrgeizigen Menschen bebaut worden war.

„Ich habe freimütig gesprochen, und ich erwartete von Ihnen das gleiche; ich habe mein Leben gefristet, die Rechte studiert und mein Examen in Paris gemacht, alles mit einem Kapital von zweitausend Franken, und ich habe die Stadt durch die Barrière d'Italie betreten mit fünfhundert Franken in der Tasche; aber ich habe mir dabei zugeschworen wie einer meiner Landsleute, eines Tages einer der ersten Männer meines Vaterlandes zu werden... Und der Mann, der sich oft sein Essen aus den Körben zusammengesucht hat, in die die Restaurateure ihre Überreste werfen und die sie um sechs Uhr morgens vor der Tür ausschütten, wenn die Kleinhöker sie nicht haben wollen, solch ein Mann wird von keinem Mittel... vor dem man nicht erröten muß, zurückschrecken. – Halten Sie mich etwa für einen Volksfreund?..." sagte er lächelnd; „man muß ein Sprachrohr für sein Renommee haben; das kann man sich nicht mit geflüsterten Worten machen; ...und ohne Ruf, was kann die Begabung erreichen? Der Advokat der Armen wird einmal der Advokat der Reichen werden... Habe ich Sie nun genügend in mein Innerstes blicken lassen? Öffnen Sie mir Ihr Herz... Sagen Sie zu mir: ‚Wir wollen Freunde sein', und wir werden alle eines Tages glücklich werden..."

„Mein Gott, warum bin ich hierher gekommen? Warum habe ich Ihnen den Arm gegeben?..." rief Flavia aus.

„Weil das Ihr Schicksal ist!" erwiderte er. „Ach meine teure, heißgeliebte Flavia," fuhr er fort und preßte ihren Arm an sein Herz, „haben Sie von mir allgemeine Redensarten erwartet?... Wir sind Bruder und Schwester,... das ist alles."

Und er führte sie auf den Weg nach der Rue d'Enfer zurück.

Flavia verspürte auf dem Grunde der Befriedigung, die die Frauen bei heftigen Gemütsbewegungen empfinden, ein Gefühl der Angst, und sie hielt es für das Erschrecken, das eine neue Liebesleidenschaft hervorruft; aber sie war beglückt und hüllte sich in tiefes Schweigen.

„Woran denken Sie?“ fragte Theodosius mitten auf dem Wege.

„An alles, was Sie eben zu mir gesagt haben“, antwortete sie.

„In unserm Alter“, entgegnete er, „hält man sich doch nicht mit Vorreden auf; wir sind keine Kinder mehr und befinden uns beide in einer Situation, wo man sich verständigen muß. Seien Sie aber jedenfalls überzeugt,“ fügte er hinzu, als sie an die Rue d'Enfer gelangt waren, „daß ich Ihnen ganz gehöre.“

Und er verbeugte sich tief vor ihr.

„Nun sind die Eisen im Feuer“, sagte er zu sich und blickte seinem betäubten Opfer nach.

Als er nach Hause zurückkehrte, fand Theodosius auf dem Treppenabsatze eine Persönlichkeit vor, die gewissermaßen ein unterseeisches Dasein in unserer Erzählung führt, und die sich mit einer unterirdischen Kirche vergleichen läßt, über der sich die Fassade eines Palastes erhebt. Der Anblick dieses Mannes, der zuerst vergeblich bei Theodosius geklingelt hatte, und nun eben bei Dutocq klingelte, ließ den provenzalischen Advokaten erschauern, aber nur innerlich, denn nichts an seinem Äußeren verriet seine tiefe Erregung. Dieser Mann war jener Cérizet, von dem Dutocq schon bei den Thuilliers als von seinem Sekretär gesprochen hatte.

Cérizet, der noch nicht achtunddreißig Jahr alt war, sah aus wie ein Mann von fünfzig, so sehr gealtert war er infolge alles dessen, was einen Menschen alt macht. Sein Kopf und sein Haar ließen einen gelblichen Schädel sehen, den eine durch ihre Entfärbung rötlich schimmernde Perücke nur mangelhaft bedeckte; sein blasses, welkes, übermäßig rohes Gesicht erschien um so scheußlicher, als er eine zerfressene Nase hatte, die aber noch nicht so völlig zerstört war, daß er die Möglichkeit gehabt hätte, sie durch eine künstliche zu ersetzen: von ihrer Wurzel an der Stirn bis zu den Nasenlöchern hatte diese Nase noch ihre natürliche Gestalt; aber die Krankheit hatte die äußeren Nasenflügel zerfressen und nur zwei Löcher von merkwürdiger Form übriggelassen, die die Aussprache beeinträchtigten und die Worte entstellten. Die ursprünglich schönen Augen waren durch Elend jeder Art und durch um die Ohren geschlagene Nächte geschwächt, an den Rändern gerötet und zeigten tiefe Entstellungen; ihr Blick hätte, wenn ein Ausdruck von Bosheit hineingelegt würde, selbst Richtern oder Verbrechern, kurz, Leuten die vor nichts erschrecken, Angst einflößen können.

Der zahnlose Mund, der noch einige schwarze Stummel aufwies, hatte einen drohenden Ausdruck und ließ hier und da einen schaumigen Speichel sehen, der aber nicht auf die blassen schmalen Lippen trat. Cérizet, ein kleiner, mehr vertrockneter als magerer Mann, suchte für sein häßliches Gesicht durch seine Kleidung zu entschädigen, und wenn diese Kleidung auch keine gute war, so hielt er sie doch in sauberem Stande, was aber ihre Schäbigkeit vielleicht noch deutlicher hervortreten ließ. Alles an ihm erschien zweifelhaft wie sein Alter, seine Sprache, sein Blick. Es war nicht zu erkennen, ob er achtunddreißig oder sechzig Jahr alt war, ob seine blaue, verblaßte, aber eng anliegende Hose bald wieder modern sein würde, oder der Mode des Jahres 1835 entsprach. Seine abgetretenen, aber sorgfältig geputzten, dreimal geflickten Stiefel, die einst elegant waren, hatten vielleicht die Teppiche eines Ministers unter sich gehabt. Sein Überrock mit Schnüren, durch Regengüsse verwaschen, dessen Knöpfe ihren Grund durch den Überzug indiskret durchblicken ließen, zeigte in seinem Schnitt noch etwas von seiner früheren Eleganz. Die seidene hohe Krawatte ließ glücklicherweise die Wäsche nicht sehen, war aber hinten von den Zinken der Schnalle zerrissen, und die Seide hatte von der Fettigkeit, die die Perücke absonderte, einen andern Glanz erhalten. Die Weste mochte wohl, als sie neu war, sauber ausgesehen haben, es war aber ein Exemplar der Sorte, die zu vier Franken aus den Beständen der Händler mit fertigen Kleidungsstücken verkauft wird. Alles war sorgfältig abgebürstet, ebenso wie der glänzende verbeulte seidene Hut. Und alles paßte zueinander und zu den schwarzen Handschuhen an den Händen dieses subalternen Mephistos, dessen Lebenslauf ein paar Worte gewidmet sein sollen.

Er war ein Künstler auf dem Gebiete des Bösen, der zuerst mit dem Bösen Glück gehabt hatte und der, durch den ersten Erfolg getäuscht, fortfuhr, Niederträchtigkeiten anzuzetteln, ohne die Grenzen des Strafgesetzes zu überschreiten. Nachdem er durch Verrat an seinem Herrn Leiter einer Druckerei geworden war, wurde er als Herausgeber eines liberalen Blattes verurteilt; und in der Provinz war er dann unter der Restauration einer der „schwarzen Männer“ der königlichen Regierung und der „unglückliche“ Cérizet, ganz wie der unglückliche Chauvet und wie der heldenmütige Mercier. Diesem Rufe verdankte er im Jahre 1830 seine Ernennung zum Unterpräfekten; sechs Monate später wurde er abgesetzt; aber er behauptete, er wäre, ohne daß man ihn gehört hätte, verurteilt worden, und machte solchen Lärm, daß er unter dem Ministerium Casimir Perier Leiter einer vom Ministerium bezahlten antirepublikanischen Zeitung wurde. Er verließ diese Stellung, um sich Geschäften zu widmen, worunter sich auch eine der übelsten Gründungen befand, die zur Untersuchung vor das Zuchtpolizeigericht gezogen wurde, und wobei er die Verurteilung zu schwerer Strafe stolz auf sich nahm, indem er erklärte, sie sei nur ein Racheakt der republikanischen Partei, die es ihm nicht verzeihen könne, daß er ihr so scharfe Schläge in seinem Blatte beigebracht hatte, und die nun eine Wunde mit zehn anderen vergelte. Seine Gefängnisstrafe hatte er in einem Krankenhause verbracht. Die Regierung schämte sich schließlich eines Mannes, der aus dem Findelhause stammte, und dessen wüstes Leben und schmutzige Geschäfte, die er mit einem früheren Bankier, namens Claparon, zusammen machte, ihn schließlich der vollauf verdienten Verachtung preisgegeben hatten. Daher hatte Cérizet, der auf der sozialen Leiter von Stufe zu Stufe bis ans unterste Ende gelangt war, noch einen Rest von Mitleid nötig, um die Stelle eines Sekretärs bei dem Gerichtsvollzieher Dutocq zu erhalten. Aber in der Tiefe seines Elends träumte dieser Mensch von Rache, und da er nichts mehr zu verlieren hatte, so war ihm jedes Mittel dazu recht. Dutocq und er waren durch ihren üblen Lebenswandel miteinander verbunden. In ihrem Stadtviertel war Cérizet für Dutocq, was der Jagdhund für den Jäger ist. Cérizet, mit allen Nöten des Elends vertraut, trieb den Rinnsteinwucher, den man Darlehn auf eine kurze Woche nennt; er hatte damit begonnen, mit Dutocq Halbpart zu machen, und der ehemalige Pariser Gassenjunge, der der Bankier der Straßenhändler geworden war, der Geldleiher der Handwagen, war der nagende Wurm zweier Faubourgs.

„Nun," sagte Cérizet, als Dutocq seine Tür öffnete, „da Theodosius zurück ist, können wir zu ihm gehen."

Und der Armenadvokat ließ die beiden Männer vorangehen.

Die Drei durchschritten ein kleines Zimmer mit glänzend gebohnten Fliesen, auf die die untergehende Sonne ihren rötlichen Schein warf, wenn sie zwischen den Perkalvorhängen hindurchschien, und das einen einfachen runden Nußbaumtisch und ein Nußbaumbüfett enthielt, auf dem eine Lampe stand. Von da gelangten sie in einen kleinen Salon mit roten Vorhängen und Mahagonimöbeln, die mit rotem Utrechter Plüsch bezogen waren; an der den Fenstern gegenüberliegenden Wand befand sich eine Bibliothek mit juristischen Büchern. Auf dem Kamin stand eine gewöhnliche Garnitur: eine Uhr mit vier Säulen aus Mahagoni und Leuchter unter Glas. Das Arbeitszimmer, in dem sich die drei Freunde vor ein Steinkohlenfeuer setzten, war das übliche Arbeitszimmer eines jungen Advokaten; es enthielt einen Schreibtisch, einen Armsessel, schmale grünseidene Vorhänge an den Fenstern, einen grünen Teppich, einen Aktenbock und ein Ruhebett, über dem ein elfenbeinerner Christus auf Sammetgrund hing. Das Schlafzimmer, die Küche und der übrige Teil der Wohnung gingen nach dem Hofe hinaus.

„Nun," sagte Cérizet, „wie stehts? Kommen wir vorwärts?"

„Aber gewiß", antwortete Theodosius.

„Gestehen Sie zu," rief Dutocq, „daß ich da eine ausgezeichnete Idee gehabt habe? Indem ich mir ein Mittel ausgedacht habe, um diesen Schwachkopf von Thuillier hineinzulegen . . ."

„Ja, aber ich bin auch nicht zurückgeblieben", rief Cérizet; „ich werde Ihnen heute die Fäden in die Hand geben, wie wir der alten Jungfer beikommen und sie dann wie einen Kreisel gehen lassen können . . . Wir dürfen uns nicht darüber täuschen! Fräulein Thuillier bedeutet hierbei für uns alles: haben wir sie auf unsrer Seite, dann ist die Sache gewonnen . . . Reden wir nicht lange, aber deutlich, wie es sich für kluge Männer gehört. Mein früherer Sozius Claparon ist, wie Sie wissen, ein Dummkopf, und er wird sein ganzes Leben das, was er immer gewesen ist, bleiben: ein Strohmann. Augenblicklich dient er als Strohmann einem Pariser Notar, der sich mit Unternehmern zusammengetan hat, und die, der Notar wie die Maurermeister, pleite sind. Und Claparon sitzt in der Patsche; er hat noch niemals Bankerott gemacht, aber alles muß mal einen Anfang haben; augenblicklich hält er sich bei mir, in meinem Loch in der Rue des Poules, versteckt, wo ihn kein Mensch finden kann. Mein Claparon ist wütend, er hat keinen Heller; nun befindet sich unter den fünf oder sechs Häusern, die verkauft werden sollen, ein wahres Prachtstück von Haus, ganz aus echtem Stein gebaut, in der Gegend der Madeleinekirche – eine Fassade wie die Schale einer Netzmelone, mit entzückenden Skulpturen – das aber, da es noch nicht ganz fertig ist, für höchstens hunderttausend Franken weggehen wird; bei einer Anzahlung von fünfundzwanzigtausend Franken kann man in zwei Jahren hiervon eine Rente von etwa zehntausend Franken haben. Wer dieses Grundstück Fräulein Thuillier verschafft, der kann alles von ihr verlangen, wobei man ihr zu verstehen geben muß, daß sich ein ebensolcher Gelegenheitskauf alle Jahre finden wird. Eitle Menschen fängt man damit, daß man ihrer Eigenliebe schmeichelt, oder ihnen droht, Geizige damit, daß man ihren Geldbeutel attakiert oder ihn füllt. Und da, alles erwogen, für die Thuilliers arbeiten bedeutet, für uns arbeiten, so muß man sie bei dieser Sache verdienen lassen."

„Und der Notar," sagte Dutocq, „warum läßt der sich das entgehen?"

„Der Notar, mein lieber Junge? Der ist ja gerade unser Glück! Er ist genötigt, seine Stelle zu verkaufen, da er auch sonst ruiniert ist, und hat sich dieses Stückchen aus dem Rest des Kuchens vorbehalten. Weil er diesen Esel von Claparon für ehrlich hält, hat er ihn beauftragt, einen vorgeschobenen Käufer für ihn zu finden; denn er muß ebenso vertrauensvoll wie klug sein. Wir werden ihn nun glauben lassen, daß Fräulein Thuillier ein anständiges Fräulein ist, das dem armen Claparon ihren Namen leihen will, und so werden sie alle beide hineingelegt werden, Claparon und der Notar. Ich bin dieses kleine Geschenk meinem lieben Claparon schuldig, der mir damals bei der Gründungsgeschichte alle Schuld aufgebürdet hat, wo wir von Couture betrogen wurden, in dessen Haut zu stecken ich Ihnen nicht wünschen möchte!", sagte er, und ein Strahl teuflischen Hasses brach aus seinen trüben Augen. „Ich habe gesprochen, meine hohen Herren!" fügte er mit lauter Stimme hinzu, die ganz durch die Löcher seiner Nase drang, und nahm eine theatralische Haltung an, denn in einer der Zeiten seines äußersten Elends war er auch Schauspieler gewesen.

Als er seine Darlegung beendet hatte, klingelte es an der Tür, und la Peyrade erhob sich, um zu öffnen.

„Sind Sie immer noch mit ihm zufrieden?" sagte Cérizet zu Dutocq. „Er macht mir einen so merkwürdigen Eindruck..., ich verstehe mich doch auf Verräterei."

„Er ist so vollkommen in unsern Händen," sagte Dutocq, „daß ich mir nicht die Mühe nehme, ihn zu beobachten; aber, unter uns gesagt, ich hielt ihn nicht für so klug, wie er ist. Wir hatten geglaubt, auf ein Rennpferd einen Mann gesetzt zu haben, der nicht reiten kann, und jetzt zeigt sichs, daß der Kerl ein alter Jockey ist! So stehts..."

„Er mag sich in acht nehmen!" sagte Cérizet dumpf, „ich kann ihn umblasen wie ein Kartenhaus. Aber Sie, Papa Dutocq, Sie können ihn ja bei der Arbeit sehen und ihn jeden Augenblick beobachten; passen Sie auf ihn auf! Übrigens habe ich eine Möglichkeit, ihm auf den Zahn zu fühlen, ich werde ihm von Claparon den Vorschlag machen lassen, sich unsrer zu entledigen, und dann werden wir ja sehen..."

„Das wäre nicht übel", sagte Dutocq, „du bist nicht blöde."

„Man versteht sein Handwerk, das ist alles!" sagte Cérizet.

Diese Worte wurden leise gesprochen, während Theodosius bis zur Tür ging und wieder zurückkam. Cérizet musterte alles im Arbeitszimmer, als der Advokat wieder erschien.

„Es ist Thuillier," sagte Theodosius, „ich erwartete seinen Besuch; er ist im Salon... Er braucht Cérizets Überrock nicht zu sehen," fügte er lächelnd hinzu, „diese Schnüre da würden ihn beunruhigen."

„Bah! Du empfängst arme Leute, das ist doch dein Beruf... Brauchst du Geld?" fuhr Cérizet fort und holte hundert Franken aus der Hosentasche. „Nimm, nimm, das wird dir gut tun."

Und er legte den Stapel auf den Kamin.

„Übrigens", sagte Dutocq, „können wir uns ja auch durch das Schlafzimmer entfernen."

„Also adieu", sagte der Provenzale und öffnete ihnen die Tapetentür, die von dem Arbeitszimmer ins Schlafzimmer führte. „Treten Sie ein, mein verehrter Herr Thuillier", rief er dem alten Beau zu. Und als er ihn in der Tür des Arbeitszimmers erscheinen sah, begleitete er seine beiden Genossen durch das Schlaf- und Ankleidezimmer und die Küche, deren Tür auf den Hausflur ging.

„In sechs Monaten mußt du Celestes Mann und aus aller Not sein... Du bist doch ein glücklicher Mensch, du, du hast nicht auf der Anklagebank vor dem Zuchtpolizeigericht gesessen, zweimal... wie ich! Das erstemal im Jahre 1825 in einem Tendenzprozesse,... wegen einer Reihe von Artikeln, die ich nicht geschrieben hatte, und das zweitemal wegen der Gewinne aus der Gründungsgeschichte, die uns vor der Nase weggeschnappt wurden! Aber nun Feuer dahinter, verdammt noch mal! Dutocq und ich, wir haben jeder unsre fünfundzwanzigtausend Franken verflucht nötig; also viel Glück, mein Lieber!" schloß er und reichte Theodosius die Hand, indem er sie prüfend drückte. Der Provenzale reichte Cérizet die Rechte und drückte ihm aufs wärmste die Hand.

„Sei überzeugt, mein Junge, daß ich unter keinen Umständen jemals vergessen werde, aus welcher Lage du mir herausgeholfen und mich in den Sattel gesetzt hast... Ich bin euer Angelhaken, aber ihr laßt mir einen schönen Anteil an der Beute, und ich müßte ja niederträchtiger als ein Sträfling, der sich als Spion anbietet, sein, wenn ich nicht offenes Spiel spielen würde."

Sobald die Tür geschlossen war, sah Cérizet durchs Schlüsselloch, um Theodosius' Gesicht zu beobachten; aber der Provenzale hatte sich schon umgewandt, um zu Thuillier zurückzueilen, und sein mißtrauischer Genosse konnte nicht sehen, welchen Ausdruck seine Physiognomie angenommen hatte.

Es war weder Widerwille noch Ärger, sondern Freude, was sich jetzt auf seinem unbeobachteten Gesichte malte. Theodosius sah, wie die Chancen des Erfolges sich immer günstiger für ihn gestalteten, und er schmeichelte sich mit dem Gedanken, daß er sich von seinen üblen Helfershelfern, obwohl er ihnen alles verdankte, schon würde losmachen können. Das Elend hat, besonders in Paris, unergründliche schmutzige Tiefen, und wenn ein darin Versunkener wieder an die Oberfläche kommt, so bringt er an seinem Körper und an seinen Kleidern die Spuren des Schmutzes mit herauf. Cérizet, Theodosius' früherer wohlhabender Freund und Beschützer, war der Schmutzfleck, der noch an dem Provenzalen haftete, und der alte Gründungsschwindler ahnte, daß dieser ihn sich würde abbürsten wollen, wenn er in eine Sphäre gelangte, wo ein anständiges Aussehen Bedingung war.

„Mein lieber Theodosius," sagte Thuillier, „wir haben Sie jeden Tag in dieser Woche erwartet, und jeden Abend haben wir unsre Erwartung getäuscht gesehen. Aber diesen Sonntag haben wir unser Diner, und meine Schwester und meine Frau haben mich beauftragt, Sie dazu zu bitten ..."

„Ich hatte so viel zu tun," sagte Theodosius, „daß ich für niemanden, wer es auch sei, auch nur zwei Minuten übrig hatte, selbst nicht für Sie, den ich doch zu meinen Freunden rechne, und mit dem ich zu reden hatte ..."

„Wie? Denken Sie denn wirklich ernsthaft an das, worüber Sie mit mir gesprochen haben?" unterbrach Thuillier Theodosius.

„Wenn Sie nicht gekommen wären, damit wir uns darüber verständigen, dann würde ich Sie nicht so hochschätzen, wie ich es tue", entgegnete la Peyrade lächelnd. „Sie waren doch Vizechef, Sie werden also doch wohl noch ein wenig Ehrgeiz haben, und der ist bei Ihnen nur allzu berechtigt! Hören Sie! Unter uns gesagt, wenn man sieht, wie dieser Minard, ein vergoldeter Hohlkopf, zu Hofe geht und sich in den Tuilerien breit macht; wie Popinot auf dem Wege ist, Minister zu werden;... und Sie, ein Mann, der die Geschäfte der Verwaltung am Schnürchen hat, ein Mann mit dreißigjähriger Erfahrung, der unter sechs Regierungen gedient hat, Sie sollen sich damit begnügen, in der Stille Ihre Rosen zu züchten? Oh, nein!... Ich rede offen, mein lieber Thuillier, ich will Sie in die Höhe bringen, weil Sie mich dann mit emporziehen... Also hören Sie meinen Plan. Aus unserm Bezirk soll ein Mitglied des Magistrats gewählt werden, und das sollen Sie sein!... Und," sagte er mit Nachdruck, „das werden Sie sein! Dann werden Sie eines Tages zum Deputierten des Bezirks gewählt werden, sobald die Kammer neu gewählt wird, was ja nicht mehr lange dauern kann... Die Stimmen, die Sie zum Mitglied der Stadtverwaltung gewählt haben, werden Ihnen auch bei der Deputiertenwahl treu bleiben, verlassen Sie sich dabei auf mich..."

„Aber wie wollen Sie das zustande bringen?" rief Thuillier aus, fasziniert von dieser Aussicht.

„Das werden Sie schon erfahren; aber Sie müssen mich diese langwierige und schwierige Sache allein durchführen lassen; wenn Sie irgend etwas verlauten lassen von dem, was in dieser Angelegenheit besprochen, eingefädelt und zwischen uns verabredet wird, dann lasse ich Sie im Stich und sage: gehorsamer Diener!"

„Oh, Sie können auf das absolute Schweigen eines früheren Vizechefs rechnen; was sind mir für Geheimnisse anvertraut worden..."

„Schön! Aber es handelt sich auch darum, daß die Sache vor Ihrer Frau, Ihrer Schwester und den Collevilles geheim bleibt."

„Nicht ein Wimpernzucken soll etwas verraten", sagte Thuillier und nahm eine undurchdringliche Miene an.

„Gut!" erwiderte la Peyrade, „ich werde Sie auf die Probe stellen. Aber um gewählt werden zu können, muß man den Zensus bezahlen, und das tun Sie nicht."

„Verzeihung, für die Munizipalwahl genügt das, was ich zahle: zwei Franken und sechsundachtzig Centimes."

„Gewiß; aber für die Kammerdeputierten beträgt der Zensus fünfhundert Franken, und wir haben damit keine Zeit zu verlieren, denn man muß nachweisen, daß man schon ein Jahr lang so eingeschätzt ist."

„Teufel noch mal!" sagte Thuillier, „binnen eines Jahres auf fünfhundert Franken zu kommen..."

„Spätestens Ende Juli werden Sie zahlen müssen; aber meine Ergebenheit geht so weit, daß ich Ihnen das Geheimnis eines Geschäftes anvertrauen will, bei dem Sie sich dreißig- bis vierzigtausend Franken Rente mit einem Kapital von höchstens hundertfünfzigtausend Franken verschaffen können. Nun leitet bei Ihnen seit langer Zeit Ihre Schwester die Geldgeschäfte; ich bin weit entfernt davon, das zu mißbilligen; sie besitzt, wie man sagt, die beste Urteilsfähigkeit; wir müssen also damit beginnen, daß ich mir die Zuneigung und Freundschaft Fräulein Brigittes erwerbe, indem ich ihr diese Kapitalsanlage vorschlage, und zwar aus folgendem Grunde: wenn Fräulein Thuillier mir nicht unbedingtes Vertrauen schenkt, würde es ein Hin- und Hergezerre geben; daher müssen Sie Ihrer Schwester nahelegen, daß Sie das Grundstück auf Ihren Namen eintragen läßt. Das ist viel wirksamer, als wenn dieser Vorschlag von mir ausginge. Im übrigen werden Sie ja beide die Sachen prüfen. Was nun meine Schritte anlangt, die ich tun will, um Sie in die städtische Verwaltung zu bringen, so sind es diese: Phellion verfügt über den vierten Teil der Stimmen seines Stadtviertels, er und Laudigeois wohnen hier seit dreißig Jahren, man hört auf sie wie auf ein Orakel. Ein Freund von mir verfügt über ein zweites Viertel, und der Pfarrer von Saint-Jacques, der infolge seines vortrefflichen Charakters einen gewissen Einfluß hat, auch über einige Stimmen. Dutocq, der ebenso wie der Friedensrichter Beziehungen zu den Bewohnern des Bezirks hat, wird mir behilflich sein, zumal da es sich nicht um mich selber handelt; und schließlich bedeutet Colleville, als Stadtsekretär, auch ein Viertel der Stimmen."

„Aber Sie haben ja ganz recht," rief Thuillier aus, „dann bin ich ja gewählt!"

„Glauben Sie?" sagte la Peyrade mit beißender Ironie; „gehen Sie nur mal zu Ihrem Freunde Colleville und bitten Sie ihn um seine Unterstützung; Sie werden schon sehen, was er sagen wird . . . Bei Wahlangelegenheiten erlangt kein Kandidat den Sieg durch sich selbst, sondern nur durch seine Freunde. Niemals darf man selbst etwas für sich verlangen, man muß sich bitten lassen, eine Kandidatur anzunehmen, man muß jeden Ehrgeiz ableugnen."

„La Peyrade,“ rief Thuillier, erhob sich und drückte dem jungen Advokaten die Hand, „Sie sind ein sehr kluger Mann.“

„Nicht so klug wie Sie, aber ich besitze einige Fähigkeiten“, erwiderte der Provenzale lächelnd.

„Aber wie soll ich mich gegen Sie erkenntlich zeigen, wenn wir siegen?“ fragte Thuillier naiv.

„Also hören Sie . . . Sie werden mich vielleicht für anmaßend halten; bedenken Sie aber, daß ein tiefes Gefühl mich rechtfertigt, und daß dieses Gefühl mir Mut gemacht hat, alles dies in die Wege zu leiten! Ich liebe, und ich will mich Ihnen anvertrauen.“

„Aber wen denn?“ sagte Thuillier.

„Ihre teure kleine Celeste,“ erwiderte la Peyrade, „und diese Liebe bürgt Ihnen für meine Hingebung, denn was täte ich nicht alles für meinen ‚Schwiegervater‘! Es ist das ja Egoismus, ich arbeite ja für mich . . .“

„Still!“ rief Thuillier erschreckt.

„Ja, mein lieber Freund,“ sagte la Peyrade und faßte ihn um die Taille, „hätte ich nicht Flavia auf meiner Seite und wüßte ich nicht alles, würde ich dann mit Ihnen davon gesprochen haben? Nur bitte ich, noch abzuwarten; sprechen Sie noch kein Wort mit ihr darüber. Hören Sie mich an: ich bin aus dem Holz, aus dem Minister geschnitzt werden, und ich will Celeste erst besitzen, wenn ich sie mir verdient habe; Sie sollen mir Ihre Hand erst an dem Abend des Tages zusagen, an dem sich in der Wählerliste so viele Stimmen auf Ihren Namen vereinigt haben, daß Sie Deputierter von Paris werden. Dazu aber muß man schwerer wiegen als Minard: Minard muß also beiseite geschoben werden, Sie müssen das, worauf sich Ihr Einfluß gründet, in der Hand festhalten, und um das zu erreichen, machen Sie Celeste zu einem Preis, um den wir alle kämpfen ... Frau Colleville, Sie und ich, wir werden eines Tages wichtige Persönlichkeiten sein. Glauben Sie übrigens nicht, daß ich ein Geldinteresse habe: ich will Celeste ohne Vermögen haben, nur mit ihren Aussichten ... Mit Ihnen zusammen zu leben, Celeste im Schoße Ihrer Familie zu lassen, das ist meine Absicht ... Sie sehen, ich spreche ohne Hintergedanken. Was Sie anlangt, so werden Sie sechs Monate nach Ihrer Wahl zum Rat der städtischen Verwaltung das Kreuz haben, und sobald Sie Deputierter sind, werden Sie sich zum Offizier der Ehrenlegion ernennen lassen ... Ihre Kammerreden, nun, die werden wir zusammen verfassen! Vielleicht wird es nötig sein, daß Sie ein ernstes Buch über eine Materie auf halb moralischem, halb politischem Gebiet schreiben, zum Beispiel über Wohltätigkeitseinrichtungen von einem höheren Gesichtspunkte aus, oder über die Reform der Pfandleihhäuser, bei denen schwere Mißbräuche eingerissen sind. Dann bringen wir neben Ihrem Namen ein kleines Bild von Ihnen ... Das wird gut wirken, besonders in unserm Viertel. Ich habe Ihnen gesagt: ‚Sie können das Kreuz haben und Mitglied der Behörde des Seinedepartements werden‘. Vertrauen Sie mir, denken Sie nicht daran, mich in Ihre Familie aufzunehmen, bevor Sie nicht das Ordensband im Knopfloch haben und erst an dem Tage, an dem Sie Ihren Sitz in der Kammer eingenommen haben. Aber ich werde noch mehr tun: ich werde Ihnen ein Einkommen von vierzigtausend Franken verschaffen ...“

„Schon für jeden einzelnen dieser drei Punkte sollen Sie unsere Celeste haben!"
„Ach, was ist das für eine Perle!" sagte la Peyrade und hob die Augen zum Himmel, „ich gestehe meine Schwäche, daß ich jeden Tag für sie zu Gott bete ... Sie ist so entzückend, das hat sie jedenfalls von Ihnen ... Mir brauchen Sie übrigens keine Vorsichtsmaßregeln anzuempfehlen! Dutocq hat mir alles mitgeteilt. Also auf heute abend! Ich muß jetzt zu Phellion, um für Sie zu wirken. Selbstverständlich denken Sie für Celeste nicht im entferntesten an mich ... sonst würden Sie mir Hals und Beine brechen. Also tiefstes Schweigen darüber, selbst gegen Flavia! Warten Sie ab, bis sie mit Ihnen davon anfängt. Phellion wird Sie schon heute abend um Ihre Zustimmung zu seinem Projekt, Sie als Kandidaten aufzustellen, bestürmen.
„Heute abend?" sagte Thuillier.
„Heute abend," erwiderte la Peyrade, „vorausgesetzt, daß ich ihn zu Hause treffe."
Thuillier ging fort und sagte zu sich: ‚Das ist ein hervorragender Mensch! Immer verstehen wir uns ausgezeichnet, und, wahrhaftig, wir können nur schwer einen besseren Mann für Celeste finden; sie werden mit uns zusammen leben, das bedeutet viel, und er ist ein braver Junge, ein guter Mensch ...'
Bei Naturen von der geistigen Beschaffenheit Thuilliers spielen Nebenumstände für ihr Urteil die gleiche wichtige Rolle, wie die Hauptsache. Theodosius hatte die gewinnendste Liebenswürdigkeit entfaltet.
Das Haus, wohin Theodosius seine Schritte bald

danach lenkte, war seit fünfundzwanzig Jahren das „hoc erat in votis“ Phellions; gleichzeitig gehörte es ebensosehr zu Phellion, wie die Schnüre an Cérizets Überrock ein für diesen charakteristisches Abzeichen waren.

Das an ein großes Haus angeklebte Gebäude hatte nur die Tiefe eines Zimmers, etwa zwanzig Fuß, und besaß an jeder Ecke eine Art einfenstrigen Pavillon. Sein Hauptvorzug war ein Garten, etwa hundertachzig Fuß breit und länger als die ganze Fassade des Vorhofes, in dem sich eine Gruppe von Lindenbäumen befand. Der Hof war neben dem einen Pavillon nach der Straße zu durch zwei Gitter abgeschlossen, zwischen denen sich eine kleine zweiflügelige Tür öffnete.

Dieser aus Bruchsteinen und Mörtel aufgeführte Bau war zwei Stockwerke hoch, gelb angestrichen, hatte grüne Jalousien und im Erdgeschoß Fensterläden von gleicher Farbe. Im Erdgeschoß des nach dem Hofe zu gelegenen Pavillons befand sich die Küche, und die Köchin, eine starke dicke Person, versah, unterstützt von zwei riesigen Hunden, gleichzeitig die Geschäfte einer Portiersfrau. Die Fassade, die von fünf Fenstern und den um sechs Fuß vorspringenden Pavillons gebildet wurde, war im echten Stile Phellion gehalten. Über der Tür war eine Marmortafel eingelassen, auf der in goldenen Lettern zu lesen stand: „Aurea mediocritas“. Über einer an der Fassade angemalten Sonnenuhr stand der weise Spruch angeschrieben: „Umbra mea vita, sic“!

Die Fensterbrüstungen waren kürzlich aus rotem Languedoc-Marmor neu hergestellt worden, der sich in einem Marmorgeschäft vorgefunden hatte.

Im Hintergrunde des Gartens war eine bunt bemalte Statue aufgestellt, die die Passanten für eine ein Kind nährende Amme zu halten pflegten. Im Erdgeschoß lagen nur ein Salon und ein Speisezimmer, getrennt durch eine schmale Treppe, deren Absatz ein Vorzimmer bildete. An den Salon stieß noch ein kleiner Raum, der Phellion als Arbeitszimmer diente.

Im ersten Stock lagen die Zimmer der beiden Ehegatten und das des jungen Professors, darüber die Kinderzimmer und die der Dienstboten; Phellion hatte sich, mit Rücksicht auf sein Alter und das seiner Frau, einen männlichen Dienstboten, einen Jungen von fünfzehn Jahren zugelegt, zumal seitdem sein Sohn durch seinen Unterricht bekannt geworden war. Wenn man durch den Hof kam, befanden sich links kleine Kammern zum Aufbewahren des Brennholzes, in denen der frühere Besitzer den Portier untergebracht hatte. Phellions warteten anscheinend die Verheiratung ihres Sohnes, des Professors ab, um sich auch noch diese letzte Annehmlichkeit zu leisten.

Dieses Grundstück, auf das Phellions schon längst ein Auge geworfen hatten, hatte sie im Jahre 1831 achtzehntausend Franken gekostet. Vom Hofe war das Haus durch ein Balustrade aus Hausteinen getrennt, mit einem Dach von Hohlziegeln und mit Fliesen ausgelegt. An dieser kleinen Mauer von Brusthöhe zog sich cino Hecke von bengalischen Rosen hin, und in ihrer Mitte befand sich eine Holzlattentür, die gegenüber der geschlossenen Tür nach der Straße hin lag.

Wer die Sackgasse des Feuillantines kennt, wird wissen, daß das Haus Phellions, das rechtwinklig zur Chaussee steht, direkt nach Süden blickt und gegen Norden durch die riesige Brandmauer, an die es sich anlehnt, geschützt ist. Die Kuppel des Pantheons und die der Kirche Val-de Grâce gleichen von hier aus zwei Riesen und sind so nahe gerückt, daß man sich in dem Garten wie in einem Engpasse bewegt. Im übrigen gibt es keinen stilleren Ort als die Sackgasse des Feuillantines. Hierher hatte sich der unbekannte erhabene Bürger zurückgezogen und genoß die Annehmlichkeiten des Ruhestandes, nachdem er dem Vaterlande seine Schuld durch seine Arbeit im Finanzministerium bezahlt, und sich nach sechsunddreißigjähriger Dienstzeit als Sekretär zur Ruhe gesetzt hatte. Im Jahre 1832 hatte er sein Bataillon der Nationalgarde bei dem Angriff von Saint-Merri geführt, aber seine Nachbarn sahen Tränen in seinen Augen bei dem Gedanken, daß er auf irregeleitete Franzosen schießen lassen solle. Die Affäre war schon entschieden, als die Legion im Laufschritt über die Notre-Dame-Brücke heranrückte, nachdem sie einen Umweg über den Quai aux Fleurs gemacht hatte. Diese rühmenswerte Verzögerung hatte ihm die Achtung seines Bezirks eingetragen, ihn aber die Verleihung des Ordens der Ehrenlegion gekostet; der Oberst hatte laut erklärt, daß man vor dem Feinde nicht Erwägungen anstellen dürfe, ein Wort, das Louis-Philippe zu der Nationalgarde von Metz geäußert hatte. Trotzdem erhielten Phellions bürgerlichen Tugenden und das große Ansehen, das er in seinem Stadtviertel genoß, ihn seit acht Jahren in seiner Stellung als Bataillonskommandeur. Da er jetzt dicht an sechzig war und den Zeitpunkt heranrücken

sah, wo er den Degen und den Offizierskragen ablegen mußte, so hoffte er, daß der König die Gnade haben würde, ihn durch die Verleihung der Ehrenlegion für seine Dienste zu belohnen.
Die Wahrheit zwingt uns zu sagen, trotz des Schattens, den eine solche Schwäche auf einen so edlen Charakter wirft, daß der Kommandant Phellion sich bei den Empfängen in den Tuilerien auf die Fußspitzen stellte; er drängte sich vor und warf dem Bürgerkönig, wenn er an seinem Tische speiste, verführerische Blicke zu; aber trotz seiner heimlichen Bemühungen war er von dem Könige seiner Wahl noch nicht bemerkt worden. Der ehrenwerte Mann hatte schon mehr als einmal daran gedacht, aber sich noch nicht entschließen können, Minard zu bitten, ihn bei seinen geheimen ehrgeizigen Wünschen zu unterstützen. Phellion, der Mann des passiven Gehorsams, war ein Stoiker in bezug auf seine Pflicht und von eherner Festigkeit in allem, wo es sich um seine Überzeugung handelte. Um sein Bild auch nach der körperlichen Seite hin zu vervollständigen, so sei gesagt, daß Phellion mit seinen neunundfünfzig Jahren, um einen Bourgeoisausdruck zu gebrauchen, „stark geworden" war; sein ausdruckloses pockennarbiges Gesicht war wie ein Vollmond, so daß seine früher zu dicken Lippen nicht mehr auffielen. Seine schwach gewordenen Augen hatten hinter den Brillengläsern nicht mehr den Ausdruck hellblauer Unschuld, der zum Lachen gereizt hatte; seine weißen Haare verbreiteten über das, was zwölf Jahre früher kindisch und lächerlich an ihm erschien, eine gewisse Würde. Die Zeit, die Gesichter mit feinen zarten Zügen so unheil-

voll verändert, verschönert solche, die in der Jugend eine grobe plumpe Form hatten; das war auch bei Phellion der Fall. Er benutzte die Muße seines Alters dazu, einen Abriß der Geschichte Frankreichs zu verfassen; er hatte schon vorher einige Bücher geschrieben, die von der Universität anerkannt waren.

Als la Peyrade erschien, war die Familie vollzählig versammelt; Frau Barniol hatte ihrer Mutter eben über ihre Kinder, die ein leichtes Unwohlsein hatten, berichtet. Der Ingenieurschüler verbrachte diesen Tag zu Hause. Alle waren sonntäglich gekleidet und saßen am Kamin des holzgetäfelten Salons, der grau in grau gemalt war, auf billigen Holzsesseln; sie erschraken, als Genovefa, die Köchin, die Persönlichkeit anmeldete, über die sie gerade in bezug auf Celeste sprachen, die Felix Phellion so sehr liebte, daß er zur Messe gegangen war, um sie dort zu sehen. Der gelehrte Mathematiker hatte sich noch am heutigen Morgen diese Mühe gemacht, und man neckte ihn in wohlwollender Weise damit, mit dem heimlichen Wunsche, daß Celeste und ihre Eltern erkennen möchten, welch ein kostbarer Schatz ihnen hier geboten wurde.

„Ach, die Thuilliers scheinen mir an diesem sehr gefährlichen Menschen einen Narren gefressen zu haben", sagte Frau Phellion; „heute morgen ist er sogar Arm in Arm mit Frau Colleville nach dem Luxembourggarten gegangen."

„Dieser Advokat hat etwas Unheilverkündendes an sich", rief Felix Phellion; „es sollte mich nicht wundern, wenn er ein Verbrechen begangen hätte."

„Du gehst zu weit", sagte der alte Phellion; „er

ist aber ein leiblicher Vetter Tartuffes, dieser unsterblichen Figur, die von unserm ehrenwerten Molière in Bronze gegossen worden ist, denn die Grundlage von Molières Genie, Kinder, waren Ehrenhaftigkeit und Vaterlandsliebe."

Gerade bei dieser Bemerkung war Genovefa eingetreten und hatte gesagt:

„Da ist Herr de la Peyrade, er möchte den Herrn sprechen."

„Mich?" rief Herr Phellion. „Bitten Sie ihn, einzutreten!" setzte er hinzu mit einer Feierlichkeit, die bei solchen kleinlichen Anlässen etwas Lächerliches hatte, die aber stets seiner Familie imponierte, in der er wie ein König behandelt wurde. Phellion, seine beiden Söhne, seine Frau und seine Tochter erhoben sich und erwiderten die Rundverbeugung des Advokaten.

„Welchem Anlaß verdanken wir die Ehre Ihres Besuches?" sagte Phellion ernst.

„Ihrer bedeutenden Stellung in diesem Bezirk, mein verehrter Herr Phellion, und einer öffentlichen Angelegenheit", erwiderte Theodosius.

„Dann wollen wir in mein Arbeitszimmer gehen", sagte Phellion.

„Nein, nein, mein Lieber," sagte die dürre Frau Phellion, eine kleine Frau, platt wie eine Scholle, deren Gesicht den Ausdruck gewollter Strenge festhielt, mit der sie in den Pensionaten jungen Leuten Musikunterricht erteilte, „wir lassen euch hier allein."

Ein Pianino von Erard, das dem Kamin gegenüber zwischen zwei Fenstern stand, wies auf die Ansprüche hin, die ständig an die Virtuosin gestellt wurden.

„Sollte ich die unglückliche Veranlassung sein, Sie in die Flucht zu jagen?“ sagte Theodosius lächelnd und liebenswürdig zu Mutter und Tochter. „Sie haben hier ja einen entzückenden Zufluchtsort,“ fuhr er fort, „es fehlt nur noch eine hübsche Schwiegertochter, damit Sie den Rest Ihrer Tage in dieser ‚aurea mediocritas‘, nach dem Worte des römischen Dichters, inmitten der Freuden des Familienlebens verbringen können. Ihr bisheriger Lebenswandel verdient eine solche Belohnung, denn, nach allem was man mir gesagt hat, sind Sie, mein verehrter Herr Phellion, zugleich ein guter Bürger und ein Patriarch ...“

„Mein werter Herr,“ sagte Phellion verlegen, „ich habe meine Pflicht getan, das ist alles.“

Als Theodosius das Wort „Schwiegertochter“ aussprach, sah Frau Barniol, die ihrer Mutter wie ein Wassertropfen dem andern glich, Frau Phellion und Felix an, als wollte sie sagen: ‚Sollten wir uns getäuscht haben?‘

Der Wunsch, sich über diese Bemerkung auszusprechen, veranlaßte die vier Menschen, sich in den Garten zurückzuziehen, denn es war im März 1840, wenigstens in Paris, schönes Wetter.

„Herr Kommandant,“ sagte Theodosius, als er mit dem ehrenwerten Bürger allein war, der sich bei dieser Anrede immer geschmeichelt fühlte, „ich komme, um mit Ihnen über die Wahlen zu reden.“

„Ach, richtig, wir haben ja zum Munizipalrat zu wählen“, unterbrach ihn Phellion.

„Und ich störe Ihre Sonntagsruhe wegen einer Kandidatur; aber vielleicht entfernen wir uns damit nicht aus dem Kreise der Familie.“

Es war für Phellion unmöglich, mehr er selber

zu sein, als Theodosius in diesem Augenblick Phellion war.

„Sie dürfen kein Wort weiter sagen", erwiderte Phellion, indem er eine Pause benutzte, die Theodosius gemacht hatte, um die Wirkung seiner Worte abzuwarten; „meine Wahl ist getroffen."

„Dann haben wir also denselben Gedanken gehabt!" rief Theodosius, „gute Menschen finden sich ebenso, wie geistvolle Menschen..."

„Ich glaube nicht, daß das diesmal der Fall ist", entgegnete Phellion. „Unser Bezirk kann für den Munizipalrat den ausgezeichnetsten Mann präsentieren, wie der bedeutendste aller Richter einer war, nämlich der selige Herr Popinot, der verstorbene Rat am Obergericht. Als es sich darum handelte, ihn zu ersetzen, wohnte sein Neffe, sein Nachfolger in seinem wohltätigen Tun, noch nicht in unserm Viertel; inzwischen hat er aber das Haus in der Rue de la Montagne-Sainte-Geneviève, in dem sein Onkel wohnte, gekauft und bezogen; er ist Arzt an der polytechnischen Schule und an einem unsrer Krankenhäuser; er ist eine Zierde unseres Bezirks; und aus diesem Grunde, und um das Andenken des Onkels in der Person des Neffen zu ehren, haben einige Einwohner des Bezirks und ich beschlossen, die Kandidatur des Doktors Horace Bianchon aufzustellen, der, wie Sie wissen, Mitglied der Akademie der Wissenschaften und einer der jungen Sterne der berühmten Pariser Schule ist... Ein Mann ist in unsern Augen nicht bloß deshalb bedeutend, weil er berühmt ist, und der selige Rat Popinot war, nach meiner Ansicht, fast ein zweiter heiliger Vincent de Paula."

„Ein Arzt ist aber kein Verwaltungsbeamter," erwiderte Theodosius, „und außerdem bitte ich um Ihre Stimme für einen Mann, bei dem Ihre wichtigsten Interessen verlangen, eine Vorliebe zum Opfer zu bringen, die übrigens für die öffentlichen Angelegenheiten völlig unwichtig ist."

„Wie, mein Herr?" rief Phellion aus, erhob sich und nahm eine Haltung an wie Lafeu in dem Stück ‚le Glorieux', „Sollten Sie mich so niedrig einschätzen, daß Sie glauben, persönliche Interessen könnten jemals einen Einfluß auf meine politische Überzeugung haben? Sobald es sich um öffentliche Angelegenheiten handelt, bin ich Bürger, nichts mehr und nichts weniger."

Theodosius amüsierte sich heimlich über den Kampf, der sich nun bald zwischen dem Vater und dem Bürger entspinnen würde.

„Verpflichten Sie sich nicht sich selbst gegenüber, ich beschwöre Sie," sagte la Peyrade, „denn es handelt sich um das Glück Ihres teuren Felix."

„Was wollen Sie damit sagen?..." fragte Phellion und blieb mitten im Zimmer stehen, indem er seine Hand von rechts nach links in seine Weste schob, wobei er eine Geste des berühmten Odilon Barrot nachmachte.

„Ich komme ja wegen unsres gemeinsamen Freundes, des würdigen und ausgezeichneten Herrn Thuillier, dessen bestimmender Einfluß auf das Schicksal der schönen Celeste Colleville Ihnen genügend bekannt sein dürfte; und wenn, wie ich annehme, Ihr Sohn, ein junger Mann, auf den jede Familie stolz sein kann, und dessen Verdienste unbestreitbar sind, eine Heirat mit Celeste anstrebt, eine in jeder Beziehung passende Partie, so könnten Sie nichts besseres tun, als sich Thuilliers ewige Dankbarkeit damit zu verdienen, daß Sie Ihren würdigen Freund Ihren Mitbürgern in Vorschlag bringen . . . Was mich anlangt, so glaubte ich, obwohl ich erst kurze Zeit in dem Bezirk wohne, dank dem Einfluß, den mir einige den Armen erwiesene Wohltaten verschafft haben, von mir aus diesen Schritt tun zu dürfen; aber wenn man der Sache der Armen dient, so fällt das nur wenig bei den Höchstbesteuerten ins Gewicht, und außerdem würde ein solches Hervortreten nur wenig zu meiner bescheidenen Lebensführung passen. Ich habe mich dem Dienste der Niedrigen gewidmet, verehrter Herr; ebenso wie der selige Rat Popinot, dieser erhabene Mann, wie Sie sagten, und wenn ich nicht einen in gewissem Sinne frommen Beruf hätte, mit dem sich die Verpflichtungen des Ehelebens schlecht vereinigen lassen, so würde ich wünschen und mich in zweiter Linie berufen fühlen, in den Dienst des Höchsten, der Kirche zu treten... Ich mache nicht von mir reden, wie die falschen Philanthropen; ich schreibe nicht, ich handele, denn ich bin ein Mann, der sich ganz einfach der christlichen Nächstenliebe gewidmet hat. Ich habe den ehrgeizigen Wunsch unsres Freundes Thuillier zu ahnen geglaubt, und ich wollte zu dem Glück zweier Wesen, die füreinander geschaffen sind, mit beitragen, indem ich Ihnen zeige, womit Sie sich einen Zugang zu dem etwas kühlen Herzen Thuilliers verschaffen können."

Durch diese wundervoll vorgetragene Tirade geriet Phellion in Verwirrung; er war verführt und ergriffen, aber er blieb Phellion, ging gerades-

wegs auf den Advokaten zu und reichte ihm die Hand, deren Druck la Peyrade erwiderte.
Es war ein Händedruck, wie er im August des Jahres 1830 zwischen der Bürgerschaft und den kommenden Männern gewechselt wurde.
„Mein werter Herr," sagte der Kommandant bewegt, „ich habe Sie falsch beurteilt. Was Sie mir anzuvertrauen die Güte hatten, das bleibt hier begraben!..." Dabei zeigte er auf sein Herz. „Sie sind einer der Männer, von denen es wenige gibt, die Einen aber mit den Übelständen, die übrigens von unsern sozialen Verhältnissen bedingt sind, aussöhnen können. Das Gute ist so selten, daß es unsrer schwachen Natur entspricht, wenn wir dem Anschein nicht trauen. Sie haben in mir einen Freund gewonnen, wenn Sie mir gestatten wollen, mir diese ehrenvolle Bezeichnung Ihnen gegenüber beizulegen... Aber Sie sollen auch mich kennenlernen, mein Herr: ich würde meine Selbstachtung einbüßen, wenn ich Thuillier als Kandidat vorschlüge. Nein, mein Sohn darf sein Glück nicht einer schlechten Handlung seines Vaters zu verdanken haben... Ich werde von meinem Kandidaten nicht abgehen, weil es das Interesse meines Sohnes verlangt... So fasse ich die sittlichen Pflichten auf, mein Herr!"
La Peyrade zog sein Taschentuch heraus, rieb sich die Augen und brachte eine Träne hervor; dann reichte er Phellion die Hand, wandte seinen Kopf ab und sagte:
„Das ist eine erhabene Stellung, die Sie, verehrter Herr, in diesem Kampfe zwischen dem privaten und dem öffentlichen Leben einnehmen. Und wäre ich auch nur hergekommen, um dieses Schauspiel

zu sehen, so wäre mein Besuch nicht umsonst gewesen ... Was wollen Sie, an Ihrer Stelle würde ich ebenso handeln! ... Sie sind das Erhabenste, was Gott geschaffen hat: ein guter Mensch! Ein Bürger wie Jean-Jacques! O Frankreich, mein Vaterland, was könntest du werden, wenn du viele solche Bürger hättest! ... Ich habe die Ehre, mein Herr, Sie um Ihre Freundschaft zu bitten."

„Was geht denn da vor?" rief Frau Phellion, die diese Szene durch das Fenster beobachtete, „der Vater und dieses Scheusal liegen sich in den Armen!"

Phellion und der Advokat traten jetzt heraus und gesellten sich zu der Familie im Garten.

„Mein lieber Felix," sagte der alte Herr und wies auf la Peyrade, der sich vor Frau Phellion verbeugte, „du mußt diesem würdigen jungen Manne sehr dankbar sein, er wird dir weit mehr nützen als schaden."

Der Advokat ging fünf Minuten lang mit Frau Barniol und Frau Phellion unter den kahlen Linden auf und ab und gab ihnen, angesichts der schwierigen Umstände, die sich aus der politischen Hartnäckigkeit Phellions ergaben, Ratschläge, deren Ergebnis am Abende zutage treten sollten, und deren erste Wirkung darin bestand, die beiden Damen zu Verehrerinnen seiner Geschicklichkeit, seiner Offenheit und seiner unschätzbaren Fähigkeiten zu machen. Der Advokat wurde von der gesamten Familie bis an die Straßentür begleitet, und aller Augen folgten ihm, bis er um die Ecke der Rue du Faubourg-Saint-Jacques gebogen war. Frau Phellion nahm den Arm ihres Mannes, als sie in den Salon zurückkehrten und sagte zu ihm:

„Aber sage mir, mein Lieber, willst du, ein so guter Vater, in deinem übertriebenen Zartgefühl, die beste Heirat, die unser Felix machen kann, scheitern lassen?“

„Die großen Männer des Altertums, meine Beste,“ entgegnete Phellion, „solche wie Brutus und andere, waren niemals Väter, wenn es darauf ankam, sich als Bürger zu zeigen ... Das Bürgertum hat noch viel mehr als der Adel, an dessen Stelle zu treten es berufen ist, die Verpflichtung, das Beispiel erhabener Tugend zu geben. Herr von Saint-Hilaire dachte nicht an seinen verlorenen Arm, als er vor dem toten Turenne stand ... Wir müssen uns als würdig erweisen, und wir sollen das auf allen Stufen der sozialen Hierarchie tun. Durfte ich meiner Familie solche Grundsätze beibringen, um sie dann im gegebenen Moment selbst zu mißachten? ... Nein, meine Liebe, weine heute, wenn du willst; morgen wirst du mir deine Achtung nicht verweigern! ...“ sagte er zu seiner kleinen, dürren besseren Hälfte, die Tränen in den Augen hatte.

Diese großen Worte sprach er auf der Schwelle der Tür, über der angeschrieben stand: „Aurea mediocritas.“

„Ich hätte noch hinzusetzen können: ‚et digna‘“ fuhr Phellion fort und wies auf die Tafel; „aber diese beiden Worte hätten wie Selbstlob geklungen.“

„Lieber Vater,“ sagte Marie-Theodor Phellion, der zukünftige Ingenieur der Wegebauverwaltung, als die ganze Familie wieder im Salon vereinigt war, „es scheint mir doch nicht gegen die Ehre zu verstoßen, wenn man seinen Entschluß bezüglich einer Wahl ändert, sofern das für das öffentliche Wohl ganz gleichgültig ist."

„Gleichgültig, mein Sohn?" rief Phellion aus. „Unter uns will ich dir sagen, und Felix ist derselben Ansicht: Herr Thuillier ist ein ganz unfähiger Mensch! Er versteht nichts! Herr Horace Bianchon aber, das ist ein tüchtiger Mann, er wird tausend Dinge für unsern Bezirk durchsetzen, Thuillier nicht eine! Und merke dir, mein Sohn, einen richtigen Entschluß persönlicher Interessen halber in einen falschen umändern, das heißt niederträchtig handeln, und wenn das auch den Augen der Menschen entgeht, die Strafe Gottes wird nicht ausbleiben. Ich fühle mich, oder ich glaube mich vor meinem Gewissen rein fühlen zu dürfen, und ich bin es euch schuldig, meiner Familie mein Andenken unbefleckt zu hinterlassen, deshalb wird mich auch nichts zu einer Änderung bestimmen können."

„Ach, lieber Vater," rief die kleine Frau Barniol aus und setzte sich mit einem Kissen auf Phellions Knie, „setze dich doch nicht gleich so aufs hohe Pferd! Es gibt doch so viele Dummköpfe und Nullen im Munizipalrat, und Frankreich lebt trotzdem weiter. Der brave Thuillier wird doch immer Ja sagen... Bedenke, daß Celeste vielleicht mal fünfhunderttausend Franken haben wird."

„Und wenn sie fünf Millionen hätte," sagte Phellion, „und sie lägen hier vor mir, . . . auch dann würde ich Thuillier noch nicht als Kandidaten vorschlagen, wenn ich es dem Andenken an den tugendreichsten aller Menschen schuldig bin, Horace Bianchon wählen zu lassen. Und aus der Himmelshöhe wird Popinot auf mich herabsehen und mir zustimmen!...“ rief Phellion aufgeregt aus. „Mit solchen Anschauungen erniedrigt man Frankreich und spricht das Verdammungsurteil über das Bürgertum.“

„Der Vater hat recht,“ sagte Felix, der aus seiner tiefen Verträumtheit erwachte, „und er hat Anspruch auf unsre Achtung und unsre Liebe wie stets im Verlaufe seines ganzen bescheidenen, arbeitsreichen und ehrenhaften Lebens. Ich will auch mein Glück weder den Gewissensskrupeln einer edlen Seele noch einer Intrige zu verdanken haben; ich liebe Celeste wie meine eigenen Angehörigen, aber höher als alles dies steht mir die Ehre meines Vaters, und mit dem Augenblick, wo es sich bei ihm um eine Gewissensfrage handelt, ist die Sache für mich erledigt.“

Phellion, die Augen voller Tränen ging auf seinen Ältesten zu und umarmte ihn.

„Mein Sohn, mein lieber Sohn!“ sagte er mit erstickter Stimme.

„Das sind alles Dummheiten“, sagte Frau Phellion leise zu Frau Barniol; „hilf mir beim Anziehen, das muß ein Ende haben; ich kenne deinen Vater, er hat sich in die Sache verbissen... Für den Weg, den uns dieser brave, fromme junge Mann eben gezeigt hat, brauche ich deine Unterstützung, Theodor; halte dich bereit, mein Sohn.“

In diesem Augenblick brachte Genovefa dem alten Phellion einen Brief.

„Eine Einladung von den Thuilliers zum Diner, für meine Frau, mich und Felix“, sagte er.

☆

DIE GLÄNZENDE VERBLÜFFENDE IDEE DES Armenadvokaten hatte die Thuilliers ebenso in Aufregung versetzt wie die Phellions; und Jérôme war, ohne daß er seiner Schwester etwas anvertraute, denn er betrachtete das seinem Mephisto gegenüber als eine Ehrensache, ganz aufgeregt zu ihr kommen, um ihr zu sagen:

„Hör' mal, Kleine (mit dieser Benennung schmeichelte er sich immer in ihr Herz), wir werden heute große Gesellschaft zum Diner haben; ich gehe jetzt und lade Minards ein, also sorge für feines Essen; ich schicke auch Phellions eine Einladung; es geschieht etwas spät, aber bei ihnen braucht man sich nicht zu genieren... Was Minards anlangt, so müssen wir ihnen etwas Sand in die Augen streuen, ich habe sie nötig."

„Vier Minards, drei Phellions, vier Collevilles und wir, das sind dreizehn..."

„La Peyrade ist der vierzehnte, und es wäre auch gut, Dutocq zu bitten, er kann uns nützlich sein; ich werde zu ihm hinaufgehen."

„Was steckt denn da dahinter?" rief seine Schwester aus; „fünfzehn Personen zum Diner, da gehen mindestens vierzig Franken drauf!"

„Laß dir das nicht leid tun, Kleine, und sei vor allem liebenswürdig gegen unsern jungen Freund la Peyrade. Das ist ein Freund... Davon wirst du dich noch überzeugen!... Wenn du mich lieb hast, dann hüte ihn wie deinen Augapfel..."

Und er ließ Brigitte allein, die ganz verblüfft war.

‚O ja, ich werde mich erst überzeugen!' sagte sie zu sich. ‚Mit schönen Worten lasse ich mich nicht fangen!... Er ist ein netter Junge, aber bevor ich

ihn ins Herz schließe, muß ich ihn doch noch etwas genauer kennenlernen.'
Als Thuillier Dutocq eingeladen hatte, begab er sich, nachdem er sich freigemacht hatte, nach der Rue des Maçons-Sorbonne, in das Haus Minards, um die dicke Zélie zu bezaubern und das Ungewöhnliche der Einladung zu beschönigen.
Minard hatte eins der großen, kostbaren Häuser erworben, welche die früheren kirchlichen Orden sich rings um die Sorbonne gebaut hatten, und als er die großen steinernen Stufen der Treppe hinaufstieg, deren schmiedeeisernes Geländer bewies, in wie hoher Blüte auch die Künste zweiten Ranges unter Ludwig XIII. standen, hatte Thuillier ein Gefühl des Neides, sowohl wegen des Hauses, als auch wegen der Stellung des Herrn Bürgermeisters.
Das große, zwischen Vorhof und Garten gelegene Wohnhaus zeichnete sich durch den gleichzeitig zierlichen und vornehmen Stil Ludwigs XIII. aus, der so eigenartig zwischen dem Ende der entarteten Renaissance und der Großartigkeit des frühen Stils Ludwig XIV. steht. Man sieht diesen Übergangsstil bei vielen Monumentalbauten. Das mächtige Ornament der Fassaden wie das an der Sorbonne, die nach den Regeln der griechischen Ordnungen hergestellten Säulen erscheinen zuerst bei diesen Bauwerken.
Ein ehemaliger Kleinhändler, ein erfolgreicher Schwindler, war der Nachfolger des kirchlichen Leiters einer Institution geworden, die einstmals das Economat genannt wurde, und die der Generalverwaltung des alten französischen Klerus unterstand, eine Gründung, die dem weitblickenden

Genius Richelieus zu verdanken war. Der Name Thuillier öffnete diesem die Türen des Salons, in dem auf rotem Sammet mit Goldverzierungen inmitten kostbarer Chinoiserieen die arme Frau thronte, die mit ihrem ganzen Gewicht schwer auf der Brust der Prinzen und Prinzessinnen bei den populären Bällen im Schlosse lastete.

„Gibt das nicht der ‚Karikatur' recht?" sagte eines Tages lächelnd eine Hofdame zu einer Herzogin, die einen Lachausbruch nicht zurückhalten konnte, als sie die aufgedonnerte Zélie erblickte, die mit Diamanten beladen, rot wie eine Klatschrose und in ein golddurchwirktes Kleid eingeschnürt, vorwärts rollte, wie eine Tonne in ihrem früheren Laden.

„Werden Sie mir vergeben können, schönste Frau," sagte Thuillier, der sich heranschlängelte und dann die Pose Numero zwei seines Repertoirs von 1817 annahm, „daß ich diese Einladung auf meinem Schreibtisch liegen ließ, im Glauben, sie sei schon abgesandt? ... Sie war zu heute abend; komme ich etwa schon zu spät...?"

Zélie sah ihren Mann an, der herantrat, um Thuillier zu begrüßen, und antwortete dann:

„Wir wollen eigentlich einen Landsitz besichtigen und dann ‚auf gut Glück' in einem Restaurant speisen, aber wir werden darauf verzichten, und zwar um so lieber, als es, meiner Meinung nach, scheußlich gewöhnlich ist, am Sonntag aus Paris wegzufahren."

„Wir wollen einen kleinen Tanz mit Klavierbegleitung für die Jugend veranstalten, wenn wir zahlreich genug sein werden, was ich annehme; ich habe die Zusage von Phellion, dessen Frau mit

Frau Prou befreundet ist, dem Nachfolger ..."
„Der Nachfolgerin" unterbrach ihn Frau Minard.
„Ach gewiß!" erwiderte Thuillier, „es ist ja die Nachfolgerin, wie man Frau Bürgermeisterin sagt, des Fräuleins Lagrave, einer geborenen Barniol."
„Muß man Toilette machen?" fragte Frau Minard.
„Aber nicht doch!" rief Thuillier aus, „meine Schwester würde schön mit mir schelten. Nein, nein, wir sind ja in Familie! Zur Zeit des Kaiserreichs, gnädige Frau, lernte man sich beim Tanzen kennen ... In dieser großen Zeit stellte man einen guten Tänzer ebenso hoch, wie einen guten Soldaten ... Heutzutage legt man mehr Wert auf das Materielle ..."
„Sprechen wir nicht über Politik", sagte der Bürgermeister lächelnd. „Der König ist ein großer Mann, ich bin ein Bewunderer unsrer Zeit und der Verfassung, die wir uns gegeben haben. Der König weiß übrigens recht gut, was er tut, wenn er die Industrie sich entwickeln läßt: er kämpfte Leib an Leib mit England, und wir schädigen dieses mehr durch unsern fruchtbringenden Frieden, als es die Kriege der Kaiserzeit getan haben .."
„Was für einen Deputierten würde Minard abgeben!" rief Zélie naiv aus; „er übt sich vor uns im Reden, und Sie werden uns bei der Wahl unterstützen, nicht wahr, Thuillier?"
„Sprechen wir nicht über Politik", entgegnete Thuillier; „wir erwarten Sie um fünf Uhr ..."
„Kommt der kleine Vinet auch?" fragte Minard; „der war doch sicher Celestes wegen erschienen."
„Der kann schon Trauer anlegen", erwiderte Thuillier; „Brigitte will von ihm überhaupt nicht reden hören."

Zélie und Minard wechselten einen Blick voller Zufriedenheit.

„Wenn man bedenkt, daß man sich unsres Sohnes wegen mit solchen Leuten gemein machen muß!“ rief Zélie aus, als Thuillier, den der Bürgermeister hinausbegleitet hatte, auf der Treppe war.

‚Ach, du willst Deputierter werden!‘ sagte Thuillier zu sich, als er die Treppe hinunter ging. ‚Mit nichts haben diese Krämer genug! Mein Gott, was würde Napoleon sagen, wenn er die Regierung in den Händen dieser Leute sähe!... Ich, ich bin doch wenigstens Verwaltungsbeamter!... Was ist das für ein Konkurrent! Was wohl la Peyrade dazu sagen wird!‘

Der ehrgeizige Vizechef lud noch die Familie Laudigeois zum Abend ein und begab sich dann zu Colleville, um zu bitten, daß Celeste recht hübsche Toilette mache. Er fand Flavia ziemlich nachdenklich vor; sie zögerte mit der Zusage, aber Thuillier besiegte ihre Unentschlossenheit.

„Meine liebe alte und immer noch junge Freundin,“ sagte er und faßte sie um die Taille, denn sie waren allein im Zimmer, „ich will kein Geheimnis vor Ihnen haben. Es handelt sich für mich um eine schwerwiegende Sache... Ich will nicht mehr sagen, ich kann Sie nur bitten, ganz besonders liebenswürdig zu sein gegen einen jungen Mann...“

„Gegen wen denn?“

„Gegen den jungen la Peyrade.“

„Und weshalb, Karl?“

„Mein Schicksal liegt in seiner Hand, und im übrigen ist er ein genialer Mensch. Oh, ich verstehe mich darauf... Er hat so etwas!“ sagte Thuillier und machte dabei die Bewegung eines Zahnarztes, der einen Backzahn auszieht. „Man muß ihn an uns fesseln, Flavia! ... Aber wir dürfen ihn durchaus nichts merken lassen und ihm nicht verraten, was für eine Macht wir ihm zutrauen . . .Ich werde ihm gegenüber nach dem Grundsatz handeln: Zug um Zug."

„Soll ich also ein bißchen mit ihm kokettieren?"

„Ja, aber nicht zu sehr, mein Engel", erwiderte Thuillier mit geckenhafter Miene.

Und er entfernte sich, ohne zu merken, in welches Erstaunen Flavia versetzt worden war.

‚Er ist eine Macht, dieser junge Mensch,' sagte sie sich. ‚Nun, wir wollen abwarten.'

Sie legte also ihren Haarschmuck von Marabufedern an und ihr hübsches grau- und rosafarbenes Kleid, das ihre zarten Schultern unter der schwarzen Mantille sehen ließ, und sorgte dafür, daß Celeste ihr kurzes seidenes Kleid mit einem Brustschleier und einer Halskrause in breiten Falten anzog, und machte ihr eine Frisur à la Berthe.

Um viereinhalb Uhr war Theodosius schon auf dem Posten; er hatte eine nichtssagende, beinahe untertänige Miene aufgesetzt und redete mit süßer Stimme, als er zunächst mit Thuillier in den Garten ging.

„Mein lieber Freund, ich habe keinen Zweifel, daß Sie siegen werden, aber ich empfinde das Bedürfnis, Ihnen nochmals tiefstes Stillschweigen anzuempfehlen. Wenn man Sie heute abend irgend etwas fragt, besonders in bezug auf Celeste, so geben Sie ausweichende Antworten und lassen Sie den Frager im Ungewissen, das müssen Sie ja damals im Bureau gelernt haben."

„Einverstanden!" sagte Thuillier. „Aber wissen Sie irgend etwas Bestimmtes?"
„Sie werden schon sehen, was ich Ihnen für einen Nachtisch zurechtgemacht habe. Seien Sie vor allem recht anspruchslos. Da kommen die Minards, die muß ich mir kaufen ... Führen Sie sie hierher, und dann verschwinden Sie."
Nach den Begrüßungen gab sich la Peyrade Mühe, neben dem Herrn Bürgermeister zu bleiben; und in einem geeigneten Moment nahm er ihn beiseite und sagte zu ihm:
„Herr Bürgermeister, ein Mann von Ihrer politischen Bedeutung kommt nicht hierher, um sich zu langweilen, wenn er nicht eine Absicht dabei hat; ich maße mir kein Urteil über Ihre Beweggründe an, wozu ich auch nicht das geringste Recht hätte, und es ist nicht meine Aufgabe hier, mich in die Angelegenheiten der Mächtigen dieser Erde zu mischen; aber vergeben Sie mir meine Vermessenheit und haben Sie die Güte, auf einen Rat zu hören, den ich Ihnen zu geben wage. Wenn ich Ihnen heute einen Dienst leiste, so sind Sie in einer Lage, daß Sie mir morgen zwei erweisen können; falls ich Ihnen also irgendwie von Nutzen sein kann, so spricht dabei für mich auch mein persönliches Interesse mit. Unser Freund Thuillier ist unglücklich darüber, daß er so gar nichts ist, und er hat sich in den Kopf gesetzt, etwas zu werden, eine Persönlichkeit in seinem Bezirk ..."
„Ei, ei!" sagte Minard.
„Oh, nichts Erhebliches; er möchte gern in den Munizipalrat gewählt werden. Ich weiß, daß Phellion, der die ganze Wichtigkeit eines solchen ge-

leisteten Dienstes ahnt, sich vorgenommen hat, unsern lieben Freund als Kandidaten vorzuschlagen. Nun, vielleicht halten Sie es bei Ihren Absichten für nötig, ihm hierbei zuvorzukommen. Die Wahl Thuilliers kann Ihnen nur nützlich... ich wollte sagen angenehm sein; er wird seinen Platz im Munizipalrate ganz gut ausfüllen, es gibt dort welche, die noch weniger tüchtig sind, als er... Und im übrigen, wenn er Ihnen eine solche Unterstützung zu verdanken hat, so wird er sicher alles mit Ihren Augen ansehen, er hält Sie ja für eine Leuchte der Stadtverwaltung..."

„Ich danke Ihnen, mein Lieber", sagte Minard; „Sie haben mir da einen Dienst erwiesen, für den ich gar nicht genug dankbar sein kann, und der mir beweist..."

„Daß ich die Phellions nicht mag", erwiderte la Peyrade und benutzte eine Pause, die der Bürgermeister machte, der Angst hatte, einen Gedanken auszusprechen, in dem der Advokat eine Geringschätzung sehen könnte; „ich hasse die Leute, die solch ein Wesen von ihrer Anständigkeit hermachen und edle Gefühle ausmünzen möchten."

„Sie scheinen die Leute gut zu kennen," sagte Minard, „das sind die richtigen Sykophanten! Das ganze Leben dieses Mannes seit zehn Jahren erklärt sich aus der Sehnsucht nach diesem Endchen roten Bandes", fügte der Bürgermeister hinzu und zeigte auf sein Knopfloch.

„Nehmen Sie sich in acht!" sagte der Advokat, „sein Sohn liebt Celeste, und er spielt hier die Hauptrolle."

„Ja, aber mein Sohn hat eine Rente von zwölftausend Franken für sich..."

„Oh,“ sagte der Advokat und richtete sich auf, „Fräulein Brigitte sagte neulich, daß sie das zum mindesten bei einem Bewerber um Celeste verlange. Außerdem werden Sie, bevor sechs Monate vergangen sind, erfahren, daß Thuillier ein Grundstück besitzt, das vierzigtausend Franken Rente abwirft.“

„Oh, verdammt, das konnte ich mir denken!“ antwortete der Bürgermeister. „Also, er wird Mitglied des Munizipalrats werden.“

„Jedenfalls sagen Sie ihm nichts von mir“, sagte der Armenadvokat und beeilte sich, Frau Phellion zu begrüßen. „Nun, schönste Frau, ist es geglückt?“

„Ich habe bis ein Uhr warten müssen, aber dieser vortreffliche, würdige Mann hat mich gar nicht erst ausreden lassen; er ist viel zu beschäftigt, um ein solches Amt annehmen zu können, und Phellion hat schon den Brief gelesen, worin der Doktor Bianchon ihm für seine guten Absichten dankt und ihm mitteilt, daß sein Kandidat Herr Thuillier ist. Er wird seinen ganzen Einfluß zu seinen Gunsten aufbieten und bittet meinen Mann, das gleiche zu tun.“

„Und was hat Ihr verehrungswürdiger Gatte gesagt?“

„Ich habe meine Pflicht getan“, hat er geantwortet; „ich habe meine Überzeugung nicht verleugnet, und jetzt bin ich ganz und gar für Thuillier.“

„Nun, dann ist alles in Ordnung“, sagte la Peyrade. „Vergessen Sie meinen Besuch und schreiben Sie sich allein das Verdienst zu, diesen Gedanken gehabt zu haben.“

Und er begab sich zu Frau Colleville, indem er eine respektvolle Miene aufsetzte.

„Gnädige Frau," sagte er, „haben Sie die Güte, den guten Papa Colleville zu mir zu bringen; es handelt sich um eine Überraschung für Thuillier, und er muß ins Vertrauen gezogen werden."

Während la Peyrade sein Theater mit Colleville aufführte und ihn mit sehr geistvollen Scherzen von der Kandidatur in Kenntnis setzte, wobei er ihm erklärte, daß er sie im Familieninteresse unterstützen müsse, hörte Flavia im Salon folgendes Gespräch, das sie verblüffte, mit an:

„Ich möchte gern wissen, was sich die Herren Colleville und la Peyrade dort erzählen, daß sie so lachen!" sagte Frau Thuillier in ihrer törichten Art, während sie aus dem Fenster sah.

„Sie reden Dummheiten, wie es die Männer immer tun, wenn sie unter sich sind", antwortete Fräulein Thuillier, die häufig mit einem Rest instinktiver Abneigung, wie sie alten Jungfern innewohnt, gegen die Männer loszog.

„Dazu ist er nicht fähig," sagte Phellion würdevoll, „denn Herr de la Peyrade ist einer der tugendhaftesten jungen Leute, die mir begegnet sind. Sie wissen, wie hoch ich Felix stelle: nun, ich stelle ihn auf die gleiche Höhe, und außerdem wünschte ich meinem Sohne noch etwas von der edlen Frömmigkeit des Herrn Theodosius."

„Er ist in der Tat ein verdienstvoller Mann, der seinen Weg machen wird", sagte Minard. „Was mich anlangt, so ist ihm mein Beistand (ich wage nicht zu sagen meine Protektion) sicher..."

„Er gibt mehr für Lampenöl als für Brot aus", sagte Dutocq, „das weiß ich genau."

„Seine Mutter, wenn er das Glück hat, sie noch zu

besitzen, muß sehr stolz auf ihn sein", sagte Frau Phellion.

„Er ist ein wahrer Schatz für uns," fügte Thuillier hinzu, „und wenn Sie wüßten, wie bescheiden er ist! Er will gar nicht von sich reden machen."

„Wofür ich einstehen kann," bemerkte Dutocq, „das ist, daß kein junger Mann sein Elend vornehmer ertragen hat, und er hat es überwunden; aber wie er gelitten hat, das sieht man ihm an."

„Ach, der arme junge Mensch!" rief Zélie aus; „so etwas tut mir so wehe!..."

„Man kann ihm seine Geheimnisse und sein Vermögen anvertrauen," sagte Thuillier, „und etwas besseres kann man heutzutage von einem Manne nicht sagen."

„Es ist Colleville, der ihn zum Lachen reizt!" erklärte Dutocq.

In diesem Moment kamen Colleville und la Peyrade aus dem Garten zurück als die besten Freunde von der Welt.

„Meine Herren, die Suppe wie den König darf man nicht warten lassen: reichen Sie den Damen den Arm!"

Fünf Minuten nach dieser scherzhaften Aufforderung, die aus der Portierloge ihres Vaters stammte, hatte Brigitte die Genugtuung, um ihren Tisch die Hauptpersonen dieses Dramas versammelt zu sehen, die übrigens auch alle, mit Ausnahme des scheußlichen Cérizet, in ihrem Salon verkehrten. Das Bild dieser ehemaligen Säckenäherin würde vielleicht unvollständig sein, wenn die Beschreibung eines ihrer besten Diners unterbliebe. Die Figur der Bourgeoisköchin der Zeit von 1840 gehört übrigens zu den wichtigen Details der Sittengeschichte, und kluge Hausfrauen werden hierbei Belehrung finden können. Man kann nicht zwanzig Jahre lang leere Säcke genäht haben, ohne nach der Möglichkeit zu suchen, einige davon zu füllen. Brigitte besaß die besondere Eigenschaft, daß sie Sparsamkeit, der man sein Vermögen verdankt, mit dem Verständnis für notwendige Ausgaben zu vereinigen wußte. Ihre verhältnismäßig große Freigebigkeit, sobald es sich um ihren Bruder oder um Celeste handelte, stand im Gegensatz zu ihrem Geiz. Sie beklagte deshalb auch häufig, daß sie nicht geizig sei. Bei dem letzten Diner hatte sie erzählt, daß sie, nach einem Kampfe von zehn Minuten mit sich, und nachdem sie Höllenqualen ausgestanden hatte, schließlich zehn Franken einer armen Arbeiterin ihres Viertels geschenkt hatte, von der sie sicher wußte, daß sie seit zwei Tagen nichts gegessen hatte.

„Das Mitgefühl war stärker als die Vernunft“, sagte sie naiv.

Die Suppe war eine fast klare Bouillon; selbst bei solchen Gelegenheiten hatte die Köchin den Auftrag, dünne Bouillon zu kochen, denn da die Familie das Rindfleisch am nächsten und übernächsten Tag essen sollte, so war es um so besser, je weniger ausgekocht es auf dem Tisch kam; es wurde daher stets, wenn Thuillier es zu tranchieren begann, auf Brigittes Wink wieder abgetragen, die sagte:

„Ich glaube, es ist etwas zäh; also laß es sein, Thuillier, es wird es doch niemand essen, wir haben ja genug anderes!“

Neben der Bouillon wurden auch noch vier Schüsseln auf alten Rechauds, von denen die Versil-

berung abgegangen war, aufgetragen. Der erste Gang dieses Diners, des sogenannten Kandidatur-Diners, bestand aus zwei Enten mit Oliven, einer ziemlich großen Fleischpastete mit Klößchen, Aal à la Tartare und einem Kalbsfricandeau mit Chicoré-Gemüse. Das Hauptstück des zweiten Ganges war eine herrliche Gans mit Maronen gefüllt. Dazu ein Salat ‚de mâche' mit Scheiben von roten Rüben garniert, Crêmetöpfen, gezuckerten Kohlrüben und einer Schüssel Makkaroni. Dieses Diner eines Portiers, der ein Hochzeitsfest feiert, kostete höchstens zwanzig Franken, und von dem, was übrigblieb, lebte das Haus noch zwei Tage; Brigitte aber sagte: „Ja, bei solchen Einladungen fliegt das Geld nur so weg ... es ist schrecklich!"
Der Tisch war von zwei abscheulichen vierarmigen Leuchtern aus versilbertem Kupfer erhellt, auf denen billige, sogenannte „Aurorakerzen" brannten. Das Tischzeug war von blendender Weiße, das alte Silber mit Fadenmuster ein väterliches Erbstück, das der alte Thuillier in der Revolutionszeit gekauft und in dem geheimen Restaurant benutzt hatte, das in seiner Dienstwohnung eingerichtet war, aber im Jahre 1816 ebenso wie in allen andern Ministerien, abgeschafft wurde. So paßte das Essen zu dem Hause und zu den Thuilliers, die sich über diesen Zuschnitt nicht zu erheben vermochten. Die Minards, Colleville und la Peyrade wechselten einige lächelnde Blicke, die ihre gemeinsamen spöttischen, aber zurückgehaltenen Gedanken verrieten. Ihnen war der vornehmere Luxus bekannt, und die Minards verrieten ihre Hintergedanken deutlich genug, wenn sie die Einladung zu einem solchen Diner annahmen. La

Peyrade, der neben Flavia saß, sagte leise zu ihr: „Gestehen Sie, daß es sehr nötig ist, den Leuten Lebensart beizubringen! Aber diese Minards! Was für eine scheußliche Geldgier! Ihr Kind wäre da für immer für Sie verloren; diese Parvenus haben die Laster der alten Grandseigneurs, aber ohne deren Eleganz. Ihr Sohn mit seinen zwölftausend Franken Rente kann recht gut in jeder Familie eine Frau finden und braucht nicht hierher zu kommen und auf das Einscharren des Geldes zu spekulieren. Was ist das für ein Spaß, auf diesen Leuten zu spielen, wie auf einer Baßgeige oder einer Klarinette!"

Flavia hörte ihm lächelnd zu und zog auch ihren Fuß nicht zurück, den Theodosius leise mit den seinigen drückte.

„Damit ich Sie in Kenntnis von dem, was vorgeht, setzen kann," sagte er, „wollen wir uns mit dem Pedal verständigen; seit heute morgen müssen Sie mich durch und durch kennen, ich bin kein Mann, der kleine Scherze macht..."

In bezug auf geistige Überlegenheit war Flavia nicht verwöhnt; der kategorische und freie Ton Theodosius' blendete die Frau, mit der der gewandte Zauberkünstler in einen Kampf getreten war, wo es für sie nur ein Ja oder ein Nein gab. Man mußte ihn rückhaltlos anerkennen oder ablehnen; und da sein Verhalten ein wohl berechnetes war, so verfolgte er mit freundlichen Blikken aber scharfer Aufmerksamkeit das Resultat seiner Bezauberung. Als der zweite Gang abgeräumt wurde, sagte Minard, der fürchtete, daß ihm Phellion zuvorkommen könnte, mit würdevoller Miene zu Thuillier:

„Mein lieber Thuillier, wenn ich Ihre Einladung angenommen habe, so geschah das, um Ihnen eine wichtige Mitteilung zu machen, die für Sie zu ehrenvoll ist, als daß ich nicht alle unsre Tischgenossen zu Zeugen dabei machen möchte.

Thuillier wurde bleich.

„Haben Sie etwa das Kreuz für mich bewilligt bekommen?...“ rief er aus, während er einen Blick von Theodosius auffing, dem er beweisen wollte, daß es ihm nicht an Schlauheit fehle.

„Das werden Sie eines schönen Tages auch bekommen“, erwiderte der Bürgermeister; „aber es handelt sich hier um etwas Bedeutenderes. Das Kreuz verdankt man der guten Meinung eines Ministers, während hier die Rede von einer andern Sache ist, von einer Wahl unter Zustimmung aller Ihrer Mitbürger. Mit einem Worte: eine ziemlich große Zahl von Wählern Ihres Bezirks haben ihr Auge auf Sie geworfen und wollen Sie mit ihrem Vertrauen beehren, indem sie Ihnen das Amt übertragen, den Bezirk im Munizipalrat von Paris zu vertreten, der, wie jedermann weiß, der Generalrat des Seinedepartements ist...“

„Bravo!“ rief Dutocq.

Jetzt erhob sich Phellion.

„Der Herr Bürgermeister ist mir zuvorgekommen,“ sagte er bewegt, „aber es ist so schmeichelhaft für unsern Freund, der Gegenstand eifrigen Bemühens aller guten Bürger zugleich zu sein und die öffentliche Meinung der ganzen Hauptstadt auf seiner Seite zu haben, daß ich mich nicht beklagen kann, erst in zweiter Reihe zu Wort zu kommen, und im übrigen gebührt ja auch die Initiative der leitenden Stelle!...“ (Dabei verbeugte er sich respektvoll vor Minard.) „Ja, Herr Thuillier, mehrere Wähler desjenigen Teils des Bezirks, in dem sich auch meine bescheidenen Penaten befinden, haben die Absicht, Ihnen ein Mandat zu übertragen, aber bei Ihnen liegt der besondere Fall vor, daß auf Sie ein berühmter Mann hingewiesen hat... (Sensation), ein Mann, in dem wir das Andenken an einen der edelsten Bewohner des Bezirks ehren wollten, der ihm zwanzig Jahre lang mit väterlicher Treue gedient hat; ich will hier von dem seligen Herrn Popinot sprechen, bei seinen Lebzeiten Rat am obersten Gerichtshof und unser Vertreter im Munizipalrat. Sein Neffe, der Doktor Bianchon, hat es, mit Rücksicht auf seine ihn ganz in Anspruch nehmende Tätigkeit, abgelehnt, die Pflichten, mit denen er belastet werden sollte, auf sich zu nehmen; aber indem er uns für die Ehre, die wir ihm erweisen wollten, dankte, hat er gleichzeitig, bemerken Sie das wohl, uns auf den Kandidaten des Herrn Bürgermeisters hingewiesen, als den nach seiner Meinung Fähigsten und mit Rücksicht auf seine frühere Tätigkeit Geeignetsten, das Amt eines Ädilen zu übernehmen!..."

Und Phellion setzte sich wieder unter lärmendem Beifall.

„Auf deinen alten Freund kannst du rechnen, Thuillier", sagte Colleville.

In diesem Augenblick wurden die Gäste durch das Schauspiel, das ihnen die alte Brigitte und Frau Thuillier boten, in Rührung versetzt. Brigitte, die bleich geworden war, als ob sie in Ohnmacht fallen wollte, rollten langsam, eine nach der andern, Tränen über die Backen, Tränen tiefster Glückseligkeit, und Frau Thuillier saß wie entgeistert da, mit starren Augen. Plötzlich sprang das alte Mädchen auf, stürzte in die Küche und schrie Josephine zu:

„Komm in den Keller! .. Wir brauchen den Wein hinter dem Holz!"

„Meine lieben Freunde," sagte Thuillier gerührt, „das ist der schönste Tag meines Lebens, schöner noch, als es der Tag meiner Wahl sein wird, wenn ich einwilligen darf, dem Ruf meiner Mitbürger Folge zu leisten (Aber gewiß, gewiß!), denn ich fühle mich durch dreißig Jahre amtlichen Dienstes recht verbraucht, und Sie werden begreifen, daß ein Ehrenmann seine Kräfte und Fähigkeiten erst nachprüfen muß, bevor er das Amt eines Ädilen auf sich nimmt..."

„Ich habe nichts anderes von Ihnen erwartet, Herr Thuillier", rief Phellion aus. „Verzeihung, es ist das erstemal in meinem Leben, daß ich unterbreche, und noch dazu einen früheren Vorgesetzten; aber es gibt gewisse Umstände..."

„Nehmen Sie an, nehmen Sie an!" schrie Zélie; „zum Donnerwetter, wir brauchen solche Leute wie Sie zum Regieren!"

„Fügen Sie sich, mein lieber Chef!" sagte Dutocq, „und es lebe der künftige Munizipalrat!... Aber wir haben nichts zu trinken..."

„Also abgemacht," begann Minard wieder, „Sie sind unser Kandidat?"

„Sie haben eine zu hohe Meinung von mir", erwiderte Thuillier.

„Unsinn!" rief Colleville; „ein Mann, der dreißig Jahre Galeerenarbeit im Finanzministerium hinter sich hat, ist ein Schatz für die Stadt!"

„Sie sind zu bescheiden,“ sagte der junge Minard, „Ihre Tüchtigkeit ist uns allen wohlbekannt, man weiß auch jetzt noch davon im Finanzministerium ...“

„Also Sie haben es gewollt! ...“ rief Thuillier aus.

„Der König wird mit dieser Wahl sehr zufrieden sein, das kann ich Ihnen versichern“, sagte Minard und warf sich in die Brust.

„Meine Herren,“ sagte la Peyrade, „wollen Sie einem noch jungen Mitbewohner des Faubourg Saint-Jacques eine kleine, aber nicht unwichtige Bemerkung gestatten?“

Die allgemein anerkannte Bedeutung des Armenadvokaten bewirkte, daß alle schwiegen.

„Der Einfluß, den der Herr Bürgermeister in dem Nachbarbezirk und noch erheblich mehr in unserm besitzt, wo er ein so gutes Andenken hinterlassen hat; der des Herrn Phellion, der das Orakel, wir können das ruhig sagen,“ bemerkte er, als er eine ablehnende Geste Phellions wahrnahm, „seiner Truppe ist; der nicht geringere, den Herr Colleville seinem freimütigen Wesen und seiner Liebenswürdigkeit verdankt; der des Herrn Gerichtsvollziehers des Friedensgerichts, der nicht unerheblich ist, und endlich das wenige, was ich in meiner bescheidenen Berufssphäre mit beitragen kann, sind eine Gewähr für den Erfolg: aber es handelt sich nicht bloß um den Erfolg! ... Wenn wir einen schnellen Sieg erringen wollen, müssen wir uns alle verpflichten, über die Kundgebung, die heute hier stattgefunden hat, das strengste Stillschweigen zu bewahren ... Wir würden sonst, ohne es zu wissen und ohne es zu wollen, Neid und andere Nebenwünsche erregen und uns Hindernisse schaffen, die wir dann zu überwinden hätten. Der Sinn der neuen politischen Gestaltung der sozialen Verhältnisse, ihre eigentliche Grundlage, ihre Erscheinungsformen und die Garantie für ihr Bestehen liegt darin, daß eine verhältnismäßige Beteiligung an der Regierung dem Mittelstande gewährt ist, auf dem in Wahrheit die Macht der modernen Gesellschaft beruht, und bei dem das moralische Gefühl, die edlen Gesinnungen und die erfolgreiche Arbeit zu Hause sind; aber wir dürfen uns nicht verhehlen, daß die Wahl, die sich auf fast alle Ämter erstreckt, das Verlangen nach Befriedigung des Ehrgeizes, die Sucht etwas zu bedeuten, bis in, gestatten Sie mir das Wort, niedrige gesellschaftliche Schichten vorgedrungen sind, die damit nicht hätten in Erregung versetzt werden dürfen. Einige sehen darin einen Vorzug, andere ein Übel; es kommt mir nicht zu, diese Frage entscheiden zu wollen in Gegenwart von Männern, vor deren geistiger Überlegenheit ich mich beuge; ich begnüge mich damit, sie aufzuwerfen, weil ich auf die Gefahr hinweisen will, die die Parteinahme für unsern Freund laufen kann. Unser ehrenwerter Vertreter im Munizipalrate ist erst vor acht Tagen gestorben, und schon haben sich Untergeordnete mit ihren ehrgeizigen Ansprüchen gemeldet. Man will sich um jeden Preis bemerkbar machen. Der Wahlaufruf wird vielleicht erst in einem Monat stattfinden. Wieviel Intrigen können bis dahin eingefädelt werden!... Geben wir, ich beschwöre Sie, unsern Freund Thuillier nicht den Angriffen seiner Konkurrenten preis! Liefern wir ihn nicht der öffentlichen Diskussion aus, dieser modernen Harpyie, dem Sprachrohr der Verleumdung und des Neides, dem Vorwand für feindliche Gesinnungen, die alles herabsetzen, was groß, die alles beschmutzen, was achtungswert, die alles beschimpfen, was heilig ist;... machen wir es wie der dritte Stand in der Kammer: bleiben wir stumm und stimmen wir ab!"

„Wie gut er spricht", sagte Phellion zu seinem Nachbar Dutocq.

„Und wie inhaltreich!..."

Der junge Minard war vor Neid grün und gelb worden.

„Das ist gut und richtig!" rief Minard.

„Einstimmig angenommen", sagte Colleville; „meine Herren, wir sind Ehrenmänner, es genügt, daß wir über diesen Punkt im Einverständnis sind."

„Wer das Ziel erreichen will, muß auch die Mittel dazu wollen", sagte Phellion emphatisch.

In diesem Moment erschien Fräulein Thuillier, gefolgt von ihren beiden Dienstboten; der Kellerschlüssel hing an ihrem Gürtel, und drei Flaschen Champagner, drei Flaschen alter Ermitage und eine Flasche Malaga wurden auf den Tisch gestellt; aber mit fast andächtiger Sorgsamkeit trug sie eine kleine Flasche, ähnlich einer bösen Fee, und setzte sie vor ihren Platz. Während der allgemeinen Fröhlichkeit, die dieser aus Dankbarkeit herbeigeschaffte Überfluß an guten Dingen verursachte, und den das arme Mädchen in ihrer Seligkeit mit einer Verschwendung austeilte, die ihre sonstige magere Gastfreundlichkeit, die sie alle vierzehn Tage entwickelte, Lügen strafte, erschien auf zahlreichen Schüsseln der Nachtisch: Studentenfutter in Hülle und Fülle, Orangenpyramiden, Konfekt, Eingemachtes aus der Tiefe ihrer Vorratsschränke, was alles, ohne diese besondere Veranlassung, nicht auf den Tisch gekommen wäre.

„Celeste, man soll eine Flasche Schnaps bringen, den mein Vater im Jahre 1802 gekauft hat; mach uns einen Orangensalat zurecht", rief sie ihrer Schwägerin zu.

„Herr Phellion, machen Sie den Champagner auf; hier diese Flasche ist für Sie drei. – Herr Dutocq, nehmen Sie die hier! – Herr Colleville, Sie verstehen sich doch so gut darauf, die Korken springen zu lassen!..."

Die beiden Dienstmädchen verteilten die Champagnergläser, und Bordeaux- und kleine Gläser; denn Josephine brachte auch noch drei Flaschen Bordeaux.

„Das ist ja der Kometenwein!" rief Thuillier aus. „Meine Herren, Sie haben meiner Schwester vollständig den Kopf verdreht."

„Und abends gibts Punsch und Kuchen", sagte sie. „Ich habe auch Tee aus der Apotheke holen lassen. Mein Gott, wenn ich geahnt hätte, daß es sich um eine Wahl handelt," rief sie aus und sah ihre Schwägerin an, „dann hätte ich Puten gegeben ..."

Allgemeines Gelächter begrüßte diesen Ausspruch.

„Oh, wir haben ja eine Gans gehabt", sagte der junge Minard lächelnd.

„Heute geht es aus dem Vollen", rief Frau Thuillier, als sie die kandierten Maronen und die Baisers erscheinen sah.

Fräulein Thuilliers Gesicht glühte; sie war prachtvoll anzuschauen, noch niemals hatte schwesterliche Liebe einen so glühenden Ausdruck gefunden.

„Für den, der sie kennt, ist das wirklich rührend!“ rief Frau Colleville aus.

Die Gläser waren gefüllt, alle sahen sich an, man schien auf einen Toast zu warten, und la Peyrade sagte:

„Meine Herren, stoßen wir an auf etwas Erhabenes!...“

Alle waren erstaunt.

„Auf Fräulein Brigitte!...“

Die ganze Gesellschaft erhob sich, man stieß an und rief: „Es lebe Fräulein Thuillier!“ mit dem Überschwang wahren Empfindens, wie ihn der Enthusiasmus erzeugt.

„Meine Herren,“ sagte Phellion, und las von einem mit Bleistift beschriebenem Zettel ab, „auf die Arbeit und auf den Glanz, die sich in der Person eines alten Kameraden von uns verkörpern, der ein Bürgermeister von Paris geworden ist, auf Herrn Minard und seine Gattin!“

Nach einer Pause von fünf Minuten, während der die Unterhaltung weiter ging, erhob sich Thuillier und sagte:

„Meine Herren, auf den König und das königliche Haus!... Ich sage nichts weiter, denn damit ist alles gesagt.“

„Auf die Wahl meines Bruders!“ sagte Fräulein Thuillier.

„Jetzt werden Sie sich amüsieren“, sagte la Peyrade leise zu Flavia.

Und er erhob sich:

„Auf die Damen! Auf das schöne Geschlecht, dem wir soviel Glück verdanken, abgesehen von unsern Müttern, unsern Schwestern und unsern Frauen!“
Dieser Toast rief allgemeine Heiterkeit hervor, und Colleville, schon etwas angeheitert, rief:
„Ach du Schuft! Du hast mir meinen Gedanken gestohlen!“
Der Herr Bürgermeister erhob sich jetzt, wobei tiefes Schweigen eintrat.
„Meine Herren, auf unsre Verfassung! Sie ist die Quelle der Macht und Größe des dynastischen Frankreichs!“
Die Flaschen verschwanden unter einstimmiger Bewunderung der erstaunlichen Qualität und Feinheit der Getränke.
Celeste Colleville sagte schüchtern:
„Liebe Mama, würden Sie mir gestatten, auch ein Hoch auszubringen?“
Das arme Kind hatte das starre Gesicht ihrer Patin bemerkt, der Herrin des Hauses, die man vergessen hatte, und deren Blick mit dem Ausdruck eines Hundes, der nicht weiß, welchem Herrn er gehorchen soll, von dem Gesicht ihrer schrecklichen Schwägerin bis zu dem Thuilliers über alle hinwegirrte, ohne an sich selbst zu denken; aber die Freude auf diesem Sklavenantlitz, das daran gewöhnt war, nicht mitzuzählen und seine Gedanken und Empfindungen zu unterdrücken, leuchtete nur, wie die bleiche Wintersonne durch den Nebel scheint: sie konnte nur schwer dieses schlaffe, verkümmerte Gesicht aufhellen. Die Gazehaube mit dunklen Blumen, die nachlässige Frisur, das karmeliterbraune Kleid, dessen Taille als einzigen Schmuck eine dicke goldene Kette aufwies, alles

dies, ihre ganze Haltung, rührte die junge Celeste, die allein in der Welt den Wert dieser Frau zu schätzen wußte, die zum Schweigen verdammt war, die alles um sich her verstand, unter allem litt und sich mit sich selber und ihrem Gott trösten mußte.

„Lassen Sie das gute Kind seinen kleinen Toast sprechen", sagte la Peyrade zu Frau Colleville.

„Auf meine liebe Patin!" sagte das junge Mädchen und neigte ihr Glas respektvoll vor Frau Thuillier und reichte es ihr zum Anstoßen hin.

Die arme Frau sah ganz verstört, aber durch einen Tränenschleier, abwechselnd ihre Schwägerin und ihren Mann an; ihre Stellung innerhalb der Familie war so bekannt, und die unschuldige ehrerbietige Freundlichkeit, die ihrer Schwachheit erwiesen wurde, war etwas so Schönes, daß jeder Rührung empfand; alle Herren erhoben sich und verneigten sich vor Frau Thuillier.

„Ach, Celeste! Ich wünschte, ich könnte Ihnen ein Königreich zu Füßen legen!" sagte Felix Phellion zu ihr.

Der gute Phellion wischte sich eine Träne ab und selbst Dutocq war bewegt.

„Was für ein reizendes Kind!" sagte Fräulein Thuillier, die aufstand und ihre Schwägerin umarmte.

„Jetzt ist die Reihe an mir!" sagte Colleville und nahm eine Athletenpose an. „Passen Sie auf! Auf die Freundschaft! Ausgetrunken und frisch gefüllt! – Schön! Auf die Künste, den Schmuck des gesellschaftlichen Daseins! Ausgetrunken und frisch gefüllt! – Auf noch ein solches Fest am Tage nach der Wahl!"

„Was ist denn das für eine kleine Flasche?..." fragte Dutocq Fräulein Thuillier.

„Das ist eine von meinen drei Flaschen Likör von Frau Amphoux; die zweite wird für Celestes Hochzeitstag aufgehoben, und die dritte für die Taufe ihres ersten Kindes."

„Meine Schwester hat beinahe den Kopf verloren", sagte Thuillier zu Colleville.

Das Diner wurde mit einem Toaste Thuilliers beendet, zu dem ihn Theodosius veranlaßte, als der Malaga in den kleinen Gläsern wie eine Reihe Rubine erglänzte.

„Colleville, meine Herren, hat einen Toast auf ‚die Freundschaft' ausgebracht; ich trinke mit diesem edlen Weine ‚auf meine Freunde'!..."

Ein wütendes Hurra begrüßte diese Sentimentalität; aber als Dutocq zu Theodosius sagte:

„Es ist eine Sünde, einen solchen Malaga diesen Zungen gewöhnlichster Sorte vorzusetzen...", rief die Bürgermeisterin aus: „Ach, wenn man so was nachmachen könnte, mein Lieber," und brachte durch die Art, wie sie den spanischen Wein ausschlürfte, das Glas zum Klingen, „was für ein Vermögen ließe sich damit machen!..."

Zélie war auf der höchsten Stufe des Rotglühens angelangt; sie sah zum Erschrecken aus.

„Unseres ist bereits gemacht!" erwiderte Minard.

„Meinst du nicht auch," sagte Brigitte zu Frau Thuillier, „daß wir den Kaffee lieber im Salon trinken?"

Frau Thuillier gab sich gehorsam den Anschein, als sei sie die Herrin des Hauses und erhob sich.

„Ach, Sie sind ein wahrer Zauberer", sagte Flavia

Colleville und nahm la Peyrades Arm, als sie aus dem Speisezimmer in den Salon gingen.

„Mir liegt nur daran," entgegnete er, „Sie zu bezaubern; und glauben Sie mir, ich nehme damit nur Revanche; Sie sind heute bezaubernder als je!"

„Thuillier," bemerkte sie, um dieser Diskussion aus dem Wege zu gehen, „Thuillier hält sich für einen Politiker!"

„Aber, Beste, der Hälfte der lächerlichen Erscheinungen in der Gesellschaft wird so etwas eingeredet; die Leute selbst sind daran unschuldiger als man denkt. Wie oft sieht man nicht in den Familien, daß der Mann, die Kinder und die Hausfreunde einer ganz dummen Mutter einreden, daß sie geistvoll, einer fünfzigjährigen, daß sie schön und jung sei!... Daher diese für Unbeteiligte unbegreiflichen Verkehrtheiten. Solche Leute sind lächerlich eitel, weil ihre Mätresse sie anbetet, oder stolz auf ihre Reimkunst, weil andere dafür bezahlt werden, sie glauben zu machen, daß sie große Dichter seien. Jede Familie hat ihren bedeutenden Mann, und daher, wie in der Kammer, das allgemeine Dunkel trotz aller Leuchten Frankreichs... Geistvolle Leute lachen darüber unter sich, das ist alles. Sie sind der Geist und die Schönheit dieser Kleinbürgergesellschaft; deshalb habe ich mich Ihnen anbetend geweiht; aber mein nächster Gedanke war, Sie hier herauszuziehen, denn ich habe Sie ernsthaft lieb und mit einem Gefühl, in dem mehr Freundschaft als Liebe enthalten ist, wenn auch viel Liebe sich dabei meldet", fügte er hinzu und drückte sie im Schutze der Fensternische, in die er sie geführt hatte, ans Herz.

„Frau Phellion wird den Klavierpart übernehmen", sagte Colleville; „heute muß alles tanzen: die Flasche, die Zwanzigsousstücke Brigittes und unsre kleinen Mädels! Ich werde meine Klarinette holen."

Und er übergab seine leere Kaffeetasse seiner Frau, indem er darüber lächelte, daß er sie in so gutem Einvernehmen mit Theodosius sah.

„Was haben Sie denn mit meinem Manne gemacht?" fragte Flavia ihren Verführer.

„Müssen wir uns alle unsre Geheimnisse anvertrauen?"

„Haben Sie mich denn nicht lieb?" erwiderte sie und warf ihm einen Blick mit der koketten Verschmitztheit einer Frau zu, die sich beinahe schon entschieden hat.

„Oh, da Sie mir die Ihrigen anvertrauen," begann er wieder und ließ sich zu der erregten Lustigkeit der Provenzalen hinreißen, die anscheinend so reizvoll und so natürlich ist, „will ich Ihnen doch nicht verhehlen, was mir das Herz bedrückt..."

Er führte sie wieder in die Fensternische zurück und sagte lächelnd:

„Colleville, der gute Kerl, hat in mir die von diesen Kleinbürgern unterdrückte Künstlernatur erkannt, die vor ihnen sich schweigend verhalten muß, weil sie sich nicht verstanden, falsch beurteilt und zurückgestoßen sieht; aber er hat die Glut des heiligen Feuers, das mich verzehrt, verspürt. Ja, gewiß," sagte er mit tiefster Überzeugung, „ich bin ein Künstler des Wortes, wie Berryer; ich könnte die Geschworenen zum Weinen bringen und selber dabei weinen, denn ich bin nervös wie ein Weib. Er, dem diese ganze Kleinbürgergesellschaft gräßlich ist, hat sich also mit mir über sie lustig gemacht; wir haben zuerst gelacht, und als wir uns dann ernsthaft aussprachen, hat er gemerkt, daß ich ebenso klug bin wie er. Ich habe ihm meine Absicht, aus Thuillier etwas zu machen, mitgeteilt und habe durchblicken lassen, was für Vorteile er sich durch einen solchen politischen Strohmann verschaffen könne. ‚Und sei es auch nur', habe ich ihm gesagt, ‚damit Sie Herr von Colleville werden und Ihre reizende Frau auf den Platz bringen können, auf dem ich sie sehen möchte, in einer völlig gesicherten Lebenslage, in der Sie selbst sich zum Deputierten wählen lassen könnten; denn um das zu erreichen, worauf Sie Anspruch haben, genügt es, wenn Sie für einige Jahre in die Gegend der Hoch- oder Voralpen in irgendein kleines Nest ziehen, wo alle Sie gern haben werden, und wo Ihre Frau allen den Kopf verdrehen wird... Und das', habe ich hinzugefügt, ‚kann nicht fehlschlagen, besonders dann nicht, wenn Sie Ihre liebe Celeste einem Manne zur Frau geben, der imstande ist, sich eine einflußreiche Stellung in der Kammer zu verschaffen...' Mit der Vernunft im Gewande des Scherzes erreicht man bei gewissen Naturen mehr als ohne dieses: daher sind Colleville und ich jetzt die besten Freunde von der Welt. Er hat bei Tisch sogar schon zu mir gesagt: ‚Du Schuft, du hast mir meinen Toast weggenommen!' Heute abend noch werden wir auf Du und Du miteinander sein... Dann werde ich ihn noch zu einem Fest mitnehmen, wo die Künstler, soweit sie verheiratet sind, sich immer kompromittieren, und das wird uns vielleicht zu noch intimeren Freunden machen, als er und Thuillier es sind, denn ich habe ihm außerdem erzählt, daß Thuillier vor Neid wegen der Rosette in seinem Knopfloch platzt... Sie sehen, teuerste geliebte Frau, was man, von einer tiefen Empfindung beseelt, zu leisten vermag! Müßte mich Colleville nicht adoptieren, damit ich mit seinem Einverständnis bei Ihnen sein kann?... Aber Sie, Sie könnten von mir verlangen, daß ich Aussätzige küssen, lebende Kröten verschlingen oder Brigitte verführen soll; ja, ich würde mein Herz von dieser langen Latte aufspießen lassen, wenn ich mich ihrer als Krücke bedienen müßte, um mich zu Ihren Füßen hinzuschleppen!"

„Heute morgen," sagte sie, „haben Sie mir einen Schreck eingejagt..."

„Und heute abend sind Sie über mich beruhigt!... Ja, niemals wird Ihnen etwas Böses von meiner Seite widerfahren."

„Ich gebe es zu, Sie sind wirklich ein ungewöhnlicher Mensch!..."

„Ach nein; meine geringsten und meine heißesten Bemühungen sind nur der Reflex der Flamme, die Sie in meinem Herzen entzündet haben, und ich will Ihr Schwiegersohn werden, damit wir uns niemals zu trennen brauchen... Meine Frau, mein Gott, die kann mir nichts anderes sein, als eine Maschine, um Kinder zu erzeugen; aber das erhabene Wesen, meine Gottheit, das wirst du sein", flüsterte er ihr ins Ohr.

„Sie sind ein Teufel!" sagte sie mit einem Anflug von Schrecken.

„Nein, ich bin nur ein wenig Poet, wie alle meine

Landsleute. Seien Sie gut, seien Sie meine Josephine!... Morgen um zwei Uhr komme ich zu Ihnen; ich habe das heiße Verlangen, zu sehen, wo Sie schlafen, wie die Sachen in Ihren Zimmern stehen, die Perle in ihrer Muschel zu bewundern!"

Und er entfernte sich klugerweise nach diesem Worte, ohne eine Antwort abzuwarten.

Flavia, die in ihrem ganzen Liebesleben niemals die leidenschaftliche Sprache der Romane vernommen hatte, blieb wie gebannt zurück, aber mit einem Gefühl des Glücks und mit pochendem Herzen, und sie sagte sich, daß es sehr schwer sei, sich einem solchen Einfluß zu entziehen. Zum erstenmal hatte Theodosius ein neues Beinkleid angelegt, grauseidene Strümpfe und Escarpins, eine schwarzseidene Weste und eine schwarze Atlaskrawatte, in deren Knoten eine geschmackvoll gewählte Nadel glänzte. Er trug einen neuen modernen Rock und gelbe Handschuhe unter den weißen Manschetten; er war der einzige Mann mit guten Manieren und Haltung in diesem Salon, den die Gäste inzwischen unmerklich gefüllt hatten. Frau Pron, eine geborene Barniol, war mit zwei siebzehnjährigen Pensionärinnen erschienen, die ihrer mütterlichen Sorgfalt von Familien anvertraut waren, die in Bourbon und Martinique wohnten. Herr Pron, Professor der Rhetorik an einer von Geistlichen geleiteten Schule, gehörte zu der Klasse der Phellions; aber anstatt sich in oberflächlichen Phrasen und Erklärungen zu ergehen und immer als Vorbild zu glänzen, war er ein trockener Prinzipienmensch. Herr und Frau Pron, der Glanz des Salons Phellion, hatten ihren

Empfangstag Montags; sie waren durch Barniols sehr eng mit den Phellions befreundet. Trotzdem er Professor war, tanzte der kleine Pron noch. Der gute Ruf des Instituts Lagrave, mit dem Herr und Frau Phellion zwanzig Jahre lang verbunden gewesen waren, war unter der Leitung des Fräuleins Barniol, der gewandtesten und ältesten der stellvertretenden Vorsteherinnen, noch gewachsen. Herr Pron hatte in dem Bezirk, der vom Boulevard Mont-Parnasse, dem Luxembourg und der Rue de Sèvres begrenzt wird, großen Einfluß. Sobald daher Phellion seinen Freund erblickte, nahm er ihn aus eigenem Antrieb unter den Arm, um ihn in einem Winkel in die Verschwörung Thuillier einzuweihen; nach einer Unterhaltung von zehn Minuten holten sie Thuillier, und die Fensternische, die sich gegenüber derjenigen befand, in der Flavia ihren Gedanken nachhing, vernahm eine Diskussion zu dritt, die der der drei Schweizer im „Wilhelm Tell" sicher nicht nachstand.
„Sehen Sie nur," sagte Theodosius, der wieder zu Flavia hingegangen war, „wie der ehrenwerte fleckenlose Phellion intrigiert!... Geben Sie einem ehrlichen Mann einen zureichenden Grund an die Hand, und er wird sich ganz unbedenklich auf die unsaubersten Machenschaften einlassen; jetzt holt er sich den kleinen Pron zur Hilfe, und Pron wird mit ihm Schritt halten, alles im Interesse von Folix Phellion, der jetzt dort Ihre kleine Celeste belagert... Gehen Sie doch hin und trennen Sie die beiden... Sie stecken schon seit zehn Minuten zusammen, und der junge Minard umkreist sie wie eine wütende Bulldogge."
Felix, noch tief bewegt von der edelmütigen Her-

zensregung Celestes, an die, außer Frau Thuillier, niemand mehr dachte, hatte in seiner Harmlosigkeit einen genialen Einfall, wie ihn die ehrliche Schlauheit echter Liebe erzeugt; aber er war kein Mann der Form; die Mathematik machte ihn zerstreut. Er begab sich zur Frau Thuillier, da er sich dachte, daß Frau Thuillier Celeste an sich ziehen würde. Diese kluge Erwägung, die nicht auf tiefer Berechnung beruhte, war für Felix um so erfolgreicher, als der Advokat Minard, der Celeste nur ihrer Mitgift wegen begehrte, nicht gleich einen so glücklichen Gedanken hatte, und seinen Kaffee in Gesellschaft von Laudigeois, Barniol und Dutocq trank, die er im Auftrage seines Vaters, der mit einer Neuwahl der Kammer von 1842 rechnete, in eine politische Unterhaltung verwickelt hatte.

„Wer müßte Celeste nicht lieb haben!" sagte Felix zu Frau Thuillier.

„Das arme, liebe Kind, sie ist die Einzige auf der Welt, die mich lieb hat!" sagte die Sklavin, während sie ihre Tränen zurückhielt.

„Oh, nein, gnädige Frau, wir haben Sie doch beide lieb!" erwiderte der Unschuldige lachend.

„Wovon sprechen Sie denn hier?" fragte Celeste, die zu ihrer Patin gekommen war.

„Mein Kind," entgegnete das fromme Opferlamm, zog ihr Patenkind an sich und küßte es auf die Stirn, „er sagt, daß ihr beide mich lieb habt."

„Seien Sie mir ob dieser Anmaßung nicht böse, mein Fräulein!" sagte der zukünftige Kandidat der Akademie der Wissenschaften leise, „und lassen Sie mich alles tun, um diese Absicht zu verwirklichen! ... Sehen Sie, ich bin nun einmal so, daß mich Ungerechtigkeit in tiefe Erregung versetzt!... Ach, wie recht hat der Heiland gehabt, wenn er das Himmelreich den Sanftmütigen und den unschuldigen Lämmern verhieß!... Wer Sie vorher nur geliebt hat, Celeste, der muß Sie um Ihrer edelmütigen Herzensregung bei Tische willen anbeten! Aber einen Märtyrer vermag eben nur die Unschuld zu trösten!... Sie sind ein gütiges junges Mädchen, und Sie werden einmal als Frau der Stolz und das Glück Ihrer Familie werden. Glücklich der, der Ihr Gefallen erringen wird!"

„Aber liebste Patin, was sieht denn Herr Felix nur an mir?..."

„Er weiß dich zu würdigen, mein Engel, und ich werde für Euch zu Gott beten..."

„Wenn Sie wüßten, wie glücklich ich bin, daß mein Vater Herrn Thuillier einen Dienst erweisen kann... und wie gern ich Ihrem Bruder nützlich sein möchte!..."

„Also," sagte Celeste, „haben Sie wohl die ganze Familie lieb?"

„Aber gewiß", erwiderte Felix.

Die echte Liebe versteckt sich immer hinter dem Geheimnis der Schamhaftigkeit, selbst in ihrem Ausdruck, denn sie gibt sich schon von selbst zu erkennen; sie hält es nicht für nötig, wie die unechte Liebe, einen Brand zu entfachen, und wenn ein Beobachter in den Salon Thuillier hätte hineinblicken können, so würde er über den Vergleich der umfangreichen Vorbereitung, die Theodosius getroffen hatte, mit dem einfachen Vorgehen Felix' ein Buch schreiben können: Der eine repräsentierte die Natur, der andere die Gesellschaft; das Wahre und das Falsche standen ein-

ander gegenüber. Als sie bemerkte, wie ihrer entzückten Tochter die Glückseligkeit vom Gesichte abzulesen war, und wie das junge Mädchen von dem Gefühl, eine unausgesprochene Liebeserklärung verstehen zu können, verschönert wurde, fühlte Flavia einen Stich des Neides im Herzen; sie begab sich zu Celeste und sagte leise zu ihr: „Du benimmst dich nicht passend, mein Kind, alle Leute sind auf dich aufmerksam geworden, und es ist kompromittierend, wenn du dich so lange Zeit mit Herrn Felix allein unterhältst, ohne daß du weißt, ob wir das billigen."
„Aber, Mama, meine Patin war doch zugegen."
„Ach, entschuldigen Sie, liebe Freundin," sagte Frau Colleville, „ich hatte Sie garnicht bemerkt..."
„Sie machen es wie alle Welt", entgegnete dieser heilige Johannes Chrysostomos.
Dieses Wort traf Frau Colleville wie ein Pfeil mit einem Widerhaken; sie warf auf Felix einen Blick von oben herab und sagte zu Celeste: „Komm, setz dich hierher, mein Kind", setzte sich selbst neben Frau Thuillier und wies ihrer Tochter einen Platz neben sich an.
„Und wenn ich mich totarbeiten soll," sagte Felix zu Frau Thuillier, „ich muß Mitglied der Akademie der Wissenschaften werden, und ich werde auch irgendeine wichtige Entdeckung machen, damit ich ihre Hand auf Grund meiner Berühmtheit erhalte."
„Ach," sagte die arme Frau zu sich, „ich hätte solch einen stillen und freundlichen Gelehrten haben müssen, wie er ist!... Dann hätte ich mich bei einem solchen Leben im Schatten in Ruhe entwickeln können... Du hast das nicht gewollt,

lieber Gott; aber füge wenigstens diese beiden Kinder zusammen und beschütze sie! Sie sind eins für das andere geschaffen."

Und sie blieb in Nachdenken versunken, während sie den Höllenlärm mit anhörte, den ihre Schwägerin, dieses richtige Arbeitspferd, machte, die mit Hilfe der beiden Dienstboten den Tisch abdeckte, alles aus dem Speisezimmer herausräumte, damit die Tänzer und Tänzerinnen Platz hätten, und wie ein Kapitän auf der Kommandobrücke, der sich zum Kampfe anschickt, brüllte: „Ist noch genug Johannisbeersaft da? Es muß noch Mandelmilch besorgt werden"; oder: „das sind nicht genug Gläser und zu wenig Wein mit Wasser; nehmt die sechs Flaschen Landwein dazu, die ich eben heraufgeholt habe. Paßt aber auf, daß Coffinet, der Portier, sich keine nimmt! ... Karoline, du bleibst am Büfett ... Wenn um ein Uhr noch getanzt wird, gibts noch Schinkenbrötchen. Aber daß mir nichts unnütz verschwendet wird! Paß ordentlich auf. Gebt mir den Besen her und sorgt, daß die Lampen gefüllt sind, und daß mir ja nichts zerbrochen wird. Was vom Nachtisch übriggeblieben ist, müßt ihr etwas zurechtmachen und aufs Büfett stellen ... Ob meine Schwägerin wohl daran denkt, ein bißchen zu helfen! Ich weiß nicht, was sie sich denkt, die Schlafmütze! ... Mein Gott, wie langsam sie ist! ... Nehmt die Stühle fort, dann ist mehr Platz."

Der Salon war schon voll von den Barniols, den Collevilles, den Laudigeois, den Phellions und allen denen, die die Nachricht herbeigerufen hatte, daß ein kleiner Tanz bei den Thuilliers stattfinden sollte; sie war im Luxembourgbezirk zwischen

zwei und vier Uhr, wo die Bourgeoisie ihren Spaziergang macht, verbreitet worden.
„Sind Sie fertig, Brigitte?" sagte Colleville und erschien im Speisezimmer; „es ist neun Uhr, und sie sind schon wie die Heringe im Salon zusammengepreßt. Cardot mit Frau, Sohn, Tochter und seinem zukünftigen Schwiegersohn sind eben gekommen und mit ihnen der junge Staatsanwaltsgehilfe Vinet, und das Faubourg Saint-Antoine tritt auch eben an. Wollen wir nicht das Piano aus dem Salon hier hereinnehmen?"
Er gab das Signal, indem er seine Klarinette probierte, deren komische Töne mit einem Hurra im Salon begrüßt wurden.
Es wäre ziemlich überflüssig, einen Ball dieser Art zu beschreiben. Die Toiletten, die Gesichter, die Unterhaltung, alles stimmte überein. Auf stellenweise abgescheuerten und abgenutzten Tabletts wurden Gläser mit reinem, mit verdünntem Wein und mit Zuckerwasser herumgereicht. Die Tabletts mit Mandelmilch und Limonade erschienen nur in längeren Zwischenräumen. Für fünfundzwanzig Spieler waren fünf Spieltische aufgestellt. Achtzehn Tänzer und Tänzerinnen waren zugegen. Um ein Uhr morgens wurden Frau Thuillier, Fräulein Brigitte und Frau Phellion sowie der alte Phellion mit Gewalt zu einem Kontertanze, gemeinhin die „Boulangère" genannt, herangeholt, bei dem Dutocq mit einem Turbanschleier wie ein Kabyle erschien. Die Dienstboten, die ihre Herrschaften abholten, und die des Hauses bildeten die Zuschauer, und da dieser endlose Kontertanz eine Stunde dauerte, wollte man Brigitte im Triumphe herumtragen, als sie zum

Souper rief; sie hielt es aber für nötig, erst noch schnell zwölf Flaschen alten Burgunder wegzuschließen. Man amüsierte sich, die alten wie die jungen Damen, so gut, daß Thuillier Gelegenheit nahm, zu sagen:

„Heute früh hatten wir wahrhaftig noch keine Ahnung, daß wir heute ein solches Fest feiern würden!

„Man amüsiert sich niemals so gut," sagte der Notar Cardot, „wie bei diesen improvisierten Bällen. Bleiben Sie mir vom Leibe mit den andern steifen Festlichkeiten!"

Diese Meinung ist ein Axiom der Bourgeoisie.

„Ach, was," sagte Frau Minard, „was mich anlangt, ich liebe den Vater und die Mutter ..."

„Für Sie, gnädige Frau, gilt das nicht, bei Ihnen hat das Vergnügen ein auserlesenes Domizil gefunden", sagte Dutocq.

Als die Boulangère zu Ende war, holte Theodosius Dutocq vom Büfett, wo er sich ein Schinkenbrötchen genommen hatte, und sagte zu ihm:

„Wir wollen aufbrechen, wir müssen morgen ganz früh bei Cérizet sein, um Näheres über die Sache, die uns beide angeht, zu hören; sie ist nicht so einfach, wie Cérizet meint."

„Weshalb denn?" fragte Dutocq und aß sein Brötchen im Salon weiter.

„Kennen Sie denn die gesetzlichen Vorschriften nicht? ..."

„Ich kenne sie genügend, um zu wissen, welche Gefahr wir laufen können. Wenn der Notar das Haus haben will, das wir ihm weggeschnappt haben, dann hat er die Möglichkeit, es uns wieder wegzunehmen, er braucht sich bloß hinter einen der angemeldeten Gläubiger zu stecken. Auf Grund des geltenden Hypothekenrechts haben, wenn ein Haus auf Antrag eines Gläubigers subhastiert wird, und der Preis, zu dem es zugeschlagen wird, nicht alle Gläubigerforderungen deckt, die Gläubiger das Recht, nochmals ein höheres Gebot zu machen; und der Notar, einmal hereingefallen, wird sich dann eines Besseren besinnen."

„Das verdient jedenfalls aufmerksam verfolgt zu werden", sagte la Peyrade.

„Gut!" sagte der Gerichtsvollzieher, „wir wollen zu Cérizet gehen."

Die Worte: „Wir wollen zu Cérizet gehen" hatte der Advokat Minard gehört, der unmittelbar hinter den beiden Genossen herging; aber sie hatten keinen Sinn für ihn. Die beiden Männer standen ihm, seinem Wege und seinen Absichten so fern, daß er das Gesagte wohl hörte, aber nicht verstand.

„Das war einer der schönsten Tage unsres Lebens", sagte Brigitte, als sie um halb drei Uhr morgens mit ihrem Bruder allein in dem leeren Salon war; „wie stolz kannst du sein, daß dich deine Mitbürger so auf den Schild gehoben haben!"

„Täusche dich nicht darüber, Brigitte, mein Kind, daß wir das alles nur einem Manne zu verdanken haben . . ."

„Und wen?"

„Unserm Freunde la Peyrade."

☆

NICHT AM NÄCHSTEN TAGE, SONDERN ERST am übernächsten, dem Dienstag, konnten Dutocq und Theodosius Cérizet aufsuchen; der Gerichtsvollzieher hatte darauf aufmerksam gemacht, daß

Cérizet am Sonntag und Montag nie zu Hause war, mit Rücksicht auf das vollständige Fernbleiben der Kundschaft an diesen beiden Tagen, an denen das Volk seinem Vergnügen nachgeht. Das Haus, nach dem sie ihre Schritte lenkten, war für das Aussehen des Faubourg Saint-Jacques besonders charakteristisch; und es ist ebenso von Wichtigkeit, es hier näher kennenzulernen, wie die Häuser Thuilliers und Phellions. Man weiß nicht, (und es ist wahr, man hat noch keine Kommission ernannt, um dieses Phänomen zu studieren), – man weiß weder wie noch weshalb die Pariser Bezirke, innerlich wie äußerlich, so verfallen und herunterkommen; wie die alten Sitze des Hofes und der Kirche, der Luxembourg und das Quartier Latin sich zu dem entwickeln konnten, was sie heute sind, trotz eines der schönsten Paläste der Welt, trotz der kühn geschwungenen Kuppel von Saint-Geneviève, der Mansards vom Val-de-Grâce und der Schönheit des botanischen Gartens. Man fragt sich, weshalb das Reizvolle aus dem Leben verschwindet; wie solche Häuser, wie die Vauquers, Phellions, Thuilliers, mit ihren Pensionaten, wie Pilze dort aus der Erde schießen konnten, wo so viele Bauten des Adels und der Kirche gestanden haben, und warum der Schmutz, die mit Unsauberkeit verbundenen Gewerbe und die arme Bevölkerung sich dieses erhöhten Platzes bemächtigen konnten, anstatt sich fern von einem so alten und vornehmen Stadtteil anzusiedeln ... Nachdem der Engel, der seine wohltätigen Fittiche über dieses Viertel ausgebreitet hatte, einmal verschwunden war, hat sich der Wucher unterster Sorte hier festgesetzt. Auf den Gerichtsrat Popinot war ein Cérizet gefolgt; und, merkwürdig und wohl zu beachten, vom sozialen Standpunkte aus war der Effekt ein durchaus nicht so sehr anderer. Popinot gab Darlehen, ohne Zinsen zu nehmen, und wußte sich in einen Verlust zu schicken; Cérizet hatte niemals Verluste und zwang die Unglücklichen, hart zu arbeiten und sparsam zu werden. Popinot verehrten die Armen, aber sie haßten auch Cérizet nicht. Er war das unterste Rad in der Maschine der Pariser Finanzwelt. Oben standen die Häuser Nucingen, Keller, du Tillet, Mongenod; etwas tiefer die Palmas, die Gigonnets, die Gobsecks; noch tiefer die Samanous, die Chaboisseaus, die Barbets; und am Ende, nach dem Pfandleihhause, dieser König der Wucherer, der seine Schlingen an den Straßenecken legte, um alle Arten von Elend, ohne daß ihm eine entging, abzufangen: die Firma Cérizet!

Bei der Erwähnung des Schnürrocks war schon von dem Loch dieses aus seiner Gründung und aus der sechsten Kammer wieder Aufgetauchten die Rede gewesen.

Das Haus war vom Salpeter angefressen, und seine Mauern, die eine übelriechende Feuchtigkeit ausschwitzten, zeigten überall breite Flecken von Schimmel. Es lag an der Ecke der Rue des Postes und der Rue des Poules, und sein Erdgeschoß war von einer Weinhandlung unterster Sorte eingenommen, einem grellrot roh angestrichenen Laden mit roten Schirtingvorhängen, einem bleiernen Schenktisch und schweren Eisenstangen.

Über der Tür zu einem häßlichen Gang hing eine abscheuliche Laterne mit der Inschrift: „Nachtlogis“. Die Mauern waren mit Eisenkreuzen überdeckt, die bewiesen, wie mangelhaft die Standfestigkeit dieses Gebäudes war, das dem Weinhändler gehörte. Außer dem Erdgeschoß bewohnte er noch das Zwischengeschoß. Die Witwe Poiret, eine geborene Michonneau, hielt hier ein Hôtel garni im ersten, zweiten und dritten Stock, dessen Zimmer für die Benutzung durch Arbeiter und die ärmsten Studenten eingerichtet waren.

Cérizet hatte einen Raum im Erdgeschoß und einen im Zwischenstock inne, zu dem er über eine innere Treppe gelangte; der Zwischenstock erhielt sein Licht von einem scheußlichen, gepflasterten Hofe, aus dem mephitische Gerüche aufstiegen. Cérizet zahlte der Witwe Poiret für sein Frühstück und Mittagessen vierzig Franken monatlich; er hatte sich so, als ihr Pensionär, die Wirtin verpflichtet und ebenso den Weinhändler, dem er einen enormen Absatz in Wein und Schnaps verschaffte, ein Geschäft, das sich vor Tagesanbruch abwickelte. Cadenet machte sein Geschäft noch früher als Cérizet auf, der seine Tätigkeit am Dienstag im Sommer um drei, im Winter um fünf Uhr morgens begann.

Die Stunde, zu der die große Markthalle geöffnet wurde, in der viele seiner Klienten und Klientinnen ihre Beschäftigung hatten, war für seine üblen Geschäfte maßgebend. Deshalb hatte auch der edle Cadenet, mit Rücksicht darauf, daß er diese Kundschaft Cérizet zu verdanken hatte, ihm die beiden Räume für nur achtzig Franken jährlich vermietet und einen Mietkontrakt auf zwölf Jahre abgeschlossen, den nur Cérizet, ohne eine Abstandssumme zahlen zu müssen, alle Vierteljahre kündigen konnte. Cadenet brachte persönlich alle Tage eine Flasche ausgezeichneten Wein für das Mittagessen seines kostbaren Mieters herauf, und wenn Cérizet auf dem Trockenen saß, brauchte er nur zu seinem Freunde zu sagen: „Cadenet, borg mir doch hundert Taler". Aber er gab sie ihm stets getreulich zurück.

Cadenet besaß, wie es hieß, den Beweis, daß die Witwe Poiret Cérizet zweitausend Franken anvertraut hatte, was das Aufblühen seines Geschäftes seit dem Tage erklären konnte, wo er sich in diesem Viertel mit seinen letzten tausend Franken unter der Protektion Dutocqs etabliert hatte. Cadenet, durch sein erfolgreiches Geschäft geldgierig geworden, hatte seinem Freunde Cérizet zu Beginn des Jahres zwanzigtausend Franken angeboten, aber Cérizet hatte es unter dem Vorwande abgelehnt, daß so etwas leicht der Anlaß zur Feindschaft unter Freunden werden könnte.

„Ich könnte sie nur zu sechs Prozent nehmen," sagte er zu Cadenet, „und Sie verdienen in Ihrem Geschäft mehr damit... Später, wenn mal eine gute Sache sich bietet, können wir uns zusammentun; aber für so etwas sind fünfzigtausend Franken erforderlich; wenn Sie über eine solche Summe verfügen können, nun, dann ließe sich darüber reden..."

Die Angelegenheit mit dem Hause hatte Cérizet Theodosius gebracht, nachdem er festgestellt hatte, daß sie drei, Frau Poiret, Cadenet und er, niemals hunderttausend Franken zusammenbringen konnten.

Der Mann, der diese Leihgeschäfte auf eine Woche machte, war in seinen Rumpelkammern vollkommen in Sicherheit, wo er nötigenfalls auch tätlichen Beistand gefunden hätte. An gewissen Tagen fanden sich bei ihm nicht weniger als sechzig bis achtzig Personen ein, ebensoviel Männer wie Frauen, die teils bei dem Weinhändler, teils im Gange auf den Treppenstufen, teils im Bureau, in das der mißtrauische Cérizet nicht mehr als sechs Personen zu gleicher Zeit hereinließ, warteten. Die zuerst Gekommenen kamen der Reihe nach dran, und da man nur seiner Nummer entsprechend vorgelassen wurde, schrieben der Weinhändler und sein Gehilfe die Nummern den Männern an den Hut, den Weibern auf den Rücken. Wie bei den Droschken auf den Halteplätzen verkaufte man die Vordernummern an die spätern. An manchen Tagen, wo man eilige Geschäfte in der Markthalle hatte, wurde eine Vordernummer mit einem Glas Schnaps und einem Sou bezahlt. Die erledigten Nummern riefen die nachfolgenden in Cérizets Bureau, und wenn sich ein Streit erhob, machte Cadenet dem bald ein Ende mit den Worten:

„Wenn die Wache oder die Polizei geholt werden muß, was hilft euch das? Dann schließt ‚er' die Bude."

„Er", damit bezeichnete er Cérizet. An manchen Tagen, wenn ein verzweifeltes unglückliches Weib, das zu Hause kein Brot hatte und ihre Kinder vor Hunger bleich werden sah, erschien, um sich zehn oder zwanzig Sous zu leihen, so fragte sie den Weinhändler oder seinen ersten Gehilfen:

„Ist ‚er' da?"

Und Cadenet, ein kleiner dicker Mann in blauem Anzug mit schwarzen Schutzärmeln, einer Küferschürze und einer Mütze auf dem Kopfe, erschien solchen armen Müttern wie ein Engel, wenn er antwortete:

„‚Er' hat gesagt, daß Sie eine ehrliche Frau sind, und daß ich Ihnen vierzig Sous geben darf. Sie wissen, was Sie zu tun haben..." Und, unglaublich, „er" wurde dafür gesegnet, wie man ehemals Popinot segnete.

Am Sonntagmorgen freilich, wenn man bezahlen mußte, verfluchte man Cérizet; und mehr noch wurde er am Sonnabend verflucht, wenn man arbeiten mußte, um den geliehenen Betrag mit den Zinsen zurückzuzahlen, Aber vom Dienstag bis zum Freitag jeder Woche war er die Vorsehung und der Gott.

Der Raum, in dem er sich aufhielt, früher die Küche des ersten Stocks, war ganz kahl, die geweißte Decke verräuchert. Die Wände, an denen entlang Bänke standen, und der Steinfußboden zogen die Feuchtigkeit bald an sich, bald schwitzten sie sie aus. An Stelle des Kamins, von dem nur noch der Rauchfang vorhanden war, hatte er einen eisernen Ofen aufgestellt, der mit Steinkohle geheizt wurde, wenn es kalt war. Unter dem Rauchfang befand sich ein Podest, der um einen halben Fuß höher als der Fußboden war und sechs Fuß im Geviert maß; auf ihm befanden sich ein Tisch im Werte von zwanzig Sous und ein hölzerner Sessel mit einem zerrissenen grünen Lederkissen. Dahinter hatte Cérizet die Wand mit Schiffsplanken verkleidet. Neben sich hatte er einen kleinen Wandschirm aus weißem Holz, um sich gegen den Zug vom Fenster oder der Tür her zu schützen; dieser zweiteilige Wandschirm ließ aber die Ofenwärme zu ihm heranströmen. Das Fenster war innen mit riesigen Läden versehen, die mit Eisenblech beschlagen und mit einer eisernen Stange gesichert waren. Auch die Tür hatte den gleichen Schutz.

Im Hintergrunde des Zimmers, in einer Ecke, befand sich eine Wendeltreppe, die aus irgendeinem abgebrochenen Lagerraum herstammte und von Cadenet in der Rue Chapon gekauft worden war; die hatte er in den Fußboden des Zwischenstocks eingelassen. Um jede Verbindung mit dem ersten Stock unmöglich zu machen, hatte Cérizet verlangt, daß die Tür des Zwischengeschosses, die auf den Treppenabsatz führte, zugemauert werde. So glich seine Wohnung einer Festung. Sein oberes Zimmer war nur mit einem Teppich für zwanzig Franken, einem Schülerbett, einer Kommode, zwei Stühlen, einem Sessel und einer eisernen Kassette in Form eines Schreibtisches von vortrefflicher Schlosserarbeit, einem Gelegenheitskauf, ausgestattet. Er rasierte sich vor dem Kaminspiegel; er besaß außerdem zwei Bettbezüge aus Schirting, sechs Hemden aus Perkal und das übrige dem Entsprechende. Ein- oder zweimal hatte Cadenet Cérizet wie einen eleganten Herrn gekleidet gesehen; er hatte nämlich in der untersten Schublade der Kommode eine vollständige Verkleidung verborgen, in der er in die Oper gehen und Gesellschaften besuchen konnte, ohne erkannt zu werden; wäre ihm nicht seine Stimme bekannt gewesen, so hätte Cadenet ihn gefragt: „Was steht zu Ihren Diensten?“

Was an diesem Manne „seinen Kindern“ am besten gefiel, das waren seine Gemütlichkeit und seine Antworten; er redete ihre Sprache. Cadenet, seine beiden Gehilfen und Cérizet, die inmitten des fürchterlichsten Elends ihr Leben verbrachten, bewahrten den Gleichmut der Leichenträger gegenüber den Erben, der alten Gardesergeanten angesichts der Toten; wenn sie den Schrei des Hungers und der Verzweiflung hörten, so jammerten sie ebenso wenig wie die Chirurgen beim Stöhnen ihrer Kranken in den Hospitälern, und wie die Soldaten und die Wärter machten sie nichtssagende Redensarten, wie: „Habt Geduld und ein bißchen Mut! Was nützt es euch, wenn ihr verzweifelt? Und wenn ihr euch umbringt, was dann? ... Man gewöhnt sich an alles; nur etwas Vernunft, usw.“ Obwohl Cérizet so vorsichtig war, das für seine morgendlichen Geschäfte erforderliche Geld in dem doppelten Boden des Sessels, auf dem er saß, versteckt zu halten, nicht mehr als hundert Franken auf einmal herauszunehmen, die er in seine Hosentaschen steckte, und neuen Vorrat nur zwischen zwei Schüben seiner Kunden herauszuholen, während die Tür geschlossen blieb und erst wieder geöffnet wurde, wenn er seine Taschen untersucht hatte, so war für ihn von den mannigfachen Verzweifelten, die von allen Seiten zu dieser Geldquelle zusammenströmten, doch nichts zu befürchten. Es gibt ohne Zweifel recht viele Arten, auf die man sich als ehrlich oder tugendhaft erweisen kann. Der Mensch mag vor seinem Gewissen schuldig sein, er mag es offensichtlich an Zartgefühl haben fehlen lassen und gegen die Vorschriften der Ehre gesündigt haben: damit verfällt er noch nicht der allgemeinen Mißachtung; er mag direkt ehrlos gehandelt haben und vor das Zuchtpolizeigericht gezogen worden sein: damit kommt er noch nicht vor das Schwurgericht; aber wenn er selbst von diesem verurteilt und der Ehrenrechte beraubt worden ist, so kann er selbst im Bagno geachtet werden, wenn er nicht gegen die Verbrecherehre handelt, die darin besteht, daß man kein Denunziant ist, ehrlich teilt und die gleiche Gefahr mit den andern auf sich nimmt. Nun, diese letzte Sorte von Ehrenhaftigkeit, die vielleicht nur das Ergebnis der Berechnung und der Notwendigkeit ist, die aber dem danach Handelnden noch eine gewisse Möglichkeit bietet, sich großherzig zu zeigen und sich zu bessern, sie herrschte absolut zwischen Cérizet und seiner Kundschaft. Cérizet irrte sich niemals, und seine Armen ebensowenig; es gab auf beiden Seiten in bezug auf Kapital und Zinsen niemals Streit. Mehrfach hatte Cérizet, der übrigens ein Kind des Volkes war, von einer Woche zur andern einen unabsichtlichen Irrtum zugunsten einer armen Familie berichtigt, die ihn gar nicht gemerkt hatte. Daher galt er zwar als ein Hund, aber als ein anständiger Hund, und sein Wort inmitten dieser Schmerzensstadt als heilig. Als eine Frau gestorben war, die ihm dreißig Franken schuldete, sagte er zu den Versammelten:

„Das ist mein Gewinn, und da flucht ihr noch auf mich! Und trotzdem werde ich ihre Kleinen nicht darum schikanieren!... Und Cadenet hat ihnen noch zu essen und Wein gebracht."

Seit diesem hübschen Zuge, der übrigens auf kluger Berechnung beruhte, sagte man von ihm in beiden Faubourgs:

„Er ist doch kein schlechter Mensch!..."

Das Geldleihen auf eine Woche, wie es Cérizet

betrieb, ist verhältnismäßig keine so schlimme Plage, wie das Verpfänden auf dem Pfandleihhause. Cérizet gab am Dienstag zehn Franken unter der Bedingung her, daß er am Sonntagmorgen zwölf zurückerhielt. In fünf Wochen verdoppelte er auf diese Weise sein Kapital, aber es gab auch viele Abweichungen. Seine Gefälligkeit bestand darin, ab und zu nur elf Franken fünfzig Centimes zurückzufordern; die Zinsen blieb man schuldig. Und wenn er einem kleinen Fruchthändler fünfzig Franken gegen die Rückzahlung von sechzig, oder einem Lohgerber hundert gegen die von hundertzwanzig lieh, so war das ein Risiko.

Als sie aus der Rue des Postes in die Rue des Poules einbogen, bemerkte Theodosius und Dutocq eine Ansammlung von Männern und Weibern, und sie erschraken, als sie beim Scheine der Lampen des Weinhändlers diese Masse von roten, rissigen, faltigen, von Leiden verdüsterten Gesichtern mit zerzausten oder kahlen Köpfen und aufgeschwollen vom Wein oder ausgemergelt vom Schnaps erblickten; die einen hatten einen drohenden, die andern einen resignierten, diese einen spöttischen, jene einen geistvollen, noch andere einen stumpfsinnigen Ausdruck; alle waren in so scheußliche Lumpen gehüllt, wie auch die ausschweifendste Phantasie eines Zeichners sie nicht schlimmer ersinnen konnte.

„Man wird mich hier erkennen!“ sagte Theodosius und zog Dutocq mit sich fort; „wir haben eine Dummheit begangen, daß wir ihn hier während seiner Geschäftszeit aufgesucht haben ...“

„Um so mehr, als wir nicht daran gedacht haben, daß Claparon hier in einem Hundeloch, das wir innen gar nicht kennen, haust. Aber das kommt nur für Sie in Betracht, nicht für mich; ich kann ja mit meinem Sekretär zu reden haben, und ich werde ihm mitteilen, daß wir abends zusammen essen wollen, denn zum Frühstück können wir nicht zusammenkommen, weil heute Sitzung ist. Wir könnten uns in der ‚Chaumière' treffen, in einer der Lauben im Garten..."

„Das paßt schlecht; da kann man behorcht werden, ohne daß man es merkt", sagte der Advokat; „da würde ich den ‚Petit Rocher de Cancale' vorziehen; da nehmen wir ein Zimmer und sprechen leise."

„Und wenn man Sie dort mit Cérizet zusammen sieht?"

„Nun, dann wollen wir ins ‚Cheval rouge' gehen, am Quai de la Tournelle.

„Das wird besser sein; also um sieben Uhr, da treffen wir niemanden mehr."

Dutocq begab sich nun mitten unter diesen Bettlerkongreß und hörte, wie sein Name aus der Menge genannt wurde, denn es war für ihn kaum zu vermeiden, daß er Leuten, die mit dem Gericht zu tun hatten, begegnete, ebenso wie Theodosius hier einige seiner Klienten getroffen hätte.

In diesen Quartieren ist das Friedensgericht der höchste Gerichtshof, und alle Klagen werden hier endgültig entschieden, besonders seitdem das Gesetz ihm die letzte Entscheidung in allen Streitsachen, wo der Wert des Streitgegenstandes hundertvierzig Franken nicht übersteigt, zugewiesen hat. Man machte dem Gerichtsvollzieher Platz, der ebenso gefürchtet war wie der Friedensrichter.

Auf der Treppe sah er Frauen sitzen: eine fürch-

terliche Ausstellung, ähnlich wie Blumen auf einer Etagere, darunter junge, blasse und kranke, so daß bei den verschiedenen Farben der Halstücher, Hauben, Röcke und Schürzen dieser Vergleich treffender als jeder andere erscheinen dürfte. Dutocq wurde beinahe ohnmächtig, als er die Tür zu dem Raum öffnete, in dem schon sechzig Personen ihre Ausdünstungen zurückgelassen hatten.
„Ihre Nummer, Ihre Nummer!" schrien alle.
„Haltet die Schnauze!" rief eine rauhe Stimme von der Straße her, „das ist ja die Feder des Friedensrichters."
Es entstand ein tiefes Schweigen. Dutocq fand seinen Sekretär in einer Weste aus gelbem Leder, wie die Handschuhe der Gendarmerie, über der Cérizet eine häßliche gestrickte Wolljacke anhatte. Man kann sich das kranke Gesicht vorstellen, das aus einem solchen Futteral herausguckte, über dem ein schlechtes seidenes Käppchen die Stirn und den haarlosen Hinterkopf sehen ließ und so diesem Antlitz einen ebenso scheußlichen wie drohenden Ausdruck, zumal beim Licht einer Kerze, von denen zwölf aufs Pfund gehen, verlieh.
„So geht das nicht, Vater Lantimèche", sagte Cérizet zu einem, der siebzig Jahre auf dem Rücken zu haben schien und vor ihm mit seiner rotwollenen Mütze in der Hand stand; sein Kopf war kahl und seine weiß behaarte Brust zeigte häßliche rote Pickel. „Sie müssen mir erklären, was Sie unternehmen wollen! Hundert Franken, auch wenn Sie mir hundertzwanzig wiedergeben wollen, die läßt man nicht davonlaufen, wie einen Hund in die Kirche ..."
Die fünf übrigen Anwesenden, darunter zwei

Frauen, beide mit Säuglingen, von denen die eine strickte, die andere nährte, brachen in ein Gelächter aus.

Als er Dutocq erblickte, erhob sich Cérizet respcktvoll, ging ihm rasch entgegen und sagte noch zu dem Alten:

„Sie können sich die Sache noch überlegen; denn, sehen Sie, was mich dabei beunruhigt ist, daß ein alter Schlossermeister eine Summe von hundert Franken verlangt."

„Aber es handelt sich doch um eine Erfindung!" rief der alte Arbeiter aus.

„Eine Erfindung und hundert Franken?!... Sie kennen die gesetzlichen Vorschriften nicht; dazu sind zweitausend Franken erforderlich", sagte Dutocq; „man muß ein Patent haben und Protektion."

„Das ist wahr," sagte Cérizet, der sehr auf solche günstige Gelegenheitsgeschäfte rechnete, „also kommen Sie morgen früh um sechs Uhr wieder, Vater Lantimèche, dann wollen wir weiter darüber sprechen: in Gesellschaft kann man nicht gut über eine Erfindung reden..."

Das erste Wort, das Cérizet von Dutocq hörte, war: „Wenn es eine gute Sache ist, dann Halbpart!..."

„Sind Sie vielleicht deshalb so früh aufgestanden, um mir das zu sagen?" fragte der mißtrauische Cérizet, der sich über das „Halbpart" geärgert hatte. „Sie hätten mich ja auf dem Gericht getroffen."

Und er sah Dutocq verstohlen an; dieser, obwohl er ihm nichts vorlog und von Claparon und der Notwendigkeit, die Angelegenheit mit Theodosius zu beschleunigen, sprach, schien sich dabei zu verwickeln.

„Sie hätten mich jedenfalls heute früh auf dem Gericht sprechen können..." wiederholte Cérizet, während er Dutocq bis zur Tür begleitete.
„Das ist einer," sagte er zu sich und setzte sich wieder auf seinen Platz, „der mir die Laterne ausgeblasen zu haben scheint, damit ich nicht klar sehe. Na, dann werden wir unsere Sekretärstelle aufgeben... Sie sind dran, Mütterchen!" rief er; „Sie erfinden Kinder... Das ist lustiger, obgleich das eine bekannte Sache ist!"
Es ist um so weniger erforderlich, über die Zusammenkunft der drei Spießgesellen zu berichten, als die dabei getroffenen Verabredungen die Grundlage für die vertrauliche Unterhaltung zwischen Theodosius und Fräulein Thuillier bildeten; aber es ist nötig, darauf hinzuweisen, daß die Gewandtheit, die la Peyrade dabei entwickelte, Cérizet und Dutocq beinahe verblüffte. Seit dieser Konferenz war bei dem Bankier der Armen der Gedanke aufgetaucht, seine Hand aus dem Zusammenspiel zu ziehen, da er sich so klugen Gegenspielern gegenüber sah. Eine Partie um jeden Preis zu gewinnen und die geschicktesten Gegner zu überwinden, sei es auch durch eine Schurkerei, das verlangt die den Freunden des grünen Tisches eigene Eitelkeit. Das wurde der Anlaß zu dem fürchterlichen Schlage, der la Peyrade treffen sollte.
Dieser kannte übrigens seine beiden Spießgesellen genau; daher strengte ihn, trotz der beständigen Anspannung seiner Geisteskraft, trotz des andauernden Aufpassens, die seine zehn verschiedenen Masken verlangten, nichts so sehr an, wie die Rolle, die er vor seinen beiden Komplizen zu

spielen hatte. Ein unbewegliches Gesicht à la Talleyrand hätte ihren Bruch mit dem Provenzalen zur Folge gehabt, der sich in ihren Klauen befand, und er mußte ein argloses, vertrauliches Wesen und ein offenes Spiel vortäuschen, was sicher den Höhepunkt der Schauspielerkunst darstellte. Das Parterre in die Illusion versetzen, diesen Triumph kann man alle Tage haben, aber Fräulein Mars, Frédérick Lemaitre, Potier, Talma, Monrose täuschen, das ist der Gipfel der Kunst.

Diese Konferenz verursachte la Peyrade, der ebenso scharfsinnig wie Cérizet war, eine heimliche Angst, die ihm während der letzten Periode dieses Riesenkampfes das Blut erhitzte und ihm zeitweilig das Herz derart in Flammen setzte, daß er sich in dem krankhaften Zustande eines Spielers befand, der mit dem Auge das Kreisen der Roulette verfolgt, nachdem er seinen letzten Einsatz gewagt hat. Die Sinne besitzen dann eine Hellsichtigkeit beim Handeln, und die Scharfsinnigkeit erreicht eine Höhe, für die die menschliche Wissenschaft noch kein Maß gefunden hat.

Am Tage nach der Besprechung erschien la Peyrade zum Essen bei Thuilliers; und unter dem üblichen Vorwande, daß sie Frau von Saint-Foudrille, der Gattin des berühmten Gelehrten, mit der er sich befreunden wollte, einen Besuch abstatten müßten, nahm Thuillier seine Frau mit sich fort und ließ Theodosius mit Brigitte allein. Weder Thuillier, noch seine Schwester, noch Theodosius wurden durch diese Komödie getäuscht, die der alte Beau der Kaiserzeit ein diplomatisches Manöver nannte.

„Junger Mann, mißbrauche die Unschuld meiner

Schwester nicht, respektiere sie'", sagte Thuillier feierlich, bevor er sich entfernte.

„Haben Sie schon daran gedacht, mein Fräulein," sagte Theodosius und zog seinen Sessel an das Sofa heran, auf dem Brigitte strickte, „die Kaufmannschaft des Bezirks für Thuillier nutzbar zu machen?"

„Wie denn?" sagte sie.

„Sie stehen doch in Geschäftsverbindung mit Barbet und Métivier."

„Ach richtig!... Sie sind wahrhaftig ein Schlauberger!" sagte sie nach einer Pause.

„Wen man gern hat, dem macht man sich nützlich!" erwiderte er in wohlgesetzten Worten nach einer Weile.

Brigitte herumbekommen, das bedeutete in diesem langen seit zwei Jahren geführten Kampfe dasselbe, wie die große Schanze an der Moskowa erstürmen, den Höhepunkt. Aber man mußte von diesem Mädchen Besitz ergreifen, wie der Teufel, wie man im Mittelalter glaubte, Leute besessen hat, und zwar so, daß jedes Auflehnen dagegen unmöglich würde. Seit drei Tagen schlug sich la Peyrade mit dieser Aufgabe herum, und er hatte sie in ihrem ganzen Umfange durchdacht, um sich über ihre Schwierigkeiten klar zu werden. Schmeicheleien, dieses in geschickten Händen unfehlbare Mittel, verfingen bei einem weiblichen Wesen nicht, das seit langem wußte, daß ihm jede Schönheit mangelte. Aber für den willensstarken Mann gibt es nichts Unbezwingliches, und die Lamarques verstehen immer, Capri zu erobern. Es darf daher nichts von der denkwürdigen Szene, die sich an diesem Abend abspielte, weggelassen werden;

alles hat dabei seine Bedeutung, die Ruhepausen, die zu Boden gesenkten Augen, die Blicke, die Betonung der Worte.

„Aber Sie haben uns ja schon bewiesen," entgegnete Brigitte, „daß Sie uns sehr gern haben..."

„Hat Ihr Bruder schon mit Ihnen gesprochen?.."

„Nein, er hat nur gesagt, daß Sie mit mir zu reden hätten..."

„Jawohl, mein Fräulein, Sie sind ja der Mann in der Familie; aber nach reiflicher Überlegung habe ich die Sache doch zu gefährlich für mich gefunden, man stellt sich bei so etwas nur für seine Nächsten heraus... Es handelt sich um ein Vermögen, um dreißig- bis vierzigtausend Franken Rente, ohne die geringste Spekulation... um ein Grundstück!... Der dringende Wunsch, Thuillier ein Vermögen zu verschaffen, hat mich zuerst verlockt... So etwas blendet einen, wie ich ihm sagte; ... denn, wenn man kein Dummkopf ist, muß man sich fragen: ‚Was bezweckt er mit soviel Freundschaftlichkeit?' Ich habe ihm deshalb gesagt, daß wenn ich für ihn arbeite, ich mir schmeichle, damit auch für mich selbst zu arbeiten. Will er Deputierter werden, so ist zweierlei absolut nötig: er muß den Zensus bezahlen und sich durch seinen Namen und durch eine gewisse Berühmtheit empfehlen können. Wenn ich meine Ergebenheit so weit treibe, daß ich ihm helfen will, ein Buch über den Staatskredit oder irgend so etwas zu verfassen,... dann muß ich auch an ein Vermögen denken, ... und von Ihnen wäre es töricht, ihm dieses Haus zu geben..."

„Meinem Bruder? ... Aber ich würde es morgen

auf seinen Namen eintragen lassen!" ... rief Brigitte; „Sie kennen mich noch nicht..."
„Ich kenne Sie noch nicht ganz," sagte la Peyrade, „aber ich weiß so viel von Ihnen, daß ich bedaure, Ihnen nicht von Anfang an alles gesagt zu haben, als ich die Schritte tat, denen Thuillier seine Wahl zu verdanken haben wird. Denn schon am Tage nach seiner Aufstellung werden sich die Neider bemerkbar machen und es wird eine harte Aufgabe für ihn werden; man muß sie verblüffen und allen Einwänden seiner Rivalen zuvorkommen!"
„Aber die Geschäftssache," ... sagte Brigitte, „worin bestehen denn die Schwierigkeiten?"
„Mein Fräulein, die Schwierigkeiten bestehen in meinen Gewissensbedenken, ... und ich kann Ihnen hierbei keine Dienste leisten, bevor ich mich nicht meinem Beichtvater anvertraut habe... Denn geschäftlich ist es eine absolut legale Sache; wie könnte ich, Sie werden das verstehen, ich, ein in das Register eingetragener Advokat, ein Mitglied dieser Genossenschaft mit ziemlich strengen Grundsätzen, ein Geschäft in Vorschlag bringen, das irgendeine Angriffsfläche böte... Ich tue es überhaupt nur, weil ich selbst nicht einen Heller dabei verdiene..."
Brigitte saß wie auf Kohlen, ihr Gesicht glühte, sie zerriß ihren Faden, knüpfte ihn wieder zusammen und wußte nicht, wie sie sich verhalten solle.
„Man kann heute aber doch," sagte sie, „nicht vierzigtausend Franken Ertrag von einem Hause haben, wenn man nicht mindestens eine Million und achtmalhunderttausend Franken dafür bezahlt..."

„Oh, Sie sollen es sehen und den Ertrag selber schätzen, und ich garantiere Ihnen, daß ich es Thuillier für fünfzigtausend Franken verschaffen werde."

„Nun, wenn Ihnen das gelingt," rief Brigitte, die, von Habgier verzehrt, in die höchste Erregung geraten war, „dann, mein lieber Herr Theodosius..."

Sie stockte.

„Nun, mein Fräulein, was dann?"

„Dann werden Sie vielleicht auch für Ihr eigenes Interesse gearbeitet haben..."

„Oh, wenn Thuillier Ihnen mein Geheimnis verraten hat, dann verlasse ich das Haus."

Brigitte erhob den Kopf.

„Hat er Ihnen verraten, daß ich Celeste liebe?"

„Nein, so wahr ich ein anständiges Mädchen bin!" rief Brigitte aus; „aber ich wollte gerade von ihr reden."

„Sie wollen sie mir anbieten?... Nein, Gott verzeihe mir, ich will sie nur ihr selbst, ihren Eltern, ihrem freien Entschlusse zu verdanken haben... Nein, von Ihnen verlange ich nur Ihr Wohlwollen und Ihre Gunst... Versprechen Sie mir nur, wie Thuillier, als Preis für meine Dienste Ihre Hilfe und Ihre Freundschaft; sagen Sie mir, daß Sie mich wie einen Sohn behandeln werden... Dann werde ich mir Ihren Rat erbitten. Dann kann ich Ihnen die Entscheidung überlassen und brauche nicht mit meinem Beichtvater zu sprechen. Sehen Sie, seit zwei Jahren sehe ich mich nach der Familie um, in die ich eintreten möchte, und der ich als meine Mitgift meine Energie zubringe... Denn ich werde meinen Weg machen!... Ich habe wohl bemerkt, daß Sie die Ehrenhaftigkeit der alten

Zeiten besitzen und eine klare unverwirrbare Urteilsfähigkeit ... Sie sind geschäftserfahren, und einen so beschaffenen Menschen hat man gern an seiner Seite ... Mit einer Schwiegermutter von Ihrer Tüchtigkeit wäre ich in meinem häuslichen Leben einer Menge kleinlicher Geldsorgen überhoben, die Einen auf der politischen Bahn hemmen, wenn man sich selbst damit befassen muß ... Ich habe Sie am letzten Sonntag wahrhaft angestaunt ... Ach, wie schön waren Sie da! Wie haben Sie das alles arrangiert! Ich glaube, in zehn Minuten war das Speisezimmer ausgeräumt ... Und ohne daß Sie das Haus zu verlassen brauchten, war alles da, was für Erfrischungen und für das Souper gebraucht wurde ... Da habe ich mir gesagt: ‚So muß eine Frau aussehen, die ihr Hauswesen zu leiten versteht!' " ...

Brigittes Nasenflügel hoben sich, und sie sog die Worte des jungen Advokaten ein; er beobachtete sie verstohlen und genoß seinen Triumph. Er hatte ihre empfindlichste Stelle berührt.

„Ach," sagte sie, „an das Wirtschaften bin ich ja gewöhnt, das verstehe ich!"

„Sich von einem so offenen reinen Gewissen beraten lassen," begann Theodosius wieder, „ja, das genügt mir!"

Er war aufgestanden; jetzt setzte er sich wieder und fuhr fort:

„Also unser Geschäft, liebe Tante ... Sie werden ja so etwas wie meine Tante sein ..."

„Schweigen Sie davon, Sie böser Mensch!" sagte Brigitte, „und nun reden Sie."

„Ich will Ihnen die nackten Tatsachen unterbreiten, wobei Sie bemerken werden, daß ich mich dadurch bloßstelle, denn ich verdanke diese vertraulichen Nachrichten meiner Stellung als Advokat... Sie mögen sich also vorstellen, daß wir zusammen eine Art Roman-Verbrechen begehen! Ein Pariser Notar hat sich mit einem Architekten assoziiert, sie haben Terrains erworben und sie bebaut; jetzt ist die Sache zusammengebrochen;... sie haben sich in ihren Berechnungen geirrt... aber lassen wir das beiseite... Unter den Häusern dieser rechtswidrigen Sozietät – denn Notare dürfen keine Grundstücksgeschäfte machen – befindet sich eins, das, weil es noch nicht fertig ist, so niedrig eingeschätzt ist, daß sein Kaufpreis sich kaum auf hunderttausend Franken stellen wird, obwohl das Terrain und der Bau vierhunderttausend Franken gekostet haben. Da nur noch das Innere fertigzustellen ist und sonst weiter keine Kosten in Frage kommen, und andererseits alles hierzu Erforderliche bei den Unternehmern bereitliegt, die es billig hergeben würden, so kann die Summe, die man noch hineinstecken müßte den Betrag von fünfzigtausend Franken nicht übersteigen. Nun wird das Haus bei seiner Lage nach Abzug aller Unkosten mehr als vierzigtausend Franken Ertrag bringen. Es ist ganz in echtem Stein gebaut, nur die Seitenmauern aus Bruchsteinen; die Fassade ist mit den kostbarsten Skulpturen, für die man mehr als zwanzigtausend Franken ausgegeben hat, ausgestattet. Die Fenster haben Spiegelscheiben und Verschlüsse nach einem neuen System, sogenannte Pasquillschlösser."

„Schön, aber wo steckt die Schwierigkeit?"

„Hierin: der Notar hat sich dieses Stück des Kuchens, den er im Stich lassen muß, vorbehalten, und unter dem Namen eines seiner Freunde gehört er zu den Darlehnsgebern, für die der Konkurs-Syndikus das Grundstück versteigern läßt; es ist keine gerichtliche Versteigerung, die sich zu teuer stellen würde, sondern eine freiwillige; nun hat sich der Notar, um es zu erwerben, an einen meiner Klienten gewandt und ihn gebeten, seinen Namen dafür herzugeben; mein Klient, ein armer Teufel, hat mir gesagt: ,Daran ist ein Vermögen zu verdienen, wenn man das dem Notar wegschnappen könnte...' "

„So was kommt im Geschäftsleben vor", rief Brigitte lebhaft.

„Wenn es nur diese Schwierigkeit gäbe, so würde es sich damit so verhalten, wie einer meiner Freunde zu einem Schüler sagte, der sich über die Mühseligkeit beklagte, die die Herstellung eines Kunstwerks der Malerei erfordere: ,Wenn das nicht so wäre, Kleiner, da könnten ja die Lakaien auch welche anfertigen!' Aber, mein liebes Fräulein, wenn es auch gelingt, diesen üblen Notar zu überlisten, der, das können Sie mir glauben, das reichlich verdient hat, denn er hat viele Privatvermögen geschädigt, so wird es vielleicht sehr schwer sein, ihn noch ein zweites Mal übers Ohr zu hauen. Wenn ein Grundstück veräußert wird und die Gläubiger ihre Hypotheken wegen des unzulänglichen Preises in Gefahr sehen, dann haben sie die Möglichkeit, innerhalb einer gewissen Frist eine Neuausbietung verlangen zu können, das heißt, mehr zu bieten, um das Grundstück selber zu erwerben. Kann man nun diesen Schwindler nicht bis zum Ablauf der für die Neuausbietung gesetzten Frist hinhalten, so muß man zu einer

neuen List greifen. Aber ist ein solches Vergehen auch ganz legal?... Kann man das für eine Familie tun, deren Mitglied man werden will?... Das ist es, was ich mich seit drei Tagen frage..."
Brigitte, das muß zugegeben werden, schwankte, und Theodosius rückte nun mit seiner letzten Reserve heraus.

„Überschlafen wir die Sache; morgen können wir weiter darüber reden..."

„Hören Sie, mein Junge," sagte Brigitte und sah den Advokaten mit beinahe verliebtem Blicke an, „vor allem muß man das Haus sehen. Wo steht es?"

„Nahe bei der Madeleinekirche! Und dort wird in zehn Jahren der Mittelpunkt von Paris sein! Schon im Jahre 1819, wissen Sie, hat man diese Terrains ins Auge gefaßt. Das Vermögen des Bankiers du Tillet stammt dorther... Der berüchtigte Bankrott des Notars Roguin, der einen solchen Schrecken in Paris verursachte und dem Ansehen des Notariats einen so bösen Schlag versetzte, dieser Bankrott, der den bekannten Parfümhändler Birotteau mit sich riß, hatte keine andere Veranlassung; sie spekulierten ein wenig zu früh auf das Steigen dieser Terrains."

„Ich erinnere mich daran", erwiderte Brigitte.

„Das Haus kann zweifellos Ende dieses Jahres fertig sein und von Mitte des nächsten Jahres ab vermietet werden."

„Können wir morgen hingehen?"

„Ich stehe zur Verfügung, Schwiegertante."

„Hören Sie, Sie dürfen mich niemals vor den andern so nennen... Und was das Geschäft anlangt," fuhr sie fort, „so kann man sich erst ent-

scheiden, wenn wir das Haus besichtigt haben ..."
„Es hat sechs Stockwerke, eine Vorderfront von neun Fenstern, einen großen Hof, vier Läden und ist ein Eckhaus. Oh, der Notar versteht sich auf so was, darüber können Sie beruhigt sein! Aber es braucht nur irgendein politisches Ereignis einzutreten, und die Renten fallen und die Geschäfte gehen schlecht. An Ihrer Stelle würde ich alles, was Frau Thuillier besitzt, und alles, was Sie in Staatspapieren angelegt haben, verkaufen und für Thuillier dieses schöne Grundstück erwerben; Sie können dann das Vermögen der armen frommen Seele durch die künftigen Ersparnisse wieder einbringen ... Kann die Rente denn noch höher steigen, als sie heute steht? ... Hundertzwanzig, das ist ja fabelhaft! Man muß sich beeilen."
Brigitte leckte sich die Lippen; sie sah die Möglichkeit vorhanden, ihr Kapital zu behalten und ihren Bruder auf Kosten seiner Frau zu bereichern.
„Mein Bruder hat ganz recht," sagte sie zu Theodosius, „Sie sind wirklich ein kostbarer Mann, und Sie werden es noch weit bringen ..."
„Aber er wird mir vorangehen!" erwiderte Theodosius so unbefangen, daß das alte Mädchen gerührt war.
„Sie werden zur Familie gehören", sagte sie.
„Es wird aber Hindernisse geben," fuhr Theodosius fort, „Frau Thuillier ist nicht ganz klar im Kopfe, und sie liebt mich durchaus nicht."
„Na, das möchte ich doch sehen! ..." rief Brigitte aus. „Aber erst wollen wir das Geschäft abschließen, wenn es annehmbar ist; Ihre Interessen überlassen Sie nur meinen Händen."
„Wenn Thuillier Mitglied des Munizipalrats und

Eigentümer eines Grundstücks ist, das ihm eine Miete von wenigstens vierzigtausend Franken bringt, wenn er dekoriert sein und ein politisches, gediegenes, ernsthaftes Buch publiziert hat... dann wird er bei einer der nächsten Wahlen Deputierter werden. Aber, unter uns, Tantchen, solche Dienste leistet man nur seinem Schwiegervater..."

„Sie haben recht."

„Wenn ich auch kein Vermögen besitze, so werde ich dann doch das Ihrige verdoppelt haben; und wenn dieses Geschäft diskret gemacht ist, so werde ich mich noch nach andern solchen umsehen..."

„So lange ich das Haus nicht gesehen habe," sagte Fräulein Thuillier, „kann ich noch nichts darüber sagen..."

„Also bestellen Sie morgen einen Wagen, und fahren wir hin; ich werde mir morgen früh die Erlaubnis zur Besichtigung besorgen."

„Also auf morgen um zwölf Uhr", erwiderte Brigitte und reichte Theodosius die Hand zum Einschlagen; er aber drückte auf sie den zärtlichsten und respektvollsten Kuß, den Brigitte jemals empfangen hatte.

„Adieu, mein Kind!" sagte sie, als er an der Tür war.

Dann klingelte sie schnell eins der Mädchen herbei und sagte:

„Josephine, gehen Sie sofort zu Frau Colleville und sagen Sie ihr, sie möchte zu mir kommen."

Eine Viertelstunde später erschien Flavia im Salon, wo Brigitte in furchtbarer Aufregung hin und her ging.

„Hören Sie, Kleine, es handelt sich um einen großen Dienst, den Sie mir leisten können, und der auch unsre liebe Celeste angeht... Sie kennen doch Tullia, die Tänzerin an der Oper; seiner Zeit hat mir ja mein Bruder von ihr die Ohren voll erzählt..."

„Ja, meine Liebe; aber sie ist nicht mehr Tänzerin, sie ist jetzt die Frau Gräfin du Bruel. Und ihr Mann ist sogar Pair von Frankreich!..."

„Steht sie noch so gut mit Ihnen?"

„Wir sehen uns nicht mehr."

„Nun, ich weiß, daß Chaffaroux, der reiche Unternehmer, ihr Onkel ist..." sagte die alte Jungfer. „Er ist alt und reich; besuchen Sie doch Ihre alte Freundin und sehen Sie zu, daß Sie ein paar Zeilen von ihr an ihren Onkel erhalten, des Inhalts, daß er ihr einen ganz besonderen Dienst leisten würde, wenn er ihr in einer Geschäftsangelegenheit, die Sie ihm vortragen würden, einen Freundesrat geben wollte, und daß wir ihn deshalb morgen um ein Uhr aufsuchen würden. Aber die Nichte soll dem Onkel das strengste Stillschweigen auferlegen! Gehen Sie, liebes Kind! Unsre geliebte Celeste wird einmal Millionärin sein, und sie soll, verstehen Sie wohl, aus meiner Hand einen Gatten bekommen, der sie auf die Höhe erheben wird."

„Soll ich Ihnen seinen Anfangsbuchstaben sagen?"

„Nun?..."

„Theodosius de la Peyrade! Sie haben recht. Das ist ein Mann, der mit Unterstützung einer Frau wie Sie Minister werden kann!"

„Den hat uns der liebe Gott ins Haus geschickt", rief die alte Jungfer aus.

In diesem Augenblick kehrten Herr und Frau Thuillier zurück.

Fünf Tage später, im Monat April, wurde im „Moniteur“ und durch öffentlichen Anschlag der Tag für die Wahlen zum Munizipalrat auf den 20. dieses Monats anberaumt. Seit einigen Wochen war das sogenannte Ministerium des 1. März am Ruder. Brigitte war in rosigster Laune, sie hatte sich von der Wahrheit der Angaben Theodosius' überzeugt. Der alte Chaffaroux hatte das Haus vom Keller bis zum Dachboden besichtigt und es baulich für ein Meisterwerk erklärt, der arme Grindot, der bei den Geschäften des Notars und Claparons beteiligte Architekt, glaubte für den Unternehmer zu arbeiten; der Onkel der Frau du Bruel dachte, daß es sich um die Interessen seiner Nichte handle, und erklärte, er könne das Haus für dreißigtausend Franken fertigstellen. So war seit einer Woche la Peyrade für Brigitte der Gott; sie bewies ihm mit der harmlosesten Unverfrorenheit, daß man das Glück, sobald es einem begegne, beim Schopfe fassen müsse.

„Und wenn doch irgend etwas Sündhaftes dabei vorkommen sollte,“ sagte sie im Garten zu ihm, „nun, dann können Sie es ja beichten ...“

„Also vorwärts, lieber Freund,“ rief Thuillier aus, „Teufel nochmal! Seinen Verwandten ist man das doch schuldig ...“

„Ich will es ja auch tun,“ erwiderte la Peyrade bewegt, „aber ich stelle meine Bedingungen. Ich will nicht, daß man mich, wenn ich Celeste heirate, für habsüchtig und geldgierig hält ... Wenn ich Ihretwegen Gewissensbedenken auf mich nehme, dann sorgen Sie wenigstens dafür, daß ich vor der Öffentlichkeit nicht anders als bisher dastehe. Also, mein alter Junge, du darfst Celeste nicht mehr zuwenden als das bloße Eigentum an dem Hause, das ich dir verschaffen werde ..."

„Das ist vernünftig ..."

„Ihr dürft euch nicht berauben, und mein liebes Tantchen muß es ebenso machen, wenn wir den Ehekontrakt aufsetzen. Das übrige verfügbare Kapital müßt ihr auf Frau Thuilliers Namen ins Staatsschuldbuch eintragen lassen; was sie damit machen will, das soll in ihrem freien Belieben stehen. So wollen wir alle zusammen leben, und ich mache mich anheischig, selber vorwärts zu kommen, sobald ich über meine Zukunft beruhigt bin."

„Einverstanden!" rief Thuillier. „So spricht ein Ehrenmann."

„Ich muß Sie auf die Stirn küssen, mein Junge", rief die alte Jungfer; „aber da doch eine Mitgift genannt werden muß, so wollen wir Celeste sechzigtausend Franken aussetzen."

„Für ihre Toilette", sagte la Peyrade.

„Wir sind ja alle drei ehrenhafte Leute", rief Thuillier. „Also abgemacht, Sie besorgen uns die Sache mit dem Hause, wir schreiben zusammen ein politisches Buch, und Sie werden sich Mühe geben, mir den Orden zu verschaffen ..."

„Das wird geschehen, sobald Sie Mitglied des Munizipalrats sind, also am 1. Mai. Nur bewahren Sie, lieber Freund, und auch Sie, Tantchen, das strengste Stillschweigen, und hören Sie nicht auf die Verleumdungen, die mich zugrunde richten sollen, sobald alle die, die ich nun hineinlegen werde, sich gegen mich wenden ... Da werde ich ein Habenichts sein, wissen Sie, ein Schurke, ein gefährlicher Mensch, ein Jesuit, ein Ehrgeiziger, ein Geldjäger ... Werden Sie solche Anschuldigungen auch ruhig mitanhören können? ..."

„Darüber seien Sie ganz beruhigt", sagte Brigitte.

Von diesen Tagen an wurde Thuillier das „Freundchen".

Das war die Anrede, die Theodosius jetzt gebrauchte, und zwar mit so verschiedenartiger zärtlicher Betonung, daß Flavia in Staunen geriet. „Tantchen" aber, eine Bezeichnung, die Brigitte so schmeichelhaft war, wurde nur gesagt, wenn Thuilliers unter sich waren, vor andern nur leise, und zuweilen auch in Flavias Gegenwart. Die Tätigkeit, die Theodosius, Dutocq, Cérizet, Barbet, Métivier, die Minards, die Phellions, Laudigeois, Collevilles, Prons, Barniols und ihre Freunde entwickelten, war ganz außergewöhnlich. Alle, groß und klein, legten Hand ans Werk. Cadenet warb in seinem Bezirk dreißig Stimmen und unterzeichnete für sieben Wähler, die nur ein Kreuz machen konnten. Am 30. April wurde Thuillier zum Mitgliede des Generalrats des Seinedepartements mit imposanter Majorität gewählt; es fehlten nur sechzig Stimmen zur einstimmigen Wahl. Am 1. Mai begab sich Thuillier mit den städtischen Körperschaften in die Tuilerien, um dem Könige die Geburtstagsglückwünsche darzubringen und kehrte strahlend heim! Er war unmittelbar hinter Minard vorgelassen worden.

Zehn Tage später kündigten gelbe Anklebezettel die freiwillige Versteigerung des Hauses an, das zum Preise von fünfzigtausend Franken angesetzt war; der endgültige Zuschlag sollte gegen Ende Juli erfolgen. In bezug darauf wurde zwischen Claparon und Cérizet ein Abkommen getroffen, wonach Cérizet Claparon eine Summe von fünfzehntausend Franken zusicherte, aber, wohlverstanden, nur mündlich, wenn es ihm gelänge, den Advokaten bis über die für das Höherbieten gesetzte Frist hinaus hinzuhalten. Fräulein Thuillier, von Theodosius darüber verständigt, erklärte zu dieser geheimen Klausel unbedenklich ihr Einverständnis, da sie einsah, daß man die Helfer bei einer so nützlichen verräterischen Handlung entschädigen müsse. Das Geld sollte durch die Hände des würdigen Advokaten gehen. Mitten in der Nacht hatte Claparon auf der Place de l'Observatoire eine Zusammenkunft mit seinen Spießgesellen, dem Notar, dessen Amt, obgleich es nach der Entscheidung der Disziplinarkammer der Pariser Notare verkauft werden sollte, noch nicht zum Verkauf gelangt war.

Dieser junge Mensch, der Nachfolger von Leopold Hannequin, hatte ein Vermögen, statt Schritt für Schritt, im Sturm erwerben wollen; da er noch andere Aussichten hatte, mußte er jeden Anstoß vermeiden. Bei der Besprechung war er mit seinen Ansprüchen bis auf zehntausend Franken heruntergegangen, um sich bei dieser unsauberen Angelegenheit in Sicherheit zu bringen: Claparon sollte er sie erst übergeben, nachdem der Erwerber des Grundstücks einen Revers ausgestellt hatte. Der Notar wußte, daß dieser Betrag das einzige Kapital darstellte, mit dem Claparon wieder zu Vermögen gelangen hoffte, und er hielt sich deshalb für sicher vor ihm.

„Wer in ganz Paris könnte mir eine solche Provision bei einem derartigen Geschäft zahlen?“ sagte Claparon zu ihm mit gespielter Harmlosigkeit. „Sie können ganz beruhigt schlafen; der nominelle Steigerer wird einer von diesen Ehrenmännern sein, die zu dumm sind, um solche Absichten dabei zu haben, wie Sie ... Es ist ein alter pensionierter Beamter; Sie werden ihm das Geld zum Bezahlen geben, und er wird Ihnen einen Revers ausstellen."

Als der Notar Claparon klargemacht hatte, daß er die zehntausend Franken von ihm nicht bekommen könne, bot Cérizet seinem früheren Genossen zwölftausend Franken und verlangte dann von Theodosius fünfzehntausend, wobei er sich vorbehielt, Claparon jedenfalls nur zwölftausend zu geben. Alle Verhandlung zwischen den Vieren wurden mit den schönsten Versicherungen der Freundschaft und der Ehrlichkeit ausgeschmückt und darüber, daß Leute, die zusammenarbeiten und künftig sich wieder zusammenfinden müßten, einander das schuldig wären. Während dieser unterirdischen Bemühungen zu Gunsten Thuilliers, den Theodosius darüber auf dem laufenden erhielt, wobei er seinen Abscheu bezeigte, daß er sich mit so unsauberen Machenschaften befassen müsse, dachten die beiden Freunde über das Werk nach, das „Freundchen" publizieren sollte, und das Mitglied des Generalrates des Seinedepartements gewann die Überzeugung, daß es nie etwas werden könne ohne die Unterstützung dieses genialen Mannes, dessen Geist er bewundern mußte, und dessen Gefälligkeit ihn täglich so in Erstaunen setzte, daß er die Notwendigkeit einsah, ihn zu seinem Schwiegersohn zu machen. Daher speiste seit dem Monat Mai Theodosius einmal in der Woche bei seinem „Freundchen".

Theodosius beherrschte jetzt die Familie ohne Widerspruch; und auch die Freunde des Hauses hatten nichts gegen ihn einzuwenden. Man wird gleich sehen, weshalb. Die Phellions, die von Brigitte und Thuillier ein Loblied auf Theodosius singen hörten, fürchteten, diese beiden mächtigen Persönlichkeiten zu verstimmen, und stimmten daher mit ein, selbst wenn diese ewigen Lobgesänge ihnen unangenehm waren oder übertrieben schienen. Ebenso verhielt es sich mit der Familie Minard. Übrigens war das Benehmen La Peyrades, der „Hausfreund" geworden war, andauernd großartig; er entwaffnete das Mißtrauen durch die Art, wie er sich beiseite hielt; er schien nichts anderes als ein Möbelstück mehr zu sein; er ließ die Phellions und Minards in dem Glauben, daß er von Brigitte und von Thuillier gezählt und gewogen und zu leicht befunden war, so daß er niemals etwas anderes werden konnte als ein netter junger Mann, dem man nützlich sein wollte.
„Er denkt vielleicht," sagte Thuillier eines Tages zu Minard, „daß meine Schwester ihn in ihrem Testament bedenken wird; aber da kennt er sie noch nicht."
Dieses Wort, eine Idee von Theodosius, beschwichtigte die Bedenken des mißtrauischen Minards.
„Er ist uns ja sehr ergeben," sagte an einem andern Tage die alte Jungfer zu Phellion, „aber er ist uns auch einigermaßen zu Dank verpflichtet: wir lassen ihn umsonst wohnen, und er ißt fast immer bei uns..."
Diese Ablehnung von seiten des alten Fräuleins, die Theodosius angeregt hatte, ging in den Familien, die im Salon Thuillier verkehrten, von Mund

zu Mund und zerstreute alle Befürchtungen, und Theodosius unterstützte die Äußerungen, die Thuillier und seine Schwester fallen gelassen hatten, durch die Unterwürfigkeit eines Schmarotzers. Beim Whist rechtfertigte er die Fehler, die sein „Freundchen" machte. Sein Lächeln, starr und gütig wie das der Frau Thuillier, begleitete alle kleinbürgerlichen Albernheiten der Schwester und des Bruders.

So erreichte er, wonach er mit aller Macht strebte, daß er von seinen wirklichen Gegnern übersehen wurde, und schuf sich einen Schirm, hinter dem sein Einfluß verborgen blieb. Vier Monate hindurch zeigte er den starren Ausdruck einer Schlange, die ihre verschluckte Beute verdaut. Zuweilen ging er mit Colleville oder Flavia in den Garten, um sich dort auszulachen, seine Maske abzulegen, sich zu erholen und neue Kräfte zu sammeln, und überließ sich vor seiner zukünftigen Schwiegermutter nervösen Leidenschaftsausbrüchen, über die sie erschrak, oder die sie rührten.

„Tue ich Ihnen nicht leid?" ... sagte er am Abend vor dem provisorischen Zuschlag des Hauses, das Thuillier für fünfundsiebzigtausend Franken an sich brachte. „Ein Mann wie ich muß mit Katzentritten schleichen, seinen Spott zurückhalten und seine Galle hinunterschlucken! ... und dann noch bei Ihnen Widerstand finden!"

„Aber lieber Freund, mein liebes Kind!" ... sagte Flavia, die sich noch nicht entschieden hatte.

Diese Worte zeigten, bis zu welcher Temperatur der gewandte Künstler seine Intrige mit Flavia gesteigert hatte. Die arme Frau schwankte zwischen den Ansprüchen ihres Herzens und ihres Gewissens, zwischen ihrem religiösen Gefühl und ihrer ihr selbst unerklärbaren Leidenschaft hin und her. Inzwischen gab der junge Felix Phellion mit rühmlicher Hingebung und Beharrlichkeit dem jungen Colleville Stunden; er opferte seine Zeit und glaubte damit für seine zukünftige Familie zu arbeiten. Um sich dafür dankbar zu zeigen, lud man auf Theodosius' Anraten den Professor an den Donnerstagen bei Collevilles zum Essen ein, und der Advokat fehlte niemals dabei. Flavia häkelte ihm bald eine Börse, bald stickte sie ihm Pantoffeln oder eine Zigarrentasche, und der glückliche junge Mann erklärte:

„Ich bin doch schon genügend belohnt, gnädige Frau, durch das Glück, Ihnen nützlich sein zu können."

„Wir sind nicht reich, Herr Phellion," erwiderte Colleville, „aber, Teufel noch mal, wir wollen auch nicht undankbar sein!"

Der alte Phellion rieb sich die Hände, wenn sein Sohn nach solchen Abenden zu Hause davon erzählte, und er sah seinen geliebten edlen Felix bereits als Celestes Gatten.

Trotzdem, je mehr Celeste ihn liebte, um so ernster und schwermütiger zeigte sie sich gegen Felix, nachdem ihre Mutter sie eines Abends ernsthaft zur Rede gestellt und ihr gesagt hatte:

„Du darfst dem jungen Phellion keine Hoffnung machen, mein Kind. Weder dein Vater noch ich können über deine Verheiratung bestimmen; du hast Rücksicht auf deine Aussichten zu nehmen; es handelt sich weniger darum, einem vermögenslosen Professor zu gefallen, als dir die Zuneigung Fräulein Brigittes und deines Paten zu sichern.

Wenn du deine Mutter nicht umbringen willst, mein Engel, jawohl, ins Grab bringen... dann mußt du mir hierin blindlings gehorchen, und sei fest überzeugt, daß wir vor allem doch dein Glück wollen."

Da die endgültige Erteilung des Zuschlags auf Ende Juli festgesetzt war, so riet Theodosius Ende Juni Brigitte, sich bereit zu halten; sie verkaufte also am Tage vorher alle ihre Staatspapiere und die ihrer Schwägerin. Die Aufhebung des Vier-Mächte-Vertrages, eine richtige Beleidigung für Frankreich, ist eine historische Tatsache; aber es muß hier daran erinnert werden, daß zwischen Juli und Ende August die französische Rente bei der Beunruhigung durch die Kriegsaussichten, denen Herr Thiers nicht genügend widersprach, um zwanzig Franken fiel, so daß die dreiprozentige auf Sechzig stand. Das war aber noch nicht alles: Die finanzielle Deroute hatte auch auf die Grundstückspreise in Paris einen unheilvollen Einfluß, und alle Grundstücke, die zum Verkauf standen, gingen zu niedrigem Preise fort. Diese Ereignisse ließen Theodosius als Propheten erscheinen, als einen genialen Menschen in Brigittes und Thuilliers Augen, dem das Haus endgültig für fünfundsiebzigtausend Franken zugeschlagen wurde. Der Notar, der während dieses politischen Zusammenbruchs angezeigt und dessen Amt verkauft worden war, sah sich genötigt, für einige Tage aufs Land zu gehen; aber er behielt die zehntausend Franken Claparons. Auf Theodosius' Rat schloß Thuillier mit Grindot zu einem festen Preise ab, der für den Notar zu arbeiten glaubte, wenn er das Haus fertig baute; und da in dieser

Periode ängstlicher finanzieller Zurückhaltung die unterbrochene Bautätigkeit die Arbeiter ohne Beschäftigung ließ, so konnte der Architekt für billigen Preis seine Lieblingsschöpfung in vollendeter Weise zu Ende führen.

Für fünfundzwanzigtausend Franken stellte er vier Salons mit Vergoldung fertig! ... Theodosius verlangte, daß der Kontrakt schriftlich gemacht und daß an Stelle von fünfundzwanzigtausend fünfzigtausend Franken gesetzt wurden. Diese Grundstückserwerbung erhöhte Thuilliers Ansehen beträchtlich. Der Notar hatte angesichts der politischen Ereignisse, die wie ein Wirbelsturm an einem schönen Tage hereingebrochen waren, den Kopf verloren. In seiner Machtstellung sicher, gestützt auf so viele geleisteten Dienste und Thuillier durch das Buch, das sie zusammen verfaßten, an sich gefesselt haltend, besonders aber von Brigitte wegen seines zurückhaltenden Wesens verehrt, denn er hatte niemals eine Anspielung auf seine eigene Bedürftigkeit gemacht oder von Geld gesprochen, gab sich Theodosius nun etwas weniger unterwürfig als bisher. Brigitte und Thuillier sagten zu ihm:

„Nichts kann Ihnen unsere Achtung rauben, Sie sind bei uns jetzt wie zu Hause; Minards und Phellions Meinung über Sie, die Sie zu fürchten scheinen, bedeuten für uns nicht mehr als ein Vers von Victor Hugo. Also lassen Sie sie reden, ... und tragen Sie den Kopf hoch!"

„Wir brauchen sie noch für Thuilliers Wahl in die Kammer!" sagte Theodosius. „Folgen Sie nur meinen Ratschlägen; Sie fahren doch recht gut dabei, nicht wahr? Wenn Sie das Haus erst endgültig haben, dann kostet es Sie nichts, denn Sie können dreiprozentige Rente zum Kurse von Sechzig für Frau Thuillier kaufen, damit sie wieder in den Besitz ihres ganzen Vermögens gelangt... Warten Sie zunächst ab, bis die Frist für das Höherbieten abgelaufen ist, und halten Sie die fünfzehntausend Franken für unsere Gauner bereit."

Brigitte wartete nicht so lange: sie machte ihre gesamten Kapitalien bis auf eine Summe von hundertzwanzigtausend Franken flüssig und kaufte für Rechnung ihrer Schwägerin und auf deren Namen zwölf Stücke der dreiprozentigen Rente für zweihundertvierzigtausend Franken und zehn auf ihren Namen und beschloß, sich nicht weiter mit den Darlehnsgeschäften zu befassen. Ihr Bruder würde nun, außer seiner Pension, vierzigtausend Franken Einkommen haben, Frau Thuillier zwölftausend und sie selbst achtzehntausend, im Ganzen also sechzigtausend Franken und freie Wohnung, die sie auf achttausend Franken schätzte.

„Wir sind ebenso reich, wie Minards!" rief sie aus.

„Wir wollen noch nicht Viktoria rufen," sagte Theodosius zu ihr, „der zweite Bietungstermin ist erst in acht Tagen. Ich habe nur für Ihre Angelegenheiten gesorgt, aber meine eigenen Verhältnisse sind recht zerrüttet..."

„Mein liebes Kind, rechnen Sie auf Ihre Freunde!..." rief Brigitte; „wenn Sie fünfundzwanzig Louisdors nötig haben, werden Sie sie immer bei uns finden!..."

Bei diesen Worten wechselte Theodosius einen lächelnden Blick mit Thuillier, der ihn mit hinaus nahm und zu ihm sagte:

„Nehmen Sie das meiner guten Schwester nicht übel, sie sieht die Welt aus der Froschperspektive... Wenn Sie aber fünfundzwanzigtausend Franken nötig haben, so würde ich Sie Ihnen leihen... nach meinen ersten Mieteinnahmen", setzte er hinzu.

„Thuillier, ich trage einen Strick um den Hals", rief Theodosius aus. „Ich habe Wechselschulden, seitdem ich Advokat bin... Aber still!..." fügte er hinzu, erschrocken darüber, daß ihm dies Geständnis seiner Lage entschlüpft war. „Ich bin in den Krallen von Schurken... aber ich werde sie schon klein bekommen..."

Als er sein Geheimnis verriet, hatte Theodosius dabei eine doppelte Absicht: er wollte Thuillier auf die Probe stellen, und er wollte einem verhängnisvollen Schlage zuvorkommen, den er bei dem verbissenen, unheilvollen Kampfe, den er führen mußte, seit langer Zeit erwartete. Wenige Worte werden seine furchtbare Lage erklären.

Als er sich im tiefsten Elend seiner Armut befand, besuchte ihn nur Cérizet in seiner Dachstube, wo er bei großer Kälte im Bette lag, da er keinen Anzug mehr hatte. Er besaß nur noch ein Hemd. Seit drei Tagen lebte er von einem Brote, das er vorsichtig einteilte, und er legte sich die Frage vor: „Was soll werden?" In diesem Augenblick erschien sein alter Beschützer, der eben begnadigt worden war und das Gefängnis verlassen hatte. Die Projekte, die die beiden Männer vor dem Holzfeuer schmiedeten, der eine in eine Decke seiner Wirtin gehüllt, der andere in seine Niederträchtigkeit, brauchen nicht erwähnt zu werden. Am andern Tage brachte ihm Cérizet, der Dutocq am Morgen getroffen hatte, eine Hose, eine Weste, Rock, Hut und Stiefel, die er im Temple gekauft hatte, und nahm Theodosius zum Essen mit. Der Provenzale verzehrte bei Pinson, in der Rue de l'Ancienne-Comédie, die Hälfte eines Diners, das siebenundvierzig Franken kostete. Beim Nachtisch, zwischen zwei Weinsorten, sagte Cérizet zu seinem Freunde:

„Willst du mir über fünfzigtausend Franken Wechsel ausstellen und dich als Advokat unterzeichnen?"

„Dafür würdest du nicht fünftausend Franken bekommen..." erwiderte Theodosius.

„Das geht dich nichts an; du wirst sie schon voll bezahlen; das ist unser Gewinnanteil, der des Herrn, der dich freihält, und meiner, bei einer Angelegenheit, bei der du nichts riskierst, während du den Advokatentitel, eine gute Klientel und die Hand eines blutjungen Mädchens mit wenigstens zwanzig- bis dreißigtausend Franken Rente haben sollst. Weder Dutocq noch ich können sie heiraten, wir müssen dich ausstatten, dir das Ansehen eines anständigen Menschen geben, für deine Nahrung und Wohnung sorgen und dir eigene Möbel anschaffen... Wir müssen also Garantien verlangen. Ich sage das nicht meinetwegen, ich kenne dich ja, sondern für den Herrn, der mich nur vorschiebt... Wir equipieren dich eben, weißt du, als einen Seeräuber, der mit weißem Fleisch handeln soll. Wenn wir diese Mitgift nicht kapern können, nun, dann werden wir andere Beutezüge unternehmen... Unter uns gesagt, wir brauchen die Dinge nicht mit der Zange anzufassen, das ist klar... Wir werden dir Instruktionen geben, denn die Sache muß von langer Hand vorbereitet werden; es wird tüchtige Arbeit geben, o ja!... Aber hier sind Stempelmarken..."

„Kellner, Tinte und Feder!" sagte Theodosius.

„So liebe ich die Leute!" rief Dutocq.

„Unterschreibe: ‚Theodosius de la Peyrade' und setze eigenhändig hinzu: ‚Advokat, Rue Saint-Dominique-d'Enfer' unter die Worte ‚Akzeptiert für zehntausend'; denn wir werden das Datum festsetzen, wir werden den Wechsel protestieren lassen und ausklagen, alles ganz in der Stille, damit wir auch einen Haftbefehl gegen dich erwirken können. Die Reeder müssen eine Sicherheit haben, wenn der Kapitän und die Brigg auf dem Meere schwimmen."

Am Tage nach Theodosius' Eintragung in die Advokatenrolle leistete der Gerichtsvollzieher des Friedensgerichts Cérizet den Dienst, im geheimen alle erforderlichen Schritte zu tun; er ging am Abend zu dem Advokaten, und alles wurde ordnungsmäßig erledigt, ohne daß es an die Öffentlichkeit gelangte. Das Handelsgericht fällt hundert solche Urteile in jeder Sitzung. Man weiß, was für strenge Statuten die Kammer der Pariser Advokaten hat. Diese Körperschaft und die der Anwälte üben eine scharfe Disziplin über ihre Mitglieder aus. Ein Advokat, der genötigt wäre, nach Clichy zu gehen, würde aus der Advokatenrolle gestrichen werden. Daher hatte Cérizet auf Dutocqs Rat gegen ihren Strohmann die einzige Maßregel ergriffen, mit der sich jeder von ihnen fünfundzwanzigtausend Franken von Celestes Mitgift sichern konnte. Als er die Wechsel ausstellte, hatte Theodosius sich nur die Lebensmöglichkeit verschaffen wollen; aber in dem Verhältnis, wie sich seine Aussichten erhellten, in dem Maße, wie er in der Rolle, die er spielte, von Stufe zu Stufe auf der sozialen Leiter immer höher stieg, träumte er auch davon, sich von seinen beiden Spießgesellen losmachen zu können. Als er daher die fünfundzwanzigtausend Franken von Thuillier erbat, hoffte er, bei Cérizet einen Nachlaß von fünfzig Prozent auf seine Wechselschuld durchsetzen zu können.

Solche gemeinen Spekulationsgeschäfte sind leider keine Ausnahmen; sie kommen in Paris in zu unverhüllter Form vor, als daß der Historiker sie bei einer genauen und vollständigen Schilderung der gesellschaftlichen Verhältnisse übergehen dürfte. Dutocq, dieser abgefeimte Gauner, schuldete noch fünfzehntausend Franken auf sein Amt und hoffte, in der Erwartung eines erfolgreichen Ausgangs, vulgär gesprochen, die Leine noch bis zum Ende des Jahres 1840 locker lassen zu können. Bisher also hatte keine der drei Personen sich gerührt oder aufbegehrt. Jeder war sich dessen bewußt, was er vermochte und welche Gefahr er lief. Gleich war bei allen das Mißtrauen, die gegenseitige Beobachtung, das düstere Schweigen oder der bestimmte Blick, wenn der wechselseitige Verdacht sich auf den Gesichtern malte und bei ihren Unterredungen zum Vorschein kam. Besonders seit den letzten zwei Monaten hatte die Stellung Theodosius' die Stärke eines detachierten Forts erlangt. Dutocq und Cérizet hielten in ihrem Boot eine Pulverkammer bereit, für die die

Lunte immer brannte; aber der Sturm konnte sie ausblasen, und der Teufel konnte die Pulverkammer ins Wasser stürzen.

Der Augenblick, wo die wilden Tiere ihr Futter erhalten, war von je als der kritischste angesehen worden, und dieser Augenblick war für die drei ausgehungerten Tiger gekommen. Cérizet sagte zuweilen zu Theodosius mit dem Blicke des Revolutionsmannes, den die Souveräne zweimal in diesem Jahrhundert kennengelernt haben:

„Ich habe dich zum König gemacht, und ich selbst bin nichts. Ist man nicht alles, so ist man gar nichts."

Ein starkes Gefühl des Neides riß Cérizet mit Lawinengeschwindigkeit fort. Dutocq war von der Gnade seines wohlhabend gewordenen Sekretärs abhängig. Theodosius hätte seine beiden Teilhaber und ihre Wechsel am liebsten auf zwei Scheiterhaufen verbrannt. Alle drei wußten zu genau, daß jeder seine Gedanken verbarg, als daß sie sich nicht gegenseitig beargwöhnt hätten. Theodosius machte eine dreifache Hölle durch, wenn er an das Aufdecken der Karten bei seinem Spiel und an seine Aussichten dachte! Was er Thuillier sagte, war ein Schrei der Verzweiflung; er warf die Angel im Wasser des alten Bourgeois' aus und konnte nur fünfundzwanzigtausend Franken herausfischen.

‚Und vielleicht auch gar nichts, in einem Monat!' sagte er sich, als er heimgekehrt war.

Es ergriff ihn ein tiefer Haß gegen Thuillier. Aber er hielt ihn an einer Harpune, die bis ins Innerste der Eigenliebe gedrungen war, mit dem projektierten Werke fest, das den Titel „Über

Steuern und Amortisation" tragen sollte, worin er die Gedanken, die in dem saint-simonistischen „Globe" publiziert worden waren, zusammenzustellen gedachte, indem er sie in seinen warmen Südländerstil übertrug und sie in ein System brachte. Thuilliers Vertrautheit mit dieser Materie mußte Theodosius dabei sehr nützlich sein. Er hielt sich an diesem Stricke fest und beschloß, auf diese so kümmerliche Basis gestützt, die Eitelkeit eines Dummkopfs auszunützen. Bei so etwas baut man, je nach dem betreffenden Charakter, entweder auf Granit oder auf Sand. Nach reiflicher Überlegung war er froh über sein Geständnis.

‚Wenn er sich überzeugt hat, daß ich ihm für ein Opfer von fünfzehntausend Franken ein Vermögen gesichert habe, wo ich selbst so nötig Geld brauche, dann wird er mich für den Inbegriff der Ehrenhaftigkeit halten müssen.'

Claparon und Cérizet waren am Abend vor dem Ablauf der Frist für das Mehrbieten gegen den Notar in folgender Weise vorgegangen: Cérizet, dem Claparon das Losungswort gegeben und den Rückzug des Notars gemeldet hatte, ging zu diesem und sagte ihm:

„Ein Freund von mir, Claparon, den Sie ja kennen, hat mich gebeten, Sie aufzusuchen; er erwartet Sie übermorgen abend, wie verabredet; er hat das Papier, auf das Sie warten, im Besitz und wird es Ihnen gegen die stipulierten zehntausend Franken aushändigen, aber ich muß dabei zugegen sein, denn mir gehören davon fünftausend Franken... und ich teile Ihnen mit, verehrter Herr, daß die Unterschrift unter dem Revers noch nicht ausgefüllt ist."

„Ich werde erscheinen", sagte der Exnotar.
Der arme Teufel wartete die ganze Nacht mit einer Angst, die man sich vorstellen kann, denn es handelte sich um seine Rettung oder seinen definitiven Ruin. Bei Sonnenaufgang aber erschien an Stelle Claparons ein Amtsbote des Handelsgerichts mit einem regelrechten Urteil und ersuchte ihn, ihm nach Clichy zu folgen.
Cérizet hatte sich mit einem Gläubiger des unglücklichen Notars verständigt, dem er ihn auszuliefern sich für die Hälfte der Schuld verpflichtet hatte. Von den für Claparon bestimmten zehntausend Franken mußte das in den Hinterhalt gelockte Opfer, um sich die Freiheit zu bewahren, stehenden Fußes sechstausend Franken hergeben. Soviel betrug diese Schuld.
Als er seinen Anteil an dieser Erpressung einstrich, sagte Cérizet zu sich:
„Mit diesen tausend Talern werde ich Claparon aus dem Lande schaffen."
Als der Notar zurückkam, sagte Cérizet zu ihm:
„Claparon ist ein Elender, mein Herr! Er hat von dem Ersteigerer, der nun rechtmäßiger Eigentümer ist, fünfzehntausend Franken erhalten... Drohen Sie ihm, daß Sie seinen Gläubigern seinen Zufluchtsort verraten und eine Klage gegen ihn wegen betrügerischen Bankrotts anhängig machen werden, dann wird er Ihnen die Hälfte herausgeben."
In seiner Wut schrieb der Notar einen flammenden Brief an Claparon. Dieser befürchtete in seiner Verzweiflung eine Verhaftung, und Cérizet nahm es auf sich, ihm einen Paß zu verschaffen.
„Du hast mir viele Streiche gespielt, Claparon",

sagte Cérizet; „aber höre, du sollst mir Gerechtigkeit widerfahren lassen. Alles was ich besitze, sind tausend Taler... und die will ich dir geben! Geh nach Amerika und fang dort von neuem an, dir ein Vermögen zu verschaffen, wie ich es hier tue."
Am Abend reiste Claparon, von Cérizet als alte Frau verkleidet, mit der Schnellpost nach le Havre ab. Cérizet sah sich nun als Herrn der von Claparon verlangten fünfzehntausend Franken und konnte ruhig, ohne daß ihn etwas drängte, auf Theodosius' Erscheinen warten. Dieser ungewöhnlich scharfsinnige Mensch hatte unter dem Namen eines Gläubigers, dem ein Betrag von zweitausend Franken geschuldet wurde, eines Zwischenmeisters, der dazu nicht ordnungsmäßig berechtigt war, den Antrag auf einen Höherbietungstermin gestellt. Es war das eine Idee von Dutocq, die er sich zur Ausführung zu bringen beeilte. Man konnte nun noch einmal fünfzehntausend Franken verlangen, um diese neue Konkurrenz aus dem Wege zu räumen: das bedeutete ein Mehr von siebentausendfünfhundert Franken in seine Tasche, und er brauchte sie, um eine der Thuillierschen ganz gleiche Angelegenheit in Szene zu setzen, auf die ihn Claparon, der infolge seines Unglücks stillgelegt war, aufmerksam gemacht hatte. Es handelte sich um ein Haus in der Rue Geoffroy-Marie, das für die Summe von sechzigtausend Franken verkauft werden sollte. Die Witwe Poiret wollte zehntausend Franken dazu hergeben, der Weinhändler ebensoviel und außerdem noch Wechsel über zehntausend Franken ausstellen. Diese dreißigtausend Franken zusammen mit dem, was er noch bekommen sollte, und den sechstausend Franken,

die er hatte, würden ihm erlaubt haben, sein Glück zu versuchen, um so mehr, als die von Theodosius geschuldeten fünfundzwanzigtausend Franken ihm sicher zu sein schienen.

‚Die Frist für den zweiten Bietungstermin ist abgelaufen', sagte sich Theodosius, als er Dutocq bat, Cérizet her zu bestellen; ‚wenn ich jetzt versuchte, mich von meinem Blutsauger zu befreien?'

„Sie können über die Angelegenheit nirgends anderswo als bei Cérizet verhandeln, da sich Claparon dort befindet", erwiderte Dutocq.

Theodosius ging also zwischen sieben und acht Uhr abends in die Höhle des Armenbankiers, den der Gerichtsvollzieher am Morgen von dem Besuche ihres wandelnden Kapitals benachrichtigt hatte.

La Peyrade wurde von Cérizet in der scheußlichen Küche empfangen, in der, wie wir gesehen haben, das Elend kleingehackt und der Jammer gekocht wurde. Ganz wie zwei Tiere im Käfig schritten sie auf und ab, während sich folgende Szene zwischen ihnen abspielte:

„Bringst du die fünfzehntausend Franken?"

„Nein, aber ich habe sie zu Hause."

„Warum hast du sie nicht bei dir?" fragte Cérizet scharf.

„Das wirst du gleich hören", antwortete der Advokat, der auf dem Wege zwischen der Rue Saint-Dominique und der Estrapade seinen Entschluß gefaßt hatte.

Der Provenzale, der sich auf dem Rost, auf den ihn seine beiden Gesellen gelegt hatten, wand, hatte einen guten Gedanken gehabt, der ihm wie ein Funke aus den glühenden Kohlen aufgeblitzt war. In der Gefahr kommt Einem die Erleuchtung. Er rechnete auf die Wirkung der Offenheit, die jedermann umstimmt, selbst einen Schurken. Man empfindet fast immer ein dankbares Gefühl, wenn der Gegner beim Duell sich bis auf den Gurt entblößt hat.

„Schön!" sagte Cérizet, „jetzt beginnt der Schwindel..."

Das war ein unheilverkündendes Wort, das fast ganz durch die Nase ausgestoßen wurde und dadurch eine fürchterliche Betonung erhielt.

„Du hast mich in eine vorzügliche Lage gebracht, und ich werde dir das niemals vergessen, mein lieber Freund", entgegnete Theodosius bewegt.

„Oh, wie wahr ist das!..." sagte Cérizet.

„Höre mich an: du zweifelst doch nicht an meinen guten Absichten?"

„O ja!..." entgegnete der Wucherer.

„Nein."

„Du willst die fünfzehntausend nicht herausrücken..."

Theodosius zuckte die Achseln und sah Cérizet scharf an, der sich daraufhin still verhielt.

„Wenn du dich an meiner Stelle befändest, vor der Mündung einer geladenen Kanone, würdest du dann nicht das Verlangen empfinden, ein Ende zu machen?... Höre mich aufmerksam an! Du machst gefährliche Geschäfte, es wäre also ein Glück für dich, wenn du innerhalb der Pariser Justizverwaltung jemanden hättest, auf den du dich verlassen könntest... Wenn ich meinen Weg so weiter mache, kann ich Staatsanwaltsgehilfe werden, und in drei Jahren vielleicht schon Generalstaatsanwalt sein. Ich biete dir heute meine aufopferungsfähige Freundschaft an, die dir ganz sicher von Nutzen sein wird, sei es auch nur, um später mal wieder eine ehrenhafte Stellung zurückzugewinnen. Meine Bedingungen nun sind ..."

„Bedingungen?!" rief Cérizet aus.

„In zehn Minuten bringe ich dir fünfundzwanzigtausend Franken, dagegen händigst du mir alle Wechsel aus, die du von mir in Händen hast ..."

„Und Dutocq? Und Claparon? ..." rief Cérizet.

„Die wirst du schießen lassen", sagte Theodosius leise zu seinem Freunde.

„Das ist nett!" antwortete Cérizet; „und da hast du dieses Taschenspielerkunststück ausgeheckt, wo du nur fünfzehntausend Franken in Händen hast, die dir nicht einmal gehören? ..."

„Ich kann noch zehntausend dazu beschaffen ... und im übrigen, wir beiden kennen uns doch ..."

„Wenn du die Möglichkeit hast, bei deinen Bourgeois zehntausend Franken loszueisen," sagte Cérizet lebhaft, „dann kannst du auch fünfzehn verlangen ... Bei dreißigtausend bin ich dein Mann ... Offenheit gegen Offenheit."

„Du verlangst etwas Unmögliches!" rief Theodosius aus. „Wenn du jetzt mit einem Menschen wie Claparon zu tun hättest, so wären deine fünfzehntausend Franken verloren, denn das Haus gehört bereits unserm Thuillier ..."

„Ich werde es ihm sagen", entgegnete Cérizet, tat, als ob er mit Claparon sprechen wollte und ging in das Zimmer hinauf, aus dem sich der besagte Claparon zehn Minuten vor Theodosius' Erscheinen als Bürgerfrau verkleidet entfernt hatte. Die beiden Gegner hatten, wie man sich denken kann, so leise verhandelt, daß man nichts verstehen konnte, denn sobald Theodosius die Stimme erhob, machte Cérizet dem Advokaten ein Zeichen, daß Claparon sie hören könne. Die fünf Minuten, während deren Theodosius das Geräusch zweier Stimmen vernahm, waren für ihn eine Tortur, denn es handelte sich für ihn um leben oder sterben. Dann kam Cérizet herunter und näherte sich seinem Genossen mit einem Lächeln auf den Lippen, die Augen von infernalischer Bosheit leuchtend und vor Freude zitternd, der leibhaftige vergnügte Luzifer!

„Ich weiß ja nichts!..." bemerkte er und zuckte die Achseln; „aber Claparon hat seine Beziehungen, er hat mit den Bankiers der Hochfinanz zusammen gearbeitet; der hat gelacht und gesagt: ‚Das konnte ich mir denken!...' Du wirst gezwungen werden, mir morgen die fünfundzwanzigtausend Franken zu bringen, die du mir jetzt anbietest, und du wirst trotzdem deine Wechsel zurückkaufen müssen, mein Junge."

„Und weshalb?..." fragte Theodosius, der das Gefühl hatte, daß seine Wirbelsäule sich auflöste, als ob irgendeine innerliche elektrische Entladung sie zerbrochen hätte.

„Weil das Haus uns gehört!"

„Aber wie denn?"

„Claparon hat den Antrag auf einen Termin zum Höherbieten im Namen eines Zwischenmeisters gestellt, des ersten Gläubigers, der ihn verklagt hat, einer kleinen Kröte, namens Sauvaignou; der Anwalt Desroches hat die Sache übernommen, und morgen früh werdet ihr eine Zustellung erhalten... Die Sache verlohnt es, daß Claparon, Dutocq und ich uns Gelder zu verschaffen suchen... Was wäre ich ohne Claparon geworden? Deshalb habe ich ihm auch verziehen... Ja, ich verzeihe ihm, und ich habe ihn sogar, du wirst mir das vielleicht nicht glauben, lieber Freund, umarmt! Also komm uns mit andern Bedingungen."

Diese letzten Worte hörten sich fürchterlich an, besonders wenn man den Gesichtsausdruck Cérizets, der sie begleitete, beobachtete; er machte sich das Vergnügen, eine Szene aus dem „Legatar" aufzuführen, während er den Eindruck verfolgte, den das auf den Provenzalen machte.

„Oh, Cérizet!..." rief Theodosius aus, „mir das, der ich immer dein Bestes wollte!"

„Ja, siehst du, mein Lieber," erwiderte Cérizet, „unter uns gesagt, das muß man haben!..."

Und er schlug sich aufs Herz.

„Das hast du nicht. Sobald du glaubst, daß du uns an der Kandare hast, willst du uns klein kriegen... Ich habe dich aus deinen Ungeziefer herausgezogen und vor dem Schrecken des Verhungerns bewahrt! Du wärst wie ein Schwachkopf zugrunde gegangen... Wir haben dich instand gesetzt, ein Vermögen zu erwerben, wir haben dir die schönste soziale Stellung verschafft und dich dorthin gebracht, wo etwas zu holen war... und nun benimmst du dich so! Aber ich kenne dich jetzt: wir werden unsre Waffen gebrauchen."

„Das heißt also: Krieg!" sagte Theodosius.

„Du hast ja zuerst auf mich geschossen", entgegnete Cérizet.

„Aber wenn ihr mich vernichtet, dann Adieu mit euren Erwartungen! Und wenn euch das nicht gelingt, dann habt ihr einen Feind an mir!"

„Dasselbe habe ich gestern zu Dutocq gesagt", erwiderte Cérizet kühl; „aber was willst du? Wir werden zwischen beiden Eventualitäten zu wählen haben... je nach den Umständen. Aber", fuhr er nach einer Pause fort, „ich bin ein guter Kerl: bring mir morgen früh um neun Uhr die fünfundzwanzigtausend Franken, dann kann Thuillier das Haus behalten... Wir werden dich auch weiterhin überall unterstützen, und du wirst uns dafür bezahlen... Ist das, nach dem, was gestern geschehen ist, nicht nett von mir, mein Junge?..."
Und Cérizet schlug Theodosius auf die Schulter in so zynischer Weise, daß es vernichtender wirkte als ehemals das Eisen des Henkers.
„Also, dann laß mir Zeit bis morgen mittag," bemerkte der Provenzale, „denn, wie du sagst, ich muß das Geld doch erst loseisen!"
„Ich werde versuchen, Claparons Einwilligung zu erlangen; er hat es sehr eilig, der Mann!"
„Also auf morgen", sagte Theodosius wie Einer, der seinen Entschluß gefaßt hat.
„Guten Abend, lieber Freund", sagte Cérizet mit seinem nasalen Ton, der auch das schönste Wort der Sprache verunziert hätte. – „Der hat sein Fett weg!"... sagte er zu sich, als er Theodosius auf der Straße mit wankenden Schritten forteilen sah.
Als Theodosius zur Rue des Postes gelangt war, ging er schnellen Schritts auf das Haus der Frau Colleville zu, während er sich selbst in Erregung versetzte und laut mit sich sprach. Die Glut seiner leidenschaftlichen Aufregung und der angefachte Brand in seinem Innern, der vielen Parisern bekannt ist, denn solche schrecklichen Situationen gibt es in Paris im Überfluß, versetzten

ihn in eine Art von Wahnsinn und eine Wut zu reden, die gleich verständlich sein werden. An der Ecke von Saint-Jaques du Haut-Pas, in der kleinen Rue des Deux-Eglises, rief er laut:

„Ich werde ihn töten!“ ...

„Der ist auch nicht gerade sehr zufrieden!“ sagte ein Arbeiter, der mit dieser scherzhaften Bemerkung die Wahnsinnsglut, in die Theodosius geraten war, dämpfte.

Als er Cérizet verließ, war ihm der Gedanke gekommen, sich Flavia anzuvertrauen und ihr alles zu gestehen. Die Südländernaturen sind so beschaffen, stark bis zu einer gewissen Grenze der Leidenschaftlichkeit, wo sie zusammenbrechen. Er trat herein, Flavia war allein in ihrem Zimmer; beim Anblick Theodosius' dachte sie, er wolle sie vergewaltigen oder ermorden.

„Was ist Ihnen denn?“ rief sie.

„Ich ... Lieben Sie mich, Flavia?“ sagte er.

„Können Sie daran zweifeln?“

„Lieben Sie mich bedingungslos? ... Selbst wenn ich ein Verbrecher wäre?“

‚Sollte er jemanden getötet haben?‘ fragte sie sich.

Sie antwortete nur mit einem Kopfnicken.

Theodosius, glücklich, sich an diesem schwanken Zweige festhalten zu können, ging von seinem Stuhl zu dem Sofa Flavias; hier ergossen sich zwei Tränenströme aus seinen Augen und es entrang sich ihm ein Stöhnen, das einen alten Richter hätte zum Weinen bringen können.

„Ich bin für niemanden zu Hause“, sagte Flavia ihrem Mädchen.

Sie schloß die Türen und näherte sich dann Theodosius, aufs tiefste von mütterlichen Empfindungen bewegt. Der Sohn der Provence lag ausgestreckt, mit zurückgebogenem Kopfe, da und weinte in sein Taschentuch. Als Flavia es ihm wegnehmen wollte, war es von Tränen durchweicht.

„Aber was gibt es denn? Was haben Sie denn?“ fragte sie.

Die Natur, die mehr als die Kunst vermag, unterstützte Theodosius wunderbar, der nun keine Rolle mehr spielte, sondern er selbst war, und diese Tränen, dieser Nervenzusammenbruch bewiesen, daß er früher Komödie gespielt hatte.

„Sie sind ein Kind!“ ... sagte sie sanft und strich Theodosius übers Haar, dessen Tränen zu versiegen begannen.

„Ich habe ja nur Sie auf der Welt!“ rief er und küßte Flavias Hände mit Inbrunst, „und wenn Sie mir nur bleiben, wenn Sie mir gehören, wie der Körper der Seele, wie die Seele dem Körper,“ sagte er und entfaltete wieder allen seinen Reiz, als er die Herrschaft über sich zurückgewonnen hatte, „ja, dann werde ich wieder Mut fassen können!

Dann erhob er sich und ging auf und ab.

„Ja, ich will kämpfen, ich werde meine Kraft wiedergewinnen wie Antäus, wenn er seine Mutter umarmte! Und ich werde mit meinen Händen die Schlangen erwürgen, die mich umringelt haben, die mir Schlangenküsse geben, die mir die Wangen bespeicheln, die mir das Blut austrinken und die Ehre vernichten wollen! Ach, das Elend!... Oh, wie groß sind die, die darin standzuhalten vermögen, mit erhobenem Haupte!...

Ich hätte lieber verhungern sollen auf meiner Matratze vor dreieinhalb Jahren!... Der Sarg ist ein weiches Bett im Vergleich mit dem Leben, das ich führe!... Seit achtzehn Monaten arbeite ich daran, ein „ehrsamer Bürger" zu werden!... und in dem Augenblick, wo ich ein ehrenhaftes, glückliches Leben und eine großartige Zukunft vor mir sehe, in dem Moment, da ich mich an die Festtafel des Lebens setzen will, da schlägt mir der Henker auf die Schulter... Ja, dieses Ungeheuer! Es hat mich auf die Schulter geschlagen und gesagt: ‚Zahle dem Teufel deinen Tribut oder stirb!'... Und ich sollte sie nicht niederschlagen... ich sollte ihnen nicht die Faust in den Rachen bis hinab in die Eingeweide stoßen können?... Oh ja, ich werde es tun! Flavia, sind meine Augen wieder trocken?... Ach, jetzt lache ich wieder, ich fühle meine Kraft und meine Macht zurückkehren... Oh, sagen Sie mir, daß Sie mich lieben, ... sagen Sie es noch einmal! Das ist für mich, wie wenn ein Verurteilter das Wort ‚Gnade' hört!"...

„Sie sind schrecklich, lieber Freund!"... sagte Flavia; „ach, ich bin wie zerbrochen."

Sie begriff nichts und sank wie leblos auf das Sofa, entsetzt über dieses Schauspiel; Theodosius kniete jetzt vor ihr nieder.

„Verzeihung!... Verzeihung!"... sagte er.

„Aber was ist Ihnen denn nun eigentlich?" fragte sie.

„Man will mich zugrunde richten. Oh, sagen Sie mir Celeste zu, und Sie werden sehen, was für ein herrliches Leben Sie mit uns führen werden. Wenn Sie zögern... nun gut, das heißt, daß Sie mir gehören wollen, dann werde ich Sie mir nehmen!...“

Er machte eine so heftige Bewegung, daß Flavia erschrocken aufstand und auf und ab ging...

„Oh, Engel, hier sehen Sie mich zu Ihren Füßen... Aber was für ein Wunder geschieht mir?! Gott steht mir zur Seite, das ist ganz sicher! Das ist wie eine Erleuchtung. Mir kommt plötzlich eine Idee!... Oh, ich danke dir, du mein Schutzengel, du großer Theodosius!... Du hast mich gerettet!“

Flavia staunte diese Chamäleonsnatur an: ein Knie am Boden, die Hände über der Brust gekreuzt und die Augen nach oben gerichtet, sprach er in religiöser Ekstase ein Gebet und bekreuzigte sich wie der gläubigste Katholik. Er war ein Bild, so schön wie das Abendmahl des heiligen Hieronymus.

„Adieu“, sagte er mit melancholischer verführerischer Stimme.

„Oh,“ rief Flavia, „lassen Sie mir Ihr Taschentuch.“

Theodosius rannte wie ein Irrsinniger davon und stürzte auf die Straße, um zu Thuillier zu eilen; aber er wandte sich noch einmal um, sah Flavia am Fenster und machte ihr ein Zeichen des Triumphes.

„Was für ein Mensch!...“ sagte sie sich.

„Bester Freund,“ sagte er in ruhigem, sanftem, beinahe süßlichem Tone zu Thuillier, „wir sind in die Hände von erbitterten Schurken geraten; aber ich werde ihnen eine kleine Lektion erteilen.“

„Was gibt es denn?“ fragte Brigitte.

„Die Leute wollen fünfundzwanzigtausend Franken haben, und um uns dazu zu zwingen, haben der Notar oder seine Komplizen den Antrag auf Anberaumung eines neuen Bietungstermins gestellt; stecken Sie sich fünftausend Franken ein, Thuillier, und begleiten Sie mich, ich werde Ihnen den Besitz des Hauses sichern. Aber ich mache mir damit unversöhnliche Feinde!..." rief er dann aus, „sie wollen mich moralisch vernichten. Wenn Sie nur nicht auf ihre infamen Verleumdungen hören und immer an mir festhalten wollen, mehr verlange ich nicht. Was ist auch schließlich daran gelegen? Wenn ich es durchsetze, so bezahlen Sie für das Haus hundertfünfundzwanzigtausend Franken statt hundertzwanzigtausend."

„Das wird sich aber doch nicht etwa wiederholen?..." fragte Brigitte, die unruhig geworden war, und deren Augen sich infolge eines bösen Verdachtes erweiterten.

„Die eingetragenen Gläubiger haben allein das Recht, einen neuen Bietungstermin zu verlangen, und da nur dieser Eine allein von seinem Rechte Gebrauch gemacht hat, können wir beruhigt sein. Seine Schuld beträgt nur zweitausend Franken, aber wir müssen auch die Kosten der dabei beteiligten Anwälte tragen und dem Gläubiger einen Tausendfrankenschein in die Hand stecken."

„Geh, Thuillier," sagte Brigitte, „und nimm dir Hut und Handschuhe, wo das Geld liegt, weißt du..."

„Da ich mit den fünfzehntausend Franken nichts erreicht habe, will ich nicht, daß das Geld durch meine Hände geht... Thuillier soll es selbst zahlen", sagte Theodosius, als er mit Brigitte allein war. „Sie haben volle zwanzigtausend Franken bei

dem Geschäft, das ich für Sie mit Grindot abgeschlossen habe verdient; er dachte, daß er noch mit dem Notar zu tun hätte, und nun haben Sie ein Grundstück erworben, das in fünf Jahren eine Million wert sein wird. Es ist eine Boulevardecke!"
Brigitte hörte ihm aufmerksam zu, ganz wie eine Katze, die Mäuse unter der Diele wittert. Sie sah ihn scharf an, und trotz der Richtigkeit seiner Ausführungen, stiegen ihr Zweifel auf.
„Was haben Sie denn, Tantchen?..."
„Ach, ich stehe eine Todesangst aus, solange wir nicht eingetragene Eigentümer sind..."
„Sie würden doch gern zwanzigtausend Franken opfern, nicht wahr," sagte Theodosius, „damit Thuillier das hat, was wir unangreifbaren Besitz nennen? Nun, dann denken Sie daran, daß ich Sie diese Summe zweimal habe verdienen lassen."
„Wohin gehen wir denn?..." fragte Thuillier.
„Zu Godeschal! den müssen wir als Anwalt haben."
„Aber dem haben wir ja Celestes Hand abgeschlagen!" rief die alte Jungfer aus.
„Gerade deshalb wende ich mich an ihn", antwortete Theodosius; „ich kenne ihn, er ist ein Ehrenmann, und er wird Ihnen gern einen Dienst leisten."
Godeschal, der Nachfolger Dervilles, war mehr als zehn Jahre der erste Gehilfe Desroches' gewesen. Theodosius, dem das bekannt war, hatte diesen Namen mitten in seinem verzweifelten Zustande, wie von einer inneren Stimme genannt, in seinem Ohr erklingen hören und damit die Möglichkeit vor sich gesehen, Claparon die Waffe, mit der ihn Cérizet bedrohte, aus der Hand zu schlagen. Vor allem aber mußte der Advokat

zu Desroches gelangen, um sich über die Absichten seiner Gegner Klarheit zu verschaffen. Und dazu konnte ihm allein Godeschal verhelfen.

Die Pariser Anwälte stehen, wenn sie so nahe verbunden sind wie Godeschal und Desroches, in einem wahrhaft kollegialen Verhältnis zu einander, und die Folge davon ist, daß alle Angelegenheiten, bei denen es möglich ist, unschwer durch Vergleich erledigt werden. Sie machen einer dem andern, unter dem Vorbehalt der Gegenseitigkeit, alle erlaubten Konzessionen, nach dem Sprichworte: „Reich mir das Salz, dann werde ich dir den Pfeffer reichen", das ja auch bei allen Berufen befolgt wird, bei Ministern, bei der Armee, unter Richtern, Kaufleuten, überall da, wo Feindschaft nicht allzu starke Hemmnisse zwischen den Parteien aufgerichtet hat. „Ich verdiene dabei ein genügendes Honorar", ist der Grund hierfür, der nicht ausgesprochen zu werden braucht, sondern schon in der Geste, der Betonung und dem Blicke enthalten ist. Und da sich die Anwälte auf diesem Gebiete immer wieder begegnen, so kommt es leicht zu einem Vergleich. Das Gegengewicht bei einer solchen Koterie bildet das, was man mit „Berufsehre" bezeichnen muß. Die Menschen müssen ja auch dem Arzt Glauben schenken, wenn er bei einer gerichtlichen Untersuchung erklärt: „In diesem Körper ist Arsenik nachgewiesen"; kein Bedenken siegt über die Eigenliebe des Schauspielers, die Ehrlichkeit des Rechtsgelehrten oder die Unabhängigkeit des Staatsanwalts. Mit der gleichen Selbstverständlichkeit sagt der Pariser Anwalt: „Das kann ich nicht durchsetzen, mein Klient ist nicht davon ab-

zubringen", und der andere antwortet: „Schön, dann wollen wir weiter sehen..."
Der schlaue la Peyrade war lange genug vor Gericht tätig gewesen, um zu wissen, wie nützlich diese Gepflogenheiten seinem Vorhaben sein mußten.
„Bleiben Sie im Wagen", sagte er zu Thuillier, als sie in der Rue Vivienne angelangt waren, wo Godeschal an derselben Stelle, an der er sich seine ersten Sporen verdient hatte, sich als Anwalt niedergelassen hatte; „Sie sollen erst heraufkommen, wenn er die Sache angenommen hat."
Es war elf Uhr abends geworden, und la Peyrade hatte sich in seiner Erwartung, einen jungen Anwalt um diese Zeit noch in seinem Arbeitszimmer tätig zu finden, nicht getäuscht.
„Welchem Umstande verdanke ich Ihren Besuch, Herr Advokat?" sagte Godeschal, als er la Peyrade entgegen ging.
Fremde, Leute aus der Provinz und Weltleute werden vielleicht nicht wissen, daß sich die Advokaten zu den Anwälten verhalten, wie die Generäle zu den Marschällen; es besteht eine scharf innegehaltene Grenzlinie zwischen der Advokatenschaft und der Gesellschaft der Anwälte von Paris. Wie angesehen und was für ein feiner Kopf ein Anwalt auch sein mag, er muß sich doch an den Advokaten wenden. Der Anwalt ist der Beamte, der den Feldzugsplan macht, die Munition heranschafft und alles in Bereitschaft setzt; der Advokat aber schlägt die Schlacht. Man weiß ebensowenig, weshalb das Gesetz dem Klienten vorschreibt, sich an zwei Leute zu wenden, statt an einen, wie man weiß, warum der Autor einen Drucker und einen Verleger braucht. Die Vor-

schriften verbieten dem Advokaten, irgend etwas zu vollziehen, was zum Ressort der Anwälte gehört. Es geschieht sehr selten, daß ein bedeutender Advokat einen Fuß in das Arbeitszimmer eines Anwalts setzt, man sieht sich nur vor Gericht; gesellschaftlich gibt es jedoch keine Scheidung, und manche Advokaten, besonders solche, die sich in derselben Lage wie la Peyrade befinden, scheuen sich nicht, ab und zu einen Anwalt aufzusuchen; aber diese Fälle sind selten und fast immer durch irgendeinen zwingenden Umstand veranlaßt.

„Es handelt sich um eine wichtige Angelegenheit," sagte la Peyrade, „und vor allem um eine behutsam anzufassende Sache, über die wir beide uns einig werden müssen. Thuillier wartet unten im Wagen, und ich komme zu Ihnen nicht in meiner Eigenschaft als Advokat, sondern als Freund Thuilliers. Sie allein sind in der Lage, ihm einen außerordentlichen Dienst zu leisten, und ich habe ihm gesagt, daß Sie, der würdige Nachfolger des großen Derville, ein zu hochgesinnter Mann sind, als daß Sie nicht alle Ihre Fähigkeiten ihm zur Verfügung stellen würden. Und nun zum Tatbestand."

Nachdem er ihm in seinem Sinne den Schwindel, den er mit seiner Gewandtheit zunichte machen sollte, auseinandergesetzt hatte, denn die Anwälte treffen mehr auf lügenhafte als auf wahrheitsliebende Klienten, faßte der Advokat noch einmal seinen Schlachtplan zusammen.

„Sie müßten, verehrter Herr, noch heute abend Desroches aufsuchen, ihn von dem Komplott in Kenntnis setzen und seine Zusage erreichen, daß er seinen Klienten, diesen Sauvaignou auf morgen früh zu sich bestellt; dann werden wir drei ihn uns vornehmen, und wenn er außer seiner Forderung tausend Franken haben will, so wollen wir das hergeben, abgesehen von einem Honorar von fünfhundert Franken für Sie und ebensoviel für Desroches, sobald Thuillier die Verzichterklärung Sauvaignous morgen um zehn Uhr in Händen hat... Was will denn dieser Sauvaignou? Sein Geld! Nun, so ein Zwischenmeister wird dem Köder eines Tausendfrankenscheins nicht widerstehen können, selbst wenn er nur das Instrument einer hinter ihm versteckten Habgier sein sollte. Der Streit zwischen seinen Drahtziehern und ihm kann uns wenig kümmern... Also, helfen Sie der Familie Thuillier, daß sie aus der Sache herauskommt..."

„Ich gehe sofort zu Desroches", sagte Godeschal.

„Aber nicht, bevor Thuillier Ihnen Vollmacht ausgestellt und fünftausend Franken übergeben hat. Bei solchen Anlässen muß man bares Geld auf den Tisch legen..."

Nachdem mit Thuillier alles geordnet war, nahm la Peyrade Godeschal im Wagen mit und setzte ihn in der Rue de Béthisy bei Desroches ab, indem er darauf hinwies, daß sie auf der Rückfahrt nach der Rue Saint-Dominique-d'Enfer dort vorbeikämen, und vor der Tür Desroches' verabredete la Peyrade eine Zusammenkunft für den andern Morgen um sieben Uhr.

Zukunft und Reichtum hingen für la Peyrade von dem Ausgang dieser Konferenz ab. Deshalb ist es nicht verwunderlich, daß er, im Gegensatz zu den Gewohnheiten der Advokatenschaft, bei

Desroches erschien, um Sauvaignou zu beobachten und sich an dem Kampfe zu beteiligen, trotz der Gefahr, die er lief, wenn er das unter den Augen des gefürchtetsten Anwalts von Paris wagte. Gleich bei seinem Erscheinen und der Begrüßung faßte er Sauvaignou ins Auge. Das war, wie sein Name verriet, ein Marseilleser, ein aufgerückter Handwerker, wie aus der Bezeichnung Zwischenmeister hervorging, der bei Bauten zwischen den Arbeitern und dem Tischlermeister stand, um die Ausführung der Arbeiten im Akkord zu vergeben. Der Gewinn des Unternehmers besteht in der Differenz zwischen dem Betrage, zu dem der Zwischenmeister akkordiert, und der Summe, die der Baumeister bewilligt hat, da es sich, nach Abzug der Nebenkosten, nur um den Arbeitslohn handelt. Da der Tischlermeister in Konkurs geraten war, hatte sich Sauvaignou durch handelsgerichtliches Urteil ein Anerkenntnis als Grundstücksgläubiger verschafft und sich als solcher eintragen lassen. Dieser unerhebliche Vorgang hatte den Zusammenbruch herbeigeführt. Sauvaignou, ein kleiner untersetzter Mann in grauleinener Bluse mit einer Mütze auf dem Kopfe, saß auf einem Sessel. Die drei Tausendfrankenscheine, die auf dem Schreibtisch Desroches' vor ihm lagen, sagten la Peyrade ziemlich deutlich genug, daß die Vorschläge der Anwälte abgelehnt worden waren. Das übrige sagten ihm die Augen Godeschals, und der Blick, den Desroches dem Armenadvokaten zuwarf. Aber angestachelt durch seine gefährliche Lage, spielte der Provenzale seine Rolle großartig; er legte die Hand auf die Tausendfrankenscheine und faltete sie zusammen, um sie einzustecken.

„Thuillier will nicht mehr", sagte er zu Desroches.
„Nun, dann ist die Sache ja erledigt", antwortete der gefürchtete Anwalt.
„Ja; Ihr Klient muß uns nun fünfzigtausend Franken, die wir für das Grundstück ausgelegt haben, zurückzahlen, entsprechend dem Vertrage, der zwischen Thuillier und Grindot geschlossen ist. Ich hatte Ihnen das gestern nicht mitgeteilt", sagte er, sich an Godeschal wendend.
„Haben Sie verstanden?..." sagte Desroches zu Sauvaignou. „Das gibt einen Prozeß, den ich aber nicht ohne Vorschuß übernehme..."
„Aber, meine Herren, ich kann doch hier nicht unterhandeln, ohne daß ich mit dem guten Manne gesprochen habe, der mir fünfhundert Franken auf Abschlag gezahlt hat, dafür daß ich ihm auf einem Wisch Vollmacht gegeben habe."
„Du bist aus Marseille?" sagte la Peyrade im Dialekt zu Sauvaignou.
„Oh, wenn er ihn sich im Heimatsdialekt vornimmt, dann ist er verloren", sagte Desroches leise zu Godeschal.
„Ja, lieber Herr."
„Na, du armer Teufel," fuhr Theodosius fort, „man will dich einfach zugrunde richten... Weißt du, was du tun mußt? Steck die dreitausend Franken ein, und wenn der andre kommt, dann nimm dein Lineal, gib ihm eine Tracht Prügel und sag ihm, daß er ein Lump ist, daß er dich ausnutzen wollte und daß du deine Vollmacht zurücknimmst und ihm sein Geld in der Woche mit drei Donnerstagen wiedergeben wirst. Und dann mach dich mit deinen dreitausendfünfhundert

Franken und deinem Ersparten auf den Weg nach Marseille. Und wenn dir irgend etwas passieren sollte, dann geh zu dem Herrn da ... Er weiß, wo ich zu finden bin, und dann werde ich dich aus der Patsche ziehen; denn, siehst du, ich bin nicht bloß ein guter Landsmann, sondern auch einer der ersten Advokaten von Paris und ein Freund der armen Leute ..."

Als der Arbeiter sah, daß sein Landsmann eine Amtsperson war, die ihn für berechtigt erklärte, den Wucherer zu verraten, kapitulierte er und verlangte dreitausendfünfhundert Franken.

Nachdem ihm die fünfzehnhundert Franken bewilligt waren, sagte Sauvaignou:

„Eine tüchtige Tracht Prügel ist das schon wert, dann kann er mich einstecken lassen..."

„Nein, schlag nur, wenn er frech zu dir wird," antwortete la Peyrade; „dann ist das Notwehr..."

Nachdem ihm Desroches bestätigt hatte, daß la Peyrade ein vor Gericht plädierender Advokat sei, unterzeichnete Sauvaignou die Verzichtleistung und die Quittung über seine Forderung nebst Zinsen und Kosten in doppelter Ausfertigung für Thuillier und ihn, unter Beglaubigung der beiderseitigen Anwälte, so daß mit diesem Schriftstück alles erledigt war.

„Wir lassen Ihnen die fünfzehnhundert Franken hier," sagte la Peyrade leise zu Desroches und Godeschal, „Sie geben mir dafür die Verzichterklärung, ich will sie für Thuillier bei Cardot, seinem Notar, unterzeichnen lassen; der arme Mensch hat heute nacht kein Auge geschlossen..."

„Schön!" sagte Desroches. „Sie können sich rühmen," bemerkte er zu Sauvaignou, als er diesen unterschreiben ließ, „daß Sie recht mühelos fünfzehnhundert Franken verdient haben."

„Sie gehören mir doch wirklich?" fragte der Provenzale, der ängstlich geworden war.

„Oh, durchaus rechtmäßig", erwiderte Desroches. „Sie müssen nur noch heute früh die Vollmacht, die Sie Ihrem Auftraggeber ausgestellt haben, schriftlich zurücknehmen, mit dem Datum von gestern; gehen Sie ins Bureau hinein, hier..." Und Desroches sagte seinem ersten Gehilfen, was er zu machen hätte und beauftragte einen Schreiber, dafür zu sorgen, daß der Gerichtsvollzieher das Schriftstück noch vor zehn Uhr Cérizet aushändige.

„Ich danke Ihnen, Desroches", sagte la Peyrade und schüttelte ihm die Hand; „Sie denken an alles, ich werde Ihnen diesen Dienst nicht vergessen..."

„Übergeben Sie Ihre Papiere Cardot erst am Nachmittage."

„Du, Landsmann," rief der Advokat auf provenzalisch Sauvaignou zu, „geh den ganzen Tag mit deiner Margot in Belleville spazieren und laß dich ja nicht zu Hause blicken..."

„Ich verstehe Sie," sagte Sauvaignou, „und die Tracht Prügel erst morgen!..."

„Dahinter steckt etwas", sagte Desroches zu Godeschal, als der Advokat aus dem Bureau in das Arbeitszimmer zurückkam.

„Die Thuilliers bekommen ein prachtvolles Grundstück für nichts," entgegnete Godeschal, „das ist alles."

„La Peyrade und Cérizet machen auf mich den Eindruck zweier Taucher, die unter Wasser miteinander kämpfen. Was soll ich Cérizet sagen, der mir die Sache übergeben hat?" fragte Desroches den Advokaten nach dieser leise gemachten scharfsinnigen Bemerkung.

„Daß Ihnen die Hände von Sauvaignou gebunden waren", erwiderte la Peyrade.

„Und Sie selbst haben nichts zu befürchten?" sagte Desroches la Peyrade direkt ins Gesicht.

„Oh, ich, ich werde ihm noch eine Lektion erteilen!"

„Morgen werde ich alles erfahren," sagte Desroches zu Godeschal, „kein Mensch ist so offenherzig wie ein Besiegter!"

La Peyrade entfernte sich jetzt mit seinen Papieren. Um elf Uhr war er in der Sitzung des Friedensgerichts, ruhig und sicher, und als er Cérizet bleich vor Wut und mit giftigen Blicken hereintreten sah, sagte er leise zu ihm:

„Ich bin auch ein guter Kerl, mein Lieber! Die fünfundzwanzigtausend Franken in Kassenscheinen stehen immer noch zu deiner Verfügung, wenn du mir dagegen alle Wechsel, die du von mir in Händen hast, aushändigst..."

Cérizet sah den Armenadvokaten an, ohne eine Antwort herausbringen zu können; er war ganz grün im Gesicht und schluckte seine Galle hinunter.

„Jetzt bin ich unangreifbarer Eigentümer..." rief Thuillier aus, als er von Jacquinot, dem Schwiegersohn und Nachfolger Cardots, zurückkam. „Keine menschliche Macht kann mir mein Haus wieder entreißen; das haben sie mir gesagt!"

Die Bourgeois trauen dem viel mehr, was ihnen die Notare, als was ihnen die Anwälte sagen. Der Notar steht ihnen viel näher als jede andere Amtsperson. Der Pariser Bürger geht immer in Angst zu seinem Anwalt, dessen kühne Kampflust ihn beunruhigt, während er mit immer wieder neuem Vergnügen seinen Notar aufsucht, dessen Erfahrung und vernünftigen Sinn er bewundert.

„Cardot sucht eine schöne Wohnung und hat bereits wegen der zweiten Etage bei mir angefragt..." bemerkte er; „und wenn ich bereit bin, will er mir schon am Sonntag einen Mieter für das Ganze vorstellen, der zu einem Kontrakt auf achtzehn Jahre bereit ist, Mietpreis vierzigtausend Franken, die Steuern zu seinen Lasten... Was meinst du dazu, Brigitte?"

„Man muß noch abwarten", antwortete sie. „Aber unser lieber Theodosius hatte uns da eine schöne Angst eingejagt!..."

„Sei nur still, meine Beste! Weißt du, was Cardot, der sich erkundigt hatte, wem wir dieses Geschäft zu verdanken hätten, gesagt hat? Ich müßte ihm ein Geschenk von wenigstens zehntausend Franken machen. Ich habe ihm ja auch wirklich alles zu verdanken!"

„Aber er ist doch wie ein Kind des Hauses", entgegnete Brigitte.

„Der arme Junge; die Gerechtigkeit muß ich ihm widerfahren lassen, er verlangt selber ja gar nichts."

„Nun, teurer Freund," sagte la Peyrade, als er um drei Uhr aus dem Friedensgericht heimkehrte, „nun sind Sie ein steinreicher Mann!"

„Und zwar durch dich, mein lieber Theodosius..."

„Und Sie, Tantchen, sind Sie wieder ins Leben zurückgerufen worden?... Ach, ihr habt ja noch lange keine solche Angst ausgestanden, wie ich...

Für mich kommen ja eure Interessen vor den meinigen. Glauben Sie mir, ich habe erst heute vormittag um elf Uhr aufgeatmet; und jetzt kann ich sicher sein, daß ich in den beiden Personen, die ich euretwegen getäuscht habe, zwei Todfeinde auf den Fersen habe. Als ich nach Hause ging, habe ich mich gefragt, wie groß euer Einfluß auf mich sein müsse, daß er mich solch eine Sünde hat begehen lassen! Oder ob das Glück, zu eurer Familie gehören zu dürfen, euer Kind zu werden, diesen Flecken auf meinem Gewissen auslöschen kann..."

„Ach, du wirst es eben beichten", sagte Thuillier als starker Geist.

„Jetzt können Sie", sagte Theodosius zu Brigitte, „bei vollkommener Sicherheit den Kaufpreis für das Haus zahlen, nämlich achtzigtausend Franken, dann dreißigtausend Franken an Grindot, im ganzen also, mit dem was Sie für Kosten ausgegeben haben, hundertundzwanzigtausend Franken, dazu die letzten zwanzigtausend, das macht also hundertvierzigtausend Franken. Falls Sie das Ganze an Einen vermieten, dann verlangen Sie Vorauszahlung der letzten Jahresmiete und reservieren Sie nur für mich und meine Frau den ganzen ersten Stock über dem Zwischengeschoß. Auch unter solchen Bedingungen werden Sie immer noch einen Kontrakt auf zwölf Jahre, bei vierzigtausend Franken jährlich, durchsetzen. Wollen Sie dann aus dieser Gegend in den Bezirk der Kammer ziehen, dann können Sie bequem in dieser riesigen ersten Etage mit uns zusammen wohnen, zu der Wagenremise, Stall und alles, was zu einer Lebensführung im großen Stil erforder-

lich ist, gehört. Und nun, Thuillier, werde ich dir das Kreuz der Ehrenlegion verschaffen!"
Nach dieser Erklärung rief Brigitte:
„Wahrhaftig, mein lieber Junge, Sie haben unser Geschäft so gut dirigiert, daß wir Ihnen auch überlassen, wegen der Vermietung des Hauses abzuschließen..."
„Geben Sie die Zügel nicht aus der Hand, Tantchen," sagte Theodosius, „Gott bewahre mich, daß ich einen Schritt tue, ohne Sie zu fragen! Sie sind der gute Geist der Familie. Ich denke jetzt nur an den Tag, wo Thuillier Deputierter sein wird. In zwei Monaten haben Sie die vierzigtausend Franken. Und das wird Thuillier nicht abhalten, seine zehntausend Franken Mietzins am nächsten Termin einzustreichen."
Nachdem er dem alten Fräulein, die innerlich jubelte, diese Aussichten eröffnet hatte, zog er Thuillier mit sich fort in den Garten und sagte ohne Umschweife zu ihm:
„Bester Freund, sieh zu, wie du von deiner Schwester zehntausend Franken erhalten kannst; sie darf aber niemals ahnen, daß du sie mir gegeben hast; sag ihr, diese Summe müsse in den Bureaus verteilt werden, damit deine Ernennung zum Ritter der Ehrenlegion auf keine Schwierigkeiten stoße, und daß du weißt, an wen das Geld zu geben sei."
„Gut", sagte Thuillier; „im übrigen werde ich es ihr zurückgeben, wenn die Mieten eingegangen sind."
„Du mußt das Geld heute abend haben, bester Freund; ich mache morgen wegen deines Ordens einen Besuch, dann werden wir wissen, woran wir uns zu halten haben..."

„Was bist du für ein tüchtiger Mensch!“ rief Thuillier.
„Das Ministerium des 1. März wird wieder gestürzt werden, man muß die Sache vorher bei ihm durchsetzen“, erwiderte Theodosius mit schlauer Miene.
Der Advokat eilte jetzt zu Frau Colleville und rief ihr beim Eintreten zu:
„Ich habe gesiegt; wir werden für Celeste ein Grundstück haben, dessen Eigentum, ohne den Nießbrauch, ihr von Thuillier im Ehekontrakt übertragen werden wird; das müssen wir aber geheim halten, sonst würde Ihre Tochter von einem Pair von Frankreich zur Frau verlangt werden. Diese Übertragung geschieht übrigens nur zu meinen Gunsten. Jetzt ziehen Sie sich an und fahren Sie mit mir zu der Gräfin du Bruel, sie kann uns das Kreuz für Thuillier verschaffen. Während Sie sich kampfbereit machen, will ich Celeste ein klein wenig den Hof machen; wir reden dann im Wagen weiter.“
La Peyrade hatte im Salon Celeste und Felix Phellion gesehen. Flavia konnte zu ihrer Tochter genügend Vertrauen haben, um sie mit dem jungen Professor allein zu lassen. Nach dem großen Erfolge, den ihm der Vormittag gebracht hatte, hielt es Theodosius für nötig, sich jetzt Celeste zuzuwenden. Die Stunde schien ihm gekommen, die beiden Liebenden zu entzweien, und er trug kein Bedenken, bevor er hineinging, sein Ohr an die Tür des Salons zu legen, um zu hören, wie sie das Alphabet der Liebe buchstabierten, und er wurde sozusagen aufgefordert, dieses häusliche Verbrechen zu begehen, da er aus einigen heftigen Äußerungen entnehmen mußte, daß sie sich zank-

ten. Wie einer unsrer Dichter sagt, ist die Liebe das Privileg zweier Wesen, sich gegenseitig viel Kummer um nichts zu bereiten.

Nachdem sie sich Felix zum Lebensgenossen auserkoren hatte, empfand Celeste das Verlangen, weniger ihn zu prüfen, als sich mit ihm in der Herzensgemeinschaft zu vereinigen, die die Grundlage jeder Zuneigung ist und die bei jugendlichen Gemütern unbeabsichtigt zu einem Ausforschen führt. Der Streit, den Theodosius erhorchte, war durch eine tiefe Meinungsverschiedenheit entstanden, die seit einigen Tagen zwischen dem Mathematiker und Celeste zutage getreten war.

Dieses Kind, die moralische Frucht der Zeit, in der Frau Colleville ihre Sünden zu bereuen versuchte, besaß eine unerschütterliche Frömmigkeit; sie gehörte zu der Herde der wahrhaft Gläubigen, und der unbedingte Katholizismus, gemäßigt durch Mystizismus, dem junge Gemüter so gern sich hingeben, war bei ihr innerlich zu einer Dichtung geworden, zu einem zweiten Leben. Junge Mädchen, die zuerst so empfunden haben, werden dann später entweder besonders leichtfertig oder Heilige. Aber während dieser schönen Jugendzeit sind sie ein wenig tyrannisch gesinnt; immer schwebt ihnen das Bild der Vollkommenheit vor, und alles soll himmlisch, engelrein oder göttlich sein. Außerhalb dieses ihres Ideals aber existiert nichts für sie; alles andere ist Kot und Schmutz. Diese Denkungsart hat zur Folge, daß echte Brillanten achtlos von jungen Mädchen fortgeworfen werden, die nachher als Frauen Straßdiamanten anbeten.

Celeste hatte also erkannt, daß Felix, wenn auch nicht irreligiös, so doch in bezug auf die Religion indifferent war. Wie die meisten Geographen, Chemiker, Mathematiker und großen Naturforscher, wollte er die Religion der Vernunft unterworfen sehen; und so erblickte er darin ein ebenso unlösbares Problem wie die Quadratur des Zirkels. Deist in petto verhielt er sich zur Religion wie die Mehrzahl der Franzosen und legte ihr keine größere Bedeutung bei als das neue Juligesetz. Im Himmel mußte ein Gott sein, wie eine Büste des Königs auf einem Sockel im Rathause. Felix Phellion, der würdige Sohn seines Vaters, machte keinerlei Hehl aus seiner Überzeugung; er ließ Celeste mit der ganzen Unbekümmertheit und Zerstreutheit eines Problemsuchers in seinem Herzen lesen; das junge Mädchen trennte die religiöse Frage nicht von der weltlichen; sie empfand tiefen Abscheu gegen den Atheismus, und ihr Beichtvater hatte ihr erklärt, daß der Deist ein leibhaftiger Vetter des Atheisten sei.

„Haben Sie an das gedacht, Felix, was Sie mir versprochen haben?" fragte Celeste, sobald Frau Colleville sie allein gelassen hatte.

„Nein, meine liebe Celeste", erwiderte Felix.

„Oh, Sie haben Ihr Versprechen nicht gehalten!" sagte sie sanft.

„Das wäre eine Entweihung gewesen", sagte Felix. „Ich liebe Sie so sehr und mit einer Zärtlichkeit, die Ihren Wünschen gegenüber so schwach ist, daß ich Ihnen etwas versprochen habe, was gegen meine Überzeugung geht. Das Gewissen, Celeste, ist unser Teuerstes, unsre Kraft, unsre Stütze. Warum wollen Sie, daß ich in die Kirche gehe und vor einem Priester niederknie, in dem ich nur einen Menschen sehen kann? ... Sie hätten mich verachten müssen, wenn ich Ihnen gehorcht hätte."

„Also Sie wollen nicht in die Kirche gehen, lieber Felix? ..." sagte Celeste und warf ihrem Geliebten einen tränenfeuchten Blick zu. „Also wenn ich Ihre Frau wäre, würden Sie mich allein dahin gehen lassen? ... Dann lieben Sie mich nicht so, wie ich Sie liebe! ... Bis jetzt habe ich gegen einen Atheisten immer das Entgegengesetzte dessen, was Gott von mir fordert, empfunden!"

„Ein Atheist?!" rief Felix Phellion aus. „O nein! Hören Sie mich an, Celeste. Gewiß gibt es einen Gott, und ich glaube an ihn, aber ich habe von ihm einen anderen und höheren Begriff als Ihre Priester; ich ziehe ihn nicht zu mir herab, sondern ich versuche, mich zu ihm zu erheben ... Ich vernehme seine Stimme in meinem Herzen, es ist das, was ehrenhafte Menschen das Gewissen nennen, und ich sorge dafür, daß die göttlichen Strahlen, die zu mir dringen, nicht verdunkelt werden. Niemals werde ich irgend jemandem Schaden zufügen, niemals werde ich gegen die Vorschriften der für alle gültigen Moral verstoßen, die die Moral des Konfuzius, des Moses, Pytagoras, Sokrates ebenso war wie die Jesu Christi ... Ich kann erhobenen Hauptes zu Gott aufblicken; meine Handlungen sollen meine Gebete sein; niemals werde ich eine Lüge sagen, mein Wort wird mir heilig sein, und niemals werde ich etwas Niedriges oder Unwürdiges tun ... Das sind die Lehren, die mir mein ehrenhafter Vater eingeprägt hat, und die will ich auch meinen Kindern hinterlassen. Und ich werde alles Gute, was mir möglich ist, tun, selbst wenn ich darunter leiden sollte. Was können Sie von einem Mann mehr verlangen?"

Dieses Glaubensbekenntnis Phellions ließ Celeste traurig den Kopf schütteln.

„Lesen Sie aufmerksam die ‚Imitatio Christi'! sagte sie ... „Versuchen Sie nur, sich zur heiligen katholischen apostolischen römischen Kirche zu bekehren, dann werden Sie erkennen, wie töricht Ihre Worte sind ... Hören Sie, Felix: die Ehe ist für die heilige Kirche nicht eine weltliche Angelegenheit, nicht eine Erfüllung unserer Wünsche; sie wird für die Ewigkeit geschlossen ... Wie! Wir sollen Tag und Nacht vereint, wir sollen ein Geist und ein Fleisch sein, und sollen zwei verschiedene Sprachen reden, zwei verschiedene Religionen und damit den Anlaß zu ewigen Zwistigkeiten haben? Ich würde verdammt sein, meinen Jammer über Ihren Seelenzustand vor Ihnen zu verbergen; ich könnte nicht zu Gott beten, denn ich würde unaufhörlich seine drohende Rechte gegen Sie erhoben sehen! ... Ihr Deistenblut und Ihre Anschauungen sollten sich auf meine Kinder übertragen! ... Oh, mein Gott, was für ein Unglück wäre das für eine Gattin! ... Nein, so etwas könnte ich nicht ertragen ... O Felix! Bekennen Sie sich zu meinem Glauben, zu dem Ihrigen kann ich mich nicht bekennen! Reißen Sie keinen Abgrund zwischen uns auf. Wenn Sie mich liebten, würden Sie sich schon die ‚Imitatio Christi' vorgenommen haben ..."

Die Phellions, in den Anschauungen des „Constitutionnel" groß geworden, liebten die Geistlichkeit nicht. Felix war so unklug, auf diese Worte,

die wie ein Gebet aus der Tiefe einer glühenden Seele emporgestiegen waren, zu antworten:
„Sie wiederholen ja nur eine Lektion Ihres Beichtvaters, Celeste, und nichts ist für das Glück verhängnisvoller, das können Sie mir glauben, als wenn sich der Priester in häusliche Angelegenheiten einmischt..."
„Oh," rief Celeste, die nur der Eingebung ihrer Liebe gefolgt war, entrüstet, „Sie lieben nicht!... Die Stimme meines Herzens dringt nicht bis zu Ihnen! Sie haben mich nicht begriffen, denn Sie haben mir nicht aufmerksam zugehört; ich verzeihe Ihnen aber, denn Sie wissen nicht, was Sie sagen."
Sie hüllte sich in majestätisches Schweigen, und Felix trat ans Fenster und trommelte mit den Fingern auf der Scheibe: Die Hausmusik aller derer, die sich peinigenden Empfindungen hingeben. Felix mußte sich in der Tat die besonderen, empfindlichen Gewissensfragen der Phellions vorlegen:
‚Celeste ist eine reiche Erbin, und wenn ich ihren Anschauungen, gegen die Stimme meines natürlichen religiösen Empfindens, nachgebe, dann habe ich Aussicht auf eine vorteilhafte Heirat: das wäre eine niedrige Handlung. Als Familienvater darf ich nicht zulassen, daß die Pfaffen auch nur den geringsten Einfluß in meinem Hause ausüben; gebe ich heute nach, so ist das ein Akt der Schwäche, dem viele andere, gleichermaßen für die Autorität des Vaters und Gatten verderbliche, folgen werden. All das ist eines Philosophen unwürdig.'
Er ging wieder zu seiner Geliebten.
„Celeste, ich flehe Sie auf den Knien an, mengen

wir nicht durcheinander, was das Gesetz in seiner Weisheit getrennt hat. Wir leben für zwei Welten, für die menschliche Gesellschaft und für den Himmel. Den Weg zu seinem Heil mag jeder selbst wandeln; was aber die menschliche Gesellschaft anlangt, gehorcht man nicht auch dem Willen Gottes, wenn man ihre Gesetze beachtet? Christus hat gesagt: ‚Man gebe dem Kaiser, was des Kaisers ist.' Der Kaiser, das ist hier die weltliche Gesellschaft... Aber lassen wir doch diesen kleinen Streit vergessen sein!..."

„Einen kleinen Streit!?" rief die junge Enthusiastin aus. „Ich will, daß Sie mein Herz und ich das Ihrige besitze, und Sie wollen zwei Teile daraus machen... Gäbe das nicht ein Unglück? Sie scheinen zu vergessen, daß die Ehe ein Sakrament ist..."

„Das Pfaffengesindel hat Ihnen den Kopf verdreht!" rief der Mathematiker ungeduldig.

„Herr Phellion," unterbrach ihn Celeste hastig, „genug hiervon!"

Bei diesen Worten hielt es Theodosius für richtig, einzutreten; er fand Celeste bleich und den jungen Professor in dem beunruhigten Zustande eines Liebenden vor, der seine Geliebte geärgert hat.

„Ich habe hier das Wort ‚genug' gehört!... Was war denn zu viel?"... fragte er und sah abwechselnd Celeste und Felix an.

„Wir sprachen über Religion..." antwortete Felix, „und ich erklärte dem Fräulein, wie unheilvoll geistlicher Einfluß auf das Familienleben wirkt..."

„Darum handelte es sich nicht," sagte Celeste bitter, „sondern darum, zu wissen, ob Mann und Frau ein Herz und eine Seele sein können, wenn der eine ein Atheist und die andere eine gläubige Katholikin ist."

„Gibt es denn Atheisten?..." rief Theodosius aus mit den Anzeichen äußersten Erstaunens... „Kann denn eine Katholikin einen Protestanten heiraten? Aber es gibt doch für Ehegatten nur ein Heil, wenn in religiösen Dingen bei ihnen vollkommene Übereinstimmung herrscht!... Ich, der ich in Wahrheit aus dem Comtat stamme und einer Familie angehöre, die unter ihren Vorfahren einen Papst aufweisen kann, denn unser Wappen hat die ‚Schlösser mit silbernem Schlüssel' und darunter einen Mönch, der eine Kirche in der Hand trägt, einen Pilger mit goldenem Stabe und der Devise ‚Ich öffne und schließe', ich bin um deswillen von fanatischer Strenggläubigkeit. Aber heutzutage scheint es, dank dem modernen Erziehungssystems, nichts Ungewöhnliches zu sein, über solche Fragen zu streiten!... Ich würde, wie ich sagte, eine Protestantin nicht heiraten, und wenn sie Millionen besäße..., und wenn ich sie rasend liebte! Über den Glauben darf man nicht diskutieren. Una fides unus dominus, das ist mein Wahlspruch."

„Da hören Sie's!" rief Celeste triumphierend und sah Felix Phellion an.

„Ich bin kein Frömmler," fuhr la Peyrade fort; „ich gehe frühmorgens um sechs Uhr zur Messe, wenn ich nicht gesehen werde; ich genieße Fastenessen am Freitag; ich bin aber ein Sohn der Kirche und würde nichts Wichtiges unternehmen, ohne vorher gebetet zu haben, wie unsre Väter taten.

Ich prunke nicht mit meiner Religiosität... Bei der Revolution von 1789 hat sich in meiner Familie etwas ereignet, das uns noch enger als schon die Vergangenheit mit unsrer heiligen Mutter, der Kirche, verknüpft hat. Ein armes Fräulein de la Peyrade von der älteren Linie, der die kleine Herrschaft la Peyrade gehört, denn was uns anlangt, wir gehören zu den Peyrade des Canquoëlle, aber die beiden Linien beerben einander, – also dieses Fräulein heiratete sechs Jahre vor der Revolution einen Advokaten, der, wie es in der damaligen Zeit lag, Voltaireaner war, das heißt ein Ungläubiger, ein Deist, wenn Sie wollen. Er verfocht die revolutionären Ideen und unter ihren andern Torheiten besonders den bekannten Kultus der Göttin Vernunft. Er kam zu uns als ein fanatischer Anhänger des Konvents. Da seine Frau sehr schön war, zwang er sie, die Rolle der Freiheitsgöttin zu übernehmen, und danach ist die arme Unglückliche wahnsinnig geworden... Sie ist dann im Wahnsinn gestorben! Nun, bei den heutigen Anschauungen können wir ein zweites 1793 erleben."

Diese beliebig erfundene Geschichte machte einen so starken Eindruck auf die jugendlich frische Einbildungskraft Celestes, daß sie sich erhob, den beiden jungen Leuten zunickte und sich in ihr Zimmer zurückzog.

„Ach, was haben Sie da gesagt!"... rief Felix aus, schmerzlich berührt von dem kalten Blicke, den Celeste ihm zugeworfen und in den sie den Ausdruck vollkommener Gleichgültigkeit gelegt hatte. „Sie glaubt sich ja wirklich schon als Göttin der Vernunft zu sehen..."

„Wovon war denn die Rede?" fragte Theodosius.
„Von meiner Gleichgültigkeit in Sachen der Religion."
„Die schlimme Krankheit unsres Jahrhunderts", antwortete Theodosius mit ernster Miene.
„Da bin ich," sagte Frau Colleville, die sich, geschmackvoll gekleidet, zeigte. „Aber was ist denn meinem armen Kinde? Sie weint ja..."
„Sie weint, gnädige Frau?"... rief Felix, „dann sagen Sie ihr doch, daß ich mich hinsetzen und die ‚Imitatio Christi' studieren werde."
Felix ging mit Theodosius und Flavia hinunter, der der Advokat durch einen Druck des Arms zu verstehen gab, daß er ihr die Aufregung des jungen Gelehrten im Wagen erklären würde.
Eine Stunde später erschienen Frau Colleville, Celeste, Colleville und Theodosius bei Thuilliers zum Essen. Theodosius und Flavia zogen Thuillier mit sich in den Garten und Theodosius sagte zu ihm:
„Bester Freund, in acht Tagen wirst du das Kreuz bekommen. Unsre verehrte Freundin hier wird dir über unsern Besuch bei der Gräfin du Bruel berichten..."
Und Theodosius verließ Thuillier, da er Desroches erblickte, den Fräulein Thuillier hereingeführt hatte; ein unangenehmes Kältegefühl durchrieselte ihn, als er ihm entgegenging.
„Lieber Kollege," sagte Desroches leise zu Theodosius, „ich komme, um mich zu vergewissern, ob Sie sich fünfundzwanzigtausend Franken verschaffen können, außerdem noch zweitausendsechshundertachtzig Franken und sechzig Centimes für die Kosten."

„Sie sind Cérizets Anwalt?..." rief der Advokat aus.

„Er hat die Wechsel Louchard übergeben, und Sie wissen, was Sie nach einer Verhaftung zu erwarten haben. Hat Cérizet unrecht, wenn er meint, daß Sie fünfundzwanzigtausend Franken in Ihrem Schreibtisch bereithalten? Sie haben sie ihm angeboten, und er findet es ziemlich selbstverständlich, wenn er sie nicht weiter bei Ihnen lassen will..."

„Ich danke Ihnen für Ihre Benachrichtigung, lieber Kollege," sagte Theodosius, „ich war auf dieses Vorgehen vorbereitet..."

„Unter uns gesagt," antwortete Desroches, „Sie haben ihn hübsch hineingelegt... Der Kerl wird sich vor nichts scheuen, um sich zu rächen, denn er verliert alles, wenn Sie die Robe wegwerfen und ins Gefängnis gehen wollen..."

„Ich?!" rief Theodosius, „ich zahle!... Aber es sind da noch fünf Akzepte, jedes über fünftausend Franken vorhanden, was gedenkt er damit zu tun?"

„Oh, nach dem was heute morgen geschehen ist, kann ich Ihnen nichts darüber sagen; mein Klient ist ein schlauer räudiger Hund und hat so seine kleinen Projekte..."

„Hören Sie, Desroches," sagte Theodosius und faßte den steifen dürren Desroches um die Taille, „befinden sich die Wechsel noch bei Ihnen?"

„Wollen Sie sie einlösen?"

„Ja, in drei Stunden."

„Nun, dann kommen Sie um neun Uhr zu mir, ich werde dann das Geld entgegennehmen und Ihnen die Wechsel aushändigen; aber um einhalb zehn Uhr sind sie schon bei Louchard..."

„Schön; also auf heute abend um neun Uhr", sagte Theodosius.
„Um neun Uhr", antwortete Desroches, der die ganze Familie, die jetzt im Garten zusammen war, beobachtet hatte.
Celeste unterhielt sich mit roten Augen mit ihrer Patin, Colleville und Brigitte, Flavia und Thuillier auf den Stufen der breiten Terrasse, die vom Vorzimmer in den Garten führte. Da sagte Desroches zu Theodosius, der ihn hinausbegleitet hatte:
„Sie können Ihre Wechsel bequem einlösen."
Mit einem einzigen Blick hatte Desroches den riesigen Einfluß des Advokaten hier erkannt.
Am andern Morgen begab sich Theodosius bei Tagesanbruch zu dem Bankier der Kleinhändler, um zu sehen, welchen Eindruck die pünktliche Zahlung am Abend vorher auf seinen Feind gemacht hatte, und um noch einen Versuch zu machen, sich von dieser Bremse zu befreien.
Er fand Cérizet, wie er stehend mit einer Frau verhandelte und erhielt von ihm einen befehlenden Wink, in einem Abstande stehen zu bleiben und die Unterhaltung nicht zu stören. Der Advokat mußte sich daher Gedanken über die Bedeutung dieser Frau machen, eine Bedeutung, von der das nachdenkliche Aussehen des Wucherers Zeugnis ablegte. Theodosius hatte das, im übrigen nur unbestimmte Empfinden, daß der Gegenstand dieser Konferenz auf Cérizets Verhalten von Einfluß sein müsse, denn er bemerkte auf seinem Gesichte einen vollständigen Wechsel des Ausdrucks, der nur auf einer hoffnungsvollen Aussicht beruhen konnte.
„Aber, liebste Mutter Cardinal..."

„Jawohl, bester Herr..."
„Was wollen Sie?"
„Man muß sich entschließen..."
Diese ersten und letzten Worte von Sätzen waren die einzigen Anhaltspunkte, die die lebhafte, leise von Mund zu Ohr geführte Unterhaltung dem unbeweglich dastehenden Zeugen gewährte, dessen Aufmerksamkeit auf Frau Cardinal gerichtet war.

Frau Cardinal war eine der Hauptkundinnen Cérizets; sie handelte mit Seefischen. Wenn auch die Pariser diese eigentümlichen Gewächse ihres heimatlichen Bodens kennen, so haben Fremde doch keine Ahnung von ihrer Existenz, und die Mutter Cardinal war wohl im technischen Sinne der Aufmerksamkeit wert, die sie bei dem Advokaten erregt hatte. Auf der Straße begegnet man solchen Frauen, auf die der Spaziergänger nicht mehr acht gibt als auf die dreitausend Bilder einer Ausstellung. Aber hier, bei dieser Gelegenheit, hatte die Cardinal die volle Bedeutung eines einzeln aufgehängten Meisterwerks, denn sie war der vollendete Typ ihrer Gattung.

Sie stand da auf schmutzigen Pantoffeln, aber ihre Füße steckten in Socken und waren noch mit starken, dicken, tuchenen Strümpfen geschützt. Ihr Rock aus Kattun, mit einem Saum von Kot garniert, zeigte den Einschnitt des Gurtes, an dem sie ihren Korb trug, der rückwärts ihre Taille ziemlich weit nach unten abzeichnete. Ihr Hauptbekleidungsstück war ein Schal, ein sogenannter „Hasenfellkaschmir", dessen beide Enden über ihrer „Turnüre" zusammengebunden waren, denn man muß hier diesen Ausdruck der Mode anwen-

den, um das Zusammendrücken der Röcke durch den Quergurt, durch den sie sich wie ein Kohlkopf aufbauschten, zu kennzeichnen. Das Fichu aus grobem Baumwollenstoff ließ einen roten Hals sehen, der gefurcht war wie das Bassin von la Villette, wenn es von Schlittschuhläufern befahren wird. Ihr Kopfputz bestand aus einem gelbseidenen, ziemlich pittoresk herumgewickelten Schal.
Kurz und dick wie sie war, sah man der roten Gesichtsfarbe der Mutter Cardinal an, daß sie morgens einen kleinen Schnaps zu trinken pflegte. Sie war einmal schön gewesen. In der Markthalle warf man ihr in der dort üblichen kühnen Ausdrucksweise vor, daß sie mehr als einmal die Nacht zum Tage gemacht hatte. Wenn sie eine normale Unterhaltung führen wollte, mußte sie ihr Organ dämpfen, wie man es in einem Krankenzimmer tut; aber auch dann noch erklang es stark und voll aus ihrer Kehle, die gewohnt war, bis zu den Mansarden hinauf ihre Fische zu jeder Jahreszeit auszurufen. Ihre Nase à la Roxelane, ihr ziemlich hübsch gezeichneter Mund, ihre blauen Augen, alles, was einst ihre Schönheit ausmachte, war jetzt tief in Fett vergraben und zeigte, daß sie sich dauernd im Freien aufhielt. Leib und Busen besaßen die Üppigkeit Rubensscher Gestalten.
„Wollen Sie, daß ich auf dem Strohsack liege?...“ sagte sie zu Cérizet. „Was gehen mich die Toupilliers an!... Bin ich nicht auch eine Toupillier?... Wo wollen Sie denn, daß ich die Toupilliers hintue?...“
Dieser laute Ausbruch wurde von Cérizet unterbrochen, der der Händlerin ein langgedehntes

„Pst!“ zurief, dem alle seine Helfershelfer zu gehorchen pflegten.

„Also gehen Sie, und sehen Sie, wie es damit steht, und dann kommen Sie wieder“, sagte er und schob die Frau nach der Tür zu, indem er ihr noch einige Worte zuflüsterte.

„Nun, lieber Freund,“ sagte Theodosius zu Cérizet, „hast du dein Geld?“

„Jawohl“, antwortete Cérizet; „wir haben unsre Krallen aneinander gemessen, sie sind von gleicher Härte, gleicher Länge und gleicher Kraft... und weiter?...“

„Soll ich Dutocq sagen, daß du gestern fünfundzwanzigtausend Franken empfangen hast?“

„Oh, lieber Freund, kein Wort... wenn du mich liebst!“ rief Cérizet.

„Höre,“ fuhr Theodosius fort, „ich muß einfür allemal wissen, was du willst. Ich habe die feste Absicht, auch nicht vierundzwanzig Stunden länger auf dem Rost zu braten, auf den ihr mich gelegt habt; wenn du Dutocq hineinlegen willst, so ist mir das vollkommen gleichgültig; aber ich wünsche, daß wir beide miteinander ins reine kommen... Fünfundzwanzigtausend Franken, das bedeutet ein Vermögen, außerdem mußt du noch zehntausend Franken besitzen, die du bei deinem Geschäft verdient hast; damit kannst du wieder ein anständiger Mensch werden. Wenn du mich in Ruhe lassen willst, Cérizet, wenn du mich nicht hindern willst, Fräulein Colleville zu heiraten, dann werde ich so etwas wie Staatsanwalt in Paris werden; und du könntest nichts Besseres tun, als dir in dieser Sphäre eine Protektion zu sichern.“

„Dann will ich dir meine Bedingungen nennen,

über die ich aber keine Diskussion dulde; es heißt hier: annehmen oder ablehnen. Du wirst dafür sorgen, daß ich das Haus Thuilliers als Gesamtmieter bekomme, mit einem Mietkontrakt auf achtzehn Jahre, dann gebe ich dir einen der fünf Wechsel quittiert zurück. Ich werde dir dann nicht mehr in den Weg treten und du sollst wegen der andern vier Wechsel nur mit Dutocq zu tun haben... Und wenn es dir gelungen ist, mich hineinzulegen... Dutocq kann sich mit dir nicht messen..."

„Ich akzeptiere das, wenn du einen Mietzins von achtundvierzigtausend Franken zahlen willst, das letzte Jahr pränumerando, und wenn der Kontrakt am nächsten Oktober in Kraft tritt."

„Ja, aber ich gebe nur dreiundvierzigtausend Franken bar, dein Wechsel wird die achtundvierzig vollmachen. Ich habe das Haus gesehen und genau geprüft, es gefällt mir."

„Eine letzte Bedingung," sagte Theodosius, „wirst du mir gegen Dutocq helfen?"

„Nein," antwortete Cérizet, „du wirst ihm schon genügend einheizen, ich brauche ihm nicht auch noch den letzten Stoß zu versetzen: er würde dann alle seine Brühe von sich geben. Man muß vernünftig sein. Der arme Kerl weiß noch nicht, womit er die letzten fünfzehntausend Franken, die er noch für seine Stelle schuldet, bezahlen soll, und du könntest sehr zufrieden sein, wenn du dir mit diesen fünfzehntausend Franken deine Wechsel zurückkaufen kannst."

„Schön, dann laß mir zwei Wochen Zeit, daß ich dir den Mietkontrakt verschaffe..."

„Nicht länger als bis nächsten Montag! Am Dienstag ist dein Wechsel über fünftausend Franken in Louchards Händen, wenn du ihn nicht am Montag einlösest, oder Thuillier mir das Haus vermietet."

„Also schön, am Montag!..." sagte Theodosius. „Sind wir wieder Freunde?..."

„Montag werden wir es sein", antwortete Cérizet.

„Also gut, Montag; wirst du mich zum Essen einladen?" sagte Theodosius lachend.

„Wenn ich den Kontrakt bekomme, ja, in den ‚Rocher de Cancale'. Dutocq wird auch dabei sein... wir wollen lustig sein... Es ist recht lange her, daß ich mal vergnügt gewesen bin..."

Theodosius und Cérizet reichten sich die Hand und sagten beide:

„Also auf baldiges Wiedersehn!"

Cérizet hatte seine Gründe, warum er sich so schnell beruhigt hatte. Zunächst deshalb, weil, wie Desroches gesagt hatte, „Galle die Geschäfte nicht erleichtert", und der Wucherer hatte die Richtigkeit dieses Ausspruchs zu klar eingesehen, als daß er nicht den kühlen Entschluß gefaßt hätte, aus seiner Lage Nutzen zu ziehen und den schlauen Provenzalen, wie der Fachausdruck lautet, „zu quälen".

„Sie haben Revanche zu nehmen", sagte Desroches zu ihm. „Sie haben den Mann ja in der Hand... Sie können ihn auspressen."

Cérizet hatte seit zehn Jahren beobachtet, wie verschiedene Leute bei dem Beruf eines Gesamtmieters reich geworden waren. Ein Gesamtmieter ist für die Hausbesitzer in Paris dasselbe wie der Pächter für die Gutsbesitzer. Ganz Paris weiß, wie einer der berühmtesten Schneider für seine

Rechnung auf dem schönen Terrain von Frascati ein prachtvolles Haus gebaut und als Gesamtmieter fünfzigtausend Franken Miete für das Haus gezahlt hat, das dann nach Ablauf des auf neunzehn Jahre geschlossenen Mietvertrages Eigentum des Terrainbesitzers werden sollte. Trotz der Baukosten, die ungefähr siebenhunderttausend Franken betrugen, wird nach Ablauf der Mietzeit noch ein sehr schöner Nutzen übrig bleiben.

Cérizet, immer auf der Lauer nach derartigen Geschäften, hatte die Chancen, die ihm das Mieten des von Thuillier „gestohlenen" Hauses, wie er sich zu Desroches ausdrückte, genau ausgerechnet und festgestellt, daß er aus der Weitervermietung nach sechs Jahren sechzigtausend Franken herausholen könne. Das Haus hatte vier Läden, an beiden Fassaden – es lag an der Boulevardecke – je zwei.

Cérizet rechnete darauf, zwölf Jahre lang wenigstens tausend Franken jährlich dabei zu verdienen, nicht gerechnet eventuelle Nebeneinnahmen, Provisionen bei jeder Neuvermietung der Geschäftsläden, wobei er diesen Mietern zunächst nur einen Kontrakt auf sechs Jahre zu bewilligen gedachte. Er beabsichtigte deshalb, sein Wuchergeschäft an die Witwe Poiret und Cadenet für etwa zwölftausend Franken zu verkaufen; sein Vermögen betrug jetzt dreißigtausend, er war also imstande, ein Jahr Miete vorauszubezahlen, was die Hauseigentümer bei Gesamtvermietungen als Sicherheit zu verlangen pflegen. Cérizet hatte daher eine sehr frohe Nacht verbracht; er hatte einen schönen Traum gehabt, er sah sich auf dem besten Wege, einen anständigen Beruf ergreifen zu können, und ein ehrsamer Bürger, wie Thuillier, Minard und so viele andere, zu werden.

Er verzichtete deshalb auf den Erwerb des im Bau befindlichen Hauses in der Rue Geoffroy-Marie. Aber beim Erwachen bot sich ihm ein Anblick, auf den er nicht gerüstet war; vor ihm stand das Glück, das seine goldenen Füllhörner über ihn ausschüttete, und zwar in der Gestalt der Frau Cardinal.

Er hatte immer eine Vorliebe für dieses Weib gehabt und ihr immer, besonders im letzten Jahre, das erforderliche Geld versprochen, um sich einen Esel und einen kleinen Wagen anzuschaffen, ihr Geschäft en gros zu betreiben und auch in die Vororte gehen zu können. Frau Cardinal, die Witwe eines Lastträgers der Markthallen, hatte eine einzige Tochter, deren Schönheit Cérizet von den andern Klatschweibern gerühmt worden war. Olympia Cardinal war ungefähr dreizehn Jahr alt, als Cérizet im Jahre 1837 sein Wuchergeschäft in dem Viertel anfing, und mit den niederträchtigen Hintergedanken eines Wüstlings erwies er der Cardinal besondere Aufmerksamkeiten; er hatte sie aus der größten Armut gezogen, in der Hoffnung, Olympia zu seiner Mätresse zu machen; im Jahre 1838 aber hatte die Tochter ihre Mutter verlassen und führte ein „vergnügtes Leben", um einen Ausdruck zu gebrauchen, mit dem das Pariser Volk den Mißbrauch der kostbaren Gaben bezeichnet, mit denen die Natur die Jugend beschenkt hat.

Ein Mädchen in Paris suchen, das bedeutet dasselbe, wie einen Stichling in der Seine suchen wollen; nur ein Zufall kann ihn ins Fischernetz führen. Dieser Zufall hatte sich hier ereignet. Mutter Cardinal, die eine Nachbarin freihalten wollte, hatte sie ins Theater Bobino mitgenommen; da erkannte sie in der jugendlichen Liebhaberin ihre Tochter, die der erste Komiker seit drei Jahren in seiner Gewalt hatte. Die Mutter hatte sich zuerst ziemlich geschmeichelt gefühlt, als sie ihre Erbin in einem schönen golddurchwirkten Kleide, mit einem Kopfputz wie eine Herzogin, in durchbrochenen Strümpfen und seidenen Schuhen erblickte, und hörte, wie sie gleich bei ihrem Erscheinen mit Beifall begrüßt wurde; dann aber hatte sie ihr von ihrem Platze aus zugerufen:

„Na warte, du sollst von mir zu hören bekommen, du Muttermörderin!... Ich will doch mal sehen, ob diese schmierige Komödiantenbande das Recht hat, sechzehnjährige Mädchen zu verführen." Sie wollte ihre Tochter am Ausgang abwarten, aber die jugendliche Liebhaberin und der erste Komiker waren jedenfalls in den Zuschauerraum geflüchtet und hatten mit der Masse des Publikums das Theater verlassen, statt den Schauspielerausgang zu benutzen, vor dem die Witwe Cardinal und die Mutter Mahoudeau, ihre liebe Freundin, einen Höllenlärm machten, den die beiden Polizisten zu beruhigen versuchten. Diese heilsame Institution, vor der die beiden Weiber ihre Stimme mäßigten, machte der Mutter bemerklich, daß ein Mädchen mit sechzehn Jahren beim Theater engagiert werden darf, und daß sie, statt an der Tür gegen den Direktor zu zetern, ihn ja nach Belieben vor dem Friedens- oder dem Zuchtpolizeigericht belangen könne.

Am nächsten Morgen beschloß Frau Cardinal, Cérizets Rat einzuholen, da er ja auf dem Friedensgericht beschäftigt war; bevor sie sich aber in seine Höhle in der Rue des Poules begab, war sie von einer Nachricht wie vor den Kopf geschlagen, die ihr der Portier des Hauses, in dem der alte Toupillier, ihr Onkel, wohnte, gebracht hatte, der ihr erzählte, daß dieser Mann keine zwei Tage zu leben habe und in den letzten Zügen liege.

„Nun, und was soll ich dabei tun?“ hatte die Witwe Cardinal geantwortet.

„Wir zählen auf Sie, liebe Frau Cardinal; Sie werden an uns denken, die wir Ihnen diese gute Nachricht gebracht haben. Die Sache verhält sich so: in der letzten Zeit konnte Ihr Onkel nicht mehr gehen und hat mir das Vertrauen geschenkt, die Mieten in seinem Hause, in der Rue Notre-Dame de Nazareth für ihn einzuziehen und die Zinsen seines Kapitals, das er ins Staatsschuldbuch eingetragen hat, einzukassieren, achtzehnhundert Franken...“

Bei diesen Worten vergrößerten sich die Augen der Witwe Cardinal, und ihr unsteter Blick wurde starr.

„Jawohl, meine Gute,“ hatte der Herr Perrache, der kleine bucklige Portier weiter berichtet, „und da Sie die Einzige waren, die noch an ihn dachte und ihm ab und zu Fische brachten und ihn besuchten, wird er vielleicht Ihnen was vermacht haben... Meine Frau hat ihn die letzten Tage gepflegt und bei ihm gewacht; sie hat ihm von Ihnen gesprochen, aber er hat nicht haben wollen, daß man Ihnen sagt, daß er krank ist... Hören Sie, es ist Zeit, daß Sie sich bei ihm sehen lassen. Es ist wahrhaftig schon zwei Monate her, daß er nicht mehr sein Geschäft betreiben kann."

„Sie können sicher sein, Sie alter Lederkratzer," hatte die Mutter Cardinal dem Portier, der seines Zeichens ein Schuster war, geantwortet, während sie mit höchster Schnelligkeit in die Rue Honoré-Chevalier eilte, wo ihr Onkel in einer scheußlichen Mansarde hauste, „daß mir eher Haare auf der flachen Hand wachsen, als daß ich von so was eine Ahnung gehabt hätte! ... Was?! Mein Onkel Toupillier ist ein reicher Mann? Der arme Bettler vor der Kirche Saint-Sulpice?"

„Oh," hatte der Portier bemerkt, „er aß recht gut ... und alle Abend legte er sich mit seiner Geliebten, einer großen Flasche Roussillon, zu Bett. Meine Frau hat den Wein gekostet; uns hat er immer gesagt, es wäre ein billiger Krätzer. Der Weinhändler in der Rue de Canettes hat ihn ihm geliefert."

„Reden Sie nicht weiter von all diesen Sachen, mein Bester," hatte die Witwe Cardinal gesagt, als sie sich von dem Portier trennte, der ihr diese Nachricht gebracht hatte, „ich werde an Sie denken, ... wenn überhaupt was da ist."

Dieser Toupillier, ein früherer Tambourmajor der französischen Garde, war zwei Jahre vor 1789 in den Dienst der Kirche getreten und Kirchendiener von Saint-Sulpice geworden. Die Revolution hatte ihn um seine Stellung gebracht, und er war in die furchtbarste Armut geraten. Er mußte damals Modell stehen, denn er war eine schöne Erscheinung. Als die Kirchen wieder geöffnet wurden, hatte er seine Hellebarde wieder in die Hand genommen; aber im Jahre 1816 wurde er abgesetzt, ebenso seines unmoralischen Lebenswandels, wie seiner politischen Ansichten wegen: er galt für einen Bonapartisten. Trotzdem duldete man ihn an der Kirchentür, wo er die Kirchenbesucher mit Weihwasser besprengte. Später beraubte ihn eine unangenehme Affäre, von der wir gleich reden werden, auch des Weihwedels; aber da er immer noch eine Möglichkeit fand, sich an die Kirche anzuklammern, setzte er es durch, daß er als Bettler an der Kirchentüre geduldet wurde. Zu dieser Zeit war er zweiundsiebzig Jahr alt, behauptete aber sechsundneunzig zu sein und begann, die Rolle des Hundertjährigen zu spielen.

In ganz Paris wäre es unmöglich gewesen, einen zweiten Bart- und Haarwuchs, wie den Toupilliers, aufzutreiben. Er schleppte sich wie zerbrochen an einem Stock in der zitternden Hand fort, die mit Flechten, wie sie auf Granitsteinen wachsen, bedeckt war, und streckte den klassischen, fettigen, breitrandigen, geflickten Bettlerhut hin, in den überreichlich Almosen geworfen wurden. Seine mit Binden und Lumpen umwickelten Beine staken in scheußlichen Bastschuhen, die aber innen mit vorzüglichen Sohlen aus Pferdehaar versehen waren. Das Gesicht hatte er mit Ingredienzien beschmiert, die die Spuren schwerer Krankheiten und Runzeln vortäuschten, und so spielte er vortrefflich die Rolle des Hundertjährigen. Als solchen bezeichnete er sich seit dem Jahre 1830, während er in Wirklichkeit erst ein Achtzigjähriger war. Er war der Oberst der Bettler, der Beherrscher des Platzes vor der Kirche, und alle, die unter den Arkaden dort, geschützt vor der Polizei und unter der Protektion des Kirchendieners, des

Küsters, des Weihwasserbesprengers und überhaupt des Pfarramts betteln wollten, zahlten ihm eine Art Tribut.

Wenn ein Erbe, ein Bräutigam nach der Trauung, oder ein Pate beim Heraustreten sagte: „Das ist für alle, es soll bei den andern nicht gebettelt werden“, dann steckte Toupillier, der von dem Kirchendiener, seinem Nachfolger, vorgeschoben wurde, dreiviertel der milden Gaben in seine Tasche und ließ seinen Genossen, deren Tribut sich auf einen Sou pro Tag belief, nur ein Viertel. Das Geld und der Wein waren seine letzten Leidenschaften: aber er beschränkte die zweite und gab sich ganz der ersten hin, ohne jedoch auf sein Wohlleben zu verzichten. Trinken tat er abends, nach dem Essen, wenn die Kirche geschlossen war; seit zwanzig Jahren war er in den Armen der Trunkenheit, seiner letzten Geliebten, eingeschlafen.

Frühmorgens, wenn der Tag begann, war er in voller Ausrüstung auf seinem Posten. Von morgens bis zur Hauptmahlzeit, die er bei dem Vater Lathuile, den Charlet verewigt hat, einnahm, kaute er Brotkrusten als einzige Nahrung, und er verzehrte sie mit solchem Anstand und so resigniert, daß ihm dafür überreiche Almosen gespendet wurden.

Der Kirchendiener und der Weihwasserbesprenger, mit denen er wahrscheinlich unter einer Decke steckte, sagten von ihm:

„Das ist der Bettler, der zur Kirche gehört; er hat noch den Pfarrer Longuet gekannt, der Saint-Sulpice gebaut hat; er war zwanzig Jahre lang Kirchendiener, vor und nach der Revolution; er ist jetzt hundert Jahr alt.“

Diese kurze Biographie, die alle Frommen kannten, war die beste Reklame für ihn, und kein Bettlerhut in ganz Paris hatte eine bessere Kundschaft. Sein Haus hatte er sich im Jahre 1826 gekauft und seine Rente 1830 eintragen lassen.

Aus diesen beiden Quellen mußte er ein Jahreseinkommen von sechstausend Franken besitzen, mit denen er Wuchergeschäfte wie Cérizet betrieb, denn das Haus hatte vierzigtausend Franken gekostet und das eingetragene Kapital achtundvierzigtausend Franken betragen. Die Nichte, die der Onkel ebenso wie die Portiersleute, die Kirchenbeamten und die frommen Seelen getäuscht hatte, hielt ihn für ärmer, als sie selbst war, und wenn sie Fische hatte, die nicht mehr ganz frisch waren, so brachte sie sie dem armen Manne.

Sie hielt sich daher für berechtigt, sich für ihre Geschenke und ihre Mildtätigkeit gegen einen Onkel zu entschädigen, der eine Menge unbekannter Seitenverwandter haben mußte, denn sie war die dritte und jüngste Tochter eines Toupilliers; sie hatte vier Brüder, und ihr Vater, ein Straßenhändler, hatte ihr in ihrer Jugend von drei Tanten und vier Onkeln erzählt, die alle die merkwürdigsten Berufe hatten.

Nachdem sie sich den Kranken angesehen hatte, war sie im Galopp zu Cérizet gerannt, um seinen Rat einzuholen, wobei sie ihm mitteilte, wie sie ihre Tochter wiedergefunden hätte, und welche Gründe, Erwägungen und Anzeichen sie annehmen ließen, daß ihr Onkel Toupillier einen Haufen Gold in seiner Matratze versteckt hätte. Die Mutter Cardinal hielt sich nicht für stark genug, sich dieser Erbschaft auf legalem oder illegalem

Wege zu bemächtigen, und war daher gekommen, um sich Cérizet anzuvertrauen.
Der Ausbeuter der armen Leute sollte endlich, ähnlich wie die Kloakenreiniger, Diamanten in dem Kot finden, den er seit vier Jahren durchstocherte, wobei er auf einen der Glückszufälle wartete, denen man in solchen Bezirken, wie es heißt, begegnen kann, in welchen Leute in Holzschuhen manchmal eine Erbschaft finden. Dies war der geheime Beweggrund seines milden Verhaltens gegen den Mann, dem er den Untergang geschworen hatte. Man kann sich vorstellen, mit welcher Angst er die Rückkehr der Witwe Cardinal erwartete, der dieser gerissene Komplottschmieder die Wege gewiesen hatte, wie sie sich Gewißheit bezüglich der vermuteten Existenz eines Schatzes verschaffen könne, wobei er ihr vollen Erfolg versprach, wenn sie ihm die Sorge überließe, diese Ernte einzuheimsen. Er war nicht der Mann, vor einem Verbrechen zurückzuschrecken, besonders wenn er die Möglichkeit vor sich sah, es von einem andern begehen zu lassen, während er den Gewinn einstrich. Er würde dann das Haus in der Rue Geoffroy-Marie kaufen und endlich ein Pariser Bourgeois werden können, ein Kapitalist, der in der Lage war, gute Geschäfte zu machen.
„Mein Benjamin," sagte die Fischhändlerin zu ihm mit einem Gesicht, das ebensosehr von Habgier wie von dem schnellen Laufen glühte, „mein Onkel schläft auf mehr als hunderttausend Franken in Gold! ... und ich bin sicher, daß die Petraches unter der Vorspiegelung, daß sie ihn pflegen, den Schatz ausgekundschaftet haben."
„Unter vierzig Erben verteilt," sagte Cérizet,

„würde das Vermögen für den Einzelnen nicht viel bedeuten. Hören Sie, Mutter Cardinal, ich heirate Ihre Tochter; geben Sie ihr das Gold des Onkels als Mitgift, und ich lasse Ihnen den Nießbrauch der Rente und des Hauses."

„Riskieren wir auch nichts dabei?"

„Nicht das Geringste."

„Abgemacht," sagte die Witwe Cardinal und schlug in die Hand ihres zukünftigen Schwiegersohns ein. „Sechstausend Franken Rente! Was soll das für ein Leben werden!"

„Und dazu noch einen Schwiegersohn wie mich!" fügte Cérizet hinzu.

„Ich werde eine Pariser Bourgeoise sein!" rief die Cardinal aus.

„Jetzt aber," begann Cérizet wieder nach einer Pause, in der sich Schwiegersohn und Schwiegermutter umarmt hatten, „muß ich das Terrain auskundschaften. Sie dürfen sich dort nicht vom Fleck rühren; Sie werden dem Portier sagen, daß Sie einen Arzt erwarten. Dieser Arzt werde ich sein, Sie dürfen aber nicht merken lassen, daß Sie mich kennen."

„Bist du ein gerissener Kerl!" sagte die alte Cardinal und gab Cérizet zum Abschied einen Klaps auf den Bauch.

Eine Stunde später erschien Cérizet, schwarz gekleidet, mit einer roten Perücke und einem kunstvoll veränderten Gesicht in einem Mietwagen in der Rue Honoré-Chevalier. Er ersuchte den Portierschuster, ihm zu zeigen, wo ein Armer namens Toupillier wohnte.

„Ist der Herr der Arzt, den Frau Cardinal erwartet?"

Cérizet hatte sich inzwischen doch überlegt, daß diese Rolle schwer durchzuführen sei, und vermied es, zu antworten.

„Geht es hier hinauf?" fragte er und wandte sich nach irgendeiner Seite des Hofes.

„Nein, mein Herr", antwortete der edle Perrache und zeigte ihm eine Hintertreppe, die zu der Mansarde, die der Bettler bewohnte, hinaufführte.

Dem neugierigen Portier blieb nur die Möglichkeit, den Kutscher des Mietwagens auszufragen, und wir überlassen ihn der Beschäftigung, in dieser Richtung sich Auskünfte zu verschaffen.

Das Haus in dem Toupillier wohnte, war eins von denen, die dazu verurteilt sind, auf Grund des Fluchtlinienplans die Hälfte ihrer Tiefe zu verlieren, denn die Rue Honoré-Chevalier ist eine der schmalsten Straßen des Viertels Saint-Sulpice. Der Besitzer, dem es untersagt war, weitere Stockwerke aufzusetzen oder Reparationen zu machen, sah sich genötigt, die Baracke in dem Zustande, in dem er sie gekauft hatte, zu vermieten; das Haus hatte eine außerordentlich häßliche Straßenfassade und bestand aus einer ersten Etage mit Mansarden über einem Erdgeschoß und einem kleinen rechtwinklig anstoßenden Seitenflügel an jeder Seite. Der Hof grenzte an einen Garten mit Bäumen, der zur Wohnung der ersten Etage gehörte. Dieser Garten, der gegen den Hof mit einem Gitter abgeschlossen war, hätte einem wohlhabenden Besitzer gestattet, das Haus der Stadt zu verkaufen und auf dem Hofterrain ein anderes zu bauen; aber der ganze erste Stock war auf achtzehn Jahre an eine mysteriöse Persönlichkeit vermietet, über die weder das offizielle Nachspüren

des Portiers noch die Neugierde der übrigen Mieter irgend etwas hatte herausbekommen können. Dieser Mieter, ein Mann von sechsundsechzig Jahren, hatte im Jahre 1829 an einem Fenster des Seitenflügels eine Wendeltreppe anbringen lassen, die in den Garten führte, um direkt hinuntergehen und dort promenieren zu können, ohne den Hof passieren zu müssen. Die eine Hälfte des Erdgeschosses war von einem Buchhefter besetzt, der seit zehn Jahren die Remisen und Pferdeställe in Arbeitsräume verwandelt hatte, die andere Hälfte von einem Buchbinder. Beide bewohnten die nach der Straße zu gelegenen Mansarden. Die Mansarden des einen Seitenflügels gehörten zu der Wohnung der mysteriösen Persönlichkeit. Toupillier schließlich zahlte hundert Franken für den Dachboden über dem kleinen Seitenflügel zur Linken, zu dem man auf einer Treppe gelangte, die nur an wenigen Tagen Licht hatte. Der Torweg hatte die runde Vertiefung, die in einer engen Straße, in der zwei Wagen einander nicht ausweichen können, unentbehrlich ist.
Cérizet hielt sich an einem Seil, das als Geländer diente, um eine Art Leiter hinaufzusteigen, die zu dem Zimmer führte, in dem der Hundertjährige im Sterben lag; dieses Zimmer bot den abscheulichen Anblick fingierter Armut dar.
In Paris wird alles, was in besonderer Absicht geschieht, vortrefflich aufgemacht. Die Bettler sind darin ebenso geschickt wie die Kaufleute mit ihren Schaufenstern und die angeblich reichen Leute, die Kredit suchen.
Der Fußboden war niemals gereinigt worden; die Dielen waren unsichtbar unter einer Schicht von

Schmutz, Staub, getrocknetem Kot und allem, was Toupillier wegwarf. Ein elender gußeiserner Ofen, dessen Rohr durch den Spiegel über einem zugemauerten Kamin ging, war das am meisten ins Auge fallende Möbelstück in diesem Loch; in einem Alkoven stand ein sargähnliches Bett mit Vorhängen aus grünem Serge, in den die Motten ein Spitzenmuster gefressen hatten. Das fast blinde Fenster hatte von einer Schmutzkruste überzogene Scheiben, die die Vorhänge entbehrlich machte. Die weißgetünchten Wände waren von den Stein- und Holzkohlen, mit denen der Bettler seinen Ofen heizte, rauchgeschwärzt. Auf dem Kamin standen ein schadhafter Wasserkrug, zwei Flaschen und ein abgestoßener Teller. Eine schlechte wurmstichige Kommode enthielt seine Wäsche und seine sauberen Kleidungsstücke; das Mobiliar bestand aus einem Nachttisch billigster Sorte, einem Tisch für vierzig Sous und zwei Küchenstühlen, bei denen das Strohgeflecht fast ganz fehlte. Das pittoreske Bettlerkostüm des Hundertjährigen, das an einem Nagel hing, die darunter stehenden unförmigen Bastschuhe, sein Zauberstab und sein Hut bildeten eine Art Waffenarsenal eines Bettlers.

Beim Eintreten warf Cérizet einen schnellen Blick auf den Alten. Sein Kopf lag auf einem von Schmutz braunem Kopfkissen ohne Überzug, und sein eckiges Profil, ähnlich einem solchen, wie es die Kupferstecher des vorigen Jahrhunderts scherzhaft auf ihren Landschaften drohenden Felspartien gaben, hob sich scharf von den grünen Vorhängen ab. Toupillier, ein Mann von fast sechs Fuß Größe, stierte auf einen eingebildeten Gegenstand am Fuße des Bettes; er rührte sich nicht, als er die schwere Tür, die mit Eisen beschlagen und mit einem starken Schloß versehen war und seine Wohnung sicher beschützte, gehen hörte.

„Ist er bei Bewußtsein?" fragte Cérizet, vor dem die Cardinal zurückgewichen war, und den sie erst an der Stimme erkannte.

„So ziemlich", antwortete sie.

„Kommen Sie auf die Treppe hinaus, damit er uns nicht hört. Wir wollen folgendermaßen vorgehen", fuhr er leise, zu seiner zukünftigen Schwiegermutter gewendet, fort. „Er ist schwach, aber er sieht nicht schlecht aus, wir haben noch gut acht Tage vor uns. Im übrigen will ich einen Arzt holen, der uns paßt. Einen der nächsten Abende werde ich sechs Mohnköpfe mitbringen. In dem Zustande, in dem er sich, wie Sie sehen, befindet, wird ihn der Mohnextrakt in tiefen Schlaf versetzen. Ich werde ein Gurtbett herschicken, damit Sie, wie wir sagen werden, nachts bei ihm bleiben können. Wenn er dann schläft, tragen wir ihn aus dem grünen in das Gurtbett, und wenn wir das Geld, das in dem kostbaren Möbel versteckt ist, erst gefunden haben, dann werden wir auch Mittel und Wege finden, um es wegzuschaffen. Der Arzt wird uns sagen, ob er noch einige Tage zu leben hat und vor allem, ob er imstande ist, ein Testament zu machen."

„Ach, Sie geliebter Sohn!"

„Aber wir müssen wissen, wer die Bewohner dieser Baracke sind; die Perraches könnten Lärm schlagen, und so viele Mieter, so viele Spione."

„Oh, ich weiß schon," antwortete Frau Cardinal, „daß Herr du Portail, der Mieter des ersten

Stocks, ein kleiner alter Herr ist, der eine Irrsinnige pflegt, die ich heute morgen von einer alten Holländerin, namens Katt, Lydia rufen hörte. Der Alte hat nur einen Diener, auch ein alter Mann, der Bruno heißt, und, abgesehen von der Küche, alles macht."

„Aber dieser Buchhefter und dieser Buchbinder," entgegnete Cérizet, „da wird von früh an gearbeitet. Nun, wir müssen weiter sehen", fuhr er fort, wie Einer, der noch keinen bestimmten Plan hat. „Ich werde jedenfalls aufs Rathaus Ihres Bezirks gehen, um Olympias Geburtsattest zu besorgen und das Aufgebot zu bestellen. Nächsten Sonnabend in acht Tagen ist die Hochzeit!"

„Wie das alles bei diesem Kerl geht!" sagte die Cardinal und stieß ihrem gefährlichen Schwiegersohn mit der Schulter in die Seite.

Als er hinabging, sah Cérizet zu seinem Erstaunen, wie der kleine Alte, dieser du Portail, im Garten mit einer der bedeutendsten Persönlichkeiten der Regierung, dem Grafen Martial de la Roche-Hugon, auf und ab ging. Im Hofe blieb er stehen und sah sich das alte unter Ludwig XIV. gebaute Haus genau an, dessen gelbe Mauern, obschon aus Hausteinen, sich wie Toupillier ihrem Ende zuneigten; er blickte in die beiden Werkstätten hinein und stellte die Anzahl der Arbeiter fest. Das Haus war still wie ein Kloster. Da er selbst beobachtet wurde, so entfernte sich Cérizet und überlegte alle Schwierigkeiten, die das Herausholen der Geldsumme aus dem Versteck des Sterbenden, wenn sie auch keinen sehr großen Raum einnahm, darbot.

„Soll man sie nachts wegbringen?" fragte er sich;

„da passen die Portiersleute auf, und am Tage können Einen zwanzig Personen sehen... Es ist ziemlich schwer, fünfundzwanzigtausend Franken in Gold bei sich zu tragen."
Die menschliche Gesellschaft hat zwei Ideale der Vollkommenheit: das erste ist der Zustand einer Zivilisation, wo das allen innewohnende moralische Gefühl schon den Gedanken an ein Verbrechen ausschließt: Die Jesuiten fordern diesen erhabenen Zustand, wie er in den ersten Zeiten der Kirche verwirklicht war; das zweite ist der Zustand einer anderen Zivilisation, wo die gegenseitige Wachsamkeit der Bürger das Verbrechen unmöglich macht. Das Ziel, das die moderne Gesellschaft anstrebt, ist das, wo eine Missetat auf solche Schwierigkeiten stößt, daß der, der sie begehen will, tatsächlich den Verstand verloren haben muß. In Wahrheit bleibt wirklich selbst ein Unrecht, das vom Gesetze nicht betroffen wird, nicht ungesühnt, und das Urteil der Gesellschaft ist sogar strenger als das Urteil der Gerichte. Wenn jemand, wie Minoret, der Postmeister von Nemours, ein Testament ohne Zeugen vernichten will, so wird ein solches Verbrechen durch das Aufpassen der ehrlichen Leute ebenso an den Tag gebracht, wie ein Diebstahl von der Polizei. Keine Roheit bleibt unbemerkt, überall, wo jemand geschädigt worden ist, bleibt eine greifbare Spur zurück. Man kann ebensowenig Sachen wie Menschen verschwinden lassen, so genau sind, besonders in Paris, die Objekte gezählt, die Häuser bewacht, die Straßen beobachtet, die Plätze unter Aufsicht. Um unbelästigt zu bleiben, muß ein Delikt sanktioniert werden, wie es die Börse macht

und die Kundschaft Cérizets, die sich nicht beklagt und entsetzt sein würde, wenn sie ihren Menschenschinder nicht am Dienstag in seiner Küche vorfände.

„Nun, lieber Herr," sagte die Portiersfrau, die Cérizet entgegenging, „wie geht es diesem Kinde Gottes, diesem armen Manne?..."

„Ich bin kein Arzt," antwortete Cérizet, der nun entschlossen war, seine Rolle zu wechseln; „ich bin der Sachwalter der Frau Cardinal; ich habe ihr eben empfohlen, ihr Lager hier aufzuschlagen, damit sie Tag und Nacht zur Pflege ihres Onkels zur Hand sein kann, aber vielleicht ist noch eine Wärterin nötig."

„Ich könnte das gut machen," sagte Frau Perrache, „ich war schon Wärterin bei Wöchnerinnen."

„Nun, wir wollen sehen," sagte Cérizet, „ich werde das ordnen... Wer wohnt denn hier im ersten Stock?"

„Herr du Portail... Oh, der wohnt hier schon seit dreißig Jahren; er ist Rentier, lieber Herr, ein alter sehr respektabler Mann... Die Rentiers leben, wie Sie wissen, von ihren Renten... er war früher ein Geschäftsmann. Seit bald elf Jahren bemüht er sich, die Tochter eines seiner Freunde, Fräulein Lydia de la Peyrade, heilen zu lassen. Sie wird sehr sorgfältig behandelt, sehen Sie, und zwar von den beiden berühmtesten Ärzten, erst heute morgen haben sie hier eine Konsultation gehabt... Aber bis jetzt haben sie sie noch nicht gesund machen können, und sie muß sehr sorgsam bewacht werden, denn sie steht nachts auf..."

„Fräulein Lydia de la Peyrade?" rief Cérizet; „sind Sie sicher, daß sie so heißt?"
„Frau Katt, ihre Gouvernante, die auch das bißchen Küche bei ihnen besorgt, hat es mir tausendmal gesagt, sowenig auch im allgemeinen Herr Bruno, der Bediente, und Frau Katt reden. Es ist, als ob man zu einer Mauer spricht, wenn man etwas von ihnen erfahren will... Seit zwanzig Jahren haben wir hier die Portierstelle, aber nie haben wir etwas über Herrn du Portail hören können. Und was noch mehr ist, lieber Herr, ihm gehört das kleine Haus nebenan; sehen Sie da die Hintertür? Nun, da kann er nach Belieben hinausgehen und Leute bei sich empfangen, ohne daß wir etwas davon wissen. Unser Hausbesitzer weiß auch nicht mehr darüber als wir; wenn man an der Hintertür klingelt, dann geht der Herr Bruno öffnen..."
„Sie haben also," sagte Cérizet, „auch den Herrn nicht hereinkommen sehen, mit dem sich der alte Geheimkrämer dort unterhält?"
„Sieh mal einer an! Aber nein..."
„Das ist eine Tochter des Onkels von Theodosius", sagte sich Cérizet, als er wieder in seinen Wagen stieg. „Sollte du Portail der Gönner sein, der seiner Zeit die zweitausendfünfhundert Franken meinem lieben Freunde geschickt hat?... Wenn ich diesem Alten einen anonymen Brief schickte und ihn von der Gefahr in Kenntnis setzte, die der Herr Advokat wegen der Wechsel über fünfundzwanzigtausend Franken läuft?"
Eine Stunde später erschien ein Gurtbett mit allem Zubehör für Frau Cardinal, der die neugierige Portiersfrau ihre Dienste für die Bereitung des Essens anbot.

„Soll ich den Herrn Pfarrer holen?" fragte die Mutter Cardinal den Onkel.

Sie hatte bemerkt, daß die Ankunft des Bettes ihn aus seiner Schlaftrunkenheit aufgerüttelt hatte.

„Wein will ich haben!" antwortete der Bettler.

„Wie geht es Ihnen denn, Papa Toupillier?" fragte Frau Perrache mit ihrer süßesten Stimme dazwischen.

„Ich sage, daß ich Wein haben will!" wiederholte der Biedermann mit einer Energie, die man ihm bei seinem schwachen Zustande nicht zugetraut hätte.

„Man müßte erst wissen, ob Ihnen das gut tut, Onkelchen", sagte die Cardinal zärtlich.

„Wir wollen doch erst hören, was der Arzt sagt."

„Der Arzt? Ich will keinen Arzt!" rief Toupillier; „und du, was machst du denn hier? Ich brauche niemanden."

„Lieber Onkel, ich möchte wissen, ob Sie nicht Appetit auf etwas haben; ich habe ganz frische Schollen; wie wäre das mit so einer kleinen Scholle mit etwas Zitrone?"

„Eine nette Sorte, deine Fische," antwortete Toupillier, „der reine Gestank! Der letzte, den du mir gebracht hast, vor mehr als sechs Wochen, der liegt noch in der Kommode, da kannst du ihn dir wieder holen."

„Mein Gott, sind diese Kranken undankbar!" sagte die Cardinal leise zu der Perrache.

Gleichzeitig, um ihre Fürsorglichkeit zu beweisen, machte sie das Kopfkissen des Kranken zurecht und sagte:

„So, Onkelchen; liegen wir so nicht besser?"

„Laß mich in Ruh," brüllte Toupillier wütend,

„ich will allein sein; Wein will ich haben, und dann laß mich in Frieden!"

„Seien Sie doch nicht so böse, Onkelchen, es wird ja gleich Wein für Sie geholt werden!"

„Landwein, aus der Rue des Canettes!" schrie der Bettler.

„Jawohl", erwiderte die alte Cardinal; „aber lassen Sie mich nur ein bißchen mein Geld zählen. Ich möchte Ihnen doch diesen Keller hier ein wenig netter einrichten. Ein Onkel, das ist doch wie ein zweiter Vater, da darf es Einem schon nicht darauf ankommen!"

Gleichzeitig setzte sie sich breitbeinig auf einen der beiden schadhaften Strohstühle und kramte auf ihre Schürze alles, was ihre Taschen enthielten, aus: ein Messer, ihre Tabaksdose, zwei Scheine des Pfandleihamtes, Brotkrusten und eine Menge Kupfergeld, aus dem sie schließlich einige Silberstücke herausfischte.

Diese Ausstellung, die ihre edelmütigste und eifrigste Hingebung beweisen sollte, hatte keinen Erfolg. Toupillier schien sie nicht einmal bemerkt zu haben. Erschöpft von der fieberhaften Anstrengung, mit der er seinen Lieblings-Heiltrank verlangt hatte, machte er eine Anstrengung, sich umzudrehen, und nachdem er seinen beiden Krankenwärterinnen den Rücken gedreht, und nochmals: „Wein, Wein!" gemurmelt hatte, ließ er nichts weiter hören als röchelnde Töne, die die beginnende Atemnot verrieten.

„Man wird ihm doch seinen Wein holen müssen!" sagte die Cardinal und steckte alles, was sie herausgeholt hatte, in ziemlich übler Stimmung wieder in ihre Taschen.

„Falls Sie sich nicht selbst bemühen wollen, Mutter Cardinal?..." sagte die Portiersfrau, immer eifrig bemüht, ihre Dienste anzubieten.
Die Fischhändlerin zögerte einen Augenblick; aber da sie dachte, vielleicht etwas Näheres aus einer Unterhaltung mit dem Weinhändler erfahren zu können, und sie übrigens auch, solange Toupillier auf seinem Schatze lag, die Portiersfrau, ohne etwas befürchten zu müssen, mit ihm allein lassen konnte, sagte sie:
„Danke, Frau Perrache! Ich muß mich ja doch daran gewöhnen, seine Lieferanten kennenzulernen."
Nachdem sie hinter dem Nachttisch eine schmutzige Flasche, die reichlich zwei Liter fassen konnte, gefunden hatte, fragte sie die Portiersfrau:
„In der Rue des Canettes, sagten Sie?"
„An der Ecke der Rue Guisarde", antwortete die Perrache, „bei Herrn Legrelu; ein schöner großer Mann mit langem Backenbart und einer Platte."
Dann fügte sie leise hinzu:
„Der Landwein, wissen Sie, ist Roussillon, erste Qualität. Übrigens weiß der Weinhändler Bescheid; es genügt, wenn Sie ihm sagen, daß Sie von seinem Kunden, dem Bettler von Saint-Sulpice, kommen."
„Sie brauchen mir nicht alles zweimal zu sagen", erwiderte die Cardinal, öffnete die Tür und tat, als ob sie wegginge. „Ach ja," sagte sie, nachdem sie wieder zurückgekommen war, „womit heizt er denn seinen Ofen? Es könnte irgendeine Medizin warmgehalten werden müssen."
„Ach," antwortete die Portiersfrau, „er hat noch keine großen Vorräte für den Winter angeschafft; heute haben wir ja noch vollständigen Sommer..."

„Und nicht mal eine Kasserole, keinen Topf!" fuhr die Cardinal fort; „mein Gott, was ist das für eine Wirtschaft! Auch nichts, womit man einkaufen gehen kann; denn schließlich ist das doch peinlich, wenn jeder alles sieht, was man vom Markte mitbringt."

„Ich könnte Ihnen einen Handkorb borgen", sagte die Portiersfrau, immer dienstfertig bemüht.

„Danke, ich werden mir einen Korb kaufen", antwortete die Fischhändlerin, mehr auf das bedacht, was sie von dem Bettler wegtragen, als was sie ihm bringen wollte. „Gibt es nicht hier in der Nähe einen Auvergnaten," setzte sie hinzu, „der Holz und Kohlen verkauft?"

„An der Ecke der Rue Férou, da bekommen Sie, was Sie brauchen; das ist ein schöner Laden, mit gemalten Holzkloben in Bögen ringsherum, die Einen ordentlich einladen."

„Ich kann es von hier sehen", sagte Frau Cardinal. Bevor sie endgültig wegging, hatte sie einen sehr schlauen Gedanken. Nachdem sie vorher Bedenken gehabt hatte, ob sie die Portiersfrau bei dem Kranken allein lassen könnte, sagte sie jetzt zu ihr:

„Frau Perrache, nicht wahr, Sie lassen meinen guten Onkel nicht allein, bis ich zurück bin?..."

Man hat bemerken können, daß Cérizet in dieser Sache, die er in die Hand genommen hatte, noch zu keinem festen Entschlusse gekommen war. Die Rolle eines Arztes, die er im ersten Moment spielen wollte, hatte ihm schließlich Angst gemacht, und er hatte sich den Perraches nur als Sachwalter seiner Mitschuldigen vorgestellt. Einmal mit sich allein, hatte er sich die Sache besser überlegt und erkannt, daß sein Plan von vornherein durch einen Arzt, eine Krankenwärterin und einen Notar kompliziert wurde und ernsthafte Schwierigkeiten darbot. Ein ordnungsmäßiges Testament zu Gunsten der Frau Cardinal war keine Sache, die sich aus dem Ärmel schütteln ließ. An einen solchen Gedanken mußte man langer Hand den störrischen, argwöhnischen Geist des Bettlers gewöhnen, und der Tod konnte eintreten und im Handumdrehen die klügsten Vorbereitungen zunichte machen.

Zweifellos überließ man, wenn man auf ein Testament des Sterbenden verzichtete, die Rente von achtzehnhundert Franken, die das ins Staatsschuldbuch eingetragene Kapital brachte, und das Haus in der Rue Notre-Dame de Nazareth allen gesetzlichen Erben; und Frau Cardinal, der er das Eigentum an diesen beiden Objekten hatte sichern wollen, würde davon nur den auf sie entfallenden Erbanteil bekommen; wenn man aber auf diesen offenkundigen Teil der Erbschaft verzichtete, so war das das sicherste Mittel, um sich des versteckten Teils zu bemächtigen. Im übrigen, wenn dieser vorher in Sicherheit gebracht war, was hinderte Einen daran, auf den Versuch mit dem Testamente zurückzukommen?

Indem er also seiner „Operation" ein viel einfacheres Ziel setzte, beschränkte er sich auf das Manöver mit den Mohnköpfen, von dem er schon gesprochen hatte, und mit dieser einzigen Waffe versehen, schickte er sich an, zu Toupillier zurückzukehren und der Frau Cardinal neue Verhaltungsmaßregeln zu geben, als er ihr mit dem Korbe, den sie eben gekauft hatte, am Arm begegnete; in dem

Korbe brachte sie schon das Allheilmittel des Kranken mit.

„Wie denn," sagte der Wucherer, „nennen Sie das auf Ihrem Posten sein?"

„Ich habe doch weggehen und ihm Wein holen müssen", antwortete die Cardinal. „Er schreit, als ob er am Spieße steckt, man soll ihn in Ruh lassen, er will allein sein und sein Getränk haben! Er hat sich in den Kopf gesetzt, der Mensch, daß der Roussillon, erste Qualität, das beste für seine Krankheit ist; ich bringe ihn ihm, damit er sich vollsaufen kann; wenn er betrunken ist, wird er sich vielleicht ruhiger verhalten."

„Sie haben recht", sagte Cérizet nachdenklich. „Man darf Kranken niemals widersprechen; aber den Wein, sehen Sie, den muß man verbessern: wenn wir ihn damit versetzen," (dabei hob er den einen Korbdeckel auf und steckte die Mohnköpfe hinein) „werden Sie dem armen Kerl einen hübschen kleinen Schlaf von wenigstens fünf bis sechs Stunden verschaffen; ich komme abends wieder, und dann wird uns, denke ich, nichts hindern, den Umfang der Hinterlassenschaft etwas genauer zu prüfen."

„Verstanden!" sagte Frau Cardinal und kniff ein Auge zu.

„Also auf heute abend!" sagte der Wucherer, ohne die Unterhaltung weiter fortzusetzen.

Er hatte das Gefühl, sich auf eine schwierige und verdächtige Sache eingelassen zu haben, und wünschte nicht gesehen zu werden, wie er sich mit seiner Mitschuldigen auf der Straße unterhielt.

Als die Cardinal die Mansarde des Bettlers wieder

betrat, fand sie ihn immer noch in der gleichen Schlaftrunkenheit: sie verabschiedete die Frau Perrache und nahm an der Tür das Quantum kleingemachten Holzes in Empfang, das sie bei dem Auvergnaten in der Rue Férou bestellt hatte.
In eine irdene Kasserole, die sie sich besorgt hatte, und die in die Öffnung paßte, in die die armen Leute auf ihrem Ofen den Kochtopf stellen, goß sie zwei Drittel des Weins, den sie besorgt hatte, und warf die Mohnköpfe hinein; dann machte sie ein starkes Feuer darunter an, um schnell die besprochene Abkochung zu erhalten.
Das Prasseln des Feuers und die Wärme, die sich bald im Zimmer verbreitete, weckten Toupillier aus seinem Schlafzustande. Als er sah, daß sein Ofen brannte, rief er:
„Feuer hier? Ihr wollt wohl das Haus anstecken!"
„Aber Onkelchen," erwiderte die Cardinal, „das Holz habe ich für mein Geld gekauft, um Ihren Wein anzuwärmen. Der Arzt hat verboten, daß Sie kalten trinken."
„Wo ist der Wein?" fragte Toupillier jetzt, der sich bei dem Gedanken, daß nicht auf seine Kosten gekocht wurde, ein wenig beruhigt hatte.
„Er muß erst aufkochen", antwortete seine Krankenwärterin; „Der Arzt hat's so angeordnet. Aber wenn Sie vernünftig sein wollen, werde ich Ihnen ein halbes Glas kalten geben, um Ihnen den Pips zu stechen. Ich nehme das auf meine Kappe, Sie werden es nicht weiter sagen!"
„Ich will keine Ärzte haben, das sind lauter Verbrecher, die die Leute töten!" schrie Toupillier, den die Aussicht auf sein Getränk munter gemacht hatte. „Nun, und wo ist der Wein?" fuhr er fort,

mit dem Ton eines Menschen, dessen Geduld zu Ende ist.

Überzeugt davon, daß, wenn ihr Entgegenkommen ihm nicht schädlich war, es jedenfalls auch nicht heilsam sein konnte, füllte die Cardinal ein Glas zur Hälfte, und während sie es mit der einen Hand dem Kranken reichte, richtete sie ihn mit der andern auf, damit er trinken konnte.

Mit seinen fleischlosen habgierigen Fingern bemächtigte sich Toupillier des Glases und nachdem er es mit einem Zuge leergetrunken hatte, sagte er: „Ein guter Tropfen! Aber es ist doch noch Wasser drin!"

„Aber Onkelchen, das dürfen Sie nicht sagen! Ich hab' ihn selber beim alten Legrelu geholt und gebe ihn Ihnen so, wie ich ihn bekommen habe; aber lassen Sie mich nur den andern kochen; der Arzt hat gesagt, davon können Sie trinken, solange Sie Durst haben."

Toupillier ergab sich achselzuckend darein, und nach einer Viertelstunde, nachdem die Mischung trinkfertig war, brachte ihm die Cardinal ohne weitere Aufforderung eine bis zum Rande gefüllte Tasse. Die Gier, mit der der Bettler trank, ließ ihn zuerst nicht merken, daß der Wein versetzt war; aber beim letzten Schluck spürte er einen faden, widerlichen Geschmack, warf die Tasse aufs Bett und schrie, man wolle ihn vergiften.

„Sehen Sie doch, was für Gift das ist!" antwortete die Händlerin und goß sich den Rest aus dem Gefäße in den Mund; dann erklärte sie dem Bettler, daß, wenn er den Wein anders als gewöhnlich finde, dies an seinem schlechten Geschmack im Munde läge.

Im Verlaufe dieses Disputs, der sich noch eine Zeitlang hinzog, begann das Narkotikum zu wirken, und nach einer Stunde war der Kranke in tiefen Schlaf versunken.
Während sie unbeschäftigt auf Cérizet wartete, kam der Cardinal eine gute Idee: sie dachte daran, daß es für die Erleichterung des erforderlichen Kommens und Gehens, wenn der geeignete Moment für das Fortschaffen des Schatzes gekommen sein würde, gut wäre, die Wachsamkeit der Perraches einzuschläfern. Sie rief daher, nachdem sie die Mohnköpfe in das Kloset geworfen hatte, die Portiersfrau herauf und sagte zu ihr:
„Kosten Sie doch mal seinen Wein, Mutter Perrache! Hätte man nicht geglaubt, er wollte ein Fäßchen austrinken? Und jetzt will er schon nach einer Tasse nicht mehr!“
„Auf Ihre Gesundheit“, sagte die Portiersfrau und stieß mit der Cardinal an, die ihr Bescheid tat, aber mit unversetztem Wein.
Kein so ausgesuchter Feinschmecker wie der Bettler, spürte die Perrache an der verfänglichen Flüssigkeit, die sie übrigens kalt geworden trank, keinerlei Beigeschmack, der sie ihre narkotische Wirkung hätte argwöhnen lassen. Im Gegenteil, sie erklärte, er sei wie „Sammet“, und bedauerte, daß ihr Mann nicht da war und sich an der Zeche beteiligen konnte.
Nach einem ziemlich langen Geschwätz trennten sich die beiden Klatschweiber. Dann nahm die Cardinal eine Mahlzeit, bestehend aus Aufschnitt, mit dem sie sich versorgt hatte, und dem Reste des Roussillons zu sich, und beschloß sie mit einer Siesta. Abgesehen von den Aufregungen des Tages,

hätte auch schon die Wirkung eines der berauschendsten Weine der Welt genügt, um die Tiefe und Dauer ihres Schlafes zu erklären; als sie erwachte, begann es bereits dunkel zu werden.

Ihre erste Sorge war, einen Blick auf das Bett des Kranken zu werfen. Er schlief unruhig und sprach aus dem Schlafe.

„Diamanten?“ sagte er, „Diamanten? Erst wenn ich tot bin, früher nicht!“

„Sieh mal an!“ sagte Frau Cardinal, „es fehlte bloß noch, daß er auch noch Diamanten hätte...“ Und da sie sah, daß Toupillier anscheinend unter einem Albdruck litt, so beugte sie sich, anstatt ihm seine Lage zu erleichtern, über seinen Kopf, um keins seiner Worte zu verlieren, da sie hoffte, irgendeine wichtige Aufklärung erhalten zu können. In diesem Augenblick verkündete ein leises Klopfen an der Tür, deren Schlüssel die vortreffliche Krankenpflegerin vorsorglich abgezogen hatte, die Ankunft Cérizets.

„Nun?“ fragte er beim Hereintreten.

„Nun, er hat die Arznei eingenommen. Seit gut vier Stunden schläft er wie ein Jesuskind. Eben hat er im Traum von Diamanten gesprochen.“

„Mein Gott,“ sagte Cérizet, „es wäre gar nicht so wunderbar, wenn man welche fände. Diese Bettler, wenn sie anfangen wohlhabend zu werden, das bringt alles mögliche zusammen...“

„Aber, mein Alterchen,“ fragte die Cardinal, „was haben Sie denn gedacht, als Sie der Mutter Perrache sagten, Sie wären mein Sachverwalter und hätten nichts mit der Medizin zu tun? Es war doch heute morgen abgemacht, daß Sie als Doktor kommen würden...“

Cérizet wollte nicht eingestehen, daß ihm die Übernahme dieser Rolle bedenklich erschienen war; er hätte gefürchtet, seine Mitschuldige dadurch zu entmutigen.
„Ich merkte," antwortete er, „daß die Frau mich konsultieren wollte, und habe mich auf diese Weise losgemacht."
„Sehen Sie," sagte die Cardinal, „schöne Seelen begegnen sich; ich war auch so schlau und habe die Sache eben so gedreht; einen Sachwalter herkommen sehen, das hat der Frau Lederkratzerin zu denken gegeben... Haben die Perraches Sie hereinkommen sehen?"
„Mir schien," antwortete Cérizet, „daß die Frau in ihrem Sessel schlief."
„Sie muß auch schlafen", sagte die Cardinal und machte eine bezeichnende Geberde.
„Was, wirklich?" fragte Cérizet.
„Mein Gott," sagte die Händlerin, „wo für einen was da ist, da ist auch für zwei was da; ich habe sie den Rest der Arznei zu sich nehmen lassen."
„Der Mann ist aber da," bemerkte Cérizet, „denn als er an dem Türöffner zog, hat er mir liebenswürdig zugewinkt, daß er mich kenne, worauf ich gern verzichtet hätte."
„Warten Sie nur ab, bis es ganz Nacht geworden ist, da werden wir ihm was vorzaubern!"
Und tatsächlich spielte eine Viertelstunde später die Händlerin dem naiven Portier mit einer Verve, die den Wucherer in Erstaunen setzte, eine Komödie mit einem „Herrn" vor, der sich nicht hinausbegleiten lassen will, und den man mit Höflichkeitsbezeugungen überhäuft. Während sie so tat, als ob sie den angeblichen Arzt bis zur Haustür ge-

leitete, stellte sie sich, als ob ihr der Wind mitten auf dem Hofe das Licht ausgelöscht hätte, und unter dem Vorwande, es wieder anzünden zu wollen, blies sie das Licht Perraches aus. All dieses Durcheinander, das von Ausrufen und einer betäubenden Geschwätzigkeit begleitet war, wurde so glänzend durchgeführt, daß der Portier vor Gericht unbedenklich beschworen haben würde, der Doktor, den er hatte hereinkommen sehen, sei zwischen neun und zehn Uhr abends wieder von dem Kranken heruntergekommen und habe das Haus verlassen.

Als die beiden Komplizen so in den ungestörten Besitz ihres Operationsfeldes gelangt waren, machte die Cardinal eine unbeabsichtigte Anspielung auf Béranger, denn sie hängte, als ob es sich darum handele, die Liebesabenteuer Lisettes zu beschirmen, ihren Kaninchenfellumhang wie einen Vorhang vor das Fenster.

Im Luxembourgviertel wird es abends zeitig still; etwas vor zehn Uhr hören die Geräusche im Hause und ebenso jeder Straßenlärm fast völlig auf. Nur ein Nachbar, der sich in die Lektüre eines Romanfeuilletons vertieft hatte, hielt die Beiden noch einige Zeit im Schach; aber sobald auch er sein Licht gelöscht hatte, war Cérizet der Ansicht, daß man nunmehr an die Arbeit gehen könne. Wenn man ohne weiteren Aufschub begönne, wäre man sicherer, daß der Schläfer noch unter der Wirkung des Narkotikums verbleiben würde; und wenn die Nachforschungen nach dem Schatze nicht zu lange dauern würden, könnte nichts die Cardinal hindern, unter dem Vorwande, daß sie infolge einer plötzlichen Krise im Befinden des Kranken aus der Apotheke eine Arznei holen müsse, sich die Haustür öffnen zu lassen. Dabei wäre zu hoffen, daß die Perraches wie alle Portiers, die im ersten Schlafe gestört werden, den Türriegel vom Bette aus, ohne aufzustehen, aufziehen würden. Cérizet würde es dann möglich sein, gleichzeitig mit herauszuschlüpfen, und beide könnten schon beim ersten Weggang einen Teil des Geldes in Sicherheit bringen. Für das Wegschaffen des Restes würde sich dann am nächsten Tage schon leicht Rat schaffen lassen.

Sehr tüchtig im Pläneschmieden, war Cérizet körperlich sehr schwächlich, und ohne die kräftige Unterstützung der Cardinal wäre es ihm niemals gelungen, das, was man jetzt den Kadaver des Extambourmajors nennen konnte, aus dem Bette zu heben. Vollkommen unempfindlich in seinem bleiernen Schlafe, war Toupillier eine leblose Masse geworden, mit der man glücklicherweise ohne viel Vorsichtsmaßregeln umgehen konnte. So gelang es der athletischen Frau Cardinal, deren Kräfte durch ihre Habgier verdoppelt wurden, trotz der mangelhaften Hilfe ihres Sachwalters ohne Unfall die Umbettung des Onkels zu bewirken, und das Bett war endlich ihrer glühenden Nachforschungsgier ausgeliefert.

Zuerst fanden sie nichts, und die Fischhändlerin, zur Rede gestellt, wie sie sich vergewissert hätte, daß ihr Onkel wirklich, was sie am Morgen behauptet hatte, auf „hunderttausend Franken in Goldstücken" schliefe, mußte zugeben, daß die Unterhaltung mit den Perraches und ihre blühende Einbildungskraft beinahe die einzigen Unterlagen für ihre angebliche Gewißheit gewesen waren. Cérizet war wütend: Den ganzen Tag mit dem hoffnungsvollen Gedanken an ein Vermögen gespielt, sich auf ein zweifelhaftes und gefährliches Unternehmen eingelassen zu haben, und dann vor dem leeren Nichts zu stehen! Die Enttäuschung war so grausam, daß er sich zu tätlichen Gewaltmaßnahmen gegen seine zukünftige Schwiegermutter hätte hinreißen lassen, wenn er sich nicht vor ihrer Körperkraft gefürchtet hätte. So machte er seiner Wut wenigstens in Worten Luft. Derart gröblich beschimpft, begnügte sich die Cardinal mit der Antwort, daß ja noch nicht alles verloren sei, und mit einem Glauben, der Berge versetzen konnte, durchsuchte sie das Bett bis auf den Grund und schickte sich an, den Strohsack, den sie nach allen Richtungen hin abgefühlt hatte, zu entleeren; aber Cérizet erlaubte diese letzte Maßnahme nicht, indem er darauf hinwies, daß bei einem solchen Herausraffen zu viel Strohreste auf dem Fußboden liegen bleiben und Verdacht erregen könnten.

Um sich nichts vorwerfen zu können, wollte die Cardinal, trotz des Widerspruchs Cérizets, der diese Mühe für lächerlich hielt, wenigstens noch den Boden des Bettes herausheben, und die Wut des Suchens mußte ihre Sinne aufs äußerste geschärft haben, denn während sie den hölzernen Rahmen herausholte, hörte sie, wie ein kleiner Gegenstand, der sich dabei losgelöst hatte, zu Boden fiel.

Da sie dieser Kleinigkeit, die ein anderer gar nicht bemerkt haben würde, eine Bedeutung beilegte, die durch nichts gerechtfertigt zu sein schien, nahm die unermüdliche Nachforscherin sofort das

Licht, und nachdem sie einige Zeit in dem Unflat aller Art, der den Fußboden bedeckte, herumgesucht hatte, fiel ihr schließlich ein kleines Stück poliertes Eisen von halber Daumenlänge in die Hand, dessen Zweck sie sich nicht erklären konnte.

„Das ist ein Schlüssel!" rief Cérizet, der ziemlich gleichgültig herangetreten war, dessen Einbildungskraft nun aber im Galopp losging.

„Aha! Sehen Sie?" sagte die Cardinal triumphierend; „aber wo soll denn der passen?" fuhr sie überlegend fort; „zu einem Puppenschrank?"

„Durchaus nicht", erwiderte Cérizet; „das ist eine neue Erfindung, und man kann die dicksten Schlösser mit solch einem kleinen Instrument öffnen." Gleichzeitig prüfte er mit raschem Blick alle Möbel des Zimmers, ging zu der Kommode, deren sämtliche Schubladen er herauszog, sah in den Ofen und in den Tisch hinein; aber nirgends war die Spur von einem Schlosse zu finden, zu dem der Schlüssel hätte passen können.

Plötzlich kam der Cardinal eine Erleuchtung.

„Warten Sie!" sagte sie, „mir ist aufgefallen, daß der alte Schlaukopf von seinem Bette aus immer auf die Wand gegenüber stierte."

„Ein geheimer Schrank in der Wand? Das wäre nicht unmöglich", sagte Cérizet und bemächtigte sich in Aufregung des Lichtes.

Aber als er sorgfältig die Tür des Alkovens gegenüber der Kopfseite des Bettes untersuchte, konnte er nichts als eine dicke Schicht von Staub und Spinnweben feststellen.

Er versuchte es nun mit dem Gefühlssinn und begann, die Wand nach allen Richtungen hin abzufühlen und zu beklopfen. An der Stelle, auf die Toupillier ständig seinen Blick gerichtet hatte, vernahm er endlich in einem bestimmten Umkreise einen hohlen Ton und gleichzeitig merkte er, daß er auf Holz klopfte. Er rieb nun die Stelle mit seinem zusammengeballten Taschentuche kräftig ab, säuberte sie und entdeckte bald unter der Staubschicht, die er entfernt hatte, ein eichenes, an der Wand hermetisch befestigtes Brett; an der einen Seite dieses Brettes bemerkte er eine kleine runde Öffnung: es war das Schlüsselloch, zu dem der Schlüssel paßte.

Während Cérizet den Schlüssel herumdrehte, der ohne Schwierigkeit das Schloß öffnete, stand die Cardinal, bleich und mit fliegendem Atem dabei und hielt das Licht; aber welche grausame Enttäuschung! Der geöffnete Wandschrank erwies sich als ein leerer Raum, den die Kerze, die die Händlerin eifrig hineinhielt, vergeblich beleuchtete.

Cérizet ließ das Weib, das sich wie toll gebärdete, Verzweiflungsschreie ausstoßen und ihren geliebten Onkel mit den schlimmsten Bezeichnungen, die man erdenken kann, belegen, und bewahrte seine Kaltblütigkeit.

Nachdem er seinen Arm in die Öffnung gesteckt und ihren Boden beklopft hatte, rief er:

„Hier ist ein eiserner Schrank!"

Gleichzeitig fügte er ungeduldig hinzu:

„Leuchten Sie mir doch, Frau Cardinal!"

Und da das Licht den Raum, den er untersuchen wollte, nicht hell genug beleuchtete, riß er die Kerze aus dem Flaschenhalse, in dem sie die Cardinal mangels eines Leuchters befestigt hatte, nahm sie selbst in die Hand und prüfte damit sorgfältig

alle Stellen der eisernen Platte, die er eben entdeckt hatte.
„Kein Schlüsselloch zu finden!" sagte er nach peinlichster Prüfung; „es muß hier ein Geheimnis vorliegen."
„Ist das ein Betrüger, der alte Filz!" sagte Frau Cardinal, während Cérizet mit seinen knochigen Fingern auf jede einzelne Stelle drückte.
„Ah!" rief er endlich, nach mehr als halbstündigen Versuchen, „jetzt habe ichs!"
Während dieser Zeit stand Frau Cardinal wie leblos dabei.
Unter dem Druck der Hand glitt die eiserne Platte schnell in die Mauer hinein, und mitten in einem Haufen von Goldstücken, der einfach in die nun bloßgelegte Öffnung hineingeworfen war, zeigte sich ein Etui von rotem Maroquinleder, das, nach seiner Größe zu schließen, eine herrliche Beute enthalten mußte.
„Ich nehme die Diamanten als Mitgift", sagte Cérizet, nachdem er den prachtvollen Schmuck, der in dem Etui lag, betrachtet hatte. „Sie, Mutterchen, würden ja doch nicht wissen, wie sie ihn losschlagen sollen; ich lasse Ihnen die Goldstücke als Ihren Anteil. Was die Rente und das Haus anlangt, so lohnt es nicht der Mühe, daß man sich anstrengt, den guten Mann zu einem andern Testament zu bestimmen."
„Sachte, mein Junge!" erwiderte die Cardinal, die diese Teilung etwas zu summarisch fand, „zunächst wollen wir mal den Wert einzeln feststellen."
„Pst!" machte Cérizet, der auf etwas zu horchen schien.

„Was ist denn?" fragte die Cardinal.

„Haben Sie nicht gehört, daß sich jemand hier unter uns bewegt?"

„Ich habe nichts gehört", antwortete die Händlerin.

Cérizet machte ihr ein Zeichen, daß sie schweigen solle und horchte noch aufmerksamer hin.

„Ich höre Schritte auf der Treppe", sagte er bald darauf.

Schnell legte er das Etui in den eisernen Schrank zurück und versuchte, die Platte wieder vorzuschieben. Während er vergebliche Anstrengungen machte, kamen die Schritte näher.

„Wahrhaftig, es kommt jemand herauf!" sagte die Cardinal entsetzt.

Dann klammerte sie sich an einen rettenden Gedanken und setzte hinzu:

„Ach, das ist wahrscheinlich die Verrückte; man sagt, daß sie nachts herumgeht."

Die Verrückte mußte jedenfalls einen Schlüssel zu dem Zimmer besitzen, denn im Augenblick darauf wurde dieser Schlüssel ins Schloß gesteckt. Mit einem raschen Blicke maß die Cardinal die Entfernung, die sie von der Tür trennte; würde sie noch Zeit haben, den Riegel vorzuschieben? Da sie aber erkannte, daß man ihr zuvorkommen würde, so blies sie schnell das Licht aus, in der Annahme, daß ihr die Dunkelheit irgendwie nützlich sein könnte.

Das war ein Irrtum! Der hereintretende Störenfried hatte einen Leuchter in der Hand.

Als sie sah, daß sie es nur mit einem kleinen, anscheinend schwächlichen alten Manne zu tun hatte, stürzte ihm Frau Cardinal mit glühenden Augen, wie eine Löwin, der man ihre Jungen rauben will, entgegen.

„Beruhigen Sie sich, meine Liebe,“ sagte der alte Herr spöttisch, „ich habe schon nach der Polizei geschickt, sie wird im Augenblick hier sein.“

Das Wort „Polizei“ fuhr der Frau Cardinal, vulgär gesprochen, in die Beine.

„Aber, lieber Herr, was soll denn die Polizei?!“ sagte sie unruhig, „wir sind doch keine Diebe.“

„Das ist gleichgültig; aber an Ihrer Stelle würde ich sie nicht abwarten“, sagte der Alte; „sie begeht manchmal peinliche Irrtümer.“

„Man kann sich also drücken?“ sagte die Händlerin und machte ein ungläubiges Gesicht.

„Ja, sobald Sie das, was sich zufälligerweise in Ihre Taschen verirrt haben sollte, wieder herausgegeben haben.“

„Ach, mein guter Herr, ich habe doch nichts in der Hand und nichts in den Taschen; ich will doch keinem Menschen ein Unrecht antun; ich bin doch nur hergekommen, um meinen geliebten armen Onkel zu pflegen; Sie können mich ja durchsuchen.“

„Also verschwinden Sie, es ist gut!“ sagte der kleine Alte.

Die Händlerin ließ sich das nicht zweimal sagen und eilte die Treppe hinunter.

Cérizet machte Anstalten, ihr zu folgen.

„Mit Ihnen, mein Herr, ist es etwas anderes“, sagte der Alte zu ihm; „ich habe mit Ihnen zu reden; wenn Sie aber folgsam sein wollen, kann alles gütlich geordnet werden.“

Sei es, daß das Narkotikum nicht länger wirkte, oder daß der Lärm um ihn herum Toupillier aus

seinem Schlaf geweckt hatte, er öffnete die Augen und blickte um sich, wie jemand, der sich erst wieder zurechtfinden will; als er aber bald darauf seinen geliebten Wandschrank offen stehen sah, verlieh ihm die Aufregung die Kraft, mehrmals den Schrei „Diebe!" so laut auszustoßen, daß das ganze Haus davon hätte aufgeweckt werden können.
„Nein, Toupillier, nein," sagte der kleine Alte, „man hat Ihnen nichts gestohlen; ich bin noch zur rechten Zeit gekommen, es ist nichts berührt worden."
„Und Sie lassen den Kerl dort nicht festnehmen?" schrie der Bettler und zeigte auf Cérizet.
„Der Herr ist kein Dieb", antwortete der Alte; „im Gegenteil, das ist ein Freund, der zu tatkräftiger Unterstützung mit mir heraufgekommen ist." Und, sich an Cérizet wendend, sagte er leise: „Ich denke, mein Lieber, wir werden gut tun, die Unterhaltung, die ich mit Ihnen zu führen wünsche, zu verschieben. Morgen um zehn Uhr werden Sie bei Herrn du Portail, hier im Nebenhause, erscheinen. Nach dem, was sich heute abend hier ereignet hat, würde es für Sie, ich muß Sie darauf aufmerksam machen, mit gewissen Unannehmlichkeiten verbunden sein, wenn Sie sich dieser Besprechung entziehen wollten; ich würde Sie unfehlbar finden, denn ich habe die Ehre, zu wissen, wer Sie sind; Sie sind der, den lange Zeit die oppositionellen Zeitungen den ‚kühnen Cérizet' zu nennen pflegten."
Trotz der beißenden Ironie des Hinweises auf seine Vergangenheit war Cérizet, der merkte, daß er nicht strenger als Frau Cardinal behandelt werden würde, über diese Lösung doch sehr froh, und

nachdem er versprochen hatte, sich zu dem Rendezvous pünktlich einzufinden, beeilte er sich, zu verschwinden.

✩

AM ANDERN MORGEN SÄUMTE CÉRIZET NICHT, zu der Unterredung, zu der er geladen war, zu erscheinen.

Schon vorher durch ein Schiebefenster beobachtet, wurde er, nachdem er seinen Namen genannt hatte, eingelassen und direkt in das Arbeitszimmer du Portails geführt, den er mit Schreiben beschäftigt fand.

Der kleine Alte machte, ohne aufzustehen, seinem Gaste ein Zeichen, daß er Platz nehmen solle, und fuhr in seinem Briefschreiben fort. Nachdem er dann den Brief gesiegelt und mit einer Sorgfalt und einem Geschick sein Petschaft darauf gedrückt hatte, die entweder auf eine peinlich sorgsame Natur oder auf einen Mann, der diplomatische Funktionen ausgeübt hat, schließen ließen, klingelte du Portail nach Bruno, seinem Kammerdiener, gab ihm den Brief und sagte:

„Zu dem Herrn Friedensrichter des Bezirks."

Dann wischte er die Stahlfeder, deren er sich bedient hatte, sorgfältig ab, ordnete alle benutzten Gegenstände symmetrisch auf seinem Schreibtische, und erst als die geringfügige Unordnung beseitigt war, wandte er sich an Cérizet und sagte:

„Wissen Sie schon, daß wir den armen Toupillier heute nacht verloren haben?"

„Nein, wahrhaftig nicht", sagte Cérizet und zeigte

einen so teilnehmenden Ausdruck, wie er nur konnte; „ich höre von Ihnen, mein Herr, das erste Wort davon."

„Sie hätten sich das eigentlich denken können; wenn man einem Todkranken einen Riesentopf heißen Wein zu trinken gibt, der noch dazu mit einem Narkotikum versetzt ist – denn schon nach einem einzigen Glas davon ist Frau Perrache in einen die ganze Nacht dauernden, beinahe tödlichen Schlaf verfallen –, so hat man doch sicherlich das Ende beschleunigen wollen."

„Ich habe keine Ahnung, mein Herr," sagte Cérizet würdevoll, „was Frau Cardinal ihrem Onkel eingegeben haben mag. Ich war gewiß leichtsinnig, als ich dieser Frau bei ihren ‚Sicherungsmaßregeln' Beistand leistete, die sie mit Rücksicht auf ihre Erbansprüche treffen zu müssen glaubte, auf die sie, wie sie mir zu verstehen gab, ein wohlerworbenes Recht hatte; aber ein Attentat auf das Leben des Greises auszuüben, dazu bin ich nicht imstande, und niemals ist mir etwas Ähnliches auch nur in den Sinn gekommen."

„Haben Sie diesen Brief an mich geschrieben?" sagte du Portail unterbrechend und zog unter einer Kugel aus böhmischem Glas ein Papier hervor, das er seinem Gaste vorzeigte.

„Diesen Brief?" antwortete Cérizet zögernd, wie jemand, der im Zweifel ist, ob er ableugnen oder zugestehen soll.

„Ich bin überzeugt davon," fuhr du Portail fort, „ich bin nämlich Autographensammler und besitze auch eins von Ihnen aus der Zeit, wo die Opposition Sie als glorreichen Märtyrer verherrlichte; ich habe die Schriftzüge verglichen, und jedenfalls waren Sie es, der mich gestern mit diesen Zeilen von der Geldverlegenheit benachrichtigt hat, in der sich der junge la Peyrade augenblicklich befindet."

„Da ich wußte," sagte jetzt der Mann aus der Rue des Poules, „daß Sie ein junges Mädchen namens la Peyrade, die eine Kusine von Theodosius sein muß, bei sich aufgenommen haben, so habe ich in Ihnen den unbekannten Gönner zu sehen geglaubt, dessen großmütigen Beistand mein Freund bei mehr als einer Gelegenheit erfahren hat; da ich eine lebhafte Zuneigung für diesen armen Jungen besitze, so habe ich mir erlaubt..."

„Sie haben wohl daran getan", unterbrach ihn du Portail. „Ich bin entzückt, daß ich in Ihnen einen Freund la Peyrades gefunden habe. Ich will Ihnen auch nicht verhehlen, daß vornehmlich dieser Umstand Sie gestern abend geschützt hat. Aber was bedeuten diese fünfundzwanzigtausend Franken Wechselschulden? Steht es denn schlecht mit den Verhältnissen unsres Freundes? Führt er ein liederliches Leben?

„Im Gegenteil," erwiderte Cérizet, „er führt das Leben eines Puritaners. Da er sehr fromm ist, wollte er als Advokat seine Klientel nur unter den Armen haben. Er steht übrigens im Begriff, eine reiche Heirat zu machen."

„Ah, er will sich verheiraten; und mit wem?"

„Es handelt sich um ein Fräulein Colleville, die Tochter eines Sekretärs bei der Bürgermeisterei des zwölften Bezirks. An sich hat das junge Mädchen kein Vermögen, aber ein Herr Thuillier, ihr Pate, Mitglied des Generalrats des Seinebezirks, will sie anständig ausstatten."

„Und wie hat sich die Sache angesponnen?"

„La Peyrade hat der Familie Thuillier, in die er von Herrn Dutocq, dem Gerichtsvollzieher beim Friedensgericht des Bezirks, eingeführt war, große Dienste erwiesen."

„Sie schreiben mir aber doch, daß die Wechsel zu Gunsten des Herrn Dutocq ausgestellt sind. Ist das etwa eine Provision für die Ehevermittlung?"

„Es könnte wohl so etwas sein", antwortete Cérizet. „Solche Abmachungen sind, wie Sie wissen, in Paris sehr üblich; selbst Geistliche scheuen sich nicht, auf so etwas einzugehen."

„Ist die Heirat schon nahe bevorstehend?" fragte du Portail.

„O ja, besonders seit einigen Tagen hat die Sache große Fortschritte gemacht."

„Nun, mein werter Herr, ich rechne auf Sie, daß nichts daraus wird; ich habe andere Absichten mit Theodosius; ich will ihm eine andere Partie vorschlagen."

„Aber erlauben Sie!" antwortete Cérizet; „diese Heiratspläne durchkreuzen, das heißt doch, ihm unmöglich machen, seine Schulden zu bezahlen; und ich fühle mich verpflichtet, Sie darauf hinzuweisen, daß diese Wechsel vollgültige Papiere sind. Herr Dutocq ist Gerichtsvollzieher beim Friedensgericht, das heißt, daß er in bezug auf seine Interessen nicht leicht wird mit sich reden lassen."

„Sie werden Herrn Dutocq die Forderung abkaufen," antwortete du Portail; „Sie werden sich darüber mit ihm verständigen. Nötigenfalls werden, wenn Theodosius sich zu widerspenstig gegen meine Projekte mit ihm verhalten sollte, diese

Wechsel in unsrer Hand eine kostbare Waffe sein. Sie würden dann in Ihrem Namen gegen ihn vorgehen und brauchten sich im übrigen um nichts zu sorgen; ich verpflichte mich, den Betrag nebst Zinsen zu bezahlen."

„Mit Ihnen läßt sich geschäftlich glatt arbeiten, mein Herr!" sagte Cérizet, „es ist ein wahres Vergnügen, Ihr Agent zu sein. Wenn Sie es jetzt für angezeigt halten sollten, mich besser mit der Mission vertraut zu machen, mit der Sie mir die Ehre erweisen, mich zu betrauen..."

„Sie sprachen eben," fuhr du Portail fort, „von Theodosius' Kusine, Fräulein Lydia de la Peyrade. Dieses junge Mädchen, die aber nicht mehr in der ersten Jugend steht, denn sie nähert sich den Dreißigen, ist die natürliche Tochter des berühmten Fräuleins Beaumesnil vom Théatre français, und la Peyrades, des Generalpolizeidirektors unter dem Kaiserreich, des Onkels unsres Freundes. Bis zu seinem Tode, der ihn plötzlich überraschte, wobei er seine Tochter, die er leidenschaftlich liebte und anerkannt hatte, ohne Mittel zurückließ, war ich mit diesem ausgezeichneten Manne in engster Freundschaft verbunden."

Cérizet, der gern zeigen wollte, daß er auch etwas über das häusliche Leben du Portails zu sagen wußte, erwiderte:

„Und auf Grund dieser Freundschaft, mein Herr, haben Sie eine heilige Pflicht erfüllt, indem Sie diese interessante Waise zu sich genommen und sich eine schwierige Vormundschaft aufgeladen haben; der Gesundheitszustand des Fräuleins de la Peyrade erfordert, so viel ich weiß, eine ebenso unablässige wie liebevolle Wartung."

„Gewiß," entgegnete du Portail, „das arme Kind wurde durch den Tod des Vaters so erschüttert, daß ihr Geist ein wenig verwirrt blieb; aber seit einiger Zeit ist eine erfreuliche Änderung in ihrem Zustande eingetreten, und erst gestern hatte ich den Doktor Bianchon und die beiden leitenden Ärzte von Bicêtre und der Salpêtrière zu einer Konsultation hergebeten. Die Herren waren einstimmig der Ansicht, daß eine Verheiratung und die erste Entbindung die Kranke unfehlbar gesund machen würden; Sie werden begreifen, daß man ein so einfaches und so erfreuliches Mittel nicht unversucht lassen darf."

„Also soll Theodosius," sagte Cérizet, „Fräulein Lydia de la Peyrade, seine Kusine, heiraten?"

„Wie Sie sagen," erwiderte du Portail, „und man kann nicht behaupten, daß ich von unserem jungen Freunde, wenn er diese Partie macht, ein allzu uneigennütziges Opfer verlange. Lydia besitzt ein angenehmes Wesen, Talente, einen vortrefflichen Charakter und kann ihrem Manne eine angesehene Stellung im Staatsdienste verschaffen; sie besitzt übrigens auch ein hübsches Vermögen, das außer dem Wenigen, was ihre Mutter ihr hinterlassen hat, in allem, was ich habe, besteht, das ich ihr, mangels anderer Erben, im Ehekontrakt verschreiben werde; und schließlich hat sie auch heute nacht noch eine ziemlich erhebliche Erbschaft gemacht."

„Wie?" sagte Cérizet, „hat der alte Toupillier...?"

„Durch dieses eigenhändige Testament hier bestimmt der Bettler sie zu seiner Universalerbin. Sie sehen also, daß ich einige Veranlassung hatte,

Ihrem kecken Streich, den Sie mit der Frau Cardinal ausführen wollten, entgegenzutreten, denn es war ganz einfach unser Eigentum, das Sie plündern wollten."

„Ich möchte mir wahrhaftig nicht anmaßen," sagte Cérizet, „die Verirrung der Frau Cardinal entschuldigen zu wollen; aber als Blutsverwandte, die zugunsten einer Fremden enterbt wird, hatte sie ein gewisses Anrecht auf die Nachsicht, die Sie so gütig waren, gegen sie walten zu lassen."

„Hierin irren Sie sich," antwortete du Portail, „und die anscheinende Freigebigkeit gegen Fräulein de la Peyrade ist ganz einfach ein Zurückgeben."

„Ein Zurückgeben?" sagte Cérizet neugierig.

„Ein Zurückgeben," wiederholte du Portail, „und nichts läßt sich einfacher beweisen. Erinnern Sie sich an einen Diamantendiebstahl, der vor etwa zwölf Jahren bei einer unserer berühmtesten dramatischen Künstlerinnen verübt wurde?"

„Ja gewiß," antwortete Cérizet; „ich war damals Redakteur einer ‚meiner' Zeitungen, und redigierte die ‚vermischten Nachrichten'. Aber, erlauben Sie, diese berühmte Künstlerin war doch Fräulein Beaumesnil."

„Gewiß, die Mutter des Fräuleins Lydia de la Peyrade."

„Also war es," sagte Cérizet, „dieser elende Toupillier ... Aber nein, ich erinnere mich, der Dieb wurde ja verurteilt. Er hieß Charles Crochard. Man munkelte sogar, daß es ein natürlicher Sohn einer hochgestellten Persönlichkeit, des Grafen von Granville, des Pariser Generalstabsanwalts unter der Restauration, sei."

„Es geschah folgendermaßen", fuhr du Portail fort. „Der Diebstahl wurde, Sie werden sich auch darauf besinnen, in dem Hause in der Rue de Tournon, das Fräulein Beaumesnil bewohnte, begangen. Charles Crochard, ein hübscher Junge, stand anscheinend mit ihr auf sehr vertrautem Fuße."

„Jawohl, jawohl," sagte Cérizet, „mir steht noch deutlich die Verlegenheit des Fräuleins Beaumesnil vor Augen, als sie vor Gericht darüber aussagen mußte, und wie sie leise sprach, als sie vor dem Schwurgericht nach ihrem Alter gefragt wurde."

„Dieser Diebstahl," fuhr du Portail fort, „wurde in kecker Weise am hellerlichten Tage ausgeführt, und einmal im Besitze des Etuis, begab sich Charles Crochard in die Kirche Saint-Sulpice, wohin er einen Komplizen bestellt hatte. Dieser sollte, schon vorher mit einem Paß versehen, die Diamanten in Empfang nehmen und sofort ins Ausland abreisen. Der Mensch, den er erwartete, verspätete sich um einige Minuten, und durch einen Zufall sah sich Charles Crochard einem berühmten Agenten der Sicherheitspolizei gegenüber, den er genau kannte, da der junge Bursche nicht zum erstenmal mit dem Gesetz in Konflikt gekommen war. Die Abwesenheit seines Helfershelfer, die Begegnung mit dem Agenten, der ihn anscheinend scharf gemustert hatte, sein schlechtes Gewissen und schließlich eine schnelle Bewegung, die der Agent ganz zufällig nach der Ausgangstür zu machte, ließen in dem Diebe den Gedanken auftauchen, daß er überwacht sei. In seiner Aufregung verlor er den Kopf und wollte sich um jeden

Preis des Etuis entledigen, womit er auf frischer Tat ertappt worden wäre, wenn er, woran er nicht zweifelte, beim Verlassen der Kirche, die er schon von der Polizei umzingelt glaubte, verhaftet werden würde. Als er daher Toupillier in seinem Verschlage bemerkte, der damals noch das Weihwasser reichte, ging er zu ihm hin und sagte, nachdem er sich vergewissert hatte, daß sie von niemandem belauscht wurden: „Wollen Sie mir das kleine Paket hier aufheben, mein Bester? Es ist ein Karton mit Spitzen. Ich muß hier nebenan zu einer Gräfin gehen, die schlecht zahlt; anstatt meine Rechnung zu begleichen, wird sie diesen Artikel, der eine Neuheit ist, ansehen wollen und verlangen, daß er ihr auf Kredit geliefert wird. Es ist mir lieber, wenn ich ihn gar nicht bei mir habe. Lassen Sie aber ja," fügte er hinzu, „das Papier, in das der Karton eingeschlagen ist, unberührt, denn nichts ist so schwierig, wie ein Paket wieder in dieselben Falten einzuwickeln."

„Wie ungeschickt!" rief Cérizet unwillkürlich aus, „mit seinen Ermahnungen hat er den Andern ja gerade neugierig gemacht, nachzusehen."

„Sie sind ein feiner Psychologe", sagte du Portail. „Eine Stunde später, nachdem er nichts Beunruhigendes entdeckt hatte, erschien Charles Crochard wieder, um seinen Schatz in Empfang zu nehmen, aber Toupillier war nicht mehr da. Sie können sich vorstellen, mit welcher Hast am andern Morgen bei der Frühmesse Charles Crochard den Weihwasserspender ansprach, den er bei der Ausübung seiner Funktion antraf; aber, wie man sagt, guter Rat kommt über Nacht; der Biedermann erklärte mit kecker Stirn, daß man ihm nichts übergeben habe, und daß er gar nicht wisse, wovon der andere rede."

„Und keine Möglichkeit, ihn zu fassen und Lärm zu schlagen!" bemerkte Cérizet, der beinahe seiner Sympathie für einen so frech ausgeführten Streich Ausdruck gegeben hätte.

„Zweifellos," fuhr du Portail fort, „war der Diebstahl schon ruchbar geworden, und Toupillier, ein sehr gerissener Kerl, hatte sich sehr wohl überlegt, daß der Dieb, wenn er ihn beschuldigte, sich selbst verraten und das Gestohlene herausgeben müßte. Bei der Gerichtsverhandlung erwähnte Charles Crochard kein Wort von seinem Mißgeschick, und zu zehn Jahren Zwangsarbeit verurteilt, öffnete er während der sechs Jahre im Bagno – ein Teil der Strafe war ihm erlassen worden – keinem Menschen gegenüber den Mund über den Vertrauensbruch, dessen Opfer er geworden war."

„Das ist wirklich kolossal!" sagte Cérizet; die Erzählung fesselte ihn außerordentlich, und er ließ durchblicken, daß er die Sache als Kenner und Künstler beurteilte.

„Inzwischen," erzählte du Portail weiter, „starb Fräulein Beaumesnil und hinterließ ihrer Tochter die Reste eines großen Vermögens und vor allem die Diamanten, ‚wenn sie sich wiederfinden sollten', wie ausdrücklich im Testament erwähnt wurde."

„Oh, oh!" sagte Cérizet, „die Sache wird brenzlich für Toupillier; denn wenn er mit einem Manne von Ihrem Geiste zu tun hat..."

„Nur von dem Gedanken an Rache erfüllt, war der erste Schritt Charles Crochards, als er wieder frei geworden war, daß er Toupillier wegen Hehlerei bei dem Diamantendiebstahl anzeigte. Vorgeladen, verteidigte sich Toupillier jedoch mit solcher Unbefangenheit, daß der Untersuchungsrichter ihn mangels irgendeines Beweises für die Anschuldigung freilassen mußte. Er verlor allerdings sofort seine Stelle als Weihwasserspender und erlangte nur mit großer Mühe die Erlaubnis, an der Kirchentür von Saint-Sulpice betteln zu dürfen. Ich war von seiner Schuld überzeugt; trotz der Niederschlagung der Sache erreichte ich es, daß er scharf beobachtet wurde, vor allem aber rechnete ich hierbei auf mich selbst. Da ich als Rentier viel freie Zeit hatte, so heftete ich mich an die Sohlen des Spitzbuben und machte seine Überführung zur Hauptaufgabe meines Lebens. Er wohnte damals in der Rue du Coeur-Volant; es gelang mir, ein dem seinigen benachbartes Zimmer zu mieten, und eines Abends sah ich durch ein Loch, das ich mir mit geduldiger Arbeit durch die Mauer gebohrt hatte, wie unser Mann aus einem sehr sinnreich angelegten Versteck das Etui herausnahm und länger als eine Stunde damit verbrachte, unsere Diamanten, die er im Licht funkeln ließ und leidenschaftlich an seine Lippen drückte, voller Entzücken zu betrachten; der Mensch war in sie selber verliebt und dachte niemals daran, sie zu Geld zu machen."

„Ich verstehe," sagte Cérizet, „es war eine Leidenschaft, wie die des Juweliers Cardillac, woraus man ein Melodrama gemacht hat."

„Genau so," sagte du Portail, „der Elende war in den Schmuck verliebt; als ich daher bei ihm eindrang und ihm erklärte, daß ich alles wisse, schlug er mir, um nicht dessen, was er den Trost seines

Alters nannte, beraubt zu werden, vor, es ihm, solange er noch lebe zu belassen; er wolle sich als Entgelt dafür verpflichten, Fräulein de la Peyrade zu seiner Universalerbin zu machen, wobei er mir gleichzeitig eröffnete, daß ein ziemlich hoher Geldbetrag in Goldstücken sich in seinen Händen befinde, den er täglich vermehre; außerdem besäße er noch ein Grundstück und seine Staatsrenten."

„Wenn man ihm trauen konnte," sagte Cérizet, „so war das ein annehmbarer Vorschlag; die Zinsen des in dem Schmuck angelegten toten Kapitals wurden ja durch die andern Nachlaßgegenstände reichlich aufgewogen."

„Sie sehen, mein Lieber," sagte du Portail, „daß ich mich nicht mit Unrecht auf ihn verlassen habe. Übrigens waren Vorsichtsmaßregeln von mir getroffen: ich hatte verlangt, daß er in mein Haus ziehe, wo ich ihn unter meinen Augen hatte; auf meine Anordnung wurde auch der Versteck angebracht, dessen Geheimnis Sie so geschickt herausbekommen haben; was Sie aber hierbei nicht ahnten, war, daß bei mir, sobald jemand den eisernen Schrank öffnete, ein sehr lautes Glockenzeichen ertönte, das mich von allen Angriffsversuchen auf unsern Schatz in Kenntnis setzte."

„Arme Frau Cardinal!" rief Cérizet scherzhaft aus, „wie ahnungslos ist sie gewesen!"

„Die Lage ist nun folgende," sagte du Portail: „Aus Interesse für den Neffen meines alten Freundes, und weil mir angesichts der Verwandtschaft eine solche Heirat sehr passend erscheint, will ich, daß Theodosius seine Kusine, die eine solche Mitgift besitzt, heiratet. Da es möglich ist, daß la

Peyrade mit Rücksicht auf den Geisteszustand seiner Zukünftigen sich weigern wird, meinen Absichten zu entsprechen, habe ich es nicht für schicklich gehalten, ihm meinen Vorschlag direkt zu machen. Da bin ich Ihnen begegnet, ich weiß, daß Sie geschickt und schlau sind, und so kam mir sofort der Gedanke, Sie mit diesem kleinen Ehevermittelungs-Geschäft zu betrauen. Jetzt sollen Sie also, verstehen Sie mich recht, ihm von einem reichen jungen Mädchen sprechen, das zwar einen kleinen Fehler hat, dafür aber eine ziemliche runde Mitgift besitzt; Sie nennen keinen Namen und kommen unmittelbar darauf zu mir und berichten, wie diese Eröffnung aufgenommen worden ist."

„Ihr Vertrauen," sagte Cérizet, „ist mir ebenso angenehm wie ehrenvoll, und ich werde es bestens zu rechtfertigen wissen."

„Wir dürfen uns keinen Illusionen hingeben," begann du Portail wieder, „eine Ablehnung wird die erste Regung eines Mannes sein, der anderswo gebunden ist, aber wir brauchen uns deshalb noch nicht für geschlagen zu halten. Ich verzichte nicht so leicht auf meine Absichten, wenn ich sie für richtig halte, und müßten wir unsern Eifer, la Peyrade glücklich zu machen, auch so weit treiben, daß wir ihn in Clichy festsetzen lassen, so bin ich fest entschlossen, einen Plan nicht fallen zu lassen, dessen Ausführung ihn, wie ich überzeugt bin, erkennen lassen wird, daß er auf einer glücklichen Eingebung beruhte. Auf jeden Fall werden Sie Dutocq seine Forderung abkaufen."

„Zum vollen Betrage?" fragte Cérizet.

„Jawohl, zum vollen Betrage, wenn Sie nichts Besseres erreichen können; es darf uns hierbei auf einige tausend Franken nicht ankommen; nur muß uns, wenn das Geschäft gemacht ist, Herr Dutocq versprechen, uns zu helfen oder wenigstens sich neutral zu verhalten. Nach dem, was Sie mir über die andere Heirat erzählt haben, brauche ich Ihnen, meine ich, nicht zu sagen, daß wir nicht einen Moment zögern dürfen, das Eisen ins Feuer zu legen."

„In zwei Tagen habe ich eine Zusammenkunft mit la Peyrade", bemerkte Cérizet; „wir haben ein kleines Geschäft zu erledigen. Meinen Sie nicht, daß es passender wäre, bis zu dieser Zusammenkunft zu warten, bei der ich wie zufällig von unserm Vorschlage reden könnte? Wenn er sich widersetzt, so wird auf diese Weise am besten ‚unsere' Würde gewahrt."

„Gut," sagte du Portail, „das bedeutet noch keinen Aufschub, im übrigen gebe ich Ihnen zu bedenken, daß Sie, wenn Sie es durchsetzen, in mir einen Mann finden werden, der, anstatt von Ihnen strenge Rechenschaft über Ihre unklugen Gefälligkeiten für Frau Cardinal zu fordern, Ihnen verpflichtet und bereit ist, Ihnen in jeder Weise nützlich zu sein, und dessen Einfluß weiter reicht, als man im allgemeinen glaubt."

Nach so freundlichen Worten konnten sich die beiden nur im besten Einvernehmen, und einer vom andern sehr befriedigt, trennen.

Ebenso wie das ‚Drehkreuz Saint-Jean' ist der ‚Rocher de Cancale', wohin jetzt die Szene verlegt wird, heute nur noch eine Erinnerung. Ein Weinhändler mit einem Ausschank ist der Nachfolger dieses „Tempels des Geschmacks", dieses europäischen Heiligtums, das die gesamte Feinschmekkerzunft des Kaiserreichs und der Restauration bei sich vorüberziehen sah.

Am Abend vor dem festgesetzten Tage hatte la Peyrade von Cérizet die kurze Zeile erhalten: „Also morgen, mit oder ohne Mietvertrag, im ‚Rocher' um halb sieben."

Was Dutocq anlangt, so hatte Cérizet alle Tage Gelegenheit, ihn zu sehen, da er sein Sekretär war, er konnte ihn also mündlich benachrichtigen; der aufmerksame Leser wird aber bemerken, daß diesem zweiten Eingeladenen eine etwas abweichende Zeit angegeben wurde: „Um einviertel sieben im ‚Rocher'", hatte Cérizet ihm gesagt; es war klar, daß er wenigstens eine Viertelstunde vor der Ankunft la Peyrades zur Verfügung haben wollte.

Diese Viertelstunde gedachte der Wucherer dazu zu verwenden, beim Ankauf der Wechsel Dutocqs etwas abzuhandeln, und er meinte, ein plötzlich ohne irgendwelche vorherige Verhandlung gemachter Vorschlag würde vielleich glatter angenommen werden. Wenn er dem andern nicht Zeit zum Überlegen ließe, würde er ihn vielleicht dazu bringen können, etwas nachzulassen, und wenn er die Forderung erst unter dem Nennwert erworben hätte, konnte sich der Mann aus der Rue des Poules immer noch überlegen, ob er die Differenz ohne Bedenken in seine Tasche stecken sollte oder ob es besser schiene, sich vor du Portail des Rabatts, den er durchgesetzt hatte, zu rühmen. Im übrigen kann man ruhig sagen, daß, abgesehen von jedem Interesse, Cérizet auch so versucht haben würde, einen kleinen Gewinn von seinem Freunde für sich herauszuschlagen; das entsprach

seinem Instinkt und seiner Natur; in Geschäftssachen hatte er gegen den geraden Weg dieselbe Abneigung wie die Freunde englischer Gärten, wenn sie die Gartenwege anlegen.
Da Dutocq immer noch einen Teil des Kaufpreises für sein Amt abzuzahlen hatte und deshalb sehr sparsam leben mußte, so konnte er sich kein solches Wohlleben gönnen, als daß nicht die Einladung zu einem Diner im „Rocher de Cancale" in seinem bescheidenen Dasein gewissermaßen ein Ereignis gewesen wäre. Er bewies also durch Pünktlichkeit, welchen Wert er auf die Zusammenkunft legte, und erschien um einviertel sieben Uhr in dem Restaurantzimmer, in dem Cérizet ihn bereits erwartete.
„Es ist drollig," sagte er, „nun sind wir wieder in der gleichen Situation zusammen wie damals, als unsere Geschäftsbeziehungen mit la Peyrade begannen; nur der Ort für die Dreikaiserzusammenkunft ist etwas vornehmer gewählt, und es ist mir sehr recht, daß das Tilsit der Rue Montorgueil an die Stelle des Tilsits der Rue l'Ancienne-Comédie, dieses traurigen Restaurants Pinson, getreten ist."
„Ich weiß aber wahrhaftig nicht, ob das erzielte Resultat diese Veränderung rechtfertigt, denn was haben wir eigentlich schon für Vorteile durch die Bildung unseres Triumvirats gehabt?"
„Nun," sagte Dutocq, „es war ja schließlich ein Termingeschäft. Und man kann nicht sagen, daß la Peyrade viel Zeit dabei verloren hat, seine Übersiedelung in die ‚Tuilerien', wenn ich mir diesen Kalauer erlauben darf, zu bewirken. Der Junge ist, das muß man zugeben, nicht übel vorwärts gekommen."

„Doch nicht so schnell," sagte Cérizet, „daß seine Heirat nicht gerade jetzt aufs stärkste in Frage gestellt ist."

„Wie denn? In Frage gestellt?"

„Jawohl, und ich bin beauftragt, ihm eine Partie auf anderer Grundlage vorzuschlagen, bei der es mir sehr zweifelhaft ist, ob ihm überhaupt die Wahl freisteht."

„Aber verdammt nochmal, wie können Sie, mein Lieber, sich einfallen lassen, für eine andere Heirat sich ins Zeug zu legen, wenn wir eine Hypothek auf die erste haben?"

„Lieber Freund, man ist nicht immer Herr über die Verhältnisse; ich habe gesehen, daß durch die Kombination, die sich darbot, das Projekt, das wir eingefädelt haben, zu Wasser werden muß; ich habe also versucht, aus der andern Sache herauszuschlagen, was sich herausschlagen läßt."

„Wetter nochmal, man reißt sich also um Theodosius? Und was ist das für eine Partie? Hat sie Vermögen?"

„Die Mitgift ist sehr anständig und wiegt die von Fräulein Colleville bei weitem auf."

„Dann ist es mir egal; la Peyrade hat die Wechsel ausgestellt, er muß zahlen."

„Er muß zahlen, er muß zahlen ... Das ist eben die Frage. Sie sind kein Kaufmann, Theodosius ebensowenig; er kann auf den Gedanken kommen, die Gültigkeit der Wechsel zu bestreiten. Wer sagt Ihnen, ob das Gericht mit Rücksicht auf ihre Unterlage und falls die Ehe Thuillier nicht zustande kommt, die Wechsel nicht für ungültig erklärt, als eine Schuldverpflichtung ohne Gegenleistung. Was mich anlangt, ich würde auf einen solchen Einspruch pfeifen: ich habe nichts aufs Spiel zu setzen, und meine Vorkehrungen sind im übrigen getroffen; aber Sie, ein Gerichtsvollzieher beim Friedensgericht, müssen Sie sich nicht vorsehen, daß der Kanzleigerichtshof nicht mit Ihnen aus Anlaß eines solchen Prozesses ein Hühnchen wird pflükken wollen?"

„Wissen Sie, mein Lieber," sagte Dutocq ärgerlich wie ein Mensch, der sich Gründen gegenüber sieht, gegen die er nichts einzuwenden weiß, „Sie haben eine Art, die Dinge durcheinander zu werfen und sich einzumischen..."

„Ich wiederhole Ihnen," sagte Cérizet „daß diese Sache an mich herangetreten ist, und ich habe gleich von Anfang an eingesehen, daß gegen die schlimme Wirkung, die sie für uns haben mußte, nicht anzukämpfen war; ich habe mich daher entschlossen, mich herauszuretten, indem ich ein Opfer brachte."

„Und worin besteht dieses Opfer?"

„Nun, ich habe meine Forderung verkauft und den Käufern die Sorge überlassen, wie sie sich mit dem Herrn Advokaten herumschlagen wollen."

„Aber wer ist der Käufer?"

„Wer anders sollte sich wohl an meine Stelle gesetzt haben, als die Leute, die ein genügendes Interesse an dem Zustandekommen der anderen Heirat haben, um Herrn Theodosius eventuell selbst durch körperlichen Zwang dazu zu bringen?"

„Dann brauchen Sie also meine Wechsel ebenso nötig?"

„Zweifellos, aber ich habe darüber nicht verfügen wollen, bevor ich Ihre Ansicht gehört habe."

„Und wieviel bieten sie?"

„Nun, dasselbe, mein Lieber, womit ich mich zufrieden erklärt habe: da ich die Gefahr dieser Konkurrenz deutlicher als Sie erkannte, so habe ich mich entschlossen, zu schlechten Bedingungen zu verkaufen."

„Aber zu welchen Bedingungen denn nun?"

„Ich habe die Wechsel für fünfzehntausend Franken hergegeben."

„Nicht doch!" sagte Dutocq achselzuckend; „sicherlich haben Sie sich an der Vermittlungsgebühr bei diesem Geschäft schadlos halten können, das vielleicht, nach allem was ich sehe, nur eine Machenschaft ist, die Sie mit la Peyrade zusammen ausgeheckt haben."

„Sie scheinen nicht zu wissen, was Sie reden, mein Lieber; es geht Ihnen irgendeine Gemeinheit durch den Kopf, und Sie genieren sich nicht im geringsten, sie andern in die Schuhe zu schieben. Glücklicherweise werden Sie gleich hören, wie ich Theodosius meine Eröffnung mache, und an der Art, wie er sie aufnimmt, werden Sie ja beurteilen können, ob ein Einverständnis zwischen uns vorliegt."

„Schön!" sagte Dutocq, „ich ziehe meine Anschuldigung zurück, aber Ihre Auftraggeber sind ja die reinen Seeräuber; man darf Einem doch nicht gleich eine Schlinge um den Hals legen; und dann – ich kann mich nicht wie Sie an einer Provision schadlos halten."

„Meine Erwägungen dabei waren diese, mein armer Junge: ich sagte mir, der gute Dutocq ist sehr in Nöten wegen der Restzahlung für sein Amt; nun bietet sich ihm die Gelegenheit, auf einen Schlag alles zu zahlen; die Angelegenheit selbst beweist, daß unsere Ansprüche an la Peyrade unsicher geworden sind, dagegen bietet man hier das Geld rund und nett an – es ist also vielleicht doch kein so schlechtes Geschäft."

„Zugegeben, aber ich verliere ja dabei zwei Fünftel!"

„Hören Sie!" sagte Cérizet, „Sie sprachen eben von Provision; es wäre möglich, daß ich auch für Sie eine herausschlagen könnte; und wenn Sie sich verpflichten wollten, in die Collevillesache eine Bresche zu schießen und sich auf einen Ihrem bisherigen Standpunkt entgegengesetzten zu stellen, so würde ich es wohl durchsetzen können, daß Sie die runde Summe von zwanzigtausend Franken erhielten."

„Sie glauben also, daß diese neue Kombination la Peyrade nicht angenehm sein wird? daß er sich dagegen auflehnen wird? Handelt es sich vielleicht um eine Erbin, auf die der Kerl schon Vorschuß genommen hat?"

„Alles, was ich darüber sagen kann, ist, daß es sich schließlich dabei um ein Lotteriespiel handelt."

„Es wäre mir ja auch nichts lieber, als mit Ihnen zusammenzuspielen und la Peyrade Unannehmlichkeiten zu bereiten; aber, bedenken Sie: ein Verlust von fünftausend Franken, das ist doch zu viel!"

In diesem Augenblick öffnete sich die Tür und ein Kellner führte den erwarteten Gast hinein.

„Sie können auftragen," sagte Cérizet zu dem Kellner, „wir erwarten niemanden mehr."

Man konnte sehen, daß Theodosius anfing, den höheren sozialen Sphären zuzustreben; er war jetzt beständig bemüht, als eleganter Mann aufzutreten. Er befand sich in Abendtoilette, in Frack und Lackschuhen, während die beiden andern Tischgenossen im Rock und mit schmutzigen Stiefeln erschienen waren."

„Ich glaube, ich habe mich etwas verspätet, edle Herren", sagte er; „aber dieser verdammte Thuillier ist mit seiner Broschüre, die ich für ihn zurechtschneidere, der unausstehlichste Mensch von der Welt. Ich habe unglückseligerweise mit ihm verabredet, daß wir die Korrekturen gemeinsam lesen wollen, und nun gibt es bei jeder Zeile einen Kampf. ‚Was ich nicht verstehe', sagt er beständig, ‚das versteht das Publikum auch nicht. Ich bin ja kein Schriftsteller, aber ich bin ein Praktiker'. Und ich muß mich um jeden Ausdruck mit ihm streiten. Ich dachte schon, die heutige Sitzung würde überhaupt kein Ende nehmen."

„Was wollen Sie, mein Lieber," sagte Dutocq, „wenn man ein Ziel erreichen will, muß man auch den Mut haben, Opfer zu bringen; wenn Sie erst verheiratet sein werden, können Sie den Kopf so hoch tragen, wie Sie wollen."

„Ach ja!" sagte la Peyrade mit einem Seufzer, „das werde ich tun, denn der Zeit, wo ihr mich dauernd jeden Bissen mit Angst essen laßt, bin ich allmählich furchtbar müde geworden."

„Heute", sagte Dutocq, „wird Cérizet Ihnen etwas Nahrhafteres zu essen vorsetzen."

Zuerst waren alle nur damit beschäftigt, dem Essen, das der Herr Gesamtmieter in Erinnerung an glücklichereZeiten bestellt hatte, Ehre anzutun.Und wie es bei solchen Geschäftsdiners zu geschehen pflegt, wo jeder, obwohl er mit den vorliegenden Fragen beschäftigt ist, sie doch nicht anschneiden will, aus Furcht, daß er durch Bezeigen zu großen

Eifers einen Vorteil aus der Hand geben könne, beschränkte sich die Unterhaltung lange Zeit auf Gemeinplätze, und erst als der Nachtisch erschien, entschloß sich Cérizet, la Peyrade zu fragen, was bezüglich der Höhe des Mietzinses beschlossen worden sei.

„Nichts, mein Lieber“, antwortete la Peyrade.

„Wie, nichts? Ich habe Ihnen doch genügend Zeit gelassen, um etwas festzusetzen...“

„Gewiß, es ist auch etwas festgesetzt worden: daß es nämlich gar keinen Gesamtmieter geben wird; Fräulein Brigitte nimmt es auf sich, die Hausverwaltung selber zu führen.“

„Das ist etwas anderes“, sagte Cérizet beleidigt. „Ich muß gestehen, daß ich, nach den Verpflichtungen, die du mir gegenüber übernommen hattest, weit davon entfernt war, an eine solche Lösung zu denken.“

„Was willst du machen, mein Lieber? Ich hatte mich verpflichtet, vorbehaltlich einer Ablehnung, und ich bin nicht imstande gewesen, der Sache eine andere Wendung zu geben. Fräulein Thuillier, ein herrisches Weib, das ständig in Bewegung ist, hat sich überlegt, daß sie selbst die Hausverwaltung auf sich nehmen und so den Gewinn einstreichen könne, den du dabei machen wolltest. Ich habe ihr genügend vorgestellt, was für Ärger und Sorgen sie sich damit auflüde. ‚Ach was!‘ hat sie mir geantwortet, ‚das wird mir das Blut in Bewegung setzen, und das ist ausgezeichnet für meine Gesundheit‘.“

„Aber da kann sie Einem ja leid tun!“ sagte Cérizet, „das arme Mädchen weiß ja gar nicht, wie man so etwas anfassen muß; sie hat ja keine Ahnung, was es heißen will, ein leeres Haus von oben bis unten mit Mietern zu besetzen."

„Alles das habe ich ihr vorgestellt," antwortete la Peyrade, „aber ich habe damit ihren Entschluß auch nicht im geringsten erschüttern können. Da könnt ihr sehen, ihr lieben Demokraten, was ihr euch mit der Revolution von 89 eingerührt habt! Ihr habt euch eingeredet, ihr hättet ein ausgezeichnetes Spekulationsgeschäft gemacht, als ihr den Adel durch den Bürger absetzen ließet, und in Wirklichkeit habt ihr euch damit an den Bettelstab gebracht. Das scheint sehr paradox zu sein, aber nicht der Bauernkerl war steuer- und fronpflichtig, sondern der Adel. Die auf ihre Würde bedachte Aristokratie hatte sich von einer Menge bürgerlicher Tätigkeiten fern gehalten, sogar von der, schreiben zu lernen, und war deshalb tatsächlich abhängig von dem Plebs ihrer Angestellten, zu denen sie ihre Zuflucht nehmen und denen sie drei Viertel aller ihrer Angelegenheiten anvertrauen mußte. Damals blühte die Herrschaft der Intendanten, der vorsichtigen, schlauen Verwalter, durch deren Hände alle geschäftlichen Sachen der vornehmen Familien gingen, und die, selbst wenn sie den üblen Ruf, der ihnen anhaftete, nicht verdienten, durch die Macht der Verhältnisse allein schon von den Abfällen der Riesenvermögen, die sie verwalteten, reich werden mußten. Heute haben wir wohl eine Menge zweckmäßiger Aphorismen, wie: ‚Gut bedienen kann man sich nur selber'. ‚Es ist keine Schande, sich mit seinen Geschäften zu befassen', und tausend andere solche Bourgeois-Redensarten, die jedem sein Arbeitsgebiet zuweisen und den Zwischenhändler ausgeschaltet haben. Weshalb soll also

Fräulein Brigitte Thuillier nicht den Anspruch erheben, ihr Haus selber zu verwalten, wenn Herzöge und Pairs von Frankreich persönlich an der Börse erscheinen, ihre Verträge selbst prüfen, sich Rechtsakte vorlesen lassen, bevor sie sie unterzeichnen, und selber mit dem Notar darüber verhandeln, den sie einstmals verächtlich einen Schreiber nannten?"

Während dieser Tirade la Peyrades hatte Cérizet Zeit gehabt, sich von dem Schlage, der ihn mitten ins Herz getroffen hatte, zu erholen, und indem er diese Angelegenheit im Interesse der anderen, mit der er beauftragt war, beiseite ließ, sagte er in lässigem Tone:

„All das, was du uns da hergebetet hast, mein Lieber, ist ja sehr geistreich; aber was unsere Schlappe vor allem zu beweisen scheint, ist, daß du auf Fräulein Thuillier durchaus nicht den Einfluß hast, wie du uns glauben machen wolltest. Wenn es darauf ankommt, läßt sie dich ohne alle Umstände im Stich, und ich sehe daher auch nicht, daß du mit deiner Heirat so weit bist, wie wir, Dutocq und ich, uns eingeredet haben."

„Zweifellos", erwiderte la Peyrade, „ist da noch manches zu tun, um unser Unternehmen zum Abschluß zu bringen, aber ich glaube, daß ich schon sehr weit vorwärts gekommen bin."

„Ich bin im Gegenteil der Ansicht, daß du an Terrain verloren hast, und zwar sehr einfach deshalb: du hast den Leuten einen Riesendienst geleistet, das verzeiht man nicht."

„Nun, wir werden ja sehen," sagte la Peyrade; „ich habe auch noch andere Eisen bei ihnen im Feuer."

„Nein, ernsthaft, du hast Wunder was zu tun geglaubt, indem du sie mit Wohltaten überhäuftest, und jetzt, wo sie dich nicht mehr brauchen, geben sie dir einen Fußtritt; so sind die Menschen und vor allem die Bourgeois; ich sage das, siehst du, nicht etwa deshalb, weil ich den Schaden zu tragen habe, wenn du, wie ich merke, beiseite geschoben wirst; aber an deiner Stelle würde ich fürchten, keinen sicheren Boden mehr unter den Füßen zu haben, und wenn sich mir die Möglichkeit böte, umzukehren ..."

„Wie? Weil ich dir deinen Mietvertrag nicht habe verschaffen können, soll ich die Flinte ins Korn werfen?"

„Ich wiederhole dir," sagte Cérizet, „daß ich die Sache nicht von meinem Interessenstandpunkte aus betrachte; aber da ich nicht zweifle, daß du als wahrer Freund alle nur möglichen Anstrengungen gemacht hast, um einen Erfolg zu erzielen, so sehe ich in der Art, wie man dich abgewiesen hat, ein sehr beunruhigendes Symptom; und das bestimmt mich, dir etwas mitzuteilen, wovon ich sonst nicht gesprochen hätte, weil ich der Meinung bin, daß man, wenn man ein bestimmtes Ziel vor Augen hat, darauf losgehen muß, ohne nach rechts oder links zu sehen und ohne sich durch irgendein anderes Bestreben davon abbringen zu lassen."

„Also bitte," sagte la Peyrade, „was soll das viele Gerede? Was hast du mir vorzuschlagen? Und wieviel soll es kosten?"

„Mein Lieber," antwortete Cérizet, ohne diese Unverschämtheit zu beachten, „du selbst wirst am besten zu würdigen wissen, was es heißt, ein gut erzogenes, schönes, talentvolles junges Mädchen zu finden, dessen Mitgift der Celestes mindestens gleichkommt, die sie aber aus erster Hand besitzt; dazu noch einen Diamantschmuck im Werte von hundertfünfzigtausend Franken wie Fräulein Georges auf dem Theaterzettel in der Provinz, und die, was einen Mann von deinem Ehrgeiz besonders reizen müßte, in der Lage ist, ihrem Manne eine politische Stellung zu verschaffen.

„Und einen solchen Schatz hast du in der Hand?" fragte la Peyrade mit ungläubigem Gesicht.

„Mehr als das, ich bin autorisiert, ihn dir anzubieten, ich möchte beinahe sagen: ich bin damit beauftragt."

„Du machst dich wohl über mich lustig, lieber Freund, es sei denn, daß dieser Phönix mit irgendeinem unmöglichen schlimmen Fehler behaftet ist..."

„Ich gebe zu, daß ein kleiner Mangel vorhanden ist, nicht in bezug auf die Familie, denn, ehrlich gesagt, die junge Person hat keine."

„Ach so!" sagte la Peyrade, „ein uneheliches Kind... und weiter?"

„Weiter? sie ist schon etwas alte Jungfer, sie kann gut neunundzwanzig sein; aber ein ältliches Mädchen kann man sich sehr leicht als junge Witwe vorstellen."

„Und ist das alles Schlimme?"

„Jawohl, alles, was unabänderlich ist."

„Was meinst du damit? Muß ihr auch noch eine künstliche Nase angesetzt werden?"

Zu Cérizet gesagt, hatte diese Bemerkung etwas direkt Aggressives, übrigens machte sich seit Beginn des Diners dieser Ton bei allem, was der Advokat äußerte, deutlich bemerkbar. Aber es lag nicht im Interesse seiner Unterhändlerrolle, davon Notiz zu nehmen.

„Nein," antwortete er, „ihre Nase ist ebenso wohlgebildet wie ihr Fuß und ihre Figur; aber sie könnte ein wenig hysterisch genannt werden."

„Sehr gut!" bemerkte la Peyrade, „und da von der Hysterie zum Irrsinn nur ein Schritt ist..."

„Allerdings," sagte Cérizet lebhaft, „Kummer hat bei ihr eine leichte Gehirnaffektion verursacht, die Ärzte stimmen aber in der Diagnose überein, daß nach der Geburt des ersten Kindes nicht eine Spur dieser unbedeutenden Geistesverwirrung zurückgeblieben sein wird."

„Ich halte die Herren Ärzte gewiß für unfehlbar; aber trotz deiner Kleinmütigkeit wirst du mir schon gestatten müssen, lieber Freund, an Fräulein Colleville festzuhalten. Es klingt vielleicht lächerlich, aber ich muß gestehen, daß ich mich tatsächlich in die Kleine sehr verliebt habe. Nicht daß sie eine auffallende Schönheit wäre oder daß mich der Glanz ihrer Mitgift blendet, aber ich finde, daß das Kind bei aller Naivität eine ganze Menge Verstand besitzt und, was für mich vor allem entscheidend und anziehend ist, eine echte tiefe Frömmigkeit; ich glaube, daß ihr Mann sehr glücklich mit ihr werden wird."

„Jawohl", sagte Cérizet, der als ehemaliger Schauspieler sich an Molière erinnern konnte:

„Voll Süßigkeit und Lust wird eure Ehe sein."

Die Anspielung auf Tartüff wurde von la Peyrade wohl verstanden, der, um sie zu übertrumpfen, sagte:

„Durch die Berührung mit der Unschuld werde

ich mich von dem Schmutz der Umgebung, in der ich allzulange gelebt habe, reinigen können."

„Und deine Wechsel bezahlen," fügte Cérizet hinzu, „was ich dir ohne jeden weiteren Aufschub zu tun rate, denn Dutocq, wie du ihn hier siehst, hat mir eben erst erklärt, er würde nicht böse sein, wenn er endlich mal dein Geld zu sehen bekäme."

„O nein, gewiß nicht," sagte Dutocq; „ich finde im Gegenteil, daß unser Freund schon recht sehr im Verzuge ist."

„Auch ich bin derselben Meinung wie Cérizet," sagte la Peyrade, „und behaupte, je weniger begründet und infolgedessen je anfechtbarer und verdächtiger eine Schuld ist, um so mehr soll man sich beeilen, sich davon frei zu machen."

„Aber mein lieber la Peyrade," sagte Dutocq, „Sie schlagen einen so gereizten Ton an!..."

La Peyrade zog seine Brieftasche heraus und sagte:

„Haben Sie die Wechsel bei sich, Dutocq?"

„Nein, wahrhaftig nicht, mein Lieber," sagte der Gerichtsvollzieher, „um so weniger, als sie ja in Cérizets Händen sind."

„Dann also", fuhr der Advokat fort und erhob sich, „werde ich Ihnen das Geld auf den Tisch legen, wenn Sie zu mir kommen; Cérizet wird Ihnen das bestätigen können."

„Wie, du willst uns schon verlassen, ohne den Kaffee zu nehmen?" sagte Cérizet äußerst erstaunt.

„Jawohl; ich habe um acht Uhr eine Zusammenkunft in einer Schiedssache; übrigens haben wir uns ja alles gesagt, was wir uns zu sagen hatten; du hast den Mietvertrag nicht, aber du hast deine fünfundzwanzigtausend Franken, die für Dutocq liegen bereit, sobald es ihm belieben wird, an meiner Kasse zu erscheinen: ich wüßte also nichts, was mich abhalten könnte, dorthin zu gehen, wohin mich meine Geschäfte rufen und mich aufs freundschaftlichste von euch zu verabschieden."

„Donnerwetter," sagte Cérizet, als er la Peyrade sich entfernen sah, „das ist ein Bruch."

„Und so stark betont, wie nur irgend möglich", bemerkte Dutocq. „Mit was für einer Miene er seine Brieftasche gezogen hat!"

„Aber, Teufel noch mal," fragte der Wucherer, „wo hat er das Geld hernehmen können?"

„Zweifellos ebendorther," entgegnete der Gerichtsvollzieher ironisch, „von wo er das genommen hat, was er für die Wechsel brauchte, die Sie so billig herzugeben gezwungen waren."

„Mein guter Dutocq," sagte Cérizet, „wenn ich Ihnen die Umstände dargelegt haben werde, unter denen der unverschämte Kerl sich von mir losgekauft hat, dann werden Sie ja sehen, ob er mir nicht tatsächlich fünfzehntausend Franken gestohlen hat."

„Möglich; aber Sie, mein freundschaftlich gesinnter Sekretär, Sie wollten mich um zehntausend bringen."

„Aber nein; ich war tatsächlich beauftragt, Ihre Forderung anzukaufen, und schließlich hatte ich doch schon zwanzigtausend geboten, als der schöne Theodosius erschien..."

„Also, wir werden, wenn wir aufbrechen, zu Ihnen gehen," sagte der Gerichtsvollzieher, „und Sie werden mir die Wechsel aushändigen, weil ich, wie Sie begreifen werden, morgen so früh als menschenmöglich mich an das, was der Herr seine Kasse nennt, begeben will. Ich möchte seinen Eifer, zu zahlen, nicht erkalten lassen."

„Und Sie werden gut daran tun, denn ich verspreche Ihnen, daß sein Dasein in einiger Zeit etwas unruhig werden wird."

„Das ist also eine ernsthafte Sache, die Geschichte von der Verrückten, die Sie mit ihm verheiraten wollten? Ich gestehe, daß ich an seiner Stelle, zumal seine Angelegenheiten eine so siegreiche Wendung genommen haben, ebensowenig auf Ihren Vorschlag eingegangen wäre; solche Ninas und Ophelias, das macht sich ja sehr interessant auf dem Theater, aber im Hause..."

„Im Hause ist man, wenn sie eine schöne Mitgift einbringen, ihr Tutor," sagte Cérizet nachdenklich, „und man hat dann, wohlverstanden, das Vermögen und nicht die Frau."

„Das ist in der Tat ein Gesichtspunkt", sagte Dutocq.

„Wenn es Ihnen recht ist," sagte Cérizet, „trinken wir unsern Kaffee nicht hier. Unser Diner hat ein so albernes Ende genommen, daß es mich drängt, dieses Zimmer zu verlassen, wo übrigens schlechte Luft ist."

Und er klingelte nach dem Kellner.

„Die Rechnung!" sagte er.

„Aber die ist ja schon bezahlt, mein Herr."

„Wie, bezahlt? Von wem denn?"

„Von dem Herrn, der eben fortgegangen ist."

„Aber das ist ja unglaublich," rief Cérizet, „ich habe das Diner bestellt, und Sie lassen es von einem Unbekannten bezahlen!"

„Ich war es nicht, mein Herr", sagte der Kellner;

„der Herr hat bei der Büfettdame bezahlt; sie wird angenommen haben, daß es so verabredet war; und es ist doch nichts so Gewöhnliches, daß sich die Leute dazu drängen, eine Rechnung zu bezahlen.“

„Es ist gut!“ sagte Cérizet und entließ den Kellner.

„Nehmen die Herren keinen Kaffee?“ fragte dieser beim Hinausgehen, „er ist auch schon bezahlt.“

„Gerade deshalb werden wir keinen trinken“, sagte Cérizet ärgerlich. „Es ist wirklich unbegreiflich, wie in einem solchen Hause derartige Irrtümer vorkommen können. – Begreifen Sie diese Unverschämtheit?“ fügte er hinzu, als der Kellner sich entfernt hatte.

„Pah!“ sagte Dutocq und nahm seinen Hut, „das ist ein Schülerstreich, er will zeigen, daß er Geld hat, und man sieht, daß das bei ihm etwas Neues ist.“

„Nein, nein, durchaus nicht,“ sagte Cérizet, „er will damit den Bruch noch unterstreichen. ‚Ich will euch nicht einmal ein Diner schuldig sein‘, scheint er mir damit sagen zu wollen.“

„Tatsächlich, mein Lieber,“ entgegnete Dutocq, als sie die Treppe hinuntergingen, „sollte dieses Diner doch Ihre Thronbesteigung als Gesamtmieter feiern. Nun hat er Ihnen den Vertrag nicht verschaffen können. Ich begreife, daß es sein Gewissen bedrückt hat, sich von Ihnen ein Diner bezahlen zu lassen, das, wie meine Wechsel, eine Schuldverpflichtung ohne Gegenleistung geworden ist.“

Cérizet ging auf diese boshafte Bemerkung nicht ein. Inzwischen waren sie zu dem Kontor gelangt, in dem die Dame thronte, die zu Unrecht die Be-

zahlung entgegengenommen hatte, und im Interesse seiner Würde hielt es der Wucherer für nötig, ihr eine Szene zu machen.
Dann entfernten sich die beiden Tischgenossen zusammen, und der Mann aus der Rue des Poules führte seinen Vorgesetzten in ein elendes Kaffeehaus in der Passage du Saumon.
Hier gewann der so billig davongekommene Gastgeber seine gute Laune wieder; er war wie ein Fisch, den man vom trockenen Lande wieder ins Wasser geworfen hat; da er auf einen Zustand heruntergekommen war, in dem man sich an den Orten, die von der guten Gesellschaft besucht werden, unbehaglich fühlt, so fand sich Cérizet mit einem gewissen Hochgenuß in diesem Lokal, wo eine Boulepartie zugunsten eines „alten Bastillestürmers" geräuschvoll gespielt wurde, wieder in seinem Element.
Er besaß hier den Ruf eines geschickten Billardspielers und wurde aufgefordert, an der begonnenen Partie teilzunehmen. Er „kaufte sich eine Kugel", wie man das technisch bezeichnet, das heißt: ein Teilnehmer an dem Turnier verkaufte ihm seine Berechtigung und seine Chancen. Dutocq benutzte diese Abmachung, um sich zu drücken und, wie er sagte, sich nach dem Befinden eines kranken Freundes zu erkundigen.
Bald darauf machte Cérizet, in Hemdärmeln und die Pfeife zwischen den Zähnen, einen Meisterstoß, der frenetischen Beifall bei der Zuschauergalerie hervorrief, als sein Blick, während er sich triumphierend umsah, auf einem furchtbaren Freudenstörer haften blieb.
Mitten unter den Anwesenden saß du Portail und

beobachtete ihn von der Höhe seines Spazierstocks aus, auf dessen Krücke sein Kinn ruhte.
Eine rote Welle übergoß Cérizets Wangen, und er wußte nicht, ob er den Rentier, dessen Anwesenheit an einem solchen Orte so unwahrscheinlich erschien, begrüßen und erkennen sollte. Er konnte zu keinem Entschlusse bezüglich dieses peinlichen Zusammentreffens gelangen und war vollständig befangen; sein Spiel zeigte, wie zerstreut er war, und bald darauf mußte er infolge eines Fehlstoßes aus der Partie ausscheiden.
Während er in ziemlich übler Laune den Rock anzog, stand du Portail auf, und als er beim Hinausgehen an ihm vorbeikam, sagte er leise zu ihm: „Rue Montmartre, am Ausgang der Passage!"
Als sie sich trafen, war Cérizet so geschmacklos, sein unanständiges Auftreten, bei dem er eben überrascht worden war, erklären zu wollen.
„Aber ich konnte Sie dort doch nur treffen," sagte du Portail, „weil ich ebenfalls dahin gegangen war."
„Das ist wahr," antwortete der Wucherer, „und ich habe mich auch recht gewundert, einen stillen Bewohner des Saint-Sulpice-Viertels an einem solchen Orte zu begegnen."
„Was Ihnen beweist," entgegnete der Rentier, in einem Tone, der jede Auseinandersetzung und jede Neugierde kurz abschnitt, „daß ich die Gewohnheit habe, ein wenig überallhin zu gehen, und daß mein guter Stern mich den Leuten begegnen läßt, die ich zu treffen wünsche; ich dachte gerade an Sie, als Sie hereinkamen. Nun, was haben Sie erreicht?"
„Nichts Gutes", sagte Cérizet. „Nachdem mir un-

ser Mann einen Streich gespielt hatte, für den er gehenkt zu werden verdiente, und mir ein ausgezeichnetes Geschäft hat zunichte werden lassen, wies er unsern Vorschlag mit äußerster Verachtung zurück. Es ist auch keine Hoffnung vorhanden, daß wir die Forderung Dutocqs ankaufen; la Peyrade scheint bei Gelde zu sein, denn er wollte stehenden Fußes die Wechsel einlösen, und morgen früh ist er seine Verpflichtung sicherlich los."

„Er hält also seine Heirat mit diesem Fräulein Colleville für eine abgemachte Sache?"

„Nicht nur für eine abgemachte Sache, sondern er beansprucht auch, daß man es für eine Herzenssache halten soll. Eben erst hat er vor mir eine Tirade losgelassen, um mich zu überzeugen, daß er ernsthaft verliebt sei."

„Schön!" sagte du Portail, und um zu zeigen, daß er auch die Kneipensprache sprechen konnte, fügte er hinzu: „Stürzen Sie sich nicht in Unkosten" (was heißen sollte: ‚Mischen Sie sich weiter in nichts'). „Ich nehme es auf mich, den Herrn gefügig zu machen. Kommen Sie nur morgen zu mir und teilen Sie mir Näheres über die Familie mit, in die er aufgenommen zu werden wünscht. Das eine Geschäft ist Ihnen fehlgeschlagen; aber beruhigen Sie sich, es werden sich bei mir noch andere für Sie finden."

Nachdem er dies gesagt hatte, machte er dem Kutscher eines leeren vorbeifahrenden Mietwagens ein Zeichen, stieg ein und nannte, während er Cérizet freundlich aber herablassend zuwinkte, seine Adresse in der Rue Honoré-Chevalier.

Während er die Rue Montmartre nach dem Bezirk der Estrapade hin hinabging, zerbrach sich Cérizet den Kopf darüber, wer dieser kleine Alte mit seiner kurzen befehlenden Sprechweise eigentlich sein könne, der sich an die Leute, mit denen er redete, förmlich festhakte, und der von so weither gekommen war, um den Abend an einem Orte zu verbringen, wo er mit Rücksicht auf seine ganze vornehme Persönlichkeit am allerwenigsten hingehörte.

In der Gegend der Markthallen angelangt, hatte Cérizet noch immer keine Lösung dieses Problems gefunden; aber er wurde jetzt ziemlich rauh aus seinem Nachsinnen durch einen starken Rippenstoß von hinten gerissen.

Als er sich rasch umwandte, sah er sich der Frau Cardinal gegenüber, der an dieser Stelle, wo sie sich alle Morgen mit den Vorräten für ihren Handel versorgte, zu begegnen, nichts durchaus Ungewöhnliches war.

Seit dem Abende in der Rue Honoré-Chevalier, hatte es die würdige Dame, obwohl sie so glimpflich davon gekommen war, doch für klüger gehalten, ihrer Wohnung nur kurze Besuche abzustatten, und sie ertränkte den Kummer über ihr Mißgeschick in den Schnapsbuden, den sogenannten „Trostspendern".

Mit schwerer Zunge und glühendem Gesicht sagte sie zu Cérizet:

„Na, mein Junge, wie is denn das abgelaufen mit dem kleinen Alten?"

„Ich habe ihm mit wenigen Worten begreiflich gemacht," sagte der Wucherer, „daß es sich zwischen ihm und mir nur um ein Mißverständnis handelte. In der ganzen Sache aber haben Sie, meine gute Frau Cardinal, mit einer wirklich unverzeihlichen Leichtfertigkeit gehandelt; als Sie um meinen Beistand baten, um die Hinterlassenschaft Ihres Onkels an sich zu bringen, war es Ihnen da vielleicht bekannt, daß er eine natürliche Tochter besaß, die er seit langer Zeit testamentarisch zur Universalerbin einsetzen wollte? Der kleine Alte, der Sie bei Ihren albernen Versuchen, eine Erbschaft an sich zu bringen, über die schon verfügt war, gestört hat, war niemand anders, als der Vormund der Erbin."

„So, der Vormund!" sagte die Cardinal, „das sind ja nette Leute, diese Vormünder! Zu einer Frau in meinen Jahren, weil sie sich überzeugen will, ob ihr Onkel ihr was hinterläßt, zu sagen, daß er die Polizei holen lassen wird! Ist das nicht eine scheußliche Gemeinheit?"

„Hören Sie," sagte Cérizet, „Sie dürfen sich doch nicht beklagen, Mama Cardinal, Sie sind doch noch billig davongekommen."

„Na, und Sie? Sie haben doch das Schloß aufgemacht und sich die Diamanten nehmen wollen, weil Sie angeblich meine Tochter heiraten würden! Als ob Sie meine Tochter genommen hätte! Und die ist doch eine ehrliche Tochter! ‚Niemals, Mutter', hat sie zu mir gesagt, ‚werde ich mein Herz einem Mann mit so 'ner Nase schenken'!"

„Haben Sie denn Ihre Tochter wiedergefunden?"

„Ja, erst gestern abend; sie hat den Lumpenkerl von Komödianten verlassen und befindet sich jetzt, wie ich mir schmeicheln darf zu sagen, in einer ausgezeichneten Position; sie speist auf Silber, hat einen Wagen, der auf einen Monat gemietet ist, und wird sehr verehrt von einem Advokaten, der sie auf der Stelle heiraten würde, der aber noch warten muß, bis seine Eltern tot sind, weil der Vater Bürgermeister ist, und solch 'ne Heirat der Regierung unangenehm sein könnte. Es ist der Herr Minard im elften Bezirk, ein früherer Kakaohändler, der mächtig reich ist."

„Ach so, der! Ich kenne ihn. Und Sie sagen, daß Olympia mit seinem Sohn zusammen ist?"

„Das heißt, wohnen tun sie noch nicht zusammen, damit nicht darüber geredet wird, obwohl er ernstliche Absichten hat; er wohnt noch bei seinem Vater, und inzwischen haben sie die Einrichtung gekauft und meiner Tochter eine Wohnung da bei der Chaussee-d'Antin gemietet; eine feine Gegend, was?"

„Aber das hat sich ja, wie mir scheint, sehr gut arrangiert," sagte Cérizet; „und da der Himmel uns nun einmal nicht für einander bestimmt hat..."

„Ja, so ist es; ich glaube, das Kind wird mir schließlich noch mal viel Freude machen, und in bezug darauf hätte ich gern mal Ihren Rat gehört."

„Um was handelt es sich denn?" fragte Cérizet.

„Es handelt sich darum, daß ich doch, wenn es meiner Tochter so gut geht, nicht weiter meine Ware auf der Straße ausrufen kann; und dann scheint mir, da ich doch nun von meinem Onkel enterbt worden bin, daß ich ein Recht auf ‚Elementen'-Unterstützung habe."

„Sie träumen wohl, meine Beste! Ihre Tochter ist noch minderjährig und Sie sind zu ihrer Unterhaltung verpflichtet, aber nicht etwa, daß Sie Alimentationsansprüche an Ihre Tochter hätten."

„Also," sagte Frau Cardinal, die anfing, heftig zu

werden, „die, die nichts haben, sollen denen, die haben, noch was geben! Das sind ja nette Gesetze, ebenso lieblich, wie die Vormünder, die vor nichts davon reden, daß sie die Polizei holen lassen! Na schön, ja doch! Mögen sie doch die Polizei holen lassen! Mögen sie mich doch köpfen lassen! Das wird mich nicht abhalten zu sagen, daß die reichen Leute lauter Spitzbuben sind, und daß das Volk eine Revolution machen muß, damit es sein Recht bekommt, vor das du, mein Junge, meine Tochter, der Advokat Minard und der kleine Vormund, hören Sie, ihr alle gehört!"

Als er sah, daß seine Exschwiegermutter in einen äußerst beunruhigenden Zustand von Aufregung geraten war, beeilte sich Cérizet, sie zu verlassen, und er war schon mehr als fünfzig Schritt von ihr entfernt, als er immer noch die Schimpfworte, die sie ihm nachrief, hörte; er beschloß, sie ihr bei der ersten Gelegenheit heimzuzahlen, wenn sie in der Bank der Rue des Poules erscheinen und ein „Erleichterung" von ihm erbitten würde.

Als er in die Nähe seines Hauses gelangt war, hatte Cérizet, der nichts weniger als tapfer war, einen Schreck; er bemerkte an der Tür eine Person im Hinterhalt, die sich bei seinem Herankommen bewegte und Miene machte, auf ihn loszugehen.

Glücklicherweise war es niemand anders als Dutocq. Er war gekommen, um sich seine Wechsel zu holen. Cérizet gab sie ihm in ziemlich schlechter Laune und beklagte sich über das Mißtrauen, das ein Besuch zu so ungewöhnlicher Stunde verriet.

Dutocq kehrte sich nicht sehr an diese Empfind-

lichkeit und erschien am nächsten Morgen zu früher Stunde bei la Peyrade.
Dieser bezahlte ihn auf Heller und Pfennig und antwortete auf einige sentimentale Redensarten, zu denen sich Dutocq, sobald er einmal das Geld eingesteckt hatte, für verpflichtet hielt, nur mit deutlich betonter Kälte.
Als er seinen Gläubiger hinausbegleitete, sah sich dieser einer Frau, die wie ein Dienstmädchen gekleidet war, gegenüber, die im Begriffe stand, bei la Peyrade zu klingeln.
Diese Frau war Dutocq anscheinend bekannt, denn er sagte zu ihr:
„Ei, ei, Mütterchen, wir haben das Bedürfnis, einen Advokaten zu konsultieren; Sie tun recht daran, im Familienrate sind sehr schwerwiegende Tatsachen gegen Sie vorgebracht worden."
„Ich brauche, Gott sei Dank, mich vor niemandem zu fürchten und den Kopf sinken zu lassen", antwortete die in dieser Weise Angeredete.
„Um so besser!" sagte der Gerichtsvollzieher des Friedensgerichts; „aber Sie werden wahrscheinlich bald von dem Richter, der Ihre Angelegenheit bearbeitet, vorgeladen werden. Übrigens sind Sie hier in guten Händen, unser Freund la Peyrade wird Sie schon aufs beste beraten."
„Der Herr ist im Irrtum," entgegnete das Dienstmädchen, „ich komme nicht wegen dessen, was Sie glauben, zu dem Herrn Advokaten."
„Na, jedenfalls halten Sie sich tapfer, meine verehrte Dame, denn ich mache Sie darauf aufmerksam, daß man Sie gründlich ausfragen wird. Die Verwandten sind wütend auf Sie und wollen sich nicht ausreden lassen, daß Sie sehr reich sind."

Während er so sprach, hatte Dutocq beständig ein Auge auf Theodosius, dem dieses Anschauen unbehaglich war, und der seine Klientin aufforderte, einzutreten.

Zwischen dieser Frau und la Peyrade hatte sich am Tage vorher folgendes abgespielt:

Wie man sich erinnern wird, hatte la Peyrade die Gewohnheit, alle Morgen die erste Messe in seiner Pfarrkirche zu besuchen. Seit einiger Zeit hatte er bemerkt, daß er von seiten der Frau, die wir eben bei ihm eintreten sahen, und die, um mit Dorine im „Tartüff" zu reden, „ihre fest bestimmten Stunden" hatte, mit besonderer Aufmerksamkeit, für die er in Verlegenheit gewesen wäre, eine Erklärung zu finden, verfolgt wurde.

Eine Liebesgeschichte? Das war mit dem sehr reifen Alter und dem scheinheiligen Benehmen dieser Frommen nicht vereinbar, die mit ihrer anschließenden Haube „à la Janseniste", an der man in dem Viertel Saint-Jacques noch einige strenggläubige Anhänger dieser Sekte erkannte, wie eine Nonne, die ihr Haar nicht sehen läßt, aussehen wollte; andererseits schlossen ihre Kleidung von fast übertriebener Sorgfalt und ein goldenes Halskreuz an einem schwarzen Sammetbande den Gedanken an eine ängstliche verschämte Bettlerin aus, die Angst hat, sich zu nähern und zu erklären.

Am Morgen des Tages, an dem das Diner im „Rocher de Cancale" stattfinden sollte, war la Peyrade, dieses Gebarens, das anfing, ihn zu beunruhigen, müde, und bemerkend, daß das Rätsel mit der runden Haube sich anschickte, ihn anzusprechen, an sie herangetreten und hatte sie gefragt, ob sie ihm eine Bittschrift überreichen wolle.

„Ist der Herr", hatte sie in ganz geheimnisvollem Tone geantwortet, „der berühmte Herr de la Peyrade, der Armenadvokat?"

„Ich bin la Peyrade, und ich habe in der Tat den Bedürftigen des Bezirks einige Dienste geleistet." Dieses war die übliche bescheidene Redewendung des Provenzalen, der in solchen Momenten nicht sehr an sein Geburtsland erinnerte.

„Würde der Herr dann vielleicht die Güte haben, mir eine Konsultation zu gewähren?"

„Der Ort hier", entgegnete la Peyrade, „ist nicht gerade sehr geeignet für eine Besprechung. Was Sie mir zu sagen haben, scheint von Wichtigkeit zu sein, denn Sie machen ja schon seit langer Zeit Versuche, mich anzusprechen; ich wohne hier in der Nähe, in der Rue Saint-Dominique-d'Enfer, und wenn Sie sich die Mühe machen wollen, in mein Bureau zu kommen..."

„Wird das dem Herrn nicht unangenehm sein?"

„Nicht im geringsten; es ist ja mein Beruf, die Klienten anzuhören."

„Und um welche Zeit würde ich den Herrn nicht stören?"

„Kommen Sie, wann Sie wollen; ich bin den ganzen Vormittag zu Hause."

„Dann will ich noch eine Messe hören und das Abendmahl nehmen; bei dieser habe ich es nicht gewagt, ich war zu zerstreut, weil ich immer an den Herrn dachte. Sobald ich meine Andacht verrichtet habe, kann ich um acht Uhr bei dem Herrn erscheinen, wenn ihm das recht ist."

„Aber gewiß, Sie brauchen nicht so viel Umstände zu machen", sagte la Peyrade etwas ungeduldig.

Vielleicht drückte sich in dieser kleinen Unmutsregung etwas von Fachneid aus, denn er hatte mit einer Gegnerin zu tun, die ihm noch einige Punkte vorgeben konnte.

Zur verabredeten Stunde, keine Minute früher oder später, klingelte die Fromme an der Tür des Advokaten, der sie, nachdem er einige Mühe gehabt hatte, sie zum Platznehmen zu bewegen, zum Reden aufforderte.

Die Scheinheilige hüstelte erst ein bißchen, wie man es zu tun pflegt, wenn man angesichts einer schwierigen Sache anzufangen zögert. Dann entschloß sie sich, den Anlaß ihres Besuchs zu erklären und sagte:

„Ich möchte von dem Herrn gern erfahren, ob es wahr ist, daß ein sehr wohltätiger Mann, der jetzt schon tot ist, eine Stiftung für Dienstboten gemacht hat, die ihrer Herrschaft treu gedient haben."

„Gewiß," antwortete la Peyrade, „Herr von Montyon hat den Tugendpreis gestiftet, der in der Tat häufig an treue Dienstboten von exemplarischem Ruf verliehen wird; aber eine solche Aufführung allein genügt nicht, ein Recht auf die Verleihung gewähren erst Beweise von besonderer Hingebung und wahrhaft christlicher Selbstverleugnung."

„Die Religion", begann die fromme Person wieder, „fordert von uns Demut, und ich würde gewiß nicht wagen, mein eigenes Lob zu singen, aber da ich doch seit mehr als zwanzig Jahren im Dienst bei einem alten Herrn, dem verdrehtesten Menschen von der Welt, einem Gelehrten, der alles bei seinen Erfindungen aufgebraucht hat, und den ich ernähren muß, diene, hat man mir gesagt, daß ich vielleicht nicht ganz unwürdig wäre, den Preis zu bekommen."

„Das sind in der Tat die Bedingungen," antwortete la Peyrade, „die die Akademie bei der Auswahl ihrer Kandidaten stellt. Wie heißt denn Ihr Herr?"

„Vater Picot; anders wird er in unserm Viertel nicht genannt, wo er manchmal ausgeht wie beim Karneval angezogen, daß die Kinder ihm nachlaufen und rufen: ‚Guten Tag, Vater Picot, guten Tag, Vater Picot!' Aber das kümmert ihn nicht, was man von ihm denkt; er ist immer tief in Gedanken versunken, und wenn ich mir noch so sehr den Kopf zerbreche, wie ich ihm was Gutes koche – wenn Sie ihn fragen würden, was er gegessen hat, er wäre nicht imstande, Ihnen zu antworten; aber trotzdem ist er ein sehr gescheiter Mensch, der sehr tüchtige Schüler hat; der Herr kennt vielleicht den jungen Phellion, den Professor am Gymnasium Saint-Louis, der kommt noch sehr oft zu uns."

„Also," sagte la Peyrade, „dann ist Ihr Herr ein Mathematiker?"

„Jawohl, mein Herr, und die Mathematik, das ist sein Unglück; er befaßt sich da mit einem Haufen von Ideen, die, wie es scheint, gar keinen vernünftigen Sinn haben, und vorher hat er sich noch bei der Sternwarte, hier in der Nähe, wo er jahrelang angestellt war, die Augen verdorben."

„Also," sagte la Peyrade, „es würde sich darum handeln, einige Atteste über Ihre langjährige Aufopferung für den alten Herrn zu erhalten, dann würde ich eine Bittschrift an die Akademie verfassen und einige Schritte für Sie tun."

„Ach, wie gütig ist der Herr!" sagte die Fromme

mit gefaltenen Händen; „würde der Herr mir gestatten, ihn noch wegen einer kleinen Schwierigkeit zu befragen...“

„Um was handelt es sich denn?“

„Man hat mir gesagt, daß man, wenn man den Preis erhalten will, ganz arm sein muß.“

„Nicht gerade das; aber immerhin ist die Akademie in der Tat darauf bedacht, ihre Auswahl unter bedürftigen Personen zu treffen, die Gelegenheit gehabt haben, über ihre Kräfte Opfer zu bringen.“

„Daß ich Opfer gebracht habe, das kann ich wohl von mir rühmen, denn eine kleine Erbschaft von Verwandten, die ich gemacht habe, ist fast ganz in der Wirtschaft draufgegangen, und seit vierzehn Jahren habe ich nicht einen Sou Lohn erhalten, was bei dreihundert Franken jährlich mit den aufgelaufenen Zinsen, wie mir der Herr zugeben wird, eine ganz hübsche Summe ausmacht.“

Bei diesen Worten „aufgelaufenen Zinsen“, die auf eine gewisse Erfahrung in Geldsachen schließen ließen, betrachtete la Peyrade diese Antigone aufmerksam.

„Und was ist das also für eine Schwierigkeit“, sagte er, „die Sie bedrückt?...“

„Der Herr wird doch, denke ich, nichts Böses dabei finden,“ erwiderte sie, „wenn ein sehr reicher Onkel von mir, der eben in England gestorben ist, und der bei Lebzeiten nie etwas für seine Familie getan hat, mir in seinem Testament fünfundzwanzigtausend Franken hinterlassen hat?“

„Das ist sicherlich“, sagte der Advokat, „durchaus natürlich und legal.“

„Aber ich habe mir sagen lassen, daß mir das doch bei den Herrn Richtern schaden könnte.“

„Das wäre möglich, weil die Opfer, die Sie doch gewiß auch weiterhin für Ihren Herrn werden bringen wollen, wenn Sie sich jetzt im Besitze eines kleinen Vermögens befinden, etwas weniger verdienstvoll erscheinen könnten."
„Ich werde den guten armen Mann trotz seiner Schwächen sicherlich niemals im Stiche lassen, aber dabei würde das kleine Vermögen, das mir jetzt zugefallen ist, in die größte Gefahr geraten."
„Wie das?" fragte la Peyrade neugierig.
„Nun, wenn er bei mir nur ein bißchen Geld vermutet, dann ist das für ihn nur ein Happen, und alles geht auf solche Erfindungen wie das Perpetuum mobile und andere Maschinen drauf, womit er sich schon ruiniert hat und mich dazu."
„Sie wünschen also," sagte la Peyrade, „daß von dem Ihnen eben zugefallenen Legat weder die Akademie noch Ihr Herr irgend etwas erfahren sollen?"
„Wie klug der Herr ist, und wie gut er die Sache versteht!" sagte die Fromme lächelnd.
„Und andererseits", fuhr der Advokat fort, „möchten Sie das Geld nicht bei sich aufbewahren."
„Damit es mein Herr nicht findet und mir wegnimmt! Andererseits wird der Herr verstehen, daß ich es nicht ungern sehen würde, wenn das Geld einige Zinsen brächte, damit ich meinem braven Herrn auch mal etwas Gutes antun könnte."
„Und so hohe Zinsen als möglich, nicht wahr?" sagte der Advokat.
„Nun ja, fünf bis sechs Prozent."
„Sie wünschten also seit längerer Zeit meinen Rat gleichzeitig wegen einer Bittschrift bezüglich des Tugendpreises und wegen einer Geldanlage?"

„Ach, der Herr ist ja so gütig, so wohltätig und so entgegenkommend!“

„Die Angelegenheit mit der Bittschrift, wenn erst einige Nachforschungen angestellt sind, ist nicht schwierig; aber Ihnen eine Anlegungsmöglichkeit zu verschaffen, über die, bei absoluter Sicherheit, heiliges Stillschweigen bewahrt wird, das ist eine erheblich weniger leichte Sache.“

„Ach, wenn ich es wagen dürfte!“ sagte die Fromme.

„Was?“ fragte la Peyrade.

„Der Herr versteht mich schon...“

„Ich? Nicht im geringsten.“

„Und ich habe doch eben zum Himmel gebetet, daß der Herr selbst das Geld an sich nehmen möchte; bei Ihnen hätte ich volles Vertrauen, daß ich es wieder erhalte, und daß darüber nicht gesprochen wird.“

La Peyrade erntete jetzt die Frucht seiner gespielten Hingebung für die Bedürftigen. Der Chor der Portiersfrauen des Viertels, der ihn bis in den Himmel erhob, hatte allein diesem Dienstboten das unbegrenzte Vertrauen einflößen können, das ihm hier entgegengebracht wurde. Er dachte sogleich an Dutocq und war nicht weit von dem Glauben entfernt, daß ihm dieses Weib von der Vorsehung gesandt worden sei. Aber je mehr es ihn trieb, von der Gelegenheit, frei zu werden, Gebrauch zu machen, um so mehr empfand er das Bedürfnis, den Anschein hervorzurufen, daß er nur der Gewalt, die auf ihn ausgeübt wurde, wiche, und er machte unzählige Einwendungen.

Im Ganzen genommen setzte er kein großes Vertrauen in den Charakter seiner Klientin und hatte Bedenken, vulgär gesprochen, den Teufel mit Beelzebub auszutreiben und anstelle eines Gläubigers, der nach allem doch sein Komplize war, ein Klatschweib zu setzen, das von einem Augenblick zum andern sehr anspruchsvoll werden und sich zum Drängen auf Rückzahlung und zu einem Skandal hinreißen lassen mochte, der seinem Ruf sehr schaden konnte. Er entschloß sich also, alles auf eine Karte zu setzen.

„Meine gute Frau," sagte er, „ich selbst brauche kein Geld, aber ich bin nicht reich genug, um Ihnen den Betrag von fünfundzwanzigtausend Franken zu verzinsen, ohne ihn anzulegen. Alles, was ich für Sie tun kann, ist, daß ich es auf meinen Namen bei dem Notar Dupuis unterbringe; das ist ein frommer Mann, den Sie am Sonntag in seinem Kirchenstuhl in unserer Pfarrkirche sitzen sehen können. Wie Sie wissen, geben die Notare keine Quittung; ich werde ebenfalls keine ausstellen, sondern kann Ihnen nur versprechen, daß ich, für meinen Todesfall, in meinen Papieren eine Aufzeichnung machen werde, die Ihnen die Rückgabe der deponierten Summe verbürgt. Sie sehen, es ist eine Sache blinden Vertrauens, und ich lasse mich nur sehr ungern darauf ein und nur um einer Person gefällig zu sein, die sich durch ihren frommen Sinn und den wohltätigen Gebrauch, den sie von ihrem kleinen Vermögen zu machen beabsichtigt, meinem Wohlwollen ganz besonders empfiehlt."

„Wenn der Herr der Ansicht ist, daß es nicht anders zu machen geht..."

„Es ist alles, was ich für möglich halte", sagte la Peyrade. „Im übrigen ist es wohl möglich, daß ich Ihnen eine Verzinsung von sechs Prozent verschaffen kann, und Sie dürfen darauf rechnen, daß Ihnen die Zinsen pünktlich auf den Tag bezahlt werden. Nur könnte es sechs Monate bis ein Jahr dauern, bevor Ihnen der Notar das Kapital wieder herauszuzahlen in der Lage ist, weil die Notare das Geld gewöhnlich in Hypotheken anlegen und es damit für mehr oder weniger lange Zeit unkündbar wird. Wenn Sie nun den Tugendpreis erhalten haben, was ich allem Anschein nach für Sie durchsetzen werde, und Sie dann nicht mehr nötig haben werden, was ich augenblicklich durchaus verstehen kann, Ihr kleines Vermögen zu verheimlichen, so muß ich Ihnen doch erklären, daß im Falle einer Indiskretion Ihrerseits Ihnen das Kapital sofort wieder zugestellt werden, und daß ich mich nicht abhalten lassen würde, öffentlich bekannt zu geben, wie Sie Ihre Erbschaft vor ihrem Herrn verheimlichten, für den Sie sich angeblich so völlig aufgeopfert haben. Sie verstehen, daß das Ihre Gutherzigkeit als falsch erweisen und Ihrem Rufe als fromme Person sehr schaden würde."

„Oh, wie kann der Herr denken," sagte sie, „daß ich so eine bin, die etwas sagen könnte, was sie nicht soll!"

„Lieber Gott, bei Geschäftsangelegenheiten, meine Beste, muß man auf alles gefaßt sein; das Geld entzweit die besten Freunde miteinander und veranlaßt zu Schritten, an die man am wenigsten gedacht hätte. Also überlegen Sie sich die Sache und kommen Sie in einigen Tagen wieder, vielleicht finden Sie bis dahin eine bessere Lösung, und auch ich, der ich augenblicklich diese Angelegenheit, gegen die ich mich im Grunde genommen

sträube, leicht nehme, werde bis dahin vielleicht Schwierigkeiten bei unserm Arrangement entdeckt haben, die ich jetzt noch nicht sehe."
Diese zum Schluß geschickt hingeworfene Drohung mußte die sofortige Entscheidung herbeiführen.
„Ich habe alles überlegt", sagte die Frau; „bei einem so frommen Manne, wie der Herr einer ist, kann man keinerlei Gefahr laufen."
Und sie zog aus ihrem Brusttuch ein Portefeuille heraus und entnahm ihm fünfundzwanzig Kassenscheine. Die gewandte Art, mit der sie sie aufzählte, war für la Peyrade wie eine Offenbarung. Dieses Weib mußte Übung haben, mit Geld umzugehen, und ein eigenartiger Gedanke schoß ihm durch den Kopf...
„Sollte ich etwa", dachte er, „eine Hehlerrolle spielen? – Nein," sagte er dann, „um die Bittschrift an die Akademie abzufassen, muß ich, wie ich Ihnen eben schon sagte, einige Nachforschungen anstellen und infolgedessen bald zu Ihnen kommen. Um welche Zeit sind Sie allein?"
„Um vier Uhr; da geht mein Herr im Luxembourg spazieren."
„Und wo wohnen Sie?"
„Rue du Val-de-Grâce, Nummer 9."
„Also auf vier Uhr; und wenn, woran ich nicht zweifle, die Auskünfte günstig sind, will ich Ihr Geld an mich nehmen. Wenn Sie andererseits Ihre Absichten auf den Tugendpreis nicht weiter verfolgen sollten, hätten Sie ja kein Interesse daran, Ihre Erbschaft zu verheimlichen; Sie könnten sie dann zu besseren Bedingungen unterbringen, als ich sie Ihnen vorzuschlagen gezwungen bin."
„Ach, der Herr ist so ängstlich", sagte die Frau,

die die Sache schon für erledigt hielt. „Ich habe das Geld doch, gottlob, nicht gestohlen, und der Herr kann sich in unserm Viertel über mich erkundigen."

„Das ist auch unbedingt nötig", sagte la Peyrade trocken, dem dieser unter äußerer Harmlosigkeit versteckte Verstand, der alle seine Gedanken durchschaute, unangenehm war; „der Tugendpreis wird nicht auf Ihre bloße Aussage hin verliehen, und wenn man auch keine Diebin ist, so braucht man darum noch keine barmherzige Schwester zu sein; es ist viel Raum zwischen diesen beiden Extremen."

„Wie es dem Herrn beliebt", sagte sie; „der Herr leistet mir einen zu großen Dienst, als daß ich ihn nicht alle Vorsichtsmaßregeln treffen lassen sollte." Und nach einer salbungsvollen Verabschiedung entfernte sie sich mit ihrem Gelde.

„Teufel noch mal!" dachte la Peyrade, „dieses Weib ist schlauer als ich; sie schluckt die bittersten Pillen hinunter, ohne eine Miene zu verziehen. Ich bin noch nicht imstande, mich so zu beherrschen."

Er fürchtete, daß er sich zu gewissenhaft gezeigt habe und erwog, ob nicht seine Gläubigerin bis zu seinem angekündigten Besuch anderer Meinung geworden sein würde.

Aber das Übel war geschehen, und obwohl er sehr in Sorge war, daß er die gute Gelegenheit versäumt haben könnte, hätte er sich doch eher ein Bein abnehmen lassen, als daß er, seinem Drange entsprechend, die für den Besuch festgesetzte Stunde auch nur um eine Minute verkürzt hätte.

Die Auskünfte, die er in dem Viertel erhielt, waren

ziemlich widerspruchsvoll: die einen erklärten seine Klientin für eine Heilige, die andern für einen gerissenen Schlaukopf; aber im ganzen wurde gegen ihren moralischen Ruf nichts Belastendes vorgebracht, was la Peyrade genötigt hätte, auf den unverhofften Glücksfall, der sich ihm bot, zu verzichten.

Als er sie um vier Uhr wiedersah, hatte sie ihre Absichten nicht geändert.

Mit dem Geld in der Tasche begab er sich in den „Rocher de Cancale", und es waren vielleicht die verschiedenen Aufregungen, die er während des ganzen Tages durchgemacht hatte, die ihn zu der hastigen und wenig überlegten Art und Weise veranlaßten, in der er den Bruch mit seinen beiden Genossen vollzog. Dieses nicht wohl erwogene Vorgehen entsprach weder seinem natürlichen, noch seinem angenommenen Wesen; aber das Geld, das er noch ganz frisch in der Tasche fühlte, hatte ihn gewissermaßen etwas berauscht und eine Erregung und eine Ungeduld, sich frei zu machen, in ihm wachgerufen, deren er nicht mehr Herr wurde. Er hatte Cérizet beiseite geschoben, ohne Brigitte auch nur gefragt zu haben, und doch hatte er nicht den vollen Mut zu dieser Doppelzüngigkeit aufgebracht, denn er hatte der alten Jungfer eine Entscheidung in die Schuhe geschoben, die er selber getroffen hatte, und die nur der bitteren Erinnerung an seinen Zwist mit dem Manne, der ihn so lange beherrscht hatte, entsprungen war.

Alles zusammengenommen hatte sich la Peyrade an diesem ganzen Tage nicht als der vollkommen unerschütterliche Mensch gezeigt, wie wir ihn bisher kennen gelernt hatten. Schon beim ersten Mal, als er die fünfzehntausend Franken, die ihm Thuillier gegeben hatte, brachte, hatte er sich zu einer Auflehnung gegen Cérizet hinreißen lassen, die ihn dann zu dem Gewaltakt der Affäre Sauvaignou zwang. Es ist wohl schwieriger, im Glück, als im Unglück fest zu bleiben.

Der ruhig dastehende Farnesische Herkules gibt einen deutlicheren Begriff von der Fülle seiner Muskelkraft als andere heftige, bewegte und bei ihren anstrengenden Arbeiten dargestellte Herkulesse.

ZWEITER TEIL

☆

JEDERMANN HAT VON DEN SCHWIERIGkeiten des Odeons reden hören, dieses verhängnisvollen Theaters, das alle seine Direktoren zugrunde gerichtet hat. Mit Recht oder mit Unrecht blieb aber das Viertel, in dem diese theatralische Unmöglichkeit gelegen ist, davon überzeugt, daß es ein großes Interesse an ihrem Gedeihen habe, und mehr als einmal haben der Bürgermeister und die Spitzen des Bezirks mit einem Mute, der ihnen zur Ehre gereicht, die verzweifeltsten Versuche gemacht, den Kadaver künstlich am Leben zu erhalten.

Einfluß auf das Theater zu gewinnen, ist zu allen Zeiten eines der Ziele kleinbürgerlichen Ehrgeizes gewesen. Und immer fühlten sich alle die, die nacheinander dem Odeon hilfreich beigesprungen waren, reichlich belohnt, wenn ihnen scheinbar eine Mitwirkung bei der Leitung des Unternehmens zugestanden wurde.

Es geschah nun bei einer solchen Gelegenheit, daß Minard, als Bürgermeister des elften Bezirks, zum Vorsitzenden des Lesekomitees gewählt worden war mit der Befugnis, zu Beisitzern sich eine Anzahl von Notabeln aus dem Quartier Latin selbst auszusuchen.

Wir werden bald sehen, wie weit la Peyrade in

Wirklichkeit mit seiner Jagd auf Celestes Mitgift gekommen war. Für jetzt mag es genügen, zu sagen, daß seine Bewerbung, deren Entscheidung heranrückte, unvermeidlich ruchbar geworden war; und da bei dieser Sachlage sowohl die Kandidatur des Advokaten Minard, als auch die des Professors Phellion erledigt zu sein schienen, so hatte sich das Vorurteil, dem der alte Minard gegen den alten Phellion Ausdruck gegeben hatte, in ein herzliches Einvernehmen verwandelt; nichts knüpft ein so festes Band vertraulicher Beziehungen wie eine gemeinsam erlittene Niederlage.
Ohne den bösen Blick väterlicher Rivalität gesehen, würde Phellion für Minard ein Römer von unerschütterlicher Rechtschaffenheit gewesen sein, ein Mann, dessen kleine Abhandlungen von der Universität angenommen waren, also eine Persönlichkeit von erprobtem gesundem Menschenverstande. Als es sich nun für den Bürgermeister darum handelte, das Personal des dramatischen Zollamts, dessen Leiter er sein sollte, zusammenzustellen, hatte er sofort an Phellion gedacht; was aber den großen Bürger anlangt, so hatte er an dem Tage, da ihm ein Platz in diesem erhabenen Tribunal angeboten wurde, das Gefühl, als ob sich eine goldene Krone auf sein Haupt senke.
Man begreift, daß ein Mann von dem feierlichen Wesen Phellions nicht leichtfertig und nicht ohne eingehende Prüfung eine so hohe heilige Mission, die sich ihm bot, angenommen hatte. Er sagte sich, daß er damit ein Amt, und zwar ein Priesteramt, auszuüben habe.
„Über Menschen zu Gericht sitzen," hatte er zu Minard, der sich über sein langes Bedenken wun-

derte, gesagt, „das ist schon eine furchtbare Aufgabe; aber über den Geist – wer kann sich einem solchen Amt gewachsen fühlen?“

Auch dieses Mal wieder hatte die Familie, diese Klippe für alle verständigen Entschlüsse, versucht, einen Angriff auf seine Überzeugung zu machen, und die Aussicht auf freie Logen- und andere Plätze, über die das künftige Komiteemitglied zugunsten der Seinigen zu verfügen haben würde, hatte in seiner Umgebung eine so stürmische Gärung hervorgerufen, daß die Freiheit seiner Entscheidung eine kurze Zeit bedroht erschien. Aber glücklicherweise konnte Brutus sich in demselben Sinne entscheiden, zu dem ihn ein förmlicher Aufruhr des gesamten phellionischen Tribus drängte; auf die Gründe Barniols, seines Schwiegersohnes, hin und auch nach seiner eignen Einsicht war er davon überzeugt, daß er, da er immer für moralisch unangreifbare Werke stimmen und mit wohlüberlegter Absicht jedem Stücke den Weg versperren würde, in das eine Familienmutter ihre Tochter nicht mitnehmen könnte, berufen war, der öffentlichen Ordnung und Sittlichkeit den größten Dienst zu leisten.

Phellion war also, um seine Ausdrucksweise anzuwenden, Mitglied des „Areopags“ geworden, dem Minard präsidierte. Und er hatte, um weiter in seiner Sprache zu reden, „sein Haus verlassen“, um seine ebenso „interessanten wie delikaten“ Amtspflichten zu erfüllen, als die Unterhaltung, die wir hier wiedergeben, stattfand; da sie für das Verständnis der späteren Ereignisse dieser Geschichte nötig ist und außerdem das Gefühl des Neides, eines der hervorstechendsten Züge des Bourgeoischarakters, deutlich ins Licht setzt, so muß diese Unterredung unvermeidlich hier ihre Stelle finden.

Die Sitzung des Komitees war sehr stürmisch gewesen.

Anläßlich einer Tragödie mit dem Titel: „Der Tod des Herkules“ waren sich die klassischen und die romantischen Ansichten, die der Herr Bürgermeister absichtlich gleichmäßig in dem Komitee verteilt hatte, beinahe in die Haare geraten.

Zweimal hatte sich Phellion zum Worte gemeldet, und man war erstaunt darüber, welche Unzahl von Metaphern die Rede eines Bataillonskommandeurs der Nationalgarde enthalten kann, wenn seine literarischen Überzeugungen angegriffen werden.

Nach der Abstimmung, bei der die Partei, deren beredtes Organ Phellion gewesen war, gesiegt hatte, sagte er, als er mit Minard die Treppe des Theaters hinabging:

„Wir haben heute tüchtige Arbeit geleistet! Dieser ‚Tod des Herkules‘ erinnert mich an den ‚Tod des Hektor‘ von dem seligen Luce de Lancival; das Werk, das wir angenommen haben, enthält erhabene Verse.“

„Ja,“ sagte Minard, „die Verse sind geschmackvoll; es enthält auch schöne Sentenzen, und ich muß Ihnen gestehen, daß ich diese Literatur doch etwas höher stelle, als die Anagramme des edlen Colleville.“

„Oh,“ sagte Phellion. „Collevilles Anagramme sind einfache Wortspiele, die mit den ernsten Tönen Melpomenes nichts gemein haben.“

„Nun,“ fuhr Minard fort, „ich kann Ihnen versichern, daß er diesen Albernheiten einen außerordentlichen Wert beimißt, wie sich der Herr Musikus auch auf eine Anzahl anderer Dinge viel einbildet. Übrigens haben seit ihrer Übersiedelung in das Madeleineviertel nach meiner Ansicht nicht nur der gestrenge Herr Coleville, sondern auch seine Frau, seine Tochter, die Thuilliers und die ganze Sippschaft ein schwer zu rechtfertigendes hochfahrendes Benehmen angenommen."

„Was wollen Sie?" sagte Phellion, „man muß einen sehr gefestigten Charakter besitzen, um den betäubenden Duft der Opulenz zu ertragen; unsere Freunde sind durch den Ankauf des Grundstücks, das sie sich zu bewohnen entschlossen haben, sehr reich geworden, man muß ihnen eine gewisse Trunkenheit in der ersten Zeit zugute halten; übrigens war das Diner, das sie uns gestern zur Einweihungsfeier gegeben haben, ebenso gewählt wie schmackhaft."

„Auch ich", sagte Minard, „schmeichle mir, einige hervorragende Diners gegeben zu haben, an denen sehr hochgestellte Mitglieder der Regierung nicht verschmähten teilzunehmen, aber ich habe mich deshalb doch nicht maßlos aufgeblasen, und ich bin immer derselbe, so wie man mich gekannt hat, geblieben."

„Sie, Herr Bürgermeister, sind bereits seit langer Zeit an das vornehme Leben, das Sie Ihren hohen kaufmännischen Fähigkeiten zu verdanken haben, gewöhnt; aber unsere Freunde, die, im Gegensatz dazu, erst seit gestern Passagiere des lachenden Glücksschiffs sind, haben noch nicht, wie man sagt, die Seebeine."

Und um dieses Gespräch, bei dem, wie Phellion

fand, der Herr Bürgermeister sehr beißend wurde, abzubrechen, schickte er sich an, von ihm Abschied zu nehmen. Sie hatten nicht denselben Weg nach ihren beiderseitigen Wohnungen.

„Gehen Sie nicht durch den Luxembourggarten?" fragte Minard, der sich nicht abschütteln lassen wollte.

„Jawohl, aber ich halte mich dort nicht auf. Ich habe mit meiner Frau verabredet, daß sie mich mit den kleinen Barniols am Ende der großen Allee erwarten soll."

„Nun," sagte Minard, „dann werde ich auch das Vergnügen haben, Frau Phellion zu begrüßen und gleichzeitig ein wenig Luft zu schnappen; es ist ja sehr hübsch, so schöne Sachen zu hören, aber die Arbeit, die wir heute geleistet haben, macht Einem den Kopf warm."

Minard hatte wohl gemerkt, daß Phellion nicht gern auf seine etwas spitzen Bemerkungen über die neue Behausung der Thuilliers antworten wollte. Er machte also keinen weiteren Versuch, auf diese Sache wieder zurückzukommen; aber sobald er mit Frau Phellion ins Gespräch kam, bei der er sicher war, daß seine Bosheiten eher ein Echo finden würden, sagte er:

„Nun, meine schöne Frau, was denken Sie über das gestrige Diner?"

„Es war sehr schön," antwortete Frau Phellion, „und von der Geflügelsuppe an habe ich gemerkt, daß irgendein großer Traiteur wie Chevet an die Stelle der schlechten Köchin getreten war. Aber es war keine fröhliche Stimmung und nicht die Gemütlichkeit wie bei unserern kleinen Gesellschaften im Quartier Latin. Und haben Sie nicht auch bemerkt, daß weder Frau noch Fräulein Thuillier mehr Herrinnen in ihrem Hause zu sein scheinen? Ich habe schließlich geglaubt bei Frau... wie heißt sie doch? – zu sein; ich habe mir ihren Namen nicht merken können."

„Torna, Gräfin von Godollo", sagte Phellion dazwischen. „Der Name ist aber doch äußerst wohllautend."

„Mag er wohllautend sein, soviel du willst, mein Lieber, aber für mich klingt das überhaupt nicht wie ein Name."

„Es ist ein madgyarischer, oder vulgär gesprochen, ein ungarischer Name. Wenn man über unseren Namen streiten wollte, so könnte man sagen, daß er wie aus dem Griechischen entlehnt klingt."

„Möglich, aber wir, wir haben den Vorzug, daß man uns kennt, nicht allein in unserm Viertel, sondern in der ganzen Lehrerwelt, wo wir uns eine ehrenvolle Stellung errungen haben; aber diese ungarische Gräfin, die jetzt im Hause Thuillier den Ton angibt, wo stammt sie denn her? Wie war es ihr, zumal mit ihren Manieren einer großen Dame – denn das kann man ihr nicht absprechen, sie hat ein sehr vornehmes Auftreten, diese Frau –, wie war es ihr möglich, Brigitte in sich verliebt zu machen, die, unter uns gesagt, ihre Herkunft doch nicht verleugnen kann und schon von weitem nach der Portierstochter riecht, daß einem übel werden kann? Nach meiner Meinung ist diese so hingebungsvolle Freundin eine Intrigantin; sie hat gemerkt, daß hier etwas zu machen ist, und spart sich einen kleinen Ausbeutungsfeldzug für später auf."

„Ach so," sagte Minard, „Sie wissen also noch

nicht, aus welchem Anlaß diese nahen Beziehungen zwischen der Frau Gräfin von Godollo und den Thuilliers entstanden sind?"

„Sie ist eine ihrer Mieterinnen, die das Zwischengeschoß unter ihnen bewohnt."

„Gewiß, aber es kommt noch ein besonderer Umstand hinzu. Zélie, meine Frau, weiß es von Josephine, die damals gern bei uns in Dienst getreten wäre; es wurde nichts daraus, weil unsere Franziska, die heiraten und von uns weggehen wollte, sich schließlich anders besonnen hat. Erfahren Sie also, schöne Frau, daß die Auswanderung der Thuilliers einzig und allein der Frau von Godollo zuzuschreiben ist, die ihnen das Mobiliar geliefert hat."

„Wie, eine Möbelhändlerin?" rief Phellion, „diese vornehme Dame, von der man sagen möchte: ‚Incessu patuit dea', was wir ziemlich unvollkommen ins Französische mit ‚ein Anstand wie eine Königin' übersetzen."

„Erlauben Sie," sagte Minard, „ich behaupte nicht, daß die Frau Gräfin von Godollo direkt eine Möbelhändlerin ist; aber in der Zeit, wo Fräulein Thuillier sich auf la Peyrades Rat entschloß, ihr Haus bei der Madeleine selbst zu verwalten, gelang es diesem kleinen Herrn, der auf sie durchaus nicht den Einfluß ausübt, wie er uns glauben machen möchte, – gelang es ihm nicht ohne Schwertstreich, sie dazu zu bestimmen, in ihrem Hause die kostbare Wohnung zu beziehen, in der wir gestern empfangen wurden. Fräulein Brigitte wandte dagegen ein, daß sie ihre Gewohnheiten würde ändern müssen, und daß ihre Freunde in einem so entfernten Viertel nicht mehr zu ihnen kommen würden..."

„Sicherlich,“ unterbrach ihn Frau Phellion, „müßten Einem, wenn man sich alle Sonntage zu der Ausgabe für einen Wagen entschließen soll, andere Genüsse in Aussicht stehen, als die, die uns in ihrem Salon geboten werden ... Wenn man bedenkt, daß, abgesehen von der kleinen Tanzerei anläßlich der Wahl zum Generalrat, man überhaupt nicht auf den Gedanken gekommen ist, das Klavier zu öffnen!“

„Es wäre uns sicherlich sehr angenehm gewesen,“ erwiderte Minard, „wenn von einem so bemerkenswerten Talent wie dem Ihrigen zuweilen Gebrauch gemacht werden würde, aber so etwas kommt der guten Brigitte gar nicht in den Sinn. Sie hätte dazu ja auch zwei Kerzen mehr anzünden müssen. Sie liebt nur die Musik der Hundertsousstücke. Als la Peyrade und Thuillier also drängten, daß sie die Wohnung in der Rue Saint-Dominique d'Enfer verlassen solle, machten ihr die Unkosten des Umzugs die meiste Sorge. Sie war mit Recht der Ansicht, daß unter den vergoldeten Plafonds das alte Gerümpel ihrer bisherigen Wohnung einen merkwürdigen Eindruck machen würde.“

„So hängt eins mit dem andern zusammen,“ rief Phellion aus, „und so dringt der Luxus von den Spitzen der Gesellschaft bis in die unteren Klassen hinein und führt früher oder später den Ruin der Länder herbei.“

„Sie berühren da, mein lieber Kommandeur,“ bemerkte Minard, „eine der schwierigsten Fragen der politischen Ökonomie; viele feine Köpfe sind im Gegenteil der Ansicht, daß der Luxus eine sehr wünschenswerte Sache ist, weil dadurch der Handel, der doch sicherlich der Grundpfeiler des staatlichen Lebens ist, blüht. Jedenfalls scheint dieser Gesichtspunkt, wenn auch nicht der Ihrige, so doch der der Frau von Godollo zu sein, denn sie soll entzückend eingerichtet sein, und um Fräulein Thuillier auf die gleiche Höhe der Eleganz zu bringen, machte sie ihr folgenden Vorschlag: ‚Eine Freundin von mir', sagte sie, ‚eine russische Prinzessin, für die einer der ersten Möbelfabrikanten von Paris eben ein herrliches Mobiliar hergestellt hat, ist plötzlich vom Zaren, einem Herrn, der nicht mit sich spaßen läßt, in ihr Land zurückbefohlen worden. Die arme Frau sieht sich gezwungen, alles, was sie besitzt, zu Geld zu machen, und ich bin sicher, daß sie dieses Mobiliar für kaum den vierten Teil des Preises, den es gekostet hat, jemandem, der es bar bezahlen wollte, ablassen würde; alles ist so gut wie neu, und eine Anzahl von Gegenständen ist überhaupt noch nicht benutzt worden.' "

„Also ist all diese Pracht," rief Frau Phellion, „die gestern abend vor uns zur Schau gestellt wurde, ein Ergebnis der Sparsamkeit und eines Gelegenheitskaufes?"

„Wie Sie sagen, verehrte Frau," erwiderte Minard, „und was Fräulein Brigitte bestimmt hat, von diesem großartigen Glückszufall Gebrauch zu machen, das war nicht so sehr der Wunsch, ihr Mobiliar zu erneuern, als der Gedanke, hierbei ein ausgezeichnetes Geschäft machen zu können, denn in dieser alten Jungfer steckt immer etwas von der Madame la Ressource aus dem ‚Geizigen'."

„Ich glaube, Sie irren sich, Herr Bürgermeister; Madame la Ressource ist eine Figur aus dem ‚Tur-

caret', dem sehr unmoralischen Stück des seligen Le Sage."
„Meinen Sie?" sagte Minard, „das wäre möglich; aber sicher ist jedenfalls, daß, wenn der Advokat sich bei Brigitte dadurch in Gunst gesetzt hat, daß er ihr das Haus verschaffte, die Fremde durch die Vermittelung des Möbelankaufs jetzt bei ihr die Position einnimmt, die uns aufgefallen ist; und haben Sie nun nichts von dem Kampfe bemerkt; der sich zwischen dem Mobilien- und dem Immobilien-Einfluß entsponnen hat?"
„Aber natürlich," sagte Frau Phellion mit einem Aufleuchten der Augen, das ihr ungeteiltes Interesse an dieser Unterhaltung bewies, „wie mir schien, hat sich die hohe Dame erlaubt, dem Herrn Advokaten zu widersprechen, und zwar mit einer gewissen Schärfe."
„Oh, es war recht deutlich," bemerkte Minard, „und der Intrigant hat das wohl gemerkt. Diese feindselige Haltung schien ihm auch große Sorgen zu machen! Mit den Thuilliers hat er leichtes Spiel gehabt, die sind, unter uns gesagt, doch keine klugen Leute; aber hier hat er, wie er fühlt, eine scharfe Gegnerin gefunden und sucht unruhig nach einer verwundbaren Stelle bei ihr."
„Weiß Gott," sagte Frau Phellion, „das ist ihm recht! Seit einiger Zeit hat dieser Herr, der sich früher so bescheiden und unterwürfig benahm, jetzt Herrschermanieren in dem Hause angenommen, die unerträglich sind: er spielt sich schon ganz offen als Schwiegersohn auf; und bei der Wahlaffäre Thuilliers hat er uns, alles in allem, sämtlich an der Nase herumgeführt, damit wir ihm als Fußschemel für seine Heiratswünsche dienten."

„Ja," sagte Minard, „aber augenblicklich ist unser Mann, wie ich Ihnen versichern kann, stark im Preise gesunken. Zunächst wird er nicht alle Tage seinem ‚Freundchen', wie er ihn nennt, ein Grundstück im Werte von einer Million für ein Butterbrot verschaffen können."

„Haben sie denn das Haus so billig bekommen?" fragte Frau Phellion.

„Umsonst haben sie's bekommen, und zwar infolge einer unsauberen Intrige, von der mir der Anwalt Desroches neulich erzählte, und die, wenn sie zur Kenntnis der Advokatenkammer gelangte, den Herrn Advokaten stark kompromittieren würde. Dann stehen die Kammerwahlen bevor. Unserm guten Thuillier ist der Appetit beim Essen gekommen, aber er merkt schon, daß der Herr la Peyrade, wenn es sich darum handelt, ihm diesen Bissen zurecht zu schneiden, uns nicht wieder so leicht wird zum Narren halten können. Deshalb hat man sich der Frau von Godollo zugewendet, die hohe Beziehungen in der politischen Welt zu haben scheint. Übrigens macht sich, abgesehen von diesen, ja noch in der Ferne liegenden Ansprüchen, die Gräfin von Godollo Brigitte von Tag zu Tag unentbehrlicher; denn das muß man zugeben: ohne den Beistand der vornehmen Dame würde das arme Mädchen in ihrem prächtigen Salon sich wie ein Lumpen inmitten der Ausstattung einer Neuvermählten ausnehmen."

„Oh, Herr Bürgermeister," sagte Frau Phellion geziert, „Sie sind hart!"

„Nein, wahrhaftig," fuhr Minard fort, „Hand aufs Herz, ist Brigitte, ist Frau Thuillier imstande, in ihrem Salon zu empfangen? Die Ungarin ist es, die die ganze Wohnung arrangiert hat; sie ist es, die ihnen den Diener besorgt hat, dessen gute Haltung und Gewandtheit Ihnen aufgefallen sein wird; sie ist es, die gestern das Menü zusammengestellt hat, und sie spielt auch die Vorsehung für diese Kolonie, die ohne ihr Eintreten das Gelächter des ganzen Viertels erregt haben würde. Was aber andererseits auffällt: diese Fremde, die nicht, wie Sie zuerst glaubten, ein Parasit in der Art des Provenzalen ist, und die selbst ein hübsches Vermögen zu besitzen scheint, zeigt sich nicht nur uneigennützig, sondern sogar freigebig. So sind die beiden Kleider Brigittes und der Frau Thuillier, die Ihnen allen aufgefallen sein werden, meine Damen, ein Geschenk, das sie ihnen gemacht hat, und nur weil sie selbst die Toilette unserer beiden Gastgeberinnen angeordnet hat, sind sie zu Ihrem Erstaunen gestern nicht in ihrer sonstigen Art aufgeputzt gewesen."

„Aber," sagte Frau Phellion, „was beabsichtigt sie denn mit dieser mütterlichen Hingebung und Vorsorge?"

„Meine Liebe," sagte Phellion feierlich, „der Beweggrund für die Handlungen der Menschen ist, Gott sei Dank, nicht immer der Egoismus und der niedrige Eigennutz. Es gibt noch Gemüter, denen es Freude macht, das Gute um seiner selbst willen zu tun. Diese Dame hat in unsern Freunden vielleicht Leute gesehen, die im Begriffe standen, sich in eine Sphäre zu verirren, deren Höhe sie unterschätzt hatten, und indem sie ihren ersten Schritten durch den Ankauf des Mobiliars beigestanden hatte, wird sie später, so wie eine Amme an ihrem Säugling hängt, Gefallen daran gefunden haben, ihnen die Milch ihrer Winke und Ratschläge im Überfluß zu spenden."

„Er tut immer so, als ob er keine Fliege töten könnte, Ihr guter Mann," sagte Minard zu Frau Phellion, „und jetzt macht er, wie Sie sehen, die bissigsten Bemerkungen!"

„Ich und bissig?" sagte Phellion; „das entspräche weder meinen Absichten noch meinen Gewohnheiten."

„Man kann es aber doch kaum deutlicher ausdrücken, daß die Thuilliers Schafsköpfe sind, und daß die Frau von Godollo sie aufpäppeln muß, wie kleine Kinder."

„Ich kann eine solche, ihren Ruf antastende Qualifizierung unserer Freunde nicht zugeben", sagte Phellion. „Ich habe nur sagen wollen, daß es ihnen vielleicht an Erfahrung fehle, und daß die vornehme Dame ihnen mit ihren Kenntnissen und ihrer Weltgewandtheit zur Seite stehe; aber ich protestiere gegen jede andere Interpretation, die über die hiermit gezogenen Grenzen hinausgeht."

„Aber darin sind wir doch einig, mein lieber Kommandeur, daß der Gedanke, Celeste diesem la Peyrade zu geben, etwas anderes ist als ein Mangel an Lebensart? Das ist gleichzeitig eine unschickliche und eine unmoralische Sache; denn bei diesen galanten Beziehungen zwischen dem Advokaten und Frau Colleville ..."

„Herr Bürgermeister," unterbrach ihn Phellion mit verdoppelter Feierlichkeit, „der Gesetzgeber Solon wollte keine Strafe für den Vatermord festsetzen, weil er ein solches Verbrechen für undenkbar hielt. Ich glaube, ebenso verhält es sich mit der Verirrung, auf die Sie anzuspielen scheinen. Frau Colleville sollte Herrn de la Peyrade Entgegenkommen beweisen und gleichzeitig daran denken, ihm ihre Tochter zu geben – nein, mein Herr, nein, das kann ich mir überhaupt nicht vorstellen. Wenn sie vom Gerichtshof hierüber befragt wäre, würde Frau Colleville wie Marie-Antoinette antworten: ‚Ich rufe alle Mütter zu Zeugen an!'"

„Trotzdem wirst du mir gestatten, Dir zu sagen, mein Lieber, daß Frau Colleville eine außerordentlich leichtfertige Person ist, und daß sie davon genugsam hübsche Proben gegeben hat."

„Machen wir diesem Gespräch ein Ende, meine Liebe," sagte Phellion, „außerdem ruft uns unsere Essensstunde nach Hause, und ich finde, daß wir unsere Unterhaltung allmählich in den unsauberen Sumpf des Klatschens haben gleiten lassen."

„Sie sind noch voller Illusionen, mein lieber Kommandeur," sagte Minard und reichte Phellion die Hand, „aber es sind achtungswerte Illusionen, die ich respektiere und um die ich Sie beneide. – Verehrte Frau, ich habe die Ehre..." bemerkte der Bürgermeister und empfahl sich respektvoll von Frau Phellion.

Dann entfernten sie sich, jeder nach seiner Seite.

Die Informationen des Bürgermeisters des elften Bezirks waren ganz richtig. Im Salon Thuillier hob sich seit der Übersiedelung in das Madeleineviertel zwischen der geldgierigen Brigitte und der immer klagenden Frau Thuillier das Antlitz einer verführerischen graziösen Frau hervor, die diesem Salon den Charakter einer gänzlich unerwarteten Eleganz verlieh.

Es war durchaus richtig, daß durch die Vermittlung dieser Frau, die ihre Mieterin geworden war, Brigitte mit dem Möbelkauf eine nicht weniger glückliche, aber viel weniger anfechtbare Spekulation gemacht hatte als mit dem Erwerb des prachtvollen Grundstücks. Für sechstausend Franken gelangte sie in den Besitz eines eben aus den Werkstätten des Fabrikanten hervorgegangenen Mobiliars, das einen Wert von mindestens dreißigtausend Franken repräsentierte.

Es war auch richtig, daß auf Grund einer Dienstleistung, die einen so tiefen Eindruck auf sie machen mußte, die alte Jungfer der schönen Fremden ein starkes Gefühl respektvoller Ehrerbietung entgegenbrachte, wie es die Bourgeoisie gegenüber dem Adelstitel und den hohen Stellungen innerhalb der gesellschaftlichen Hierarchie weit mehr, als man denkt, empfindet. Da die ungarische Gräfin eine Dame von sicherem Takt und feinster Erziehung war, hatte sie, als sie es für angemessen hielt, im Hause ihrer Schützlinge die Zügel in die Hand zu nehmen, sich wohl gehütet, ihrer Einwirkung die Form einer nörgelnden und lehrhaften Erziehung zu geben. Sie schmeichelte im Gegenteil Brigittes Prätension, als eine musterhafte Hauswirtin zu gelten, und tat, als ob sie für alle Wirtschaftsausgaben ihres eigenen Haushaltes den Rat „Miß“ Thuilliers, wie sie sie freundschaftlich zu nennen liebte, nicht entbehren könnte; und indem sie sich ihrerseits die Disposition auf dem Gebiete der großen eigenen Ausgaben und der ihrer Nachbaren vorbehielt, hatte ihr Verhalten vielmehr den Anschein, daß man sich gegenseitig berate, als daß sie ein Protektorat ausübe.

Eine Täuschung war selbst für la Peyrade nicht

mehr möglich: vor der Vertrauensstellung, die die Fremde errungen hatte, war seine eigene in den Hintergrund getreten; aber die Gegnerschaft der Gräfin beschränkte sich nicht allein auf den einfachen Kampf um den größeren Einfluß. Sie hatte sich offen gegen seine Bewerbung um die Hand Celestes erklärt und begünstigte in unzweideutiger Art die Liebe des Professors Felix; Minard, dem diese Begünstigung nicht entgangen war, hatte sich wohl gehütet, unter der Fülle seiner übrigen Aufklärungen, auch diese Beobachtung denen, die sie interessieren mußte, mitzuteilen.

La Peyrade war über diese Untergrabung seiner Position durch eine feindselige Haltung, deren Grund ihm unerklärlich war, um so unglücklicher, als er sich den Vorwurf machen mußte, zu dem Erscheinen dieser beunruhigenden Gegnerin auf dem Hauptfelde seiner Tätigkeit mit beigetragen zu haben.

Sein erster Fehler war gewesen, daß er sich das uneinbringliche Vergnügen leistete, Cérizet nicht als Hauptmieter zuzulassen: Hätte Brigitte auf seinen Rat und sein Drängen die Verwaltung des Grundstücks nicht übernommen, so war zehn gegen eins zu wetten, daß sie die Bekanntschaft der Frau von Godollo gar nicht gemacht hätte.

Eine andere Unklugheit hatte er damit begangen, daß er die Thuilliers gedrängt hatte, ihre Thebais im Quartier latin zu verlassen.

In dieser Zeit hielt Theodosius, auf der vollen Höhe seiner Vertrauensstellung, seine Heirat für eine beschlossene Sache und bezeigte eine fast kindische Eile, sich schnell in die vornehme Gesellschaftssphäre, die ihm in Zukunft offen zu stehen schien, hineinzuschieben. Er war also den Lockungen der Ungarin zu Hilfe gekommen und hatte die Thulliers vorschicken wollen, um sich sein Bett in der prächtigen Wohnung zu machen, die er eines Tages mit ihnen zusammen bewohnen sollte. In diesem Arrangement hatte er noch einen andern Vorteil erblickt, nämlich den, Céleste der fast täglichen Berührung mit einem Rivalen zu entziehen, der nicht aufhörte, ihm gefährlich zu erscheinen. Die Bequemlichkeit des Tür-an-Tür-Wohnens beraubt, würde Felix gezwungen sein, seine Besuche seltener werden zu lassen, und es damit erleichtern, ihn aus einem Herzen zu verdrängen, in dem er nur unter der Bedingung herrschte, daß er sich seinen religiösen Anforderungen, gegen die er sich so widerspenstig gezeigt hatte, füge. Aber alle diese Kombinationen des Provenzalen waren auf mehr als ein Hindernis gestoßen.

Wenn er den Gesichtskreis der Thuilliers verbreiterte, so bedeutete das für la Peyrade, daß er sich damit einer Konkurrenz in der Bewunderung aussetzte, deren einziger Gegenstand er bisher gewesen war. In dem gewissermaßen provinziellen Milieu, in dem sie lebten, mußten, mangels einer Vergleichungsmöglichkeit, Brigitte und „Freundchen“ ihn auf eine Höhe erheben, von der herabzusteigen ihn die Danebenstellung anderer hervorragender oder vornehmer Persönlichkeiten unfehlbar nötigen würde. So war also, auch abgesehen von den Schlägen, die ihm Frau von Godollo heimlich versetzt hatte, die „ultrapontane“ Ansiedlung der Kolonie hinsichtlich der Thuilliers eine üble Sache, und bezüglich der Collevilles stand es auch nicht besser.

Diese waren nach ihren Freunden ebenfalls in das Haus im Madeleineviertel gezogen, wo ihnen ein Zwischengeschoß nach hinten heraus zu einem für ihren Geldbeutel erschwinglichen Preise abgelassen worden war. Aber Colleville fand, daß es der Wohnung an Licht und Luft fehle, und da er genötigt war, sich täglich vom Boulevard de la Madeleine nach dem Faubourg Saint-Jacques, wo sein Bureau war, zu begeben, so schalt er über das Arrangement, dessen Opfer er war, und war manchmal der Ansicht, daß la Peyrade sich zum Tyrann entwickele. Außerdem hatte sich Frau Colleville unter dem Vorwande, daß sie entsprechend der Gegend, in der sie jetzt wohnten, auftreten müsse, in eine wahre Orgie von Ankäufen neuer Hüte, Mäntel und Kleider gestürzt, die, da sie die Präsentation einer Menge außergewöhnlicher Rechnungen zur Folge hatte, jeden Tag mehr oder weniger stürmische Szenen zu Hause herbeiführte. Was Celeste anlangt, so hatte sie zweifellos jetzt weniger Gelegenheit, den jungen Phellion zu sehen, aber auch weniger Anlaß, sich mit ihm auf religiöse Streitigkeiten einzulassen, und die Abwesenheit, die nur bei mäßiger Zuneigung eine Gefahr bedeutet, ließ sie um so zärtlicher und mit weniger theologischen Bedenken an den Mann ihrer Träume denken.
Aber alle diese falschen Kalkulationen Theodosius' bedeuteten schließlich nichts gegenüber einem andern Grunde für die Verminderung seines Ansehens.
Binnen acht Tagen und gegen Hergabe einer Summe von zehntausend Franken, zu der sich Thuillier ziemlich gutwillig verstanden hatte, sollte

die Verleihung des Kreuzes der Ehrenlegion den heimlichen Traum seines ganzen Lebens verwirklichen.

Nun waren zwei Monate vergangen, und es verlautete noch nicht das Geringste über dieses ruhmverleihende Spielzeug; der frühere Vizechef, der so glücklich gewesen wäre, wenn er auf dem Asphalt des Boulevards de la Madeleine, wo er Stammgast geworden war, sein rotes Bändchen hätte spazieren führen können, mußte sich immer noch als Knopflochschmuck mit einer Feldblume begnügen, dem Privileg jedermanns, auf das er weit weniger stolz war als „unser" Béranger.

La Peyrade hatte zwar von einem unvorherzusehenden und unerklärlichen Hindernis gesprochen, das alle Befürwortung und alle Anstrengungen der Gräfin du Bruel nicht zu überwinden vermochten; aber Thuillier gab sich mit dieser Erklärung nicht zufrieden, und an manchen Tagen, wenn seine getäuschte Hoffnung an ihm nagte, fehlte nicht viel daran, daß er mit Chicaneau in den „Plaideurs" ausgerufen hätte: „Dann soll er mir mein Geld wiedergeben!"

Immerhin kam es nicht zu einem Eklat, weil la Peyrade ihn mit der berühmten Broschüre „über Steuern und Amortisation" in Schach hielt. Ihre Fertigstellung war durch den Aufruhr des Umzugs hinausgeschoben worden. Während dieser unruhigen Tage hatte Thuillier sich nicht um die Korrekturbogen, deren peinliche Prüfung er sich, wie man sich erinnern wird, vorbehalten hatte, kümmern können.

Da er schließlich begriffen hatte, daß er, um seinen Einfluß, der von Tag zu Tag mehr dahin-

schwand, wiederzugewinnen, einen großen Schlag führen müsse, glaubte der Advokat gerade aus Anlaß dieses kleinlichen Vorgehens einen ebenso durchdachten wie kühnen Plan ausführen zu können.
Eines Tages, als sie bereits bei den letzten Seiten der Broschüre angelangt waren, entspann sich eine Diskussion über das Wort „Nepotismus", das Thuillier in einem der von la Peyrade geschriebenen Sätze gestrichen wissen wollte, unter dem Vorgeben, daß er dieses Wort niemals angewendet gesehen hätte, und daß es etwas wie „Neologismus" wäre, das heißt, nach den literarischen Begriffen der Bourgeoisie, eine Art Idee wie die von 93 oder der Schreckensherrschaft.
Gewöhnlich nahm la Peyrade die albernen Bemerkungen „Freundchens" ziemlich geduldig hin; aber an diesem Tage wurde er sehr erregt, verkündete Thuillier, daß er die Arbeit, der er eine so lichtvolle und scharfsinnige Kritik zuteil werden lasse, gefälligst selbst vollenden möchte, und ließ sich mehrere Tage nicht sehen.
Thuillier glaubte zuerst an eine vorübergehende üble Laune; aber als sich la Peyrades Abwesenheit verlängerte, hielt er einen versöhnenden Schritt für nötig und suchte den Provenzalen auf, um einen ehrenvollen Rückzug anzutreten und dem Schmollen ein Ende zu machen. Da er aber bei seinem Vorgehen seine Eigenliebe schonen wollte, so sagte er, als er unbefangen hereintrat:
„Nun, mein Lieber, wir hatten alle beide recht; ‚Nepotismus' bedeutet die Autorität, die die Neffen des Papstes in allen Angelegenheiten geltend machten. Jch habe im Lexikon nachgesehen, es

steht dort keine andere Erklärung; aber nach dem, was mir Phellion gesagt hat, scheint es, daß man in der politischen Ausdrucksweise die Bedeutung des Wortes dahin erweitert hat, daß man damit den Einfluß bezeichnet, den bestechliche Minister in gesetzwidriger Weise Personen auszuüben gestatten; ich denke also, wir können den Ausdruck beibehalten, wenn er auch von Napoleon Landais nicht in diesem Sinne gebraucht wird."

La Peyrade, der, während er seinen Besuch empfing, sehr mit seinen Akten beschäftigt tat, zuckte die Achseln und antwortete nichts.

„Nun," fuhr Thuillier fort, „hast du die letzten beiden Korrekturbogen durchgesehen? Wir müssen weiter kommen."

„Wenn du nichts an die Druckerei geschickt hast," erwiderte la Peyrade, „können wir auch keine Korrekturbogen bekommen; was mich betrifft, ich habe das Manuskript nicht angerührt."

„Aber lieber Theodosius," sagte Thuillier, „daß du einer solchen Lappalie wegen den Beleidigten spielst! Ich behaupte gewiß nicht, ein Schriftsteller zu sein; aber da die Sache mit meinem Namen erscheint, so kann ich doch wohl, wie ich denke, meine Meinung über ein Wort äußern."

„Der Herr Phellion," entgegnete der Advokat, „ist ja ein Schriftsteller, und da du ihn um Rat fragst, so vermag ich nicht einzusehen, warum du ihn nicht auffordern solltest, eine Arbeit mit dir zu Ende zu bringen, an der ich für meinen Teil mir fest vorgenommen habe, nicht mehr mitzuwirken."

„Mein Gott, was bist du für ein Starrkopf," rief Brigittes Bruder aus; „da bist du nun wütend, weil ich anscheinend über einen Ausdruck im Zweifel war und Jemand deshalb befragt habe. Du weißt doch recht gut, daß ich Phellion, Colleville, Minard und Barniol Stellen vorgelesen habe, als ob die Arbeit von mir wäre, um zu sehen, welchen Eindruck sie auf das Publikum macht; das wäre aber doch noch kein Grund für mich, meinen Namen unter etwas zu setzen, was sie schreiben würden. Willst du dir einen Begriff davon machen, welches Vertrauen ich in dich setze? Die Frau Gräfin von Godollo, der ich gestern mehrere Seiten vorgelesen habe, sagte mir darauf, daß eine solche Broschüre mir Unannehmlichkeiten von seiten des Staatsanwalts zuziehen könne; denkst du, daß mich das abhalten könnte?"

„Nun," sagte la Peyrade, „ich meine, das Familienorakel beurteilt die Sache ganz richtig, und ich möchte dich doch nicht gern aufs Schafott bringen."

„Das sind ja alles Torheiten," sagte Thullier. „Hast du die Absicht, mich im Stich zu lassen?"

„Literarische Fragen", antwortete der Advokat, „bringen die besten Freunde noch leichter auseinander, als politische; ich möchte den Anlaß zu Streitigkeiten zwischen uns vermeiden."

„Aber lieber Theodosius, ich habe mich doch niemals für einen Schriftsteller ausgegeben, ich glaube, daß ich einen ganz gesunden Verstand besitze, und ich spreche meine Ansicht aus, das kannst du mir doch nicht übelnehmen; und wenn du mir den bösen Streich spielen willst, eine weitere Mitarbeit abzulehnen, dann tust du es, weil du irgend etwas anderes gegen mich auf dem Herzen hast, wovon ich nichts weiß."

„Weshalb denn einen bösen Streich? Es gibt doch nichts einfacheres für dich, als die Broschüre nicht erscheinen zu lassen, du bleibst darum doch derselbe Jérôme Thuillier wie früher."

„Ich denke, du warst doch selbst der Ansicht, daß diese Publikation für meine künftige Wahl von Nutzen wäre; schließlich habe ich, wie ich dir wiederholen muß, Teile davon schon unsern Freunden vorgelesen; im Munizipalrat habe ich sie angekündigt, und wenn sie jetzt nicht erscheint, dann geht das gegen meine Ehre, denn man wird sagen, daß ich von der Regierung gekauft worden bin."

„Da brauchst du nur zu sagen, daß du der Freund des unbestechlichen Phellions bist, das wird allen genügen; du könntest ja auch Celeste seinem Affen von Sohn geben, eine solche Verbindung würde dich noch besser gegen jeden Verdacht schützen."

„Theodosius," sagte Thuillier jetzt, „du hast etwas, was du mir nicht sagen willst; es wäre doch unsinnig, wenn du wegen eines einfachen Streites um ein Wort deinen besten Freund aufgeben wolltest."

„Nun ja!" sagte la Peyrade, der nun zu erkennen gab, daß er sich entschlossen habe, sich auszusprechen, „ich kann Undankbarkeit nicht vertragen."

„Ich ebensowenig," sagte Thuillier erregt, „und wenn du mir etwas so Niedriges, so Gemeines vorwerfen willst, dann muß ich dich ersuchen, dich näher zu erklären; wir müssen mit dem Herumgerede ein Ende machen: Worüber hast du dich zu beklagen? Was hast du dem, den du noch vor wenigen Tagen deinen Freund nanntest, vorzuwerfen?"

„Nichts und alles“, sagte la Peyrade; „deine Schwester und du, ihr seid zu klug, um offen mit einem Manne zu brechen, der seinen Ruf aufs Spiel gesetzt hat, um euch eine Million in die Hand zu spielen, aber ich bin nicht so harmlos, daß ich nicht auch Andeutungen verstünde; ihr habt Leute um euch, die heimlich damit beschäftigt sind, mich zu vernichten, und Brigitte hat nur die eine Sorge, wie sie auf anständige Weise davon entbunden werden kann, ihre Versprechungen zu halten. Männer wie ich lassen derartige Wechsel nicht protestieren, und ich habe durchaus auch nicht die Absicht, mich aufzudrängen, aber ich muß gestehen, daß ich nicht im entferntesten ein solches Vorgehen erwartet hätte.“

„Höre,“ sagte Thuillier bewegt, da er in den Augen des Advokaten eine Träne schimmern sah, der ihn damit völlig an der Nase herumführte, „ich weiß nicht, was dir Brigitte getan hat, aber eins ist sicher, daß ich jedenfalls nie aufgehört habe, dein wärmster Freund zu sein.“

„Nein,“ sagte la Peyrade, „seit dem Fehlschlag mit dem Orden bin ich, wie man sagt, nicht mehr gut genug, um den Hunden vorgeworfen zu werden. Kann ich denn gegen geheime Gegenströmungen ankämpfen? Mein Gott, vielleicht war die Broschüre, von der du schon viel zu viel geredet hast und die die Regierung beunruhigt, das Hindernis für deine Ernennung. Die Minister sind ja so dumm, sie warten lieber ab, bis ihnen durch den Lärm, den die Veröffentlichung macht, die Hände gebunden sind, anstatt gutwillig ein Opfer zu bringen, indem sie dich einfach für deine Dienste belohnen. Aber das sind politische

Mysterien, die deiner Schwester nicht in den Kopf gehen."

„Zum Teufel nochmal," sagte Thuillier, „ich denke doch, daß ich kein schlechter Beobachter bin, aber ich habe nicht bemerkt, daß Brigitte sich dir gegenüber anders verhält."

„O gewiß," sagte la Peyrade, „du hast ein so scharfes Auge, daß du nicht einmal diese Frau von Godollo neben ihr bemerkt hast, ohne die sie gar nicht mehr leben kann."

„Aber wie denn!" sagte Thuillier schlau, „sollten wir etwa ein bißchen eifersüchtig sein?"

„Ich weiß nicht", entgegnete la Peyrade, „ob Eifersucht das richtige Wort ist, aber schließlich ist deine Schwester, deren Verstand sich doch nicht über den Durchschnitt erhebt und der zu meiner Verwunderung ein Mann von deiner geistigen Überlegenheit eine Autorität zugesteht, von der sie Gebrauch und auch Mißbrauch macht..."

„Ja, was willst du machen, mein Lieber," unterbrach ihn Thuillier, der sich an dem Weihrauch des Komplimentes erlabte, „sie hat sich für mich ja immer völlig aufgeopfert!"

„Ich gestehe diese Schwäche zu," entgegnete la Peyrade, „aber ich wiederhole, deine Schwester reicht dir doch nicht bis ans Knie. Und ich sage, daß, wenn ein Mann von der Bedeutung, die du selbst mir zugestehst, ihr die Ehre erweist, sie zu beraten und sich für sie so aufzuopfern, wie ich es getan habe, es ihm doch nicht gerade angenehm sein kann, wenn er sich in seiner Vertrauensstellung durch eine Frau ersetzt sieht, von der man nicht weiß, wo sie herkommt, und alles das wegen ein paar Lumpen von Vorhängen und etlichen alten Sesseln, die sie ihr verschafft hat."

„Für die Weiber, das weißt du ja," antwortete Thuillier, „gehen Wirtschaftsangelegenheiten allem andern vor."

„Du kannst auch überzeugt sein, daß Brigitte, die ja bei allem ihre Hand im Spiele hat, den Anspruch erhebt, in Herzensangelegenheiten zu entscheiden, und da du so scharfsichtig bist, wirst du wohl auch erkannt haben, daß für Brigitte nichts weniger eine abgemachte Sache ist als meine Heirat mit Fräulein Colleville; und dabei bin ich zu meiner Bewerbung doch offiziell von euch autorisiert worden."

„Gewiß! Ich möchte auch den sehen, der es versuchen wollte, an unserer Vereinbarung zu rütteln!"

„Abgesehen von Brigitte", erwiderte der Advokat, „kann ich dir jemanden nennen, der sich stark damit beschäftigt, daran zu rütteln, und das ist Fräulein Celeste; trotz des Hindernisses, das die Verschiedenheit ihrer religiösen Anschauungen zwischen ihnen aufgerichtet hat, beschäftigt sie sich ganz offen mit dem kleinen Phellion."

„Aber weshalb sagt man Flavia nicht, daß sie da Ordnung schafft?"

„Flavia, mein Lieber, kennt ja niemand besser als du. Sie ist zuerst Weib und dann Mutter; ich war genötigt, ihr ein klein wenig den Hof zu machen, und da begreifst du wohl, daß, wenn sie auch nichts gegen die Heirat hat, sie sie doch nicht brennend wünscht."

„Also", sagte Thuillier, „ich nehme es auf mich, mit Celeste zu reden; es steht doch nicht so, daß uns ein kleines Mädchen ihren Willen aufzwingen wird."

„Gerade das wünsche ich nicht," rief la Peyrade, „daß du dich in alles das einmischst; du hast ja, abgesehen von deinem Verhältnis zu deiner Schwester, einen eisernen Willen, und ich will nicht, daß man sagen soll, du hast deine Autorität geltend gemacht, um mir Celeste in die Arme zu legen; ich verlange im Gegenteil, daß dem Kinde die vollste Freiheit gelassen wird, über sein Herz zu verfügen; nur das meine ich beanspruchen zu dürfen, daß sie sich über die Wahl zwischen mir und Herrn Phellion deutlich erklärt, denn ich kann nicht länger in einer Situation verharren, die mein Dasein untergräbt. Wenn die Heirat so lange hinausgeschoben werden soll, bis du Deputierter bist, so ist das ein Unding; ich kann mich doch nicht darauf einlassen, daß die wichtigste Angelegenheit meines Lebens allen Ungewißheiten der Zukunft ausgesetzt sein soll; außerdem riecht unsre erste Abrede nach einem Geschäft, und das paßt mir nicht. Ich bin gezwungen, mein Lieber, dir ein Geständnis zu machen, zu dem ich mich durch die Widerwärtigkeiten, die ich erdulden muß, genötigt sehe. Dutocq kann dir sagen, daß mir, bevor ihr noch die Wohnung in der Rue Saint-Dominique verlassen hattet, in seiner Gegenwart die Hand einer reichen Erbin sehr ernsthaft angetragen worden ist, die einmal ein größeres Vermögen haben wird als das, das ihr Fräulein Colleville hinterlassen werdet. Ich habe es abgelehnt, weil ich so töricht bin, verliebt zu sein, und weil es mir besonders begehrenswert erscheint, mich mit einer so ehrenwerten Familie wie der eurigen zu verbinden; nach alledem muß Brigitte sich klarmachen, daß ich, wenn Celeste mich ablehnen sollte, noch nicht auf der Straße liege."

„Das glaube ich gern", sagte Thuillier; „aber wir können doch nicht die endgültige Entscheidung der Sache dem kleinen Kopfe Celestes überlassen, wenn sie, wie du sagst, eine Neigung für Felix hat!..."

„Das ist mir gleich," sagte der Advokat, „ich muß aber um jeden Preis aus diesem Zustande herauskommen, den ich nicht mehr ertragen kann; du sprichst von deiner Broschüre, ich bin nicht imstande, sie fertig zu machen; du, der du ja ein Frauenfreund gewesen bist, du mußt doch wissen, was diese bösen Geschöpfe für eine Herrschaft über unser ganzes Dasein ausüben."

„Ach," sagte Thuillier selbstgefällig, „die Weiber haben mich wohl gehabt, aber ihnen wirklich hingegeben habe ich mich nicht oft, ich nahm sie und verließ sie wieder."

„Ja, aber bei mir, mit meiner Südländernatur, spricht die Leidenschaft mit, und dann besitzt ja Celeste auch eine ganz andere Anziehungskraft als alle großen Vermögen. Sie ist bei euch, unter euren Augen aufgewachsen, und ihr habt aus ihr ein anbetungswürdiges Kind gemacht; es war nur eine große Schwäche von euch, daß ihr ihr gestattet habt, sich diesen jungen Menschen, der in keiner Weise zu ihr paßt, in den Kopf zu setzen."

„Damit hast du zehnmal recht, aber das ist eine Kinderfreundschaft, Felix und sie haben zusammen gespielt, und du bist nur viel zu spät gekommen; es ist doch nur ein Beweis unserer großen Achtung für dich, daß wir, sobald du hervorgetreten bist, auf die früheren Pläne verzichtet haben."

„Du ja", sagte la Peyrade. „Bei deiner Begabung und deinen literarischen Ansprüchen, die übrigens von Geist und gesundem Menschenverstand getragen sind, hast du ein Herz von Gold; deiner ist man sicher, und du weißt auch, was du willst; aber Brigitte – wenn du mit ihr davon sprechen wirst, daß die Heirat beschleunigt werden soll, da wirst du schon sehen, wie sie sich dagegen sträuben wird!"

„Aber ich denke doch, daß Brigitte dich immer zum ‚Schwiegersohn', wenn ich mich so ausdrücken darf, haben wollte und will; sollte sie es aber nicht mehr wollen, dann bitte ich dich, mir zu glauben, daß ich in wichtigen Angelegenheiten meinen Willen durchzusetzen weiß. Nur müssen wir uns genau darüber klarwerden, was du verlangst; und dann werden wir losziehen, und du wirst sehen, daß alles gut verlaufen wird."

„Ich wünsche", sagte la Peyrade, „die letzte Hand an deine Broschüre zu legen, denn ich befasse mich vor allem andern mit deinen Angelegenheiten."

„Gewiß", sagte Thuillier, „es handelt sich darum, daß wir nicht angesichts des Hafens scheitern."

„Nun, dann mach dir klar, daß ich durch dieses In-der-Luft-Schweben der Heirat unfähig zur Arbeit und wie verdummt bin, und du wirst nicht eine Seite von mir herausbekommen, bis die Frage nicht so oder so entschieden ist."

„Aber wie stellst du die Frage?" sagte Thuillier.

„Ich muß natürlich, da die Entscheidung Celestes gegen mich ausfallen kann, auf eine sehr schnelle Entscheidung dringen. Wenn ich dazu verurteilt werde, eine Vernunftheirat zu schließen, so darf ich die Gelegenheit, von der ich dir erzählt habe, nicht versäumen."

„Schön; aber welchen Spielraum willst du uns gewähren?"

„Ich denke, daß ein junges Mädchen sich in vierzehn Tagen klarwerden kann, was sie will."

„Zweifellos," sagte Thuillier, „aber es widerstrebt mir, daß Celeste sich endgültig entscheiden soll."

„Ich unterwerfe mich dem; dann komme ich aus der Ungewißheit heraus, was für mich die Hauptsache ist; außerdem aber ist das, unter uns gesagt, kein solches Wagnis, wie es den Anschein hat; es ist nicht anzunehmen, daß ein Sohn Phellions, das heißt die Verkörperung des starrsinnigen Festhaltens an der Dummheit, in vierzehn Tagen mit seinen philosophischen Bedenken zu Ende gekommen sein wird, und sicher wird ihn Celeste nicht zum Manne nehmen, wenn er nicht Beweise seiner Bekehrung gegeben hat."

„Das ist wahrscheinlich. Aber wenn Celeste die Sache hinziehen sollte, wenn sie diese Alternative nicht akzeptieren will?"

„Das ist eure Sache", sagte der Provenzale. „Ich weiß nicht, was man in Paris unter Familie versteht; aber ich weiß, daß es in unserm Comtat von Avignon beispiellos wäre, wenn man jemals einem kleinen Mädchen eine solche Freiheit zugestehen wollte. Wenn du, wenn deine Schwester, vorausgesetzt, daß sie offenes Spiel spielt, und der Vater und die Mutter ein Kind, das ihr ausstattet, nicht dazu bewegen könnt, bei einer so einfachen und so vernünftigen Angelegenheit in aller Freiheit zwischen zwei Bewerbern zu wählen, dann adieu! Dann sollte man einfach an die Haustür schreiben, daß Celeste hier als Souveränin zu befehlen habe."

„Ganz so weit sind wir ja noch nicht", sagte Thuillier verständnisvoll.

„Was dich anlangt, mein Alter," entgegnete la Peyrade, „so muß ich dich schon bis nach Celestes Entscheidung warten lassen; dann aber gehe ich, ob glücklich oder unglücklich, an die Arbeit, und in drei Tagen wird alles fertig sein."

„Wenigstens weiß man nun doch," erwiderte Thuillier, „was dir auf der Seele gelegen hat; ich gehe jetzt zu Brigitte, um mit ihr zu reden."

„Traurig genug, daß du das mußt," sagte la Peyrade, „aber unglücklicherweise ist es so."

„Wie denn? Was willst du damit sagen?"

„Ich hätte, wie du dir denken kannst, lieber von dir gehört, daß die Sache abgemacht ist; aber eine alte Fessel läßt sich nicht so leicht lösen."

„Was! Du denkst also, daß ich ein Mensch ohne Willenskraft, ohne Initiative bin?"

„Nein! Aber ich möchte wohl aus einem Versteck mit anhören, wie du die Sache bei deiner Schwester anfassen wirst."

„Nun wahrhaftig, ich werde ganz offen sprechen und ein sehr deutliches ‚ich will' wird allen Einwendungen ein Ende machen."

„Ach, mein armer Junge," sagte la Peyrade und klopfte ihm auf die Schulter, „wie viele Bramarbasse hat man seit dem Chrysale in den ‚Gelehrten Frauen' vor einem weiblichen Willen, der zu herrschen gewöhnt ist, die Flagge strecken sehen!"

„Das wollen wir doch sehen!" sagte Thuillier und entfernte sich mit einer theatralischen Gebärde.
Der brennende Wunsch, seine Broschüre erscheinen zu sehen, und der geschickt hingeworfene Zweifel an der Unbeugsamkeit seines Willens hatten aus ihm einen Wüterich, einen Tiger gemacht; er entfernte sich in einer Verfassung, als ob er, wenn man ihm Widerstand leisten würde, alles in seinem Hause kurz und klein schlagen würde.
Sobald er daheim angelangt war, legte Thuillier sofort seiner Schwester die Frage vor. Diese gab ihm mit ihrem derben Verstande und Egoismus zu verstehen, daß man, wenn man den für die Heirat la Peyrades früher festgesetzten Termin so vordatiere, den Fehler begehen würde, seine Waffen aus der Hand zu geben; man würde nicht mehr sicher sein, daß der Advokat, wenn die Zeit der Wahlen herangerückt wäre, auch wirklich mit allem Eifer um einen Erfolg bemüht sein würde; es würde dann ebenso kommen, sagte die alte Jungfer, wie mit dem Orden.
„Das ist ein Unterschied," antwortete Thuillier, „die Ordensverleihung hängt nicht direkt von la Peyrade ab, während er über den Einfluß, den er sich im zwölften Bezirk zu erringen verstanden hat, nach seinem Belieben verfügen kann."
„Und wenn es ihm nun beliebte," entgegnete Brigitte, „nachdem wir ihn haben emporkommen lassen, für eigene Rechnung zu arbeiten, ein solch ehrgeiziger Mensch, wie er ist?"
Diese gefährliche Aussicht verfehlte nicht, den zukünftigen Wahlkandidaten stutzig zu machen, der aber doch gewisse Garantien in der moralischen Gesinnung la Peyrades zu haben glaubte.

„Ein zartfühlender Mensch", fuhr Brigitte fort, „setzt einem doch nicht so die Pistole auf die Brust, und diese Art, uns wie Affenpinscher vor einem Stück Zucker schönmachen zu lassen, paßt mir durchaus nicht. Könntest du dir nicht von Phellion helfen lassen und auf seine Hilfe verzichten? Oder Frau von Godollo, die soviel Leute unter den Politikern kennt, würde dir, denke ich, vielleicht einen Journalisten besorgen können; das sollen ja lauter Hungerleider sein, die ihre Seele für zwanzig Taler verkaufen."

„Und das Geheimnis", antwortete Thuillier, „soll dann mehreren Personen ausgeliefert sein? Nein, ich brauche la Peyrade unbedingt! Er weiß das auch und stellt seine Bedingungen. Aber, alles zusammengenommen, haben wir ihm Celeste zugesagt, und es ist doch nur eine Beschleunigung um höchstens ein Jahr – was sage ich? Um einige Monate oder einige Wochen vielleicht; der König löst manchmal die Kammer auf, ohne daß jemand daran gedacht hat."

„Aber wenn Celeste ihn nun nicht will?" wandte Brigitte ein.

„Celeste! Celeste!" entgegnete Thuillier, „sie muß eben tun, was wir wünschen. Daran hätte man übrigens denken sollen, bevor wir uns la Peyrade gegenüber gebunden haben, denn schließlich haben wir doch unser Wort gegeben; und endlich kann das Mädel doch zwischen ihm und Phellion wählen!"

„Du glaubst also," erwiderte Fräulein Thuillier skeptisch, „wenn Celeste sich für Felix ausgesprochen hat, auch dann noch an die Hingebung la Peyrades?"

„Was soll ich denn tun? So sind eben seine Bedingungen. Übrigens hat der schlaue Fuchs alles erwogen, er weiß, daß Felix sich nie entschließen wird, Celeste seine Beichtzettel zu bringen, und daß ohne diesen der kleine Starrkopf ihn nie zum Manne nehmen wird. La Peyrade spielt also ein sehr geschicktes Spiel."

„Ein zu geschicktes", sagte Brigitte; „im übrigen arrangiere das, wie du willst, ich mische mich nicht darein; alle solche Kniffe sind nicht nach meinem Geschmack."

Thuillier begab sich darauf zu Frau Colleville und beauftragte sie, Celeste mitzuteilen, was über sie beschlossen war.

☆

ES WAR CELESTE NIEMALS OFFIZIELL GEstattet worden, sich ihren Empfindungen für Felix Phellion hinzugeben. Früher hatte ihr Flavia im Gegenteil sogar ausdrücklich verboten, dem jungen Professor irgendwelche Hoffnungen zu machen. Da sie sich aber von seiten der Frau Thuillier, ihrer Patin und einzigen Vertrauten, genügend in ihrer Neigung unterstützt fühlte, so wandte sie sich ihm allmählich immer mehr zu, ohne sich sehr um die Hindernisse zu bekümmern, die eines Tages ihrer Wahl in den Weg treten könnten. Als ihr nun angekündigt wurde, sie habe sich zwischen Felix und la Peyrade zu entscheiden, war das harmlose Kind nur durch eine der beiden Möglichkeiten berührt, und sie stellte sich vor, daß sie einen bemerkenswerten Vorteil bei dieser Alternative hätte, die ihr gestattete, selbst über ihre Person so zu verfügen, wie es ihr Herz verlangte.

Aber la Peyrade hatte sich in seiner Erwägung nicht getäuscht, wenn er damit rechnete, daß einerseits die religiöse Intoleranz des jungen Mädchens, andererseits die Unbeugsamkeit der philosophischen Anschauungen des jungen Phellions unüberwindliche Hindernisse für ihre Vereinigung sein würden.

An demselben Abende, an dem Flavia beauftragt war, den endgültigen Entschluß Thuilliers Celeste zu eröffnen, waren die Phellions bei Brigitte zu Besuch, und es entspann sich zwischen den jungen Leuten eine sehr lebhafte Debatte. Fräulein Collevilles Mutter brauchte ihr nicht anzudeuten, daß es durchaus unpassend sein würde, als Argument bei ihrem Streit mit Felix die bedingte Zustimmung zu ihrer Liebe ins Feld zu führen. Celeste besaß selbst zu viel Feingefühl und tiefe Gläubigkeit, als daß sie die Bekehrung dessen, den sie liebte, einem andern Beweggrunde als seiner Überzeugung hätte verdanken wollen. Der ganze Abend verging so mit theologischen Disputen, und die Liebe ist ein so merkwürdiger Proteus und kann so viele unerwartete Formen annehmen, daß sie, die an diesem Tage im schwarzen Talar und viereckigen Barett erschien, durchaus nicht so übel aussah, wie man hätte erwarten müssen. Der junge Phellion aber benahm sich bei diesem Zusammentreffen, dessen feierliche Bedeutung er nicht ahnte, äußerst unglücklich. Abgesehen davon, daß er keine Zugeständnisse machte, behandelte er die Streitfragen obenhin und ironisch und brachte die arme Celeste zuletzt derart außer sich, daß sie ihm erklärte, sie breche ihre Beziehungen endgültig ab, und ihm verbot, sich wieder vor ihr sehen zu lassen.

Das wäre für einen erfahreneren Liebhaber, als den jungen Gelehrten, Anlaß gewesen, bereits am nächsten Tage Celeste wieder aufzusuchen, denn man ist niemals bereitwilliger, sich in Liebesangelegenheiten zu verständigen, als wenn man eben erklärt hat, man müsse sich für immer trennen.

Aber dieses Naturgesetz war keine Logarithmenregel, und Felix Phellion, unfähig, sich so etwas vorzustellen, hielt sich für wirklich ernstlich und tatsächlich verbannt, derart, daß während der vierzehn Tage, die dem jungen Mädchen zur Überlegung bewilligt waren, wie nach dem Code beim Erbschaftsantritt cum beneficio inventarii, dem bedauernswerten jungen Manne auch nicht im entferntesten der Gedanke kam, den Bann zu brechen.

Zum Glück für den ungeschickten Liebhaber wachte eine wohltätige Fee über ihn, und einen Tag, bevor sich Celeste über ihre Wahl erklären sollte, ereignete sich folgendes:

Es war ein Sonntag, der Tag, an dem Thuilliers mit Vorliebe für ihren regelmäßigen Besuchsempfang festhielten.

Überzeugt davon, daß die kleinen Betrügereien der Dienstboten, gewöhnlich „der Schmugroschen" genannt, der Ruin auch der bestfundierten Vermögen sind, hatte Frau Phellion die Gewohnheit, die Einkäufe bei ihren Lieferanten persönlich zu machen. Seit undenklichen Zeiten war im Hause Phellion der Sonntag der Tag, wo es Rindfleisch gab, und die Frau des großen Mitbürgers war in ihrem absichtlich vernachlässigten Kostüm, mit dem sich die Hausfrauen, wenn sie Besorgungen machen, zu entstellen pflegen, ganz harmlos aus dem Fleischerladen nach Hause zurückgekehrt, gefolgt von ihrer Köchin, die in ihrem Korb ein prachtvolles Stück schieres Rindfleisch trug. Schon zweimal hatte sie an der Tür geläutet, und ein schreckliches Donnerwetter zog sich über dem Haupte des kleinen Dienstmädchens zusammen, das durch seine Langsamkeit beim Türöffnen ihre Herrin in eine viel unerträglichere Situation brachte, als es die Ludwigs XIV. war, der nur beinahe hätte warten müssen. In ihrer fieberhaften Ungeduld hatte Frau Phellion eben wütend zum drittenmal geklingelt. Man stelle sich nun ihre Verwirrung und Erregung vor, als sie in diesem Augenblick aus einem kleinen Kupee, das geräuschvoll vor ihrer Haustür vorgefahren war, eine Dame aussteigen sah, und sie in diesem unzeitigen ganz frühen Besuch die elegante Gräfin Torna von Godollo erkannte.

Dunkelrot im Gesicht verlor die unglückselige Bürgersfrau den Kopf, und während sie sich in Entschuldigungen erschöpfte, war sie im Begriff, ihre schon so peinliche Situation noch zu verschlimmern; glücklicherweise erschien jetzt, von dem andauernden Klingeln herbeigerufen, Phellion im Schlafrock mit einem griechischen Käppchen; er war aus seinem Zimmer gekommen, um nachzusehen, was es gäbe. Nach einem Satz, der in seiner pompösen Wendung für sein Negligé, das er entschuldigen sollte, reichlich entschädigte, reichte der große Mitbürger mit der heiteren Ruhe, die ihn nie verließ, der Fremden galant den Arm

und sagte, nachdem er sie in dem Salon hatte Platz nehmen lassen:
„Darf man, ohne indiskret zu sein, die Frau Gräfin fragen, was uns die Freude eines so unerwarteten Besuches verschafft?"
„Ich hatte den Wunsch," antwortete die Ungarin, „mit Frau Phellion über eine Angelegenheit zu reden, die von lebhaftestem Interesse für sie sein muß. Ich hatte keine Gelegenheit, mit ihr ohne Zeugen zu sprechen; daher habe ich mir, obgleich ich kaum mit ihr bekannt bin, erlaubt, sie bis hierher zu verfolgen."
„Oh, gnädige Frau, Sie erweisen unsrer ärmlichen Behausung ja eine ganz besondere Ehre . . . Aber wo ist denn meine Frau?" fuhr der würdige Mann ungeduldig fort und wandte sich zur Tür.
„Nein," sagte die Gräfin, „ich bitte dringend, sich nicht stören zu lassen. Ich bin ihr unglückseliger Weise mitten in ihre häuslichen Wirtschaftssorgen gefallen. Brigitte hat schon begonnen, mich gründlich zu erziehen, und ich weiß die Sorgen einer Hausfrau wohl zu würdigen. Und abgesehen davon bin ich ja nicht zu beklagen, da mich Ihre Gegenwart, auf die ich nicht gerechnet hatte, entschädigt."
Bevor Phellion auf diese liebenswürdigen Worte antworten konnte, erschien Frau Phellion: eine Haube mit Bändern hatte den Markthut ersetzt und ein weiter Schal verhüllte die übrigen Unzulänglichkeiten ihrer Morgentoilette. Als er seine Frau eintreten sah, wollte sich der große Mitbürger diskret zurückziehen.
„Herr Phellion," sagte jetzt die Gräfin, „Sie sind bei der Besprechung, die ich mit Ihrer Gemahlin abzuhalten wünsche, nicht zu viel; im Gegenteil,

Ihr vortreffliches Urteil kann uns nur von Nutzen bei der Aufklärung einer Frage sein, an der Sie nicht weniger interessiert sind als Ihre würdige Gattin; es handelt sich um die Heirat Ihres Herrn Sohnes."

„Die Heirat meines Sohnes?" sagte Frau Phellion erstaunt; „ich weiß ja gar nicht, daß etwas Derartiges augenblicklich in Frage kommt."

„Die Verheiratung des Herrn Felix mit Celeste," entgegnete die Gräfin, „ist doch, denke ich, ein Wunsch, wenn nicht ein Projekt von Ihnen?"

„Gnädige Frau," sagte Phellion, „wir haben in bezug hierauf keinerlei Schritte getan."

„Das weiß ich nur zu gut," erwiderte die Ungarin, „da im Gegenteil alle Mitglieder Ihrer Familie meinen Bemühungen entgegenzuarbeiten scheinen; schließlich ist doch aber klar, trotz aller Zurückhaltung und, gerade herausgesagt, trotz aller Ungeschicklichkeit, mit der diese Sache behandelt worden ist, daß die beiden jungen Menschen sich lieben und daß es für beide sehr zu beklagen wäre, wenn sie einander nicht angehören könnten; dieses Unheil zu beschwören ist der Zweck meines Schrittes, zu dem ich mich heute morgen entschlossen habe."

„Gnädige Frau," sagte Phellion, „wir können nur tief gerührt sein von dem Interesse, das Sie die Güte haben, für das Glück unseres Kindes zu bezeigen; aber wirklich, dieses Interesse..."

„Hat etwas so Unerklärliches," unterbrach ihn die Gräfin lebhaft, „daß es Sie ein wenig mißtrauisch macht."

„Oh, gnädige Frau", sagte Phellion und verneigte sich protestierend.

„Mein Gott," fuhr die Ungarin fort, „die Erklärung meines Vorgehens ist sehr einfach. Ich habe Celeste genau kennen und den sittlichen Wert dieses lieben, harmlosen Kindes so sehr schätzen gelernt, daß ich es tief bedauern würde, sie geopfert zu sehen."

„Sicherlich", sagte Frau Phellion, „ist Celeste ein Engel an Güte."

„Was Herrn Felix anlangt, so wage ich, mich für ihn zu interessieren, zunächst weil er der würdige Sohn des tugendreichsten aller Väter ist ..."

„Aber ich bitte Sie, gnädige Frau!" sagte Phellion und verbeugte sich abermals.

„Dann aber auch, weil ich diese Schüchternheit der echten Liebe gern habe, die aus allen seinen Handlungen und allen seinen Worten spricht. Wir Frauen empfinden einen unaussprechlichen Reiz, wenn leidenschaftliche Liebe sich in einer Form äußert, bei der wir weder eine Bedrohung, noch eine fehlgeschlagene Hoffnung, noch eine Enttäuschung zu befürchten haben."

„Mein Sohn ist in der Tat kein Blender", sagte Frau Phellion mit einer kaum bemerkbaren Schärfe. „Er ist kein moderner junger Mann."

„Aber er besitzt die Eigenschaften, auf die es ankommt," begann die Gräfin wieder, „und einen Wert, den er selbst nicht kennt, was die höchste Weihe geistiger Überlegenheit bedeutet."

„Wirklich, gnädige Frau," sagte Phellion, „Sie zwingen uns, Dinge mit anzuhören! ..."

„Die durchaus der Wahrheit entsprechen", unterbrach ihn die Gräfin. „Ein zweiter Grund, mich für das Glück der jungen Leute zu begeistern, ist, daß ich mich durchaus nicht für den Herrn de la Peyrade begeistere, der ein falscher, geldgieriger Mensch ist. Auf den zugrunde gerichteten Hoffnungen der beiden sucht dieser Mensch seine erfolgreiche Erbschleicherei aufzubauen."

„Es ist sicher," sagte Phellion, „daß bei Herrn de la Peyrade sich dunkle Tiefen finden, in die nur schwer ein Lichtstrahl dringt."

„Und da ich selbst unglücklicherweise," fuhr Frau von Godollo fort, „einen Mann von gleichem Charakter habe, so hat mir schon der Gedanke an die Qualen, denen Celeste durch eine so verhängnisvolle Verbindung ausgeliefert werden würde, um ihrer glücklichen Zukunft willen den dringenden Wunsch, ihr zu helfen, eingegeben, der Ihnen jetzt vielleicht nicht mehr so überraschend erscheinen wird."

„Es hätte der triftigen Gründe, die Ihr Vorgehen rechtfertigen, gnädige Frau, gar nicht bedurft," sagte Phellion; „was aber die Fehler betrifft, durch die Ihre großherzigen Bemühungen gestört worden sind, so muß ich gestehen, daß es, damit wir sie künftighin vermeiden, vielleicht nicht überflüssig wäre, sie uns genauer zu bezeichnen."

„Wie lange ist es her," fragte die Gräfin, „daß jemand von Ihrer Familie sich bei Thuilliers hat sehen lassen?"

„Wenn mich mein Gedächtnis nicht täuscht," sagte Phellion, „waren wir zuletzt am Sonntage nach dem Einweihungsdiner dort."

„Also wohlgezählte vierzehn Tage," sagte die Ungarin; „und Sie meinen, daß in vierzehn Tagen sich nichts ereignen kann?"

„O doch, da ja drei glorreiche Tage im Jahre 1830 uns genügt haben, um eine wortbrüchige Dynastie zu stürzen und die Regierung aufzurichten, deren wir uns jetzt zu erfreuen haben."

„Da sehen Sie also!" sagte die Gräfin. „Und ist an diesem Abend zwischen Celeste und Ihrem Herrn Sohn nichts vorgefallen?"

„In der Tat, doch," antwortete Phellion, „eine sehr unangenehme Diskussion über Felix' religiöse Anschauungen; denn das darf man nicht verschweigen, daß die gute Celeste, die in jedem andern Punkte ein so liebenswürdiges Wesen ist, sich im Kapitel der Frömmigkeit ein wenig fanatisch zeigt."

„Ich bin derselben Ansicht," sagte die Gräfin, „aber sie ist von ihrer Mutter, wie Sie wissen, erzogen worden, und man hat ihr nicht das Gesicht der echten Frömmigkeit gezeigt, sondern nur ihre Larve; die reuigen Magdalenen von der Art der Frau Colleville tun immer so, als ob sie sich in Gesellschaft eines Totenkopfs in die Wüste zurückziehen wollten. Sie glauben, daß man um einen billigeren Preis nicht selig werden könne. Aber was hatte Celeste schließlich von Herrn Felix verlangt? Daß er die ‚Imitatio Christi' lesen solle."

„Er hat sie gelesen, gnädige Frau," entgegnete Phellion; „und er hat erklärt, daß es ein sehr gut geschriebenes Buch sei; aber seine Überzeugung ist unglücklicherweise durch diese Lektüre nicht im geringsten erschüttert worden."

„Und halten Sie es für klug, daß er seiner Geliebten auch nicht das kleinste Zugeständnis in bezug auf die Unbeugsamkeit seiner Überzeugung machen kann?"

„Mein Sohn, gnädige Frau, hat von mir niemals

eine Unterweisung in solcher Klugheit empfangen; Rechtschaffenheit und Geradheit, das sind die Grundsätze, die ich versucht habe, ihm einzuimpfen."

„Mir scheint aber doch, mein Herr, daß man rechtschaffen handelt, auch wenn man ein wenig Rücksicht auf eine kranke Seele nimmt und es vermeidet, sie zu verletzen; aber gut, nehmen wir an, daß Herr Felix es sich schuldig zu sein glaubte, eine starre Mauer zu sein, an der alle flehenden Bitten Celestes zerschellen mußten. War das ein Grund, daß er nach dieser Szene, die nicht die erste derartige war und die den Charakter eines Bruchs an sich trug, wo er die Gelegenheit hatte, mit ihr in Brigittes Salon, auf neutralem Gebiet, zusammenzutreffen, sich vierzehn Tage lang in seinem Zelte verborgen hielt? Und daß er diesem Schmollen dadurch noch die Krone aufsetzte, daß er durch ein Verhalten, das ich nicht verstehe, und von dem wir eben erst gehört haben, Celestes Gefühle in Verzweiflung und in die heftigste Erregung versetzt hat?"

„Mein Sohn sollte eines solchen Verhaltens fähig sein? Das ist unmöglich, gnädige Frau!" rief Phellion. „Ich weiß nicht, was er getan hat; aber ich stehe nicht an, zu erklären, daß Sie vollkommen falsch informiert sein müssen."

„Und doch verhält es sich durchaus so. Der junge Colleville, der heute seinen Ausgehtag hat, erzählte uns eben, daß Herr Felix, der früher mit äußerster Promptheit einen Tag um den andern ihm Nachhilfestunden gab, seit mehr als einer Woche sich überhaupt nicht mehr um ihn gekümmert hat. Falls Ihr Herr Sohn nicht leidend sein sollte, so stehe ich nicht an, zu erklären, daß dieses Fernbleiben der Gipfel der Unklugheit ist. Bei dem Verhältnis zu seiner Schwester hätte er dem Bruder zweimal täglich Stunden geben müssen, anstatt gerade in diesem Moment seine Hilfe zu verweigern."

Beide Phellions sahen sich an, als ob sie einander befragen wollten, was darauf zu antworten sei.

„Mein Sohn, gnädige Frau," sagte Frau Phellion, „ist nicht gerade krank; aber da Sie uns auf die Spur führen, indem Sie uns dieses, wie ich zugebe, sehr merkwürdige Verhalten mitteilen, das seinen sonstigen Gewohnheiten und Charaktereigenschaften so meilenfern liegt, muß ich Ihnen gestehen, daß seit dem Tage, an dem Celeste ihm anscheinend erklärt hat, daß alles zwischen ihnen zu Ende sei, in Felix' Inneren etwas Seltsames vorgehen muß; Phellion und ich sind darüber sehr beunruhigt."

„Ja, gnädige Frau," sagte Phellion, „der junge Mensch ist ganz wie umgewandelt."

„Aber was ist denn vorgefallen?" fragte die Gräfin teilnahmsvoll.

„Als mein Sohn," sagte Phellion, „nach dieser Szene abends heimkehrte, hat er am Busen seiner Mutter heiße Tränen vergossen und uns erklärt, daß es um das Glück seines Lebens geschehen sei."

„Soweit", sagte Frau von Godollo, „sehe ich darin nichts Ungewohnliches; Liebende sehen die Dingo immer von der schlimmsten Seite an."

„Gewiß," sagte Frau Phellion; „aber daß Felix von diesem Augenblick an auch nicht die geringste Anspielung mehr auf sein Unglück gemacht, und daß er vom nächsten Tage an sich wie wahnsinnig auf seine Arbeiten gestürzt hat, erscheint Ihnen das auch nicht ungewöhnlich?"

„Auch das läßt sich noch erklären: Arbeit ist ein großer Trost."

„Das ist durchaus wahr", sagte Phellion; „aber Felix zeigt in seinem Gebaren eine Aufgeregtheit und gleichzeitig eine Versonnenheit, die Sie sich kaum vorstellen könnten. Man spricht mit ihm, und er scheint einen gar nicht zu verstehen; er setzt sich zu Tisch und vergißt zu essen, oder er nimmt die Speisen in einem Zustande von Zerstreutheit zu sich, wie ihn die medizinische Wissenschaft als sehr unheilvoll für die Verdauungstätigkeit ansieht; an seine Pflicht, an seine laufende Tagesarbeit muß man ihn, der sonst so pünktlich ist, erinnern; und neulich, als er auf der Sternwarte war, wo er jetzt alle Abende zubringt und von wo er erst zu ungewöhnlicher Zeit zurückkehrt, entschloß ich mich, in sein Zimmer zu gehen und in seinen Papieren herumzustöbern: ich war entsetzt, gnädige Frau, als ich hier ein Heft voller algebraischer Berechnungen fand, die einen derartigen Umfang hatten, daß sie mir die Fassungskraft des menschlichen Geistes zu überschreiten schienen."

„Vielleicht", sagte die Gräfin, „ist er auf dem Wege zur Lösung irgendeines wichtigen Problems."

„Oder auf dem Wege zum Wahnsinn", sagte Frau Phellion seufzend mit leiser Stimme.

„Das ist nicht sehr wahrscheinlich," sagte Frau von Godollo; „bei einem so ruhigen Gemüte und einem so klaren Verstande ist man einer solchen

Gefahr nicht ausgesetzt. Aber ich weiß, daß ihm zwischen heute und morgen eine viel größere droht, wenn wir nicht heute abend den entscheidenden Schlag führen: nämlich die, daß Celeste definitiv für ihn verloren ist!"

„Wie das?" fragte das Ehepaar Phellion gleichzeitig.

„Sie wissen wohl nicht," fuhr die Gräfin fort, „daß in bezug auf eine Heirat zwischen Celeste und Herrn de la Peyrade Thuillier und seine Schwester Verpflichtungen eingegangen waren?"

„Wenigstens glaubten wir nicht recht daran", antwortete Frau Phellion.

„Nur war die Ausführung dieses Projekts auf einen ziemlich entfernten Zeitpunkt verschoben und an gewisse Bedingungen geknüpft. Herr de la Peyrade sollte, nachdem er den Ankauf des Hauses bei der Madeleine vermittelt hatte, Herrn Thuillier das Kreuz verschaffen, ihm eine politische Broschüre schreiben und ihm schließlich zu einem Sitz in der Deputiertenkammer verhelfen. So wie in den Ritterromanen, wo der Held, um die Hand der Prinzessin zu erwerben, dazu verdammt war, irgendeinen Drachen zu töten."

„Wie geistvoll die gnädige Frau ist!" sagte Frau Phellion zu ihrem Manne, der ihr durch ein Zeichen zu verstehen gab, daß sie nicht unterbrechen solle.

„Ich habe nicht die Zeit," fuhr die Gräfin fort, „und es wäre auch ziemlich überflüssig, Ihnen Näheres über die Schliche mitzuteilen, durch die es Herrn de la Peyrade gelungen ist, die Wartezeit abzukürzen; aber was Sie wissen müssen, ist, daß dank seiner Zweideutigkeit Celeste vor die Wahl zwischen ihm und Herrn Felix gestellt worden ist; daß dem armen Kinde vierzehn Tage gewährt wurden, um es sich zu überlegen und sich zu entscheiden; daß morgen die verhängnisvolle Frist abläuft und daß endlich, bei dem traurigen Gemütszustande, in den sie das Verhalten Ihres Herrn Sohns versetzt hat, die sehr ernste Gefahr besteht, daß sie den bösen Ratschlägen ihres Liebeskummers ihr Ohr schenkt und ihr wahres natürliches Empfinden zum Opfer bringt."

„Aber was sollen wir dabei tun, gnädige Frau?" fragte Phellion.

„Kämpfen, mein Herr! Heute abend mutig bei Thuilliers erscheinen und Herrn Felix dazu bestimmen, daß er Sie begleitet; ihm predigen, daß er von der Unbeugsamkeit seiner philosophischen Ansichten ein wenig nachlassen solle. Paris, hat Heinrich IV. gesagt, ist wohl eine Messe wert; im übrigen soll er solchen Diskussionen ausweichen; er soll in seinem Herzen die Töne finden, die imstande sind, ein Mädchen, das ihn liebt, zu rühren; wenn ihm das gelingt, was hat er dann für einen Vorsprung! Ich werde da sein, ich werde ihn mit allen meinen Kräften unterstützen, und vielleicht werde ich auch, wenn die Gelegenheit mir günstig ist, ein Mittel finden, das meinen Beistand noch wirksamer macht. Das ist jedenfalls sicher, daß wir heute abend eine große Schlacht liefern müssen und daß, wenn nicht jeder nach besten Kräften seine Pflicht tut, der Sieg diesem la Peyrade zufallen kann."

„Mein Sohn ist nicht hier, gnädige Frau," antwortete Phellion, „und ich bedaure das, denn vielleicht hätten Ihre hingebenden Bemühungen und Ihre warmen Worte vermocht, ihn aus seiner Stumpfheit aufzurütteln; aber ich werde ihm die ganze Bedrohlichkeit der Lage vor Augen führen, und ganz sicher wird er uns heute abend zu unsern Freunden, den Thuilliers, begleiten."

„Es ist überflüssig zu sagen," fügte die Gräfin hinzu und erhob sich, „daß wir peinlich alles vermeiden müssen, was den Gedanken an ein Einvernehmen zwischen uns erwecken könnte; wir werden auch dort uns nicht miteinander unterhalten, und wenn sich das nicht von selbst machen sollte, ist es besser, wenn wir überhaupt nicht miteinander sprechen."

„Rechnen Sie auf meine Vorsicht, gnädige Frau," erwiderte Phellion, „und wollen Sie gleichzeitig die Versicherung..."

„Ihrer ausgezeichnetsten Hochachtung entgegennehmen", unterbrach ihn lächelnd die Gräfin.

„Nein, gnädige Frau," erwiderte Phellion mit Würde, „diese Formel verspare ich mir für den Schluß meiner Briefe; Sie bitte ich, von meiner wärmsten und unerschütterlichsten Dankbarkeit überzeugt sein zu wollen."

„Davon wollen wir reden, wenn die Gefahr vorüber sein wird," sagte Frau von Godollo, während sie sich der Tür näherte; „wenn Frau Phellion, die zärtlichste und tugendreichste Mutter und Gattin, mir ein Plätzchen in ihrem Herzen gewähren will, so werde ich mich für meine Bemühungen reichlich belohnt sehen."

Frau Phellion erschöpfte sich darauf in endlosen Komplimenten. Als die Gräfin schon weit weg war, verfolgte sie Phellion, der sie bis zum Wagen begleitet hatte, noch immer mit den respektvollsten Verbeugungen.

In dem Verhältnis wie in Brigittes Salon die Elemente des Quartier Latin nicht mehr ständig, sondern nur seltener erschienen, zeigte sich hier jetzt mehr das moderne Paris. Unter seinen Kollegen im Generalrate und unter den höheren Beamten der Seinepräfektur hatte der Munizipalrat sich einen wertvollen Ersatz geschaffen; der Bürgermeister und die Beigeordneten des Bezirks, denen Thuillier, als er in das Viertel zog, seinen Besuch gemacht hatte, hatten sich beeilt, diese Höflichkeit zu erwidern, und es befanden sich darunter auch einige höhere Offiziere der ersten Legion. Das Haus selbst hatte sein Kontingent dazu gestellt, und mehrere neu eingezogene Mieter hatten mit dazu beigetragen, den sonntäglichen Zusammenkünften ein anderes Aussehen zu verleihen. Unter ihnen muß auch Rabourdin genannt werden, der frühere Bureauchef Thuilliers im Finanzministerium. Nachdem er das Unglück gehabt hatte, seine Frau zu verlieren, deren Salon in früherer Zeit dem der Frau Colleville Konkurrenz gemacht hatte, bewohnte Rabourdin als Witwer den dritten Stock über den Räumen, die an Cardot, den gewesenen Notar, vermietet waren. Dieser hatte infolge übler Unregelmäßigkeiten freiwillig sein öffentliches Amt aufgegeben. Zu der Zeit, wo Thuillier wieder mit ihm zusammentraf, war er Direktor einer der zahlreichen Gesellschaften der projektierten Eisenbahnen, deren Bau infolge von Bedenken und parlamentarischen Rivalitäten immer wieder hinausgeschoben wurde. Nebenbei mag bemerkt werden, daß das Zusammentreffen mit diesem gewandten Verwaltungsmann, der eine wichtige Persönlichkeit in der Finanzwelt geworden war, dem würdigen, ehrenwerten Phellion Gelegenheit gab, seine Charakterstärke zu zeigen. Seit seiner Entlassung, die Rabourdin hatte nehmen müssen, war ihm in seinem Unglück von den Beamten seines Bureaus allein Phellion treu geblieben. Da er nun in der Lage war, über eine große Anzahl von Stellen verfügen zu können, so beeilte sich Rabourdin, als er seinem „Getreuen" wieder begegnete, ihm eine ebenso bequeme wie einträgliche Stellung anzubieten.

„Mein Herr," gab ihm Phellion zur Antwort, „Ihr Wohlwollen rührt und ehrt mich, aber ich muß Ihnen freimütig ein Geständnis machen, das Sie gefälligst nicht übel aufnehmen wollen: ich habe kein Vertrauen zu den Eisenbahnen oder ‚railways', wie sie die Engländer nennen."

„Darüber kann jeder seine Ansicht haben," sagte Rabourdin lächelnd, „aber vorläufig besolden wir unsere Angestellten sehr anständig, und ich würde glücklich sein, Sie in dieser Eigenschaft an meiner Seite zu sehen. Ich weiß aus Erfahrung, daß Sie ein Mann sind, auf den man sich verlassen kann."

„Mein Herr," entgegnete der große Mitbürger, „ich habe damals nur meine Pflicht getan, nicht mehr; was aber das Anerbieten anlangt, das Sie so gütig sind, mir zu machen, so kann ich es nicht annehmen; mein bescheidenes Vermögen genügt mir, ich fühle weder das Bedürfnis noch den Wunsch, mich wieder der Verwaltungslaufbahn zuzuwenden, und sage mit dem römischen Dichter: Claudite jam rivos, pueri, sat prata biberunt."

Während der Salon der Thuilliers so in bezug auf die Gäste vornehmer geworden war, bedurfte er auch noch eines andern belebenden Elements: um mit Madelon in den „Précieuses ridicules" zu reden, mußte dieser „schauderhafte Mangel an Unterhaltung", auf den Frau Phellion in dem Gespräch mit Minard hingewiesen hatte, beschworen werden. Dank den Bemühungen der Frau von Godollo, die über dem Ganzen schwebte und die in glücklicher Weise Collevilles alte Verbindungen mit der musikalischen Welt sich nutzbar machte, erschienen mehrere Künstler und brachten etwas Abwechslung in die Bouillotte und den Boston. Da sie außer Mode und veraltet waren, machten diese beiden Spiele auch bald dem Whist Platz, mit dem allein, wie die Ungarin sagte, anständige Leute ihre Zeit totschlagen dürften.

Wie Ludwig XVI., der damit begonnen hatte, selbst Hand an die Reformen zu legen, dadurch später vom Throne gestürzt wurde, so hatte auch Brigitte zuerst diese häusliche Revolution begünstigt, und das Bedürfnis, in dem Viertel, das sie zu bewohnen sich entschlossen hatte, ihrem Range entsprechend aufzutreten, hatte sie allen Verführungen von Komfort und Eleganz gegenüber nachgiebig gemacht. Aber an dem Tage, an dem sich die Szene, der wir jetzt beiwohnen werden, abspielte, hatte ihr ein scheinbar unerheblicher Umstand die Augen über die Gefahr geöffnet, mit der sie der Abgrund, vor dem sie stand, bedrohte. Von den neuen Gästen, die Thuillier herangezogen hatte, wußten die meisten nichts von der Herrscherstellung seiner Schwester im Hause; wenn sie erschienen, baten sie Thuillier, sie der „Hausfrau" vorzustellen, und natürlich konnte Thuillier ihnen nicht sagen, daß seine Frau eine Scheinkönigin war, die unter der eisernen Richelieuhand, die alle Autorität in Anspruch nahm, seufzte. Es geschah also erst nach den ersten Achtungsbezeugungen vor der rechtmäßigen Souveränin, daß die Neuangekommenen zu Brigitte geführt wurden, und die Unfreundlichkeit, mit der sie infolge des Ärgers über diese Machtverschiebung empfangen wurden, ermutigte sie nur wenig, sich ihrerseits in große Kosten für sie zu stürzen.

Sobald sie diese Art von Zurücksetzung wahrnahm, sagte sich die ‚Königin Elisabeth' in ihrer starken Herrschsucht, die ihre heißeste Leidenschaft war: „Wenn ich nicht aufpasse, werde ich hier bald gar nichts mehr zu bedeuten haben."

Während sie dieser Sache nachgrübelte, kam sie auf den Gedanken, daß das Projekt eines gemeinsamen Haushalts mit la Peyrade nach seiner Verheiratung mit Celeste die Situation, die sie zu beunruhigen anfing, nur noch verschlimmern könne. Seitdem erschien ihr durch eine plötzliche Eingebung Felix Phellion, dieser gute junge Mensch, der mit seiner Mathematik viel zu sehr beschäftigt war, als daß er in bezug auf ihre Souveränität jemals ein Rivale für sie werden könnte, eine viel passendere Partie zu sein als der unternehmende Advokat, und als sie das Ehepaar Phellion erscheinen sah, war sie die erste, die sich über die Abwesenheit ihres Sohnes beunruhigte. Trotz des Schrittes der Frau von Godollo setzte dieser schreckliche Liebhaber den letzten Vers der berühmten Elegie Millevoyes: „Und die Geliebte kam nicht" in die Tat um.

Wie man sich wohl denken kann, war es nicht Brigitte allein, der das Fernbleiben des unglückseligen jungen Mannes von ihren Empfangsabenden auffiel; auch Frau Thuillier, diese ganz offen, und Celeste, mit gespielter Zurückhaltung, zeigten ihre Enttäuschung. Was Frau von Godollo anlangt, die trotz ihrer hervorragenden Stimme sich immer noch hatte bitten lassen, zu singen, so lud sie, als sie sah, wie wenig sich Felix anscheinend um ihre Ratschläge gekümmert hatte, Frau Phellion ein, sie zu begleiten, und sagte zwischen zwei Strophen einer modernen Romanze zu ihr:

„Nun, und Ihr Herr Sohn?"

„Er kommt noch," antwortete Frau Phellion; „sein Vater hat ihm gehörig die Leviten gelesen, aber heute abend gibt es eine Konjunktion, ich weiß nicht welcher Planeten, das ist ein feierlicher Tag für die Herren von der Sternwarte, und da hat er sich nicht losmachen können ..."

„Es ist nicht zu fassen, wie man so ungeschickt sein kann!" sagte die Gräfin; „wir hatten noch nicht genug mit der Theologie bei unsrer Angelegenheit, es mußte auch noch die Astronomie dazukommen!"

Und während die Ungeduld ihrer Stimme noch einen besonderen Schwung verlieh, beendete sie ihre Romanze unter donnerndem Applaus.

La Peyrade, der sie außerordentlich fürchtete, war nicht der letzte, der ihr, als sie wieder Platz genommen hatte, seine Bewunderung ausdrückte; aber sie nahm sein Kompliment so kühl auf, daß das beinahe an Unhöflichkeit grenzte, und ihr feindliches Verhältnis wurde damit nur noch verschärft.

Er begab sich zu Frau Colleville, um sich hier zu trösten. Flavia machte noch zu sehr den Anspruch, für eine Schönheit zu gelten, als daß sie nicht feindliche Gefühle gegen eine Frau gehegt hätte, die imstande war, alle Huldigungen auf sich zu ziehen.

„Finden Sie auch, daß diese Frau gut singt?" fragte Frau Colleville verächtlich den Advokaten.

„Ich habe es ihr wenigstens gesagt," antwortete la Peyrade, „da neben ihr für Brigitte ja niemand existiert. Aber achten Sie doch ein bißchen auf Ihre Celeste: sie läßt die Tür nicht aus den Augen, und bei jedem Tablett, das erscheint, malt sich, obgleich die Zeit, wo noch jemand kommen kann, vorüber ist, die Enttäuschung auf ihrem Gesichte."

Hier muß beiläufig erwähnt werden, daß, seitdem Frau von Godollo im Hause regierte, im Salon an den Empfangsabenden Tabletts herumgereicht wurden, die reich mit Eis, kleinen Kuchen und Limonaden von Tanrade, dem besten Lieferanten, beladen waren.

„Lassen Sie mich doch in Ruhe!" erwiderte Flavia. „Ich weiß recht gut, was dem dummen Ding im Kopfe steckt, und Ihre Heiratsgeschichte fehlt mir gerade noch!"

„Aber tue ich das denn um meinetwillen?" sagte la Peyrade; „unterziehe ich mich denn nicht nur einer Notwendigkeit, um uns allen eine glückliche Zukunft zu sichern? So, jetzt fangen Sie auch noch an zu weinen! Ich lasse Sie allein, Sie sind ja unvernünftig; Teufel noch mal! Wie sagt dieser Prudhomme, dieser alte Phellion? Wer das Ziel will, muß auch die Mittel dazu wollen!"

Und er näherte sich der Gruppe, die von Celeste, Frau Thuillier, Frau von Godollo, Colleville und Phellion gebildet wurde.

Frau Colleville folgte ihm; und da sie infolge der Eifersucht, die sie eben hatte erkennen lassen, eine grimmige Mutter geworden war, sagte sie:
„Celeste, warum singst du nicht? Mehrere Herren wünschen dich zu hören."
„Oh, Mama!" sagte Celeste, „nach der gnädigen Frau singen, ich, mit meinem dünnen Stimmchen! Außerdem bin ich ja, wie du weißt, etwas erkältet."
„Das heißt, du bist wie immer anspruchsvoll und unliebenswürdig; man singt, wie man kann, jede Stimme hat ihren Reiz."
„Meine Liebe," sagte Colleville, der eben zwanzig Franken am Spieltische verloren hatte, und in seiner üblen Laune den Mut fand, eine seiner Frau widersprechende Ansicht zu äußern, „man singt wie man kann, das ist ein bourgeoismäßiger Grundsatz; man singt, wenn man eine Stimme hat, und vor allem singt man nicht nach der Frau Gräfin, die eine Stimme wie eine Opernsängerin hat; ich dispensiere Celeste durchaus davon, uns eins ihrer kleinen schmachtenden Liedchen vorzuwimmern."
„Es hat sich wirklich gelohnt," sagte Flavia und verließ die Gruppe, „teure Lehrer zu bezahlen, damit du dann zu nichts fähig bist."
„Also Felix," sagte Colleville zu Phellion, indem er das durch das Herantreten der Frau Colleville unterbrochene Gespräch wieder aufnahm, „verweilt nicht mehr auf der Erde? Er bringt sein Leben unter den Sternen zu?"
„Mein lieber alter Kollege," sagte Phellion, „ich bin, ebenso wie Sie, sehr böse auf meinen Sohn, wenn ich sehe, wie er die ältesten Freunde unserer Familie vernachlässigt; und wenn auch die Be-

trachtung der ungeheuren Leuchtkörper, die die Hand des Schöpfers im Weltenraume aufgehängt hat, nach meiner Meinung mehr Interesse verdient, als Ihr menschliches Hirn ihr zuzubilligen scheint, so finde ich doch, daß Felix, wenn er nicht, wie er mir versprochen hat, heute abend noch käme, gegen jede Schicklichkeit verstoßen würde; und ich würde ihm das, ich verspreche es Ihnen, nicht verhehlen."

„Die Wissenschaft," sagte la Peyrade, „ist eine schöne Sache, aber es ist ein Unglück, daß sie ihre Vertreter zu Bären und zu Besessenen macht."

„Nicht gerechnet," sagte Celeste, „daß sie auch jeden religiösen Begriff vernichtet."

„Darin täuschen Sie sich, mein Kind", sagte die Gräfin. „Pascal, der selbst das beste Beispiel darbietet, wie falsch Ihre Ansicht ist, hat, wenn ich mich nicht irre, gesagt, daß wenig Wissenschaft uns von der Religion entfernt, daß viel Wissenschaft aber uns zu ihr zurückführt."

„Alle Welt, gnädige Frau," sagte Celeste, „ist aber doch darin einig, daß sie Herrn Felix für einen großen Gelehrten hält; wenn er meinem Bruder Nachhilfestunden gab, war, wie Franz sagte, nichts so klar und so verständlich wie seine Erklärungen; und Sie sehen, daß er darum trotzdem nicht gläubiger ist."

„Ich erkläre Ihnen, mein gutes Kind, daß Herr Felix kein Ungläubiger ist und daß mit ein wenig Sanftmut und Geduld es sehr leicht wäre, ihn zu bekehren."

„Einen Gelehrten zu den Gebräuchen der Kirche bekehren? Gnädige Frau, das scheint mir eine schwierige Sache zu sein", sagte la Peyrade. „Der

Gegenstand ihrer Studien steht diesen Herren über allem. Sagen Sie doch einem Geographen, einem Geologen, daß die Kirche zum Beispiel streng auf die Heiligung des Sonntags hält und jede Art von Arbeit verbietet, darüber werden die Herren nur die Achsel zucken, obgleich Gott selbst nicht verschmäht hat, sich auszuruhen.“

„Das ist doch wahr,“ sagte Celeste harmlos, „wenn Herr Felix heute abend nicht herkommt, so verstößt er dadurch nicht bloß gegen die Schicklichkeit, sondern er begeht auch eine Sünde.“

„Aber sagen Sie mir doch, meine Allerschönste,“ erwiderte Frau von Godollo, „finden Sie, wenn wir hier zusammen sind, um Romanzen zu singen, Eis zu essen und Übles über unsern Nächsten zu reden, daß dies Gott viel angenehmer ist, als wenn ein Gelehrter von den herrlichen Geheimnissen seiner Schöpfung auf der Sternwarte sich Rechenschaft abzulegen versucht?“

„Alles hat seine Zeit,“ sagte Celeste, „und Gott selbst hat, wie Herr de la Peyrade sagte, nicht verschmäht, auszuruhen.“

„Aber, liebe Freundin,“ sagte Frau von Godollo, „Gott hatte auch Zeit dazu, er ist ja ewig.“

„Das ist eine der reizendsten und geistvollsten Gottlosigkeiten,“ sagte la Peyrade, „die man sich denken kann, und die Weltleute geben sich mit solchen Begründungen zufrieden. Man legt die Gebote Gottes aus, auch wenn sie noch so streng und deutlich sind; je nachdem beobachtet man sie oder kümmert sich nicht um sie, man macht beliebige Unterschiede; der Freidenker unterwirft sie seiner eigenmächtigen Prüfung, und wie wenig weit ist es vom freien Denken zum freien Handeln!“

Während dieser Tirade des Advokaten hatte Frau von Godollo die Uhr beobachtet: sie zeigte auf halb Zwölf. Der Salon leerte sich allmählich. Es wurde nur noch an einem Tische gespielt, an dem Thuillier, der alte Minard und zwei neue Bekanntschaften des Hauses saßen. Phellion hatte die Gruppe, bei der er sich aufgehalten hatte, eben verlassen, um sich seiner Frau zu nähern, die in einer Ecke mit Brigitte plauderte, und seine lebhafte Gebärdensprache zeigte, daß er tief entrüstet war. Alles wies darauf hin, daß die Hoffnung, den Säumigen noch erscheinen zu sehen, aufgegeben werden mußte.

„Mein Herr," sagte die Gräfin zu la Peyrade, „erweisen Sie den Herren aus der Rue des Postes die Ehre, sie für gute Katholiken zu halten?"

„Daran ist doch nicht zu zweifeln," sagte der Advokat, „die Religion besitzt keine festeren Stützen."

„Nun," fuhr die Gräfin fort, „heute morgen hatte ich das Glück, von dem Pater Anselm empfangen zu werden. Dieser gute Pater ist nicht nur ein Muster aller christlichen Tugenden, sondern er gilt auch gleichzeitig für einen sehr gelehrten Mathematiker."

„Ich habe nicht behauptet, gnädige Frau, daß diese beiden Verdienste einander ausschließen."

„Sie haben aber behauptet, daß ein guter Christ am Sonntag keinerlei Arbeit vornehmen dürfe, danach müßte der Pater Anselm direkt ein Ungläubiger sein, denn als ich in sein Zimmer trat, fand ich ihn vor einer Tafel, ein Stück Kreide in der Hand, mit einem gewiß ziemlich schwierigen Problem beschäftigt, denn die Tafel war zu drei Vierteln mit algebraischen Zeichen bedeckt, und ich muß hinzufügen, daß ihn das Ärgernis nicht sehr zu bekümmern schien, da jemand, den ich nicht nennen darf, der aber ein junger, sehr hoffnungsvoller Gelehrter ist, ihm bei dieser profanen Beschäftigung half."

Celeste und Frau Thuillier sahen sich an und beide erblickten in den Augen der andern etwas wie einen Hoffnungsstrahl.

„Weshalb können Sie uns diesen jungen Gelehrten nicht nennen?" sagte schließlich Frau Thuillier, die noch niemals einen Gedanken so gut ausgedrückt hatte.

„Weil er nicht, wie der Pater Anselm, den Ruf der Heiligkeit besitzt, die ihn von einer so flagranten Verletzung der Sonntagsheiligung lossprechen könnte; und außerdem," fügte Frau von Godollo mit bedeutsamer Gebärde hinzu, „hat er mich gebeten, nicht zu verraten, wo ich ihn getroffen hätte."

„Sie kennen also viele junge Gelehrte?" fragte Celeste; „dieser und Herr Phellion sind ja schon zwei."

„Mein schönes Kind," sagte die Gräfin, „Sie sind eine kleine Neugierde, aber Sie werden mich nicht dazu bringen, zu sagen, was ich nicht sagen will, besonders nach meinem Bekenntnis über den Pater Anselm, denn Ihre Gedanken würden mit Ihnen durchgehen."

Das war schon der Fall, und jedes Wort der Gräfin schien die Angst des jungen Mädchens zu steigern.

„Ich würde mich nicht wundern," sagte la Peyrade ironisch, „wenn der Mitarbeiter des Paters

Anselm gerade Herr Felix Phellion wäre; Voltaire hat immer in guten Beziehungen zu den Jesuiten gestanden, von denen er erzogen war; nur unterhielt er sich mit ihnen nicht über Religion."

„Nun, mein junger Gelehrter unterhält sich mit seinem Fachgenossen darüber, er unterbreitet ihm seine Zweifel, und das war gerade der Anlaß zu ihren wissenschaftlichen Beziehungen."

„Und hofft der Pater Anselm," fragte Celeste, „den jungen Mann zu bekehren?"

„Er ist dessen sicher," antwortete die Gräfin; „sein junger Mitarbeiter ist, abgesehen von der Unterweisung in der Religion, die ihm gefehlt hat, nach den edelsten Grundsätzen erzogen worden; er weiß außerdem, daß seine Rückkehr zum Glauben ein reizendes junges Mädchen, das er liebt und von dem er wiedergeliebt wird, glücklich machen würde. Nun aber, mein liebes Kind, werden Sie nichts weiter aus mir herausbekommen, denken Sie sich alles, was Ihnen beliebt."

„Oh, liebe Patin!" sagte Celeste, indem sie ganz offen ihrem Gefühl nachgab, „wenn er es wäre!" Und sie warf sich weinend in Frau Thuilliers Arme.

In diesem Augenblick öffnete der Diener die Tür und meldete, ein eigentümliches Zusammentreffen, Herrn Felix Phellion an.

Der junge Professor trat herein, ganz mit Schweiß bedeckt, die Krawatte in Unordnung und völlig atemlos.

„Eine sehr geeignete Zeit," sagte Phellion streng, „um noch zu erscheinen!"

„Lieber Vater," sagte Felix, während er seine

Schritte nach der Ecke hinlenkte, wo Frau Thuillier und Celeste saßen, „ich konnte vor dem Ende des Phänomens nicht fortgehen, ich fand keinen Wagen und bin den ganzen Weg gelaufen."

„Die Ohren müssen Ihnen unterwegs geklungen haben," sagte la Peyrade spöttisch, „denn seit einiger Zeit haben sich die Damen hier mit Ihnen beschäftigt und standen in bezug auf Sie vor einem großen Rätsel."

Felix antwortete nicht; er sah Brigitte aus dem Speisezimmer hereinkommen, wo sie angeordnet hatte, daß nichts mehr herumgereicht werden solle; er eilte zu ihr, um sie zu begrüßen.

Nachdem er einige Vorwürfe über die Seltenheit seiner Besuche hatte mitanhören müssen und mit einem sehr freundlichen „Besser spät als gar nicht" Verzeihung erhalten hatte, wandte er sich wieder seinem Anziehungspol zu und war sehr erstaunt, Frau von Godollo sagen zu hören:

„Sie werden mir eine Indiskretion verzeihen, mein Herr, die ich in bezug auf Sie im Drange der Unterhaltung begangen habe: ich habe, trotz Ihres ausdrücklichen Verbotes, den Damen mitgeteilt, wo ich Sie heute morgen getroffen habe."

„Wo ich die Ehre hatte, Ihnen zu begegnen," sagte Felix; „aber ich habe Sie, gnädige Frau, jedenfalls nicht gesehen."

Über la Peyrades Lippe huschte ein unmerkliches Lächeln.

„Sie haben mich recht gut gesehen, da Sie ja von mir unbedingtestes Schweigen verlangt haben. Aber im übrigen habe ich über Sie nur die Wahrheit gesagt; ich habe erklärt, daß Sie zuweilen den Pater Anselm besuchen und daß Sie bisher zwar nur wissenschaftliche Beziehungen mit ihm verbanden, daß Sie aber Ihre religiösen Bedenken ihm gegenüber ebensosehr wie gegen Celeste geltend machten."

„Gegen den Pater Anselm?..." sagte Phellion ohne etwas zu begreifen.

„Aber gewiß!" bemerkte la Peyrade, „den großen Mathematiker, der sich der Hoffnung hingibt, Sie zu bekehren; Fräulein Celeste hat vor Freude darüber geweint."

Felix sah verblüfft um sich. Frau von Godollo warf ihm einen Blick zu, dessen Bedeutung ein Pudel verstanden hätte.

„Ich würde gern etwas getan haben," sagte er schließlich, „was Fräulein Celeste angenehm ist, aber ich glaube, gnädige Frau, Sie befinden sich hier in einem Irrtum."

„Hören Sie mich an, mein Herr, ich will die Sache genau feststellen, und wenn eine falsche Scham Sie veranlassen sollte, einen Schritt, den man doch anstandslos eingestehen kann, trotzdem abzuleugnen, dann strafen Sie mich Lügen; ich muß dann die Strafe für meine Leichtfertigkeit auf mich nehmen, daß ich ein Geheimnis verraten habe, obwohl Sie mir, wie ich zugebe, strengste Verschwiegenheit auferlegt hatten."

Frau Thuillier und Celeste waren ein Schauspiel für sich, denn niemals hatten sich Zweifel und Hoffnung so deutlich auf einem menschlichen Antlitz gemalt.

Und Frau von Godollo fuhr fort, indem sie jedes Wort betonte:

„Weil ich wußte, wie sehr Ihnen Ihr Heil am Herzen liegt und weil man Sie beschuldigte, sich keck über die Gebote Gottes hinweggesetzt zu haben, indem Sie am Sonntag arbeiteten, habe ich den Damen mitgeteilt, daß ich Sie heute morgen in dem Hause der Rue des Postes getroffen habe, bei dem Pater Anselm, einem Gelehrten wie Sie, mit dem Sie gemeinsam bei der Lösung einer Aufgabe beschäftigt waren; ich habe ferner gesagt, daß Ihre wissenschaftlichen Beziehungen zu diesem heiligen und geistig bedeutenden Manne Anlaß zu andern Auseinandersetzungen gegeben haben und daß Sie ihm Ihre religiösen Bedenken unterbreitet haben, die er zerstreuen zu können hoffte. Eine Bestätigung meiner Angaben kann für Ihr Selbstgefühl nichts Beschämendes haben; Sie wollten einfach Celeste eine Überraschung bereiten, und ich war so ungeschickt, das zu verderben; aber wenn sie hört, daß Sie das, was ich gesagt habe, bestätigen, dann wird sie noch glücklich genug sein, um über das Wort, das sie von Ihnen erwartet, nicht mit uns zu feilschen."

„Also bitte, mein Herr!" sagte la Peyrade; „es ist nichts Lächerliches, nach Erleuchtung zu streben; Sie, ein so geradsinniger Mann, ein solcher Feind der Lüge, werden doch nicht leugnen wollen, was die gnädige Frau mit solcher Bestimmtheit behauptet."

„Fräulein Celeste," sagte Felix nach kurzem Zögern, „wollen Sie mir gestatten, daß ich Ihnen zwei Worte ohne Zeugen sage?"

Auf ein bejahendes Zeichen Frau Thuilliers erhob sich Celeste. Felix ergriff ihre Hand und führte sie an ein zwei Schritte von ihrem bisherigen Platze entferntes Fenster.

„Celeste," sagte er, „ich beschwöre Sie, warten

Sie noch. Sehen Sie," fügte er hinzu und wies auf das Gestirn des großen Bären, „jenseits dieser hellen Sterne liegt für uns die ganze Zukunft. Die Sache mit dem Pater Anselm kann ich nicht zugeben, weil sie nicht wahr ist. Es ist eine Notlüge. Aber haben Sie Geduld, Sie werden bald mehr erfahren!"

Celeste verließ ihn, und er blieb stehen, in den Anblick des Himmels versunken.

„Er ist wahnsinnig!" sagte das junge Mädchen verzweifelt und setzte sich wieder auf ihren Platz neben Frau Thuillier.

Felix schien diese Bezeichnung zu bestätigen, denn er stürzte aus dem Salon fort, ohne die Aufregung zu bemerken, in der Phellion und seine Mutter ihm nacheilten.

Während alle über dieses Verschwinden verblüfft waren, näherte sich la Peyrade respektvoll der Frau von Godollo und sagte:

„Gestehen Sie, gnädige Frau, daß es sehr schwer ist, einen Menschen aus dem Wasser zu ziehen, der sich selbst durchaus ertränken will..."

„Ich habe mir bisher," erwiderte die Gräfin, „eine solche Einfältigkeit nicht vorstellen können, so etwas ist doch zu albern. Ich gehe zum Feinde über und will mit dem Feinde, so bald es ihm beliebt, eine freimütige und loyale Auseinandersetzung haben."

Am andern Tage richtete sich Theodosius' Wißbegierde auf zwei Punkte: wie wurde Celeste sich mit der Entscheidung, die sie zu treffen auf sich genommen hatte, abfinden? Und was hatte diese Gräfin Torna von Godollo ihm zu sagen und was wollte sie von ihm?

Der ersten Sache gebührte unbestreitbar der Vorrang; gleichwohl fühlte sich la Peyrade durch eine innere Stimme mehr zur Lösung des zweiten Problems hingezogen. Aber indem er sich entschloß, zuerst sich diesem zuzuwenden, war er sich darüber klar, daß er bei der Zusammenkunft, zu der er eingeladen war, gar nicht gut genug gerüstet erscheinen konnte.

Es hatte am Morgen geregnet, und der kluge Rechner wußte recht gut, daß ein Schmutzfleck auf dem Lack eines Stiefels Veranlassung geben kann, einen Mann geringzuschätzen. Er ließ sich also von seinem Portier ein Kabriolet holen und verließ gegen drei Uhr die Rue Saint-Dominique-d'Enfer, um sich in die vornehmen Gefilde des Madeleineviertels zu begeben.

Man kann sich denken, daß er sorgfältige Toilette gemacht hatte, die die Mitte zwischen der Ungeniertheit eines Morgenanzuges und der feierlichen Abendkleidung halten mußte. Da er durch seinen Beruf zum Tragen der weißen Krawatte verurteilt war, die er nur bei seltenen Gelegenheiten ablegen konnte, und da er nicht wagte, sich anders als im Gehrock zu präsentieren, mußte er sich zu einer der beiden Möglichkeiten entschließen, die vollkommen zu erfüllen er nicht für angemessen hielt. Aber im Gehrocke, und wenn er die hellgelben Handschuhe durch halbdunkle ersetzte, erschien er weniger „feierlich" und vermied es, wie ein Bittsteller oder ein Provinzler auszusehen, der im Salonanzug in den Straßen promeniert, wenn die Sonne sich noch nicht dem Horizont zugeneigt hat.

Der gewandte Diplomat hütete sich, an der Tür

des Hauses, in dem er zu tun hatte, vorzufahren. Vom Zwischengeschoß wollte er nicht gern aus einem Mietwagen steigend gesehen werden, und vom ersten Stock fürchtete er bemerkt zu werden, wie er in der unteren Etage Station machte; denn das hätte sicher zu endlosen Vermutungen Anlaß gegeben.

Er ließ den Wagen also an der Ecke der Rue Royale halten; von da gelangte er, auf dem beinahe schon trockenen Bürgersteig vorsichtig mit den Fußspitzen auftretend, ohne Unfall ans Ziel. An der Haustür angelangt, hatte er das Glück, von den Portiersleuten nicht bemerkt zu werden; der Mann, Küster an der Madeleinekirche, war infolge seines Dienstes abwesend, und die Frau damit beschäftigt, eine noch freistehende Wohnung einem Mietlustigen zu zeigen; so entging Theodosius jeder Beobachtung und konnte sich bis zur Tür des Heiligtums, in das er eindringen wollte, durchstehlen.

Bei dem leichten Druck seiner Hand auf den seideumsponnenen Klingelzug ertönte eine Glocke im Innern der Wohnung. Nach einigen Sekunden hörte man, wie mit dem Läuten einer kleinen Glocke die Herrin das säumige Kammermädchen energisch zum Öffnen herbeirief, und einen Augenblick später sah er sich einem Hausmädchen gegenüber, von gesetztem Alter und zu guten Formen, um sich wie eine Theatersoubrette zu kleiden.

Der Advokat nannte seinen Namen, und das Kammermädchen bat ihn, in dem mit unaufdringlichem Luxus ausgestatteten Speisezimmer zu warten. Fast unmittelbar darauf kam es wieder zurück

und meldete ihn, indem es ihn in den zierlichsten und üppigst ausgestatteten Salon führte, der in den niedrigen Räumen eines Zwischengeschosses eingerichtet werden kann.
Die Gottheit des Hauses saß vor einem Tisch mit einer Decke, die ein venetianisches Muster zeigte, in dem sich das Gold mit den leuchtenden Farben einer zarten Stickerei mischte. Als der Advokat hereintrat, begrüßte ihn die Gräfin, ohne aufzustehen und sagte, während die Kammerfrau ihm einen Sessel hinschob:
„Gestatten Sie mir, mein Herr, daß ich erst einen eiligen Brief schließe?"
Der Advokat verneigte sich zum Zeichen des Einverständnisses; die schöne Fremde nahm von einem Schreibpult, einem Boullemöbel mit eingelegter Schildpattarbeit, ein Blatt hellblauen englischen Papiers und steckte es in den Briefumschlag; nachdem sie die Adresse geschrieben hatte, erhob sie sich, um zu klingeln.
Sogleich erschien die Kammerfrau und zündete eine Weingeistlampe an, die in ein kleines, mit reizenden Skulpturen geschmücktes Gehäuse eingelassen war; über der Lampe war ein vergoldetes Gestell angebracht, auf dem ein Stück wohlriechenden Siegelwachses lag; sobald die Flamme das Wachs flüssig gemacht hatte, ließ es die Kammerfrau auf den Umschlag herabtropfen und reichte ihrer Herrin das mit einem Wappen versehene Petschaft. Diese drückte es mit ihrer schönen Hand darauf und sagte:
„Lassen Sie es unverzüglich an die Adresse bringen."
Die Kammerfrau machte eine Bewegung, um den

Brief in Empfang zu nehmen, aber aus Unachtsamkeit oder infolge der Eile fiel der Brief vor la Peyrade zu Boden, der sich schnell bückte, um ihn aufzuheben und dabei unwillkürlich die Aufschrift las. Sie lautete: „An Seine Exzellenz, den Herrn Minister des Auswärtigen". Und das bezeichnende Wort: „Persönlich" oben in einer Ecke gab der Botschaft den Charakter der Intimität.

„Verzeihen Sie!" sagte die Gräfin und nahm dem Advokaten den Brief ab, den er taktvollerweise, um seinen Eifer zu bezeigen, der Hausherrin überreichte. Zugleich sagte die schöne Fremde in strengem Tone zu der ungeschickten Kammerfrau: „Geben Sie sich Mühe, ihn nicht noch einmal zu verlieren." Als diese sich entfernt hatte, verließ die Ungarin ihren Sitz vor dem Schreibtische und setzte sich auf ein mit perlgrauem Atlas bezogenes Sofa.

Während dieser Vorgänge hatte la Peyrade sich dem Genusse der prächtigen Gegenstände um ihn her hingeben können. Bilder von Meisterhand hoben sich von einer Wandbespannung in mattem dunklem Tone ab, die mit seidenen Fransen und Streifen abgesetzt war; auf einer vergoldeten Holzkonsole erhob sich eine riesige japanische Vase; vor den Fenstern standen zwei Jardinieren, in denen ein Lilium rubrum mit zusammengerollten Blättern über weißen und roten Kamelien und über chinesischen Zwergmagnolien mit gelblichweißen, ponceaugeränderten Blüten emporragte; in einer Ecke war eine Trophäe aus sehr bizarren und reichen Waffen, die der, immer ein wenig „husarenmäßigen", Nationalität der Hausherrin entsprach, angebracht; endlich befanden sich noch verschiedene erlesene Bronzen und Statuetten und Sessel, die sich weich über einen Teppich mit türkischem Muster rollen ließen, in diesem Salon, den der Advokat, bevor er bewohnt war, gelegentlich mit Brigitte und Thuillier schon gesehen hatte. Er erschien ihm jetzt derart verändert, daß er ihn gar nicht wiedererkannte.

Bei etwas mehr Weltgewandtheit wäre der Advokat über die wunderbare Kunst, mit der die Gräfin sich ihr Nest ausgeschmückt hatte, weniger erstaunt gewesen. Der Salon einer Frau ist ihr Königreich, ihr uneingeschränktes Königreich; denn hier herrscht und regiert sie im wahren Sinne des Wortes; hier liefert sie mehr als eine Schlacht, aus der sie fast immer als Siegerin hervorgeht. Wählt sie nicht in der Tat für ihren Salon alle Dekorationen selbst aus, bringt die Farben in Übereinstimmung, verteilt das Tageslicht, alles nach ihrem Belieben? Wenn sie nur ein wenig Intelligenz besitzt, dann ist es unmöglich, daß sie hier, wo jedem Gegenstande ihrer Umgebung sein Platz von ihrer Hand angewiesen ist, nicht ihren ganzen Wert zur Geltung brächte; unmöglich, daß nicht jeder ihrer Vorzüge sich nicht besonders hervorhöbe. Man sei überzeugt, daß man noch nicht alle Vollkommenheiten einer Frau kennt, solange man sie noch nicht in der widerspiegelnden Atmosphäre ihres Salons gesehen hat, man hüte sich aber auch, zu behaupten, daß man sie beurteilen und verstehen könne, wenn man sie nur hier gesehen hat.

Kokett in eine Ecke des Sofas sich lehnend, das Haupt nachlässig auf den Arm gestützt, dessen Form und Weiße das Auge unter dem weit geöffneten Ärmel eines schwarzsamtenen Hauskleides fast bis zum Ellbogen verfolgen konnte, mit dem Aschenbrödelfüßchen in winzigen Pantoffeln von russischem Leder bequem auf einem orangefarbenen Atlaskissen mit gestickten Blumen ruhend, sah die schöne Ungarin wie ein Bild von Lawrence oder Winterhalter aus, nur daß ihre Haltung ganz ungezwungen war.

„Mein Herr," sagte sie lächelnd, mit leichtem fremdländischem Akzent, der ihrer Sprache noch einen erhöhten Reiz verlieh, „ich kann es nicht anders als sehr komisch finden, daß ein Mann von Ihrem Geist und Ihrem durchdringenden Verstande in mir eine Feindin hat sehen können."

„Aber Frau Gräfin," antwortete la Peyrade, und in seinen Augen malte sich ein Ausdruck von Erstaunen mit Mißtrauen gemischt, „Sie werden mir zugeben müssen, daß der Anschein ganz für meine einfältige Annahme sprach. Ein Bewerber stellt sich einer Heirat, die sich mir als eine durchaus passende darbietet, entgegen. Der Nebenbuhler erweist sich zu meinem Glück als so fabelhaft ungeschickt, daß es nicht schwer ist, ihn beiseite zu schieben, und plötzlich erscheint die reizendste und unerwartetste Helferin und opfert sich auf, um ihm gerade da, wo er am leichtesten verwundbar ist, beizustehen..."

„Und sagen Sie noch," bemerkte die Gräfin lachend, „daß dieser Schützling ein gewandter Mann ist, der mich kräftig unterstützt hat!"

„Seine Ungeschicklichkeit", erwiderte la Peyrade, „war Ihnen, denke ich, doch nicht unbekannt, und der Beistand, den Sie so gütig waren, ihm zu gewähren, für mich um so verletzender."

„Ach, was für ein großes Unglück," entgegnete die Fremde mit reizendem Schmollen, „wenn man Sie daran hinderte, Fräulein Celeste zu heiraten! Sie hängen also wirklich so sehr an diesem Pensionsmädchen?"

In diesen Worten, und besonders in dem Tone, mit dem sie gesprochen wurden, lag noch mehr als Verachtung, es klang etwas von Haß hindurch. Diese Nuance konnte einem so scharfen Beobachter wie la Peyrade nicht entgehen. Aber da er auf diese einfache Bemerkung hin sich noch nicht zu weit vorwagen wollte, so sagte er nur:

„Gnädige Frau, der gewöhnliche Ausdruck ‚Ein Ende machen' kennzeichnet die Situation, in der ein Mensch, nachdem er lange Zeit gekämpft hat und mit seinen Bemühungen und Illusionen zu Ende ist, mit seinen Zukunftserwartungen unter allen Umständen ein Kompromiß schließt. Wenn nun dieses Ende sich in der Gestalt eines jungen Mädchens darbietet, das, wie ich zugebe, mehr Tugend als Schönheit besitzt, das aber seinem Gatten das für das Wohlergehen jeder Ehe unerläßliche Vermögen mitbringt, was ist da Erstaunliches, wenn das Herz sich aus Dankbarkeit gefangen gibt und die Wahrscheinlichkeit eines friedlichen Glücks, das sich ihm darbietet, willkommen heißt?"

„Ich dachte immer," antwortete die Gräfin, „daß die Höhe der Intelligenz der Maßstab für den Ehrgeiz sein müsse, und ich stellte mir vor, daß ein Mann, der klug genug ist, um zunächst nur ein Armenadvokat sein zu wollen, weniger bescheidene und idyllische Ansprüche stelle."

„Ach, gnädige Frau," entgegnete la Peyrade, „die

eiserne Hand der Notwendigkeit bringt noch viel erstaunlichere Resignationen zuwege; vor der Not um das tägliche Brot muß alles andere schweigen und zurücktreten. War Apollo ‚um des Lebensunterhaltes willen' nicht genötigt, sich dem Admet als Hirt zu verdingen?"

„Die Schäferei Admets", warf Frau von Godollo ein, „war doch wenigstens eine königliche Schäferei; aber sicher hätte Apollo sich nicht herabgelassen, die Schafe zu hüten bei einem... Bourgeois."

Die Pause vor dem letzten Worte zeigte an, daß die schöne Fremde eigentlich einen Eigennamen hatte nennen wollen, und la Peyrade begriff, daß es Thuillier aus reiner Gutmütigkeit erspart blieb, in der Begründung zu figurieren, die sich auf die Gattung beschränkte und das Individuum beiseite ließ.

„Ich glaube, gnädige Frau, daß Ihre Unterscheidung ebenso wahr wie feinsinnig ist," antwortete la Peyrade, „aber es ist hier nicht Apollo, der zu wollen hat."

„Ich liebe die Leute nicht, die sich überschätzen," bemerkte die Gräfin trocken, „aber noch weniger liebe ich die, die ihre Ware unterm Preis verkaufen; ich habe immer Angst, daß sie mich durch irgendeine gerissene komplizierte Schwindelei täuschen wollen. Sie, mein Herr, kennen Ihren Wert recht gut, und Ihre gespielte Untertänigkeit mißfällt mir im höchsten Grade; sie beweist mir, daß meine wohlwollenden Eröffnungen noch nicht einmal zu einem Anfang von Vertrauen zwischen uns geführt haben."

„Ich schwöre Ihnen, gnädige Frau, daß der Verlauf meines Lebens mir bisher noch keine Ver-

anlassung gegeben hat, irgendwie an meine hervorragende Überlegenheit zu glauben."
„In der Tat," sagte die Ungarin, „man muß wohl einen Mann für bescheiden halten, der sich mit der bedauernswerten Lösung zufrieden gibt, der ich entgegenzutreten versucht habe."
„Genau so," bemerkte la Peyrade fein, „wie man eine wohlwollende Gesinnung für echt halten muß, die mich bisher so grausam gezüchtigt hat."
Die Ungarin warf ihrem Besucher einen vorwurfsvollen Blick zu; ihre Hand zerknüllte ein Band ihres Kleides, sie schlug die Augen nieder und seufzte, aber so unmerklich und so leise, daß es nur wie eine Unterbrechung ihres regelmäßigen Atmens erschien.
„Sie sind nachtragend", sagte sie, „und beurteilen die Menschen einseitig. Aber nach allem", fügte sie, wie nach einer Überlegung, hinzu, „haben Sie vielleicht Recht, mich daran zu erinnern, daß ich die ungeeignetsten Mittel gewählt habe, um mich in Dinge zu mischen, die mich nichts angehen. Also schreiten Sie weiter vorwärts, mein lieber Herr, auf dem Wege zu Ihrer ruhmvollen Heirat, die Sie in jeder Beziehung für so passend halten, und lassen Sie mich Ihnen nur wünschen, daß Sie einen Sieg nicht zu bereuen haben werden, den ich nicht mehr aufzuhalten versuchen werde."
Mit Liebesabenteuern war der Provenzale bisher nicht verwöhnt worden. Das Elend, mit dem er so lange gekämpft hatte, bringt Einem nicht gerade galante Beziehungen entgegen, und seitdem er den harten Zwang von sich abgeschüttelt hatte, war er mit aller Sorgfalt nur darauf bedacht gewesen, sich eine Zukunft zu gründen, und hatte, abgesehen

von der kleinen Komödie mit Frau Colleville, Herzensangelegenheiten nur einen sehr geringen Platz in seinem Dasein eingeräumt. Wie alle stark beschäftigten Männer, die trotzdem vom Dämon des Fleisches besessen sind, begnügte er sich mit der elenden käuflichen Liebe, die man abends an der Straßenecke auf liest und die sich andererseits so bequem mit äußerlicher Frömmigkeit vereinbaren läßt. Man kann sich also vorstellen, wie perplex dieser Neuling in Liebesabenteuern war, als er sich zwischen die Furcht, eine köstliche Gelegenheit sich entschlüpfen zu lassen und die Angst, unter den Blumen, die sich ihm zu öffnen schienen, eine Schlange zu finden, gestellt sah. Eine zu deutlich betonte Zurückhaltung, ein zu heißes Bemühen – beides konnte die Eigenliebe der schönen Fremden verletzen und die Quelle versiegen lassen, aus der zu schöpfen ihn man anscheinend einlud; andererseits aber, wenn dieses scheinbare Interesse nur eine Falle war, wenn das ihm unerklärliche Wohlwollen, das ihm so plötzlich zugewendet wurde, nur das eine Ziel hatte, ihn zu einem falschen Schritte zu verleiten, aus dem man nachher eine Waffe schmieden konnte, um ihn bei Thuillier zu kompromittieren – was für ein Schlag war das für seinen Ruf als kluger Mann, und was für eine lächerliche Rolle mußte er spielen, wenn er, wie ein Hund, seine Beute um eines Schattens willen fahren ließ!

Man weiß bereits, daß la Peyrade ein wenig zur Schule Tartüffs gehörte, und die Freimütigkeit, mit der sein Meister Elmire erklärt, daß er ohne einige Gunstbeweise, wonach er seufzte, nicht an ihr zärtliches Entgegenkommen glauben könne, schien dem Advokaten, wenn auch in etwas mehr verhüllter Form, im vorliegenden Falle angemessen zu sein.

„Frau Gräfin," sagte er daher, „Sie machen mich zu einem sehr beklagenswerten Manne; ich wollte frohen Herzens diese Ehe eingehen, und nun nehmen Sie mir alles Vertrauen dazu; und wenn ich nun meine Pläne aufgebe, was für Aussichten eröffnen sich mir bei meinen großen Fähigkeiten, die Sie mir zuschreiben, wenn ich meine Freiheit wiedererlangt habe?"

„La Bruyère hat, wenn ich nicht irre, gesagt, daß nichts den Menschen so frisch macht, als wenn er sieht, daß er es vermieden hat, eine Dummheit zu begehen."

„Zugegeben; aber das ist eine negative Wohltat, und ich bin in einem Alter und einer Vermögenslage, daß ich nur mit sicheren Resultaten rechnen darf. Das Interesse, das Sie so gütig sind, mir zu erzeigen, darf nicht dabei stehenbleiben, mit mir tabula rasa zu machen. Es ist wahr, meine Liebe zu Fräulein Colleville hat nichts Stürmisches und nichts Zwingendes, aber schließlich habe ich sie gern, ihre Hand ist mir zugesagt, und bevor ich auf sie verzichte..."

„Also," sagte die Gräfin lebhaft, „gegebenenfalls würden Sie nichts gegen einen Bruch haben, und", fügte sie noch eindringlicher hinzu, „es wäre vielleicht möglich, Sie davon zu überzeugen, daß Sie, wenn Sie sich so bei der ersten Gelegenheit binden, Ihre Zukunft aufs Spiel setzen, wo sich Ihnen andere Partien bieten können?"

„Wenigstens, gnädige Frau, müßte man sie aber ahnen und voraussehen können."

Diese Hartnäckigkeit, Garantien zu verlangen, schien die Gräfin zu verstimmen.

„Der Glaube, mein Herr," sagte sie, „ist nur dann eine Tugend, wenn man aufs Wort glaubt. Sie sind mit sich selbst im Unreinen, das ist eine andere Art von Unbehilflichkeit. Ich habe kein Glück mit meinen Schützlingen."

„Aber ist es denn so indiskret, gnädige Frau, wenn man darauf dringt, wenigstens ungefähr zu wissen, woran Ihre Güte für mich denkt?"

„Sehr indiskret," antwortete die Ungarin kühl, „denn ich sehe wohl, daß Sie mir nur bedingt folgen wollen. Also reden wir nicht mehr davon. Ihre Sache mit Fräulein Colleville ist schon sehr weit gediehen, sie erscheint Ihnen in vieler Hinsicht passend, also heiraten Sie sie; noch ein Schritt, und Sie werden mir nicht mehr auf Ihrem Wege begegnen."

„Aber ist Fräulein Colleville wirklich für mich passend?" begann la Peyrade wieder; „gerade über diesen Punkt haben Sie eben Zweifel in mir entstehen lassen! Und finden Sie es nicht ein wenig grausam, daß Sie mir nacheinander zwei entgegengesetzte Versicherungen geben, ohne irgendeinen Beweisgrund?"

„Ah," sagte die Gräfin in ungeduldigem Tone, „Sie wünschen Beweisgründe für meine Ansicht! Nun, mein Herr, ich kann Ihnen einen sehr bündigen nennen: Celeste liebt Sie nicht."

„Ich glaube in der Tat," sagte la Peyrade bescheiden, „daß ich eher im Begriffe bin, eine Vernunftheirat zu machen."

„Und sie kann Sie auch nicht lieben," fuhr die Gräfin lebhafter fort, „weil sie Sie nicht verstehen kann. Der richtige Mann für sie, das ist der kleine blonde, ängstliche junge Mensch, der ebenso fade wie sie ist. Bei dem Zusammenleben dieser beiden Wesen ohne Lebendigkeit und ohne Glut wird jene Lauheit zu zweien entstehen, die nach der Meinung der Welt, in der sie geboren ist und in der sie gelebt hat, das ‚non plus ultra' der ehelichen Glückseligkeit darstellt. Versuchen Sie doch, diesem Dummchen begreiflich zu machen, daß ein Vermögen, wenn es so glücklich ist, einem Talent auf seinem Wege zu begegnen, sich durch diese Begegnung für geehrt anzusehen hat! Und machen Sie das doch ihrer widerwärtigen elenden Umgebung begreiflich! Reichgewordene Bourgeois, das soll das Dach sein, unter dem Sie sich nach Ihrem harten Mühen und Ihren langdauernden Prüfungen zur Ruhe setzen wollen; müssen Sie nicht glauben, daß zwanzigmal am Tage das, was Sie in die Ehe gebracht haben, gegen das von der andern Seite eingebrachte Geld abgewogen und für ganz unverhältnismäßig zu leicht befunden werden wird? Auf der einen Seite die Ilias, der Cid, der Freischütz und die Fresken des Vatikans, auf der andern hunderttausend Taler in guter, klingender Münze: und nun sagen Sie mir, für welche Seite jene sich begeistern werden? Der Künstler, der Phantasiemensch, der in eine bourgeoise Atmosphäre verschlagen ist, wissen Sie, mit wem ich ihn vergleiche? Mit Daniel, der in die Löwengrube geworfen ist, aber ohne die wunderbare Errettung der Heiligen Schrift."

Diese Schmährede gegen die Bourgeoisie war in einem so warmen Tone der Überzeugung vorgebracht worden, daß sie ihre ansteckende Wirkung schwerlich verfehlen konnte.

„Oh, gnädige Frau,“ rief la Peyrade aus, „mit welcher Beredsamkeit sprechen Sie Dinge aus, die mir schon oft durch meinen beunruhigten und verwirrten Kopf gegangen sind! Aber immer fühle ich mich von dem bittern Verhängnis bedrängt, von der Notwendigkeit, mir eine Stellung zu verschaffen ...“

„Notwendigkeit! Stellung!“ unterbrach ihn die Gräfin in noch wärmerem Tone, „leere Worte ohne Sinn, die für die Klugen überhaupt keinen Klang haben, vor denen aber die Unbedeutenden, als vor zu fürchtenden Hindernissen, zurückweichen. Notwendigkeit! Gibt es das für Ausnahmenaturen, für die, die zu wollen verstehen? Ein gaskognischer Minister hat einmal ein Wort gesprochen, das an die Tür aller Karrieren geschrieben wurden mußte: ‚Alles kommt zur rechten Zeit für den, der zu warten versteht.‘ Wissen Sie denn nicht, daß die Ehe für die Männer höheren Schlages entweder eine Kette ist, die sie an die niedrigste Gewöhnlichkeit des Daseins fesselt, oder ein Flügel, der sie zu den höchsten Gipfeln der menschlichen Gesellschaft erhebt? Die Frau, die Sie, mein Herr, brauchen, und auf die Sie vielleicht nicht so lange zu warten haben werden, wenn Sie sich nicht mit unverständlicher Hast von der ersten sich darbietenden Mitgift kapern lassen, müßte fähig sein, Sie zu verstehen, weil sie schon erraten hat, was Sie wollen; sie würde Ihre Mitarbeiterin, Ihre einsichtsvolle Vertraute sein, nicht bloß ein lebendiger Küchentopf; die heute Ihre Privatsekretärin ist, würde morgen wahrscheinlich die Gemahlin eines Deputierten, eines Gesandten sein; sie würde fähig sein, Ihnen ihr Gefühl als Sprungfeder, ihren Salon als Bühne, ihre Beziehungen als Aufstiegsleiter darzubieten, und würde für alles, was sie Ihnen von Schwung und Kraft mitteilt, nichts anderes verlangen, als sich neben Ihrem Thron in Ihrem Ruhm und Glanz zu sonnen, die sie bei Ihnen vorausgeahnt hatte!"

Berauscht von ihren eigenen Worten, bot die Ungarin einen prachtvollen Anblick dar mit ihren funkelnden Augen und ihren geblähten Nasenflügeln; die Perspektiven, die ihre warme Beredsamkeit entrollte, schien sie selbst vor sich zu sehen und mit ihren bebenden Händen zu berühren.

La Peyrade war einen Augenblick wie geblendet vor diesem Sonnenaufgang, den sie seine Strahlen über sein Leben werfen ließ.

Dennoch konnte er, da er ein außerordentlich vorsichtiger Mensch war, der sich zum Gesetz gemacht hatte, nur auf gute und leicht verkäufliche Pfänder zu leihen, sich nicht enthalten, die Situation sorgsam abzuwägen.

„Sie haben mir eben vorgeworfen, Frau Gräfin," sagte er, „daß ich wie ein Bourgeois rede, und ich, ich fürchte, daß Sie wie eine Göttin sprechen. Ich bewundere Sie, ich höre Ihnen zu, aber ich bin nicht überzeugt. Solch eine Hingebung, solch eine erhabene Selbstverleugnung, die findet man vielleicht im Himmel; aber auf Erden? Wer kann sich rühmen, sie hier erlebt zu haben?"

„Sie täuschen sich, mein Herr, solche Opferbereitschaft ist selten, aber sie ist weder unglaubhaft noch unmöglich; man muß sie bloß aufzufinden und vor allem festzuhalten verstehen, wenn sie sich einem darbietet."

Damit erhob sie sich hoheitsvoll.

La Peyrade begriff, daß er zuletzt ihr Mißfallen erregt hatte und daß er verabschiedet wurde; er stand auf, verneigte sich respektvoll und bat um die Gunst, zuweilen empfangen zu werden.

„Mein Herr," antwortete Frau von Godollo, „bei uns Ungarn, die wir noch einfache und fast barbarische Menschen sind, wird eine Tür mit beiden Flügeln geöffnet; wenn wir sie aber schließen, dann geschieht es mit doppeltem Verschluß."

Diese würdevolle doppelsinnige Antwort war von einer leichten Kopfneigung begleitet. Betäubt und verwirrt von dieser Art sich zu geben, die ihm so neu war und der Flavias, Brigittes und Frau Minards so wenig glich, entfernte sich la Peyrade und fragte sich, ob er klug gehandelt habe.

Nachdem er Frau von Godollo verlassen hatte, empfand la Peyrade das Bedürfnis, sich zu sammeln. Was war hinter der Unterhaltung, die er eben mit dieser merkwürdigen Frau gehabt hatte, versteckt: eine Falle oder eine reiche Partie für ihn? Im Zweifel hierüber würde es weder klug noch vorsichtig sein, Celeste zur Erklärung zu drängen; eine solche Lösung herbeiführen, das bedeutete gleichzeitig, daß auch er sich binde und die Tür vor den noch unbestimmten Aussichten, die sich ihm vielleicht eröffnet hatten, verschließe.

Das Ergebnis der Überlegungen, die Theodosius, während er über den Boulevard schritt, anstellte, war, daß er zunächst nur daran denken dürfe, Zeit zu gewinnen; anstatt daher Thuillier aufzusuchen, begab er sich nach Hause und verfaßte folgendes Schreiben:

„Mein lieber Thuillier!

Du wirst es gewiß merkwürdig gefunden haben, daß ich heute nicht bei Dir erschienen bin; aber abgesehen davon, daß ich mich vor dem Ausfall der Entscheidung fürchte, möchte ich auch nicht als drängender und rücksichtsloser Gläubiger auftreten. Auf einige Tage mehr oder weniger kommt es bei dieser Angelegenheit nicht an, aber Fräulein Colleville kann vielleicht Wert darauf legen, um in voller Freiheit ihre Entscheidung treffen zu können. Ich komme also erst zu Dir, wenn Du mir schreibst. Ich bin wieder ein wenig ruhiger geworden und habe einige weitere Seiten an unserem Manuskript geschrieben; es bedarf nur noch kurzer Zeit, bis wir in der Lage sind, es vollendet dem Drucker zu übergeben.

Ganz der Deinige

Theodosius de la Peyrade."

Zwei Stunden später brachte, in einer Kleidung, die offenbar einen Übergang zu einer Livree, zu der man sich noch nicht hatte entschließen können, vorstellen sollte, der „männliche" Dienstbote, von dem Minard erzählt hatte, folgende Antwort:

„Komm unbedingt heute abend; wir wollen über all das mit Brigitte reden.

Dein herzlich ergebener

Jérôme Thuillier."

„Schön," sagte sich la Peyrade, „die Sache scheint nicht glatt zu gehen; ich habe dann die Möglichkeit, mich zurückzuziehen."

Am Abend, als er sich bei Thuillier melden ließ, erhob sich die Gräfin von Godollo, die gerade bei Brigitte war, eilig und entfernte sich. Als sie dem Advokaten begegnete, grüßte sie ihn förmlich. Irgend etwas Bestimmtes ließ sich aus diesem brüsken Auftreten, das alles Mögliche bedeuten konnte, nicht schließen.

Nachdem man sich ein wenig über Regen und schönes Wetter unterhalten hatte, wie es die Leute zu tun pflegen, die zusammengekommen sind, um irgendeine kitzliche Angelegenheit zu besprechen, über die sie nicht sicher sind, ein Einverständnis zu erzielen, sagte Brigitte, die ihren Bruder auf einen Boulevardspaziergang geschickt hatte, mit dem Bemerken, er solle sie nur machen lassen:

„Es ist sehr nett von Ihnen, mein Junge, daß Sie nicht wie ein Räuber gekommen sind und uns die Pistole auf die Brust gesetzt haben, denn wir waren noch nicht so weit, um Ihnen einen Bescheid geben zu können. Ich glaube," fügte sie hinzu, indem sie sich eines Ausdrucks aus ihrem früheren Gewerbe einer Geldverleiherin bediente, „daß Celeste eine kleine Prolongation braucht."

„Also", sagte la Peyrade lebhaft, „hat sie sich noch nicht für Herrn Felix Phellion entschieden?"

„Spitzbube!" sagte die alte Jungfer, „gestern abend haben Sie was Schönes angerichtet; Sie wissen doch recht gut, daß sie sich ein bißchen dieser Seite zuneigt."

„Wenn man nicht blind ist," sagte der Advokat, „muß man das ja sehen!"

„Das wäre übrigens für meine Absichten kein Hindernis," fuhr Fräulein Thuillier fort, „aber es ist der Grund, weshalb ich noch ein wenig Aufschub für Celeste von Ihnen verlangte und deshalb auch wünschte, daß die Hochzeit noch etwas hinausgeschoben werden soll. Ich wollte Ihnen auch die Zeit gewähren, sich bei der Kleinen etwas mehr einzuschmeicheln; aber ihr beide, Sie und Thuillier, ihr habt mir meinen ganzen Plan über den Haufen geworfen."

„Nichts soll nach meiner Meinung ohne Ihre Zustimmung geschehen," sagte la Peyrade, „und wenn ich während dieser vierzehn Tage Ihnen gegenüber nichts von der Sache erwähnt habe, so geschah das aus reiner Diskretion; Thuillier hatte mir gesagt, daß alles mit Ihnen abgemacht sei."

„Thuillier weiß recht gut, daß ich im Gegenteil mich nicht in das, was ihr ausgeheckt hattet, habe mischen wollen, und wenn Sie sich in dieser letzten Zeit nicht so rar gemacht hätten, wäre ich die erste gewesen, die Ihnen gesagt hätte, daß ich nicht zustimme. Trotzdem kann ich aber sagen, daß ich nichts getan habe, um einen günstigen Ausgang zu verhindern."

„Das war aber zu wenig," sagte la Peyrade, „wir brauchten Ihren Beistand."

„Möglich; aber ich kenne die Weiber besser als ihr, da ich ja auch zu ihnen gehöre, und ich konnte mir wohl denken, daß Celeste, wenn sie zwischen zwei Liebhabern wählen durfte, darin die Erlaubnis erblickte, nach Belieben an den zu denken, der ihr am besten gefiel, und ich hatte sie gerade immer inbezug auf Felix im Dunkeln gelassen und wußte wohl, wann es Zeit war, der Kleinen den Kopf zurechtzusetzen."

„Sie lehnt also nicht ab?" sagte la Peyrade.

„O nein, viel schlimmer als das: sie nimmt Sie an und sagt, daß sie ihr Wort gegeben habe; aber es ist so klar, daß sie sich als ein Opfer betrachtet, daß ich an Ihrer Stelle durch einen solchen Erfolg mich weder geschmeichelt noch beruhigt fühlen würde."
In einer anderen Geistesverfassung würde la Peyrade geantwortet haben, daß er das Opfer annehme und daß er schon ein Herz zu erobern wissen werde, das sich ihm vorläufig nur ungern hingebe; aber da ihm jetzt ein kleiner Aufschub besser paßte, so fragte er Brigitte:
„Und wie denken Sie darüber? Wie soll ich mich entscheiden?"
„Dahin," sagte Brigitte, „daß Sie zunächst einmal Thuilliers Broschüre fertigmachen, denn er verliert schon den Kopf darüber, und mich dann in Ihrem Interesse handeln lassen."
„Ist das dann aber auch in Freundeshänden? Denn ich kann mir doch nicht verhehlen, Tantchen, daß Sie seit einiger Zeit ganz anders zu mir sind!"
„Ich anders zu Ihnen? Und woran sehen Sie das, Sie Querkopf?"
„Oh, nur an Kleinigkeiten," sagte la Peyrade; „aber es ist doch offensichtlich, daß seit dem Erscheinen dieser Gräfin Torna in ihrem Hause ..."
„Mein lieber Junge, die Ungarin hat mir Dienste erwiesen, und ich schulde ihr Dank dafür; ist das aber etwa ein Grund, daß ich es Ihnen gegenüber daran fehlen lassen sollte, der Sie uns doch viel größere Dienste geleistet haben?"
„Gestehen Sie nur," sagte la Peyrade schlau, „daß sie Ihnen viel Schlechtes über mich gesagt hat!"
„Das ist doch sehr natürlich: solche schöne Frauen

wollen von jedermann angebetet werden, und sie sieht, daß Sie sich nur um Celeste kümmern; aber alles, was sie mir gesagt hat, ist an mir so heruntergelaufen wie Wasser an einem Wachstuch."

„Also, Tantchen," fragte la Peyrade, „ich darf weiter auf Sie rechnen?"

„Ja, wenn Sie mich nicht drängen und mich machen lassen."

„Aber was werden Sie denn machen?" fragte la Peyrade harmlos.

„Ich werde Felix zunächst erklären, daß er keinen Fuß mehr in unser Haus setzen möchte."

„Ist das möglich?" sagte der Advokat, „oder ist das überhaupt schicklich?"

„Durchaus, und ich werde es ihm durch Phellion selbst sagen lassen. Da er ein Prinzipienreiter ist, wird er der erste sein, der einsieht, daß, wenn sein Sohn das nicht tun will, was nötig ist, um Celestes Hand zu erlangen, wir auch auf seine Besuche verzichten müssen."

„Und dann?" sagte la Peyrade.

„Dann werde ich Celeste zu verstehen geben, daß man ihr die Freiheit gelassen hat, einen von beiden Männern zu wählen, und daß sie, da sie Felix nicht will, sich mit Ihnen abfinden muß, einem frommen jungen Mann, wie sie es liebt. Beruhigen Sie sich, ich werde Sie schon gehörig herausstreichen und betonen, wie anständig Sie waren, daß Sie sie nicht zur Entscheidung, zu der sie sich verpflichtet hatte, gedrängt haben; aber all das braucht Zeit; und wenn es mit dem Fertigwerden der Broschüre nur noch acht Tage dauert, dann kann es jeden Augenblick passieren, daß wir Thuillier ins Irrenhaus sperren müssen."

„Die Broschüre kann in zwei Tagen erscheinen; aber, Tantchen, spielen Sie auch wirklich mit offenen Karten? Die Berge können nicht zueinander kommen, wie man sagt, aber die Menschen; und sobald der Termin für die Wahl feststehen wird, bin ich in der Lage, Thuillier gute oder schlechte Dienste zu leisten. Stellen Sie sich vor, was ich neulich für eine schreckliche Angst gehabt habe. Ich hatte einen Brief von ihm bei mir, in dem er von der Broschüre sprach, als ob ich der Verfasser wäre. Nun habe ich einen Moment geglaubt, ich hätte den Brief im Luxembourg verloren. Das hätte einen netten Tanz in dem Bezirk gegeben!"

„Werde ich etwa versuchen, Schlauköpfe wie Sie hinters Licht zu führen?" sagte die alte Jungfer, die die Drohung in seinem letzten Satze, den er unvermittelt in die Unterhaltung geworfen hatte, wohl verstand. „Aber", fügte sie hinzu, „was haben Sie uns eigentlich vorzuwerfen? Haben Sie uns nicht vielmehr mit Ihren Versprechungen im Stich gelassen? Mit dem Kreuz, das er binnen acht Tagen erhalten, und mit der Broschüre, die längst erschienen sein sollte?"

„Die Broschüre und das Kreuz, die werden eins nach dem andern kommen", sagte la Peyrade und erhob sich. „Sagen Sie Thuillier, er soll morgen abend zu mir kommen, ich denke, wir können dann schon die letzten Korrekturbogen durchsehen. Aber vor allem hören Sie nicht zu sehr auf die Bosheiten der Frau von Godollo: ich habe den Eindruck, daß sie, um hier Herrin im Hause zu werden, alle Ihre Freunde herausdrängen will, und daß sie außerdem ein Auge auf Thuillier geworfen hat."

„Ich muß wirklich achtgeben", sagte die alte Jungfer, die der bösartige Advokat beim Weggehen noch an ihrer empfindlichen Stelle, ihrer Autorität, getroffen hatte, „in bezug auf das, was Sie mir eben gesagt haben; sie ist ein bißchen kokett, die kleine Frau."

Sein geschickt hingeworfener letzter Satz brachte la Peyrade noch einen andern Vorteil: aus der Antwort Brigittes konnte er ersehen, daß die Gräfin seinen Besuch bei ihr an diesem Tage nicht erwähnt hatte. Dieses Verschweigen konnte einen tiefen Sinn haben.

☆

VIER TAGE DARAUF HATTEN DER DRUCKER, der Buchbinder und der Papierlieferant ihre Pflicht getan, und Thuillier konnte gegen Abend das unaussprechliche Glück genießen, einen Rundgang über die Boulevards bis zur Passage und zum Palais Royal zu machen. Auf alle Buchhändlerschaufenster warf er einen Blick, wenn er auf einer gelben Anzeige den bekannten Titel las:

Über Steuern und Amortisation
von J. Thuillier
Generalratsmitglied des Seinebezirks.

Da er zu der Überzeugung gelangt war, daß er sich durch seine sorgsamen Korrekturen das Verdienst an der Arbeit selbst zuzuschreiben hätte, floß ihm, wie dem Raben in der Fabel, das Herz vor Freude über. Es muß erwähnt werden, daß er nur wenig Achtung für die Buchhändler aufbringen konnte, die den Verkauf dieser „Neuheit" nicht ankündigten, die nach seiner Meinung ein europäisches Ereignis werden mußte. Ohne sich darüber klarzuwerden, in welcher Weise er sie für ihre Gleichgültigkeit würde zur Rechenschaft ziehen können, notierte er sich für alle Fälle diese rebellischen Firmen, die er haßte, als ob sie ihm einen Schabernack gespielt hätten.

Den nächsten Tag verbrachte er in köstlicher Weise damit, daß er eine Anzahl Ankündigungsbriefe schrieb und einige fünfzig Exemplare unter Kreuzband versandte, denen seine eigenhändige Aufschrift der hergebrachten Worte „vom Verfasser überreicht" nach seiner Meinung einen unschätzbaren Wert verlieh.

Aber der dritte Tag nach dem Erscheinen tat seinem Glücksgefühl etwas Abbruch. Er hatte sich als Verleger einen jungen Mann ausgesucht, der halsbrecherische Buchhandelsgeschäfte machte und sich vor kurzem in der Panoramapassage etabliert hatte, wo er eine unerschwingliche Miete bezahlte. Er war ein Neffe des Buchhändlers Barbet, Brigittes Mieter in dem Hause in der Rue Saint-Dominique-d'Enfer, mit dem sie Wechselgeschäfte machte; dieser Barbet junior war ein junger Mensch, der sich zu allem fähig hielt, und als er Thuillier von seinem Onkel vorgestellt wurde, hatte er sich dafür verbürgt, daß, wenn man mit Annoncen nicht sparen würde, nach Verlauf einer Woche eine zweite Auflage nötig sein werde.

Thuillier hatte für die Veröffentlichung schon fast fünfzehnhundert Franken ausgegeben; eine Unzahl von Exemplaren war an die Zeitungen versandt worden, und nach drei Tagen waren sieben Stück verkauft und noch dazu drei davon auf Kredit.

Man hätte annehmen können, daß der junge Verleger, als er dieses jammervolle Resultat Thuillier mitteilte, ein wenig von seiner Selbstsicherheit verloren haben müßte. Aber im Gegenteil erklärte dieser Guzmann des Buchhandels:

„Ich bin entzückt über dieses Resultat. Hätten wir hundert Exemplare verkauft, so würde mich das bezüglich der fünfzehnhundert Stück der Auflage beunruhigt haben; ich würde das ein Braten bei langsamem Feuer nennen, während mir dieser ganz unerhebliche Absatz beweist, daß die ganze Auflage dann auf einen Schlag abgehen wird."

„Aber wann denn?" fragte Thuillier, dem dieser Gesichtspunkt ein wenig paradox vorkam.

„Nun," antwortete Barbet, „sobald wir in allen Zeitungen Besprechungen darüber haben werden. Die Annoncen dienen nur dazu, die Aufmerksamkeit des Publikums zu erregen; es sagt sich: ‚Das muß eine interessante Publikation sein. Über Steuern und Amortisation, ein hübscher Titel!' Aber je anreizender der Titel ist, um so mißtrauischer ist man; man ist zu oft reingefallen! Man wartet also die Besprechungen ab; während bei einem Buch, das nur auf einen mäßigen Absatz rechnen kann, wohl gleich etwa hundert Käufer da sind, dann aber Schluß! Weiter setzt man nichts ab."

„Sie haben also noch etwas Hoffnung," sagte Thuillier, „daß es gekauft werden wird?"

„Im Gegenteil, ich halte die Aussichten für ausgezeichnet. Sobald erst das ‚Journal des Débats', der ‚Constitutionnel', das ‚Siècle' und die ‚Presse' sich darüber geäußert haben, und vor allem, wenn Sie von dem ‚Journal des Débats', das ministeriell gesinnt ist, ‚heruntergerissen' sein werden, ist in knapp vier Tagen alles verkauft."

„Sie sprechen das so leichthin," erwiderte Thuillier, „aber wie soll man an all diese Koryphäen der Presse herankommen?"

„Oh, das überlassen Sie mir," sagte Barbet, „ich stehe mit den Chefredakteuren ausgezeichnet; sie sagen von mir, daß ich den Teufel im Leibe habe und sie an Ladvocat in seiner besten Zeit erinnere."

„Aber dann hätten Sie sie schon aufsuchen müssen, mein Lieber."

„Oh, erlauben Sie, Papa Thuillier, es gibt nur eine Art, an die Journalisten heranzukommen, und da Sie schon entsetzt über die Summe von fünfzehnhundert Franken für Annoncen waren, habe ich nicht gewagt, Ihnen zu sagen, daß Sie mir noch einen andern Extrakredit eröffnen möchten."

„Aber weshalb denn das?" fragte Thuillier unruhig.

„Als Sie zum Mitglied des Generalrats des Seinebezirks gewählt wurden, wo wurden da die Pläne für Ihre Wahl geschmiedet?"

„Nun, in meinem Hause", antwortete Thuillier.

„Bei Ihnen, gewiß, aber bei einem Diner mit nachfolgendem Ball, an den sich dann auch noch ein Souper schloß. Nun, mein Verehrtester, es gibt nur eine Möglichkeit, Geschäfte zu machen; Boileau hat gesagt:

‚Daß alles jetzt bei Tisch gemacht wird, weiß der Kenner,
Und nur durch ein Diner beherrscht man heut die Männer.'"

„Sie meinen also, daß ich den Journalisten ein Diner geben soll?"

„Ja, aber nicht in Ihrem Hause, weil die Journalisten, wissen Sie, sich langweilen, wenn Damen dabei sind, da müssen sie Haltung bewahren! Und dann ist nicht ein Diner, sondern ein Frühstück das Geeignete. Abends, da haben die Herren Erstaufführungen, die Zeitung muß fertiggemacht werden, ganz abgesehen von ihren kleinen Seitensprüngen, während sie vormittags einen freien Kopf haben; ich habe immer Frühstücke gegeben."

„Aber ein solches Essen ist teuer! Die Herren Journalisten sind Feinschmecker!"

„Ach, zwanzig Franken pro Kopf, ohne Wein. Wenn Sie mit einem Dutzend Gäste rechnen, kann die Sache für hundert Taler sehr anständig sein. Auch aus Ersparnisgründen ist ein Frühstück vorzuziehen; ein Diner würde Sie wenigstens fünfhundert Franken kosten."

„Sie gehen nicht schlecht darauf los, junger Mann!"

„Ach, jeder weiß doch, daß eine Deputiertenwahl viel Geld kostet, und Sie bereiten damit doch Ihre Kandidatur vor."

„Aber wie soll ich die Herren dazu bekommen? Muß ich sie persönlich einladen?"

„Durchaus nicht; Sie haben ihnen Ihre Broschüre geschickt, Sie geben ihnen ein Rendezvous bei Philippe oder bei Véfour; das verstehen sie ausgezeichnet."

„Zehn Gäste," sagte Thuillier jetzt, der anfing, auf die Sache einzugehen, „ich meine aber doch, daß es nicht so viel bedeutende Zeitungen gibt!"

„Das ist richtig," entgegnete der Verleger, „aber wir müssen auch die Kläffer haben, weil die am lautesten bellen. Das Frühstück wird von sich reden machen; sie würden glauben, daß Sie eine Auslese haben machen wollen, und so viele Weggelassene, so viele Feinde würden Sie sich machen."

„Also Sie meinen, daß es genügt, Einladungen zu versenden?"

„Jawohl; ich werde eine Liste aufsetzen, Sie werden die Briefe schreiben und mir zuschicken, ich übernehme es, sie austragen zu lassen und einige werde ich persönlich überbringen."

„Wenn ich nur sicher wäre," sagte Thuillier unentschieden, „daß diese Ausgabe auch den gewünschten Erfolg haben wird!"

„‚Wenn ich sicher wäre', das ist gut!" sagte Barbet bedeutungsvoll; „aber Verehrtester, das ist ja hypothekarisch angelegtes Geld, ich garantiere Ihnen damit den Absatz von fünfzehnhundert Exemplaren. Das macht zu vierzig Sous mit dem Rabatt dreitausend Franken. Sie sehen, daß Sie damit für die laufenden und die Extrakosten gedeckt sind, und noch darüber hinaus."

„Nun, ich werde darüber noch mit la Peyrade sprechen", sagte Thuillier aufbrechend.

„Wie Sie wollen, Verehrtester, aber entscheiden Sie sich bald, denn nichts wird so schnell schimmelig wie ein Buch: brühwarm muß es geschrieben, gedruckt, verkauft sein, das sind die drei Tempi für Autor, Verleger und Publikum; sonst ist alles Pfuscherarbeit, und man läßt am besten seine Hände davon."

Als la Peyrade befragt wurde, hielt er seinerseits

diesen Plan für nicht sehr vielversprechend, aber er war im Innern gegen Thuillier so sehr aufgebracht, daß er dessen greifbarer Albernheit und außerordentlicher Unerfahrenheit gern die neue Steuer, von der die Rede war, auferlegen ließ.
Was Thuillier anlangt, so war er derart von der Wut, als Schriftsteller aufzutreten und bekannt zu werden, besessen, daß er, wenn er auch über den neuen Aderlaß an seinem Geldbeutel stöhnte, zu dem Opfer schon entschlossen war, bevor er noch die Ansicht des Advokaten eingeholt hatte. Die sehr begrenzt und sehr bedingungsweise erteilte Zustimmung la Peyrades war für seinen Entschluß daher mehr als genügend, und noch an demselben Abend suchte er Barbet junior auf und erbat sich die berühmte Liste der Einzuladenden.
Barbet machte schnell die Aufstellung, und kam an Stelle der zehn Gäste, von denen er gesprochen hatte, auf fünfzehn, ungerechnet ihn selbst und la Peyrade, den Thuillier als Sekundanten bei dieser Begegnung zu haben wünschte, bei der er, wie er ahnte, ein wenig angezapft werden würde.
Als Thuillier einen Blick auf die fertige Liste geworfen hatte, sagte er:
„Aber, mein Lieber, da stehen ja Namen von Zeitungen, von denen niemals jemand hat reden hören. Wer ist denn der ‚Moralisateur', die ‚Laterne des Diogenes', der ‚Pelikan' und das ‚Echo de la Bièvre?' "
„Da würden Sie schön ankommen," antwortete Barbet, „wenn Sie das ‚Echo de la Bièvre' verachten wollten, eine Zeitung, die im zwölften Bezirk erscheint, wo Sie sich aufstellen lassen wol-

len, und das von den reichen Gerbern des Mouffetardviertels protegiert wird!"
„Also meinetwegen," erwiderte Thuillier, „aber der ‚Pelikan'?"
„Der ‚Pelikan'? Das ist eine Zeitung, die in den Wartezimmern sämtlicher Zahnärzte, der größten Charlatane der Welt, ausliegt; wieviel Zähne, glauben Sie, werden täglich in Paris gezogen?"
„Lassen wir das beiseite!" sagte Thuillier, der nun eigenmächtig mehrere Namen ausstrich, so daß die Zahl der Gäste auf vierzehn verringert wurde.
„Wenn einer ausbleibt," sagte Barbet, „dann werden wir dreizehn sein."
„Und wenn schon!" sagte der starkgeistige Thuillier, „ich bin doch nicht abergläubisch!"
Und nachdem die Liste geschlossen und auf vierzehn reduziert war, schrieb er sofort an dem Schreibtische des Verlegers die Einladungen für den übernächsten Tag, da die Sache drängte und Barbet ihm versichert hatte, daß niemand an diesem kurzen Zwischenraum Anstoß nehmen würde. Die Zusammenkunft sollte bei Véfour stattfinden, dem bei den Bourgeois und Provinzlern beliebtesten Restaurant. Barbet erschien selbst noch vor Thuillier, der eine Krawatte angelegt hatte, die allein genügt hätte, um in dieser mokanten Gesellschaft, vor der er sich produzieren sollte, Aufsehen zu erregen.
Der Verleger ließ eigenmachtig Verschiedenes an dem Menu ändern und ordnete vor allem an, daß statt des nach bourgeoiser Manier erst beim Dessert zu reichenden Champagners, gleich zu Beginn der Mahlzeit zwei Flaschen frappierter Sekt und

einige Pfund Krevetten aufgestellt werden sollten, woran der Gastgeber nicht gedacht hatte.
Nach Thuillier, der alle diese Anordnungen mit gezwungenem Lächeln guthieß, kam la Peyrade; dann entstand eine lange Pause in dem Erscheinen der Gäste: das Frühstück war auf elf Uhr festgesetzt worden und um dreiviertel zwölf war noch niemand gekommen.
Barbet, der niemals außer Fassung geriet, machte die tröstliche Bemerkung, daß es bei den Einladungen im Restaurant sich ebenso verhalte wie bei Beerdigungen, wo jedermann weiß, daß elf Uhr zwölf bedeute.
In der Tat erschienen kurz vor zwölf zwei Herren mit einem Ziegenbart, die stark nach Tabaksrauch dufteten. Thuillier sprach ihnen überschwenglich seinen Dank aus für die „Ehre", die sie ihm erwiesen; darauf entstand eine neue Pause, die, wie man nicht zu erwähnen braucht, qualvoll empfunden wurde.
Um ein Uhr waren endlich außer Barbet und la Peyrade fünf Gäste versammelt. Überflüssig, zu sagen, daß kein Journalist, der auch nur den geringsten Namen hatte und etwas auf sich hielt, auf diese abgeschmackte Einladung geantwortet hatte. Man mußte sich schließlich zu Tisch setzen; etliche höfliche Redensarten, die an Thuillier über das „ungeheure" Interesse, das seine Publikation erregt habe, gerichtet wurden, genügten nicht, um ihn sein Mißgeschick vergessen zu lassen, und ohne die Lustigkeit des Verlegers, der die Zügel, die Thuillier traurig wie Hippolyt auf dem Wege nach Mykenä schleifen ließ, in die Hand genommen hatte, wäre nichts mit der Trübsinnigkeit

und Eiseskälte dieser Zusammenkunft zu vergleichen gewesen.
Die Austern waren abgeräumt worden und der Champagner und der Chablis, mit dem man sie begossen hatte, fingen an, das Thermometer der Stimmung etwas in die Höhe zu treiben, als ein junger Mensch mit einer Mütze in das Speisezimmer gestürzt kam, der Thuillier den schrecklichsten und unerwartetsten Schlag beibringen sollte.
„Herr Prinzipal," sagte der Hereingekommene zu Barbet (es war einer der Angestellten der Buchhandlung) „wir sind verloren! Die Polizei ist bei Ihnen erschienen, ein Kommissar und zwei Polizeiagenten haben eben die Broschüre des Herrn beschlagnahmt, und hier ist die Benachrichtigung, die sie für Sie dagelassen haben."
„Sehen Sie das doch mal an, Herr Advokat", sagte Barbet zu la Peyrade und überreichte ihm das gestempelte Papier.
Bei diesem Vorfall geriet seine gewöhnliche Sicherheit doch etwas ins Wanken.
„Eine kurz befristete Vorladung vor das Schwurgericht", sagte la Peyrade, nachdem er einige Zeilen des Geschreibsels des Gerichtsschreibers gelesen hatte.
Thuillier war totenbleich geworden und fragte den Verleger mit erstickter Stimme:
„Haben Sie etwa nicht alle vorgeschriebenen Formalitaten erfüllt?"
„Oh, das ist keine formale Sache," antwortete la Peyrade, „das ist eine Beschlagnahme wegen Pressevergehens, wegen Aufreizung zum Haß und zur Verachtung der Regierung. Du wirst bei dir,

mein armer Thuillier, eine ganz gleiche freundliche Aufforderung vorfinden."

„Aber das ist ja Verrat!" rief Thuillier aus, der völlig den Kopf verloren hatte.

„Ja, mein Lieber, du mußt ja am besten wissen, was du in deiner Broschüre geschrieben hast: ich habe davon doch nicht mehr gesehen, als die Katze auf dem Schwanz wegtragen kann."

„Es ist ein Mißverständnis," sagte Barbet, der wieder Mut gefaßt hatt; „das wird sich aufklären, und schließlich haben wir eine schöne Reklame, nicht wahr, meine Herren?"

„Kellner, Tinte und Feder!" rief einer der so interpellierten Journalisten.

„Ach, du hast noch Zeit genug für deinen Artikel," sagte einer seiner Kollegen: „was hat die Bombe mit dem Filet sauté hier zu tun?"

Das war eine Parodie des berühmten Wortes Karls XII., des schwedischen Königs, der, während er einem Sekretär diktierte, von einem einschlagenden Geschoß unterbrochen wurde.

„Sie werden mich entschuldigen, meine Herren," sagte Thuillier und erhob sich; „wenn hier, wie Herr Barbet meint, ein Irrtum vorliegt, dann muß er sofort aufgeklärt werden: ich werde mich also mit Ihrer Erlaubnis sogleich zum Staatsanwalt begeben."

„La Peyrade," fügte er mit einem Wink hinzu, „du wirst es mir, denke ich, nicht ablehnen, mich zu begleiten."

„Und Sie, mein lieber Verleger, sie würden auch gut daran tun, mit uns mitzukommen."

„O nein, wahrhaftig nicht!" sagte Barbet junior; „wenn ich frühstücke, dann frühstücke ich, und

wenn der Staatsanwalt eine Dummheit begangen hat, um so schlimmer für ihn!"
„Aber wenn das eine ernsthafte Anklage ist?" rief Thuillier in höchster Aufregung.
„Nun, dann werde ich sagen, was wahr ist, daß ich kein Wort von Ihrer Broschüre gelesen habe. Es ist dabei nur eins unangenehm: diese verdammten Geschworenen können die Bärte nicht leiden; ich werde mir meinen abnehmen lassen müssen, wenn ich vor ihnen zu erscheinen habe."
„Ach, mein verehrter Gastgeber, setzen Sie sich doch wieder zu uns," sagte der Chefredakteur des ‚Echo de la Bièvre', „wir werden Ihnen schon beistehen: ich habe bereits einen Artikel im Kopfe, der unter den Gerbern einen Aufruhr hervorrufen wird; diese ehrenwerte Körperschaft bedeutet eine Macht."
„Nein, meine Herren," sagte Thuillier, „nein! Ein Mann wie ich läßt auch nicht eine halbe Stunde lang eine solche Beschuldigung, wie sie mich betroffen hat, auf sich sitzen. Lassen Sie sich nicht stören, ich hoffe, bald wieder bei Ihnen zu sein. – Kommst du mit, la Peyrade?"
„Der Mann ist gut!" sagte Barbet, als er Thuillier mit seinem Ratgeber sich entfernen sah; „ein Frühstück nach den Austern im Stiche lassen, um sich mit einem Kerl von Staatsanwaltsgehilfen zu unterhalten! Vorwärts, meine Herren, rücken wir zusammen", fügte er in gehobener Stimmung hinzu.
„Seht mal," sagte einer der verhungerten Journalisten, der einen Blick auf den Garten des Palais Royal geworfen hatte, nach dem die Fenster des Salons hinausgingen, „da geht Barbanchu! Soll ich ihn nicht hereinrufen?"

„Aber natürlich!“ sagte Barbet junior und parodierte eine Anzeige, die an allen Straßenecken zu lesen war: „Von einem Familienvater wird ein Ersatzmann gesucht.“

„Barbanchu, Barbanchu!“ schrie jetzt das sogenannte Pressemitglied.

Barbanchu, mit einem spitzen Hut auf dem Kopfe, brauchte lange Zeit, bis er erkannte, aus welcher „Wolke“ eine Stimme zu ihm sprach.

„Hierher!“ rief die Stimme, die ihm vom Himmel zu kommen schien, als er sich von einem Manne angerufen hörte, der ein Glas Champagner in der Hand hielt.

Und als er noch zu zaudern schien, schrie der ganze Chorus:

„Komm doch rauf, komm doch rauf, wir machen hier ‚Fettlebe‘!“

Als er von dem Staatsanwalt herauskam, konnte sich Thuillier nicht die mindeste Illusion mehr machen. Er stand unter einer sehr ernsten Anklage, und nach der strengen Art, wie man ihn empfangen hatte, ließ alles darauf schließen, daß er nicht auf die geringste Nachsicht würde rechnen können.

Wie es nun immer unter Mitschuldigen geschieht, wenn ein gemeinsames Unternehmen fehlgeschlagen ist, begannen jetzt recht scharfe Angriffe gegen la Peyrade: er habe auf das, was er schrieb, gar nicht aufgepaßt und seinen unsinnigen Saint-Simonistischen Ideen freien Lauf gelassen; es wäre ihm gleich, was daraus entstünde! Er brauche ja keine Strafe zu zahlen und ins Gefängnis zu gehen! Und als la Peyrade dann antwortete, die Sache erschiene ihm nicht bedenklich, und er mache sich

anheischig, ein „Nichtschuldig" durchzusetzen, entgegnete ihm Thuillier:
„Natürlich, das ist ja ganz einfach! Der Herr betrachtet die Sache nur unter dem Gesichtspunkte, was er damit für Effekt machen kann; aber ich werde meine Ehre und mein Vermögen nicht einem so leichtsinnigen Menschen anvertrauen. Ich werde mir einen von den bedeutenden Advokaten nehmen, wenn es zur Verhandlung kommt. Ich habe genug von einem solchen Mitarbeiter!"
Die Ungerechtigkeit dieser Vorwürfe trieb la Peyrade das Blut zu Kopfe. Gleichwohl, da er sich entwaffnet sah und einen Bruch vermeiden wollte, trennte er sich schließlich von Thuillier mit den Worten, daß er ihm, als einem von der Angst aufgeregten Menschen, verzeihe und ihn nachmittags, wenn er sich etwas mehr beruhigt hätte, aufsuchen wolle; man könne sich dann gleichzeitig über die zu unternehmenden Schritte verständigen.
Um vier Uhr begab sich der Provenzale auch wirklich in das Haus am Boulevard de la Madeleine. Thuilliers Erregung hatte sich gelegt und einem erschreckenden Zustande von Bestürzung Platz gemacht. Wenn es ihm bevorgestanden hätte, eine halbe Stunde später aufs Schafott geführt zu werden, hätte er nicht aufgelöster und niedergeschlagener sein können. Als der Advokat eintrat, war Frau Thuillier damit beschäftigt, ihm Lindenblütentee einzuflößen. Die arme Frau hatte sich aus ihrer gewöhnlichen Apathie aufgerafft und zeigte sich neben einem zweiten Sabinus als wahre Eponina.
Was Brigitte anlangt, die eigenhändig schnell ein Fußbad herbeitrug, so benahm sie sich gegen den

Advokaten ohne Gnade und Barmherzigkeit; ihre scharfen, bitteren und in keinem Verhältnis zu seinem Vergehen, wenn ihm ein solches überhaupt zur Last fiel, stehenden Vorwürfe hätten auch den friedlichsten Menschen außer sich bringen können. La Peyrade sah seine Stellung in der Familie Thuillier verloren, wo man mit Freuden die Gelegenheit zu ergreifen schien, ihm das gegebene Wort zu brechen und dem empörendsten Undank freien Lauf zu lassen. Nach einer ironischen Anspielung auf die Art, wie er es verstünde, seinen Freunden eine Auszeichnung zu verschaffen, stand er auf und verabschiedete sich, ohne daß er im geringsten zum Bleiben veranlaßt worden wäre.

Nachdem er die Straße ein Stück entlang gegangen war, mußte der Provenzale, mitten in seiner Entrüstung, an Frau von Godollo denken, und, ehrlich gestanden, waren ja seine Gedanken seit der ersten Zusammenkunft oft zu der schönen Fremden zurückgekehrt.

Nicht nur einmal war diese, wenn er sie bei Thuilliers traf, plötzlich aufgebrochen; dieses Verhalten hatte sich bei allen ihren Begegnungen wiederholt, und ohne daß er den Grund recht verstehen konnte, hatte sich la Peyrade gesagt, daß diese auffällige Art, vor ihm zu fliehen, jedenfalls etwas anderes als Gleichgültigkeit bedeutete. Gleich nach dem ersten Besuch wieder bei der schönen Fremden zu erscheinen, wäre unschicklich gewesen; aber jetzt war die für einen Mann, der vollkommen Herr über sich ist, erforderliche Zwischenzeit abgelaufen. Er kehrte deshalb um, und ohne den Portier zu fragen, ob die Gräfin zu Hause sei, tat er, als

ob er wieder zu Thuillier hinaufgehen wolle, klingelte aber an der Tür des Zwischenstocks.
Wie beim erstenmal bat ihn die Kammerfrau, zu warten, bis sie ihre Herrin benachrichtigt hätte; aber das Zimmer, in das man ihn führte, war nicht das Speisezimmer, sondern ein anderer kleiner Salon, in dem eine Bibliothek untergebracht war.
Er mußte lange warten und wußte nicht, was er davon denken solle. Dennoch beruhigte er sich damit, daß er sich sagte, wenn man ihm hätte die Tür weisen wollen, würde das nicht einer so langen Überlegung bedurft haben.
Schließlich erschien die Kammerfrau wieder, aber noch nicht, um ihn hineinzuführen.
„Die Frau Gräfin ist beschäftigt", sagte sie, „und sie läßt den Herrn bitten, gefälligst zu warten und sich mit den Büchern der Bibliothek zu unterhalten, da sie länger, als sie wünsche, festgehalten werden könnte."
Die Entschuldigung hatte weder sachlich noch in der Form etwas Entmutigendes, und der Advokat schickte sich an, das Rezept, das man ihm gegen die Langeweile empfohlen hatte, zu gebrauchen. Ohne daß er den Bücherschrank aus geschnitztem Polysanderholz, der eine Sammlung so reich gebundener Bücher enthielt, wie er sie noch niemals vor Augen gehabt hatte, zu öffnen brauchte, fand er auf einem langen Tische mit gedrehten Füßen und einer grünen Tischdecke ein Durcheinander von Büchern, die vollständig für den „Konsum" eines Mannes genügen mußten, dessen Aufmerksamkeit anderweitig beschäftigt war.
Aber je mehr er von den Büchern, die ihm zur

Verfügung standen, öffnete, um so mehr schien es ihm, daß man sich das Vergnügen gemacht hätte, ihn Tantalusqualen erleiden zu lassen; bald war es ein englisches, bald ein deutsches, bald ein russisches Werk, es befand sich sogar eins darunter, das in türkischen Lettern gedruckt war. War das eine polyglotte Mystifikation, die man ihm zum Scherz bereitet hatte?
Ein Buch zog schließlich seine Aufmerksamkeit auf sich. Sein Einband war im Gegensatz zu den andern, die ihm versiegelte Bücher blieben, viel weniger reich als handlich. Einzeln auf einer Ecke des Tisches von den andern abgesondert war es geöffnet und mit dem Rücken nach oben, mit den Blättern auf der grünen Decke wie ein Zelt hingestellt. La Peyrade nahm es auf und merkte sich dabei die Seite, die man offenbar dadurch hatte bezeichnen wollen.
Es war ein Band der illustrierten Ausgabe von Scribes Werken; die Zeichnung, die der Provenzale vor sich sah, stellte die Hauptszene eines Vaudevilles dar, das „der Haß einer Frau" betitelt war.
Es gibt wohl wenige Leserinnen, die den Vorwurf dieses Stückes nicht kennen, zu dem der durch so viele kleine Meisterwerke berühmt gewordene Verfasser, wie man sagt, durch einen Ausspruch angeregt wurde, den er eines Tages aus dem Munde seiner Portiersfrau vernahm: „Es gibt Leute," sagte die Frau, „die tun, als ob sie auf den Teller spucken, damit sie es den andern verekeln und alles vor sich haben."
Die Hauptperson des „Hasses einer Frau" ist in der Tat eine junge Witwe, die einen armen jungen

Mann, der unschuldig ist, mit hartnäckiger Wut verfolgt. Alle glauben, daß sie einen tödlichen Haß auf ihn habe. Durch ihre Bosheiten vernichtet sie beinahe seinen guten Ruf und bringt ihn um eine reiche Heirat; aber schließlich geschieht das alles, um ihm viel mehr zu schenken, als sie ihm genommen hat, denn die Lösung ist, daß sie sich ihm selbst gibt und den, der sich für ihr Opfer hielt, zu ihrem Gatten macht.

Wenn der Zufall dieses Buch gesondert hingelegt und gerade an der Stelle geöffnet hatte, wo la Peyrade das Zeichen fand, so muß man gestehen, daß, nach dem was zwischen ihm und der Gräfin vorgegangen war, der Zufall oft recht geschickt und geistvoll zu sein scheint.

Indem er über den tieferen Sinn, den dieses mehr oder weniger zufällige Zusammentreffen haben mochte, nachdachte, begann la Peyrade einige Szenen zu lesen, um sich zu überzeugen, ob auch im einzelnen wie im ganzen die Anspielung genau auf seine Lage paßte. Während er mit Interesse, wenn auch etwas zerstreut, las, ließ sich das Geräusch einer Türe hören, und der Advokat, der den Silberklang und den ein wenig lässigen Ton der Stimme der schönen Ungarin erkannte, stellte fest, daß sie jemanden hinausbegleitete.

„Also", sagte der Besucher zu der vornehmen Dame (es war ein männlicher Besuch), „ich darf doch der Frau Gesandtin versprechen, daß Sie heute abend ihren Ball mit Ihrer Gegenwart beehren werden?"

„Ja, mein lieber Kommandeur, vorausgesetzt daß meine Migräne, die jetzt nachzulassen scheint, so nett ist, ganz zu verschwinden."

„Also auf Wiedersehen, meine Verehrteste", sagte die Stimme des Besuchers.

Dann wurde die Tür geschlossen und alles versank wieder in Schweigen.

Die Bezeichnung Kommandeur beruhigte la Peyrade ein wenig, denn mit diesem Titel pflegen ja schöne junge Herren nicht angeredet zu werden. Er wollte aber gern wissen, mit was für einer Persönlichkeit sie sich so lange eingeschlossen hatte. Da er niemanden kommen hörte, näherte sich der Advokat dem Fenster, von dem man auf die Straße sah, und öffnete vorsichtig die Vorhänge, immer bereit, sie beim geringsten Geräusch wieder zurückfallen zu lassen und sich umzudrehen, um nicht bei seiner Neugierde ertappt zu werden. Ein elegantes Kupee, das einige Schritte vom Hause entfernt hielt, und das er bei seinem Eintreten nicht bemerkt hatte, setzte sich in Bewegung, ein Kammerdiener in reicher, aber geschmackvoller Livree, beeilte sich, die Wagentür zu öffnen, und ein kleiner, flinker, herausgeputzter alter Herr, der aber noch einige selten gewordene Überbleibsel der Vergangenheit an sich trug, da er noch nicht vollständig auf den Puder verzichtet hatte, sprang schnell in den Wagen, der sofort eilig davonfuhr. La Peyrade hatte noch Zeit gehabt, eine Unzahl Orden an seiner Brust zu bemerken. Dieser Regenbogen zusammen mit dem gepuderten Tituskopf ließen keinen Zweifel daran, daß man es hier mit der Persönlichkeit eines Diplomaten zu tun hatte.

La Peyrade hatte Zeit gehabt, das Buch wieder aufzunehmen, denn es schien ihm für alle Fälle vorteilhaft zu sein, wenn man ihn bei dieser Lektüre anträfe, als ein Klingelzeichen im Innern der

Wohnung ertönte und bald darauf die Kammerfrau erschien, um ihm anzukündigen, daß sein langes Warten ein Ende habe.
Aufgefordert, ihr zu folgen, legte der Advokat den Band absichtlich nicht wieder so hin, wie er ihn aufgenommen hatte, und einen Augenblick später stand er vor der Gräfin.
Ein Anzeichen von Schmerz malte sich auf dem schönen Antlitz der Fremden, das durch diesen schmachtenden Ausdruck aber nichts von seinem Reiz einbüßte. Neben ihr auf dem Sopha lag ein geöffnetes Schreiben auf goldgerändertem Papier, dessen breite prachtvolle Handschrift anzeigte, daß es aus dem Kabinett oder der Kanzlei eines Ministers kam. In der Hand hielt sie ein Kristallfläschchen mit einem Stöpsel aus ziseliertem Gold, an dem sie häufig roch, und ein starker Geruch nach englischem Essig verdeckte das sonstige Parfüm des Zimmers.
„Sind Sie leidend, gnädige Frau?" fragte la Peyrade voll Interesse.
„Oh, es hat nichts zu bedeuten," sagte die Fremde, „eine Migräne, an der ich sehr oft leide. Aber was ist denn aus Ihnen geworden, mein Herr? Ich hatte beinahe schon alle Hoffnung aufgegeben, Sie wiederzusehen. Haben Sie mir irgendeine wichtige Neuigkeit zu melden? Ihre Hochzeit mit Fräulein Colleville scheint ja jetzt so nahe gerückt zu sein, daß sie wohl schon angezeigt werden kann."
Diese Einleitung brachte la Peyrade etwas außer Fassung.
„Aber, gnädige Frau," erwiderte er in beinahe rauhem Tone, „Sie sind, wie mir scheint, doch

genügend auf dem laufenden über das, was im Hause Thuillier vorgeht, um zu wissen, daß nichts von dem, was Sie erwähnten, in Aussicht steht; ich kann sogar heute sagen, daß es wahrscheinlich überhaupt nicht mehr zu erwarten ist."

„Nein, ich schwöre Ihnen, daß ich von nichts weiß; ich habe es direkt vermieden, mich noch irgendwie um eine Angelegenheit zu kümmern, in die ich so töricht war mich überhaupt einzumischen; ich spreche mit Brigitte über alles, nur nicht über Celestes Heirat."

„Und es war zweifellos der Wunsch, mir in bezug hierauf volle Freiheit zu lassen, der Sie jedesmal, wo ich die Ehre hatte, Ihnen im Hause unserer Freunde zu begegnen, in die Flucht getrieben hat?"

„Aber gewiß," sagte die Gräfin, „das war der Grund, weshalb ich Ihnen den Platz räumte; weshalb sonst eine solche Menschenscheu?"

„Oh, gnädige Frau, es gibt so viele Gründe, die Einen veranlassen können, das Zusammensein mit einem andern zu vermeiden! Zum Beispiel, wenn er Einem mißfallen hat; wenn Ratschläge, die man ihm aus besonderem Wohlwollen erteilt hat, anscheinend nicht mit genügend respektvollem Eifer von ihm befolgt worden sind."

„Oh, mein lieber Herr," sagte die Gräfin, „ich bin kein so ungestümer Proselytenmacher, daß ich es übelnehme, wenn man sich meinen Ansichten nicht anschließt; ich kann, wie jeder andere, die Dinge ja auch sehr falsch ansehen."

„In meiner Heiratsangelegenheit, gnädige Frau, haben Sie aber im Gegenteil sehr richtig gesehen."

„Wie das?" sagte die Gräfin lebhaft; „sollte die Beschlagnahme der Broschüre nach der vergeblichen Hoffnung auf den Orden einen Bruch herbeigeführt haben?"

„Nein," sagte la Peyrade, „mein Einfluß im Hause Thuillier ruht auf festerer Basis, und bei den Diensten, die ich Brigitte und ihrem Bruder geleistet habe, sind diese beiden Mißerfolge, die ja auch glücklicherweise sehr leicht wieder gut zu machen sind..."

„Meinen Sie?" unterbrach ihn die Gräfin mit ungläubiger Miene.

„Sicherlich", antwortete la Peyrade; „wenn die Frau Gräfin du Bruel sich in den Kopf setzt, das rote Bändchen zu erlangen, dann ist sie, trotz der Hindernisse, die sich ihren wohlwollenden Absichten entgegengestellt haben, in der Lage, eine Sache durchzusetzen, die ja schließlich nicht gerade menschliche Kräfte übersteigt."

Die Gräfin nahm diese Versicherung mit einem Lächeln auf und schüttelte den Kopf.

„Aber gnädige Frau, noch vor wenigen Tagen sagte die Frau Gräfin du Bruel zu Frau Colleville, daß dieser unerwartete Widerstand ihre Eigenliebe verletzt habe und daß sie sich persönlich an den Minister wenden werde."

„Sie vergessen nur, daß inzwischen eine gerichtliche Untersuchung stattgefunden hat, und für gewöhnlich wartet man doch nicht ab, bis ein Mann, dem man eine Auszeichnung verleihen will, auf der Anklagebank sitzt. Diese Beschlagnahme, das werden Sie wohl bemerkt haben, verrät ein Übelwollen gegen Herrn Thuillier und vielleicht auch gegen Sie selbst, mein Herr, denn Sie sind doch der wahre Schuldige, von dem Sie sich noch nicht Rechenschaft gegeben haben. Die Staatsanwaltschaft scheint bei dieser Gelegenheit nicht aus eigenem Antrieb vorgegangen zu sein."

La Peyrade warf der Gräfin einen Blick zu.

„Ich muß in der Tat gestehen," bemerkte er nach diesem schnellen Blick, „daß ich in der inkrimierten Schrift vergeblich nach einem Anlaß suche, der die Maßregel, deren Gegenstand sie gewesen ist, rechtfertigen könnte."

„Es ist auch meine Ansicht," sagte die Fremde, „daß die Herren Staatsanwälte eine starke Phantasie gehabt haben müssen, um sich einzubilden, daß sie hier ein zum Aufruhr anreizendes Werk vor sich hätten; aber das beweist um so mehr, wie stark die verborgene Macht ist, die alle Ihre guten Absichten bezüglich dieses vortrefflichen Herrn Thuillier zunichte macht."

„Und kennen Sie unsere geheimen Feinde, gnädige Frau?" sagte la Peyrade.

„Vielleicht", sagte die Gräfin und lächelte wieder.

„Darf ich einen Verdacht äußern, gnädige Frau?" sagte la Peyrade bewegt.

„Bitte", erwiderte Frau von Godollo; „ich werde Ihnen nicht böse sein, wenn Sie sie erraten."

„Nun, gnädige Frau, Thuilliers und meine Feinde ‚sind' eine Frau."

„Nehmen Sie an, es sei so", sagte die Gräfin.

„Wissen Sie, wieviel Zeilen von der Hand eines Mannes Richelieu verlangte, um ihn an den Galgen zu bringen?"

„Vier", antwortete la Peyrade.

„Dann werden Sie sich also sagen können, daß eine Broschüre von mehr als zweihundert Seiten einer Frau, die ein wenig ... intrigant ist, genügend Stoff zu einer Verfolgung bieten konnte."

„Nun ist mir alles klar, gnädige Frau!“ rief la Peyrade lebhaft; „und ich glaube, daß diese Frau ein Ausnahmegeschöpf ist, daß sie ebenso boshaft wie geistvoll ist; denn die anbetungswürdige Zauberin setzt nicht bloß die Polizei und die Gendarmen in Bewegung, sondern noch mehr, sie hält auch das Kreuz in der Hand des Ministers, das schon aus ihr herausfallen will, fest.“
„Also“, sagte die Gräfin, „was nützt es, mit ihr zu kämpfen?“
„Ach, ich kämpfe ja nicht mehr“, sagte la Peyrade, der an der aufgewandten Mühe den Umfang des Wohlwollens bemaß, das ihm bezeigt wurde. Dann fügte er mit geheuchelter Zerknirschung hinzu:
„Mein Gott, gnädige Frau, empfinden Sie denn solch einen Haß gegen mich?“
„Nicht ganz so viel, wie Sie glauben könnten,“ antwortete die Gräfin, „aber wenn ich Sie nun wirklich haßte?“
„Oh, gnädige Frau,“ sagte la Peyrade begeistert, „dann würde ich der glücklichste aller Unglücklichen sein, denn dieser Haß wäre mir tausendmal köstlicher und süßer, als Ihre Gleichgültigkeit. Aber Sie hassen mich ja nicht; weshalb empfanden Sie sonst für mich das beglückende weibliche Gefühl, das Scribe in einer seiner Perlen von Theaterstücken mit soviel Zartheit und Geist geschildert hat?“
Frau von Godollo antwortete nicht und schlug die Augen nieder; dann, während ein schnelleres Atmen ihre Stimme etwas alterierte, erwiderte sie:
„Nimmt sich ein Stoiker wie Sie überhaupt die Zeit, sich um den Haß einer Frau zu bekümmern?“

„O ja, gnädige Frau," entgegnete la Peyrade, „ich würde mich sehr darum bekümmern, aber nicht um mich dagegen aufzulehnen; im Gegenteil, ich würde die Schwere, mit der er mich niederdrückt, segnen. Ich würde nicht daran verzweifeln, das Herz meiner schönen Feindin, sobald sie sich zu erkennen gegeben hat, zu erweichen, denn niemals mehr würde ich einen andern Weg wandeln als den ihrigen, niemals unter einem andern Banner kämpfen als dem, zu dem sie sich bekannt hat; bei meinem Denken würde ich auf ihre Inspiration warten, bei meinem Wollen auf ihren Willen; ich würde nicht das geringste unternehmen, ohne ihre Befehle einzuholen; in allem würde ich ihr Bundesgenosse oder, besser, ihr Sklave sein; und sollte sie mich mit ihrem kleinen Fuße wegstoßen oder mit ihrer weißen Hand züchtigen, so würde ich das mit Wonne ertragen. Und ich würde für solche Ergebenheit und Gehorsam nur die Gnade erbitten, die Spur des Fußes, der mich zurückgestoßen hat, küssen, und die Gunst erflehen, die Hand, die sich drohend gegen mich erhoben hat, mit meinen Tränen benetzen zu dürfen."

Während dieses langen Herzensergusses, zu der die Freude über den gemutmaßten Triumph den von Natur leicht erregbaren Provenzalen hingerissen hatte, war er von seinem Sitze herabgeglitten und kniete dicht vor der Gräfin nieder in der herkömmlichen Theaterpose, die im wirklichen Leben viel öfter eingenommen wird, als man glaubt.

„Stehen Sie auf, mein Herr," sagte die Gräfin, „und antworten Sie mir."

Und während sie ihm einen fragenden Blick zuwarf und ihre schönen Augenbrauen runzelte, sagte sie:

„Sind Sie sich auch der Tragweite der Worte bewußt, die Ihrem Munde eben entfahren sind? Haben Sie den ganzen Umfang der Verpflichtung erwogen, die Sie eingehen wollen? Beantworten Sie meine Frage, Hand aufs Herz und auf Ihr Gewissen: sind Sie auch der Mann, alles zu halten, was Sie versprochen haben, und nicht etwa einer von den Niedrigen und Falschen, die unsere Knie nur umschlingen, um unsre Vernunft und unsern Willen ins Wanken zu bringen?"

„Wie?" rief la Peyrade aus, „ich, ich sollte mich jemals dem Zauber entziehen können, der mich seit unserem ersten Beisammensein gefangengenommen hat? Oh, gnädige Frau, je mehr ich Widerstand geleistet, je mehr ich mich dagegen gewehrt habe, um so fester dürfen Sie an die Sicherheit Ihrer Herrschaft über mich glauben. Was ich gesagt habe, das empfinde ich auch; und was ich heute laut denke, das habe ich im Stillen gedacht seit der Stunde, da ich die Ehre hatte, von Ihnen empfangen zu werden, und all die langen Tage, während denen ich gegen meine Neigung ankämpfte, haben einen bewußten Willen in mir aufwachsen lassen, der sich klar über sich geworden ist und den selbst eine strenge Abweisung nicht mehr erschüttern könnte."

„Abweisung, das wäre möglich," sagte die Gräfin, „aber bei einem Entgegenkommen muß man sehr vorsichtig sein; prüfen Sie sich selbst recht genau; wir Fremden kennen die Leichtfertigkeit nicht, mit der die Französinnen so oft auch die ernsthaftesten Beziehungen eingehen. Für uns ist ein

Ja eine heilige Sache; unser Wort ist wie eine Unterschrift. Wir wollen und wir tun nichts halb. Das Wappen meiner Familie trägt einen Wahlspruch, der hier eine tiefe Bedeutung hat: ‚Alles oder Nichts': das will viel sagen, und das ist vielleicht noch nicht genügend.

„Oh, genau so verstehe ich es auch," antwortete der Advokat, „und mein erster Schritt, wenn ich Sie verlasse, wird sein, hinzugehen und mit der unwürdigen Vergangenheit zu brechen, die ich einen Augenblick lang gegen die berauschende Zukunft, auf die zu hoffen Sie mir nicht verbieten, abzuwägen schien."

„Nein," sagte die Gräfin, „das muß mit Ruhe und Mäßigung geschehen; ich liebe keine Gewaltstreiche, und es wäre eine üble Art, mir den Hof zu machen, wenn Sie dabei Fensterscheiben zerschlagen. Die Thuilliers sind im Grunde genommen keine schlechten Menschen; sie haben Sie gedemütigt, ohne es zu wissen; sie gehören eben zu einer anderen Welt als der Ihrigen! Ist das ihre Schuld? Lösen Sie die Verbindung, aber brechen Sie nicht mit ihnen, und vor allem, überlegen Sie sich die Sache noch. Ihre Bekehrung zu meinem Glauben ist ja noch so jungen Datums! Wer ist sicher, was ihm morgen sein Herz sagen wird?"

„Ich, gnädige Frau," sagte la Peyrade, „ich bin ein solcher. Wir Leute aus dem Süden wir lieben nicht auf französische Manier."

„Aber," sagte die Ungarin mit reizendem Lächeln, „zwischen uns schien doch von Haß die Rede zu sein?"

„Ach, gnädige Frau," rief der Advokat aus, „selbst richtig erklärt und verstanden, tut mir dieses Wort weh; sagen Sie mir lieber, nicht daß Sie mich lieben, aber daß die Worte, die Sie so gütig waren, seit unsrer letzten Begegnung an mich zu richten, wirklich Ihrem Empfinden entsprechen.“

„Mein Freund,“ sagte die Gräfin, indem sie dieses Wort betonte, „einer Ihrer Moralisten hat gesagt: ‚Es gibt Leute, die nur sagen: Das ist so oder das ist nicht so; sie brauchen nicht zu schwören, ihr Charakter bürgt für sie.‘ Haben Sie die Güte, mich zu diesen Leuten zu rechnen.“

Und sie reichte dem Advokaten die Hand mit einer Mischung von Zurückhaltung und Freundlichkeit. Außer sich stürzte sich der Advokat auf diese Hand und bedeckte sie mit Küssen.

„Genug, Sie Kind!“ sagte die Fremde und entwand sie langsam seinen Fingern; „Leben Sie wohl und auf baldiges Wiedersehen! Ich glaube, meine Migräne ist vorüber.“

La Peyrade griff nach seinem Hut und schien hinauseilen zu wollen; aber an der Tür blieb er noch einmal stehen, wandte sich um und warf der schönen Fremden noch einen Blick voll warmer Zärtlichkeit zu.

Die Gräfin nickte ihm ein bezauberndes Lebewohl zu; aber als la Peyrade sich anschickte, noch einmal zurückzukommen, gab sie ihm mit dem Finger ein Zeichen, daß er vernünftig sein und bleiben solle, wo er war.

La Peyrade entfernte sich jetzt. Auf der Treppe blieb er stehen, um auszuatmen, wenn man so sagen darf, wovon sein Herz überfloß; die Worte der Gräfin, die kluge Vorbereitung, mit der sie ihn auf die Spur ihrer Empfindungen gelenkt hatte, schienen ihm ebenso viele Garantien für ihre Ernsthaftigkeit zu sein, und er ging voller Vertrauen von dannen.

Aber er fühlte die Trunkenheit der Glücklichen, die sich nicht nur in ihren Gesten, ihrem Blick, ihrem Betragen verrät, sondern manchmal auch in Handlungen, die, streng genommen, unvernünftig sind; nachdem er einen Augenblick auf der Treppe stillgestanden hatte, stieg er einige Stufen hinauf und rief an der Stelle, wo er Thuilliers Wohnung sehen konnte, aus:

„Endlich kommt der Ruhm, der Reichtum und das Glück, und noch darüber hinaus, die Wonne, daß ich meiner Rache freien Lauf lassen kann!! Nach Dutocq und Cérizet werde ich euch jetzt vernichten, ihr elendes Bourgeoisgesindel!“

Und er drohte der unschuldigen Doppeltür mit der Faust.

Dann entfernte er sich eilig und empfand in diesem Moment die Wahrheit des volksüblichen Ausdrucks: Die Erde schien ihn nicht zu tragen.

Schon am nächsten Tage erschien la Peyrade, der den Sturm seines Innern nicht länger ertragen konnte, bei Thuillier. Er war mit den schärfsten feindlichsten Absichten gekommen – und nun stelle man sich seine Verblüffung vor! Bevor er noch Zeit hatte, sich gegen eine Demonstration von Freundschaft und Vergessen zu wehren, warf sich Thuillier in seine Arme.

„Mein Freund,“ rief der frühere Vizechef, nachdem er ihn losgelassen hatte, „meine politische Zukunft ist gesichert, alle Zeitungen ohne Ausnahme schreiben heute morgen über die Beschlagnahme meiner Broschüre, du mußt sehen, wie sich die Oppositionsblätter die Regierung vornehmen!“

„Das ist sehr einfach," sagte der Advokat, ohne diesen Enthusiasmus zu teilen, „du bist ein Thema für sie geworden; aber das verbessert deine Lage durchaus nicht, und der Staatsanwalt wird nur um so mehr bestrebt sein, eine Verurteilung zu erreichen, wie man zu sagen pflegt."

„Nun," sagte Thuillier und erhob stolz das Haupt, „dann werde ich ins Gefängnis gehen, wie Béranger, wie Lammenais, wie Armand Carrel."

„Von weitem, mein Lieber, macht sich das sehr hübsch, ein Verfolgter zu sein, aber wenn du erst hören wirst, wie die dicken Riegel hinter dir vorgeschoben werden, dann wird dir, davon kannst du überzeugt sein, das Geschäft erheblich weniger angenehm vorkommen."

„Zunächst," warf Thuillier ein, „verweigert man den politischen Gefangenen niemals die Erlaubnis, ihre Strafzeit in einem Krankenhause abzumachen, und dann bin ich doch noch gar nicht verurteilt; du warst doch gestern selbst der Ansicht, daß ich auf Freisprechung hoffen könne."

„Gewiß, aber seit gestern habe ich Dinge erfahren, die dieses Ergebnis sehr zweifelhaft erscheinen lassen; dieselbe Hand, die deine Dekorierung verhindert hat, muß auch die Beschlagnahme deiner Broschüre veranlaßt haben; du sollst mit Vorbedacht zugrunde gerichtet werden."

„Da du diesen gefährlichen Feind kennst," sagte Thuillier, „so wirst du es wohl, wie ich denke, nicht ablehnen, ihn mir zu nennen."

„Ich kenne ihn nicht," antwortete la Peyrade, „aber ich habe einen Verdacht; das kommt übrigens davon, wenn man überschlau sein will."

„Wie denn? Ich überschlau?" sagte Thuillier mit

der Neugierde eines Mannes, der mit bestem Gewissen sich etwas Derartiges nicht vorzuwerfen hat.

„Gewiß," fuhr der Advokat fort, „Ihr habt aus Celeste eine Art Lockvogel gemacht, um die Gimpel in euren Salon zu ziehen; nicht jeder besitzt die Langmut Godeschals, der sich, nachdem ihm die Tür gewiesen war, noch so anständig bei der Frage des Höherbietens benommen hat."

„Du mußt dich deutlicher erklären," sagte Thuillier, „ich verstehe dich überhaupt nicht."

„Und doch ist nichts leichter zu begreifen. Wieviel Bewerber um Fräulein Colleville waren, abgesehen von mir, vorhanden? Godeschal, der junge Minard, der junge Phellion und der Staatsanwaltsgehilfe Olivier Vinet, alles Leute, die man hingehalten hat, wie man mich hinhält."

„Olivier Vinet, der Staatsanwaltsgehilfe!" rief Thuillier aus, wie einer, dem ein Licht aufgegangen ist; „von da her muß in der Tat der Schlag gegen mich geführt sein. Es heißt, daß sein Vater einen sehr langen Arm hat. Aber kann man denn sagen, daß wir, um mich deines ziemlich unpassenden Ausdrucks zu bedienen, ihn hingehalten haben? Er hat einen Abend bei uns verbracht und hat doch gar keinen Antrag gemacht, ebensowenig wie der junge Minard und der junge Phellion. Godeschal ist der einzige, der einen direkten Schritt getan hat, und der ist sofort abgelehnt worden, ohne daß man ihn mit leeren Versprechungen hingehalten hat."

„Das ist wahr," sagte la Peyrade, der immer weiter Streit suchte; „nur bei denjenigen, denen man klar und bestimmt das Wort gegeben hat, macht man sich das Vergnügen, sie zum besten zu halten!"

„Ja, aber sag mir doch," rief Thuillier, „auf wen zielst du denn mit deinen Vorwürfen? Hast du nicht neulich alles mit Brigitte geregelt? Du suchst dir auch gerade die richtige Zeit aus, um mit mir von deinen Liebesangelegenheiten zu reden, wo das Schwert der Justiz über meinem Kopfe hängt!"

„Sehr hübsch!" sagte la Peyrade ironisch; „jetzt willst du deine interessante Lage als Angeklagter ausnutzen. Ich dachte mir wohl, daß es so verlaufen würde und daß, nachdem die Broschüre einmal fertig geworden war, neue Anträge auf Abweisung gestellt werden würden."

„Ja wahrhaftig, deine Broschüre!" antwortete Thuillier, „ich finde es komisch, wenn du jetzt behaupten willst, daß durch sie alle Schwierigkeiten behoben sein sollen, wo sie im Gegenteil doch gerade den Anlaß zu den bedauernswerten Komplikationen gegeben hat."

„Wieso denn bedauernswert? Ich denke, sie hat deine politische Zukunft gesichert?!"

„Wirklich, mein Lieber," sagte Thuillier gefühlvoll, „ich hätte niemals von dir geglaubt, daß du die Stunde der Not wählen würdest, um uns die Pistole auf die Brust zu setzen und mich zum Gegenstande deiner Nörgeleien und Bosheiten zu machen!"

„Aha," sagte la Peyrade, „jetzt ist es die Stunde der Not, und erst vor einem Augenblick hast du mich umarmt wie ein Mann, dem irgendein besonderes Glück zuteil geworden ist. Du mußt dich aber doch nun entscheiden, ob du die Rolle des tief zu Beklagenden oder des glorreich Triumphierenden spielen willst."

„Du kannst noch so geistreich reden," antwortete Thuillier, „du wirst mich doch nicht in Widersprüche verwickeln können; ich, ich bin logisch, wenn ich auch nicht zu glänzen verstehe. Es ist doch ganz natürlich, wenn ich es als Trost empfinde, daß die öffentliche Meinung sich zu meinen Gunsten erklärt, und wenn ich in ihren Organen die ehrenvollsten Bezeugungen ihres warmen Mitgefühls finde; aber alles in allem – glaubst du nicht, daß es mir lieber gewesen wäre, wenn die Dinge ihren normalen Verlauf genommen hätten? Und wenn ich sehe, daß ich der Gegenstand einer niedrigen Rache von seiten so einflußreicher Leute wie Vinet bin, kann ich wissen, welchen Gefahren ich noch ausgesetzt bin?"

„Also," sagte la Peyrade mit unerbittlicher Hartnäckigkeit, „du hast dich nun für die Rolle von ‚Hansi weint' entschieden?"

„Ja," erwiderte Thuillier feierlich, „Hansi, der eine Freundschaft beweint, die ich für echt und hingebend gehalten habe, und die mir nur Spott darbietet, wo ich auf ihre Dienste gerechnet hatte."

„Welche Dienste denn?" fragte la Peyrade. „Hast du mir nicht gestern erklärt, daß du in jeder Hinsicht von meiner Mitarbeiterschaft genug hättest? Ich habe dir angeboten, deine Verteidigung zu übernehmen; du hast mir geantwortet, du wollest dir einen bedeutenden Advokaten nehmen."

„Gewiß; im ersten Augenblick der Überraschung über diesen unerwarteten Schlag habe ich wohl eine solche Dummheit aussprechen können; aber ich habe es mir überlegt: wer könnte denn besser als du die Grundsätze der Schrift auseinandersetzen, die deine Feder zu Papier gebracht hat? Ich war gestern außer mir, du aber mit deiner verletzten Eigenliebe, der du nichts, was in der ersten Aufregung gesagt wurde, vergeben willst, du bist ein sehr höhnischer und sehr harter Mensch."

„Also," sagte la Peyrade, „du ersuchst mich formell, deine Verteidigung vor Gericht zu übernehmen?"

„Aber gewiß doch, mein Lieber! Ich wüßte niemand anderen, in dessen Hände ich meine Sache legen könnte. Irgendeinem großen Herrn von der Anwaltschaft würde ich ein wahnsinniges Geld bezahlen müssen, und er würde mich doch nicht so geschickt wie du verteidigen können."

„Nun, und ich, ich lehne es ab; die Rollen sind, wie du siehst, vollkommen vertauscht; gestern dachte ich so wie du, daß ich der richtige Mann für diesen Prozeß wäre; heute glaube ich, daß du dir in der Tat eine Berühmtheit der Advokatenschaft nehmen mußt, weil bei dem Antagonismus Vinets die Sache eine Wendung genommen hat, die dem, der sich damit befassen soll, eine wahrhaft erschreckende Verantwortung auferlegt."

„Ich verstehe," sagte Thuillier ironisch, „der Herr hat ja schon immer Absichten auf die Staatsanwaltskarriere gehabt und will sich nicht mit einem Manne verfeinden, von dem man schon als dem zukünftigen Großsiegelbewahrer gesprochen hat. Das ist vorsichtig, aber ich weiß nicht, wie du damit deine Heiratsangelegenheit fördern willst."

„Das soll heißen,“ antwortete la Peyrade, der die günstige Gelegenheit beim Schopfe packte, „daß deine Befreiung aus den Krallen der Justiz die dreizehnte Herkulesarbeit ist, die mir auferlegt wird, um Fräulein Collevilles Hand zu verdienen. Ich dachte mir wohl, daß sich die Forderungen im Verhältnis zu den Beweisen meiner Hingebung vervielfachen würden, aber ich bin der Sache nun müde geworden, und um dieser Ausbeutung eines Menschen durch den andern schnell ein Ende zu machen, bin ich heute morgen hergekommen, um dir zu sagen, daß ich dir dein Wort zurückgebe; du kannst also über Celestes Hand verfügen; ich für meinen Teil erhebe keinen Anspruch mehr darauf.“

Das Unerwartete und die bündige Form dieser Erklärung machten Thuillier sprachlos, um so mehr, als gerade in diesem Augenblick Brigitte hereintrat. Die Laune der Haustyrannin hatte sich ebenfalls seit dem gestrigen Abend erheblich gebessert, denn ihre vertrauliche Begrüßung war voll freundschaftlicher Liebenswürdigkeit.

„Ah, da sind Sie ja,“ sagte sie zu la Peyrade, „Sie Advokatenpflänzchen!“

„Ich begrüße Sie, mein Fräulein“, antwortete der Provenzale ernst.

„Na,“ fuhr die alte Jungfer fort, ohne auf das zeremonielle Gebaren la Peyrades zu achten, „die Regierung hat sich ja mit der Beschlagnahme eurer Broschüre hübsch in die Nesseln gesetzt! Man muß das lesen, wie die Zeitungen sie heute morgen zerpflücken! – Sieh mal,“ fügte sie hinzu und reichte Thuillier ein Blatt in kleinem Format auf grobem Papier mit dicken, aber schlecht lesbaren Lettern gedruckt, „da ist noch eins, das du noch nicht gelesen hast; der Portier hat es eben heraufgebracht; das ist eine Zeitung aus unserm alten Viertel, das ‚Echo de la Bièvre'. Ich weiß nicht, ob Sie auch meiner Meinung sein werden, meine Herren, aber ich finde, daß dieser Artikel nicht besser geschrieben werden kann. Aber es ist doch komisch, wie unaufmerksam diese Journalisten sind: sie schreiben deinen Namen ohne h. Mir scheint, du müßtest dagegen Einspruch erheben."

Thuillier nahm das Blatt und las den Artikel, zu dem den Chefredakteur der Gerberzeitung die Dankbarkeit für das Frühstück veranlaßt hatte. In ihrem ganzen Leben hatte Brigitte sich um keine Zeitung gekümmert, ausgenommen, wenn sie nachsah, ob sie die erforderliche Größe zum Einpacken ihrer Pakete hätte; aber in ihrer warmen Liebe zu ihrem Bruder hatte sie sich plötzlich zum Glauben an die Presse bekehrt, und hinter Thuillier stehend, las sie über seine Schulter weg noch einmal die hervorstechendsten Stellen der Seite, die ihr so überzeugend erschienen waren, und bezeichnete sie mit dem Finger.

„Ja," sagte Thuillier und faltete das Blatt zusammen, „das klingt warm und sehr schmeichelhaft für mich... Aber jetzt haben wir es hier mit einer ganz anderen Sache zu tun! Der hier anwesende Herr erklärt mir, daß er meine Verteidigung nicht übernehmen will und daß er auf Celestes Hand verzichtet."

„Das heißt," bemerkte Brigitte, „daß er, nachdem er dich verteidigt hat, verzichtet, wenn wir dann die Hochzeit nicht ‚subito' ansetzen. Nun, was mich anlangt, ich finde das Verlangen des guten Jungen vernünftig. Wenn er das noch für uns gemacht hat, dann gibt's keinen Aufschub mehr, und ob sich Celeste damit abfinden will oder nicht, sie muß ihn eben nehmen, weil alles schließlich seine Grenze hat."

„Da hörst du's, mein Lieber," sagte la Peyrade und ging auf Brigittes Kommentar ein, „wenn ich dich verteidigt habe, dann soll die Heirat zustandekommen. Deine Schwester ist die Offenheit selbst und gebraucht nicht die geringste Diplomatie."

„Diplomatie!" wiederholte Brigitte. „Na gewiß! Ich werde mich bei Geschäften noch mit so was befassen. Ich rede, wie ich denke: wenn der Arbeiter seine Arbeit getan hat, muß man ihn auch für seine Mühe bezahlen."

„So schweig doch!" rief Thuillier und stampfte mit dem Fuß auf; „jedes Wort, das du redest, dreht ja noch den Dolch in der Wunde um."

„Wie? Den Dolch in der Wunde?" fragte Brigitte; „was ist denn los? Seid ihr denn nicht mehr im Einverständnis miteinander?"

„Ich habe dir ja gesagt," fuhr Thuillier fort, „daß la Peyrade uns eben von unserem Worte entbunden hat, und zwar deshalb, weil man einen neuen Dienst von ihm verlangt, wenn man ihm Celestes Hand bewilligen soll; er ist der Meinung, daß er uns bereits genug Dienste geleistet hat."

„Gewiß hat er uns welche erwiesen," antwortete Brigitte, „aber ich meine, wir sind doch auch nicht undankbar gewesen. Übrigens hat er ja die Dummheit gemacht, und ich würde es doch sehr merkwürdig finden, wenn er uns jetzt in der Verlegenheit sitzen lassen wollte."

„Ihre Begründung, mein verehrtes Fräulein," sagte la Peyrade, „könnte als berechtigt erscheinen, wenn es in Paris keinen andern Advokaten gäbe als mich; da man aber die Straßen damit pflastern kann und Thuillier selbst davon sprach, daß er sich eine hervorragende Größe nehmen wolle, so lehne ich es ohne den geringsten Skrupel ab, seine Verteidigung zu übernehmen. Was nun die fragliche Heirat anlangt, die nicht nochmals der Gegenstand irgendeines nackten unverblümten Handelsgeschäfts sein soll, so verzichte ich hiermit in formellster Weise darauf, und nichts mehr braucht Fräulein Colleville zu hindern, Herrn Phellion alle Rechte zu gewähren."

„Ganz nach Ihrem Belieben, mein werter Herr", antwortete Brigitte; „wenn das Ihr letztes Wort ist – wir werden nicht in Verlegenheit kommen, für Celeste einen Mann zu finden, sei es nun der junge Phellion oder ein anderer; aber Sie werden mir gestatten, Ihnen zu bemerken, daß der Grund, den Sie angeben, nicht sehr stichhaltig ist; schließlich können wir doch nicht schneller tanzen, als die Geigen spielen: selbst wenn die Heirat heute beschlossen würde, muß doch erst noch das Aufgebot bestellt werden; Sie sind doch klug genug, um zu begreifen, daß der Bürgermeister Sie nicht trauen kann, bevor alle Förmlichkeiten erfüllt sind, und bis dahin ist Thuilliers Prozeß längst entschieden."

„Jawohl," sagte la Peyrade, „und wenn ich keinen Freispruch durchsetze, dann bin ich es wieder, der Thuillier ins Gefängnis gebracht hat, wie ich gestern der war, der die Beschlagnahme verschuldet hat."

„Na ja, mir scheint doch, wenn Sie nichts geschrieben hätten, hätte die Polizei auch nichts machen können."

„Meine Liebe," sagte Thuillier, als er sah, wie la Peyrade die Achseln zuckte, „deine Folgerung ist unsinnig, insofern ja die Schrift in keiner Beziehung Anlaß zu einer Anklage bietet. Es ist nicht la Peyrades Schuld, wenn sehr hohe Persönlichkeiten eine Hetze gegen mich organisiert haben. Du erinnerst dich noch an den kleinen Staatsanwaltsgehilfen, den Herrn Olivier Vinet, den Cardot einmal zu uns mitgebracht hat; es scheint, daß er und sein Vater wütend sind, weil wir ihm Celeste nicht geben wollten, und daß sie mir den Untergang geschworen haben."

„Und weshalb haben wir ihn denn abgewiesen," sagte Brigitte, „wenn nicht der schönen Augen des Herrn hier halber? Denn schließlich ist ein Pariser Staatsanwalt doch eine sehr annehmbare Partie."

„Zweifellos," sagte la Peyrade obenhin, „nur hat er keineswegs als Mitgift eine Million mitgebracht."

„Oh," rief Brigitte lebhafter werdend, „wenn Sie wieder von dem Hause reden wollen, das Sie uns haben kaufen lassen, so will ich Ihnen nur sagen, daß, wenn Sie das Geld gehabt hätten, das man ausspucken mußte, um es dem Notar abzujagen, Sie nicht damit zu uns gekommen wären. Sie müssen nicht denken, daß ich mich so ganz von Ihnen dumm machen lasse; Sie redeten eben von Handelsgeschäft, aber Sie haben doch selber den Vorschlag gemacht, ‚Gebt mir Celeste, dann werde ich euch das Haus verschaffen', das haben Sie mit

Ihren eigenen Worten gesagt; und außerdem haben wir noch Opfer bringen müssen, mit denen wir vorher nicht gerechnet hatten."
„Still, Brigitte," sagte Thuillier, „du kommst da mit Kleinigkeiten."
„Kleinigkeiten? Kleinigkeiten?" wiederholte Brigitte. „Ist die festgesetzte Summe überschritten worden oder nicht?"
„Mein lieber Thuillier," sagte la Peyrade, „ich denke ebenso wie ihr, daß die Frage erledigt ist, und daß ein unnötiges Breittreten nur zur Erbitterung Anlaß gibt. Mein Entschluß war gefaßt, bevor ich herkam; alles was ich hier gehört habe, kann mich darin nur bestärken; ich werde nicht euer ‚Schwiegersohn' werden, aber wir werden darum nicht weniger gute Freunde bleiben."
Und er erhob sich, um sich zu entfernen.
„Einen Augenblick, mein Herr Advokat!" sagte Brigitte und stellte sich ihm in den Weg; „da ist noch ein Punkt, den ich nicht für erledigt halte, und jetzt, da wir ja nicht auf gemeinschaftliche Kosten leben werden, wäre es mir lieb, wenn Sie die ‚Güte' hätten, mir zu sagen, was aus der Summe von zehntausend Franken geworden ist, die Thuillier Ihnen für diese Kanaillen von Beamten gegeben hat, die uns das Kreuz verschaffen sollten, das noch immer nichts von sich hören lassen will?"
„Brigitte," sagte Thuillier voll Angst, „du bist die reine Lästerzunge, du solltest doch nichts davon wissen; ich habe dir davon in einem Anfall von übler Laune erzählt, und du hattest mir doch versprochen, daß du darüber den Mund gegen niemanden, wer es auch sei, öffnen würdest."

„Nein," antwortete die unversöhnliche Brigitte, „aber wir trennen uns ja jetzt. Nun, und wenn man sich trennt, dann bringt man seine Rechnung in Ordnung. Zehntausend Franken! Ich finde das schon etwas hoch für ein Kreuz, das man bekommen hat; aber für ein an die Wand gemaltes, da wird mir der Herr doch zugeben, daß es übermäßig bezahlt ist."

„La Peyrade, lieber Freund," sagte Thuillier und ging auf den Advokaten zu, der bleich vor Wut geworden war, „höre nicht auf Brigitte, ihre Liebe zu mir macht sie verrückt; ich weiß ja recht gut, wie es in den Bureaus zugeht, und ich würde mich nicht gewundert haben, wenn du aus deiner Tasche noch etwas dazugegeben hättest."

„Mein Herr," erwiderte la Peyrade, „ich bin leider nicht imstande, Ihnen gleich nach meiner Heimkehr die Summe wieder zuzustellen, über die man in so brutaler, beleidigender Form von mir Rechenschaft verlangt hat. Aber gewähren Sie mir einige Frist, und wenn Sie, um sich besser gedulden zu können, von mir einen Wechsel nehmen wollen, so bin ich bereit, ihn auszustellen."

„Geh' zum Teufel mit deinem Wechsel!" erklärte Thuillier; „du bist mir nichts schuldig, sondern wir sind deine Schuldner; Cardot hat mir gesagt, daß du bei der großartigen Erwerbung, die wir dir verdanken, auf deinen Teil mindestens zehntausend Franken zu beanspruchen hättest."

„Cardot, Cardot!" sagte Brigitte, „der ist sehr nobel mit anderer Leute Geld! Wenn man ihm Celeste gab, so war das doch viel mehr wert, als zehntausend Franken."

La Peyrade war ein viel zu guter Schauspieler, als

daß er die Demütigung, die er hatte erdulden müssen, nicht zu einem effektvollen Abgang benutzt hätte. Daher sagte er mit tränenerstickter Stimme und indem ihm auch bald das Wasser in die Augen stieg:

„Mein Fräulein, als ich die Ehre hatte, bei Ihnen aufgenommen zu werden, war ich arm, und lange Zeit hindurch haben Sie mich leidend und elend sehen können, weil ich wußte, wie die Armut Einen jeder Unwürdigkeit preisgibt. Seit dem Tage, wo ich Ihnen den Reichtum verschafft habe, den ich nicht für mich erstrebte, habe ich ein wenig mehr Sicherheit erlangt, und Ihre Güte hat mich ermutigt, mich aus meiner Schüchternheit und unwürdigen Stellung etwas emporzuarbeiten. Wenn ich heute Ihnen eine loyale Erklärung abgebe, die Sie von einer großen Sorge befreit – denn wenn Sie ehrlich sein wollen, so werden Sie mir zugeben, daß Sie sich einen andern Gatten für Celeste gewünscht haben –, so hätten wir auf einem Plan, den weiter zu verfolgen mir mein Zartgefühl verbietet, verzichten und trotzdem Freunde bleiben können. Dazu hätte genügt, daß Sie sich innerhalb der Grenzen der Höflichkeit gehalten hätten, für die Sie ja ständig ein Muster neben sich haben, denn wenn auch Frau von Godollo mir nicht wohlgesinnt ist, so bin ich doch überzeugt, daß ihre gute Erziehung ihr nicht erlaubt hätte, Ihr gehässiges Vorgehen zu billigen. Aber ich besitze, Gott sei Dank, noch etwas religiöses Empfinden; das Evangelium ist für mich kein toter Buchstabe, und deshalb, verstehen Sie mich wohl, mein Fräulein, will ich Ihnen verzeihen! Und nicht Thuillier, der sie nicht annehmen würde, sondern Ihnen will ich, als meine einzige Rache, in nächster Zeit die zehntausend Franken wieder zustellen, die ich nach Ihrer Ansicht für mich verwendet habe. Wenn Sie sie in Händen haben werden, und wenn Sie, nachdem Sie die Ungerechtigkeit Ihres Verdachtes erkannt haben, einige Gewissensbisse empfinden sollten, können Sie sie ja der Armenverwaltung..."

„Der Armenverwaltung?" unterbrach ihn Brigitte, „ich danke bestens! daß sie an einen Haufen von Nichtstuern und Scheinheiligen verteilt werden, damit sie erst zum Abendmahl gehen und sie dann verfressen. Ich bin auch arm gewesen, mein Junge, und ich habe lange genug Säcke genäht, damit die andern ihr Geld hineinsteckten, ehe ich meines hineintun konnte; jetzt habe ich welches und halte es fest, und ich bin bereit, es zu nehmen, sobald es Ihnen beliebt; um so schlimmer für Sie, wenn Sie Geschäfte, die Sie übernommen haben, nicht ausführen können und unnötig Geld verpulvern."

Da er merkte, daß er seinen beabsichtigten Eindruck verfehlt hatte und die granitene Brigitte nicht zu erschüttern vermochte, warf ihr la Peyrade einen Blick voll Verachtung zu und entfernte sich mit majestätischen Schritten.

Er hatte wohl eine Bewegung Thuilliers, der ihn zurückhalten wollte, bemerkt, aber ein befehlender Wink Brigittes, die immer die regierende Königin blieb, hielt ihren Bruder auf seinem Platze festgebannt.

Nach Hause gekommen, schrieb der Advokat, um sich vollständig loszulösen, an Frau Colleville, daß er, nachdem die Heirat mit Celeste nicht mehr in

Frage käme, aus Gründen der Schicklichkeit und des Zartgefühls, genötigt sei, sich bei ihnen nicht mehr sehen zu lassen.
Am nächsten Morgen aber ging Colleville, bevor er sich in sein Bureau begab, zu la Peyrade hinauf und fragte ihn, was das für „Dummheiten" seien, die er an Flavia geschrieben und die sie in Verzweiflung versetzt hätten.
Der Advokat wiederholte ihm in ernster Weise noch einmal den Inhalt der wenig freundschaftlichen Epistel, die er an seine Frau gerichtet hatte.
„Und das nennst du ein Freund sein?" sagte Colleville, der sich seit langem, wie man sich erinnern wird, mit dem Provenzalen duzte. „Du willst sie nicht heiraten: ist das ein Grund, mit den Eltern des Mädchens böse zu werden? Es sieht ja so aus, als ob du uns für die Worte, die zwischen dir und den Thuilliers gefallen sind, verantwortlich machen wolltest. Geht das uns etwas an? Ist meine Frau nicht immer reizend zu dir gewesen?"
„Ich kann nur rühmen," entgegnete la Peyrade, „welche Güte mir Frau Colleville erwiesen hat."
„Und da willst du, daß sie vor Kummer sterben soll? Seit gestern hat sie das Taschentuch nicht aus der Hand gelegt: ich sage dir, sie wird mir noch krank werden."
„Hören Sie, mein lieber Colleville," antwortete la Peyrade, „ich bin Ihnen die Wahrheit schuldig, und Sie sind auch wert, sie zu hören: ich kann doch jetzt nicht mit Fräulein Celeste zusammentreffen..."
„Nun, du sollst auch nicht mit ihr zusammentreffen", unterbrach ihn der gute Colleville; „wenn du kommst, dann wird die Kleine eben in ihr

Zimmer gehen; übrigens wird sie ja bald verheiratet sein."

„Gut; aber ich muß hinzufügen, daß meine häufigen Besuche bei euch zu Verleumdungen Anlaß gegeben und daß boshafte Gerüchte sich verbreitet haben. Ich habe den Wunsch und die Pflicht, dafür zu sorgen, daß sie aufhören."

„Was?" rief der Ehemann aus, „ein geistvoller Mann wie du wird sich um solche Hirngespinste kümmern? Du willst die bösen Zungen zum Schweigen bringen? Aber man redet ja seit fünfundzwanzig Jahren über meine Frau, weil sie aus etwas feinerem Holz geschnitzt ist als Brigitte und Frau Thuillier. Da bin ich doch viel klüger als du; all dieses Geschwätz hat uns nicht eine Viertelstunde häuslichen Streites verursacht."

„Nun," sagte la Peyrade, „wenn das euch auch ehrt, weil ein sehr aufrechter Sinn dazu gehört, so meine ich doch, daß eine solche Mißachtung der öffentlichen Meinung unvorsichtig ist."

„Ach, was!" sagte Colleville, „ich spucke auf die öffentliche Meinung; eine nette Hure! Minard verbreitet diese Gerüchte, weil sich niemals ein anständiger Mensch um seine dicke Köchin von Frau gekümmert hat. Er würde besser tun, der Herr Bürgermeister, wenn er mehr auf seinen Sohn aufpassen wollte, der sich von einer früheren Schauspielerin bei Bobino ruinieren läßt."

„Also, mein Teuerster," sagte la Peyrade, „versuche, Flavia zur Vernunft zu bringen."

„Na, Gott sei Dank!" sagte Colleville und drückte dem Advokaten kräftig die Hand, „du nennst sie wieder Flavia, wie früher, damit habe ich meinen Freund wieder."

„Gewiß,“ antwortete la Peyrade, etwas kühler, „Freunde bleiben immer Freunde.“

„Jawohl, Freunde bleiben Freunde“, wiederholte Colleville; „die Freundschaft ist ein Göttergeschenk, das uns über allen Jammer des Lebens tröstet! Also abgemacht, du kommst wieder zu meiner Frau und bringst in mein unglückliches Haus wieder die Ruhe und die Heiterkeit zurück.“

La Peyrade gab ihm ein Versprechen, das die Sache etwas im Ungewissen ließ; als er den unbequemen Besuch los war, fragte er sich, ob dieses Verhalten des Ehemanns, das viel häufiger, als man denkt, zu finden ist, echt oder nur gespielt war.

✩

WÄHREND LA PEYRADE SICH ANSCHICKTE, der Gräfin die Nachricht von seiner in so brüsker Weise wiedergewonnenen Freiheit huldigend zu Füßen zu legen, erhielt er ein duftendes Billet, das ihm Herzklopfen verursachte, denn er hatte auf dem Siegel das berühmte „Alles oder nichts“ erkannt, das ihm als Richtlinie für die Beziehungen, die sich ihm eröffneten, gegeben worden war. „Mein lieber Herr,“ schrieb ihm Frau von Godollo, „ich weiß von Ihrer Entscheidung und danke Ihnen! Ich muß aber jetzt auch die meinige treffen, denn Sie werden von mir nicht annehmen, daß ich ewig in einem Kreise zu verweilen gedenke, der mit dem unsrigen so wenig zu tun hat und in dem mich nichts mehr festhält. Um mich in schonender Weise zurückzuziehen und keine Auskunft über das Asyl zu geben, das der Zwischenstock dem aus der ersten Etage freiwillig Verbannten gewähren soll, brauche ich diesen und den nächsten Tag für mich. Besuchen Sie mich also nicht vor übermorgen. Dann werde ich Brigitte, wie man an der Börse sagt, exekutiert und Ihnen viel zu erzählen haben.

Tua tota Gräfin von Godollo."

Das „Ganz die Ihrige" auf lateinisch entzückte la Peyrade, der sich übrigens darüber nicht wunderte, da ja in Ungarn das Lateinische eine zweite Landessprache ist. Die beiden Tage des Wartens, zu denen er verdammt war, fachten das Feuer der Leidenschaft, die ihn verzehrte, noch mehr an, und als er am übernächsten Tage vor dem Hause an der Madeleine anlangte, war sein Liebesverlangen so glühend geworden, wie er das noch vor wenigen Tagen bei sich nicht für möglich gehalten hätte.

Dieses Mal wurde la Peyrade von der Portiersfrau bemerkt; aber, abgesehen davon, daß sie annehmen konnte, er wolle zu Thuilliers, wäre es ihm auch sehr gleichgültig gewesen, wenn man jetzt gewußt hätte, wen er besuche. Das Eis war endgültig gebrochen, sein Glück nicht mehr geheim, und er war eher geneigt, es jedem ins Gesicht zu rufen, als noch ein Geheimnis daraus zu machen. Nachdem er die Stufen hinaufgeeilt war, schickte sich der Advokat an, zu läuten, als er beim Greifen nach dem seidenen Klingelzug neben der Tür bemerkte, daß dieser verschwunden war.

La Peyrades erster Gedanke war, daß nur eine schwere Krankheit, bei der dem Leidenden jedes Geräusch unerträglich ist, die Wegnahme des fehlenden Gegenstandes erklären könne; aber andere Wahrnehmungen widersprachen dieser Erklärung, die übrigens auch keine sehr tröstliche war.

Vom Vestibül bis zur Tür der Gräfin gewährte ein Treppenläufer, der an jeder Stufe mit einer Messingstange befestigt war, den Besuchern ein angenehmes Hinaufgehen; dieser Läufer war fortgenommen.

Über der Tür befand sich ein Windfang, der mit grünem Sammet an vergoldeten Ringen verhängt war; auch von diesem Vorhang war nichts zu sehen, außer einigen Beschädigungen, die die Arbeiter an den Wänden beim Abnehmen gemacht hatten.

Einen Augenblick lang glaubte der Advokat in seiner Erregung, er habe sich in der Etage geirrt; aber ein Blick über das Geländer bewies ihm, daß er nicht über den Zwischenstock hinausgekommen war. War Frau von Godollo im Begriff auszuziehen?

Der Provenzale mußte sich also darauf beschränken, sich bei der vornehmen Dame wie bei einer Grisette anzukündigen; aber sein Klopfen erzeugte den hohlen Widerhall, der die Leere zu verraten pflegt: intonuere cavernae; gleichzeitig bemerkte er unterhalb der Tür, an die er vergeblich mit der Faust schlug, jene größere Helligkeit, die anzeigt, daß ein Raum unbewohnt ist und daß sich in ihm keine Vorhänge, Teppiche und Möbel befinden, die das Geräusch und das Licht dämpfen. Da er also annehmen mußte, daß der Umzug schon stattgefunden hatte, so dachte sich la Peyrade, daß nach dem Bruch mit Brigitte irgendeine Grobheit der alten Jungfer diese radikale Gewaltmaßregel nötig gemacht hatte: aber weshalb war er nicht davon benachrichtigt worden, und was hatte man sich dabei gedacht, als man ihn einer solchen getäuschten Hoffnung aussetzte, wie das Volk es so eigenartig mit dem Ausdruck bezeichnet: „wie der Ochse vor dem Scheunentor stehen?“

Bevor er sich entfernte, entschloß sich la Peyrade, als ob noch ein Zweifel möglich wäre, einen letzten Versuch mit Klopfen an der Tür zu machen.

„Wer klopft denn hier so, als ob das Haus einstürzen soll?“ schrie jetzt die Portiersfrau, die der Lärm bis an den Fuß der Treppe herbeigerufen hatte.

„Wohnt denn Frau von Godollo nicht mehr hier?“ fragte la Peyrade.

„Natürlich wohnt sie nicht mehr hier, wenn sie ausgezogen ist. Wenn der Herr mir gesagt hätte, daß er zu ihr will, hätte ich ihm die Mühe erspart, die Tür einzuschlagen.“

„Ich wußte wohl, daß sie ausziehen wollte“, sagte la Peyrade, der nicht zeigen mochte, daß ihm ihre Absicht, die Wohnung zu verlassen, unbekannt war; „aber ich dachte nicht, daß es so bald geschehen würde.“

„Es muß wohl sehr eilig gewesen sein,“ sagte die Portiersfrau, „denn sie ist heute früh mit der Post abgereist.“

„Mit der Post?“ wiederholte la Peyrade verblüfft, „hat sie denn Paris verlassen?“

„Es scheint so“, antwortete die schreckliche Portiersfrau; „es ist ja doch nicht üblich, daß man Pferde und einen Postillon nimmt, wenn man von einem Quartier ins andere zieht.“

„Sie hat Ihnen nicht gesagt, wo sie hingeht?"
„Ach, der Herr hat komische Begriffe, wenn er denkt, daß man uns Rechenschaft ablegt!"
„Nein, aber wenn noch Briefe für sie kommen..."
„Briefe soll ich dem Herrn Kommandeur übergeben, dem kleinen Alten, der oft zu ihr kam, der Herr muß ihm ja begegnet sein."
„Ja, ja, gewiß," sagte la Peyrade, der trotz der Schläge, die ihn einer nach dem andern trafen, seine Geistesgegenwart bewahrte, „der kleine gepuderte alte Herr, der fast täglich herkam."
„Täglich, das ist nicht richtig, aber häufig kam er; nun, der ist es, an den ich die Briefe für die Frau Gräfin abgeben soll."
„Und für ihre andern Bekannten," bemerkte der Provenzale wie nebenbei, „hat sie Ihnen keinen Auftrag gegeben?"
„Gar keinen."
„Es ist gut, liebe Frau," sagte la Peyrade, „ich danke Ihnen."
Und er schickte sich an, fortzugehen.
„Ich denke," meinte die Portiersfrau, „das Fräulein muß darüber besser Bescheid wissen als ich; geht der Herr nicht rauf? Sie ist zu Hause, Herr Thuillier auch."
„Nein, das ist überflüssig", sagte la Peyrade; „ich wollte Frau von Godollo nur über einen Auftrag, den sie mir gegeben hatte, berichten. Ich habe keine Zeit, mich aufzuhalten..."
„Ja, wie ich Ihnen sagte, heute früh ist sie mit der Post weggefahren. Ach, mein Gott, vor zwei Stunden hätte der Herr sie noch hier getroffen; aber wo sie die Post genommen hat, muß sie jetzt schon weit weg sein."

Mit ihrer Manier, alles zweimal zu sagen, schien die Frau, die dem Provenzalen so grausame Nachrichten verkündet hatte, sich noch über die Einzelheiten auslassen zu wollen, die für ihn so qualvoll waren. Er eilte deshalb fort, Verzweiflung im Herzen. Abgesehen von seinem Kummer über diese überstürzte Abreise, fing auch die Eifersucht an, sich seiner zu bemächtigen, und während das Empfinden so bitter getäuschter Hoffnungen in ihm bohrte, zogen die entmutigendsten Erklärungen durch sein Gehirn.

Nachdem er etwas nachgedacht hatte, sagte er sich: „Diese Diplomatenweiber sind häufig mit vertraulichen Missionen betraut, wo vollkommenste Diskretion und äußerst schnelles Handeln verlangt werden."

Dann sagte er sich wieder mit plötzlichem Umschlag:

„Wenn sie aber eine Intrigantin sein sollte, wie sie die fremden Regierungen als Agenten benutzen? Wenn die mehr oder weniger wahrscheinliche Geschichte der russischen Prinzessin, die ihre Möbel an Brigitte verkaufen mußte, auch auf meine Ungarin zuträfe? Aber", fuhr er mit einer dritten Wendung seiner Gedanken fort, während seine Ideen und Gefühle sich in schrecklichem Durcheinander jagten, „ihre Erziehung, ihre Manieren, ihre Sprache, alles spricht für eine Frau, die einen hohen Rang in der Gesellschaft einnimmt; und wenn sie nur ein Zugvogel wäre, was hätte sie genötigt, sich solche Mühe um mich zu geben?"

La Peyrade hätte noch lange dieses Für und Wider bei sich abwägen können, wenn er sich nicht plötzlich umschlungen gefühlt und eine bekannte Stimme laut rufen gehört hätte:

„Aber, mein lieber Advokat, sehen Sie sich doch vor! Hier droht ja ein furchtbarer Sturz, und Sie laufen direkt in Ihr Verderben!"

Und la Peyrade, der wie aus einem Traume erwachte, sah sich in Phellions Armen.

Der Auftritt spielte sich vor einem Hause ab, das an der Ecke der Rue Duphot und der Rue Saint-Honoré abgerissen wurde.

Gegenüber hatte Phellion, an dessen Vorliebe für Arbeiten „an Bauwerken" man sich erinnern wird, auf dem Bürgersteig Posto gefaßt und sah seit einer Viertelstunde dem Schauspiel zu, wie ein Stück Mauer unter den vereinigten Anstrengungen eines Trupps Arbeiter herunterstürzen sollte, und mit der Uhr in der Hand berechnete der große Mitbürger die Dauer des Widerstandes, den diese Masse aus Bruchsteinen und Mörtel der Zerstörungsarbeit an ihr noch leisten konnte.

Es war gerade der Augenblick des unmittelbar drohenden Niedersturzes, als la Peyrade, in seine durcheinanderjagenden Gedanken versunken, daherkam, ohne die Zurufe, die von allen Seiten ertönten, zu hören, und den Umkreis betrat, innerhalb dessen aller Wahrscheinlichkeit nach der Sturz des „Aerolithen" erfolgen mußte. Von Phellion bemerkt, der sich übrigens auch auf einen Unbekannten gestürzt hätte, entging la Peyrade augenscheinlich so einem scheußlichen Tode, denn in dem Augenblicke, wo er von den kräftigen Armen des Quartier Latin-Bewohners zurückgerissen wurde, schlug die Mauer mit Donnergepolter inmitten einer Staubwolke, die sich erhob, wenige Schritte von ihm auf den Boden.

„Sind Sie denn taub und blind?“ beeilte sich der Arbeiter, der aufgestellt war, um die Passanten zu warnen, in einem Tone, dessen Liebenswürdigkeit man sich vorstellen kann, ihm zuzurufen.

„Ich danke Ihnen, mein lieber Herr!“ sagte la Peyrade, der wieder in die Wirklichkeit zurückgekehrt war; „ohne Sie hätte ich mich in törichter Weise totschlagen lassen.“

Und er drückte Phellion die Hand.

„Meine Belohnung“, erwiderte dieser, „ist die Genugtuung, Sie einer so drohenden Gefahr entgangen zu wissen, und ich kann sagen, daß diese Genugtuung ein wenig mit Stolz darüber verbunden ist, daß ich mich nicht um zwei Sekunden in meiner Berechnung geirrt hatte, die mir gestattete, den Zeitpunkt zu fixieren, in dem dieser furchtbare Block seinen Schwerpunkt verlegt haben würde. Aber womit waren denn Ihre Gedanken beschäftigt, mein werter Herr? Gewiß mit Ihrem Plaidoyer in der Affäre Thuillier; die öffentlichen Organe haben mich von der drohenden Gefahr in Kenntnis gesetzt, die zur Sühnung eines Vergehens gegen die Gesellschaftsordnung über dem Haupte unseres achtungswerten Freundes schwebt. Es ist eine gute Sache, die Sie zu verteidigen haben, mein Herr. Denn Hand aufs Herz, und im übrigen damit vertraut, geistige Erzeugnisse zu beurteilen, wie ich es durch meine Tätigkeit als Mitglied des Lesekomitees am Odeon bin, ich kann nicht finden, nachdem ich von mehreren Seiten der inkriminierten Schrift Kenntnis genommen habe, daß der Ton dieser Broschüre ein solcher ist, der die scharfen Maßregeln, die gegen ihn in Anwendung gebracht sind, rechtfertigen könnte... Unter uns gesagt," fügte der große Mitbürger leise hinzu, „ich muß gestehen, daß die Regierung sich eines kleinlichen Verhaltens schuldig gemacht hat."

„Das ist auch meine Ansicht," sagte la Peyrade, „aber ich bin nicht mit der Verteidigung beauftragt; ich habe Thuillier veranlaßt, irgendeinen berühmten Advokaten als Beistand zu nehmen."

„Das kann ein guter Rat sein," erklärte Phellion, „und jedenfalls ehrt Sie Ihre Bescheidenheit. Sie kommen wohl eben von ihm, verehrter Freund? Ich war gerade an dem Tage bei ihm, wo die Bombe platzte, und ich wollte eben wieder hingehen. Bei meinem letzten Besuche habe ich ihn nicht angetroffen, sondern nur Brigitte, die sich in eifriger Unterhaltung mit Frau von Godollo befand, das ist eine Frau mit politischem Blick, sie hatte wahrhaftig die Beschlagnahme vorausgesagt."

„Wissen Sie schon, daß die Gräfin Paris verlassen hat?" sagte la Peyrade, der sich auf jede Gelegenheit stürzte, um von der Sache, die ihn jetzt ausschließlich beschäftigte, zu reden.

„Oh, sie ist abgereist!", sagte Phellion. „Nun, ich muß Ihnen sagen, wenn auch zwischen ihr und Ihnen wenig Sympathie bestand, daß ich ihre Abreise für ein Unglück halte; sie wird eine große Lücke im Salon unserer Freunde hinterlassen; ich sage das, weil ich so denke und nicht die Gewohnheit habe, was ich denke zu verhehlen."

„O ja," bemerkte la Peyrade, „sie ist eine sehr vornehme Dame, mit der ich mich, wie ich glaube, trotz ihrer Voreingenommenheit schließlich doch verständigt hätte; sie ist heute, ohne anzugeben wohin, plötzlich mit der Post abgereist."

„Ach, mit der Post!" erwiderte Phellion. „Ich weiß nicht, ob Sie ebenso denken wie ich, daß das eine sehr angenehme Art zu reisen ist; Ludwig XI., dem wir diese Einrichtung verdanken, hat da sicherlich eine recht glückliche Idee gehabt, wie sehr auch andererseits seine blutige und despotische Regierung nach meiner schwachen Einsicht durchaus nicht über jeden Vorwurf erhaben ist. Ich habe einmal in meinem Leben von diesem Mittel der Ortsveränderung Gebrauch gemacht, und ich muß sagen, daß ich es, trotz seiner verhältnismäßig geringeren Geschwindigkeit, dem verrückten Rennen dieser railways oder Eisenbahnen, deren Schnelligkeit nur um den Preis der Sicherheit der Reisenden und Steuerzahler erkauft wird, für bei weitem überlegen halte."

La Peyrade schenkte dem Redeschwall Phellions nur wenig Aufmerksamkeit. ‚Wo kann sie nur hingegangen sein?' Da ihn das Nachgrübeln darüber ausschließlich beherrschte, so hätte ihn auch eine Erzählung von ganz anderer Wichtigkeit nicht interessiert. Der große Mitbürger aber fuhr wie eine losgelassene Lokomotive fort:

„Es war um die Zeit der letzten Niederkunft meiner Frau. Sie befand sich damals in der Perche bei ihrer Mutter, als ich die Nachricht erhielt, daß ihr Milchfieber von sehr ernsten Erscheinungen begleitet war. An einem Geldopfer stirbt man nicht, wie man sagt; und da die Gefahr, in der meine Gattin schwebte, mich in Schrecken setzte, so begab ich mich sofort in das

Postbureau, um einen Platz auf der Schnellpost zu nehmen. Aber es war keiner mehr frei, auf länger als eine Woche waren alle vorausbestellt. Sogleich entschloß ich mich, nach der Rue Pigalle zu gehen, und dort erreichte ich für teures Geld, daß mir eine Postchaise und zwei Pferde gestellt wurden, allerdings unter der Voraussetzung, daß ich einen Paß bekäme, den ich mir zu beschaffen verabsäumt hatte und ohne den auf Grund des Erlasses der Konsuln vom 17. Nivose des Jahres XII den Reisenden keine Pferde gegeben werden dürfen..."

Diese letzten Worte waren für la Peyrade ein Lichtstrahl, und ohne das Ende der postalischen Odyssee des großen Mitbürgers abzuwarten, war er in der Richtung der Rue Pigalle fortgestürzt, bevor Phellion, dessen Satz noch in der Luft schwebte, Zeit hatte, sein Verschwinden zu bemerken.

Als er im Gebäude der königlichen Post angelangt war, wußte la Peyrade nicht recht, an wen er sich wegen der gewünschten Auskunft zu wenden hätte. Er setzte daher dem Hauswart auseinander, daß er einer befreundeten Dame einen Brief, der ihm für sie in einer sehr dringenden Angelegenheit übergeben war, zustellen müsse; daß die Dame so unbesonnen gewesen sei, ihm ihre Adresse nicht zu hinterlassen, und daß er gedacht habe, sie vielleicht aus dem Paß zu erfahren, den sie wegen der Pferde hätte vorweisen müssen. Da fragte ein Postillon, der in einer Ecke des Raumes, in dem la Peyrade seine Nachforschungen anstellte, saß:

„Ist das eine Dame, die mit ihrer Kammerfrau

reist und die ich nahe bei der Madeleinekirche ‚aufladen' mußte?"

„Gewiß", rief la Peyrade, ging schnell auf den Mann, den ihm die Vorsehung gesandt hatte, zu und steckte ihm ein Hundertsousstück in die Hand.

„Ach so, ja, das war eine komische Reisende," sagte der Postillon, „die hat sich von mir erst ins Bois de Boulogne fahren und eine Stunde dort herumkutschieren lassen; dann sind wir plötzlich bis zur Barrière de l'Etoile gefahren, da hat sie mir ein anständiges Trinkgeld gegeben, hat sich eine Droschke genommen und mir gesagt, ich soll die Postkutsche zu einem Wagenverleiher in der Cour des Coches im Faubourg Saint-Honoré bringen."

„Und wie heißt der Mann?" fragte la Peyrade eilig.

„Das ist ein gewisser Simonin", antwortete der Postillon.

Nach dieser Auskunft eilte la Peyrade wieder fort und war eine Viertelstunde später bei dem Wagenverleiher; dieser wußte nur, daß eine Dame, die am Madeleineplatz wohnte, eine Postkutsche ohne Pferde auf einen halben Tag gemietet hatte, daß die Postkutsche ihr um neun Uhr morgens zugeschickt und noch vor zwölf Uhr von einem Postillon der Königlichen Post wieder in die Remise zurückgebracht worden war.

‚Das macht nichts,' sagte sich la Peyrade, ‚ich bin ja jetzt sicher, daß sie Paris nicht verlassen hat und vor mir geflohen ist. Wahrscheinlich hat sie, um mit den Thuilliers zu Ende zu kommen, eine Reise vorgeschützt; aber wie töricht bin ich, zu Hause werde ich sicher einen Brief vorfinden, der mich über alles aufklärt.'

Von der Aufregung und der Ermüdung erschöpft, und um sich schneller von der Richtigkeit seiner Vermutung zu überzeugen, warf sich la Peyrade in einen Mietwagen und nach kaum einer Viertelstunde wurde er, da er ein reichliches Trinkgeld versprochen hatte, in der Rue Saint-Dominique-d'Enfer abgesetzt.
Hier mußte er noch die Qual des Wartens über sich ergehen lassen. Seitdem Brigitte nicht mehr in dem Hause wohnte, tat der Herr Coffinet, der Portier, seinen Dienst nur sehr nachlässig, und als la Peyrade in seine Loge stürzen wollte, um sich „seinen" Brief zu holen, den er in der Tat in dem gewöhnlich dafür benutzten Kasten zu bemerken glaubte, war das Ehepaar Coffinet abwesend und die Tür sorgfältig verschlossen. Die Portiersfrau war im Hause als Aufräumefrau beschäftigt, und der Herr Coffinet hatte diesen Umstand benutzt, um sich in eine benachbarte Kneipe mitschleppen zu lassen, wo er, zwischen zwei Glas Wein, gegen einen Republikaner, der sehr respektlos über die Hausbesitzer redete, diesen die Stange hielt.
Erst nach Verlauf von zwanzig Minuten erinnerte sich der würdige Hauswart an den seiner Aufsicht anvertrauten „Grundbesitz" und entschloß sich, auf seinen Posten zurückzukehren. Man kann sich vorstellen, mit welcher Flut von Vorwürfen er von la Peyrade begrüßt wurde. Er entschuldigte sich damit, daß er eine dringende Besorgung für „Fräulein" zu machen gehabt hätte und daß er doch nicht zu gleicher Zeit an seiner Tür und dort, wo ihn die Herrschaft hingeschickt hätte, sein könne.

Schließlich übergab er dem Advokaten einen in Paris abgestempelten Brief. Mehr mit dem Herzen als mit den Augen erkannte der Provenzale die Handschrift, und nachdem er ihn umgedreht hatte, bewiesen ihm das Wappen und die Devise, daß er endlich das Ende der furchtbarsten Aufregung, die er in seinem ganzen Leben durchgemacht hatte, erreicht habe.

Den Brief vor dem gräßlichen Portier zu lesen, erschien ihm wie eine Profanation; mit dem allen Liebenden bekannten Raffinement machte er sich die Freude, seine Freude noch etwas zu verzögern, und wollte die glückverheißende Epistel erst öffnen, wenn er hinter geschlossener Tür, wo ihn keine Zerstreuung davon abziehen konnte, in der Lage sein würde, mit Behagen das köstliche Gefühl, von dem er schon den Vorgeschmack empfand, auszukosten.

Nachdem er die Treppe in einem Sprunge hinaufgeflogen war, benahm sich der Provenzale so kindisch, daß er die Tür verschloß, und als er endlich bequem an seinem Schreibtische Platz genommen und das Siegel mit peinlicher Sorgfalt gelöst hatte, mußte er mit der Hand sein Herz festhalten, das ihm aus der Brust zu springen drohte. Der Brief aber lautete:

„Mein werter Herr, ich bin für immer verschwunden, da meine Rolle ausgespielt ist. Ich danke Ihnen, daß Sie sie mir ebenso anziehend wie leicht gemacht haben. Indem ich Sie mit den Thuilliers und den Collevilles verfeindet habe, die jetzt Ihre wahren Gefühle gegen sie kennen und denen ich eingehend die an sich schon ziemlich ‚erschwerenden' näheren Umstände Ihres brüsken und unwiderruflichen Bruchs in einer für ihre bourgeoise Eigenliebe höchst unangenehmen Art auseinandersetzte, bin ich stolz und glücklich darüber, daß ich Ihnen einen ausgezeichneten Dienst geleistet habe. Die Kleine liebt Sie nicht, und Sie selbst lieben nur die schönen Augen ihrer Mitgift. Ich habe Sie beide also vor einem Höllenleben bewahrt. Als Ersatz für Ihre Zukünftige, die Sie so derb abgeschüttelt haben, ist Ihnen ein entzückendes Mädchen bestimmt; sie ist reicher und schöner als Fräulein Colleville und, um zum Schlusse von mir zu reden, freier als

Ihre unwürdige Dienerin,

Frau Torna, Gräfin von Godollo.

P. S. Wegen näherer Auskünfte wollen Sie sich ohne Verzug an Herrn du Portail, Rentier, Rue Honoré-Chevalier, nahe bei der Rue Cassette, im Bezirk Saint-Sulpice, wo Sie erwartet werden, wenden."

Nachdem er gelesen hatte, hielt sich der Armenadvokat den Kopf mit beiden Händen fest; er konnte nicht mehr sehen, nicht mehr hören, nicht mehr denken – er war vernichtet.

Es bedurfte mehrerer Tage, bis sich la Peyrade von dem Keulenschlag, der auf ihn niedergesaust war, erholen konnte. Es war ihm in der Tat Furchtbares widerfahren: aus dem goldenen Traume erwacht, der ihm eine so lachende Zukunft vorgespiegelt hatte, sah er sich in einer Weise an der Nase herumgeführt, die für seine Eigenliebe und seinen Anspruch, als scharfsinnig und gewandt zu gelten, besonders verletzend war; er sah sich mit den Thuilliers rettungslos verfeindet und mit einer Schuld von fünfundzwanzigtausend Franken belastet, die allerdings erst nach längerer Zeit rückzahlbar war; aber er hatte sich auch verpflichtet, einen weiteren Betrag von zehntausend Franken an Brigitte zu zahlen, bei der mit Rücksicht auf seine Würde ein längeres Aufschieben nicht möglich war; schließlich aber – und das war der Gipfel seiner Demütigung und seiner getäuschten Hoffnung – fühlte er sich noch nicht ganz von der leidenschaftlichen Zuneigung zu der Frau geheilt, die die Urheberin seines sichtbaren Sturzes und das Werkzeug für seinen Ruin gewesen war. Entweder war diese Delila eine sehr große Dame, so hochgestellt, daß sie den kompromittierendsten Launen freien Lauf lassen konnte: dann hätte sie die Rolle der großen Kokette in der Komödie gespielt, in der ihm selbst die Rolle des Dummkopfs zugefallen war; oder es war eine Abenteurerin erster Klasse, die von du Portail bezahlt wurde und Agentin bei seiner Eheintrige geworden war. Also entweder ein schlechtes Leben oder ein schlechtes Herz: eine von diesen beiden Bezeichnungen mußte auf diese gefährliche Sirene zutreffen, und im einen wie im andern Falle hatte sie anscheinend keinen sehr großen Anspruch auf das Mitleid ihres Opfers.

Aber man muß sich an die Stelle dieses Kindes der Provence setzen, mit seinem heißen Blut und glühenden Empfinden, das zum erstenmal im Leben eine von kostbaren Düften und Spitzen umgebene Liebe vor sich sah und den Trank der Leidenschaft aus einem Becher von getriebenem Golde trinken zu können glaubte. So wie man nach dem Erwachen noch eine Weile tief bewegt unter dem

Eindruck des Traumes in das verliebt bleibt, was nichts als ein Schatten war, so bedurfte la Peyrade aller seiner seelischen Energie, um die Erinnerung an die perfide Gräfin abzuschütteln. Oder, besser gesagt: er hörte zwar nicht auf, sich nach ihr zu sehnen; nur bemühte er sich, für sein heißes Verlangen einen vernünftigen Vorwand zu suchen, um sie wiederzufinden; er nannte dieses Verlangen Neugier, Rachedurst und stellte deshalb folgende scharfsinnigen Erwägungen an:

Cérizet hat mir von einer reichen Erbin gesprochen; die Gräfin erklärt mir in ihrem Briefe, daß die ganze Intrige, die sie gegen mich gesponnen hat, eine reiche Heirat für mich bezweckte: reiche Heiraten, die man Einem an den Kopf wirft, pflegen nicht so wild zu wachsen, daß sich mir innerhalb weniger Wochen diese Aussicht zweimal bieten könnte: also muß die Partie, die mir Cérizet angetragen hat, und die, die sich mir jetzt darbietet, dieselbe Verrückte sein, die ich eigentümlicher Weise durchaus heiraten soll; also muß Cérizet, der mit im Komplott ist, die Gräfin kennen; also kann ich durch ihn der Ungarin auf die Spur kommen. In jedem Falle werde ich näheres über die merkwürdige Art, wie man über mich verfügen will, erfahren; anscheinend muß eine Familie, die so vornehme Marionetten tanzen lassen kann, eine hervorragende Stellung in der Gesellschaft einnehmen: also ich muß unbedingt Cérizet aufsuchen.‘

Und er suchte Cérizet auf.

Seit dem Diner im ‚Rocher de Cancale‘ waren sich die beiden früheren Freunde nicht wieder begegnet. Ein- oder zweimal hatte la Peyrade bei den

Thuilliers, wo Dutocq wegen der entfernten Lage ihrer neuen Wohnung nur wenig hinkam, den Gerichtsvollzieher beim Friedensgericht gefragt, was sein Sekretär mache.

„Er spricht nie von Ihnen", hatte Dutocq geantwortet.

Woraus zu schließen war, daß das Haßempfinden, das ‚manet alta mente repostum', bei dem rachsüchtigen Wucherer noch sehr lebendig war.

La Peyrade ließ sich von diesem Bedenken nicht anfechten. Er wollte ja überhaupt keinen Dienst von ihm erbitten: er ging zu ihm unter dem Vorwande, in einer Angelegenheit wieder anzuknüpfen, an der Cérizet beteiligt war; und Cérizet beteiligte sich niemals an einer Sache, bei der sein Interesse nicht in Frage kam. Er konnte also eher auf einen sehr freundlichen und liebenswürdigen, als auf einen unhöflichen Empfang rechnen. Im übrigen entschloß sich der Advokat, den Sekretär in seinem Amtsbureau aufzusuchen; das sah weniger wie ein Besuch aus, als wenn er zu ihm in das Loch in der Rue des Poules gegangen wäre, das nichts sehr Einladendes hatte.

Es war ungefähr zwei Uhr, als la Peyrade das Gebäude des Friedensgerichts im zwölften Bezirk betrat. Er durchschritt einen ersten Raum, in dem eine Menge von Leuten wartete, die wegen Beurkundungen, Testamentseröffnungen, Beglaubigungen, Sühneterminen, Streitigkeiten zwischen Herrschaft und Gesinde, zwischen Hausbesitzern und Mietern, zwischen Kunden und Lieferanten und endlich wegen Polizeiübertretungen ständig bei dem Richter erster Instanz zu tun hatten.

Ohne sich in diesem Warteraum aufzuhalten, begab sich la Peyrade in den zweiten Raum, der vor dem Arbeitszimmer des Gerichtsvollziehers lag. Hier war Cérizet an einem schlechten Schreibtisch aus schwarz gewordenem Holz, gegenüber dem Platze eines kleinen Schreibers, der augenblicklich nicht zugegen war, mit Schreiben beschäftigt.

Als er den Advokaten eintreten sah, warf ihm Cérizet einen bösen Blick zu und sagte, ohne aufzustehen und ohne die Reinschrift eines Urteils, mit der er beschäftigt war, zu unterbrechen:

„Sieh mal an, da ist ja der edle la Peyrade. Sie machen ja nette Sachen mit Ihrem Freunde Thuillier!"

„Wie geht es dir?" fragte la Peyrade in bestimmtem, aber freundlichem Tone.

„Ich bin, wie du siehst," antwortete Cérizet, „immer noch an meine Galeere geschmiedet; aber, um bei dem nautischen Bilde zu bleiben, will ich dich fragen, welcher Wind dich herführt: sollte es vielleicht ein widriger Wind sein?"

Ohne darauf zu antworten, setzte sich la Peyrade neben ihn und sagte ernst:

„Mein Lieber, wir müssen miteinander reden."

„Mir scheint," sagte der giftige Cérizet, der nicht nachließ, „daß sich dein Verhältnis zu den Thuilliers seit der Beschlagnahme der Broschüre ganz schauderhaft abgekühlt hat."

„Die Thuilliers sind undankbare Menschen," antwortete la Peyrade, „ich habe mit ihnen gebrochen."

„Bruch oder Verabschiedung," sagte Cérizet, „ihre Tür ist dir darum nicht weniger verschlossen, und nach dem, was mir Dutocq erzählt, spricht Brigitte über dich in einer mehr als leichtfertigen Weise. Siehst du, lieber Freund, das kommt davon, wenn man seine Geschäfte allein machen will: gerät man dann in Schwierigkeiten, so hat man niemanden, der sie aus dem Wege räumt. Hättest du mir die Gesamtmiete verschafft, so wäre ich bei den Thuilliers eingeführt worden. Dutocq hätte sich nicht von dir zurückgezogen, und wir hätten dich allmählich in den Hafen gesteuert."

„Und wenn ich nun gar nicht in diesen Hafen einfahren will?" entgegnete la Peyrade ziemlich lebhaft. „Ich sage dir, ich habe die Thuilliers bis hierher; ich habe zuerst mit ihnen gebrochen und ihnen gesagt, daß sie mir aus dem Wege gehen sollen; und wenn Dutocq etwas anderes behauptet, dann kannst du ihm sagen, daß er lügt. Ist das deutlich? Habe ich mich nun klar ausgedrückt?"

„Aber, mein Lieber, gerade wenn dir die ganze ‚Thuillerie' so zuwider ist, hättest du mich bei ihnen einführen müssen; da hättest du gesehen, wie ich dich gerächt haben würde, indem ich sie ausgebeutet hätte."

„In dieser Beziehung hast du recht," bemerkte la Peyrade, „und es wäre zu wünschen, daß ich dich auf sie losgelassen hätte; aber eins muß ich bemerken: in der Sache mit dem Mietvertrage habe ich nichts durchsetzen können."

„Jedenfalls", sagte Cérizet, „hast du dich verpflichtet gefühlt, Brigitte zu sagen, daß sie die Summe von zwölftausend Franken, die ich an ihr verdienen wollte, ebensogut in ihrer Tasche behalten könne."

„Es scheint," antwortete der Advokat, „daß Dutocq das ehrenwerte Handwerk eines Spions, das

er früher in den Bureaus des Finanzministeriums betrieb, fortsetzt, und daß er, wie alle Leute, die dieses schmutzige Gewerbe betreiben, ebenso geistreich wie wahrheitsgemäß Bericht erstattet..."
„Nimm dich in acht!" sagte Cérizet, „du sprichst von meinem Chef und in seiner Höhle."
„Höre, ich bin hergekommen," sagte la Peyrade, „um mit dir von ernsthaften Dingen zu reden; willst du mir nun den Gefallen tun, und die Thuilliers und, was mit ihnen zusammenhängt, beiseite lassen und mir aufmerksam zuhören?"
„Also sprich, mein Lieber," sagte Cérizet, und legte seine Feder weg, die bis dahin unausgesetzt über das Stempelpapier gelaufen war, „ich höre dir zu."
„Du hast mir seiner Zeit", fuhr la Peyrade fort, „von einer Partie mit einem reichen, majorennen Mädchen erzählt, das, wie du dich euphemistisch ausdrücktest, an einer leichten Hysterie leidet."
„Also doch!" rief der Wucherer aus; „darauf wartete ich; du hast dir aber recht lange Zeit gelassen, darauf zurückzukommen!"
„Was beabsichtigtest du," fragte la Peyrade, „als du mir diese Erbin antrugst?"
„Nun, dich ein ausgezeichnetes Geschäft machen zu lassen; du brauchtest dich nur zu bücken und es aufzunehmen. Ich war in aller Form beauftragt, es dir vorzuschlagen, und ich bekam dafür keine Vermittlungsgebühr, sondern wäre ganz auf deine Freigebigkeit angewiesen gewesen."
„Aber du hattest doch nicht allein den Auftrag, mich auszuforschen; eine Dame hatte doch ihrerseits dieselbe Mission?"
„Eine Dame?" entgegnete Cérizet ganz unbefangen, „nicht daß ich wüßte."

„Ja, eine ziemlich junge hübsche Ausländerin, der du in der Familie meiner Zukünftigen begegnet sein mußt, der sie aufs wärmste ergeben zu sein scheint."

„Niemals", sagte Cérizet, „ist bei dieser Angelegenheit von einer Frau die Rede gewesen; ich habe allen Anlaß, zu glauben, daß ich ausschließlich mit dieser Sache betraut war."

„Wie?" fragte la Peyrade und musterte den Sekretär mit forschendem Blick, „du hast nie von der Gräfin Torna von Godollo reden hören?"

„Niemals in meinem ganzen Leben; ich höre diesen Namen zum erstenmal aussprechen."

„Dann muß es sich also um eine andere Partie handeln," sagte la Peyrade, „denn diese Dame hat mir, nach verschiedene Präliminarien – es würde zu viel Zeit beanspruchen, wenn ich dir davon erzählen wollte – ganz formell die Hand eines jungen Mädchens angetragen, die viel reicher ist als Fräulein Colleville."

„Und majorenn? Und hysterisch?" fragte Cérizet.

„Nein, mit diesen Beigaben hat man mir das Anerbieten nicht schmackhafter gemacht; aber ein anderer Umstand kann dich vielleicht auf die Spur führen. Frau von Godollo hat mich aufgefordert, wenn ich auf die Sache eingehen wolle, einen Herrn du Portail, einen Rentier, aufzusuchen."

„In der Rue Honoré-Chevalier?" fragte Cérizet lebhaft.

„Richtig."

„Also dann ist es dieselbe Partie, die dir von zwei verschiedenen Seiten angeboten wird; nur ist es merkwürdig, daß ich über die Mitarbeiterschaft nicht unterrichtet worden bin."

„Und zwar so wenig,“ sagte la Peyrade, „daß du nicht nur keine Ahnung von dem Dazwischentreten der Gräfin gehabt hast, sondern daß du sie auch nicht kennst und mir keinerlei Nachricht über sie geben kannst?“
„Augenblicklich nicht“, erwiderte der Wucherer; „aber ich könnte mich erkundigen, denn das Vorgehen mir gegenüber kommt mir nicht gerade sehr anständig vor; im übrigen muß diese Verwendung von zweien dir beweisen, wie sehr du der Familie erwünscht bist.“
In diesem Augenblick wurde die Tür des Zimmers vorsichtig geöffnet; der Kopf einer Frau erschien und eine Stimme, die la Peyrade sofort erkannte, sagte zu dem Sekretär:
„Oh, Verzeihung! Der Herr ist beschäftigt. Könnte ich mit dem Herrn ein Wort sprechen, wenn er frei ist?“
Cérizet, dessen Blick ebenso schnell war wie seine Hand, beobachtete nun folgendes: La Peyrade, der so saß, daß er von der Neuangekommenen gesehen werden konnte, hatte sich, sobald er die süßliche, schleppende Stimme vernommen hatte, schnell so umgedreht, daß er ihr sein Gesicht verbarg. Statt nun barsch abgewiesen zu werden, wie es den meisten Bittstellern geschah, die sich an den brummigsten und unfreundlichsten aller Sekretäre wandten, hörte die zurückhaltende Besucherin ihn ausrufen:
„Kommen Sie doch herein, Frau Lambert, Sie würden sonst zu lange warten müssen.“
Und als sie sich nun la Peyrade gegenüber sah, rief seine Gläubigerin, die der Leser wiedererkannt haben wird, aus:

„Ach, der Herr Armenadvokat! Wie glücklich bin ich, daß ich den Herrn treffe! Ich bin mehrmals bei Ihnen gewesen und wollte fragen, ob Sie schon Zeit gefunden haben, sich mit meiner kleinen Sache zu beschäftigen."

„Es ist richtig," sagte la Peyrade, „ich hatte seit einiger Zeit zahlreiche Abhaltungen, die mich von meinem Arbeitszimmer fernhielten; aber die Sache ist in Ordnung und dem Sekretariat unterbreitet worden."

„Ach, der Herr ist so gütig!" sagte die Frömmlerin mit gefalteten Händen.

„So, du hast Geschäfte mit Frau Lambert?" sagte Cérizet; „davon hast du mir ja nichts gesagt. Bist du der Berater des alten Picot?"

„Leider nicht," sagte die Frau, „mein Herr hat ja von niemandem Rat annehmen wollen; das ist ein so eigensinniger und eigenwilliger Mann! Aber, werter Herr, ist es denn wahr, daß noch ein Familienrat stattfinden soll?"

„Gewiß," antwortete Cérizet, „und zwar schon morgen."

„Aber, lieber Herr, wenn doch die Herren vom Obergericht erklärt haben, daß die Familie unrecht hat!?"

„Ja, gewiß," entgegnete der Sekretär, „das Gericht erster Instanz und dann das Obergericht, das die Verwandten angerufen hatten, haben die Klage auf Entmündigung abgewiesen."

„Das habe ich ja auch erwartet!" sagte die Scheinheilige; „einen Mann für verrückt erklären wollen, der seine Geisteskräfte so vollständig beisammen hat!"

„Aber die Verwandten lassen nicht locker; sie haben die Sache in anderer Weise wieder aufgenommen und verlangen jetzt die Einsetzung eines Schiedsgerichtes: deshalb tritt morgen der Familienrat zusammen, und diesmal, meine liebe Frau Lambert, glaube ich, kann es sehr leicht geschehen, daß der alte Picot an die Strippe gelegt wird. Es handelt sich um sehr schwerwiegende einzelne Tatsachen; etwas beiseite bringen, das ist ja nicht schlimm; aber einen gleich bis aufs Hemd ausziehen!“

„Aber, wie kann der Herr bloß so was glauben!“ sagte die Frömmlerin und hob die gefalteten Hände mit einer Armbewegung bis zum Kinn empor.

„Ich glaube gar nichts,“ sagte Cérizet, „ich bin ja nicht Richter in der Sache; aber die Verwandten behaupten, daß Sie erhebliche Summe veruntreut haben und daß Sie damit Anlagen gemacht haben, worüber sie eine Untersuchung beantragen.“

„Mein Gott,“ sagte die Frau, „sie können sich ja überzeugen; ich besitze doch nicht einen Rentenbrief, nicht eine Aktie, nicht einen Wechsel, nicht die geringste Wertsache.“

„Oh,“ sagte Cérizet und warf la Peyrade einen Seitenblick zu, „es gibt doch gefällige Freunde, die einen Unterschlupf gewähren ... Übrigens geht mich das ja nichts an, jeder muß vor seiner Tür kehren; was wollten Sie mir denn zur Sache sagen?“

„Ich wollte Sie inständig bitten, Sie, lieber Herr, und den Herrn Gerichtsvollzieher, daß Sie beide zu unsern Gunsten mit dem Herrn Friedensrichter sprechen möchten; auch der Herr Vikar von Saint-Jacques muß uns ja empfehlen ... Ach, der arme Mann,“ fuhr sie weinend fort, „wenn man ihn

weiter so quält, wird er ja den Tod davon haben."
„Der Herr Friedensrichter," sagte Cérizet, „das kann ich Ihnen nicht verhehlen, ist schlecht auf Sie zu sprechen; Sie haben ja gesehen, daß er Sie neulich nicht empfangen wollte. Was den Herrn Gerichtsvollzieher und mich anlangt, so vermögen wir ja nicht viel auszurichten, und außerdem, meine Gute, sind Sie auch, verstehen Sie, zu zugeknöpft."
„Der Herr hat mich ja gefragt, ob ich nicht einige kleine Ersparnisse besitze; ich kann doch nicht sagen, daß ich welche habe, wo doch gerade im Gegenteil alles für die Wirtschaft des armen Herrn Pi-i-cot draufgegangen ist, den ich, wie sie mich anklagen, noch bestoh-oh-ohlen haben soll!"
Frau Lambert hatte angefangen zu schluchzen.
„Meiner Meinung nach", sagte Cérizet, „stellen Sie sich ärmer, als Sie sind, und wenn Freund la Peyrade, der Ihr volles Vertrauen zu genießen scheint, durch das strenge Berufsgeheimnis nicht der Mund geschlossen wäre..."
„Ich?" erklärte la Peyrade lebhaft, „ich weiß nichts von Frau Lamberts Geschäften; sie hat mich nur gebeten, ihr eine Bittschrift aufzusetzen in einer Angelegenheit, die weder mit Gerichts-, noch mit Geldsachen etwas zu tun hat."
„So," sagte Cérizet, „also wegen dieser Bittschrift ist sie an dem Tage, wo ihr Dutocq begegnete, bei dir gewesen; du weißt, am Tage nach unserm berühmten Diner im ‚Rocher de Cancale', wo du dich so als Römer aufgespielt hast."
Dann fügte er hinzu, ohne weiter ein Gewicht auf diese Erinnerung zu legen:
„Also, meine gute Frau Lambert, ich werde dem

Chef sagen, daß er mit dem Herrn Friedensrichter reden möchte, und wenn es sich machen läßt, werde ich selbst mit ihm sprechen; aber ich wiederhole Ihnen, daß er gegen Sie voreingenommen ist."

Frau Lambert zog sich mit vielen Verbeugungen und Dankbarkeitsbezeugungen zurück.

Als sie fort war, sagte la Peyrade:

„Du scheinst mir nicht zu glauben, daß die Frau nur wegen der Abfassung einer Bittschrift zu mir gekommen ist, und doch ist das die reine Wahrheit; sie gilt in ihrer Straße als eine Heilige, und der Alte, den sie, wie man sie beschuldigt, ausgeplündert hat, wird nach den Erkundigungen, die ich eingezogen habe, nur durch ihre Aufopferung erhalten; aus diesem Grunde hat man der guten Frau in den Kopf gesetzt, daß sie Anspruch auf den Montyonpreis habe, und sie hat mich gebeten, ihr Anrecht auf diese Belohnung zu beweisen und darzulegen."

„Sieh mal an, den Montyonpreis!" rief Cérizet, „das ist eine Idee, der wir mit Unrecht nicht nachgegangen sind. Vor allem ich, der ich ja der Bankier der Armen bin, wie du ihr Advokat bist. Was deine Klientin anlangt, so kann sie froh sein, daß die Verwandten des alten Picot nicht Mitglieder der französischen Akademie sind, sonst würden sie über ihre Bewerbung um den Tugendpreis von der Sittenpolizei vor der sechsten Kammer entscheiden lassen ... Um aber auf unsere Angelegenheit zurückzukommen, so sagte ich dir doch, daß du nach all deinen Winkelzügen gut tun würdest, ein Ende zu machen, und ich lege dir, ebenso wie die Gräfin, dringend nahe, du Portail aufzusuchen."

„Aber was ist denn das für ein Mann?“ fragte la Peyrade.

„Ein kleiner Alter, fein wie Seide,“ antwortete Cérizet, „der aber auf mich den Eindruck macht, als habe er eine Macht wie ein Teufel. Geh nur mal hin! Ansehen kostet ja nichts, wie man sagt.“

„Ja,“ sagte la Peyrade, „es ist möglich, daß ich hingehe, aber vorher wünsche ich, daß du dich informierst, wie es sich mit dieser Gräfin von Godollo verhält.“

„Aber was geht dich denn die Gräfin an? Die spielt ja bei der Sache nur eine Statistenrolle.“

„Nun, ich habe meine Gründe dafür“, bemerkte der Advokat. „In zwei bis drei Tagen mußt du wissen, was du von ihr zu halten hast, ich komme dann wieder zu dir.“

„Weißt du, mein Bester,“ sagte Cérizet, „du kommst mir vor, wie einer, der sich vor der Tür mit Kleinigkeiten aufhält. Sollten wir vielleicht in die Kupplerin verliebt sein?“

‚Die Pest über den Kerl!‘ dachte der Advokat bei sich; ‚alles bekommt er heraus, nichts kann man vor ihm verbergen.‘ – „Nein,“ fuhr er laut fort, „ich bin nicht verliebt, im Gegenteil, ich sehe mich vor. Ich muß dir gestehen, daß ich an diese Heirat mit der Verrückten nur sehr gezwungen herangehe, und bevor ich mich darauf einlasse, will ich ein wenig Bescheid wissen, auf welches Terrain ich mich begebe. Die hinterlistige Art und Weise, mit der man dabei vorgeht, ist nicht gerade sehr beruhigend für mich, und da man in so vielfacher Manier auf mich einwirkt, gehört es sich, daß ich den einen durch den andern kontrollieren lasse. Also versuche nicht, mich zu beschwindeln, und bring mir über die Frau Gräfin von Godollo keine Auskünfte, die du dir aus den Fingern gesogen hast und die so wie ein Signalement im Passe lauten: rundes Kinn, ovales Gesicht; was man allgemeine Redensarten nennt. Ich mache dich darauf aufmerksam, daß ich in der Lage bin, die Zuverlässigkeit deines Berichts nachzuprüfen, und wenn du mich betrügen willst, so breche ich glatt mit deinem du Portail."

„Wie könnte ich Sie betrügen wollen, mein hoher Herr!" antwortete Cérizet und ahmte Frédérick Lemaîtres Stimme und Sprechweise nach, „wer würde es wagen, sich an Ihnen zu reiben?..."

Als er diesen etwas spöttischen Satz aussprach, erschien Dutocq, der mit seinem kleinen Schreiber zurückkam. Er hatte außerhalb ein Protokoll aufgenommen.

„Sieh mal an!" sagte der Gerichtsvollzieher, als er la Peyrade und Cérizet beisammen erblickte, „da ist ja die ‚Trinität' wieder hergestellt; aber der Anlaß zu der Allianz, der casus foederis, ist davongeschwommen. Was haben Sie dieser guten Brigitte denn getan, mein lieber la Peyrade? Sie möchte Sie am liebsten umbringen."

„Und Thuillier?" fragte der Advokat.

Die Szene aus Molière spielte sich im umgekehrten Sinne ab, Tartüffe erkundigte sich nach Orgon.

„Thuillier war Ihnen anfangs nicht so feindlich gesinnt; aber es scheint, daß die Sache mit der Beschlagnahme eine günstige Wendung nimmt. Und da er Sie nun weniger nötig hat, läßt er sich mehr auf die Seite seiner Schwester ziehen, und ich zweifle nicht, daß im weiteren Verlaufe, wenn in einigen Tagen das Ministerium erklärt, daß die Verfolgung einzustellen ist, Sie auch für ihn ein Mann sein werden, der gehenkt zu werden verdiente."

„Jedenfalls bin ich aus der Geschichte heraus," sagte la Peyrade, „und so etwas wird mir nicht zum zweiten Mal passieren! ... Adieu, meine Lieben. Und du, Cérizet, in bezug auf das, was ich dir gesagt habe: Eifer, Zuverlässigkeit und Diskretion!"

Als la Peyrade sich auf dem Hofe des Amtsgebäudes befand, wurde er von Frau Lambert angesprochen, die auf ihn gewartet hatte.

„Der Herr", sagte die Frömmlerin zerknirscht, „wird doch gewiß nichts von all den häßlichen Sachen glauben, die Herr Cérizet gesagt hat, und der Herr weiß doch genau, daß ich Geld nur aus der Erbschaft meines Onkels aus England habe?"

„Gewiß," sagte la Peyrade, „aber Sie werden begreifen, daß bei all den Gerüchten, die die Verwandten Ihres Herrn über Sie verbreiten, der Tugendpreis bedenklich in Frage gestellt ist."

„Wenn es Gottes Wille nicht ist, daß ich ihn bekomme ..."

„Sie müssen auch einsehen, wie wichtig es für Sie ist, den Dienst, den ich Ihnen geleistet habe, geheim zu halten. Bei der geringsten Spur einer Indiskretion würde Ihnen, wie ich gesagt habe, die Summe unweigerlich zurückgegeben werden."

„Oh, der Herr kann ganz beruhigt sein!"

„Also dann adieu, meine Gute," sagte la Peyrade im Beschützertone.

Als er sich von ihr trennte, rief eine näselnde Stimme aus dem Treppenfenster:

„Frau Lambert?"
Es war Cérizet, der sich gedacht hatte, daß die beiden miteinander reden würden, und der sich davon überzeugen wollte.
„Frau Lambert," wiederholte er, „der Herr Gerichtsvollzieher ist zurück, wenn Sie ihn sprechen wollen?..."
Es war la Peyrade unmöglich, diese Besprechung zu verhindern, bei der, wie ihm klar war, das Geheimnis seiner Anleihe in die größte Gefahr geraten konnte.
„Ich habe entschieden kein Glück", sagte er sich, als er wegging. „Ich weiß nicht, wie das noch enden wird."
Brigitte besaß eine so ausgesprochene Herrschsucht, daß sie ohne Bedauern und, man kann sagen, mit einer gewissen heimlichen Freude das Verschwinden der Frau von Godollo mit ansah.
Sie empfand, daß diese Frau eine bedrückende Überlegenheit besaß, die, wenn auch ihr Haus vortrefflich in Ordnung gebracht war, ihr Unbehagen verursachte; und als die Trennung erfolgte, die sich übrigens in bester Form und unter einem annehmbaren triftigen Vorwand vollzog, atmete „Miß" Thuillier auf. Sie machte es wie die Könige, die lange Zeit hindurch von einem herrschsüchtigen und schwer zu entbehrenden Minister beherrscht werden und den Tag segnen, wo der Tod sie von einem Herrn befreit, dessen Dienste und rivalisierenden Einfluß sie nur ungeduldig ertragen haben.
Auch Thuillier war nahe daran, la Peyrade gegenüber ähnlich zu empfinden. Aber bei Frau von Godollo handelte es sich nur um die äußere Vor-

nehmheit, während bei dem Advokaten die Nützlichkeit für das Haus, das die beiden fast gleichzeitig verlassen hatten, in Frage kam; und schon nach wenigen Tagen machte sich, um in der Sprache der Prospekte zu reden, ein zwingendes Bedürfnis nach dem Provenzalen in politischer und literarischer Beziehung bei „Freundchen" fühlbar.

Der Munizipalrat war plötzlich mit einem wichtigen Bericht betraut worden. Er hatte diesen Auftrag nicht ablehnen können, den ihm sein Ruf als literarisch gebildeter Mann und als gewandter Schriftsteller infolge der Publikation seiner Broschüre eingetragen hatte; und nun ließ ihn die gefährliche Ehrung, die ihm seine Kollegen im Generalrat erwiesen hatten, entsetzt seine Vereinsamung und Unzulänglichkeit empfinden.

Es half ihm nichts, daß er sich in sein Arbeitszimmer einschloß, unzählige Tassen schwarzen Kaffee trank, seine Federn schnitt, zwanzigmal auf das Papier, das er genau in der Größe, wie er es bei la Peyrade gesehen hatte, zurecht schnitt, die Überschrift: „Bericht an die Herren Mitglieder des Munizipalrats der Stadt Paris", und darunter ein herrliches „Meine Herren" setzte, daß er wütend sein Arbeitszimmer verließ und sich über den fürchterlichen Lärm beklagte, der ihm den „Faden seiner Gedanken zerriß", wenn im Hause nur eine Tür geschlossen, ein Schrank geöffnet oder ein Stuhl gerückt wurde, – alles dies bewirkte nicht, daß die Arbeit fortschritt oder daß sie auch nur begonnen wurde.

Glücklicherweise traf es sich, daß Rabourdin etwas in der Verteilung seiner Zimmer ändern wollte und wie gerufen erschien, um seine Wünsche dem Hauseigentümer zu unterbreiten. Thuillier bewilligte auf das Entgegenkommendste alles, was verlangt wurde, sprach dann mit seinem Mieter über den Bericht, mit dem er beauftragt war, und sagte, er würde glücklich sein, dessen Ansichten über diese Materie kennenzulernen.

Rabourdin, dem keine die Verwaltung betreffende Frage fremd war, beeilte sich, über das Thema, das ihm unterbreitet wurde, eine große Anzahl klarer, treffender Bemerkungen zu machen. Er gehörte zu den Menschen, denen es gleichgültig ist, wie die geistige Beschaffenheit der Leute, vor denen sie sprechen, sein mag: der Dumme wie der geistvolle Mann dient ihnen, wenn er ihnen zuhört, nur dazu, laut zu denken, und regt sie in fast gleicher Weise an. Als er zu Ende war, hatte Rabourdin wohl gemerkt, daß Thuillier ihn nicht verstanden hatte, aber er empfand doch das Vergnügen, daß man ihm zugehört hatte; zudem war er dankbar für die, wenn auch stumpfsinnige Aufmerksamkeit seines Zuhörers und für die Bereitwilligkeit seines Hauswirts, seine Wünsche zu erfüllen.

„Übrigens", sagte er beim Fortgehen, „muß ich unter meinen Papieren noch etwas über das Thema, das Sie beschäftigt, haben; ich werde nachsehen und es Ihnen schicken."

Und in der Tat ließ er noch an demselben Abend Thuillier ein umfangreiches Manuskript zustellen. Dieser verbrachte die Nacht damit, in der kostbaren Gedankensammlung zu schöpfen, und entnahm daraus noch mehr, als für eine bemerkenswerte Arbeit nötig war, selbst wenn er von seinem

Raube einen etwas ungeschickten Gebrauch machte. Am übernächsten Tage in der Sitzung vorgelesen, errang der Bericht den wärmsten Beifall, und Thuillier kehrte strahlend über die Glückwünsche, die ihm gespendet worden waren, heim. Von diesem Zeitpunkt an, der einen Markstein in seinem Leben bezeichnete, denn in hohem Alter erzählte er noch von dem „Bericht, den er die Ehre gehabt hatte, dem Generalrat des Seinebezirkes vorzulegen", sank la Peyrade beträchtlich in seiner Achtung; er glaubte jetzt, den Provenzalen recht gut entbehren zu können, und in diesem Gedanken an seine Emanzipation wurde er noch durch einen andern glücklichen Umstand bestärkt, der ihm fast zur selben Zeit begegnete.

Eine Parlamentskrise bereitete sich vor: das Ministerium, das seinen Gegnern ein Angriffsobjekt, das die öffentliche Meinung stets stark beeinflußte, aus den Händen nehmen wollte, glaubte, die scharfen Maßregeln, die es seit einiger Zeit gegen die Presse angewendet hatte, mildern zu sollen. In diese Art heuchlerischer Amnestie mit einbegriffen, erhielt Thuillier eines Morgens von seinem Advokaten, den er sich an la Peyrades Stelle genommen hatte, ein Schreiben. Darin wurde ihm mitgeteilt, daß die Regierung die Anklage zurückgenommen und die Aufhebung der Beschlagnahme angeordnet habe.

So erfüllte sich also, was Dutocq vorausgesehen hatte. Thuillier, von diesem Gewicht auf der Brust befreit, wurde durch die Niederschlagung der Sache unverschämt, und indem er mit Brigitte in dasselbe Horn stieß, sprach er von la Peyrade wie von einer Art Intriganten, den er ernährt hätte, der ihm beträchtliche Summen „entzogen“, sich dann höchst undankbar gezeigt und zu dem er glücklicherweise keine Beziehungen mehr unterhielte. Orgon war in voller Empörung und hätte beinahe, wie Dorine ausgerufen:

„Ein Bettler, der zuerst halb barfuß zu uns kam,
Noch nicht zehn Heller wert sein ganzer Lumpenkram.“

Cérizet, dem alle diese Gemeinheiten von Dutocq berichtet wurden, hätte nicht verfehlt, sie brühwarm la Peyrade zu hinterbringen; aber das Zusammentreffen, bei dem der Sekretär die über Frau von Godollo eingezogenen Erkundigungen überbringen sollte, fand zu der dafür festgesetzten Zeit nicht statt. La Peyrade verschaffte sich selbst Aufklärung.

Fortwährend von dem Gedanken an die schöne Ungarin verfolgt, und indem er auf das Resultat von Cérizets Nachforschungen wartete oder vielmehr nicht wartete, durchstrich er Paris nach jeder Richtung hin und ließ sich wie ein beschäftigungsloser Bummler an allen am meisten besuchten Orten blicken; sein Herz sagte ihm, daß er früher oder später den Gegenstand seines heißen Begehrens treffen würde.

Eines Abends, gegen Mitte Oktober, an einem herrlichen Herbsttage, wie er in Paris nicht selten ist, war auf den Boulevards, auf denen der Provenzale seine Liebe und seine Melancholie spazieren führte, ein Leben und Treiben im Freien, als ob man mitten im Sommer wäre.

Als er auf dem Boulevard des Italiens, der früher Boulevard de Gand hieß, vor dem Café de Paris an der Stuhlreihe entlang ging, auf der, neben verschiedenen Frauen aus der Chaussee d'Antin in Begleitung ihrer Kinder und Ehemänner, sich ein Spalier von nächtlichen Schönheiten entfaltet, die nur darauf warten, daß eine behandschuhte männliche Hand sie pflücke, empfand la Peyrade plötzlich einen furchtbaren Stich im Herzen: er glaubte von weitem seine angebetete Gräfin zu erblicken. Sie war allein, in kostbarer Toilette, die der Ort und ihr Alleinsein nicht zu rechtfertigen schienen; vor ihr auf einem Stuhl wedelte ein weißes Bologneserhündchen, das sie mit ihren schönen Händen liebkoste.

Nachdem er sich überzeugt hatte, daß er sich nicht täusche, stürzte der Advokat auf die himmlische Vision zu, als ihm ein „Gesellschaftslöwe" von der sieggewöhntesten Sorte zuvorkam; ohne seine Zigarre wegzuwerfen und ohne selbst seinen Hut mit der Hand zu berühren, begann der schöne junge Mann ein Gespräch mit seinem Ideal. Als sie den Provenzalen bemerkte, der mit bleichem Gesicht im Begriff stand, sie anzusprechen, bekam die Sirene offenbar Angst, denn sie erhob sich, nahm hastig den Arm des Mannes, der mit ihr plauderte und sagte zu ihm:

„Haben Sie Ihren Wagen da, Emil? Mabille wird heute abend geschlossen; ich hätte Lust hinzufahren."

Der Name dieses anrüchigen Lokals, der so vor dem unglücklichen Advokaten hingeworfen war, bedeutete für ihn jedenfalls eine Wohltat, denn er verhinderte ihn an einem törichten Schritte, nämlich dem, die unwürdige Person am Arme eines Mannes, der plötzlich zu ihrem Ritter bestellt worden war, anzureden, an die er noch we-

nige Augenblicke zuvor mit heißester Zärtlichkeit gedacht hatte.
,Sie ist nicht wert, insultiert zu werden!' sagte er sich.
Aber weil die Verliebten Leute sind, die sich schwer von ihrer einmal gefaßten Ansicht abbringen lassen, hielt sich der Provenzale noch nicht für vollkommen überzeugt.
Nicht weit von dem Platze, den die Ungarin eben verlassen hatte, saß eine andere Dame, ebenfalls allein, aber in reifem Alter, mit Federn aufgeputzt, die unter einem durch langen Gebrauch verblaßten Kaschmirschal die trübseligen Reste einer verflossenen Eleganz und eines schäbigen, unmodern gewordenen Luxus verbarg.
Im ganzen gewährte sie keinen eindrucksvollen und Respekt einflößenden Anblick; im Gegenteil.
La Peyrade nahm nun neben der Matrone Platz, richtete das Wort an sie und fragte:
„Kennen Sie die Dame, die hier eben am Arm eines Herrn weggegangen ist?"
„Gewiß, mein Herr. Ich kenne fast alle Damen, die hierher kommen."
„Wie heißt sie denn?"
„Frau Komorn."
„Ist sie ebenso uneinnehmbar wie die Festung, deren Namen sie trägt?" fuhr er fort.
Man erinnert sich, daß zur Zeit der ungarischen Revolution bei den Erzählern und in der Presse bis zum Überdruß von der berühmten Zitadelle von Komorn die Rede war, und la Peyrade wußte wohl, daß ein anscheinend harmloses und unbefangenes Ausfragen am meisten herausbekommt.

„Hat der Herr den Wunsch, ihre Bekanntschaft zu machen?"

„Ich weiß nicht," entgegnete der Provenzale, „jedenfalls ist das eine Frau, die Einem zu denken gibt."

„Und die eine sehr gefährliche Person ist, mein Herr!" bemerkte die Matrone, „eine Verschwenderin und eine, die nicht im geringsten die Neigung hat, sich ein wenig dankbar zu erweisen. Ich spreche aus Erfahrung; als sie vor sechs Monaten aus Berlin hierher kam, war sie mir sehr warm empfohlen worden."

„So!" ließ la Peyrade hören.

„Ja, ich hatte damals in der Nähe von Ville-d'Avray eine sehr schöne Besitzung mit Park, Jagd und Gelegenheit zum Fischfang, und da ich mich dort so ganz allein langweilte und nicht begütert genug war, um das Leben einer Schloßherrin zu führen, so machten mir mehrere Herren und Damen einen Vorschlag und sagten: ‚Frau Louchard, Sie müßten öfters Picknicks bei sich arrangieren'..."

„Frau Louchard?" wiederholte la Peyrade, „sind Sie verwandt mit Herrn Louchard, dem Boten beim Handelsgericht?"

„Seine Frau, meine Herr, aber gerichtlich geschieden von ihm... Ein Scheusal von Mann, der gerne möchte, daß ich wieder zu ihm ziehe; ich kann alles verzeihen, aber nicht Rücksichtslosigkeiten: wenn ich daran denke, daß er einmal gewagt hat, die Hand gegen mich aufzuheben!"

„Also", sagte la Peyrade, indem er seine Nachbarin wieder auf den vorigen Gesprächsgegenstand zurückführte, „die Picknicks kamen zustande, und

Frau von Godollo..., ich wollte sagen Frau Komorn...?"
„War eine der ersten, die ich bei mir beherbergte; hier machte sie die Bekanntschaft eines Italieners, eines sehr feinen Mannes, eines politischen Flüchtlings, aber eines im großen Stil. Sie werden verstehen, daß es mir nicht paßte, wenn Intrigen in meinem Hause gesponnen wurden; aber dieser Mann war so verliebt und so unglücklich darüber, daß Frau Komorn ihn nicht erhören wollte, daß ich mich schließlich für diese Herzensangelegenheit interessierte, die aber für diese Frau eine Geldangelegenheit hervorragendster Art war, denn sie hat den Italiener um erhebliche Summen erleichtert. Würden Sie nun glauben, daß sie, die ich, als ich gerade in augenblicklicher Geldverlegenheit war, um ein kleines Darlehen bat, mir das abschlug, mein Haus verließ und ihren Geliebten mit wegschleppte, der sich übrigens schließlich zu dieser Bekanntschaft hat Glück wünschen können!"
„Was ist ihm denn passiert?" fragte la Peyrade.
„Es ist ihm passiert, daß diese Schlange alle Sprachen Europas versteht; daß diese Frau zwar geistvoll bis in die Fingerspitzen, aber in noch höherem Grade ränkesüchtig ist: so sehr, daß sie, die anscheinend in Beziehungen zur Polizei steht, der Regierung seine Korrespondenz ausgeliefert hat, die der Italiener herumliegen ließ, und daß er daraufhin ausgewiesen wurde."
„Und seit der Abreise des Italieners hat Frau Komorn...?"
„Seitdem hat sie noch verschiedene Abenteuer gehabt und etliche Vermögen erschüttert; aber ich

dachte, sie wäre fortgereist. Zwei Monate lang war sie ganz verschwunden, bis sie neulich, strahlender als je, wieder auftauchte. Ich möchte dem Herrn nicht raten, sich mit ihr einzulassen; aber der Herr ist Südländer und sicher sehr leidenschaftlich, und vielleicht hat alles, was ich gesagt habe, nur dazu gedient, ihn noch begehrlicher zu machen; da Sie gewarnt sind, ist ja auch keine so große Gefahr dabei; wenn man seinen Heiligen kennt, weiß man, wie man mit ihm umgehen muß; übrigens kann man nicht leugnen, daß es eine verführerische Frau ist, oh! sehr verführerisch... Mich hat sie sehr gern, obwohl wir uns in Feindschaft getrennt haben, und eben noch hat sie mich um meine Adresse gebeten und mir gesagt, daß sie mich besuchen würde."

„Ich werde mir die Sache überlegen", sagte la Peyrade, erhob sich und verabschiedete sich.

Sein Gruß wurde sehr kühl erwidert; sein plötzlicher Aufbruch ließ nicht auf einen Mann mit „ernsten Absichten" schließen.

Wenn man sah, wie heiter der Advocat seine Nachforschungen betrieb, hätte man annehmen müssen, daß er plötzlich geheilt worden sei; aber diese scheinbare Gleichgültigkeit und Kaltblütigkeit war nur die unheimliche Windstille, die einem Gewitter vorangeht.

Als er Frau Louchard verlassen hatte, warf sich la Peyrade in einen Mietwagen, und hier war ein Weinkrampf, ähnlich dem, dessen Zeugin Frau Colleville am Tage des Bietungstermines, wo er sich von Cérizet betrogen glaubte, gewesen war, der erste Ausbruch, in dem sein Schmerz sich entlud.

Die Belagerung der Thuilliers, die er mit solcher Geduld vorbereitet hatte, war trotz der schwersten Opfer vergeblich gewesen; Flavia war für die unwürdige Komödie, die er mit ihr gespielt hatte, gerächt; seine Angelegenheiten befanden sich in schlimmerem Zustande, als damals, wo ihn Cérizet und Dutocq als Wolf in den Schafstall eingeschlossen hatten, aus dem er sich wie ein stumpfsinniger Hammel hatte verjagen lassen; dazu kamen seine haßerfüllten Absichten gegen die Frau, die so leicht über all seine Gewandtheit triumphiert hatte, und die noch so lebendige Erinnerung an ihr verführerisches Wesen, dem er unterlegen war: solcher Art waren die Gedanken und die seelischen Erregungen seiner schlaflosen oder von bösen Träumen verstörten Nacht.

✩

AM NÄCHSTEN TAGE VERWIRRTEN SICH LA Peyrades Gedanken; er hatte hohes Fieber, und die Erscheinungen wurden so bedrohlich, daß der Arzt, dessen Hinzuziehen notwendig geworden war, gegen die Symptome einer drohenden Gehirnentzündung Vorkehrungsmaßregeln treffen mußte: Aderlaß, Blutegel, Eisumschläge auf dem Kopf – das war für la Peyrade das liebliche Ergebnis seines Liebestraums; aber es muß hierzu gleich bemerkt werden, daß diese körperliche Krisis auch eine gründliche moralische Besserung herbeiführte: der Advokat hatte für die ungarische Verräterin nur noch ein Gefühl kühler Verachtung, er verstieg sich nicht einmal mehr zu dem Wunsch, sich zu rächen.

Als er wieder auf den Beinen war und an seine Zukunft dachte, für die seine Aussichten soviel schlechter geworden waren, fragte sich la Peyrade, ob er mit den Thuilliers wieder anknüpfen oder sich auf die Sache mit dem reichen verrückten Mädchen einlassen sollte, die einen Goldklumpen an der Stelle hatte, wo bei andern das Gehirn sitzt; aber alles, was ihn an seinen unseligen Feldzug erinnerte, erfüllte ihn mit unbesiegbarem Widerwillen, und was bot sich ihm für eine Sicherheit, wenn er mit diesem du Portail verhandeln sollte, der für seine Zwecke derartige Instrumente zu verwenden verstand?
Große Erschütterungen der Seele sind wie Unwetter, die die Atmosphäre reinigen: sie stärken die Moral und veranlassen zu kräftigen, edelmütigen Entschlüssen. Nach der grausamen Täuschung, deren Opfer er geworden war, nahm la Peyrade jetzt eine Selbstprüfung vor. Er fragte sich, wozu er dieses Leben voll niedriger elender Intrigen seit mehr als einem Jahre geführt habe. Konnte er von seinen hervorragenden Fähigkeiten, die er in sich fühlte, nicht einen besseren und edleren Gebrauch machen? Die Advokatenlaufbahn stand ihm wie jedem andern offen. Das war ein gerader breiter Weg, auf dem er seinen berechtigten Ehrgeiz in jeder Beziehung befriedigen konnte. Wie Figaro, der, um sein Leben zu fristen, mehr Klugheit und Berechnung entwickelt, als für die Herrschaft über alle Reiche Spaniens seit hundert Jahren erforderlich war, hatte er, um sich im Hause Thuillier einzuführen und festzusetzen und um die Tochter eines Klarinettenbläsers und einer Kokette zu heiraten, mehr Geist, mehr Geschick,

und, wie man wohl sagen darf, da in einer verdorbenen Gesellschaft ein solcher Grundsatz sehr in Rechnung gestellt werden muß, mehr Unredlichkeit entwickelt, als er nötig gehabt hätte, um in einer normalen Laufbahn in die Höhe zu kommen.

„Genug", sagte er sich, „von solchen Bekanntschaften wie Dutocq und Cérizet; genug von dieser verpesteten Luft, die man in der Welt dieser Minards, Phellions, Collevilles, Barniols und Laudigeois' atmen muß! Begeben wir uns in das wirkliche Paris und schütteln wir diese Provinz ‚intra muros' ab, die tausendmal lächerlicher und erbärmlicher ist als die Provinz der Departements; diese hat neben ihren Kleinlichkeiten doch wenigstens ihre eigenen Sitten, eine Würde ‚sui generis'; sie will nichts anderes sein, als was sie ist, der Gegensatz des Pariser Lebens; die andere ist nur dessen Parodie."

Infolgedessen suchte la Peyrade mehrere Anwälte auf, die ihm angeboten hatten, ihm einige Sachen zweiten Ranges vor Gericht zu übertragen; er nahm an, was sich gerade bot, und drei Wochen nach dem Bruch mit den Thuilliers war er nicht mehr der Armenadvokat, sondern ein plädierender Advokat.

La Peyrade war schon in mehreren Prozessen erfolgreich aufgetreten, als er eines Morgens einen Brief erhielt, der ihn sehr beunruhigte.

Der Vorsitzende der Advokatenkammer forderte ihn auf, im Verlauf des Tages in seinem Arbeitszimmer im Justizpalast zu erscheinen; man habe ihm „etwas Wichtiges" mitzuteilen.

Sofort mußte der Provenzale an das Haus an der

Madeleine denken; wenn die Sache der Disziplinarkammer zu Ohren kam, würde er sich vor diesem Gerichtshof, dessen strenge Ansichten ihm bekannt waren, direkt zu verantworten haben.
Du Portail, bei dem er sich, trotz des Cérizet bedingt gegebenen Versprechens, noch nicht hatte blicken lassen, hatte die Geschichte mit dem Bietungstermin wahrscheinlich von Cérizet selbst erfahren. Diesem Manne war, nach der Inszenesetzung der Ungarin zu urteilen, offenbar jedes Mittel recht. Sollte dieser verrückte Mensch in seinem hartnäckigen Eifer, die Verheiratung seiner Irrsinnigen durchzusetzen, nicht den Entschluß gefaßt haben, ihn zu denunzieren? Sollte sein Verfolger, wenn er sah, wie er tapfer und mit einigem Anschein von Erfolg sich einer Laufbahn widmete, die ihm Unabhängigkeit und Reichtum verhieß, sich nicht veranlaßt gefühlt haben, ihm diese Karriere unmöglich zu machen? Diese Erwägung hatte offenbar so viel wahrscheinliches, daß der Advokat voll Angst die Stunde erwartete, wo es ihm möglich war, sich von dem wahren Grunde der bedrohlichen Vorladung zu überzeugen.
Während der Provenzale bei seinem ziemlich bescheidenen Frühstück diese Vermutungen anstellte, erschien Frau Coffinet, die den Vorzug hatte, ihm die Wirtschaft zu besorgen, und fragte ihn, ob er einen Herrn Etienne Lousteau empfangen wolle.
Etienne Lousteau! La Peyrade meinte, diesen Namen schon irgendwo gesehen zu haben.
„Führen Sie ihn in mein Arbeitszimmer", sagte er zu der Portiersfrau.
Einen Augenblick später empfing er den Besu-

cher, dessen Gesicht ihm nicht ganz unbekannt war.

„Mein Herr," sagte der Gast la Peyrades, „ich hatte die Ehre, vor einiger Zeit mit Ihnen bei Véfour zu frühstücken; ich war zu der Gesellschaft eingeladen, die von Ihrem Freunde Thuillier damals ein wenig gestört wurde."

„Ah, richtig!" sagte der Advokat und bot ihm einen Stuhl an, „Sie gehören zu der Redaktion einer Zeitung?"

„Ich bin Chefredakteur des ‚Echo de la Bièvre', und gerade mit bezug auf dieses Blatt wünschte ich mit Ihnen zu reden. Sie wissen doch, was vorgeht?"

„Nein", sagte la Peyrade.

„Wie? Sie wissen nicht, daß das Ministerium gestern eine furchtbare Schlappe erlitten hat und daß es, statt zu demissionieren, die Kammer auflöst und an das Land appelliert?"

„Ich wußte von alledem nichts," sagte la Peyrade, „ich habe die Morgenzeitungen nicht gelesen."

„Also", fuhr Lousteau fort, „alle Leute mit parlamentarischem Ehrgeiz rüsten sich, und wenn ich richtig berichtet bin, hat Herr Thuillier, der ja schon Mitglied des Generalrats ist, die Absicht, sich als Kandidat im zwölften Bezirk aufstellen zu lassen."

„In der Tat," sagte la Peyrade, „das ist wohl seine Absicht."

„Nun, mein Herr, ich wollte ihm ein Hilfsmittel zur Verfügung stellen, das er, wie ich denke, nicht verachten wird. Das ‚Echo de la Bièvre', ein Fachblatt, kann auf die Wahl des Bezirks einen entscheidenden Einfluß ausüben."

„Und Sie wären bereit," fragte der Advokat, „in der Zeitung die Kandidatur Thuilliers zu unterstützen?"

„Besser als das," antwortete Etienne Lousteau; „ich schlage Herrn Thuillier vor, dieses Hilfsmittel anzukaufen; wenn es ihm gehört, kann er unumschränkt darüber verfügen."

„Aber wie liegt denn die Sache?" fragte la Peyrade. „Als Fachzeitung, wie Sie eben sagten, ist es ein Blatt, dem ich selten begegnet bin; es wäre mir sogar ganz unbekannt geblieben ohne den bemerkenswerten Artikel, den Sie zur Verteidigung Thuilliers anläßlich der Beschlagnahme seiner Broschüre geschrieben haben."

Etienne Lousteau verbeugte sich dankend und fuhr dann fort:

„Die Situation der Zeitung ist ausgezeichnet, und wir können sie unter annehmbaren Bedingungen hergeben, denn wir waren im Begriff, die Herausgabe einzustellen."

„Merkwürdig! Bei einer Zeitung, die prosperiert?"

„Im Gegenteil, nichts ist natürlicher", antwortete Lousteau; „die Gründer, die, ohne Kalauer gesagt, alle Repräsentanten der Leder-Großindustrie sind, hatten die Zeitung zu einem bestimmten Zwecke geschaffen. Da dieser Zweck erreicht ist, hat das ‚Echo de la Bièvre' keine Daseinsberechtigung mehr. In einem solchen Falle wollen die Aktionäre keine Schwierigkeiten und kein langes Hinausziehen der Angelegenheit haben, und da ihnen nichts an kleinen Gewinnen liegt, so ist es das beste, zu liquidieren."

„Aber ist denn", fragte la Peyrade, „die Zeitung auf ihre Kosten gekommen?"

„Darum haben wir uns niemals gekümmert“, antwortete Lousteau; „wir legten keinen Wert darauf, Abonnenten zu haben; der Zweck der ganzen Sache war der, einen direkten unmittelbaren Druck auf das Handelsministerium auszuüben, um eine Erhöhung des Einfuhrzolls für ausländisches Leder durchzusetzen: Sie werden begreifen, daß die Zeitung nicht so beschaffen war, um außerhalb des Kreises der Gerberinteressenten viele Leser anziehen zu können.“

„Ich habe aber dennoch gedacht,“ sagte la Peyrade hartnäckig, „daß eine Zeitung, wie begrenzt auch ihr Stoffgebiet sein mag, ein Hebel sei, dessen Wirkung nach der Zahl seiner Abonnenten zu beurteilen ist.“

„Nicht bei Zeitungen, die einen bestimmten Zweck verfolgen“, erwiderte Lousteau in belehrendem Tone; „in solch einem Falle sind im Gegenteil die Abonnenten eine Last, weil man sich die Mühe machen muß, ihnen zu gefallen und sie zu unterhalten; und inzwischen wird der Zweck, den man ins Auge gefaßt hatte, vernachlässigt. Eine Zeitung, die ein festes Ziel verfolgt, muß wie ein auf einen bestimmten Punkt gerichteter Brennspiegel sein, der zur festgesetzten Stunde das Abfeuern der Kanone im Palais-Royal bewirkt.“

„Aber“, sagte la Peyrade, „was für einen Wert hat denn dann nach Ihrer Meinung ein Blatt, das keine oder nur wenige Abonnenten besitzt, das nicht auf seine Kosten kommt und das bisher einen Zweck verfolgt hat, der ganz verschieden von dem ist, dem es künftig dienen soll?“

„Bevor ich Ihnen darauf antworte,“ entgegnete Lousteau, „muß ich eine andere Frage an Sie

richten: Haben Sie die Absicht, es anzukaufen?"
„Das kommt darauf an", sagte der Advokat; „ich muß natürlich erst mit Thuillier reden; aber ich kann Ihnen schon jetzt erklären, daß er mit Zeitungsangelegenheiten nicht Bescheid weiß und daß er bei seinen etwas bourgeoisen Anschauungen den Besitz einer Zeitung für eine ruinöse Sache ansehen wird; wenn Sie nun bei einem für ihn ganz neuen Plan, der ihn zuerst in Schrecken setzen wird, auch noch eine Summe nennen, die gefährlich aussieht, dann ist es überflüssig, der Sache näherzutreten; für mich ist es klar, daß dann nichts daraus werden kann."
„Nein," erwiderte Lousteau, „ich habe Ihnen ja schon gesagt, wir werden vernünftige Forderungen stellen, die Herren lassen mir dabei freie Hand; nur das wollen Sie bedenken, daß wir schon von mehreren Seiten Angebote haben und daß wir, wenn wir Herrn Thuillier den Vorzug geben, von ihm eine angemessene besondere Entschädigung beanspruchen. Wann kann ich auf Ihren Bescheid rechnen?"
„Ich denke, morgen; wünschen Sie, daß ich zu Ihnen oder in das Bureau der Zeitung komme?"
„Nein," sagte Lousteau und erhob sich, „ich werde morgen zur gleichen Stunde hier sein, wenn es Ihnen recht ist."
„Durchaus", sagte la Peyrade und begleitete seinen Gast hinaus, den er für mehr eingebildet als gewandt hielt.
An der Art, wie der Provenzale den Vorschlag, den Vermittler bei Thuillier zu spielen, aufnahm, wird der Leser bemerkt haben, daß sich bei ihm ein schneller Umschwung seiner Ansichten vollzogen

hatte. Selbst wenn er die beunruhigende Epistel des Vorsitzenden der Advokatenkammer nicht erhalten hätte, würde ihm die neue Situation, die jetzt für Thuilliers parlamentarischen Ehrgeiz geschaffen war, zu denken gegeben haben. Sicherlich mußte „Freundchen" sich wieder an ihn wenden, und seine Sehnsucht, Deputierter zu werden, würde ihn an Händen und Füßen gebunden ausliefern. War das nicht ein Anlaß, unter Beobachtung aller Vorsichtsmaßregeln, die die Erinnerung an das Vergangene nötig erscheinen ließ, in bezug auf seine Heirat mit Celeste wieder einer Anknüpfung näherzutreten? Weit entfernt davon, ein Hindernis für seine besseren Entschlüsse zu sein, die er im Anschluß an seine Liebesenttäuschung und sein Gehirnfieber gefaßt hatte, würde eine solche Lösung im Gegenteil deren erfolgreiche Durchführung sichern; und wenn er, was zu befürchten war, von seiner Kammer einen Verweis erhielt, der seine ganze Karriere vernichten konnte, da war es offenbar natürlich, daß er seine Rettung dort suchte, von wo sein Unglück veranlaßt worden war; er hatte den Anspruch und das Recht, bei den Thuilliers, seinen Mitschuldigen und den Urhebern seines Mißgeschicks, ein Unterkommen zu beanspruchen.

Während er alle diese Erwägungen sich durch den Kopf gehen ließ, begab sich la Peyrade zu dem Vorsitzenden in das Gerichtsgebäude.

Er hatte richtig vermutet: in einem sehr geschickt und sehr eingehend abgefaßten Bericht war die Hausangelegenheit der Aufmerksamkeit seiner Standesgenossen empfohlen worden, und wenn man auch zugeben muß, daß eine anonyme Denunziation immer nur mit äußerstem Mißtrauen aufgenommen werden darf, so verkündete der hohe Würdenträger der Kammer dem Angeschuldigten doch, daß er bereit sei, seine Aufklärungen entgegenzunehmen.

La Peyrade wagte nicht, sich auf ein völliges Ableugnen einzulassen; die Hand, die, wie er annehmen mußte, den Schlag geführt hatte, schien ihm zu entschlossen und zu geschickt zu sein, als daß sie sich nicht mit Beweisstücken versehen haben sollte. Aber während er die zugrundeliegenden Tatsachen anerkannte, versuchte er, ihnen eine annehmbare Deutung zu geben. Er merkte aber wohl, daß seine Erklärung nicht als durchschlagend angesehen wurde, denn die Entschließung des Vorsitzenden lautete folgendermaßen:

„Gleich nach Ablauf der Ferien werde ich den Disziplinarrat von der Denunziation und dem was Sie dagegen einzuwenden haben, Kenntnis geben. Ihm allein steht es zu, in einer Sache von solcher Bedeutung ein Urteil zu fällen."

In dieser Weise entlassen, fühlte la Peyrade sich in seiner Advokatenkarriere bedroht; aber es war ihm ein Aufschub gewährt, und falls er verurteilt werden würde, hatte er sich ja überlegt, wo er ein Unterkommen finden würde. Er zog also seine Robe an, die er noch das Recht hatte zu tragen, und begab sich in die fünfte Kammer, wo er zu plädieren hatte.

Als er die Sitzung verlassen hatte, beladen mit einem Haufen von Akten, die mit einem Leinenstreifen zusammengebunden waren, und die, weil sie zu voluminös waren, um unter den Arm genommen zu werden, in der Hand oder auf dem

Arm gegen die Brust gedrückt getragen werden müssen, durchschritt der Provenzale die Vorhalle mit der Eile eines Advokaten, der so beschäftigt ist, daß er sich am liebsten vervielfachen möchte. Sei es, daß er sich bei seinem Plädoyer wirklich erhitzt hatte oder daß er nur so tat, als ob er „in Schweiß gebadet" sei, um jedem zu zeigen, daß seine Robe nicht, wie bei vielen seiner Kollegen ein Paradekostüm sei, sondern eine Kampfeswaffe, – er trocknete sich im Gehen mit dem Taschentuche die Stirn ab, als er in einiger Entfernung „seinen" Thuillier wahrnahm, der ihn eben in dem großen Saal entdeckt hatte und sich nach ihm hinschob.
Er war über dieses Zusammentreffen nicht erstaunt. Als er von Hause fortging, hatte er Frau Coffinet gesagt, daß er bis drei Uhr im Justizpalast sein würde, und daß sie die Leute, die nach ihm fragen sollten, dorthin schicken möchte.
Da er Thuillier die Annäherung nicht zu leicht machen wollte, drehte sich la Peyrade, als ob irgend etwas, woran er sich erinnerte, ihn zur Umkehr veranlaßt hätte, unvermittelt um und setzte sich auf eine der Bänke, die rings um das große Vorzimmer des Justizpalastes an den Wänden angebracht sind. Dort machte er sein Bündel auf, nahm ein Aktenstück heraus, vergrub sich bis über die Ohren hinein und gab sich den Anschein eines Mannes, der nicht Zeit gehabt hat, die Sache in Ruhe in seinem Arbeitszimmer zu studieren, in der aus dem Stegreif zu plädieren ihm nun seine Redegewandtheit und sein schnelles Auffassungsvermögen erlaubten. An einer solchen Durchsicht des Aktenstücks an diesem Orte konnte man auch den sorgsamen und gewissenhaften Advokaten er-

kennen, der sein Gedächtnis auffrischen und noch einen letzten Blick auf seine Batterien werfen will, bevor er sich anschickt, die Schlacht zu liefern.
Selbstverständlich beobachtete der Provenzale dabei verstohlen das Manöver Thuilliers. Dieser, der la Peyrade für sehr ernsthaft beschäftigt hielt, war unschlüssig, ob er ihn jetzt anreden solle.
Nach einigem Hin- und Hergehen kam der Munizipalrat doch endlich zu einem Entschluß, und indem er direkt auf das Ziel lossteuerte, mit dem er sich schon seit mehr als einer Viertelstunde in Gedanken beschäftigt hatte, rief er, sobald er ihm gegenüberstand, aus:
„Sieh da, Theodosius! Besuchst du denn jetzt den Justizpalast?"
„Mir scheint," antwortete la Peyrade, „mit den Advokaten im Justizpalast verhält es sich so, wie mit den Türken in Konstantinopel, von denen ein Landsmann von mir ernsthaft behauptete, daß man dort viele sieht. Erstaunlicher ist es jedenfalls, daß man dich hier trifft."
„Durchaus nicht," bemerkte Thuillier lässig; „ich bin wegen der verdammten Broschüre hier. Wird man denn mit ‚eurer' Justiz jemals fertig? Ich war heute morgen wieder von der Staatsanwaltschaft vorgeladen. Im übrigen bedaure ich das nicht, da ich dieser Beunruhigung den glücklichen Zufall verdanke, dir zu begegnen."
„Auch ich bin entzückt, dich zu sehen," sagte la Peyrade, „aber ich muß dich verlassen, da ich eine Verabredung habe; übrigens mußt du ja auch zur Staatsanwaltschaft."
„Da komme ich schon her", sagte Thuillier.

„Hast du mit Olivier Vinet, deinem intimen Feinde, reden müssen?“ fragte la Peyrade.
„Nein“, erwiderte Thuillier.
Und er nannte einen andern Beamten.
„Sieh mal, wie merkwürdig!“ sagte der Advokat; „dieser junge Staatsanwaltsgehilfe scheint die Gabe der Allgegenwart zu besitzen: seit heute morgen ist er in einer Sitzung und hat eben seine Anträge in der Sache gestellt, in der ich vor wenigen Augenblicken plaidierte.“
Thuillier wurde rot, und indem er sich, so gut er konnte, zu helfen versuchte, sagte er:
„Nun ja, ich kenne die Herren doch nicht. Ich werde den einen für den andern gehalten haben.“
La Peyrade zuckte die Achseln und sagte ziemlich laut zu sich:
„Immer noch derselbe, der sich mit Ausflüchten um die Sache herumdreht und nicht gerade darauf losgehen kann!“
„Von wem sprichst du?“ fragte Thuillier ziemlich verwirrt.
„Nun, von dir, mein Lieber, der du uns für Dummköpfe hältst, als ob nicht jeder seit länger als vierzehn Tagen wüßte, daß die Sache mit deiner Broschüre ins Wasser gefallen ist. Warum solltest du von der Staatsanwaltschaft vorgeladen werden?“
„Man hat mich,“ antwortete Thuillier verlegen, „wegen der Bezahlung von ich weiß nicht was für Eintragungsgebühren vorgeladen. Kann man denn aus ihrem ganzen Geschreibsel klug werden?“
„Und da hat man,“ fuhr la Peyrade fort, „für deine Vorladung gerade den Tag gewählt, an dem der Moniteur die Auflösung der Kammer meldet

und dich damit zum Wahlkandidaten im zwölften Bezirk macht."

„Weshalb denn nicht?" sagte Thuillier; „aber welche Beziehungen bestehen denn zwischen meiner Kandidatur und den Kosten, für die ich haftbar bin?"

„Ich werde dir die Beziehungen nennen", erwiderte la Peyrade trocken. „Die Staatsanwaltschaft ist eine besonders liebenswürdige und entgegenkommende Behörde. ‚Sieh mal,' wird sie sich gesagt haben, ‚dieser gute Thuillier ist jetzt Wahlkandidat und muß ein wenig in Verlegenheit sein, wie er sich seinem früheren Freunde, Herrn la Peyrade, gegenüber benehmen soll, mit dem er jetzt lieber nicht verfeindet sein möchte: ich muß ihm also heraushelfen; ich werde ihn daher vorladen wegen zu zahlender Kosten, die es gar nicht geben kann; er wird dann im Justizpalast erscheinen, wo la Peyrade alle Tage hinkommt; auf diese Weise kann er ihn ganz zufällig treffen und wäre vor einem direkten Schritt, der seine Eigenliebe verletzen könnte, bewahrt.'"

„Nun, darin täuschest du dich," antwortete Thuillier, bei dem das Eis gebrochen war; „ich spiele damit so wenig Verstecken, daß ich dir nur sagen will: ich komme direkt von dir! Deine Portiersfrau hat mich hierher geschickt."

„Na endlich!" sagte la Peyrade, „diese Offenherzigkeit ist mir lieber; mit Leuten, die mit offenen Karten spielen, kann man sich verständigen. Also, was wolltest du von mir? Du wolltest mit mir über deine Wahl reden? Ich habe mich schon damit befaßt."

„Wirklich?" sagte Thuillier, „und wie das?"

„Hier," entgegnete la Peyrade, suchte unter der Robe in seiner Tasche nach und zog ein Papier heraus, „das habe ich in der Sitzung hingekritzelt, während der Advokat meiner Gegenpartei, wie der Fachausdruck lautet, abschweifte."

„Was ist es denn?" fragte Thuillier.

„Lies nur, dann wirst du schon sehen."

Auf dem Papier stand folgendes:

Voranschlag für eine Zeitung in kleinem Format bei einem jährlichen Abonnementspreis von dreißig Franken.

Bei einer Auflage von fünftausend betragen die Kosten monatlich:

Papier, fünf Ries zu zwölf Franken .	1,860	Fr.
Satz	2,400	„
Druck	450	„
Ein Rechnungsführer	250	„
Ein Gehilfe	100	„
Ein verantwortlicher Redakteur, der zugleich Kassierer ist	200	„
Ein Expedient	100	„
Falzerinnen	420	„
Ein Bureauschreiber	80	„
Kreuzbänder und Bureaukosten . .	150	„
Miete	100	„
Stempel und Porto	7,500	„
Redaktion u. stenographische Berichte	1,500	„
Im ganzen monatlich:	15,110	Fr.
„ „ jährlich:	181,320	„

„Du willst eine Zeitung gründen?" fragte Thuillier ängstlich.

„Ich will gar nichts," erwiderte la Peyrade; „ich

muß dich fragen, ob du Deputierter werden willst."

„Ganz gewiß, da du, als du mich in den Generalrat brachtest, mir diesen Ehrgeiz in den Kopf gesetzt hast. Aber bedenke doch, mein Lieber, ich soll hunderteinundachtzigtausenddreihundertzwanzig Franken hinauswerfen! Bin ich so reich, daß ich das aushalten kann?"

„Jawohl," antwortete la Peyrade; „zunächst kannst du durchaus, ohne daß es dich genieren würde, diese Ausgabe ertragen, die im Hinblick auf das Ziel, das du erreichen willst, absolut nicht übermäßig ist. In England bringt man für einen Sitz im Parlament noch ganz andere Opfer. In jedem Fall aber bitte ich dich, zu erwägen, daß die Sätze des Anschlags sehr hoch angenommen sind. Einzelne Posten können sogar ganz gestrichen werden, so der Rechnungsführer, den du ja nicht brauchst: Du, ein alter Rechnungsbeamter, und ich, ein ehemaliger Journalist, wir können das übernehmen und nebenher erledigen; ebenso brauchen wir für Miete nichts einzustellen; du hast ja noch deine alte Wohnung in der Rue Saint-Dominique, die noch nicht vermietet ist und die ein vorzügliches Redaktionsbureau abgeben wird."

„Alles das," sagte Thuillier, „bedeutet aber nur eine Ersparnis von zweitausendvierhundert Franken jährlich."

„Auch das ist schon etwas, aber dein Irrtum besteht darin, daß du mit einer Jahresausgabe rechnest. Wann finden die Wahlen statt?"

„In zwei Monaten", sagte Thuillier.

„Also auf zwei Monate gerechnet betragen die Kosten für dich dreißigtausend Franken, wobei noch angenommen wird, daß die Zeitung keinen einzigen Abonnenten haben soll."

„Das ist richtig," sagte Thuillier, „die Ausgabe ist in der Tat weniger groß, als ich zuerst glaubte; aber scheint es dir denn unentbehrlich, daß wir eine Zeitung haben?"

„So unentbehrlich, daß ich, ohne diese Macht in der Hand zu haben, die Sache nicht mitmachen würde. Du machst dir keine Vorstellung davon, mein armer Junge, wie ungeheuer du durch deinen Wegzug auf die andere Seite des Flusses, vom Standpunkt der Wahl aus betrachtet, an Boden verloren hast. Du bist jetzt nicht mehr der Vertrauensmann des Viertels, man kann dich mit dem einen Wort: absentisme, wie die Engländer sagen, kaltstellen. Du hast jetzt eine viel schwierigere Rolle zu spielen."

„Ich gebe das zu," antwortete Thuillier; „aber für die Zeitung brauchen wir doch außer Geld noch einen Namen, einen Herausgeber, Redakteure."

„Den Namen haben wir; Redakteure sind wir beide und einige junge Leute, wie man sie in Paris scheffelweise haben kann; als Herausgeber habe ich schon jemanden im Auge."

„Und wie soll der Titel heißen?" fragte Thuillier.

„Das ‚Echo de la Bièvre'."

„Aber es gibt doch schon ein Blatt dieses Namens."

„Gerade darum habe ich dir ja zu der Sache geraten. Glaubst du, daß ich so verrückt bin, dich eine ganz neue Zeitung gründen zu lassen? Das ‚Echo de la Bièvre!' Dieser Name bedeutet einen

Schatz, wenn es sich um die Aufstellung einer Kandidatur im zwölften Bezirk handelt. Du brauchst nur ein Wort zu sagen, und ich lege diesen Schatz in deine Hände."

„Wie das?" fragte Thuillier neugierig.

„Nun, indem du ihn ankaufst; er wird für ein Butterbrot zu haben sein."

„Du siehst," sagte Thuillier mutlos, „nun kommen noch die Ankaufskosten hinzu, mit denen du vorhin nicht gerechnet hast!"

„Du stößt dich an Kleinigkeiten," sagte la Peyrade achselzuckend; „wir haben noch ganz andere Schwierigkeiten zu überwinden."

„Andere Schwierigkeiten?" wiederholte Thuillier.

„Aber gewiß!" entgegnete la Peyrade. „Redest du dir vielleicht ein, daß ich, nach dem, was zwischen uns vorgefallen ist, mich munter für deine Wahl vorspannen lassen werde, ohne genau zu wissen, was ich davon habe?"

„Aber," sagte Thuillier etwas erstaunt, „ich dachte, Freundschaft besteht darin, daß man sich gegenseitig Dienste leistet?"

„Gewiß; aber wenn die Gegenseitigkeit darin besteht, daß der einen Seite immer alles zugute kommt und der andern nichts, dann hört die Freundschaft bei einer solchen Verteilung auf, und man verlangt, daß ein bißchen gerechter abgewogen wird."

„Aber, mein Lieber, was kann ich dir denn anderes anbieten, als was du selbst zurückgewiesen hast?"

„Ich habe es zurückgewiesen, weil es mir nicht freiwillig und mit Fräulein Brigittes Essig versetzt angeboten wurde; jeder Mann mit Selbstachtung hätte da ebenso gehandelt wie ich. Geben und festhalten, das gilt nicht, sagt ein alter Rechtsausspruch, und gerade das habt ihr getan."

„Ich meine, du bist sehr zu Unrecht ohne Grund böse geworden; aber schließlich läßt sich die Sache ja wieder einrenken."

„Gut," sagte la Peyrade, „aber ich will weder von dem Ausfall der Wahl, noch von den Launen Fräulein Celestes abhängig sein. Ich muß auf etwas Ernsthaftem, Positivem bestehen; Zug um Zug; richtige Rechnung macht gute Freunde."

„Ich bin vollkommen deiner Ansicht, „antwortete Thuillier, „und habe dir gegenüber immer so sehr in gutem Glauben gehandelt, daß ich mich vor keiner der Vorsichtsmaßregeln, die du treffen willst, scheue. Aber was für Garantien meinst du?"

„Ich meine, daß es Celestes Mann sein muß, der dir beisteht, und nicht Theodosius de la Peyrade."

„Selbst wenn man die Sache überstürzen wollte, wie Brigitte bemerkte, dauert es fast viezehn Tage, und bedenke doch! Es trennen uns nur noch acht Wochen von der Wahl, und da sollen wir zwei davor Gewehr bei Fuß stehen bleiben?"

„Übermorgen," erwiderte der Provenzale, „können wir beim Standesamt aushängen; in der Zwischenzeit kann etwas geschehen; gewiß kann das wieder zurückgenommen werden, aber es bedeutet doch eine moralische Verpflichtung und einen wichtigen Schritt vorwärts; wir können den Ehevertrag bei deinem Notar aufsetzen lassen; schließlich, wenn du dich zum Ankauf der Zeitung entschließest, bin ich, da du doch kein Pferd unnütz im Stall wirst stehen lassen wollen, nicht in Sorge darüber, daß du mir nicht Wort halten könntest, denn ohne mich wäre das eine Waffe, die zu handhaben für dich zu schwierig sein würde."

„Aber, mein Lieber," wandte Thuillier ein, „wenn das nun doch eine zu schwere Last für mich bedeuten würde?"

„Du mußt natürlich beurteilen, ob dir die Bedingungen, die man für den Ankauf stellen wird, passen; ich habe ebensowenig wie du Lust, die Katze im Sack zu kaufen. Wenn du mich dazu autorisierst, werde ich morgen, ich sage nicht verhandeln, aber erklären, daß die Sache für dich in Frage kommen könne, werde dich mit dem Verkäufer in Verbindung bringen, und du wirst wohl nicht daran zweifeln, daß ich deine Interessen dabei wie meine eigenen wahren werde."

„Nun, mein Lieber," sagte Thuillier, „dann also vorwärts!"

„Und werden wir, sobald die Zeitung angekauft ist, den Tag für die Festsetzung des Ehekontrakts bestimmen?"

„Wann du wünschen wirst," sagte Thulilier, „aber verpflichtest du dich, deinen ganzen Einfluß für meinen Erfolg geltend zu machen?"

„So, als ob ich für mich selbst handelte, und das ist nicht eine bloße Hypothese; denn ich bin schon verschiedentlich angeregt worden, selbst zu kandidieren, und wenn ich rachsüchtig wäre ..."

„Sicher würdest du ein besserer Deputierter sein als ich", bemerkte Thuillier bescheiden. „Aber du hast ja, wie ich glaube, noch nicht das gesetzliche Alter."

„Es gibt noch einen besseren Grund dafür," sagte la Peyrade, „nämlich den, daß ich dein Freund bin; ich habe dich als den alten wiedergefunden, und ich werde dir mein Wort, das ich dir gegeben habe, halten. Ich ziehe es vor, daß man von mir sagt: ‚Er machte Deputierte und wollte keiner sein.'
Jetzt muß ich dich verlassen und zu meiner Verabredung gehen. Also morgen um zwölf Uhr bei mir, ich werde dir dann Neues mitteilen können."
Wer einmal zu den Journalisten gehört hat, kommt nicht mehr davon los: dieses Horoskop kann man so sicher stellen wie das der Säufer.
Wer einmal dieses fieberhaft beschäftigte und zeitweilig doch so müßige Leben gekostet hat; wer diese Lehnshoheit ausgeübt hat, von der die Intelligenz, die Kunst, das Talent, die Tugend, die Lächerlichkeit und sogar selbst die Wahrheit abhängig ist; wer auf dieser Tribüne gestanden hat, die von seinen eigenen Händen errichtet wurde, ausgestattet mit den Vollmachten dieses Amtes, zu dem man sich eigenmächtig befördert hat; wer endlich auch nur einen kurzen Zeitraum der Mandatar der öffentlichen Meinung gewesen ist, der sich selber mit seinem „allgemeinen" Stimmrecht zustimmt – der wird sich, wenn er zum Privatleben verdammt ist, wie ein Verbannter, wie eine Majestät auf dem Weg ins Exil vorkommen; und mit wie heißem Verlangen streckt er, sobald sich ihm eine Gelegenheit bietet, die Hand aus, um sich seiner Krone wieder zu bemächtigen!
Schon allein deswegen, weil la Peyrade vor einigen Jahren Journalist gewesen war, wurden, als Etienne Lousteau ihm die Verfügung über die „Echo de

la Bièvre" genannte Waffe anbot, bei ihm alle Instinkte des Pressemenschen wach.
Die Zeitung war fallen gelassen worden; la Peyrade gedachte, sie wieder aufzunehmen. Ihre Abonnenten waren nach dem eigenen Geständnis des Verkäufers immer ziemlich dünn gesät gewesen; man würde auf sie ein kräftiges und unwiderstehliches compelle intrare ausüben. Sollte er unter den Umständen, unter dem sich ihm die Sache darbot, sie nicht für einen Wink der Vorsehung betrachten? In seiner Stellung als Advokat bedroht, würde der Provenzale, wie übrigens schon bemerkt wurde, sich damit die Situation eines „detachierten Forts" sichern, und wenn er gezwungen werden sollte, sich zu verteidigen, selbst zum Angriff schreiten und verlangen können, daß man mit ihm rechne.
Für die Thuilliers würde ihn die Zeitung zu einer wichtigen Persönlichkeit machen; er hatte mehr Aussicht, die Wahl durchzusetzen, und gleichzeitig verband er sie, wenn ihr Geld in ein Unternehmen gesteckt war, das ohne ihn ein Abgrund und eine Schlinge für sie werden mußte, gewissermaßen eng mit sich selber und hatte von ihren Launen und ihrer Undankbarkeit nichts mehr zu befürchten.
Diese glänzende Aussicht war dem Provenzalen bei dem Besuche Etienne Lousteaus sofort vor Augen getreten, und wir haben gesehen, in welch entscheidender Weise er Thuillier für die Entdekkung dieses Steins der Weisen begeistert hatte.
Der Preis für den Ankauf war fabelhaft niedrig: eine Banknote von fünfhundert Franken, über die Etienne Lousteau den Aktionären niemals beson-

ders Rechenschaft ablegte, machte Thuillier zum Eigentümer des Namens, des Mobiliars und der Kundschaft der Zeitung, mit deren Umgestaltung sofort begonnen wurde.

Während diese erfolgte, begab sich Cérizet eines Morgens zu du Portail; mit diesem in keine Verbindung zu treten, war la Peyrade mehr als je entschlossen.

„Nun", sagte der kleine Alte zu dem Armenbankier, „weiß man schon, was für einen Eindruck die Anzeige bei dem Vorsitzenden der Advokatenkammer auf unsern Mann gemacht hat? Ist die Angelegenheit im Justizpalast schon ein wenig durchgesickert?"

„Pah!" sagte Cérizet, den die anscheinend ziemlich häufigen Besuche bei dem Manne in der Rue Honoré-Chevalier diesem gegenüber auf den Fuß einer gewissen Vertraulichkeit gesetzt hatten; „als ob es sich darum handelte! Der Aal will uns wieder entschlüpfen; weder Zuckerbrot noch Peitsche wirken bei diesem Teufelskerl: wenn er mit dem Vorsitzenden schlecht steht, so steht er dafür bei ‚seinen' Thuilliers in besserem Geruch als je. ‚Die Nützlichkeit bringt Entfernte zueinander', sagt Figaro. Thuillier bedarf seiner für seine Kandidatur im Bezirk Saint-Jacques, man hat sich wieder umarmt und alles ist erledigt."

„Und gewiß", sagte du Portail, ohne sich sehr darüber aufzuregen, „ist die Heirat nun auf einen ziemlich nahen Zeitpunkt festgesetzt worden?"

„Erstens das," sagte Cérizet; „dann aber kommt noch eine andere Geschichte hinzu: dieser verrückte Kerl hat Thuillier überredet, eine Zeitung anzukaufen; sie werden einige vierzigtausend Franken in die Sache hineinstecken. Der andere, da er einmal in die Sache verstrickt ist, wird sein Geld retten wollen: ich sehe sie daher für unabsehbare Zeit einer an den andern gebunden."

„Was ist das für eine Zeitung?" fragte du Portail nebenbei.

„Ein Winkelblättchen, das ‚Echo de la Bièvre'," sagte Cérizet verächtlich, „eine Zeitung, die ein alter Journalist, der schon in zerrissenen Stiefeln ging, im Mouffetardviertel von den Gerbern hat gründen lassen, deren Industrie, wie Sie wissen, diesen Bezirk beherrscht. In politischer und literarischer Beziehung ist das kein Geschäft, aber in bezug auf die Thuilliers ist es ein Meisterstreich."

„O ja, für die Wahl in einem Bezirk ist es kein schlecht gewähltes Hilfsmittel!" bemerkte der Rentier. „La Peyrade besitzt Talent, Rührigkeit und bedeutende geistige Hilfsquellen, er kann aus diesem Echo etwas machen. – Unter welcher Flagge wird der edle Thuillier denn kandidieren?"

„Dieser Thuillier," erwiderte der Bankier der Markthallen, „das ist eine Qualle, der hat gar keine politische Meinung. Bis zur Veröffentlichung seiner Broschüre war er, wie alle Bourgeois, ein fanatischer Konservativer; aber seit der Beschlagnahme mußte er zur Opposition übergehen; seine erste Etappe wird das linke Zentrum gewesen sein; wenn aber der Wind bei der Wahl von einer anderen Seite wehen sollte, wird er ganz zur äußersten Linken abschwenken: für diese Leute ist das persönliche Interesse der einzige Maßstab für ihre Überzeugungen."

„Verdammt!" sagte du Portail, „diese Kombination unseres Advokaten kann sich zu einer politischen Gefahr auswachsen, wenn ich sie unter dem Gesichtspunkte meiner Anschauungen betrachte, die streng konservativ und streng regierungsfreundlich sind."

Dann, nach einiger Überlegung, fuhr er fort:

„Sie waren doch früher mal Journalist, mein ‚tapferer' Cérizet?"

„Jawohl," erwiderte der Wucherer; „ich habe sogar mit la Peyrade eine Abendzeitung geleitet. Ein nettes Handwerk, das wir da betrieben haben und für das wir auch schön belohnt worden sind!"

„Nun," sagte du Portail, „warum sollten Sie nicht noch mal mit la Peyrade als Journalist tätig sein?"

Cérizet sah du Portail erstaunt an.

„Wahr und wahrhaftig!" sagte er beinahe gleichzeitig, „sind Sie denn der Teufel selber, mein Herr Rentier, daß Ihnen gar nichts verborgen bleiben kann?"

„Ja," sagte du Portail, „ich weiß ziemlich viel... Aber was ist denn nun Bestimmtes zwischen Ihnen und la Peyrade abgemacht worden?"

„Da er meine Erfahrung in diesem Handwerk kannte und nicht wußte, wen er sonst nehmen sollte, kam er gestern zu mir und hat mir die Stellung als verantwortlicher Redakteur angeboten."

„Das wußte ich nicht," sagte der Rentier, „aber es war zu erwarten. Und haben Sie angenommen?"

„Sehr bedingungsweise. Ich habe mir eine kurze Bedenkzeit erbeten. Ich wollte erst wissen, wie Sie über das Angebot denken."

„Nun, ich denke, daß, wenn man ein Unheil nicht verhindern kann, man sehen muß, wie man sich damit abfindet; ich will lieber, daß Sie an der Sache beteiligt sind, als daß Sie draußen bleiben."

„Sehr schön! Aber es besteht eine Schwierigkeit in bezug auf mein Hineinkommen; la Peyrade weiß, daß ich Schulden habe, und er will die dreiunddreißigtausend Franken Kaution, die ich auf meinen Namen stellen muß, nicht hergeben. Ich habe sie nicht; und wenn ich sie hätte, würde ich sie nicht aufs Spiel setzen und sie dem Zugriff meiner Gläubiger aussetzen wollen."

„Sie müssen doch immerhin", sagte du Portail, „von den fünfundzwanzigtausend Franken noch etwas haben, die la Peyrade Ihnen vor wenig über zwei Monaten gezahlt hat?"

„Es sind mir davon noch zweitausendzweihundert Franken und fünfzig Centimes übriggeblieben," erwiderte Cérizet; „ich habe gestern abgerechnet; das übrige ist für die Bezahlung der drängendsten Schulden draufgegangen."

„Wenn Sie bezahlt haben, dann schulden Sie doch nichts mehr."

„Ja, was ich bezahlt habe; aber was ich nicht bezahlt habe, das bin ich noch schuldig."

„Wie? Ihre Passiva betrugen mehr als fünfundzwanzigtausend Franken?" fragte du Portail ungläubig.

„Gerät man um eine geringere Summe in Konkurs?" antwortete Cérizet wie ein Mann, der ein Axiom aufstellt.

„Ich sehe also, daß man Ihnen die Summe vorstrecken muß," sagte du Portail gut gelaunt; „aber die Frage ist, ob Ihre Beteiligung an der Sache einen Verlust der Zinsen von dreiunddreißigtausenddreihundertdreiunddreißig Franken und dreiunddreißig Centimes wert ist."

„Nun," sagte Cérizet, „wenn ich einmal bei Thuillier Fuß gefaßt habe, dann würde es mir nicht schwer fallen, la Peyrade mit ihm in ein schlechtes Verhältnis zu bringen. Bei der Redaktion einer Zeitung gibt es tausend unvermeidliche Häkeleien, und wenn ich dann immer die Partei des Dummen gegen den Klugen nehme, würde ich die Eigenliebe des einen anstacheln und die des andern so verletzen können, daß ihnen das Zusammenleben bald unmöglich werden dürfte. Sie sprachen ferner von der politischen Gefahr: Sie müssen wissen, daß ein verantwortlicher Redakteur, wenn er die erforderliche Intelligenz besitzt, um kein bloßer Strohmann zu sein, der Sache unbemerkt den Stempel, den man wünscht, aufdrücken kann."

„Es ist etwas Wahres an dem, was Sie sagen," antwortete du Portail; „aber am meisten liegt mir daran, daß la Peyrade eine Schlappe erleidet."

„Außerdem," sagte Cérizet, „um ihn bei den Thuilliers zu vernichten, dazu glaube ich noch ein anderes kleines verfängliches Mittel zu kennen."

„Dann sagen Sie es doch!" rief du Portail ungeduldig; „Sie drehen sich wie die Katze um den heißen Brei, als ob ich ein Mann wäre, bei dem es Zweck hat, Ausflüchte zu machen."

„Sie werden sich erinnern," entgegnete Cérizet, der klein beigab, „wie damals Dutocq und ich sehr erstaunt waren, daß la Peyrade ganz ungeniert plötzlich die fünfundzwanzigtausend Franken bezahlen konnte."

„Sollten Sie", bemerkte der Rentier lebhaft, „entdeckt haben, woher diese im Besitze des Herrn Advokaten unwahrscheinliche Summe herrührte? Und hat ihre Herkunft etwas Verdächtiges?"

„Hören Sie!" sagte Cérizet.

Und er erzählte mit allen Einzelheiten von der Angelegenheit der Frau Lambert, mußte aber hinzufügen, daß er, als er die Frau in der Gerichtsschreiberei des Friedensgerichts an dem Tage ihrer Begegnung mit la Peyrade beiseite genommen hatte, kein Geständnis von ihr hatte herausbekommen können, obgleich die edle Dame durch ihre Haltung jeden Verdacht, den Dutocq und er selbst gegen sie hegten, zu rechtfertigen schien.

„Frau Lambert, Rue du Val-de-Grâce Nr. 9, bei dem Herrn Picot, Professor der Mathematik", sagte du Portail und machte sich eine Notiz. „Schön, mein lieber Herr Cérizet," fügte er hinzu, „besuchen Sie mich morgen wieder."

„Aber denken Sie daran," sagte der Wucherer, „daß ich morgen im Laufe des Tages la Peyrade Bescheid geben muß. Er drängte sehr mit dem Abschluß."

„Schön! Sie werden zusagen und für die Hinterlegung der Kaution einen Aufschub von vierundzwanzig Stunden verlangen, und wenn wir nach den eingezogenen Erkundigungen kein Interesse an der Sache haben sollten, dann werden Sie eben ihr Wort nicht halten; man kommt deshalb noch nicht vor die Geschworenen."

Abgesehen von dem gewissermaßen faszinierenden Einfluß, den er auf seinen Agenten ausübte, ließ du Portail nie eine Gelegenheit vorübergehen, ohne auf den etwas trüben Ursprung ihrer Beziehungen anzuspielen.

Als Cérizet am nächsten Tage bei dem Rentier erschien, sagte du Portail zu ihm:
„Sie haben richtig vermutet: die Frau Lambert, genötigt, das Vorhandensein ihres Geldes geheimzuhalten, und im übrigen voll Verlangen, die unterschlagene Summe zu gutem Zins anzulegen, wird auf den Gedanken gekommen sein, la Peyrade deshalb aufzusuchen; seine äußere Scheinheiligkeit empfahl ihn ihrem Vertrauen, sie wird ihm den Betrag sicher ohne Quittung ausgehändigt haben. Mit was für Geld ist Dutocq bezahlt worden?"
„Mit neunzehn Tausendfranken- und zwölf Fünfhundertfrankenscheinen."
„Es stimmt genau," fuhr du Portail fort, „es bleibt uns kein Zweifel mehr. Was für einen Gebrauch gedenken Sie nun Thuillier gegenüber von dieser Aufklärung zu machen?"
„Ich gedenke ihm klar zu machen, daß la Peyrade, dem er sein Patenkind geben will, bis über die Ohren in Schulden steckt; daß er sich heimlich und zu Wucherzinsen Geld geliehen hat; daß er, um die Schulden loszuwerden, die Zeitung bis auf die Knochen aufessen wird; daß seine Situation als verschuldeter Mann in jedem Augenblick bekannt werden und den Wahlkandidaten, der sich unter seinen Schutz gestellt hat, in die denkbar schlimmste Lage bringen kann."
„Das ist alles nicht übel," sagte du Portail, „aber man kann von dieser Entdeckung noch einen viel überzeugenderen und durchschlagenderen Gebrauch machen."
„Reden Sie, mein Herr und Meister," sagte Cérizet, „ich höre."

„Ist Thuillier nicht noch im unklaren darüber," sagte du Portail, „wie er sich die Beschlagnahme seiner berühmten Broschüre erklären soll?"

„In der Tat," antwortete der Wucherer; „gerade gestern hat la Peyrade mit mir davon gesprochen, um mir zu beweisen, wie weit die Einfältigkeit Thuilliers geht, den er auf die albernste Vorspiegelung hat hineinfallen lassen. Der ehrenwerte Bourgeois ist überzeugt, daß die Beschlagnahme von Olivier Vinet, dem Gehilfen des Generalstaatsanwalts, veranlaßt worden ist. Dieser junge Beamte hat sich nämlich einmal um Fräulein Colleville beworben, und der brave Thuillier glaubt, die strengen Maßnahmen der Staatsanwaltschaft rührten daher, daß sich eins ihrer Mitglieder für den Refus, den es erhalten hat, rächen wollte."

„Vortrefflich!" sagte du Portail; „morgen wird Thuillier als Vorbereitung für eine andere Lesart, die Sie vorbringen sollen, von Herrn Vinet einen sehr energischen und sehr scharfen Protest gegen die Beschuldigung des Amtsmißbrauchs erhalten, den er in so törichter Weise für glaubhaft gehalten hat."

„Ja?" bemerkte Cérizet neugierig.

„Es muß also eine andere Erklärung gesucht werden," fuhr du Portail fort, „und Sie werden Thuillier die Versicherung geben, daß er das Opfer einer abscheulichen Machenschaft der Polizei geworden ist. Sie wissen doch, daß die Polizei zu nichts anderem als zu solchen Machenschaften da ist."

„Natürlich," sagte der Wucherer; „zwanzigmal habe ich eine solche Erklärung mit meinem Namen versehen, als ich bei republikanischen Zeitungen tätig war, und als ..."

„Sie noch der ‚tapfere' Cérizet waren", unterbrach ihn du Portail. „Jetzt liegt also folgende Machenschaft der Polizei vor: die Regierung war sehr ärgerlich darüber, daß Thuillier ohne ihre Mitwirkung in den Generalrat des Seinedepartements gewählt wurde; sie trug es einem unabhängigen, patriotischen Bürger nach, daß er sich bei seiner Kandidatur so ungeniert ohne sie beholfen hatte; sie wußte außerdem, daß der große Mitbürger eine Broschüre über die stets kitzliche Frage der Finanzen vorbereite, auf welchem Gebiet dieser gefährliche Gegner eine umfassende Erfahrung besaß. Was tat nun die durch und durch verdorbene Regierung? Sie gewann einen Mann, der, wie sie erfahren hatte, Thuilliers Berater war, und für eine Summe von fünfundzwanzigtausend Franken, was für die Polizei eine Bagatelle bedeutet, hat dieser perfide Ratgeber, ohne daß man etwas merkte, sich verpflichtet, in die Broschüre einige Sätze einzuflechten, die ihren Verfasser direkt vor die Geschworenen bringen konnten. Wird diese Erklärung nun noch irgendeinen Zweifel bei Thuillier übrig lassen, wenn er gleichzeitig erfährt, daß la Peyrade, der seines Wissens nicht einen lebendigen Heller besaß, Dutocq genau diesen selben Betrag von fünfundzwanzigtausend Franken bar auf den Tisch bezahlt hat?"

„Teufel nochmal!", bemerkte Cérizet, „das ist nicht schlecht ausgedacht. Leute von der Art Thuilliers glauben alles, was man ihnen über die Polizei vorerzählt."

„Sie werden dann sehen," fuhr du Portail fort,

„ob Thuillier noch Lust haben wird, einen solchen Mitarbeiter neben sich zu dulden, und ob er weiter den Wunsch haben wird, ihm sein Patenkind zur Frau zu geben."

„Sie sind ein sehr kluger Herr," stimmte Cérizet von neuem bei; „aber ich muß Ihnen gestehen, daß ich wegen der Rolle, die ich dabei spielen soll, Bedenken habe. La Peyrade hat mir den Redakteurposten bei der Zeitung angeboten, und und ich soll nun daran arbeiten, ihn zu verdrängen . . ."

„Und die Hausmiete, um die er Sie trotz seiner feierlichen Versprechungen gebracht hat, haben Sie das schon vergessen?" antwortete der Rentier. „Und wollen wir im übrigen nicht das Glück dieses Starrkopfs, der sich hartnäckig gegen die wohlwollendsten Absichten sträubt?"

„In der Tat," sagte Cérizet, „das erstrebte Ziel wird mich schließlich rechtfertigen, ich werde also den Weg, den Sie so fein ausgedacht haben, entschlossen verfolgen. Aber mir fällt eins ein: ich kann nicht schon in den ersten Tagen Thuillier diese Eröffnung machen; sie muß mit langer Hand vorbereitet werden, und die Hinterlegung der Kaution ist fast unmittelbar schon jetzt erforderlich."

„Hören Sie mal, Herr Cérizet," sagte du Portail in befehlendem Ton, „wenn die Ehe zwischen la Peyrade und meinem Mündel zustande kommt, habe ich die Absicht, mich für Ihre Dienste erkenntlich zu zeigen, und eine Summe von dreißigtausend Franken soll für Sie ein Ansporn sein. Also auf der einen Seite dreißigtausend, auf der andern fünfundzwanzigtausend Franken, das sind volle fünfundfünfzigtausend Franken, die Ihnen die Kombinationen, Ihren Freund la Peyrade zu verheiraten, einbringen würden. Aber ebenso wie in den Jahrmarktsbuden beabsichtigte ich erst beim Weggehen zu bezahlen. Wenn Sie die Kaution aus eigenen Mitteln stellen, so bin ich nicht beunruhigt darüber, daß Sie nicht einen Weg finden sollten, sie vor den Krallen Ihrer Gläubiger zu retten. Wenn aber im Gegenteil mein Geld dabei in Frage käme, so würden Sie wohl nicht den gleichen Eifer und die gleiche Schlauheit entwickeln, um es vor der Gefahr zu behüten. Sehen Sie also zu, wie Sie sich bezüglich der dreiunddreißigtausend Franken arrangieren; haben Sie Erfolg, so ist das eine Kapitalsanlage zu hundert Prozent. Das ist mein letztes Wort und ich wünsche keine Einwendungen dagegen zu hören."

Cérizet hatte auch keine Zeit mehr, solche zu machen, denn in diesem Augenblick wurde die Tür zu du Portails Arbeitszimmer, in dem sich diese Szene abspielte, plötzlich geöffnet, und eine schlanke blonde Dame mit einem Gesicht von engelhafter Sanftmut trat eilig herein.

Auf ihren Armen, über die schöne weiße Wäschestücke ausgebreitet waren, ruhte die Form eines Wickelkindes.

„Da!" sagte sie; „diese böse Kate behauptet, es sei nicht der Doktor; ich wußte doch, daß ich ihn hereinkommen sah! Hören Sie, Herr Doktor," wandte sie sich an Cérizet, „ich bin mit dem Befinden der Kleinen nicht zufrieden, gar nicht; sie ist so blaß und so stark abgemagert. Ich glaube, es sind die Zähnchen."

Du Portail machte Cérizet ein Zeichen, daß er die

Rolle, die ihm so plötzlich aufgedrängt war, und die ihn an die erinnerte, die er eine Zeitlang in der berühmten Affäre Cardinal zu spielen beabsichtigt hatte, übernehmen solle.

„Natürlich sind es die Zähne," antwortete er daher, „dabei leiden die Kinder immer ein wenig; aber, verehrte gnädige Frau, es zeigt sich kein Symptom, das Sie beunruhigen dürfte."

„Meinen Sie, Herr Doktor?" bemerkte die Irre (der Leser wird in ihr schon Lydia, du Portails Mündel, erkannt haben); „aber sehen Sie doch seine elenden kleinen Ärmchen an, wie dünn sie geworden sind."

Und die Nadeln aus den Windeln herausziehend zeigte sie Cérizet ein Paket Flicken, das für die arme Irrsinnige ein schönes weißes und rosiges Kind darstellte.

„Aber nein, aber nein," sagte Cérizet, „es ist ein bißchen abgemagert, aber das Fleisch ist fest und das Aussehen vorzüglich."

„Mein armes Süßes!" sagte Lydia und küßte ihr Traumgebilde leidenschaftlich; „ich finde es wirklich seit heute morgen besser. Was soll ich ihm geben, lieber Doktor? Milchbrei mag es nicht und fette Bouillon auch nicht."

„Dann geben Sie ihm etwas Brotsuppe. Liebt es Süßigkeiten?"

„Oh," sagte die Irre, und ihr Gesicht verklärte sich, „leidenschaftlich; würde etwas Schokolade ihm gut sein?"

„Sicher," sagte Cérizet, „aber keine mit Vanille, die erhitzt."

„Also das, was man Gesundheitsschokolade nennt," sagte Lydia, wie eine Familienmutter, die auf den

Arzt wie auf einen Gott hört, der sie beruhigt. „Lieber Onkel," wandte sie sich an du Portail, „klingeln Sie doch nach Bruneau, daß er mir gleich ein paar Pfund von Marquis holt."

„Bruneau ist eben weggegangen," erwiderte der Rentier; „aber es eilt ja nicht, er wird es im Laufe des Tages besorgen."

„Sehen Sie, es schläft schon ein," sagte Cérizet, der der Szene gern ein Ende gemacht hätte, die ihm trotz seiner harten Haut ein bißchen peinlich war.

„Richtig," sagte die Irre, stand auf und brachte die Windeln in Ordnung, „ich werde es schlafen legen. Adieu, lieber Doktor, es ist sehr nett von Ihnen, daß Sie auch manchmal, ohne daß wir Sie holen lassen, herkommen; wenn Sie wüßten, wie unglücklich so eine arme Mutter ist, und wie man sie mit ein paar Worten aufrichten kann!... Ach, jetzt schreit es wieder..."

„Es ist ganz einfach übermüdet," sagte Cérizet; „in der Wiege wird ihm schon wohler werden."

„Ich werde ihm die Sonate von Beethoven vorspielen, die mein Väterchen so sehr liebte; es ist wunderbar, wie das beruhigt. Adieu, Doktor," sagte sie nochmals, auf der Schwelle stehen bleibend, „adieu, mein guter Doktor!"

Und sie warf ihm eine Kußhand zu.

Cérizet war ganz erschüttert.

„Sie sehen," sagte du Portail, „was das für ein Engel ist; niemals eine häßliche Bemerkung, niemals ein böses Wort. Manchmal ist sie traurig, aber immer nur infolge mütterlicher Sorgen; das hat den Ärzten die Überzeugung beigebracht, daß, wenn die Wirklichkeit an Stelle ihrer dauernden

Halluzination tritt, sie wieder zu Verstand kommen würde. Nun wissen Sie jedenfalls, was dieser törichte la Peyrade zurückweist, noch dazu mit einer großartigen Mitgift! Aber er muß dazu gebracht werden, oder ich will nicht mehr du Portail heißen. Hören Sie," fuhr er fort, als jetzt Klavierakkorde erklangen, „was sie für ein Talent besitzt! Es gibt hunderttausend Frauen mit gesunden Sinnen, die an diese Irre nicht heranreichen und die auch nur scheinbar vernünftiger sind."

Als die Beethovensche Sonate beendet war, die mit so seelenvoller Meisterschaft gespielt wurde, daß sie den Gerichtssekretär mit Bewunderung erfüllte, sagte er:

„Ich bin ganz Ihrer Meinung, mein Herr, la Peyrade verschmäht einen Engel, einen Schatz, eine Perle, und wenn ich an seiner Stelle wäre ... Aber wir werden ihn schon gefügig machen. Von jetzt ab will ich Ihnen nicht nur mit Eifer, sondern mit Leidenschaft, mit Fanatismus dienen."

Als Cérizet diesen Treuschwur geleistet hatte, vernahm er außerhalb des Zimmers, in dem ihn du Portail empfangen hatte, eine weibliche Stimme, die nicht die Lydias war.

„Ist der verehrte Herr Kommandeur in seinem Arbeitszimmer?" fragte diese Stimme mit leichtem fremdländischem Akzent.

„Ja, gnädige Frau; aber nehmen Sie gefälligst im Salon Platz, der Herr ist nicht allein, ich werde ihn benachrichtigen."

Das war die Stimme Kates, der alten holländischen Gouvernante.

„Bitte, gehen Sie hier durch," sagte du Portail schnell.

Und er öffnete ihm eine Nebentür, die durch einen dunklen Korridor direkt zur Treppe führte.
Der Artikel, mit dem eine neue Zeitungsredaktion zum erstenmal zu dem Publikum in Beziehungen tritt, „ihr Glaubensbekenntnis", wie man sich fachmännisch ausdrückt, ist immer eine mühselige, schwere Entbindung. In diesem besondern Falle war es gleichzeitig erforderlich, die Kandidatur Thuillier, wenn auch noch nicht aufzustellen, so doch wenigstens vorzubereiten. Über den Text dieses Manifestes, nachdem es la Peyrade redigiert hatte, wurde daher sehr lange diskutiert. Die Debatte fand in Cérizets Gegenwart statt, der auf du Portails Rat die Redakteurstelle angenommen hatte; die Kaution hatte er aber jedenfalls noch nicht gestellt, indem er sich den Aufschub zunutze machte, den die Behörde bei einem Besitzwechsel üblicher Weise für die Erfüllung dieser Vorschrift gewährt.
In geschickter Weise von dem Oberschurken geschürt, der von Anfang an Thuillier zu schmeicheln verstand, wurde diese Diskussion mehrmals stürmisch und scharf; aber da nach dem Gesellschaftsvertrage la Peyrade in allen Redaktionsangelegenheiten das letzte Wort gelassen war, so ordnete er schließlich an, daß der Artikel, so wie er ihn geschrieben hatte, in die Druckerei ging.
Thuillier war genötigt, sich dem, was er einen Mißbrauch der Macht nannte, zu fugen, und als er sich am nächsten Tage mit Cérizet allein sah und sich beeilte, in den Busen des getreuen Redakteurs seinen bitteren Schmerz auszuschütten, bot sich diesem eine günstige, von selbst gegebene Gelegenheit dar, ihm die verleumderischen Eröff-

nungen, die er mit dem Manne aus der Rue Honoré-Chevalier ausgeheckt hatte, zu machen.
Die Einflüsterung wurde mit einer Kunst und in einer Form vollzogen, daß auch ein viel gescheuterer Mensch als Thuillier getäuscht worden wäre. Cérizet tat sehr besorgt um die Geheimhaltung dessen, was ihm nur sein hingebender Eifer und eine gewisse Sympathie für den „hervorragenden Geist und Charakter“ der ihm „von Anfang an bei Thuillier imponiert hätte,“ entlockt habe. Dieser beruhigte den Verräter und versprach ihm, daß er in keiner Weise in die Auseinandersetzung, die sein Geständnis herbeiführen könnte, hineingezogen werden würde. Es würde so aussehen, als ob Thuillier von anderer Seite informiert worden wäre, und nötigen Falls würde er den Verdacht auf Dutocq lenken. Cérizet ließ den Pfeil in der Wunde stecken und entfernte sich, um einige erforderliche Dispositionen bezüglich der definitiven Regelung der Kautionsangelegenheit zu treffen.
Die Szene hatte sich im Bureau der Zeitung abgespielt. Seit ihrem Ankauf erschien Thuillier hier stets zwei Stunden früher als nötig war, verbrachte den ganzen Tag daselbst und ermüdete alle Leute mit seinem geschäftigen Nichtstun; Abends kam er wieder hin und hätte beinahe dort geschlafen; und in den kurzen Augenblicken, wo er sich bei den Seinigen sehen ließ, beklagte er sich über die Menge seiner mannigfachen Beschäftigungen und jammerte so, daß man fürchten mußte, er würde unter der Last erliegen und schließlich seine Gesundheit aufs Spiel setzen. Gemartert von der fürchterlichen Enthüllung, ver-

mochte Thuillier nicht, noch länger dazubleiben; er fühlte das Bedürfnis, sein Herz auszuschütten und sich über die Haltung auszusprechen, die ihm durch eine so teuflische Aufklärung vorgeschrieben wurde. Er ließ sich also einen Wagen holen und eine Viertelstunde später hatte er alles seiner Egeria, das heißt Brigitte, seiner vielgeliebten Schwester, anvertraut.

Brigitte hatte sich sehr energisch gegen alle Maßnahmen ausgesprochen, die Thuillier in diesen letzten Tagen getroffen hatte. Auf keinen Fall, selbst nicht im Interesse der Wahl, wollte sie, daß man mit la Peyrade wieder anknüpfe. Sie fühlte sich ihm gegenüber im Unrecht: Grund genug, ihm böse zu sein. Dazu kam, falls dieser Intrigant, wie sie ihn nannte, Celeste heiraten würde, die Besorgnis, daß ihre Autorität dabei leiden könnte, und diese Angst verlieh ihr eine Art zweiten Gesichts, das sie die dunklen Charakterseiten des Provenzalen erkennen und sie schließlich erklären ließ, daß sie in keinem Fall und um keinen Preis gemeinsame Wirtschaft mit ihm führen würde.

Von dem Ehrgeiz, gewählt zu werden, verzehrt, hatte sich Thuillier nicht um sie gekümmert; er hoffte, seine Schwester später von ihrem Vorurteil zurückzubringen. Als dann aber die Frage der Zeitung aufs Tapet gebracht wurde, war er bei Brigitte auf einen so lebhaften Widerstand gestoßen, daß sie sich ihm gegenüber sogar zu der bitteren Bemerkung hinreißen ließ:

„Ruiniere dich nur, mein Lieber, du bist ja der Herr; wer dem Teufel den kleinen Finger hinreicht, dem nimmt er die ganze Hand.“

Trotzdem, als Brigitte nach erfolgtem Ankauf wegen mehrerer Einzelheiten bei der Einrichtung um Rat gefragt wurde und sah, daß sie ihr leidenschaftliches Interesse für alles Hauswirtschaftliche betätigen konnte; als sie über zwei Plätze bei den Falzerinnen verfügen konnte; als sie Coffinet, ihren Portier in der Rue-Saint-Dominique zum Bureaudiener machen und ihn wegen dieser Doppelstellung sein Portiersgehalt um zweihundert Franken kürzen konnte; als sie beauftragt wurde, Shirting für die Vorhänge des Redaktionszimmers, Lampen, Kohlenschaufeln und Feuerzangen einzukaufen, und die Weisung erhalten hatte, von Zeit zu Zeit sich von der Reinigung der Tintenfässer, dem Ausfegen der Bureaus und den übrigen, Ordnung und Sauberkeit betreffenden Einzelheiten zu überzeugen – da hatte sich ihre üble Laune erheblich gebessert, und als sie jetzt das Bekenntnis ihres Bruders anhörte, nahm sie es nicht mit Vorwürfen auf, sondern stimmte eine Art Triumphgesang an, mit dem sie die vermutliche Steigerung ihres Einflusses begrüßte.

„Um so besser!" rief sie aus, „nun weiß man doch endlich, daß er ein Spion ist! Ich habe diesen Heuchler immer im Verdacht gehabt! Schmeiß ihn doch ohne weitere Auseinandersetzung hinaus. Wir brauchen ihn nicht für die Zeitung. Dieser Cérizet, der, wie du sagst, ein so tüchtiger Mensch ist, wird uns schon einen andern Redakteur besorgen. Übrigens hat Frau von Godollo, als sie abreiste, versprochen, mir zu schreiben; wenn wir erst in Korrespondenz stehen, wird sie uns ohne Mühe einen empfehlen können! Unsere arme Celeste; der wäre gerade der Richtige für sie!"

„Wie du schon wieder losgehst!“ erwiderte Thuillier. „La Peyrade, meine Liebe, ist doch zunächst nur beschuldigt, man muß ihn doch auch erst hören; und dann bindet uns ja ein Vertrag.“

„Ach so, sehr schön!“ sagte Brigitte. „Ich sehe schon, wie es kommen wird; du wirst dich wieder einwickeln lassen; einen Vertrag mit einem Spitzel ... als ob ein Vertrag mit solchen Leuten gelten kann!“

„Ruhig, ruhig, meine gute Brigitte,“ entgegnete Thuillier, „wir dürfen uns hier zu keinem Gewaltstreich hinreißen lassen. Ich bin fest entschlossen, falls La Peyrade sich nicht rechtfertigen kann, und zwar klar, bündig und überzeugend, mit ihm zu brechen, und ich werde dir beweisen, daß ich keine feige Memme bin; aber Cérizet selbst ist ja nicht ganz sicher, es sind ja vorläufig bloße Schlußfolgerungen, und ich kam nur, um dich zu fragen, ob ich eine Auseinandersetzung mit ihm herbeiführen soll oder nicht.“

„Darüber kann es keinen Zweifel geben,“ sagte Brigitte, „du mußt eine haben und zwar eine gründliche, oder ich verleugne dich als meinen Bruder.“

„Das genügt mir,“ sagte Thuillier, der sich mit feierlichem Schritt entfernte, „und du wirst sehen, ob wir in der Lage sind, uns zu verständigen.“

Die Einrichtung des „Echos de la Bièvre“ in der Rue Saint-Dominique d'Enfer war vorläufig noch sehr mangelhaft, da sie sehr überstürzt erfolgen mußte; das alte Lokal in der Rue des Noyers in einem überaus elenden Hause hatte sich sofort als unbewohnbar erwiesen, und bei der Aufnahme des Mobiliars, das in dem Kaufvertrage angeführt war, hatte Thuillier eine große Enttäuschung erlebt.

Das Inventarium des Mobiliars ergab folgendes:

1. Drei Tische aus schwarz gestrichenem Holz;
2. Sechs Stühle, die mit Stroh oder so ähnlich wie die berühmte Laute von Bologna, die Molière unsterblich gemacht hat, bezogen waren;
3. Ein Regal, ebenfalls aus schwarz gestrichenem Holz, das eine Sammlung der einzelnen Nummern der Zeitung enthielt;
4. Ein Waschbecken aus Steingut mit einem Korbgeflecht, ein aus der Mode gekommenes Stück, das gut sechs Kannen Wasser fassen konnte;
5. Drei Leuchter und eine Lichtputzschere, die Beleuchtung der bisherigen Redaktion des „Echos de la Bièvre", die nicht einmal so viel wie das „Aurora"-Licht wert war;
6. Eine Karaffe und zwei Gläser;
7. Neun leere Flaschen, von denen mehrere, nach dem Etikett zu urteilen, „echten" Jamaikarum und „echten" Schweizer Absinth enthalten hatten.

Was aber dem Etablissement seinen Stempel aufdrückte und das berühmte Wort Léon de Loras:" „die Schuster tragen meistens zerrissene Stiefel" Lügen strafte, das war in einem Schrank des Redaktionsbureaus ein riesiger Vorrat von Lohkuchen größten Kalibers, trockene, feste, widerstandsfähige Lohkuchen, mit einem Wort Ware erster Güte, die bewiesen, daß die Aktionäre die Gründer des Unternehmens gewesen waren.

Nach der ersten Viertelstunde der Enttäuschung über dieses Inventar hatte Thuillier sich überzeugt, daß es vervollständigt werden müsse und sich in einem Kabriolet nach der Rue Chapon begeben.

Am nächsten Tage war der eine Raum der neuen Behausung, an dessen Tür ein Maler die vorschriftsmäßige Aufschrift: „Bureau und Kasse“ hatte anbringen müssen, mit einem Verschlage, der in Armeshöhe ein Messinggitter hatte, abgeteilt worden; an beiden Seiten des Schalters, an dem das Geld der Abonnenten angenommen werden sollte, hingen an Stangen Gardinen aus grünem Perkal, die Brigitte besorgt hatte.
In dem Redaktionszimmer, das gleichfalls eine Aufschrift, aber in kleineren Buchstaben, hatte: „Eintritt verboten“, befand sich ein Dutzend Stühle aus Vogelkirschenholz, ein Stehpult und ein länglicher Tisch, noch ohne die grüne Decke, die Fräulein Thuillier bei einem Gelegenheitskauf anzuschaffen übernommen hatte, ein Regal und eine an der Wand hängende Uhr, die wie eine Dorfuhr schlug; endlich vervollständigten noch zwei alte, von Samson, „dem Geographen Seiner Majestät“, gestochene Wandkarten die vorläufig vollkommen genügende Einrichtung.
Schließlich hatte, gerade als Thuillier von seiner Besprechung mit Brigitte zurückkehrte und in das Redaktionszimmer trat, das Lokal seine letzte Weihe erhalten: ein Druckerlehrling brachte ein Ries Briefpapier, das am Kopfe Namen und Adresse des „Echos“ trug. Solange nicht ein gedruckter Briefkopf vorhanden ist, kann man von der Existenz einer Zeitung noch nicht sprechen. Der Briefkopf bedeutet gewissermaßen die Taufe für sie: deshalb sind alle Gründer von Journalen bemüht, mit dieser symbolischen Handlung zu beginnen; sie sind immer in Angst, daß ihre Schöpfung sterben könne, ohne die Nottaufe empfangen zu haben.

Thuillier fand la Peyrade auf seinem Posten als Chefredakteur; aber seit einer Viertelstunde befand sich der Advokat in ziemlicher Verlegenheit, wie er von der endgültigen Entscheidung, die er sich bezüglich der Auswahl der Artikel und der Redakteure vorbehalten hatte, Gebrauch machen solle. Stets von seiner Familie gedrängt, und als Mitglied des Lesekomitees beim Odeon, war Phellion erschienen, um sich als „Theaterkritiker" anzubieten.

„Mein werter Herr," sagte er, sich an la Peyrade wendend, nachdem er sich nach Thuilliers Befinden erkundigt hatte, „ich habe in meiner Jugend viele Theaterstücke gesehen; die Bühnendarstellungen haben während meiner ziemlich langen Laufbahn stets eine besondere Anziehungskraft auf mich ausgeübt, und die weißen Haare, die heute meine Stirn krönen, scheinen mir kein Hindernis zu sein, daß ich Ihr interessantes neues Organ nicht an den Früchten meiner Studien und meiner Erfahrung sollte teilnehmen lassen. Als Mitglied des Lesekomitees beim Odeontheater habe ich außerdem aus frischen Quellen geschöpft, und wenn ich auf Ihre Diskretion rechnen darf, will ich sogar so weit gehen, Ihnen zu gestehen, daß sich unter meinen Papieren noch eine Tragödie ‚Sapor' finden dürfte, die mir in meinen jungen Jahren beim Vorlesen in den Salons einigen Beifall eingetragen hat."

„Ja, aber," antwortete la Peyrade, der ihm die Ablehnung, die er ihm zuteil werden lassen mußte, etwas versüßen wollte, „warum sollte man jetzt nicht versuchen, sie aufzuführen? Wir könnten Ihnen bei einem solchen Versuch behilflich sein."

„Gewiß," sagte Thuillier, „wenn wir das Werk einem Theaterdirektor empfehlen..."

„Nein," entgegnete Phellion. „Zunächst würde es mir, als Mitglied des Lesekomitees beim Odeon, der ich andere zu beurteilen habe, nicht ziemen, selbst wieder in die Arena hinabzusteigen. Ich bin jetzt ein alter Athlet, dessen Rolle darin besteht, die Faustschläge, die er selbst nicht mehr auszuteilen vermag, bei andern zu beurteilen. In diesem Sinne gehört die Kritik völlig zu meiner Kompetenz, und das um so mehr, als ich über die Art, wie ein Theaterfeuilleton zu gestalten ist, Gedanken habe, die ich für neu halte. Das ‚Castigat ridendo mores' muß, nach meiner schwachen Einsicht, das Grundgesetz, oder sagen wir besser das einzige Gesetz für das Theater sein. Ich würde mich also unerbittlich gegen die Werke zeigen, die reine Kinder der Einbildungskraft sind, an denen die Moral keinen Anteil hat, und die die Vorsicht einer Familienmutter..."

„Verzeihung," sagte la Peyrade, „wenn ich Sie unterbreche; aber bevor Sie sich die Mühe machen, uns Ihre Poetik zu entwickeln, muß ich Ihnen gestehen, daß wir für das Theaterfeuilleton schon Verträge abgeschlossen haben."

„Ach, das ist etwas Anderes", erwiderte Phellion; „ein Ehrenmann ist an sein Wort gebunden."

„Ja," sagte Thuillier, „wir haben schon jemanden; wir waren weit entfernt davon, zu hoffen, daß Sie uns Ihre ehrenvolle Mitarbeiterschaft anbieten würden."

„Nun," erklärte Phellion, wie ein Intrigant – denn in der Atmosphäre einer Zeitung ist ein gewisses Etwas enthalten, was zu Kopfe steigt, be-

sonders den Bourgeois – „da Sie so gütig sind, zu glauben, daß Ihnen meine Feder Dienste leisten könne, so dürften vielleicht unter ‚Vermischtem' einige Aphorismen über verschiedene Gegenstände, die ich deshalb nicht gezögert habe, als ‚Verschiedenerlei' zu bezeichnen, geeignet sein, Ihnen etwas Interesse einzuflößen."
„Jawohl," sagte la Peyrade maliziös, ohne daß Phellion es merkte, ‚Aphorismen', besonders solche in der Art la Rochefoucaulds und la Bruyères. – Wie denkst du darüber, Thuillier?"
Er hatte sich vorbehalten, so oft es angängig war, dem Herrn Zeitungsbesitzer die Verantwortung für eine Ablehnung zu überlassen.
„Ich meine," sagte Thuillier, „solche unzusammenhängende Aphorismen dürften nicht so häufig gebracht werden."
„Sicherlich," antwortete Phellion, „wer von Aphorismen spricht, versteht darunter Gedanken über eine große Menge von Gegenständen, über die der Autor nur hinstreift, ohne die Absicht zu haben, ein Ganzes daraus zu gestalten."
„Und Sie würden," fragte la Peyrade, „mit Ihrem Namen zeichnen?"
„Ach nein," entgegnete Phellion erschreckt; „ich habe keine Lust, mich so zur Schau zu stellen."
„Diese Zurückhaltung, die ich übrigens begreife und billige," erwiderte la Peyrade, „entscheidet die Frage vollkommen; Aphorismen sind ein rein individuelles Genre, das gebieterisch verlangt, durch ein Individuum personifiziert zu werden. Sie werden selbst empfinden: Aphorismen mit drei Sternen unterzeichnet, das sagt dem Publikum nichts."

Da er sah, daß Phellion sich anschickte, Einwendungen zu machen, entschloß sich Thuillier, der Eile hatte, mit dem Provenzalen handgemein zu werden, energisch vorzugehen.

„Mein lieber Phellion," sagte er daher, „ich bitte Sie sehr um Entschuldigung, daß wir nicht länger das Vergnügen Ihrer Unterhaltung genießen können, aber ich habe mit la Peyrade über einen sehr wichtigen Artikel zu sprechen, und bei den Journalisten vergeht die Zeit so verdammt schnell! Wenn es Ihnen recht ist, dann verschieben wir die Behandlung der Frage auf einen andern Tag... Frau Phellion befindet sich doch wohl?"

„Ganz wohl", erwiderte der große Mitbürger, der sich erhob, ohne über die Verabschiedung beleidigt zu sein. „Wann erscheint denn die erste Nummer?" fragte er. „Man wartet in unserem Bezirk schon sehnsüchtig darauf."

„Ich denke, morgen," sagte Thuillier indem er ihn hinausbegleitete; „es ist die höchste Zeit, denn mit diesem alten Vorrat von Makulatur, was wir im Journalistenstil ‚Bären' nennen, würden wir die Abonnenten in die Flucht schlagen. Übrigens wird Ihnen die Zeitung zugeschickt werden; also auf baldiges Wiedersehn, nicht wahr? Bringen Sie uns nur jedenfalls das Manuskript; vielleicht ist la Peyrades Standpunkt ein wenig zu streng."

Mit diesem Balsam auf der Wunde entfernte sich Phellion, und Thuillier klingelte nach dem Bureaudiener.

„Werden Sie den Herrn, der eben fortgegangen ist, wiedererkennen?" fragte Brigittes Bruder.

„Gewiß, Herr, dafür hat er ja einen genügend komischen Schädel; aber es ist ja Herr Phellion; ich habe ihm doch mehr als zweihundertmal die Tür geöffnet."

„Also, wenn er wiederkommt, dann sind weder ich noch Herr de la Peyrade jemals anwesend. Denken Sie an diese Anordnung, sie gilt ganz streng; und jetzt lassen Sie uns allein."

„Donnerwetter!" sagte la Peyrade, als die beiden Sozien allein waren, „wie du mit unbequemen Leuten umspringst! Sei aber etwas vorsichtig! Es könnten sich Wähler darunter befinden; jedenfalls hast du wohl getan, Phellion zu sagen, daß man ihm die Zeitung zuschicken wird, er ist ein Mann von Bedeutung in seinem Viertel."

„Laß nur!" sagte Thuillier, „sollen wir uns von solchen Querköpfen, die kommen und uns ihre Mitarbeiterschaft anbieten, unsere Zeit stehlen lassen? Ich habe übrigens bei Phellion keine Ausrede gebraucht, wir haben tatsächlich miteinander zu reden, und zwar sehr ernsthaft: also nimm Platz und höre mir zu!"

„Weißt du, mein Lieber," sagte la Peyrade, „der Journalismus gibt dir förmlich einen feierlichen Anstrich. ‚Nimm Platz, Cinna!' Augustus hätte sich nicht anders ausdrücken können."

„Leider sind die Cinnas," sagte Thuillier, „weit mehr verbreitet, als man denkt."

Er stand noch unter dem Eindruck des Entschlusses, den er mit Brigitte zusammen gefaßt hatte, und nahm sich vor, von beißender Ironie zu sein; der Kreisel befand sich noch in der schnellen Umdrehung, in die ihn der Peitschenschlag der alten Jungfer versetzt hatte.

La Peyrade setzte sich an den runden Tisch. Da er dauernd in Unruhe war, so ergriff er, um seine

Haltung zu bewahren, eine der großen Scheren, deren sich die Redakteure aller Zeitungen zu gegenseitigen Anleihen bedienen, und fing an, ein Stück Papier zu zerschneiden, auf dem von Thuilliers Hand ein Artikel begonnen worden war, der nie fortgesetzt wurde.

Obwohl der Provenzale dasaß, fing Thuillier noch nicht an zu sprechen; er erhob sich und ging auf die halb offen gebliebene Tür zu, um sie zu schließen. Statt dessen aber wurde sie breit aufgemacht und Coffinet erschien wieder.

„Will der Herr," sagte er zu la Peyrade, „zwei Damen empfangen, die ihn zu sprechen wünschen?"

„Was sind das für Damen?" fragte der Advokat.

„Sehr fein angezogene Damen; sie sehen aus wie Mutter und Tochter; die Tochter, die ist nicht zu verachten."

„Willst du, daß sie hier hinein geführt werden?" fragte la Peyrade Thuillier, „oder soll ich sie im Vorzimmer empfangen?"

„Da ihnen schon gesagt wurde, daß du da bist, mögen sie hereinkommen," erwiderte Thuillier; „aber sieh zu, daß du sie schnell loswirst."

Und der Besitzer des „Echos de la Bièvre" schickte sich an, die Hände auf dem Rücken, auf und ab zu gehen: er hatte dabei etwas Napoleonisches in seiner Gebärde.

Coffinets Urteil über die Toiletten der beiden Besucherinnen, die jetzt eintraten, bedurfte einer starken Einschränkung. Eine Frau ist noch nicht gut angezogen, wenn sie reiche, kostbare Sachen trägt, sondern erst dann, wenn sich in ihrer Kleidung, die vielleicht sonst ganz einfach sein darf, eine unerklärbare Harmonie der Formen und Farben geltend macht, die ihre reizvolle Hülle gerade für sie als die richtige erscheinen läßt. Nun bestand das Kostüm der jüngeren der beiden Damen aus einem Hut mit sehr schmaler Krempe, „Bibi“ genannt, der mit Flaum besetzt und so weit nach hinten geschoben war, daß er mehr dazu bestimmt schien, die Schultern zu schützen, als das Gesicht zu umrahmen; ferner aus einem riesigen französischen Kaschmirschal, der linkisch und unbeholfen, wie von einer jung Verheirateten, getragen wurde; aus einem Seidenkleide, schottisch breit karriert, mit drei Reihen Volants und viel zu viel Ketten und Berlocken, während andererseits Handschuhe und Schuhe einwandfrei waren. Was die andere anlangt, die gewissermaßen von ihrer tänzelnden Genossin ins Schlepptau genommen wurde, so war das eine kleine dicke Frau von roter Gesichtsfarbe, die ein Kleid, einen Schal und einen Hut trug, bei denen ein geübtes Auge sofort erkannt hätte, daß sie, wenn sie auch nicht aus dem „Temple“ stammten, so doch wie aus zweiter Hand herkommend aussahen. In dieser Weise pflegen immer die Mütter von Schauspielerinnen sich herauszuputzen, von denen la Peyrade jetzt ein ganz besonders bezeichnendes Musterbeispiel vor Augen hatte; die Sachen, mit denen sie sich bekleiden, sind dazu verdammt, zwei Generationen zu dienen, nur daß sie, dem natürlichen Verlauf entgegen, von den Deszendenten zu den Aszendenten zurückkehren.

Liebenswürdig auf zwei Stühle weisend fragte la Peyrade:

„Mit wem habe ich die Ehre zu reden?“

„Mein Herr,“ antwortete die jüngere der Besucherinnen, die ungeniert zuerst hereingetreten war, „ich stelle mich Ihnen auf Empfehlung eines Ihrer Herrn Kollegen vom Gericht, des Herrn Advokaten Minard, vor.“

„Sehr schön!“ bemerkte der Provenzale; „und in welcher Angelegenheit empfiehlt er Sie meiner Beachtung?“

„Ich bin dramatische Künstlerin und habe mir in diesem Viertel hier meine ersten Sporen verdient, was mich hoffen läßt, daß eine Lokalzeitung sich günstig über mich äußern wird; ich war bis jetzt am Theater du Luxembourg, wo ich eine Zeitlang die Rollen der ersten jugendlichen Liebhaberin gespielt habe.“

„Und wo sind Sie jetzt?“

„An den Folies, wo ich für die Déjazets engagiert bin.“

„An den Folies?“ fragte la Peyrade, der eine nähere Bezeichnung erwartete.

„An den Folies-Dramatiques,“ sagte mit freundlichem Lächeln Frau Cardinal, die der Leser sicher schon wiedererkannt haben wird; „diese Fräuleins haben solch eine Manier, die Namen abzukürzen; statt Délassements-Comiques sagen sie ‚Délaß-Com‘; ich habe ihnen immer gesagt: Das ist unpassend; im Handel verlängert man die Namen lieber, als daß man sie verkürzt. Beim Fischhandel wird man nicht kurz ‚Rochen‘ sagen, sondern ‚Frische, lebende Rochen‘. Ich finde, daß das viel besser wirkt.“

„Mutter!“ sagte die jugendliche Liebhaberin in trocknem Tone, der um so energischer war, als Frau Cardinal bei ihrem Zitieren aus einem Rest alter

Gewohnheit heraus etwas von ihrem früheren Ausruferton als Fischhändlerin hatte deutlich werden lassen.

„Und Sie werden nächstens auftreten?“ fragte la Peyrade.

„Ja, mein Herr, in einer Feerie in vier verschiedenen Kostümen: als Page, als kleiner Tambour der kaiserlichen Gardekadetten, als große Kokette in einem Dugazon-Mieder und als Fee Lilas, die zum Schluß inmitten bengalischer Flammen erscheint.“

„Nun, mein Fräulein,“ sagte la Peyrade, „ich werde also dem Theaterredakteur auftragen, sich besonders mit Ihrem Debut zu befassen.“

„Nicht wahr, lieber Herr,“ sagte Frau Cardinal, „Sie werden ihr ein bißchen Mut machen? Sie ist ja noch so jung! Und dann, das ist nicht bloß so geredet, das kann ich beweisen, sie arbeitet Tag und Nacht.“

„Mutter!“ sagte Olympia von oben herab, „man soll sein Urteil über mich abgeben; es genügt, wenn der Herr so freundlich ist, mir zu versprechen, daß man meinem Debut einige Aufmerksamkeit schenken wird... In den Folies werden viele Stücke aufgeführt, die von den Kritikern unbeachtet bleiben; aber, wie ich schon sagte, als Kind dieses Viertels...“

„Gewiß, mein Fräulein!“ sagte la Peyrade abbrechend. „Meinem Kollegen Minard geht es gut?“

„Jawohl, er war gestern abend bei uns und hat mich meine Rollen überhört.“

„Ich bitte Sie, ihm meine Empfehlungen auszurichten“, sagte la Peyrade und begleitete die beiden Besucherinnen hinaus.

Olympia ging voran, wie bei ihrem Hereintreten, und ließ ihre Mutter, die Mühe hatte, ihr zu folgen, zwanzig Schritt hinter sich.
„Na?“ bemerkte la Peyrade, als er zurückkam, zu Thuillier, „was sagst du nun zu Herrn Minard, der ja auch ein Bewerber um Celestes Hand ist? Der erträgt wenigstens das Hinausschieben mit Geduld.“
„Wir sind für niemanden zu sprechen!“ rief Thuillier dem Bureaudiener zu, schloß die Tür und schob den Riegel vor. „Jetzt, mein Lieber,“ wandte er sich an la Peyrade, „haben wir beide miteinander zu reden. Mein Lieber,“ begann er ironisch – denn er hatte gehört, daß es für den Gegner nichts Vernichtenderes gäbe – „ich habe etwas erfahren, worüber du dich freuen wirst: ich weiß jetzt, warum ‚meine‘ Broschüre beschlagnahmt wurde.“
Und er sah la Peyrade scharf an.
„Ach,“ sagte dieser ganz unbefangen, „sie ist beschlagnahmt worden, weil man sie eben beschlagnahmen wollte. Man hat gesucht und man hat etwas gefunden, weil man eben, wenn man will, immer etwas finden kann, was die Herren Staatsanwälte mit dem Ausdruck ‚Umsturztendenz‘ bezeichnen.“
„Nein, da bist du auf falscher Fährte,“ antwortete Thuillier; „die Beschlagnahme war schon vorher vorbereitet, beschlossen und abgekartet.“
„Zwischen wem denn?“ fragte la Peyrade.
„Zwischen denen, die die Broschüre vernichten wollten, und den Elenden, die versprochen hatten, sie auszuliefern.“
„Da würden jedenfalls die Leute, die die andern

gekauft haben,“ bemerkte der Advokat, „nicht gerade ein gutes Geschäft gemacht haben; denn selbst trotz der Beschlagnahme hat, so weit ich sehe, dein Werk kein besonderes Aufsehen erregt.“

„Aber die, die sich verkauft haben?“ entgegnete Thuillier mit verdoppelter Ironie.

„Das waren jedenfalls die Klügeren“, erwiderte la Peyrade.

„Oh, ich weiß ja,“ sagte Thuillier, „daß du ein großes Wesen von solcher Klugheit machst; aber gestatte mir, dir zu bemerken, daß die Polizei, deren Hand für mich in all diesem deutlich erkennbar ist, wie man allgemein annimmt, ihr Geld nicht zum Fenster hinauszuwerfen pflegt.“

Und er sah la Peyrade von neuem an.

„Also du hast“, bemerkte der Advokat, ohne mit der Wimper zu zucken, „entdeckt, daß die Polizei schon vorher darauf hingearbeitet hat, deine Broschüre zu unterdrücken?“

„Jawohl, mein Lieber, und ich kenne sogar genau die Summe, die man der Person bezahlt hat, die sich zu dieser ehrenhaften Machenschaft hergegeben hat.“

„Es wäre nicht unmöglich,“ sagte la Peyrade, „daß ich bei einiger Überlegung diese Person auch kenne; von der Summe habe ich keine Ahnung.“

„Nun, ich kann dir den Betrag nennen: fünfundzwanzigtausend Franken,“ erklärte Thuillier mit starker Betonung, „so viel ist dem Judas bezahlt worden.“

„Erlaube mal, mein Lieber, fünfundzwanzigtausend Franken, das ist viel Geld. Ich leugne nicht, daß du eine wichtige Persönlichkeit bist; gleichwohl bist du für die Regierung doch noch kein solches Schreckgespenst, daß sich deinetwegen solche Opfer lohnen sollten. Fünfundzwanzigtausend Franken, soviel würde man für die Unterdrückung eines der berühmten Pamphlete gegen die Verwaltung der Civilliste ausgegeben haben; aber unsere finanzielle Verlautbarung hatte doch keine solche Bedeutung, und daß man eine so hohe Summe aus dem Geheimfonds entnommen haben sollte, einzig um sich das Vergnügen zu machen, dir einen Schabernack zu spielen, das erscheint mir doch etwas märchenhaft!"

„Es scheint," entgegnete Thuillier scharf, „daß der ehrenwerte Zwischenhändler ein Interesse daran hatte, meine Bedeutung zu übertreiben; sicher ist jedenfalls, daß dieser Herr eine Schuld von fünfundzwanzigtausend Franken zu begleichen hatte, die ihn sehr drückte, und daß dieser selbe Herr einige Zeit vor der Beschlagnahme plötzlich in der Lage war, sie zu bezahlen; wenn du mir nicht sagen kannst, woher er das Geld genommen hat, so ist es, wie mir scheint, nicht schwer für dich, die Konsequenzen daraus zu ziehen."

Jetzt sah Peyrade seinerseits Thuillier scharf an.

„Herr Thuillier," sagte er mit erhobener Stimme, „würden Sie, damit wir endlich aus diesen Verallgemeinerungen und Rätseln herauskommen, mir das Vergnügen machen, diese Person zu nennen?"

„O nein!" sagte Thuillier und schlug auf den Tisch, „aus Rücksicht auf die Gefühle von Achtung und Liebe, die uns einst verbanden, werde ich sie nicht nennen; aber Sie werden mich verstanden haben, Herr de la Peyrade."

„Das hätte ich mir wirklich denken können,"

sagte der Provenzale mit vor Erregung zitternder Stimme, „als ich diese Schlange hier einführte, daß ich bald mit ihrem Gift bespritzt werden würde... Du armer törichter Mensch, siehst du denn nicht, daß du dich nur zum Echo einer Verleumdung Cérizets hergibst?"

„Es handelt sich nicht um Cérizet, der im Gegenteil von dir nur das allerbeste gesagt hat; aber antworte mir doch: wie konntest du, obgleich du, wie ich genau weiß, am Abend vorher nicht einen Heller besaßest, in der Lage sein, Dutocq die runde Summe von fünfundzwanzigtausend Franken zu bezahlen?"

La Peyrade dachte einen Augenblick nach.

„Nein," sagte er dann, „Dutocq kann nichts erzählt haben; er ist nicht der Mann, um sich einen Feind von meiner Bedeutung ohne ein wichtiges Interesse auf den Hals zu hetzen. Der gemeine Denunziant, das ist Cérizet, dessen Händen ich dein Haus an der Madeleine entrissen habe; Cérizet, den ich in meiner Langmut von seinem Misthaufen weggeholt habe, um ihm eine anständige Situation zu verschaffen, dieser Elende, für den eine Wohltat nur die Ermutigung zu einer Verräterei mehr bedeutet. Wenn ich dir sagen wollte, was das für ein Mensch ist, du würdest dich vor Ekel übergeben müssen; in der Sphäre der Gemeinheit ist er ein Entdecker neuer Welten..."

Thuillier fand diesmal eine geschickte Entgegnung.

„Ich weiß nicht, was Cérizet ist," antwortete er, „ich kenne ihn ja nur durch dich, der du ihn mir als verantwortlichen Redakteur, unter Übernahme jeder Bürgschaft für ihn, präsentiert hast; aber wenn er auch der schwärzeste Teufel wäre und wir selbst den Fall annehmen wollten, daß die Enthüllung mir von ihm gemacht wäre, so kann dich das, mein Junge, in keiner Weise reinwaschen."

„Sicher war es nicht recht von mir," sagte la Peyrade, „ihn mit dir in Verbindung zu bringen, aber wir brauchten einen Menschen, der mit dem Zeitungswesen Bescheid wußte, und er hatte diesen Wert für uns. Kann man jemals in die Tiefen solcher Seelen blicken? Ich glaubte, er habe sich gebessert. Ich sagte mir, daß alles in allem solch ein Sitzredakteur doch nur Gefängnisfutter und eine Maschine zum verantwortlichen Zeichnen ist. Ich habe geglaubt, in ihm wenigstens einen Strohmann zu finden; ich habe mich getäuscht, er wird immer nur ein Lumpenkerl bleiben."

„Alles schön und gut," sagte Thuillier, „aber woher stammten die fünfundzwanzigtausend Franken, die sich gerade zur rechten Zeit in deinem Besitz befanden? Das vergißt du immer, mir zu erklären."

„Aber überlege dir doch die Sache nur ein kleines bißchen", antwortete la Peyrade; „ein Mann von meinen Fähigkeiten sollte aus der Kasse der Polizei schöpfen können und dabei so arm sein, daß er deiner Harpyie von Schwester nicht die zehntausend Franken hinzuwerfen vermag, über die sie von mir so unverschämt Rechenschaft forderte, wobei du ja Zeuge warst! ..."

„Aber wenn die Herkunft dieses Geldes", sagte Thuillier, „unanfechtbar ist, wie ich ja für mein Leben gern glauben möchte, was hindert dich, mir davon Kenntnis zu geben?"

„Das kann ich nicht“, antwortete der Advokat; „die Herkunft ist ein Geheimnis, das mir in meiner Eigenschaft als Advokat anvertraut wurde.“

„Wie denn? Du hast mir doch selbst gesagt, daß die Statuten eurer Kammer verbieten, daß ihr euch mit Geschäften befaßt.“

„Nehmen wir an,“ sagte la Peyrade, „daß ich etwas gemacht habe, was nicht ganz vorschriftsmäßig ist; es wäre doch merkwürdig, wenn du, nach allem, was ich für dich riskiert habe, die Stirn hättest, mir daraus einen Vorwurf zu machen...“

„Mein lieber Freund, du willst die Hunde von der Spur abbringen, es wird dir aber nicht gelingen, mich die Fährte verlieren zu lassen. Du willst dein Geheimnis bewahren, also bewahre es; ich aber bin Herr darüber, wem ich zu vertrauen und wen ich zu achten habe, und wenn ich dir die in unserm Vertrage festgesetzte Entschädigung bezahle, dann kann ich über meine Zeitung allein verfügen.“

„Also du willst mich wegjagen“, rief la Peyrade. „Das Geld, das du in die Sache gesteckt hast, deine Wahlchancen, alles soll der Anschuldigung eines Cérizet geopfert werden!“

„Erstens“, antwortete Thuillier, „wird sich als Chefredakteur schon jemand finden, der dich ersetzen kann, mein Lieber! Man hat schon immer gesagt, daß niemand unersetzlich ist. Und was dann meine Wahl anlangt, so will ich lieber nicht gewählt werden, als mit Hilfe von jemand, der..“

„Fahre doch fort!“ sagte Theodosius, als er sah, wie Thuillier stockte, „oder schweige vielmehr, denn du wirst gleich über deinen Verdacht erröten und mich auf den Knien um Verzeihung bitten.“

Der Provenzale hatte eingesehen, daß, wenn er sich nicht zu einem Bekenntnis entschlösse, sein Einfluß und seine Zukunftsaussichten, die er zurückerobert hatte, ihm unter den Füßen weggezogen würden.

Er fuhr also in feierlichem Tone fort:

„Du wirst daran denken, daß du unbarmherzig gewesen bist, daß du mich einer Art moralischer Tortur unterworfen und mich gezwungen hast, ein Geheimnis zu enthüllen, das nicht mir gehört."

„Sprich nur!" erwiderte Thuillier; „ich übernehme jede Verantwortung; laß mich in dieser dunklen Angelegenheit klar sehen, und ich werde der Erste sein, der sein Unrecht eingesteht."

„Diese fünfundzwanzigtausend Franken also", sagte la Peyrade, „sind die Ersparnisse eines Dienstmädchens, das mich gebeten hat, sie anzunehmen und ihr Zinsen dafür zu zahlen."

„Ein Dienstmädchen, das fünfundzwanzigtausend Franken Ersparnisse besitzt? Donnerwetter! Die scheint in einem feinen Hause zu dienen ..."

„Im Gegenteil, sie führt einem alten kränklichen Gelehrten den Haushalt, und gerade weil es eine in ihren Händen so unwahrscheinliche Summe ist, hat sie daraus in den meinigen eine Art von Fideikommiß machen wollen."

„Weißt du, lieber Freund," sagte Thuillier spöttelnd, „wir waren doch wegen eines Feuilletonromans in Verlegenheit, aber mit deiner Sache hier wären wir ja aus aller Not. Darin steckt doch wirklich Phantasie!"

„Was?" sagte la Peyrade lebhaft, „du glaubst mir nicht?"

„Nein, ich glaube dir nicht; fünfundzwanzigtausend Franken Ersparnisse im Dienste eines alten Gelehrten! Aber das wäre ja ebenso glaubhaft, wie wenn der Offizier in der ‚weißen Dame' sich von seinen Ersparnissen ein Schloß kaufte."

„Wenn ich dir aber den Beweis für die Wahrheit meiner Erklärung liefere, so daß du sie mit der Hand greifen kannst?"

„In diesem Falle würde ich, wie der heilige Thomas, vor dem Augenschein die Flagge streichen; aber du wirst mir gestatten müssen, mein edler Freund, abzuwarten, bis du mir diesen Beweis erbracht hast."

Thuillier fand sich großartig und sagte zu sich: ‚Ich würde gern zwei Louisdor bezahlen, wenn Brigitte zugegen wäre und sich überzeugen könnte, wie ich mit ihm umspringe.'

„Wenn ich nun," sagte la Peyrade, „ohne das Zimmer zu verlassen, durch ein unter deinen Augen geschriebenes Billett die Person, von der ich das Geld erhalten habe, veranlasse, hier zu erscheinen, und wenn sie dann meine Aussage bestätigt, wirst du mir dann Glauben schenken?"

Dieser Vorschlag und die Sicherheit, mit der er gemacht wurde, verfehlten nicht, Thuillier in Erstaunen zu setzen.

„Selbstverständlich", antwortete er in anderem Tone. „Aber geschieht das noch heute und unverzüglich?"

„Ohne daß ich das Zimmer verlasse, habe ich dir gesagt, ich denke, das ist doch klar."

„Und wer soll das Billett überbringen?" fragte Thuillier.

Er glaubte, indem er solchen Wert auf jede Einzelheit legte, einen erschöpfenden Scharfsinn zu entwickeln.

„Wer es überbringen soll?“ antwortete la Peyrade, „nun, der Bureaudiener, den du selbst damit beauftragen sollst.“

„Also dann schreibe“, sagte Thuillier, der seinen Mann damit festnageln wollte.

La Peyrade nahm ein Briefblatt mit dem Aufdruck der Zeitung und schrieb, indem er die Worte laut vorlas:

„Frau Lambert wird gebeten, sich in einer dringenden Angelegenheit sofort in das Bureau der Zeitung ‚Das Echo de la Bièvre‘, Rue Saint-Dominique-d'Enfer, zu begeben, wohin sie der Überbringer dieses führen wird. Sie wird ungeduldig erwartet von ihrem ergebenen Diener

Theodosius de la Peyrade.“

„Ist es so gut?“ fragte der Advokat und reichte Thuillier das Blatt hin.

„Vollkommen,“ erwiderte dieser, faltete vorsichtigerweise den Brief selbst zusammen und schloß den Umschlag; „jetzt adressiere“, fügte er hinzu. Und der Brief wanderte in la Peyrades Hände zurück.

Thuillier klingelte nach Coffinet.

„Bringen Sie diesen Brief an seine Adresse,“ sagte er, „und führen Sie die Person hierher. – Wird sie denn aber auch zu Hause sein?“ fragte er überlegend.

„Das ist sehr wahrscheinlich,“ antwortete la Peyrade; „in jedem Falle werden weder du noch ich dieses Zimmer verlassen, bevor sie gekommen ist; die Sache muß aufgeklärt werden.“

„Also gehen Sie!“ sagte Thuillier mit theatralischer Gebärde zu dem Bureaudiener.
Als sie allein waren, nahm la Peyrade eine Zeitung zur Hand und schien sich in deren Lektüre zu vertiefen.
Thuillier, der angefangen hatte, ziemlich unruhig bezüglich der Lösung der Frage zu werden, bedauerte, daß ihm eine andere Idee zu spät eingefallen war.
„Ja,“ sagte er sich, „ich hätte den Brief lieber zerreißen und es mit der Erbringung des Beweises nicht so weit treiben sollen.“
Und da er sich den Anschein geben wollte, als habe la Peyrade noch so ziemlich wie bisher die Stellung inne, aus der er gedroht hatte, ihn zu verjagen, bemerkte er:
„Hör mal, ich war vorhin in der Druckerei; die neuen Lettern sind angekommen; ich denke, die Zeitung wird morgen erscheinen können.“
La Peyrade antwortete nicht, sondern erhob sich und setzte seine Lektüre am Fenster stehend fort.
‚Er schmollt mit mir,‘ sagte sich Thuillier; ‚wenn er unschuldig sein sollte, hat er ja auch allen Grund dazu; aber weshalb hat er schließlich Cérizet hergebracht?‘
Und um seine Verlegenheit und Befangenheit zu verbergen, setzte er sich an den Tisch, nahm einen Redaktionsbriefbogen und schickte sich an, einen Brief zu schreiben.
Seinerseits setzte sich nun auch la Peyrade, nahm ebenfalls einen Bogen und ließ seine Feder mit der fieberhaften Schnelligkeit eines erregten Mannes über das Papier laufen.
Heimlich versuchte Thuillier zu sehen, was der

Provenzale schrieb, und da er bemerkte, daß er die einzelnen Sätze trennte und numerierte, sagte er:

„Du redigierst wohl einen Gesetzesvorschlag?"

„Jawohl," antwortete la Peyrade trocken, „das Gesetz des Besiegten."

Bald darauf öffnete der Bureaudiener die Tür und führte Frau Lambert herein, die er zu Hause angetroffen hatte und die jetzt etwas erschreckt hereintrat.

„Sie sind Frau Lambert?" fragte Thuillier im Amtstone.

„Ja, mein Herr", antwortete die Fromme unsicher.

Er bot ihr einen Stuhl an, und da er sah, daß der Bureaudiener noch dastand und auf seine Befehle wartete, sagte Thuillier zu ihm:

„Es ist gut, Sie können gehen; und lassen Sie niemanden herein."

Der Ernst und der hoheitsvolle Ton Thuilliers hatten die Befangenheit der Frau Lambert nur noch vermehrt. Sie hatte geglaubt, daß sie nur mit la Peyrade zu tun haben würde, und sah sich nun von einem Unbekannten in schroffer Weise empfangen, während der Advokat sich damit begnügt hatte, sie zu grüßen und kein Wort weiter sprach; außerdem spielte sich die Szene in dem Bureau einer Zeitung ab, und alles, was mit der Presse zusammenhangt, riecht bekanntlich insbesondere für die Frommen nach Hölle und Teufel.

„Nun, mein Lieber," sagte Thuillier zu dem Advokaten, „jetzt kann dich, wie mir scheint, nichts mehr hindern, der Frau zu erklären, weshalb du sie hergerufen hast."

Um jeden Verdacht Thuilliers zu beseitigen, war la Peyrade nun genötigt, die fragliche Angelegenheit ohne weitere Umschweife und Vorbereitungen zur Sprache zu bringen.

„Wir wollten Sie fragen, liebe Frau," sagte er also ex abrupto, „ob es wahr ist, daß Sie vor etwa zweieinhalb Monaten mir die runde Summe von fünfundzwanzigtausend Franken übergeben haben gegen die Verpflichtung, sie Ihnen zu verzinsen."

Obgleich sie die Blicke Thuilliers und des Provenzalen auf sich gerichtet sah, konnte Frau Lambert bei dieser so unverbereitet gestellten Frage sich nicht enthalten, zurückzufahren.

„Jesus, mein Gott!" rief sie, „fünfundzwanzigtausend Franken! Und wo sollte ich eine solche Summe hergenommen haben?"

Auf la Peyrades Gesicht zeigte sich nichts von Enttäuschung, wie man hätte annehmen sollen. Aber Thuillier betrachtete ihn mit schmerzlichem Mitleid.

„Du siehst also, mein Lieber ...", sagte er.

„Also," begann der Provenzale wieder, „Sie sind ganz sicher, diese Summe von fünfundzwanzigtausend Franken nicht in meine Hände gelegt zu haben? Sie bleiben dabei und versichern es?"

„Ach, lieber Herr, was können denn fünfundzwanzigtausend Franken und eine arme Frau wie ich miteinander zu tun haben? Es ist doch bekannt, daß das Wenige, was ich hatte, in der Wirtschaft des armen guten Herrn, dessen Dienstbote ich seit über zwanzig Jahren bin, draufgegangen ist."

„Das scheint mir deutlich zu sein", bemerkte Thuillier mit Nachdruck.

La Peyrade ließ auch nicht einen Schatten von Erregung merken; im Gegenteil, er schien mit Thuillier an demselben Strang zu ziehen, indem er zu ihm sagte:

„Du hörst es, mein Lieber, und ich werde mich erforderlichenfalls auf dein Zeugnis berufen, daß diese Frau keine fünfundzwanzigtausend Franken besitzt und sie mir infolgedessen auch nicht übergeben hat; und da der Notar Dupuis, bei dem ich mir eingebildet hatte, sie für sie hinterlegt zu haben, heute früh nach Brüssel abgereist ist und das Geld aller seiner Klienten mitgenommen hat, so hat diese Frau keine Forderung an mich, und die Flucht des Notars Dupuis ..."

„Der Notar Dupuis ist geflohen?" rief jetzt Frau Lambert aus, die infolge dieser schrecklichen Nachricht ihre gewöhnliche Sanftmut und christliche Ergebenheit völlig abgelegt hatte; „und diese Kanaille hat noch heute in Saint-Jacques du Haut-Pas das Abendmahl genommen!"

„Offenbar", antwortete la Peyrade, „wollte er sich eine glückliche Reise sichern."

„Der Herr hat leicht reden," fuhr Frau Lambert fort, „aber mir hat dieser Brigant doch meine Ersparnisse mitgenommen; aber in Wahrheit habe ich sie doch dem Herrn übergeben, und der Herr ist mir dafür verantwortlich, ich habe nur mit ihm zu tun."

„Na?" sagte la Peyrade zu Thuillier und zeigte auf Frau Lambert, die in ihrer ganzen Haltung etwas von einer Wölfin hatte, der man ihre Jungen geraubt hat, „war das echt? Oder glaubst du, daß von der Frau und mir Komödie gespielt wird?"

„Ich bin außer mir", erwiderte Thuillier, „über die Frechheit dieses Cérizet, und außer mir über meine Dummheit; ich kann mich nur völlig auf deine Seite stellen."

„Frau Lambert," sagte la Peyrade jetzt vergnügt, ohne zu merken, daß er damit seinem eigenen Empfinden Ausdruck gab, „erholen Sie sich von Ihrer furchtbaren Angst; der Notar Dupuis ist auch weiterhin ein frommer Mann und unfähig, seine Klienten zu schädigen, ihr Geld ist immer noch sicher bei ihm. Und dieser Herr hier, dem ich den Beweis liefern mußte, daß Sie mir wirklich das Geld übergeben haben, ist mein zweites Ich, und Ihr Geheimnis ist bei ihm so sicher bewahrt wie bei mir."

„Das ist sehr schön, lieber Herr!" sagte Frau Lambert; „die Herren brauchen mich also nicht weiter?"

„Nein, meine gute Frau, und entschuldigen Sie, daß ich Ihnen einen kleinen Schreck einjagen mußte."

Frau Lambert entfernte sich unter der Bezeugung respektvollster Unterwürfigkeit; aber an der Tür drehte sie sich noch einmal um und sagte mit übrigens vollkommen bescheidenem Ton:

„Wann wird der Herr in der Lage sein, mir mein Geld wiederzugeben?"

„Ich habe Ihnen doch gesagt," entgegnete la Peyrade trocken, „daß Sie über die Beträge, die Sie angelegt haben, nicht sofort verfügen können."

„Meint der Herr, daß, wenn ich selbst zu Herrn Dupuis gehen und ihn fragen würde, ob es ihm paßte ..."

„Ich meine," sagte der Advokat lebhaft, „daß

Sie damit einen ganz albernen Schritt tun würden; er hat das Geld von mir und auf meinen Namen entgegengenommen, so wie Sie es gewünscht haben, und weiß nur etwas von mir."

„Und würde der Herr sich nicht bemühen wollen, mir diese kleine Summe, die für ihn ja ohne Bedeutung ist, wieder zurückzuverschaffen? Ich will den Herrn ja nicht drängen, als ob ich es zu verlangen hätte; aber in zwei bis drei Monaten habe ich eine Verwendung dafür, man hat mir von einer kleinen Besitzung erzählt, die mir passen würde."

„Schön, Frau Lambert," antwortete la Peyrade und verbarg seine Verwirrung vollkommen; „es soll nach Ihrem Wunsch geschehen, und das Geld wird Ihnen vielleicht schneller, als Sie denken, wieder zurückgegeben werden."

„Es ist dem Herrn doch nicht unangenehm?" sagte die Frömmlerin; „weil der Herr doch immer gesagt hat, daß er bei der geringsten Indiskretion, die ich begehen würde ..."

„Jawohl, jawohl," unterbrach sie der Provenzale, „die Sache ist abgemacht."

„Dann habe ich die Ehre, mich den Herren als ihre untertänige Dienerin zu empfehlen", sagte die Scheinheilige und entfernte sich diesmal wirklich.

„Da siehst du, mein Lieber," sagte Theodosius zu Thuillier, als sie allein waren, „wohin es führt, wenn man auf deinen kranken Geist Rücksicht nehmen muß: diese Schuld befand sich im Zustande chronischer Ruhe, du hast sie wachgerufen!"

„Ich bin in Verzweiflung, mein lieber Freund, über meine törichte Leichtgläubigkeit; aber beunruhige dich nicht über den Anspruch dieser Frau, wir werden schon sehen, daß wir das ordnen, und wenn man diesen Betrag auch als Vorschuß auf deine Mitgift nehmen müßte..."

„Im übrigen, mein vortrefflicher Freund," sagte la Peyrade, „müssen wir in jeder Beziehung auf die Abreden unter uns zurückkommen; ich habe nicht Lust, meine Stellung jeden Morgen in Frage gestellt zu sehen, und eben, als wir auf die Frau warteten, habe ich einen kleinen Vertragsentwurf gemacht, den wir besprechen und unterzeichnen wollen, wenn es dir recht ist, bevor die erste Nummer erscheint."

„Aber in unserm Sozietätsvertrage", entgegnete Thuillier, „haben wir doch, wie mir scheint, festgesetzt..."

„Daß du", unterbrach ihn Theodosius, „für die lumpige Abfindungssumme von fünftausend Franken nach Artikel 14 die Sache allein an dich nehmen kannst; ich danke bestens! Wir werden da auf etwas Besseres bedacht sein müssen."

In diesem Moment erschien Cérizet. Er trug eine aufgeweckte Siegermiene zur Schau.

„Meine Herren und Meister," sagte er, „ich bringe das Kapital, in einer Stunde wird die Kautionssache gemacht und abgemacht sein."

Da er aber bemerkte, daß seine Neuigkeit sehr kühl aufgenommen wurde, so fragte er:

„Nun, was ist denn los?"

„Das ist los," sagte Thuillier, „daß ich mich nicht mit Heuchlern und Verleumdern assoziiere; daß wir weder Sie noch Ihr Geld brauchen, und daß ich Sie ersuche, diesen Ort nicht länger mit Ihrer Gegenwart zu beehren."

„Sieh, sieh, sieh!“ sagte Cérizet, „der Papa Thuillier läßt sich schon wieder mal hineinlegen!“
„Entfernen Sie sich, mein Herr!“ sagte Thuillier, „Sie haben hier nichts mehr zu suchen.“
„Mir scheint, Kleiner,“ sagte Cérizet zu la Peyrade, „du hast den ehrenwerten Bourgeois herumgekriegt. Nun ja, das Pulver hat er nicht erfunden, und was du kannst, das wissen wir ja. Na, das macht nichts, aber ich finde, du tust Unrecht daran, daß du nicht zu du Portail gehst, und ich werde ihm sagen...“
„Machen Sie, daß Sie hinauskommen!“ sagte Thuillier drohend.
„Ich war es doch nicht, der Sie aufgesucht hat, mein werter Herr,“ entgegnete Cérizet; „ich habe ohne Sie zu leben gehabt und werde auch jetzt noch zu leben haben. Sehen Sie nur zu, daß Sie die fünfundzwanzigtausend Franken nicht noch aus Ihrer Tasche bezahlen müssen, denn das kann Ihnen passieren.“
Nachdem er das gesagt hatte, steckte Cérizet seine Brieftasche mit den dreiunddreißigtausend Franken in Kassenscheinen wieder ein, nahm seinen Hut vom Tisch, auf den er ihn beim Hereinkommen gestellt hatte, gab ihm mit dem Unterärmel seinen Glanz wieder und entfernte sich.

☆

CÉRIZETS ENTHÜLLUNGEN HATTEN THUILlier zu einem äußerst unheilvollen Feldzug veranlaßt. Er war jetzt la Peyrades untertäniger Diener geworden und genötigt, alle seine Bedingungen anzunehmen. Fünfhundert Franken

monatlich für die Tätigkeit des Advokaten bei der Zeitung; seine Artikel mit fünfzig Franken die Spalte honoriert, was bei dem kleinen Format enorm war; die Verpflichtung, die Zeitung sechs Monate lang erscheinen zu lassen oder eine Entschädigung von fünfzehntausend Franken zu zahlen; die festgelegte absolute Allmacht des Chefredakteurs, der unumschränkter Herr war, alle Artikel anzunehmen, zu ändern oder abzulehnen, ohne dafür Gründe angeben zu müssen: das waren die in dem offiziellen Vertrage in doppelter Ausführung und in „vollem Einverständnis“ von beiden Parteien unterzeichneten Bedingungen.
Aber in einer andern geheimen Abmachung übernahm Thuillier die Bürgschaft für den Betrag von fünfundzwanzigtausend Franken, die la Peyrade der Frau Lambert schuldete, während der „besagte Herr“ la Peyrade nur verpflichtet war, im Falle des Zustandekommens einer Heirat zwischen ihm und Fräulein Celeste Colleville, und wenn die Bürgschaft Thuilliers vorher in Anspruch genommen sein sollte, sich diese Summe als Vorschuß auf die seiner Zeit ihm zu zahlende Mitgift anrechnen zu lassen. Auf diese Weise umging der schlaue Provenzale das Gesetz, das bei der Heirat keine Abstandszahlung gestattet. Denn war das nicht eine richtige Abstandssumme, dieser Betrag von fünfundzwanzigtausend Franken, den Thuillier nur im Falle des Zustandekommens der Heirat zurückerhielt, die bisher doch nur geplant war?
Nachdem alles so geregelt und von dem Wahlkandidaten, der ohne la Peyrade keine Aussicht auf Erfolg hatte, angenommen war, hatte Thuillier

einen glücklichen Gedanken: er holte sich aus dem Cirque-Olympique, wo er ihn als Billetkontrolleur gesehen hatte, einen pensionierten Beamten seines Bureaus, Namens Fleury, und bot ihm die Stelle als verantwortlicher Redakteur an. Als alter Soldat, der gut schoß und gewandt focht, mußte dieser Fleury ein ausgezeichneter Sitzredakteur für die Zeitung sein. Nicht wenig bewandert in der Kunst, „Gläubiger an der Nase herumzuführen", war er im Finanzministerium als erster auf die geniale Idee gekommen, seinerseits vorgeschobene Ansprüche auf sein Gehalt geltend machen zu lassen, um die wirklichen Ansprüche, die erhoben werden konnten, hinfällig zu machen. Dasselbe Verfahren wurde jetzt angewandt, um die dreiunddreißigtausenddreihundertdreiunddreißigFranken Kaution, die nach der gesetzlichen Vorschrift auf seinen Namen gestellt werden mußten, vor jedem Zugriff zu schützen. Da die Zeitung nun definitiv gegründet war, vorbehaltlich der Hinzuziehung einiger Mitredakteure, die man später finden würde und die la Peyrade dank seiner gewandten Feder vorläufig entbehren konnte, wurde die erste Nummer herausgegeben.

Thuillier begann nun wieder seine Nachforschungen quer durch Paris, wie er sie schon bei der Publikation seiner Broschüre unternommen hatte. Er ging in die Lesekabinette und die Cafés, fragte nach dem „Echo de la Bièvre", und wenn er meistens die unglückliche Antwort erhielt, daß man diese Zeitung nicht kenne, so rief er aus:

„Das ist ja unglaublich! Eine Firma, die etwas gelten will, und hält ein so verbreitetes Blatt nicht!"

Und er entfernte sich mit verächtlicher Miene, ohne zu merken, daß man an vielen Stellen, wo diese Geschäftsreisendentriks bekannt waren, nur Notiz von ihm nahm, um ihn auszulachen.

Am Abend des Tages, an dem der Eröffnungsartikel erschien, war, obwohl es kein Sonntag war, in Brigittes Salon eine große Gesellschaft versammelt. Mit la Peyrade, den ihr Bruder zum Essen mitgebracht hatte, wieder ausgesöhnt, erklärte ihm die alte Jungfer, daß sie seinen Artikel, ohne Schmeichelei gesagt, für fabelhaft „fein" hielte. Übrigens war das Publikum, nach dem, was die Besucher sagten, zu urteilen, von der am Morgen erschienenen Nummer entzückt.

Man weiß, was der Ausdruck „Publikum" bedeutet: für jeden, der etwas Gedrucktes in die Welt schickt, setzt sich das Publikum aus fünf bis sechs Vertrauten zusammen, die sich mit dem Autor verfeinden würden, wenn sie sich davon drücken wollten, von seinen Verlautbarungen Kenntnis zu nehmen.

„Ich muß sagen," rief Colleville, „das ist der erste politische Artikel, bei dessen Lektüre ich nicht eingeschlafen bin."

„Dieser Artikel," sagte Phellion, „verbindet unzweifelhaft, wie mir scheint, Kraft mit einem Attizismus, den man vergeblich bei irgendeinem andern Redakteur der öffentlichen Blätter suchen würde."

„Ja," sagte Dutocq, „er liest sich sehr gut; und dann zeigen die Wendungen einen Stil, wie ihn nicht der erste Beste zu schreiben vermag. Aber man muß das lesen, um es zu ‚genießen'. Ich glaube, das ‚Echo de la Bièvre' wird morgen von

den andern Zeitungen heftig angegriffen werden."
„Oh, das wünschen wir ja gerade!" sagte Thuillier, „und wenn die Regierung uns die Freundlichkeit erweisen wollte, es zu beschlagnahmen..."
„Ich danke bestens, mein Gönner!" sagte Fleury, den Thuillier ebenfalls zum Essen mitgebracht hatte, „ich möchte doch lieber nicht so schnell zur Ausübung meiner Funktionen veranlaßt werden."
„Oh, beschlagnahmt!..." bemerkte Dutocq, „beschlagnahmt werdet ihr nicht werden; aber ich denke, die ministeriellen Zeitungen werden eine volle Breitseite gegen euch abfeuern."
Am andern Morgen war Thuillier schon von acht Uhr an auf der Redaktion, um als erster diese Salve entgegenzunehmen. Aber nachdem er alle Zeitungen durchgesehen hatte, mußte er feststellen, daß von dem „Echo de la Bièvre" nicht mehr die Rede war, als wenn es überhaupt nicht existiert hätte.
Als la Peyrade ankam, fand er seinen unglücklichen Freund ganz bestürzt vor.
„Wundert dich das?" sagte der Provenzale ruhig; „ich habe gestern euren Voraussagungen über einen heißen Kampf mit der Presse nicht widersprochen; aber ich wußte wohl, daß heute früh kein Wort über uns geschrieben sein würde. Besteht denn nicht gegen jede Zeitung, deren Debut etwas Lärm macht, stets vierzehn Tage, und manchmal einen Monat lang die ‚Verschwörung des Totschweigens'?"
„Die Verschwörung des Totschweigens?" widerholte Thuillier voller Staunen.
Er wußte nicht, was das zu bedeuten hatte, aber ihm imponierte an dem Worte selbst seine Groß-

artigkeit und etwas, das seine Phantasie anregte. Als la Peyrade ihm auseinandergesetzt hatte, daß man unter der Verschwörung des Totschweigens den Entschluß des völligen Schweigens zu verstehen habe, das die bereits bestehenden Zeitungen gegenüber einer neuen bewahren, um es zu vermeiden, Reklame für sie zu machen, indem sie sich mit ihr beschäftigen, war er dadurch nicht mehr befriedigt, als schon vorher durch den hochtrabenden Klang des Wortes. Der Bourgeois ist so beschaffen; das Wort ist eine Münze, die bei ihm unbestrittenen Kurs hat. Um eines Wortes willen regt er sich auf oder beruhigt er sich, entrüstet er sich oder klatscht er Beifall. Mit einem Worte läßt er sich dazu bringen, eine Revolution zu machen und die Regierung seiner eigenen Wahl zu stürzen.

Aber die Zeitung war ja nur das Mittel, der Zweck war die Kandidatur Thuilliers; sie war in den ersten Nummern mehr angedeutet als aufgestellt worden; aber eines Morgens erschien in den Spalten des Echos ein Brief von mehreren Wählern, die ihrem Vertreter im Generalrat ihren Dank für seine feste und freimütig liberale Haltung aussprachen, die er bei der Behandlung der kommunalen Interessen bewiesen habe. „Diese Festigkeit hat ihm die Verfolgung durch eine Regierung eingetragen, die, im Schlepptau des Auslandes, Polen im Stiche gelassen und sich an England verkauft hat; unser Bezirk bedarf als Vertreter in der Kammer eines Mannes von erprobter Überzeugung, der das Banner der dynastischen Opposition hoch und sicher trägt, und dessen Name schon für die Regierung eine ernste Lehre bedeutet.“

Mit einem gewandten Kommentar la Peyrades versehen, trug dieser Brief die Unterschrift Barbets und Métiviers, der beiden Mieter des Hauses in der Rue Saint-Dominique, von denen der zweite der Papierlieferant der Zeitung war; fast alle Lieferanten Brigittes, deren Kundin sie im Hinblick auf die Wahl auch nach ihrem Fortzuge geblieben war, der Arzt, der Apotheker und der Architekt Thuilliers und endlich auch Barniol, der Schwiegersohn Phellions, der sich zu ziemlich fortschrittlichen Ansichten bekannte, hatten gleichfalls ihre Namen unter den Brief gesetzt. Was Phellion anlangt, so hatte er dessen Ausdrücke zu wenig maßvoll gefunden und, immer der Ritter ohne Furcht und Tadel, obwohl er annehmen mußte, daß seine Ablehnung den Herzenswünschen seines Sohnes schaden könnte, sich mutig ferngehalten.

Dieser Versuchsballon hatte in der Tat den besten Erfolg; die zehn bis zwölf Namen, die sich herausgestellt hatten, galten als der Ausdruck des Willens der Wähler und nannten sich die „Volksstimme des Bezirks"; die Kandidatur Thuilliers machte sogleich solche Fortschritte, daß Minard Bedenken trug, die seinige aufzustellen.

Entzückt über die Wendung, die die Dinge nahmen, war Brigitte die erste, die erklärte, die Heiratsangelegenheit müsse nun endlich „erledigt" werden, und Thuillier stimmte ihr um so mehr bei, als er fürchtete, jeden Augenblick genötigt werden zu können, die Summe, für die er gebürgt hatte, zu bezahlen. Eine gründliche Auseinandersetzung fand zwischen dem Provenzalen und der alten Jungfer statt. Sie verhehlte ihm nichts von ihren Besorgnissen bezüglich des Festhaltens an ihrer unumschränkten Autorität, wenn ein „Schwiegersohn" von seinem Geiste und Charakter ihr Hausgenosse werden würde. „Wenn wir uns streiten sollen," sagte sie schließlich, „dann ist es besser, von Anfang an getrennte Wirtschaft zu führen, wir können darum nicht weniger gute Freunde bleiben."

La Peyrade antwortete ihr, „daß er um keinen Preis auf ein solches Arrangement eingehen würde"; er habe im Gegenteil es als ein besonderes Glück seines zukünftigen Lebens angesehen, daß bei der Führung des Hauses die materielle Seite auch fernerhin der vortrefflichen Leitung Brigittes vorbehalten bleibe. Er würde mit der Leitung der äußeren Angelegenheiten genug zu tun haben und begriffe nicht, wie man annehmen könne, daß er auch nur auf den Gedanken kommen würde, sich in Kleinigkeiten zu mischen, die ihm vollkommen fern lägen. Kurz, er beruhigte und überzeugte Brigitte so völlig, daß sie ihrerseits ihn aufforderte, ohne Verzug die erforderlichen Schritte für die Aufbietung zu tun, indem sie sich selbst vorbehielt, Celeste auf die baldige Entscheidung vorzubereiten, und sich anheischig machte, durchzusetzen, daß sie, ohne mit der Wimper zu zucken, ihr Einverständnis erklären würde.

„Mein liebes Kind," sagte sie daher eines Morgens zu Celeste, „ich denke, du hast nicht mehr die Absicht, Felix Phellion zu heiraten. Erstens ist er atheistischer als je gesinnt, und dann wirst du wohl selbst bemerkt haben, daß er nicht richtig im Kopfe ist. Du hast ja bei Frau Minard Frau Marmus gesehen, die einen Gelehrten, einen Offizier der Ehrenlegion, geheiratet hat, der sogar Mitglied der Akademie ist. Nun, es gibt keine unglücklichere Frau: ihr Mann ist so weit gegangen, eine Wohnung hinter dem Luxembourg, nahe bei der Rue Notre-Dame des Champs, in der Rue Duguay-Trouin, zu nehmen, einer Straße, die weder gepflastert noch beleuchtet ist. Wenn er ausgeht, weiß er nicht, wohin er geht, und steht plötzlich auf dem Champ de Mars, wenn er nach dem Faubourg Poissonnière will; er ist nicht einmal imstande, einem Droschkenkutscher seine Adresse anzugeben und so zerstreut, daß er nicht zu sagen vermag, ob er schon gegessen hat oder nicht. Du wirst dir vorstellen können, was für ein Leben eine Frau mit einem solchen Menschen verbringen muß, der immer ein Glas vor den Augen hat, um nach den Sternen zu sehen."

„Aber Felix," sagte Celeste, „ist doch gar nicht so zerstreut."

„Gewiß, weil er noch jung ist, aber später wird seine Zerstreutheit seine Gottlosigkeit nur noch stärker werden lassen; wir sind deshalb alle überzeugt, daß er nicht der richtige Mann für dich ist, und deine Mutter, dein Vater, Thuillier und ich, alle die im Hause gesunden Menschenverstand haben, haben beschlossen, daß du dich für la Peyrade entscheiden sollst, einen Mann von Welt, der seinen Weg machen wird, der uns sehr große Dienste geleistet hat und deinen Paten auch noch zum Deputierten machen wird. Wir sind bereit, mit Rücksicht auf ihn dir eine Mitgift zu geben, die wir jedenfalls bei einem andern nicht geben würden. Die Sache ist also abgemacht, das Aufgebot wird bestellt und heute in acht Tagen der Ehekontrakt unterzeichnet werden. Wir werden ein großes Diner für die Verwandten und intimen Freunde geben und danach eine Soiree, wo der Kontrakt unterzeichnet und deine Aussteuer und Hochzeitsgeschenke ausgestellt werden sollen, und da ich die Sache in die Hand nehme, so stehe ich dir dafür, daß alles fein werden wird, vorausgesetzt, daß du dich nicht kindisch benimmst und unseren Absichten entgegenkommst."

„Aber Tante Brigitte..." sagte Celeste schüchtern.

„Es gibt hier kein ‚Wenn' und kein ‚Aber'," entgegnete die alte Jungfer in befehlendem Tone, „die Sache ist abgemacht, es sei denn, daß Sie klüger sein wollen, mein Fräulein, als Ihre Eltern..."

„Ich werde tun, was Sie wünschen, liebe Tante", antwortete Celeste, die fühlte, daß sich ein Unwetter über ihrem Haupte zusammenzog, und die nicht die Kraft hatte, gegen den eisernen Willen, dessen Entscheidung sie eben vernommen hatte, anzukämpfen.

Sie ging sogleich zu Frau Thuillier, ihrer Patin, um ihren Kummer bei ihr auszuweinen; da sie aber hier nur von Geduld und Ergebung reden hörte, so war dem armen Kinde klar, daß sie von dieser Seite nicht die geringste Unterstützung zu erwarten hatte, und daß sie sich rettungslos opfern müßte.

Brigitte stürzte sich mit Leidenschaft auf das neue Betätigungsgebiet, das sich ihr eröffnete, und begann sogleich den Feldzug für die Fertigstellung der Aussteuer und den Einkauf der Hochzeitsgeschenke. Wie die Geizigen bei besonderem Anlaß ihre Gewohnheiten und ihren Charakter verleugnen, so fand auch die alte Jungfer nichts schön genug und warf das Geld dermaßen zum Fenster hinaus, daß bis zu dem Tage, an dem die Unterzeichnung des Ehekontraktes stattfinden sollte, der Juwelier, die Schneiderin, die Wäschenäherin, die Modehändlerin, der Tapezierer, alle nur von berühmten Firmen, sich dauernd bei Brigitte aufhielten.

„Es ist die reine Prozession," sagte voller Bewunderung Josephine, die Köchin, zu der Franziska von Minards, „von früh bis abends steht die Klingel nicht still."

Das Diner wurde bei Chabot und Potel, und nicht bei Chevet, bestellt. Brigitte wollte damit ihre Selbständigkeit beweisen und zeigen, daß sie nicht bei dem von Frau von Godollo Eingeführten festzuhalten brauche. Die Gäste setzten sich folgendermaßen zusammen: drei Thuilliers, drei Collevilles, die Braut mit gerechnet; la Peyrade, der Bräutigam; Dutocq und Fleury, der verantwortliche Redakteur des „Echos de la Bièvre", die er als Trauzeugen gebeten hatte, da die außerordentlich beschränkte Zahl seiner Beziehungen ihm keine andere Wahl ließ; Minard und Rabourdin als Trauzeugen Celestes; zwei Kollegen Thuilliers im Generalrat; der Notar Dupuis, der den Ehekontrakt aufzusetzen hatte, und endlich der Abbé Gondrin, der Beichvater Frau Thuilliers und Celestes, der das Paar auch trauen sollte.

Dieser letzte der Gäste war ein ehemaliger Vikar von Saint-Jacques du Haut-Pas, der auf Grund seiner vornehmen Manieren und seiner Predigerbegabung vom Monseigneur, dem Herrn Erzbischof, von der ärmlichen Pfarre, an der er seine Laufbahn begonnen hatte, an die aristokratische Madeleinekirche berufen worden war. Seitdem seine beiden Beichtkinder auch seine Pfarrkinder geworden waren, besuchte der junge Abbé sie zuweilen, und Thuillier, der ihn aufgesucht und ihm in seiner Weise auseinandergesetzt hatte, wie passend die Wahl la Peyrades sei, wobei er Felix Phellion wegen seiner religiösen Ansichten eifrig anschwärzte, hatte ohne Schwierigkeit bei ihm durchgesetzt, daß er mit seinen salbungsvollen und überredenden Worten zu der Ergebung des Opfers beitrug.

Als man sich zu Tisch setzen wollte, fehlten noch drei Eingeladene: der junge und der alte Minard und der Notar Dupuis. Dieser letzte hatte am Morgen ein paar Zeilen an Thuillier geschrieben, daß man ihn nicht zum Diner erwarten möge, daß er aber pünktlich um neun Uhr mit dem Kontrakt sich im Salon zu Fräulein Thuilliers Verfügung halten werde. Den jungen Minard entschuldigte seine Mutter damit, daß ihn eine heftige Erkältung ans Zimmer fessele; die Abwesenheit des alten Minard, der mit seiner Frau und seiner Tochter nicht mitgekommen war, blieb unentschuldigt, und da die festgesetzte Zeit schon vorüber war, so bat Frau Minard, die versicherte, daß ihr Mann bestimmt noch erscheinen würde, dringend, daß man ohne ihn zu Tisch gehen möchte. Brigitte gab den Auftrag, daß ihm die Suppe warmgehalten werden solle, denn nach bürgerlichen Begriffen ist ein Diner ohne Suppe kein richtiges Diner!

Die Mahlzeit verlief in mäßig heiterer Stimmung, und wenn auch das Essen besser war, – was den Schwung und die angeregte Unterhaltung betrifft, welch ein Unterschied mit dem berühmten improvisierten Bankett anläßlich der Wahl zum Generalrat!

Des Fehlen der drei Eingeladenen gab die erste Veranlassung zu dieser kühlen Stimmung; ferner war Flavia leidend, die la Peyrade bei sich empfangen und mit ihm eine sehr tränenreiche Auseinandersetzung gehabt hatte. Und selbst wenn Celeste von der Wahl, die man für sie getroffen hatte, beglückt gewesen wäre, so hätte sie schicklicherweise ihre Freude äußerlich doch nicht zeigen dürfen; sie brauchte sich daher nicht zu zwingen, ein heiteres Gesicht zur Schau zu stellen, und sie wagte nicht einmal, ihre Patin anzusehen, deren Physiognomie andauernd einen sozusagen schafsmäßigen Ausdruck zeigte; das arme Kind hätte fürchten müssen, daß ein zwischen ihnen gewechselter Blick ihm die Tränen in die Augen treiben würde. Thuillier hatte in so vieler Beziehung eine Bedeutung erlangt, daß er sich steif hielt, und Brigitte, die sich nicht in ihrem Kreise, in dem sie ohne Konkurrenz thronte, befand, war ebenfalls unsicher und verlegen.

Colleville versuchte zwar, die Temperatur mit einigen lustigen Bemerkungen etwas zu erwärmen, aber das grobe Salz seiner Künstlerscherze wirkte in diesem Milieu wie eine Lachsalve in einem Krankenzimmer, und die stumme Aufforderung Thuilliers, la Peyrades und seiner Frau, „Haltung“ zu bewahren, setzte seiner Angeregtheit und seiner lärmenden Plauderlust einen Dämpfer auf. Merkwürdigerweise war es gerade die würdevollste Persönlichkeit der Gesellschaft, der es mit Unterstützung Rabourdins gelang, die Stimmung etwas wärmer zu gestalten. Der Abbé

Gondrin, ein besonders geistvoller und feingebildeter Mann, besaß wie alle reinen und klardenkenden Seelen ein maßvoll heiteres Wesen, das sich andern mitzuteilen wußte, und die Gesellschaft fing gerade an, lebendiger zu werden, als Minard erschien.

Nachdem er sich entschuldigt hatte, indem er vorschützte, daß er eine amtliche Angelegenheit, die keinen Aufschub duldete, habe erledigen müssen, wechselte er einen Blick mit seiner Frau, der viel mehr auf eine private Abhaltung schließen ließ. La Peyrade und Thuillier war eine Loge für die erste Vorstellung des „Liebestelegraphen", der berühmten Féerie, in der Olympia Cardinal debütieren sollte, zugeschickt worden, und sie wußten, was sie von dem Unwohlsein Julien Minards zu halten hatten. Sie sahen einander an, als sie das Zeichen des Einverständnisses, das zwischen den beiden Ehegatten gewechselt wurde, bemerkten, und schienen sich zu fragen, ob der Herr Bürgermeister des elften Bezirks nicht hinter die Schliche seines Sohnes gekommen sei, und ob ihn nicht der Wunsch, sich über die Ausschweifungen seines Sohnes, des Advokaten, Gewißheit zu verschaffen, so lange zurückgehalten habe.

Da er gewöhnt war, überall, wo er sich befand, die Zügel der Unterhaltung an sich zu reißen, und da er sicher wünschte, seine väterlichen Sorgen hinter dem Anschein vollkommener geistiger Unbekümmertheit zu verbergen, sagte Minard, sobald er eilig einige Bissen zu sich genommen hatte:

„Wissen Sie schon die große Neuigkeit, meine Herren?"

„Welche denn?“ fragte man von verschiedenen Seiten voll Interesse.
„Die Akademie der Wissenschaften“, antwortete Minard, „hat in ihrer heutigen Sitzung die Mitteilung von einer außerordentlichen Entdeckung erhalten: wir haben einen Stern mehr am Himmel.“
„Ei,“ sagte Colleville, „da kann er ja den ersetzen, den Béranger zu wenig fand, als er in dem Liede der Oktavia die Abreise Chateaubriands beklagte: ‚Chateaubriand, warum fliehst du dein Vaterland?‘ “
Dieses gesungene Zitat machte Flavia zornig, die, wenn es üblich gewesen wäre, daß die Frauen bei Tische neben ihren Männern säßen, sich nicht mit einem strengen drohenden „Colleville!“ begnügt haben würde, das sie ihm jetzt von weitem zurief, um ihn zurechtzuweisen.
„Was für die Gesellschaft hier, an der ich teilzunehmen die Ehre habe,“ fuhr Minard fort, „an diesem großen astronomischen Ereignis aber von besonderem Interesse ist, das ist, daß der Entdecker im zwölften Bezirk wohnt, den mehrere von Ihnen ebenfalls bewohnen oder lange Zeit bewohnt haben. Bei diesem bedeutenden wissenschaftlichen Faktum ist übrigens alles erstaunlich. Die Akademie war nach der Vorlesung der Abhandlung, die ihr davon Kunde gab, von der Existenz des Sternes so überzeugt, daß sich nach Schluß der Sitzung eine Deputation in die Behausung des modernen Galilei begab, um ihn im Namen des ganzen Instituts zu beglückwünschen, und dabei ist dieser Stern weder für das bloße noch für das bewaffnete Auge sichtbar; nur durch Berechnungen und Schlußfolgerungen ist seine Existenz und seine

Stelle am Himmel in vollkommen unwiderlegbarer Weise bewiesen worden. ‚Es muß dort ein unbekannter Stern vorhanden sein; ich kann ihn nicht sehen, aber ich bin seiner gewiß.‘ So sprach der Gelehrte zu der Akademie, die er von Anfang an von seinen Schlüssen überzeugt hat; und wissen Sie, meine Herren, wer dieser neue Christoph Kolumbus der Himmelswelt ist? Ein zu drei Vierteln blinder alter Mann, der gerade noch so viel sieht, um sich über die Straße zu finden.“

„Wunderbar! Fabelhaft!“ ertönte es von allen Seiten.

„Wie heißt denn dieser Gelehrte?“ fragten mehrere.

„Herr Picot, oder wenn Sie lieber wollen, der Vater Picot, denn so wird er in der ganzen Rue du Val-de-Grâce, wo er wohnt, genannt; er ist ganz einfach ein alter Professor der Mathematik, der übrigens bedeutende Schüler hat; auch Felix Phellion, den Sie ja alle kennen, hat seine Studien bei ihm gemacht, und er gerade ist es, der an Stelle seines alten Lehrers die Abhandlung der Akademie vorgelesen hat.“

Bei der Erwähnung des Namens von Felix erinnerte sich Celeste des Versprechens, das er dem Himmel zugerufen und das sie für einen Anfall von Wahnsinn gehalten hatte, und warf Frau Thuillier einen Blick zu, deren Gesicht sich belebt hatte, und die ihr zu sagen schien: „Mut, mein Kind! Noch ist nicht alles verloren.“

„Felix, mein Lieber,“ sagte Thuillier zu la Peyrade, „soll ja heute abend zu uns kommen; wir müssen ihn dringend bitten, daß er uns die Abhandlung mitteilt; das wäre ein Glücksfall für unser Echo, wenn wir die ersten sein könnten, die sie bringen."

„Oh," bemerkte Minard, der für ihn antwortete, „das wäre etwas für die Neugierde des Publikums, denn die Sache wird ungeheures Aufsehen erregen. Da die Deputation Herrn Picot nicht zu Hause getroffen hat, hat sie sich von da direkt zum Unterrichtsminister begeben; dieser ist in die Tuilerien geeilt, und die Abendausgabe des ‚Messager', die heute ausnahmsweise ziemlich zeitig erschienen ist und die ich unterwegs in meinem Wagen gelesen habe, bringt die Ernennung Picots zum Ritter der Ehrenlegion und teilt mit, daß ihm eine Pension von achtzehnhundert Franken aus dem Fonds zur Unterstützung von Kunst und Wissenschaft bewilligt worden ist."

„Das ist endlich einmal ein wohlverdientes Kreuz!" sagte Thuillier.

„Aber achtzehnhundert Franken Pension," meinte Dutocq, „das erscheint mir doch ziemlich ruppig."

„Gewiß," sagte Thuillier, „und um so mehr, als es schließlich doch das Geld der Steuerzahler ist, und wenn man sieht, wie dieser Fonds von allen von der Kamarilla Empfohlenen geplündert wird."

„Achtzehnhundert Franken", antwortete Minard, „sind immerhin schon etwas, besonders für einen Gelehrten. Diese Leute sind fast bedürfnislos und daran gewöhnt, mit sehr wenig zu leben."

„Ich glaube übrigens, daß der brave Picot kein so geordnetes Leben führt, denn gerade jetzt drängt seine Familie, die ihn erst entmündigen lassen wollte, darauf, daß ihm vom Gericht ein Pfleger bestellt werde; es wird behauptet, daß er sich von einer Person, die bei ihm in Dienst steht, ausplündern läßt. Hör mal, Thuillier, du kennst sie ja, das ist die Frau, die neulich auf der Redaktion war, und der man eingeredet hatte, daß der Notar Dupuis, bei dem sie etwas Geld stehen hat, damit geflohen sei.“

„Ja, ja, richtig,“ sagte Thuillier und nickte, „du hast recht, ich kenne sie.“

„Es ist doch komisch,“ sagte Brigitte, die die Gelegenheit ergriff, das Argument, das ihr vor einigen Tagen die Zerstreutheiten des Akademikers Marmus geliefert hatten, noch zu verstärken, „daß diese Gelehrten außerhalb ihrer Wissenschaft zu nichts taugen, und daß man sie zu Hause wie Kinder behandeln muß.“

„Das beweist“, sagte der Abbé Gondrin, „wie vollkommen sie sich in ihre Arbeit vertiefen, aber zugleich auch eine geistige Einfalt, die etwas sehr Rührendes hat.“

„Wenn sie nicht störrisch wie die Esel sind“, fuhr Brigitte lebhaft fort. „Ich muß Ihnen gestehen, Herr Abbé, daß ich nie einen Gelehrten heiraten würde. Womit befassen sie sich eigentlich, diese Gelehrten? Meistenteils mit Nichtigkeiten; Sie sind alle voller Bewunderung, daß man einen Stern entdeckt hat, aber was haben wir, alle die wir hier sind, eigentlich davon? Was die neuen Sterne betrifft, so scheint mir, daß wir doch schon reichlich genug von der Sorte haben!“

„Bravo, Brigitte,“ sagte Colleville, der sich wieder vergaß, „du hast ganz recht, mein Kind, und ich bin ganz deiner Meinung, daß schon der, der bloß ein neues Gericht erfand, sich um die Menschheit viel mehr verdient gemacht hat.“

„Colleville,“ rief Flavia, „ich muß dich darauf aufmerksam machen, daß deine geschmacklosen Bemerkungen äußerst unpassend sind.“

„Mein liebes Fräulein,“ wandte sich der Abbé Gondrin jetzt an Brigitte, „Sie würden recht haben, wenn wir nur aus Materie bestünden und unserm Körper nicht auch eine Seele innewohnte, deren Gefühle und Ansprüche auch befriedigt sein wollen. Nun, ich meine, die Sehnsucht nach dem Unendlichen, die wir empfinden, und der wir in unserer Art Genüge tun wollen, die wird in wundervoller Weise von den Ergebnissen der Astronomie gestillt, die uns täglich neue Welten, die der Schöpfer in den Raum hinausgestellt hat, enthüllt. Diese Sehnsucht nach dem Unendlichen hat bei Ihnen einen andern Weg eingeschlagen; sie erstreckt sich auf das Näherliegende, und diese Ihre Leidenschaft, alles was Sie umgibt zu beglücken, diese starke, heiße, hingebende Liebe zu Ihrem vortrefflichen Bruder, das ist ebenfalls eine Manifestation der tiefen Sehnsucht, die nichts Irdisches an sich hat, und die, wenn sie ihrem Ziel zustrebt, niemals daran denkt, sich zu fragen: ‚Wozu ist das gut? Wozu dient das?‘ Im übrigen muß ich Ihnen noch bemerken, daß die Sterne doch nicht so ganz ohne Nützlichkeit sind, wie Sie es sich einbilden; denn ohne sie würden die Schiffer ihr Fahrzeug zu lenken nicht imstande sein und nicht nach fernen Ländern fahren können, um diese Vanille uns herzubringen, die Ihnen dazu gedient hat, diesem köstlichen Crême, den Sie bereitet haben und den ich eben esse, sein Aroma zu verleihen. Herr Colleville sieht also, daß zwischen den Speisen und den Sternen nähere

Beziehungen bestehen, als er anzunehmen schien; man soll niemanden mißachten, weder die Astronomen noch die guten Hausfrauen."
Hier wurde der Abbé durch den Lärm eines lauten Zankes im Vorzimmer unterbrochen."
„Und ich sage Ihnen, ich gehe doch hinein!" schrie jemand.
„Nein, mein Herr, das werden Sie nicht", antwortete die Stimme des ‚männlichen' Dienstboten. Die Herrschaften sind bei Tisch, wie ich Ihnen schon sagte, und man bricht nicht derart in eine Wohnung ein."
Thuillier erblaßte; seit der Beschlagnahme der Broschüre glaubte er bei jedem unerwarteten Besuch die Polizei erscheinen zu sehen.
Unter andern Regeln, die Brigitte von Frau von Godollo eingeschärft worden waren, mußte am häufigsten die wiederholt werden, daß die Herrin des Hauses, wenn sie der Tafel präsidiert, sich nur erheben darf, um das Zeichen zu geben, daß die Mahlzeit beendet ist; da aber unter diesen Umständen eine Ausnahme verzeihlich war, so stand sie auf und sagte schnell zu Thuillier, dessen Unruhe sie bemerkt hatte:
„Ich werde nachsehen, was es gibt. – Was ist denn los?" fragte sie den Diener, sobald sie auf dem Kampfplatz erschienen war.
„Der Herr will durchaus hinein und sagt, daß man um acht Uhr nicht mehr bei Tisch sitzt."
„Aber wer sind Sie denn?" sagte Brigitte zu einem alten ziemlich merkwürdig gekleideten Mann, dessen Augen mit einem Schirm geschützt waren.
„Gnädige Frau, ich bin weder ein Bettler noch ein Armer", erwiderte der Greis mit schallender Stim-

me. „Ich heiße Picot und bin Professor der Mathematik.“

„Aus der Rue du Val-de-Grâce?“ fragte Brigitte.

„Jawohl, Nummer 9, neben der Fruchthändlerin.“

„Aber treten Sie doch ein, mein Herr, wir sind sehr glücklich, Sie bei uns empfangen zu können“, sagte Thuillier, der sich nach Feststellung seiner Identität auf den Gelehrten gestürzt hatte.

„Na, du Esel?“ rief der Gelehrte und wandte sich nach der Seite, wo er vorher den Diener gesehen hatte, der aber, da er merkte, daß alles freundschaftlich erledigt wurde, fortgegangen war, „habe ich dir nicht gesagt, daß ich hineingehen würde?“

Der Vater Picot war ein hochgewachsener Mann, mit knochigem ernstem Gesicht, dessen kräftige, infolge angestrengter Arbeit bleichen Züge, trotz der Milderung durch eine blonde Perücke mit dikken Locken und einem friedlichen Augenschirm, einen bissigen und kampfbereiten Anstrich aufwiesen; davon hatte er ja auch eine Probe abgelegt, bevor er im Speisezimmer erschien, wo alle aufstanden, um ihn zu begrüßen.

Sein Anzug bestand aus einem riesigen Überrock, einem Mittelding zwischen Überzieher und Schlafrock, unter dem eine ungeheure eisengraue Tuchweste, die mit zwei Reihen von Knöpfen wie eine Husarenjacke geschlossen war und vom Nabel bis zum Halse eine Art Harnisch bildete, hervorsah; die Hose bestand, obwohl es bereits Ende Oktober war, aus schwarzem Lasting und verriet ihren langen Dienst durch die helleren Stellen einer sehr deutlichen Ausbesserung, die sich von den beiden glänzenden Flächen des in der Kniegegend abgeriebenen Stoffes abhoben; was aber bei hellem Licht an der Kleidung dieses Gelehrten am meisten auffiel, das waren seine Patagonierfüße in Schuhen aus einem Wollstoff, die sich den hügelartigen Wendungen dieser gigantischen Zwiebelgewächse anpassen mußten und unwillkürlich an den Rücken eines Dromedars oder an eine vorgeschrittene Elephantiasis denken ließen.

Als er auf dem Stuhl Platz genommen hatte, der ihm eiligst hingeschoben war, und alle sich wieder gesetzt hatten, rief der Alte mitten in dem erwartungsvollen Schweigen mit donnernder Stimme:

„Wo ist er, dieser Taugenichts, dieser Lumpenkerl? Er soll sich melden, wenn er wagt, seine Stimme laut werden zu lassen!"

„Wen meinen Sie denn, verehrter Herr?" fragte Thuillier in besänftigendem, ein wenig gönnerhaftem Tone.

„Einen Kerl, den ich nicht zu Hause angetroffen habe, mein Herr, und der sich, wie man mir gesagt hat, in diesem Hause befinden soll. Ich bin doch hier bei Herrn Thuillier, dem Mitgliede des Generalrats, am Madeleineplatz, erster Stock, über dem Zwischengeschoß?"

„Gewiß, mein Herr," antwortete Thuillier, „und ich füge hinzu, daß Ihnen hier jeder Respekt und volle Sympathie entgegengebracht wird."

„Und Sie werden gewiß gestatten," schloß sich Minard an, „daß der Bürgermeister des Bezirks, das dem, in dem Sie wohnen, benachbart ist, sich beglückwünscht, mit Herrn Picot hier zusammen sein zu dürfen, der seinen Namen durch die Entdeckung eines Sterns soeben sicher unsterblich gemacht hat."

„Jawohl, mein Herr," erwiderte der Professor und

erhob seine Stentorstimme noch mehr, „ich bin Picot (Nepomuk), der, von dem Sie sprechen; aber ich habe keinen Stern entdeckt, ich kümmere mich nicht um solche Albernheiten, ich habe sehr schlechte Augen, und der unverschämte Mensch, den ich bis hierher verfolgt habe, hat mich damit lächerlich gemacht; er verbirgt sich, der Feigling, und wagt nicht, einen Ton von sich zu geben."

„Aber wer ist denn der Mensch, über den Sie so böse sind?" fragten mehrere zugleich den grimmigen Alten.

„Ein entarteter Schüler von mir," antwortete der alte Mathematiker, „ein schlechtes Subjekt, wenn auch sehr begabt, er nennt sich Felix Phellion."

Dieser Name erregte, wie man sich denken kann, das höchste Erstaunen. Colleville und la Peyrade fanden die Situation so komisch, daß sie in lautes Lachen ausbrachen.

„Du lachst noch, Elender?" schrie der jähzornige Greis und erhob sich; „komm mir doch nahe und wage es, zu lachen."

Er schwenkte einen riesigen Stock mit einer Porzellankrücke, der ihm als Stütze diente, so daß er beinahe einen Kandelaber vom Tische Frau Minard an den Kopf geschleudert hätte.

„Sie irren sich, mein Herr," sagte Brigitte und fiel ihm in den Arm, „Herr Felix Phellion ist nicht hier. Er wird wahrscheinlich gleich zu unserer Soiree erscheinen, aber zurzeit ist er noch nicht eingetroffen."

„Eure Soireen beginnen ziemlich spät!" sagte der Greis; „es ist acht Uhr vorüber. Aber da der Herr Felix kommen soll, so erlauben Sie mir, auf ihn zu warten; ich glaube, Sie waren noch beim Essen; lassen Sie sich nicht stören."

Und er setzte sich, ruhiger geworden, wieder nieder.

„Da Sie es uns gestatten wollen," sagte Brigitte, „werden wir unser Essen fortsetzen, oder vielmehr beenden, denn wir waren schon beim Dessert. Darf ich Ihnen etwas anbieten? Ein Glas Champagner und ein Biskuit?"

„Gern, gnädige Frau", erwiderte der Alte. „Ein Glas Champagner lehnt man niemals ab, und ich genieße gern etwas zwischen meinen Mahlzeiten; aber Sie dinieren sehr spät."

Man machte ihm zwischen Colleville und Fräulein Minard Platz, und der Musiker war darauf bedacht, das Glas seines neuen Nachbars gefüllt zu halten, vor den man einen Teller mit kleinen Kuchen gestellt hatte.

„Mein Herr," sagte la Peyrade jetzt mit falscher Freundlichkeit, „Sie sehen uns alle erstaunt darüber, daß Sie sich über Herrn Felix Phellion zu beklagen haben, einen so sanften, so friedlichen jungen Menschen! Was hat er Ihnen denn nun wirklich getan, daß Sie ihm so böse sind?"

Den Mund voll Kuchen, den er in solchen Massen verschlang, daß Brigitte unruhig wurde, machte der Professor ein Zeichen, daß er gleich antworten würde, und nachdem er sich in den Gläsern geirrt, und den Inhalt von Collevilles Glas ausgetrunken hatte, erwiderte er:

„Was mir dieser unverschämte Kerl getan hat? Er hat mir Streiche gespielt – denn dieser hier ist nicht der erste, den ich ihm vorzuwerfen habe –, für die er gehenkt zu werden verdiente.

Er weiß recht gut, daß ich die Sterne nicht ausstehen kann, ich bin mit ihnen so bestraft worden, daß ich wirklich nicht den geringsten Wert auf sie lege. Als ich im Jahre 1807 Mitglied des Schifffahrtsamtes war, nahm ich an der nach Spanien entsandten Expedition teil, unter der Leitung meines Freundes und Kollegen Jean-Baptiste Biot, um den Erdmeridian von Barcelona bis zu den Balearen zu messen. Ich war gerade dabei, einen Stern zu beobachten, vielleicht gerade den, den mein Schüler, dieser Lump, eben zufällig entdeckt hat, als plötzlich der Krieg zwischen Frankreich und Spanien ausbrach; die Bauern, die mich auf dem Galazzoberge mit dem Fernrohr hingepflanzt sahen, glaubten, daß ich dem Feinde Signale gäbe. Ein wütender Haufen zerbrach meine Instrumente und wollte auch mich schon zusammenhauen; ich war fu..., ich war verloren, wenn mich nicht ein Schiffskapitän zum Gefangenen gemacht und auf die Festung Belver gebracht hätte, wo ich drei Jahre in der härtesten Gefangenschaft zubringen mußte. Sie werden begreifen, daß ich seitdem das Himmelssystem nicht gerade mit freundlichen Augen ansehe; trotzdem war ich es, der unbewußt zuerst den berühmten Kometen von 1811 beobachtete; ich hätte aber nichts darüber laut werden lassen, wenn nicht Herr Flauguergues so indiskret gewesen wäre, es zu verkünden. Wie alle meine Schüler kennt auch Phellion meinen ausgesprochenen Widerwillen gegen die Sterne, und er wußte recht gut, daß er mir einen üblen Streich spielte, wenn er mir einen davon anhängte. Die Deputation, die zu mir gekommen ist, um mir ihre albernen Glückwünsche auszusprechen, kann

froh sein, daß sie mich nicht angetroffen hat, denn die Herren Akademiker, alle wie sie da sind von der Akademie, hätten eine sehr üble Viertelstunde verbracht."
Die ganze Gesellschaft fand diese merkwürdige fixe Idee des alten Mathematikers sehr komisch. Nur la Peyrade, der anfing zu begreifen, welche Rolle Felix hierbei gespielt hatte, bedauerte, daß er diese Auseinandersetzung herbeigeführt hatte.
„Trotzdem, Herr Picot, will mir scheinen," sagte Minard, „daß, wenn Felix Phellion nur die Schuld trifft, daß er seine Entdeckung Ihnen zugeschoben hat, in dem Erfolg seines üblen Vorgehens doch eine gewisse Entschädigung für Sie enthalten ist: Das Kreuz der Ehrenlegion, eine Pension und der Ruhm, der sich an Ihren Namen knüpft."
„Das Kreuz und die Pension nehme ich an", sagte der Alte und leerte sein Glas, das er dann zum großen Schrecken Brigittes so kräftig auf den Tisch stellte, als ob er den Fuß abbrechen wollte. „Das war mir die Regierung seit zwanzig Jahren schuldig, nicht für die Entdeckung von Sternen – diesen Artikel habe ich immer verachtet –, sondern für meine berühmte Abhandlung über ‚Differentiallogarithmen', die Kepler Monologarithmen nennen zu sollen glaubte, und die die Tafeln Nepers fortsetzen; für mein ‚Euklidisches Problem', dessen Lösung ich als erster gefunden habe; vor allem aber für meine Theorie des perpetuum mobile, vier Quartbände mit Tafeln, Paris 1825. Sie sehen also, mein Herr, mir Ruhm verleihen wollen, das heißt, Wasser ins Meer tragen. Um mir einen Platz in den Annalen der Wissenschaft zu sichern, dazu brauche ich Herrn Phellion so wenig, daß

ich ihn seit langer Zeit mit Schimpf und Schande weggejagt habe."
„Sollte das der erste Stern sein," fragte Colleville lustig, „bei dem er gewagt hat, Ihnen einen Schabernack zu spielen?"
„Er hat etwas viel Schlimmeres getan!" rief der Alte aus; „er hat meinen Ruf vernichtet und meinen Ruhm befleckt. Meine Theorie des perpetuum mobile, deren Druck mich Unsummen gekostet hat, während sie von der königlichen Druckerei hätte hergestellt werden müssen, sollte mir ein Vermögen bringen und mich unsterblich machen. Nun, alles das hat dieser elende Felix verhindert. Von Zeit zu Zeit hat mir dieser junge Sykophant, indem er tat, als ob er das vom Verleger wüßte, berichtet: ‚Ihr Buch geht sehr gut, Papa Picot, hier sind fünfhundert Franken', oder ‚hier sind fünfzig Taler', manchmal sogar ‚tausend Franken, die ich Ihnen vom Verleger übergeben soll'. Das ging so Jahre hindurch, und der Verleger, der so gemein war, das Komplott mitzumachen, sagte, wenn ich zu ihm kam: ‚Ja gewiß, der Absatz ist nicht schlecht, er „fluscht", die erste Auflage wird bald verkauft sein.' Ahnungslos habe ich das Geld eingesteckt und mir gesagt: ‚Mein Buch wird gewürdigt, die Idee setzt sich langsam durch, und ich kann erwarten, daß eines Tages ein reicher Kapitalist mir vorschlagen wird, meine Theorie praktisch zu verwerten..."
„Wie man Flüssigkeiten vertilgt?" fragte Colleville, der unablässig damit beschäftigt war, das Glas des verdrehten Alten zu füllen.
„Nein, mein Herr, das perpetuum mobile, vier Quartbände mit Tafeln, Paris 1825. Aber nein, die

Zeit verstrich, ohne daß sich jemand zeigte; und da ich annahm, daß mein Verleger nicht die wünschenswerte Tatkraft hierbei entwickelte, so wollte ich die zweite Auflage einem andern Verleger übertragen. Und hierbei, mein Herr, kam das ganze Komplott ans Licht, so daß ich diese Schlange hinauswerfen mußte. Im Verlaufe von sechs Jahren sind im ganzen neun Exemplare verkauft worden; in falsche Sicherheit gewiegt, habe ich selbst nichts für die Verbreitung meines Buches getan, von dem ich annahm, daß es sich von selbst durchsetze, und so bin ich als das Opfer neidischer schwarzer Bosheit in unwürdiger Weise um den Ertrag meiner Arbeiten betrogen worden."

„Sollte man darin," sagte Minard, der damit die Meinung aller Anwesenden zum Ausdruck brachte, „nicht vielmehr ein eben so geschicktes wie zartfühlendes Vorgehen sehen können?"

„Mir ein Almosen zu schenken, nicht wahr?" unterbrach ihn der Alte mit so schallender Stimme, daß Fräulein Minard von ihrem Stuhl in die Höhe fuhr; „mich zu demütigen, mich zu entehren, mich, seinen alten Lehrer? Habe ich seine Wohltaten nötig? Hat Nepomuk Picot, dem seine Frau eine Mitgift von hunderttausend Franken zugebracht hat, schon irgend jemanden angebettelt? Aber heutzutage hat man vor nichts mehr Respekt; einen guten alten Kerl, wie man uns nennt, überlistet man, damit man nachher dem Publikum sagen kann: ‚So ein alter Faselhans ist, wie Sie sehen, zu nichts mehr zu gebrauchen; wir, die neue Generation, die Modernen, das junge Frankreich, wir wollen ihn entwöhnen.' Jawohl, ihr Grünschnäbel! Ihr und mich ernähren! Der alte Faselhans hat in seinem kleinen Finger mehr Verstand, als ihr in eurem ganzen Gehirn, und ihr werdet niemals an ihn heranreichen, ihr kleinen Intriganten, die ihr seid! Ich bin im übrigen der Vergeltung sicher; der junge Phellion muß ein böses Ende nehmen; denn was er heute vor versammelter Akademie verübt hat, indem er in meinem Naman eine Abhandlung vorgetragen hat, das ist ganz einfach eine Fälschung, und darauf steht Galeerenstrafe."

„Das ist richtig," sagte Colleville, „Fälschung eines öffentlichen Sterns."

Brigitte, die für ihre Gläser zitterte und der die Gefräßigkeit des Alten auf die Nerven ging, erhob sich und gab das Zeichen, daß man sich in den Salon begeben solle; schon mehrmals hatte die Klingel angezeigt, daß zur Soiree Geladene bereits eingetroffen waren. Man wollte also auch den alten Professor dorthin verladen, und Colleville bot ihm freundlich seinen Arm an.

„Nein, mein Herr," sagte dieser, „gestatten Sie mir, zu bleiben wo ich bin. Ich bin nicht für eine Soiree angezogen, und außerdem blendet das helle Licht meine Augen. Auch liebe ich nicht, mich zur Schau zu stellen, und es ist ebenso gut, wenn die Szene, die sich zwischen mir und meinem Schüler abspielen wird, hier unter vier Augen sich vollzieht."

„Nun, dann lassen Sie ihn hier," sagte Brigitte zu Colleville.

Niemand weiter drängte, da der alte Mann, ohne es zu bemerken, schon beinahe seine ganze Bedeutung eingebüßt hatte. Als gute Hausfrau trug sie aber, bevor sie ihn allein ließ, Sorge dafür,

daß nichts Zerbrechliches in seiner Reichweite zurückblieb. Dann sagte sie noch mit einem Rest von Aufmerksamkeit:
„Soll ich Ihnen Kaffee herschicken?"
„Jawohl, gnädige Frau, ich nehme Kaffee," antwortete der Vater Picot, „und auch Kognak."
„Ja, er nimmt wahrhaftig alles!" sagte Brigitte, die sich entfernte, zu dem „männlichen" Dienstboten.
Und sie wies ihn an, auf den alten Narren aufzupassen.
Als sie in den Salon trat, sah sie den Abbé Gondrin im Mittelpunkte eines großen Kreises, den fast die ganze Gesellschaft um ihn gebildet hatte, und als sie sich ihm näherte, hörte sie, wie er sagte:
„Ich danke dem Himmel, daß er mir diese Freude hat zuteil werden lassen. Niemals bin ich so tief gerührt worden, wie durch die Szene, der wir eben beigewohnt haben, und nichts war, abgesehen von der etwas burlesken Form der Eröffnung, die aber ganz naiv wirkte, weil sie unbeabsichtigt war, in ihr enthalten, was nicht den Ruhm der wunderbaren Großherzigkeit verkündete, die sie uns enthüllt hat. Durch mein Amt auf den Weg der Liebeswerke gewiesen, erkläre ich, daß ich in meinem ganzen Leben einer rührenderen und edleren Hingebung noch nicht begegnet bin: die linke Hand nicht wissen lassen, was die rechte tut, das ist schon Christentum, aber so weit gehen, sich seines eigenen Ruhmes zu entkleiden und ihn unter so ungewöhnlichen Umständen auf einen andern zu übertragen mit der Aussicht, dafür verleugnet, mißverstanden, zu-

rückgestoßen zu werden – das heißt, die Vorschriften des Evangeliums in ihrem vollen Umfange erfüllen; das heißt, mehr sein, als eine barmherzige Schwester, das heißt, ein Apostel der Wohltätigkeit sein!... Wie gern würde ich diesen edlen jungen Menschen kennenlernen und ihm die Hand drücken!"

Den Arm unter dem ihrer Patin, stand Celeste einige Schritte von dem Priester entfernt. An seinen Lippen hängend, so lange er redete und das edelmütige Vorgehen Felix' erläuterte, preßte sie Frau Thuilliers Arm und sagte leise zu ihr:

„Hörst du, liebe Patin, hörst du?"

Um den unausbleiblichen Eindruck abzuschwächen, den diese warme Lobrede auf Celeste machen mußte, sagte Thuillier:

„Leider ist dieser junge Mann, von dem Sie hier ein ‚solches Rühmen' machen, Ihnen nicht ganz unbekannt. Ich hatte Gelegenheit, mich mit Ihnen über ihn zu unterhalten und zu bedauern, daß es uns nicht möglich war, gewissen Projekten, die wir in bezug auf ihn hatten, Folge zu geben angesichts der tief verletzenden Gleichgültigkeit, die er in seinen religiösen Ansichten zur Schau trägt."

„Ach, das ist derselbe junge Mann," sagte der Abbé; „das setzt mich sehr in Erstaunen, und ich muß sagen, daß ich auf ein solches Zusammentreffen nicht gefaßt war."

„Mein Gott, Herr Abbé," nahm la Peyrade jetzt das Wort, „Sie werden ihn ja gleich sehen, und es wird Ihnen, wenn Sie ihn auf gewisse Fragen bringen, nicht schwer werden, zu erkennen, welche Verwüstungen der Gelehrtenstolz auch in den begabtesten Geistern anzurichten vermag."

„Ich werde ihn nicht sehen," sagte der Abbé, „denn mein schwarzes Amtskleid würde inmitten des weltlichen Glanzes, der allmählich sich in diesem Salon zu entwickeln beginnt, schlecht am Platze sein. Aber da ich weiß, Herr de la Peyrade, daß Sie ein Mann von aufrichtig frommer Überzeugung sind, und da Sie sicherlich um das Heil dieses jungen Mannes ebenso besorgt sind wie ich, so will ich Ihnen, bevor ich gehe, noch sagen: Beruhigen Sie sich; solche auserwählten Geister kommen früher oder später zu uns zurück, und sollte die Heimkehr dieser verlorenen Söhne auch lange auf sich warten lassen, – ich zweifle nicht, daß ihnen Gottes unendliche Gnade, wenn sie zu ihm zurückkehren, auch dann noch zuteil werden wird."

Nach diesen Worten nahm der Abbé seinen Hut und verließ den Salon.

Als er glaubte, unbemerkt verschwinden zu können, wurde er von Minard festgehalten.

„Gestatten Sie mir," sagte der Bürgermeister des elften Bezirks, „Ihnen die Hand zu drücken und Sie für die Worte voll Duldsamkeit zu beglückwünschen, die wir eben aus Ihrem Munde vernommen haben. Ach, wenn alle Priester Ihnen glichen, was für Eroberungen würde die Religion machen können! Ich habe jetzt einen häuslichen Kummer und muß mich zu einem Vorgehen entschließen; ich wäre glücklich, wenn ich Ihre Ansicht darüber hören und ihren klugen Rat einholen dürfte."

„Ich stehe zu Diensten, Herr Bürgermeister," antwortete der Abbé, „ich wohne in der Rue de la Madeleine 8, hinter der Cité Berryer: nach der

Messe, die ich um sechs Uhr lese, bin ich gewöhnlich den ganzen Vormittag zu Hause.“

Sobald der Abbé sich entfernt hatte, nahm Minard seine Frau beiseite und sagte:

„Es ist alles wahr, der anonyme Brief hat uns nicht getäuscht: Der Herr Julien hält wirklich eine frühere Schauspielerin vom Bobino aus, und um ihrem Debut im Theater der Folies-Dramatiques beizuwohnen, hat er heute Krankheit vorgeschützt. Die Portiersfrau des Hauses, in dem diese Dirne wohnt, steht sehr schlecht mit ihrer Mutter, die ein altes Heringsweib sein soll, und für ein Fünffrankenstück hat sie mir ein Langes und Breites über sie erzählt. Heute abend, wenn wir nach Hause kommen, werde ich eine ernste Auseinandersetzung mit meinem Herrn Sohn haben.“

„Lieber Freund,“ sagte Frau Minard mit theatralischer Gebärde, „ich beschwöre dich, keine übereilten Entschlüsse!“

„Nimm dich in acht,“ erwiderte Minard, „wir können hier von allen beobachtet werden! Einen Entschluß habe ich noch gar nicht gefaßt; ich habe eben den Abbé Gondrin gebeten, mir mit seinem Rat beizustehen, denn die Priester, weißt du, um die kümmert man sich zwar nicht, wenn es Einem gut geht, aber wenn Einen ein Unglück trifft...“

„Aber, lieber Freund, nimmst du die Sache nicht zu ernst? Jugend muß sich austoben.“

„Jawohl,“ sagte Minard, „aber es gibt Dinge, bei denen ich ein Austoben nicht dulden darf. Ein Haussohn in der Hand solcher Frauenzimmer, das bedeutet Schande und Ruin für das Haus. Du, Zélie, du weißt nicht, was diese Theaterweiber für Frauenzimmer sind! Das sind Laïsse und Phrynen von der gefährlichsten Sorte, und es genügt, wenn ein junger Mann zur Bourgeoisie gehört, daß sie ein besonderes Vergnügen daran finden, ihn zu ruinieren. Sie behaupten, daß das Vermögen von uns Kaufleuten gestohlenes Geld sei, daß wir Krämer und Fälscher seien, und in unsern Taschen wühlen, das nennen sie, sich das Geld wieder herausgeben lassen. Es ist ein Unglück, daß ich nicht weiß, wo die Gräfin von Godollo jetzt zu finden ist, das ist eine so erfahrene Weltdame! Die hätte ich gern um Rat gefragt."

Ein schrecklicher Lärm machte in diesem Augenblick dem ehelichen Separatgespräch ein Ende. Brigitte stürzte in das Speisezimmer, aus dem das Geräusch umgeworfener Möbel und zerbrochener Gläser ertönte, und fand dort Colleville damit beschäftigt, seine Krawatte neu zu binden und seinen Frack in Ordnung zu bringen, der am Kragen furchtbar zerdrückt war und aussah, als ob er beinahe zerrissen worden wäre.

„Was ist denn los?" fragte Brigitte.

„Ach, dieser alte Narr ist wütend geworden", sagte Colleville. „Ich wollte meinen Kaffee bei ihm trinken, um ihm Gesellschaft zu leisten, und da hat er einen Scherz krumm genommen und sich hinreißen lassen, mich am Kragen zu packen und bei dem Kampfe hat er ein paar Stühle und ein Tablett mit Gläsern umgeworfen, das Josephine nicht schnell genug vor ihm retten konnte."

„Sie haben ihn natürlich gereizt," sagte Brigitte ärgerlich; „Sie hätten auch lieber im Salon bleiben können, anstatt hierher zu kommen und das, was Sie Ihre Witzchen nennen, loszulassen. Sie glauben immer noch, daß Sie im Parkett der Komischen Oper sind!"

Nach diesen ärgerlichen Worten näherte sich Brigitte, die einsah, daß sie diesen wilden alten Mann, der ihre ganze Wirtschaft kurz und klein zu schlagen drohte, loswerden müsse, entschlossen dem Vater Picot, der mit Gemütsruhe damit beschäftigt war, Kognak in einer Untertasse abzubrennen.

„Mein Herr," schrie sie aus Leibeskräften, wie wenn sie mit einem Tauben spräche, (und mit einem Blinden glaubte sie in der gleichen Weise verfahren zu müssen) „ich muß Ihnen etwas mitteilen, was Ihnen unangenehm sein wird: Herr und Frau Phellion sind eben eingetroffen und haben mir gesagt, daß Herr Felix nicht kommt."

Und indem sie sich der Ausrede Julien Minards bediente, füge sie hinzu:

„Er ist erkältet und heiser."

„Das hat er sich jedenfalls vorhin bei der Vorlesung geholt!" rief der alte Professor vergnügt. „Das ist ihm recht! ... Wo kaufen Sie Ihren Kognak, gnädige Frau?"

„Bei meinem Kaufmann", erwiderte Brigitte, verblüfft über die Frage.

„Nun, ich muß Ihnen gestehen: es ist eine Schande, daß man in einem Hause, wo man so ausgezeichneten Champagner trinkt, der mich an den erinnert, den wir einst bei dem berühmten Universitätslehrer, dem seligen Herrn von Fontanes, schlürften, einen solchen Kognak anbietet. Ich sage Ihnen mit der Freimütigkeit, mit der ich über alles rede, daß er nur dazu taugt, den Pferden die Beine damit zu waschen; und wenn ich ihn nicht abbrennen würde..."

,Das ist ja der Teufel in Person!' sagte Brigitte zu sich; ,kein Wort der Entschuldigung wegen der Verwüstung, die er angerichtet hat, und jetzt macht er mir noch meinen Kognak schlecht!...'

„Mein Herr," rief sie dann, immer noch mit laut schallender Stimme, „meinen Sie nicht, da Herr Felix nun doch nicht kommt, daß Ihre Familie über Ihre lange Abwesenheit unruhig sein könnte?"

„Ich habe keine Familie, da sie mich ja unter Kuratel stellen will; aber ich habe eine Wirtschafterin, die in der Tat erstaunt sein wird, daß ich um diese Stunde noch nicht zu Hause bin, und ich verlange nichts Besseres, als sie aufzusuchen, denn je später ich heimkehre, um so schlimmer wird die Szene sein, die sie mir macht. Aber ich gestehe Ihnen, daß es mir ziemlich schwer werden wird, mich aus diesem abgelegenen Bezirk herauszufinden."

„Dann müssen Sie eben einen Wagen nehmen."

„Einen Wagen her, einen Wagen hin, da hätten meine vortrefflichen Verwandten sicher ein Recht, mich für einen Verschwender zu erklären!"

„Ich muß gerade eine eilige Besorgung in Ihrem Viertel machen lassen," sagte Brigitte, die einsah, daß sie sich zu einem Opfer entschließen müsse, „und ich wollte meinen Portier mit einem Mietwagen hinschicken, wollen Sie die Gelegenheit nicht mit benutzen?"

„Gern, gnädige Frau," erwiderte der alte Professor und erhob sich; „und nötigenfalls werden Sie vor dem Gericht bezeugen können, daß Sie gesehen haben, wie ich den Wagen sparen wollte."

„Heinrich," sagte Brigitte zu ihrem Diener, „führen Sie den Herrn zu Herrn Pascal, dem Portier, und sagen Sie ihm, daß er ihn, wenn er den Auftrag, den ich ihm eben gegeben habe, ausführt, bis vor seine Tür bringen und gut auf ihn aufpassen soll."

„Gut aufpassen! Gut aufpassen!" wiederholte der Alte und wies den Arm des Dieners zurück; „halten Sie mich vielleicht für ein Paket, für eine Kiste mit zerbrochenem Porzellan?"

„Was ich sagte, mein Herr, geschah nur zu Ihrem Besten, und Sie werden mir gestatten, Ihnen zu bemerken, daß Sie gerade keinen sehr angenehmen Charakter haben."

Da sie ihn schon der Tür sich nähern sah, wurde Brigitte etwas energischer.

„Gut aufpassen!" wiederholte der Alte; „wissen Sie denn nicht, daß man mit solchen Worten einen Menschen unter Kuratel bringen kann? Übrigens will ich aber nicht mit Grobheiten auf die liebenswürdige Gastfreundschaft, die mir zuteil geworden ist, antworten, um so weniger, als ich den Herrn, der sich mir gegenüber etwas herausnehmen wollte, gebührend zurechtgewiesen zu haben glaube."

„Geh doch schon endlich, du altes Vieh!" sagte Brigitte und schlug die Tür hinter ihm zu.

Bevor sie in den Salon zurückkehrte, mußte sie ein großes Glas Wasser trinken; bei dem Zwang, den sie anwenden mußte, um mit diesem gefährlichen Gaste zu Ende zu kommen, hatte sich, wie sie sich ausdrückte, „alles in ihr herumgedreht."

☆

AM ANDERN MORGEN LIESS SICH DER ALTE Minard in Phellions Arbeitszimmer anmelden. Der große Mitbürger und sein Sohn Felix unterhielten sich gerade über eine Sache, die sie sehr zu erregen schien.

„Mein lieber Felix," rief der Bürgermeister und drückte dem jungen Professor warm die Hand, „Ihretwegen bin ich heute früh hergekommen; ich bringe Ihnen meine Glückwünsche!"

„Was gibt es denn?" fragte Phellion; „sollten die Thuilliers sich endlich entschlossen haben..."

„Ach, als ob es sich gerade um die Thuilliers handelte!" unterbrach ihn der Bürgermeister. – „Aber sollte dieser Duckmäuser", fuhr er fort und sah Felix dabei an, „Ihnen wirklich verhehlt haben...?"

„Ich glaube nicht," sagte der große Mitbürger, „daß es irgend etwas gibt, was mein Sohn vor mir geheimhält."

„Also wußten Sie von der großartigen astronomischen Entdeckung, die er gestern der Akademie der Wissenschaften mitgeteilt hat?"

„Ihr Wohlwollen für mich, Herr Bürgermeister," sagte Felix schnell, „hat Sie eine Verwechslung begehen lassen; ich war nur der Vorleser, nicht der Verfasser der Abhandlung."

„Lassen Sie mich doch damit in Ruhe!" sagte Minard; „der Vorleser! Wir wissen schon alles."

„Aber lesen Sie doch hier die Zeitung", erwiderte Felix und reichte Minard den ‚Constitutionnel' hin; „nicht nur, daß sie Herrn Picot als den Entdecker nennt, sie teilt auch die Belohnung mit, die die Regierung ihm unverzüglich angewiesen hat."

„Felix hat recht", sagte Phellion; „die Zeitung beweist es, und ich finde, daß sich die Regierung bei dieser Gelegenheit sehr richtig benommen hat."

„Aber mein lieber Kommandant, ich wiederhole Ihnen, daß alles herausgekommen und daß Ihr Sohn ein bewunderungswürdiger Mensch ist. Seine Entdeckung seinem alten Lehrer zuzuschreiben, um ihm die Gunst der Regierung zuzuwenden – einen so edlen Zug kenne ich aus dem ganzen Altertum nicht."

„Felix!" sagte der alte Phellion, bei dem sich eine Erregung bemerkbar zu machen begann, „diese riesigen Arbeiten, in die du dich seit einiger Zeit vergraben hast, diese fortwährenden Besuche der Sternwarte..."

„Aber nein, lieber Vater, Herr Minard ist falsch unterrichtet."

„Falsch unterrichtet!" wiederholte Minard, „wo ich die ganze Geschichte doch aus Herrn Picots eigenem Munde weiß!"

Nach dieser Erklärung, die keinen Zweifel mehr zuließ, wurde Phellion endlich der wahre Zusammenhang klar.

„Felix, mein liebes Kind!" rief er aus und erhob sich, um seinen Sohn zu umarmen.

Aber er mußte sich wieder setzen, die Beine verweigerten ihm den Dienst, er erblaßte, und seine sonst so unerschütterliche Natur schien der freudigen Aufregung, die so plötzlich gekommen war, zu erliegen.

„Mein Gott!" sagte Felix entsetzt, „ihm wird schlecht, bitte klingeln Sie doch, Herr Minard!"

Und er näherte sich schnell dem Alten, nahm ihm eiligst die Krawatte und den Hemdkragen ab und

schlug ihm auf die Handflächen. Aber die Ohnmacht dauerte nur einen Augenblick; als er wieder zu sich gekommen war, zog Phellion seinen Sohn ans Herz, hielt ihn lange umarmt und wiederholte mit tränenerstickter Stimme, mit der er sich nach der freudigen Aufregung Luft machte:
„Felix, mein edler Sohn, dein Herz ist so erhaben wie dein Geist!“
Minard hatte so stark und energisch geläutet, daß das ganze Haus davon auf die Beine gebracht wurde.
„Es ist nichts, es ist nichts“, sagte Phellion zu den Dienstboten und entließ sie wieder.
Aber als er gleichzeitig seine Frau eintreten sah, fand er sein übliches feierliches Gebaren wieder und sagte, auf Felix zeigend, zu ihr:
„Frau Phellion, vor wieviel Jahren haben Sie diesen jungen Menschen zur Welt gebracht?“
Verblüfft über diese Frage, zögerte Frau Phellion einen Augenblick und antwortete dann:
„Nächsten Januar werden es fünfundzwanzig Jahre.“
„Und finden Sie nicht,“ fuhr Phellion fort, „daß der Himmel bisher schon Ihre mütterlichen Wünsche genügend erhört hat, indem er die Frucht Ihres Leibes zu einem ehrenhaften Mann und einem guten Sohn hat heranwachsen lassen, der außerdem mit einer ziemlich bemerkenswerten Begabung für die Mathematik, diese Wissenschaft aller Wissenschaften, ausgestattet ist?“
„Gewiß“, erwiderte Frau Phellion, die immer weniger begriff, wo ihr Mann hinauswollte.
„Nun,“ schloß Phellion, „dann müssen Sie dem

Himmel noch einmal Ihren Dank abstatten, denn er hat es erlaubt, daß Sie auch die Mutter eines Genies geworden sind; seine Arbeiten, die wir so mißdeutet haben, und die uns für den Verstand unsres teuren Kindes zittern ließen, sie waren der rauhe und steile Weg, auf dem man zum Ruhme emporsteigt."

„Möchtest du nun vielleicht nicht doch mit der Vorrede aufhören," sagte Frau Phellion, „und dich endlich verständlich machen?"

„Ihr Herr Sohn", nahm Minard jetzt das Wort, der diesmal seine erfreuliche Mitteilung, aus Furcht vor einer neuen Freudetrunkenheit, vorsichtiger in Worte faßte, „hat soeben eine bedeutende astronomische Entdeckung gemacht."

„Wirklich?" sagte Frau Phellion, faßte Felix bei den Händen und betrachtete ihn liebevoll.

„Wenn ich sage, bedeutend," fuhr Minard fort, „so will ich damit Ihr mütterliches Gefühl schonend vorbereiten, denn ich mußte sagen: es ist eine erhabene, verblüffende Entdeckung. Er ist noch nicht fünfundzwanzig Jahr alt, und sein Name ist schon jetzt unsterblich."

„Und einem solchen Manne", sagte Frau Phellion voll Erregung und Felix leidenschaftlich umarmend, „zieht man einen la Peyrade vor!"

„Man zieht ihn nicht vor, verehrte Frau," sagte Minard, „die Thuilliers lassen sich durch diesen Intriganten nicht täuschen: er hat sich ihnen aufgezwungen. Thuillier glaubt, daß er ohne ihn nicht Deputierter werden kann, was übrigens auch so noch zweifelhaft ist, und diesem Interesse wird alles aufgeopfert."

„Ist das aber nicht grauenhaft," sagte Frau Phellion, „wenn man das Glück seiner Kinder dem Ehrgeiz opfert?“

„Oh,“ bemerkte Minard, „Celeste ist ja nicht ihr Kind; sie ist ja nur ihre Adoptivtochter.“

„Für Brigitte, ja,“ sagte Frau Phellion; „aber für den ‚schönen‘ Thuillier?“

„Keine scharfen Bemerkungen, liebe Freundin“, sagte Phellion; „der liebe Gott hat uns eben einen großen Herzenstrost zuteil werden lassen; und schließlich ist es ja immer noch möglich, daß diese Heirat, in bezug auf die sich, wie ich mit Bedauern feststellen muß, Felix übrigens nicht mit aller erforderlichen Weisheit benommen hat, wenn auch alle Vorbereitungen dazu getroffen sind, doch nicht zustande kommt.“

Als er sah, daß Felix ungläubig den Kopf schüttelte, sagte Minard:

„Aber gewiß, der Kommandant hat ganz recht; als der Kontrakt gestern abend unterzeichnet werden sollte, gab es einen Zwischenfall. Richtig, Sie waren ja nicht da; Ihre Abwesenheit ist sehr aufgefallen.“

„Wir waren eingeladen,“ sagte Phellion, „und haben bis zum letzten Moment überlegt, ob wir hingehen sollten; aber Sie begreifen, wir waren in einer peinlichen Lage; und dann war Felix, was ich mir jetzt erklären kann, da er ja seine eigene Sache der Akademie vorgetragen hat, erschöpft von der Aufregung und ermüdet. Ohne ihn zu erscheinen, würde merkwürdig ausgesehen haben, und deshalb besannen wir uns eines Besseren und entschlossen uns, wegzubleiben.“

Die Anwesenheit des Mannes, den er eben erst für unsterblich erklärt hatte, hinderte Minard nicht, da ihm die Gelegenheit dazu geboten war, sich eifrig in eine der beliebtesten Beschäftigungen der Bourgeoisie zu stürzen, nämlich in den Klatsch und das Herumtragen von Neuigkeiten.

„Stellen Sie sich vor," sagte er daher, „daß sich gestern im Hause Thuillier eine Unzahl von Dingen ereignet hat, eins immer außergewöhnlicher als das andere."

Und er erzählte zuerst die merkwürdige Episode mit dem Vater Picot.

Dann schilderte er, welche warme Anerkennung der Abbé Gondrin dem Verhalten Felix' gezollt hatte, und daß er den Wunsch geäußert habe, ihn kennenzulernen.

„Ich werde ihn besuchen", sagte Felix; „wissen Sie, wo er wohnt?"

„Rue de la Madeleine, Nummer 8", antwortete Minard; „ich komme eben von ihm; ich hatte mit ihm eine sehr kitzliche Sache zu besprechen, und sein Rat war ebenso wohlwollend wie klug; aber das große Ereignis des Abends war, daß eine ganze festliche Gesellschaft sich versammelte, um der Vorlesung des Kontraktes beizuwohnen, und daß der Notar, nachdem er sie eine geschlagene Stunde hatte warten lassen, schließlich überhaupt nicht erschien."

„Also", fragte Felix eifrig, „der Kontrakt ist nicht unterzeichnet worden?"

„Nicht einmal verlesen, mein Freund, denn plötzlich wurde gemeldet, daß der Notar nach Brüssel abgereist sei."

„Gewiß wegen einer wichtigeren Sache", sagte Phellion naiv.

„Wegen der allerwichtigsten," antwortete Minard,

„wegen eines kleinen Bankrotts von fünfhunderttausend Franken, das der Herr hinterlassen hat."
„Aber wer ist denn dieser Beamte," fragte Phellion, „der in so skandalöser Art den heiligen Pflichten seines Berufs untreu geworden ist?"
„Wer? Ihr Nachbar in der Rue Saint-Jacques, der Notar Dupuis."
„Wie?" sagte Frau Phellion, „ein so frommer Mann und Kirchenältester!"
„Ja, verehrte Frau," bemerkte Minard, „die haben es gerade am eiligsten;... er hat auch schon Vorgänger gehabt."
„Aber diese Nachricht," sagte Phellion, „so mitten in eine Privatgesellschaft hineinplatzend, hat ja wie ein Donnerschlag wirken müssen."
„Und zwar um so mehr," erklärte Minard, „als sie in der unerwartetsten und eigenartigsten Weise verkündet wurde."
„Erzählen Sie uns das doch!" sagte Frau Phellion lebhaft.
„Anscheinend", fuhr Minard fort, „sind diesem tugendsamen Spitzbuben die Ersparnisse einer großen Anzahl von Dienstboten anvertraut gewesen, und Herr la Peyrade – alle diese Scheinheiligen, wissen Sie, das ist ein und dieselbe Clique – gab sich Mühe, ihm die Kapitalien dieser Kreise zuzuführen."
„Ich habe es ja immer gesagt," unterbrach ihn Frau Phellion, „daß an diesem Provenzalen kein gutes Haar ist."
„So hat er auch", fuhr der Bürgermeister fort, „bei Herrn Dupuis für Rechnung einer alten Wirtschafterin, ebenfalls solch einer Scheinheiligen, ein Sümmchen untergebracht, das wahrhaftig schon

der Mühe lohnte: fünfundzwanzigtausend Franken; diese Wirtschafterin nun, eine gewisse Frau Lambert..."
„Frau Lambert?" unterbrach ihn Felix seinerseits, „aber das ist ja die Wirtschafterin von Herrn Picot: anschließende Haube, blasses mageres Gesicht, spricht immer mit niedergeschlagenen Augen und zeigt niemals ihr Haar."
„Eben diese," sagte Minard, „das richtige Muckergesicht."
„Fünfundzwanzigtausend Franken Ersparnisse!" sagte Felix, „nun wundere ich mich nicht mehr, daß der arme Vater Picot immer in Geldverlegenheit war."
„Und daß man sich", bemerkte Minard mit schlauer Miene, „um den Verkauf seiner Bücher kümmern mußte... Wie dem auch sei, Sie können sich vorstellen, daß dieses Weib, als sie von der Flucht des Notars hörte, nicht mehr wußte, wo ihr der Kopf steht. Sie rennt sofort zu la Peyrade; dort hört sie, daß er zum Diner und zur Soiree bei Thuilliers ist, deren Adresse man ihr nicht genau angibt, so daß sie, nachdem sie den ganzen Abend herumgeirrt ist, um zehn Uhr, während man eine ewige Zeit im Salon damit verbrachte, sich anzustarren, ohne zu wissen, was man sagen oder machen solle, denn weder Brigitte noch Thuillier sind dazu angetan, über solch eine üble Situation hinwegzuhelfen, und wir hatten, um uns das Warten zu versüßen, weder die Stimme der Frau Godollo, noch das Talent der Frau Phellion zu unsrer Verfügung..."
„Oh, Sie sind zu freundlich, Herr Bürgermeister", sagte Frau Phellion geziert.

„Also um zehn Uhr", fuhr Minard fort, „erscheint endlich Frau Lambert im Vorzimmer des Herrn Generalrats und verlangt in großer Aufregung den Herrn Advokaten zu sprechen."
„Das ist ganz natürlich", sagte Phellion; „von ihm, als dem Vermittler der Anlage, war die Frau berechtigt, Rechenschaft zu verlangen."
„Nun sollen Sie sehen, was das für ein Tartüff ist!" fuhr Minard fort. „Kaum hinausgegangen, kehrt er schon wieder zurück und teilt die Neuigkeit mit. Und da alles nichts lieber wollte, als aufbrechen, entstand eine allgemeine Flucht; was tut nun unser Mann? Er geht wieder zu Frau Lambert hinaus, die er im Vorzimmer gelassen hat, und da die gute Frau nicht aufhört zu schreien, daß sie ruiniert und verloren sei, was sie wirklich gemeint haben, was aber auch eine mit dem andern abgekartete Komödie gewesen sein kann, sagt in Gegenwart der Gesellschaft, die durch das Geschrei der Dienerin zurückgehalten wird, der Herr Chefredakteur des ‚Echo de la Bièvre' feierlich: ‚Beruhigen Sie sich, meine Beste, die Anlage habe ich im Einverständnis mit Ihnen gemacht, ich schulde Ihnen also nichts; aber es genügt, daß das Geld durch meine Hände gegangen ist, um mich in meinem Gewissen dafür verantwortlich zu fühlen: wenn bei der Liquidation des Notars nicht genügend herauskommt, so werde ich Ihnen den Betrag auszahlen'."
„Nun," sagte Phellion, „das habe ich ja eben auch erklärt: der Vermittler muß dafür einstehen. Ich hätte mich auch keinen Augenblick besonnen, das zu tun, was Herr de la Peyrade getan hat, und ich meine, daß man ihn deshalb

nicht eines jesuitischen Verhaltens beschuldigen kann."

„Gewiß hätten Sie ebenso gehandelt," sagte Minard, „und ich auch; aber wir hätten uns dessen nicht vor aller Welt gerühmt, und wir hätten als Ehrenmänner auch bezahlt, und zwar mit unserem Gelde. Aber dieser Wahlagent, womit wird der bezahlen? Mit der Mitgift!"

In diesem Augenblick erschien das kleine Dienstmädchen und brachte Felix Phellion einen Brief. Er war vom alten Picot, und zwar nach seinem Diktat von Frau Lambert geschrieben; deshalb geben wir ihn lieber nicht in ihrer Orthographie wieder.

Frau Lamberts Handschrift gehörte zu denen, die man nicht wieder vergißt, wenn man sie einmal vor Augen gehabt hat. Da er sie gleich wiedererkannte, sagte Felix:

„Das ist ein Brief von dem Herrn Professor."

Und bevor er ihn öffnete, wandte er sich an Minard:

„Sie gestatten, Herr Bürgermeister?"

„Er wird hübsch mit Ihnen umspringen," erklärte dieser; „ich habe niemals eine so komische Wut gesehen wie gestern abend bei ihm."

Während er las, lächelte Felix. Als er die Lektüre beendet hatte, reichte er das Schreiben seinem Vater und sagte:

„Sie können ihn vorlesen."

In feierlichem Tone begann also der große Mitbürger:

„Mein lieber Felix, eben habe ich Deinen Brief erhalten; er kam sehr zur rechten Zeit, denn ich war, wie man sagt, mächtig böse auf Dich. Du erklärst mir, daß Dein Vertrauensmißbrauch, über den ich mit Dir ein bißchen deutlich abrechnen wollte, den Zweck gehabt hat, meiner Familie eine derbe Lektion zu erteilen, indem dadurch der Beweis geliefert wurde, daß jemand, der so schwierige Berechnungen anzustellen vermag wie die, auf denen Deine Entdeckung fußt, nicht wohl unter Kuratel gestellt oder durch die Bestellung eines gerichtlichen Pflegers lächerlich gemacht werden kann. Dieses Argument leuchtet mir ein, und es ist in dem niederträchtigen Prozeß so schwerwiegend, daß ich diesem Deinem Gedanken meine Zustimmung nicht versagen kann. Aber dieses Argument kommt mir ein bißchen teuer zu stehen, denn es macht mich zum Mitvater und Beteiligten bei einem Stern, und Du weißt recht gut, daß ein solches vertrautes Verhältnis mir absolut nicht paßt. In meinem Alter und nach der Lösung des großen Problems des perpetuum mobile befaßt man sich nicht mehr mit solchen Lappalien; so was ist gut für Grünschnäbel und Anfänger wie du, und das habe ich mir auch erlaubt. heute morgen dem Herrn Unterrichtsminister zu erklären, der mich übrigens mit vollendeter Liebenswürdigkeit empfangen hat. Ich habe ihm zur Erwägung gegeben, ob er nicht, da er sich in der Adresse geirrt hat, das Kreuz und die Pension zurücknehmen wolle, wenngleich ich sie sicherlich aus andern Gründen verdient hätte.

‚Die Regierung', hat mir darauf der Minister geantwortet, ‚pflegt sich nicht zu irren; was sie tut, ist immer wohlgetan, und ein Erlaß, den Seine Majestät unterzeichnet hat, wird nicht zurückgenommen; Ihre hervorragenden Arbeiten haben die beiden Auszeichnungen, die Ihnen der König bewilligt hat, wohl verdient, und ich bin glücklich, eine schon alte Schuld in seinem Namen begleichen zu können.'

,Aber Felix?' fragte ich; ,diese Entdeckung ist für einen jungen Menschen gar nicht übel.'

,Herr Felix Phellion', hat mir der Minister geantwortet, ,wird noch heute seine Ernennung zum Ritter der Ehrenlegion erhalten; ich werde sie noch heute vormittag vom König unterzeichnen lassen; außerdem ist jetzt ein Platz in der Akademie der Wissenschaften freigeworden, und wenn Sie nicht Anspruch darauf erheben ...'

,Ich in die Akademie?' unterbrach ich ihn mit meiner Freimütigkeit, die Du kennst. ,Ich verabscheue sie ja, diese Akademien: die sind dazu da, um alles zu dämpfen, die reinen Gesellschaften von Faulenzern, Verkaufsbuden mit einem großen Schild und nichts drin ...'

,Nun,' sagte der Minister lächelnd, ,dann glaube ich, daß Herr Felix Phellion bei der nächsten Wahl alle Aussichten hat, worunter ich auch den Einfluß der Regierung rechne, der ihm schon im voraus sicher ist, soweit er in loyaler und rechtmäßiger Weise geltend gemacht werden kann.'

Das ist alles, was ich für Dich tun konnte, mein guter Junge, um Dich für Deine guten Absichten zu entschädigen und Dir zu beweisen, daß ich Dir nicht böse bin. Ich glaube in der Tat, daß die Verwandten mit langer Nase abziehen werden. Damit wir über alles das plaudern können, erwarte ich Dich heute um vier Uhr, denn ich speise nicht so spät, wie ich es gestern in einem

Hause gesehen habe, wo ich Gelegenheit hatte, mich günstig über deine Begabung zu äußern. Frau Lambert, die mit dem Kochlöffel gewandter umzugehen versteht als mit der Feder, wird es sich angelegen sein lassen, und, obgleich es Freitag ist, den sie mir niemals erläßt, hat sie uns ein Fastenessen, eines Erzbischofs würdig, versprochen und eine halbe Flasche guten Champagner, dem wir nötigenfalls noch eine zweite werden folgen lassen, um die Orden zu begießen. Dein alter Lehrer und Freund.

Picot,
Ritter der Ehrenlegion.

P. S. Würde Deine verehrte Mutter Dir nicht ein kleines Fläschchen von dem alten vorzüglichen Kognak spendieren, den Du mir seinerzeit verehrt hast? Ich habe keinen Tropfen mehr davon, und gestern habe ich welchen zu trinken bekommen, mit dem man allenfalls Pferden die Beine waschen kann; aber ich habe der reizenden Hebe, die in mir kredenzte, kein Hehl aus meiner Meinung gemacht."

„Gewiß soll er noch eins haben," sagte Frau Phellion, „aber kein Fläschchen, sondern einen ganzen Liter."

„Und ich", sagte Minard, „rühme mich, ebenfalls einen ganz vortrefflichen zu besitzen, und werde ihm mehrere Flaschen davon schicken; aber Sie dürfen ihm nicht sagen, Herr Ritter, der Sie mich hoffentlich zum Paten wählen werden, von wem sie kommen; denn man kann nie wissen, wie dieser merkwürdige Mann so etwas aufnimmt."

„Frau," sagte jetzt plötzlich der alte Phellion, „eine weiße Krawatte und meinen Frack!"

„Wo willst du denn hingehen?“ fragte Frau Phellion, „Dich beim Minister bedanken?“

„Bring mir nur die Sachen, sage ich; ich habe einen wichtigen Besuch zu machen, und der Herr Bürgermeister wird mich freundlichst entschuldigen.“

„Ich muß ebenfalls aufbrechen,“ antwortete Minard, „ich habe in einer Sache zu tun, die meinen Sohn betrifft, der allerdings keinen Stern entdeckt hat.“

Phellion kleidete sich um, ohne auf die Fragen Felix' und seiner Frau zu antworten, zog ein Paar weiße Handschuhe an, schickte nach einem Wagen und ließ sich eine Viertelstunde später bei Brigitte anmelden, die er beim Verwahren des guten Porzellans und Silbers, die am Tage vorher benutzt worden waren, antraf.

Während sie diese häusliche Arbeit unterbrach, um den Besuch zu empfangen, sagte die alte Jungfer, nachdem beide Platz genommen hatten:

„Na, Papa Phellion, Sie haben uns gestern nicht Wort gehalten; Sie haben es übrigens schlauer gemacht als die andern. Wissen Sie schon, was uns der Notar für einen Streich gespielt hat?“

„Ich weiß alles,“ sagte Phellion, „und gerade dieser unvorhergesehene Aufschub, den Ihre Absichten erfahren haben, gibt mir den Anlaß zu der wichtigen Unterredung, die ich mit Ihnen zu haben wünsche. Zuweilen scheint die Vorsehung sich darin zu gefallen, unsere am besten vorbereiteten Pläne zunichte zu machen; manchmal scheint sie uns auch durch die Hindernisse, mit denen sie uns den Weg versperrt, anzudeuten, daß wir fehlgehen, und uns zu mahnen, besser zu überlegen.“

„Die Vorsehung! die Vorsehung," sagte Brigitte und spielte sich als Freigeist auf, „die hat anderes zu tun, als sich mit uns zu befassen."

„Das mag Ihre Ansicht sein", entgegnete Phellion; „was mich anlangt, so pflege ich ihre Hand in kleinen wie in großen Dingen zu erkennen, und wenn sie gestern erlaubt hätte, daß Ihre Verpflichtungen gegen Herrn de la Peyrade zu einem ersten entscheidenden Schritte geführt hätten, so würden Sie mich jetzt gewiß nicht hier sehen."

„Sie glauben also," sagte Brigitte, „daß eine Hochzeit nicht stattfinden kann, weil ein Notar fehlt? Man sagt aber doch, daß die Mühle auch ohne den Müller nicht stillsteht."

„Mein verehrtes Fräulein," begann der große Mitbürger wieder, „Sie werden mir bezeugen können, daß weder meine Frau noch ich jemals versucht haben, Ihre Entschließungen zu beeinflussen; wir haben die jungen Leute sich liebgewinnen lassen, ohne uns Gedanken zu machen, wohin diese Neigung führen würde..."

„Ihnen Raupen in den Kopf zu setzen", unterbrach ihn Brigitte; „da sehen Sie, was bei der Liebe herauskommt, und weshalb ich mich immer fern davon gehalten habe."

„Was Sie da sagen," fuhr Phellion fort, „paßt besonders auf meinen unglücklichen Sohn; denn trotz der würdigen Beschäftigung, in der er Trost für seinen Kummer suchte, hat er ihn doch so wenig besiegen können, daß er erst heute Morgen, trotz des großes Erfolges, den er davongetragen hat, mir davon sprach, er wolle eine Weltumsegelung antreten, ein Unternehmen, das ihn wenigstens drei Jahre fernhalten würde, vorausgesetzt, daß er die Gefahren einer so ausgedehnten Reise übersteht."

„Das wäre vielleicht gar nicht so falsch," bemerkte Brigitte; „dann würde er getröstet zurückkommen und vielleicht noch drei oder vier andere Sterne entdeckt haben."

„Der eine genügt uns," sagte Phellion, immer würdevoller werdend, „und dank diesem Ergebnis, das ihm eben eine so hohe Stellung in der wissenschaftlichen Welt verschafft hat, habe ich mir herausnehmen zu dürfen geglaubt, Ihnen ohne weitere Umschweife zu sagen: ich bin hergekommen, mein Fräulein, um von Ihnen für meinen Sohn, Felix Phellion, der sie liebt und der von ihr geliebt wird, die Hand Fräulein Celeste Collevilles zu erbitten."

„Aber, Papachen," erwiderte Brigitte, „das ist doch zu spät; bedenken Sie doch, daß wir uns ‚gerade entgegengesetzt' la Peyrade gegenüber gebunden haben."

„Es ist niemals zu spät, wie man sagt, das Rechte zu tun, und gestern hätte ich noch nicht wagen dürfen, damit vor Sie hinzutreten. Als Ausgleich für den Unterschied des Vermögens hätte mein Sohn Ihnen noch nicht antworten können: Wenn Celeste infolge Ihrer Großmut auch eine Mitgift besitzt, der die meinige nicht entfernt gleichkommt, so bin ich doch dafür Mitglied des königlichen Ordens der Ehrenlegion und werde allem Anschein nach binnen kurzem Mitglied der Akademie der Wissenschaften, einer der fünf Abteilungen des Instituts, sein."

„Gewiß wird Felix jetzt eine gute Partie," sagte Brigitte, „aber la Peyrade hat unsere Zusage, er und Celeste sind schon aufgeboten, und ohne den außergewöhnlichen Zwischenfall wäre auch der Kontrakt schon unterzeichnet; er beschäftigt sich mit Thuilliers Wahl, die er schon sehr gut in Zug gebracht hat; wir haben zusammen mit ihm Geld in die Zeitung gesteckt: es ist also nicht möglich, selbst wenn wir wollten, uns von unserm Versprechen loszumachen."

„Also in einem so seltenen Falle," sagte Phellion, „wo Vernunft und Neigung zusammentreffen, glauben Sie, einer reinen Interessenfrage den Vorzug geben zu sollen? Celeste hat, wie wir wissen, keinerlei Neigung für Herrn de la Peyrade. Mit Felix zusammen aufgewachsen...

„Mit Felix zusammen aufgewachsen!" unterbrach ihn Brigitte, „sie hat doch seinerzeit zwischen Herrn de la Peyrade und Ihrem Herrn Sohn wählen können, so wenig haben wir ihr Zwang auferlegt, und da hat sie Felix abgelehnt, dessen Atheismus allgemein bekannt ist."

„Sie täuschen sich, mein Fräulein, mein Sohn ist kein Atheist; selbst Voltaire zweifelte daran, ob es überhaupt Atheisten gäbe, und erst gestern hat ja hier in diesem Hause ein ebenso durch seine Begabung wie durch seine Tugenden ausgezeichneter Geistlicher eine große Lobrede auf Felix gehalten und den Wunsch zu erkennen gegeben, mit ihm in Beziehung zu treten."

„Gewiß, um ihn zu bekehren!" sagte Brigitte, „aber in bezug auf die Heiratsgeschichte muß ich Ihnen zu meinem Bedauern erklären, daß Sie einen Posttag zu spät kommen: niemals wird Thuillier auf seinen la Peyrade verzichten."

„Mein Fräulein," sagte Phellion und erhob sich,

„ich fühle mich in keiner Weise gedemütigt, daß der Schritt, den ich bei Ihnen unternommen habe, vergeblich war, und ich verlange nicht einmal, daß Sie darüber schweigen sollen, denn ich werde der Erste sein, der mit allen unsern Bekannten und Freunden davon sprechen wird."

„Erzählen Sie es, wem Sie wollen!" erwiderte Brigitte bitter. „Das sieht ja gerade aus, als ob Ihr Herr Sohn, weil er einen Stern entdeckt hat, wenn er wirklich der Entdecker ist, und nicht der Alte, den die Regierung dafür belohnt hat, eine Tochter des Königs von Frankreich zur Frau verlangen dürfte!"

„Genug davon", sagte Phellion; „ich könnte Ihnen antworten, daß, ohne die Thuilliers damit herabzusetzen, die Orléans mir doch auf einer etwas höheren Stufe zu stehen scheinen. Aber ich möchte keine scharfen Worte gebrauchen, und ich empfehle mich Ihnen mit der Bitte, die Versicherung meiner ergebensten Hochachtung entgegennehmen zu wollen."

Nach diesen Worten entfernte er sich mit majestätischen Schritten und ließ Brigitte unter dem Eindruck des in extremis abgeschossenen Pfeils seiner Vergleichung in um so üblerer Laune zurück, als schon am Abend vorher Frau Thuillier, nachdem sich alle Eingeladenen entfernt hatten, die unglaubliche Kühnheit gezeigt hatte, etwas zu Gunsten von Felix zu äußern. Selbstverständlich wurde das Opferlamm grob angeschnauzt und ihm bedeutet, sich nicht in Dinge zu mischen, die es nichts angingen. Aber dieser Versuch ihrer Schwägerin, einen eigenen Willen zum Ausdruck zu bringen, hatte die alte Jungfer schon in schlechte

Stimmung versetzt, und Phellion konnte sie dadurch, daß er auf dieselbe Sache zurückkam, nur noch mehr in Wut versetzen. Die Köchin Josephine und der „männliche" Dienstbote hatten die eben stattgehabte Szene auszubaden: Brigitte fand, daß während ihrer Abwesenheit alles verkehrt gemacht worden war, und um selbst „mit Hand anzulegen", kletterte sie, auf die Gefahr hin, sich den Hals zu brechen, auf einen Stuhl, um die obersten Fächer des Wandschranks erreichen zu können, in denen das Staatsporzellan sorgfältig unter Verschluß gehalten wurde.

Dieser Tag, der für Brigitte so schlimm begann, war unstreitig einer der inhaltreichsten und bewegtesten unserer Erzählung.

Um genau zu berichten, müssen wir wieder mit der Zeit um sechs Uhr morgens beginnen, wo Frau Thuillier sich in die Madeleinekirche begab, um die Messe zu hören, die der Abbé Gondrin gewöhnlich um diese Stunde las, und um dann das Abendmahl zu nehmen, ohne welche heilige Wegzehrung fromme Seelen niemals an die Ausführung eines bedeutenden Entschlusses herantreten.

Um acht Uhr erschien, wie wir schon gesehen haben, der alte Minard, der die Erlaubnis dazu am Abend vorher erhalten hatte, bei dem jungen Vikar, um seinen väterlichen Kummer dem Busen des gewandten und vermittlungsbereiten Kasuistikers anzuvertrauen.

Der Abbé Gondrin machte ihm in milder Form Vorwürfe, daß er seinem Sohn die Möglichkeit gewährt habe, unter dem Schutz eines Titels, der ein arbeitsreiches Dasein vorspiegelt, zu faulenzen und sich zu allen möglichen Torheiten verleiten zu lassen; die Advokaten ohne Praxis und die Ärzte ohne Kranke sind, wenn sie kein Geld haben, die Pflanzstätte für den Geist der Revolution und der Unordnung; wenn sie aber reich sind, dann leben sie wie die junge Aristokratie, die nach Verlust ihrer übrigen Privilegien nur noch das Recht des far niente sich bewahrt hat, das dem Besucher der Rennen und der Theaterdamen alle Freiheiten einer wertlosen und untätigen Existenz gewährt.

Im vorliegenden Falle erwiesen sich die Gewaltmaßregeln, die der Bürgermeister des elften Bezirks gern angewendet hätte, als Hirngespinste. Es gibt kein Saint-Lazare-Gefängnis mehr für liederliche junge Leute, und die Manon Lescauts können nicht mehr nach Amerika deportiert werden. Der Abbé Gondrin war daher der Ansicht, daß der alte Minard versuchen solle, die ganze Sache mit einem Geldopfer aus der Welt zu schaffen; er sollte die Sirene ausstatten und verheiraten; die Moral käme dabei doppelt auf ihre Rechnung. Selber bei einer solchen Lösung mitzuwirken, bezeigte der junge Vikar keinerlei Neigung; er sei zu jung für solche diplomatischen Schritte, und auch die besten Absichten wären so leicht der Verleumdung ausgesetzt. Da das junge Mädchen noch eine Mutter besaß, so könne Minard sich ja mit dieser Frau in Verbindung setzen.

Mittags empfing der Abbé Gondrin den Besuch der Frau Thuillier und Celestes. Das arme Kind wünschte einige nähere Erläuterungen der Worte, mit denen am Abend vorher in Brigittes Salon der Priester sich so beredt für das Seelenheil Felix Phellions verbürgt hatte. Es erschien der jungen Theologin sehr merkwürdig, daß jemand, der nie gebeichtet habe, der Gnade der göttlichen Gerechtigkeit teilhaftig werden könne, denn es heißt doch ausdrücklich: „Außerhalb der Kirche gibt es kein Seelenheil."

„Mein liebes Kind," sagte der Abbé Gondrin, „Sie müssen dieses Wort, das so streng zu sein scheint, richtig verstehen: es verkündet viel mehr das Heil denjenigen, die das Glück genießen, im Schoße unserer heiligen Mutter, der Kirche, zu leben, als daß es diejenigen verdammte, die das Unglück haben, von ihr geschieden zu sein. Gott sieht den Menschen auf den Grund des Herzens und weiß die Auserwählten wohl zu unterscheiden; und der Schatz seiner Güte ist so reich, daß es niemandem gegeben ist, seinen unerschöpflichen Reichtum zu ermessen. Wer dürfte es wagen, zu Gott, dem Unermeßlichen, zu sagen: ‚Bis dahin wirst du freigebig und großmütig sein!' Jesus Christus hat der Ehebrecherin verziehen, er hat dem armen Schächer den Himmel verheißen, um uns zu beweisen, daß nicht nach menschlichem Ermessen, sondern nach seiner Weisheit und seinem Erbarmen geschehen soll. Mancher, der sich für einen Christen hält, ist vor Gottes Auge darum nichtsdestoweniger ein Götzendiener; und mancher, der für einen Heiden gilt, ist nach seinen Grundsätzen und Handlungen ein Christ, ohne es selbst zu wissen. Unsere heilige Religion zeigt ihren göttlichen Ursprung dadurch, daß aller Edelmut, alle Größe, aller Heroismus nur die Erfüllung ihrer Gebote bedeuten. Ich sagte gestern zu Herrn de la Peyrade, daß die reinen Seelen unvermeidlich einmal zu uns kommen müssen; es handelt sich nur darum, ihnen Frist zu gewähren; ein solches Vertrauen ist eine Anlage zu hohen Zinsen und uns außerdem durch die Pflicht der Nächstenliebe geboten."

„Oh, mein Gott!" rief Celeste aus, „und das erfahre ich zu spät, wo ich doch damals zwischen Herrn Felix Phellion und Herrn de la Peyrade wählen durfte und nicht gewagt habe, dem Zuge meines Herzens zu folgen!... Könnten Sie nicht mit meiner Mutter sprechen, Herr Abbé? Ihre Worte sind so überzeugend!"

„Das ist nicht möglich, mein Kind", erwiderte der Vikar; „wäre ich der Beichtvater der Frau Colleville, so würde ich es vielleicht versuchen, aber man wirft uns schon so oft vor, daß wir uns unvorsichtig in Familienangelegenheiten einmischen! Seien Sie überzeugt, daß ein Dazwischentreten meinerseits, zu dem ich weder einen Grund noch einen Auftrag habe, mehr schaden als nützen würde. Sie und diejenigen, die Sie lieb haben," fuhr er fort und warf dabei einen Blick auf Frau Thuillier, „müssen sehen, ob die übrigens schon recht weit gediehenen Vorbereitungen noch im Sinne Ihrer Wünsche geändert werden können."

Es stand geschrieben, daß das arme Kind den bitteren Kelch, den es sich durch seine Unduldsamkeit selbst kredenzt hatte, bis auf die Hefe leeren sollte: kaum hatte der Abbé ausgesprochen, als seine alte Wirtschafterin erschien, um ihn zu fragen, ob er Herrn Felix Phellion empfangen wolle. So wurde, ebenso wie die Verfassung von 1830, die Notlüge der Frau von Godollo zur Wahrheit.

„Kommen Sie hier durch", sagte der Vikar eilig und führte seine beiden Beichtkinder durch einen Seitengang.

Im Leben findet zuweilen ein so merkwürdiges Zusammentreffen statt, daß manchmal eine Kurtisane und ein Gottesmann in ganz gleicher Weise verfahren.

„Herr Abbé," sagte Felix zu dem jungen Vikar, als sie einander gegenüberstanden, „ich weiß, in welch freundlicher Art Sie gestern so gütig waren, über mich im Salon des Herrn Thuillier zu sprechen, und ich würde mich beeilt haben, Ihnen meinen Dank dafür auszusprechen, auch wenn mich nicht noch ein anderer Anlaß zu Ihnen geführt hätte."

Der Abbé Gondrin ging schnell über die Höflichkeitsbezeugungen hinweg und wünschte zu wissen, womit er ihm dienen könne.

„Man hat gestern," erwiderte der junge Gelehrte, „in einem Sinne, den ich als wohlwollend ansehen will, mit Ihnen über meinen Seelenzustand gesprochen. Die, die so klar in mir lesen zu können glauben, scheinen mein Inneres besser zu kennen als ich selbst; denn seit einiger Zeit fühle ich mich von unerklärlichen und mir bisher unbekannten Beunruhigungen bedrückt. Ich habe nie an Gott gezweifelt; aber mir scheint, daß ich bei der Betrachtung des unendlichen Raumes, in dem er mir erlaubt hat, der Spur eines seiner Werke nachzugehen, einen andern, weniger undeutlichen und unmittelbareren Begriff von ihm bekommen habe, und ich frage mich nun, ob ein rechtschaffenes, ehrenhaftes Leben allein schon die genügende Anerkennung ist, die seine Allmacht von mir erwarten kann. Trotzdem machen sich in meinem Geiste zahllose Einwände gegen den Kultus, dessen Diener Sie sind, geltend, und so sehr ich auch für die Schönheit seiner äußeren Form empfänglich bin, sträubt sich mein Verstand doch gegen viele seiner Vorschriften und Gebräuche. Die Lässigkeit und Saumseligkeit, mit der ich an die Lösung dieser Bedenken herangegangen bin, habe ich teuer, vielleicht mit meinem ganzen Lebensglück, bezahlt. Ich habe nun beschlossen, der Sache auf den Grund zu gehen. Niemand ist besser in der Lage als Sie, Herr Abbé, meine Zweifel zu heben. Ich unterbreite sie Ihnen nun vertrauensvoll und bitte Sie, mich anzuhören, mir zu antworten und mir zu sagen, durch die Lektüre welcher Bücher, abgesehen von den Stunden, die Sie mir gütigst für eine Aussprache opfern würden, ich weitere Aufklärung erhalten könnte. Eine grausam geprüfte Seele wendet sich an Sie. Ist eine solche nicht am besten vorbereitet, den Samen aufzunehmen, den Ihre Worte auszustreuen vermögen?"

Der Abbé Gondrin erklärte, daß er mit Freuden, trotz seiner Unzulänglichkeit, bereit sei, auf die Gewissensbedenken des jungen Gelehrten zu antworten, und empfahl ihm, nachdem er ihn um seine Freundschaft gebeten hatte, vor allem, die „Pensées" Pascals zu lesen. Auf der Basis der Geometrie müßte sich eine natürliche Verwandtschaft zwischen dem Geiste Pascals und dem des jungen Mathematikers ergeben.

Während sich diese Szene abspielte, der die Bedeutung der in Frage stehenden Interessen und die moralische und intellektuelle Höhe der Persönlichkeiten eine gewisse Größe verlieh, war ein scharfer Zwist im Hause Thuillier ausgebrochen.

Auf dem Stuhl stehend, die Haare in Unordnung, Gesicht und Hände voll Staub, war Brigitte damit beschäftigt, mit dem Flederwisch die Fächer des Wandschrankes auszustauben, in denen ihre Stöße von Tellern, Schüsseln und Saucieren untergebracht werden sollten, als sie von Flavia angeredet wurde.

„Brigitte," sagte sie, „wenn Sie fertig sind, würden Sie gut tun, zu uns zu kommen, oder noch besser, ich schicke Ihnen Celeste: sie sieht mir so aus, als ob sie uns einen Streich spielen will."

„Wie das?" fragte Brigitte, ohne sich in ihrer Arbeit stören zu lassen.

„Ich glaube, daß sie und Frau Thuillier heute früh bei dem Abbé Gondrin gewesen sind, und jetzt ist sie vor mir auf Felix Phellion zu sprechen gekommen, von dem sie wie von einem Gotte redet; von da bis zu einer Absage an la Peyrade ist, wie Sie begreifen werden, nur noch ein Schritt."

„Diese verdammten Pfaffen!" sagte Brigitte, „in alles müssen sie sich mischen! Deshalb habe ich ihn auch gar nicht einladen wollen, aber Sie haben ja darauf bestanden."

„Aber das gehörte sich doch so", sagt Flavia.

„Ich pfeife auf das, was sich gehört", erwiderte die alte Jungfer. „Ein Phrasendrescher, der nur Dinge geredet hat, die gar nicht hierher gehörten. Schicken Sie mir nur Celeste her, ich werde ihr schon den Standpunkt klarmachen..."

In diesem Augenblick wurde Brigitte der erste Schreiber des Notars gemeldet, der an Dupuis' Stelle den Kontrakt aufsetzen sollte.

Ohne auf ihre derangierte Toilette zu achten, gab Brigitte Auftrag, daß der junge Schreiber hereingeführt werde; sie machte nur die Konzession,

daß sie mit ihm nicht von der Hühnerleiter herab, auf der sie gehockt hatte, verhandelte.
„Herr Thuillier," sagte der erste Schreiber, „war heute morgen bei uns, um dem Herrn Notar die einzelnen Klauseln des aufzunehmenden Kontrakts anzugeben; es ist nun bei uns üblich, daß wir, bevor wir die Stipulationen über die Zuwendungen aus Anlaß der Ehe aufsetzen, aus dem Munde der Geber selbst zu hören wünschen, was sie für Schenkungsabsichten haben. Herr Thuillier hat uns schon erklärt, daß er der Braut zu Eigentum ohne Nießbrauch das Haus schenkt, das er bewohnt und das ohne Zweifel dieses hier ist."
„Ja," sagte Brigitte, „das sind die Bedingungen. Ich selbst schenke dreitausend Franken Rente zu freiem Eigentum; aber die Ehe wird unter Ausschluß der Gütergemeinschaft geschlossen."
„So ist es", sagte der Schreiber, der in seinen Notizen nachsah; „Fräulein Brigitte Thuillier dreitausend Franken Rente. Da ist weiter Frau Celeste Thuillier, Gattin des Louis-Jérôme Thuillier, die ebenfalls in dreiprozentiger Staatsanleihe sechstausend Franken Rente zu unbeschränktem Eigentum und sechstausend Franken Zinsen schenkt."
„Das ist so, als ob es der Notar bereits aufgenommen hätte; aber da es bei Ihnen so üblich ist, wird man Sie, wenn Sie es von meiner Schwägerin selbst hören wollen, zu ihr führen."
Und sie gab dem Diener den Auftrag, den Herrn Schreiber zu Frau Thuillier zu bringen.
Aber einen Augenblick später erschien der Schreiber wieder und erklärte, es müsse da ein Mißverständnis vorliegen, denn Frau Thuillier habe ihm

mitgeteilt, daß sie keine Art von Eheschenkung zu machen beabsichtige."

„Das ist etwas stark", sagte Brigitte; „kommen Sie nur mit mir, mein Herr."

Und wie ein Sturmwind drang sie in das Zimmer der Frau Thuillier ein. Diese stand bleich und zitternd da.

„Was hast du dem Herrn hier eben erklärt? Du willst Celeste keine Mitgift geben?

„Ja," sagte das sich auflehnende Opferlamm, wenn auch mit unsicherer Stimme, „es ist meine Absicht, keine zu geben."

„Aber das ist ja etwas ganz Neues, diese deine Absicht", sagte Brigitte, rot vor Wut.

„Es ist meine Absicht so", begnügte sich die Empörerin zu antworten.

„Willst du mir vielleicht sagen, weshalb?"

„Ich billige die Heirat nicht."

„So! Und seit wann?"

„Es ist wohl überflüssig," bemerkte Frau Thuillier, „daß der Herr unserer Auseinandersetzung beiwohnt; sie wird ja nicht in den Kontrakt aufgenommen."

„Du solltest dich schämen," sagte Brigitte, „du zeigst dich nicht gerade in schmeichelhaftem Licht ... – Mein Herr," fuhr sie zu dem Schreiber gewendet fort, „kann man in dem Kontrakt nicht eher etwas streichen, als etwas hinzusetzen?"

Der Schreiber nickte bejahend.

„Dann setzen Sie es nur immer so hinein, wie ich gesagt habe, was dann wegbleiben soll, kann ja immer noch durchgestrichen und gekürzt werden."

Darauf empfahl sich der Schreiber.

Als die beiden Schwägerinnen allein waren, fragte Brigitte:

„Bist du denn verdreht geworden? Was hast du dir denn für eine Marotte in den Kopf gesetzt?"

„Das ist keine Marotte, sondern eine wohlüberlegte Sache."

„Die du bei deinem Abbé Gondrin aufgelesen hast! Willst du vielleicht ableugnen, daß du mit Celeste vorhin bei ihm gewesen bist?"

„Celeste ist in der Tat mit mir heute morgen bei unserm Beichvater gewesen, aber ich habe kein Wort von dem, was ich zu tun beabsichtigte, gesagt."

„Also aus deinem hohlen Kopfe stammt diese blödsinnige Idee?"

„Jawohl, ich bin, wie ich schon gestern gesagt habe, der Ansicht, daß Celeste besser verheiratet werden kann, und ich habe nicht die Absicht, für eine Heirat, die ich nicht billige, etwas herzugeben."

„Die du nicht billigst? ... Seit wann fragt man dich denn um deine Ansicht?"

„Ich weiß wohl," sagte Frau Thuillier, „daß ich in diesem Hause niemals etwas zu sagen hatte. Für mich selbst habe ich mich schon seit langer Zeit damit abgefunden; aber da es sich hier um das Glück eines Kindes handelt, das ich wie mein eigenes ansehe..."

„Jawohl!" rief Brigitte, „eigene hast du jedenfalls nie kriegen können! denn Thuillier seinerseits..."

„Meine Liebe," sagte Frau Thuillier voll Würde, „ich habe diesen Morgen das Abendmahl genommen, ich kann gewisse Dinge heute nicht mit anhören."

„Ja, so seid ihr Mucker!“ schrie Brigitte, „ihr spielt dann die Heiligen und bringt Aufruhr ins Haus! Und du meinst, daß das so gehen wird? Thuillier kommt gleich nach Hause, er wird dir schon deinen Standpunkt klarmachen...“
Indem sie so die Unterstützung des Ehegatten für ihre Autorität zu Hilfe rief, erwies sich Brigitte schwach gegenüber dem ernstesten und unerwartetsten Angriff, der seit Menschengedenken auf sie gemacht worden war. Frau Thuilliers ruhige, aber von Wort zu Wort entschiedenere Sprache brachte sie völlig außer Fassung; sie konnte nur noch ihre Zuflucht zu Schimpfworten nehmen.
„Diese Schlafmütze!“ rief sie, „diese Person, die zu nichts taugt, die nicht mal ihr Schnupftuch selbst aufheben kann, so was will die Hausherrin spielen!“
„Das will ich so wenig, daß ich erst gestern abend, nachdem ich nur zwei Worte zu sagen versucht habe, mir befehlen ließ, still zu sein; aber über mein Vermögen bin ich Herrin, und da ich glaube, daß Celeste einmal sehr unglücklich sein wird, so will ich es aufbewahren, damit ich dann darüber verfügen kann.“
„Das ist nicht schlecht!“ sagte Brigitte ironisch, „ihr Vermögen!“
„Gewiß, das, was ich von meinem Vater und meiner Mutter geerbt, und was ich Thuillier als Mitgift zugebracht habe.“
„Und wer hat das Geld so angelegt, daß es heute zwölftausend Franken Rente bringt?“
„Ich habe von dir niemals Rechenschaft darüber verlangt,“ sagte Frau Thuillier sanft; „wenn es bei der Art, wie du es verwertet hast, verloren-

gegangen wäre, hätte ich mich mit keinem Worte bei dir darüber beklagt; es ist gewachsen, da ist es auch gerecht, daß mir der Nutzen zufließt. Übrigens will ich es ja nicht für mich aufheben."

„Vielleicht; denn bei der Art, wie du dich beträgst, ist es mir zweifelhaft, ob wir beide noch lange hier zusammenbleiben werden."

„Meinst du etwa, daß Thuillier mich wegjagen wird? Dafür müßte er doch zureichende Gründe haben; ich bin, Gott sei Dank, eine Frau gewesen, der er niemals etwas vorzuwerfen gehabt hat.

„Du Schlange! Du Heuchlerin! Du herzloses Weib!" schrie Brigitte, die mit ihren Argumenten zu Ende war.

„Du befindest dich hier bei mir, Schwägerin..." sagte Frau Thuillier.

„Was sagst du, du Jammerlappen?" schrie die alte Jungfer aufs äußerste gereizt, „wenn ich mich nicht zurückhielte..."

Und sie machte eine Bewegung, die gleichzeitig eine Beschimpfung und eine Drohung war.

Frau Thuillier erhob sich, um das Zimmer zu verlassen.

„Du kommst hier nicht weg," rief Brigitte und zwang sie, sich wieder zu setzen, „und bis Thuillier nicht entschieden hat, bleibst du eingeschlossen!"

Als Brigitte mit brennendrotem Gesicht wieder in das Zimmer zurückkam, in dem sie Frau Colleville verlassen hatte, fand sie dort ihren Bruder, dessen bevorstehende Rückkehr sie schon angekündigt hatte. Thuillier strahlte.

„Alles geht vortrefflich, meine Liebe", sagte er zu der Megäre, deren Aufregung er nicht bemerkte;

„die Verschwörung, uns totzuschweigen, ist erledigt; zwei Zeitungen, der ‚National' und ein karlistisches Organ, drucken heute morgen einen Artikel von uns ab, und in einem ministeriellen Blatte findet sich ein kleiner Angriff auf uns."

„So, alles geht aber nicht vortrefflich," antwortete Brigitte, „und wenn das hier so weiter geht, werde ich die Bude verlassen!"

„Auf wen zielt denn das?" fragte Thuillier.

„Auf deine unverschämte Frau, die mir eben eine Szene gemacht hat; ich zittere noch davon."

„Celeste eine Szene machen?" sagte Thuillier; „aber das wäre ja das erstemal in ihrem ganzen Leben."

„Alles fängt mal an, und wenn du da nicht eingreifst..."

„Aber weshalb denn eine Szene?"

„Weil Madame nichts von la Peyrade für ihr Mündel wissen will; und vor Ärger, daß sie die Heirat nicht verhindern kann, erklärt sie, daß sie Celeste im Kontrakt nichts aussetzen will."

„Na, beruhige dich nur", sagte Thuillier ohne sich aufzuregen – daß das ‚Echo' in die Polemik hineingezogen war, hatte ihn zu einem zweiten Pangloß gemacht – „ich werde das alles schon in Ordnung bringen."

„Sie, Flavia," sagte Brigitte, während Thuillier sich zu seiner Frau begab, „werden mir den Gefallen tun, hinunterzugehen und Fräulein Celeste zu sagen, daß ich sie vorläufig nicht sehen will, denn ich wäre imstande, wenn sie mir eine dumme Antwort gäbe, sie zu ohrfeigen; Sie werden ihr sagen, daß ich keine Komplotte liebe, daß man ihr ja freigestellt hat, den jungen Herrn Phellion zu wählen, daß sie ihn aber nicht gewollt hat, und daß sie, wenn sie nicht ihre Mitgift auf das beschränkt sehen will, was ihr ihr geben könnt, und was ein Bankangestellter bequem in seine Westentasche stecken könnte ..."

„Meine liebe Brigitte," unterbrach sie Flavia und warf sich in die Brust gegenüber dieser Unverschämtheit, „Sie sollten es doch unterlassen, uns so unfein an unsere Armut zu erinnern; wir haben doch schließlich niemals etwas erbeten und immer pünktlich unsere Miete gezahlt; nicht, daß ich mich mit solchen Absichten trüge, aber Herr Felix Phellion würde Celeste gern mit der Mitgift nehmen, die ein Bankangestellter in seine ‚Westentasche' stecken kann."

Und sie unterstrich dieses Wort durch seine Betonung.

„Was?" rief Brigitte, „fangen Sie jetzt auch noch damit an? Na, dann holen Sie sich doch Ihren Felix! Ich weiß es ja recht gut, daß Ihnen diese Heirat niemals gepaßt hat, weil Sie nicht gern bloß die Schwiegermutter Ihres Schwiegersohns sein wollen."

Flavia hatte ihre Kaltblütigkeit, die sie einen Augenblick verlassen hatte, wieder gewonnen, und antwortete auf diese Insinuation nur mit einem Achselzucken.

Jetzt erschien Thuillier wieder; seine fröhliche Stimmung war vorüber.

„Meine liebe Brigitte," sagte er zu seiner Schwester, „du hast gewiß das beste Herz; aber manchmal bist du von einer Heftigkeit! ..."

„So!" rief die alte Jungfer, „jetzt soll ich mich auch noch darüber zu verantworten haben."

„Ich mache dir ja in der Sache selbst keine Vorwürfe, und ich habe Celeste ernstlich ausgescholten; aber man muß doch gewisse Formen bewahren."

„Was erzählst du mir da von Formen? Was für Formen habe ich denn verletzt?"

„Aber, meine Liebe, wie konntest du die Hand gegen deine Schwägerin aufheben!"

„Ich habe meine Hand gegen dieses Schaf aufgehoben? Das ist wirklich nicht schlecht!"

„Und dann," fuhr Thuillier fort, „sperrt man eine Frau in Celestes Alter doch nicht ein!"

„Ich soll deine Frau eingesperrt haben?"

„Das kannst du doch nicht ableugnen, ich habe ja die Tür doppelt verschlossen gefunden."

„Ach so! Weil ich in meinem Ärger über die Gemeinheiten, mit denen sie mich überschüttet hat, unabsichtlich den Schlüssel herumgedreht habe."

„Aber," sagte Thuillier, „Leute in unserer Stellung benehmen sich doch nicht so."

„Also ich soll jetzt die sein, die Unrecht gehabt hat? Na warte, mein Junge, an diesen Tag sollst du noch denken, und wir wollen mal sehen, wie die Wirtschaft hier gehen wird, wenn ich mich nicht mehr darum kümmere."

„Du wirst dich doch immer darum kümmern," sagte Thuillier, „das ist doch dein Lebenselement, und du würdest am ersten darunter leiden."

„Das werden wir ja sehen", sagte Brigitte. „Nach zwanzigjähriger Aufopferung werde ich hier wie die niedrigste Person behandelt!"

Und die alte Jungfer stürzte hinaus und schlug die Tür mit Gewalt hinter sich zu.

Thuillier ließ sich dieses Fortlaufen nicht sehr anfechten.
„Waren Sie zugegen, Flavia," fragte er, „als sich die Szene abspielte?"
„Nein, es geschah in Celestes Zimmer; sie ist wohl etwas grob geworden?"
„Wie ich gesagt habe: sie hat die Hand gegen sie erhoben und sie eingesperrt wie ein kleines Mädchen ... Celeste mag ja eine etwas träge Frau sein, aber man darf doch gewisse Grenzen nicht überschreiten."
„Sie ist nicht gerade ein bequemer Hausgenosse, die gute Brigitte," sagte Flavia; „wir haben auch eben einen kleinen Disput gehabt."
„Na, das wird schon alles wieder gut werden", sagte Thuillier. „Ich erzählte Ihnen schon, meine liebe Flavia, daß wir heute früh einen schönen Erfolg gehabt haben: der ‚National' bringt zwei ganze Absätze eines Artikels, die gerade mehrere Sätze von mir enthalten."
Hier wurde Thuillier wiederum in der Mitteilung seiner politischen und literarischen Erfolge unterbrochen.
Die Köchin Josephine trat ein und fragte: „Kann mir der gnädige Herr nicht sagen, wo der Schlüssel zu dem großen Koffer ist?"
„Wer will ihn denn haben?" fragte Thuillier.
„Das Fräulein hat gesagt, daß ich ihn ihr bringen soll."
„Wozu braucht sie ihn denn?"
„Das Fräulein will jedenfalls verreisen; sie hat schon alle ihre Wäsche aus der Kommode herausgenommen, und jetzt legt sie die Kleider zum Einpacken zusammen."

„Wieder eine Verrücktheit!“ sagte Thuillier. „Sehen Sie doch mal nach, Flavia, was sie sich da für eine Sache in den Kopf gesetzt hat.“
„Ach nein,“ erwiderte Frau Colleville, „gehen Sie nur selbst zu ihr; in ihrer aufgeregten Verfassung wäre sie imstande, mich zu schlagen.“
„Ausgerechnet hat meine dämliche Frau“, rief Thuillier, „diese Kontraktgeschichte aufs Tapet bringen müssen! Sie muß wirklich recht starke Dinge gesagt haben, daß Brigitte so aus dem Häuschen geraten ist.“
„Der gnädige Herr hat mir noch immer nicht gesagt, wo der Schlüssel ist“, bemerkte Josephine nochmals dringend.
„Ich habe keine Ahnung!“ antwortete Thuillier ärgerlich; „suchen Sie ihn selbst, oder sagen Sie ihr lieber, daß er verloren gegangen ist.“
„Ich werde mich hüten,“ erklärte Josephine, „ihr das zu sagen!“
Jetzt erklang die Türglocke.
„Das ist gewiß la Peyrade“, sagte Thuillier aufatmend.
In der Tat erschien gleich darauf der Provenzale.
„Es ist wahrhaftig Zeit, daß du kommst, lieber Freund,“ sagte Thuillier, „denn das ganze Haus ist deinetwegen in Aufruhr, und es ist nötig, daß deine schönen Worte uns wieder Ruhe und Frieden schaffen.“
Und er teilte dem Advokaten die Ursache und die näheren Umstände des häuslichen Krieges, der eben ausgebrochen war, mit.
Sich an Frau Colleville wendend, sagte Theodosius: „Ich denke, daß ich, nachdem die Dinge so weit gediehen sind, wohl unbedenklich um eine Unter-

redung mit Fräulein Colleville für einige Augenblicke bitten darf?"

Auch hierbei erwies der Provenzale seine gewohnte Geschicklichkeit: er begriff, daß bei der Friedensmission, mit der man ihn beauftragt hatte, Celeste Colleville ausschlaggebend war."

„Ich werde nach ihr schicken," sagte Flavia, „und sie dann mit Ihnen allein lassen."

„Mein lieber Thuillier," sagte la Peyrade, „du wirst zwanglos und mit wenigen Worten Fräulein Colleville veranlassen, ihr Einverständnis zu erklären, so daß sie annehmen muß, man habe sie deshalb holen lassen. Dann bitte ich, uns allein zu lassen, das übrige nehme ich auf mich."

Ein Dienstbote wurde nun in das Zwischengeschoß hinuntergeschickt, der Celeste bestellen sollte, daß ihr Pate sie zu sprechen wünsche.

Das Wirtschaftszimmer, in dem mitten bei dem Aufräumen Brigittes diese Szene begonnen hatte, war nicht der geeignete Raum für die von la Peyrade erbetene Aussprache; man begab sich also in Erwartung Celestes in den Salon. Als sie erschien, sagte Thuillier, entsprechend der getroffenen Abrede, zu ihr:

„Deine Mutter, mein Kind, erzählt uns da merkwürdige Dinge; ist es wahr, daß du, obwohl dein Ehekontrakt gestern hätte unterzeichnet werden sollen, dich noch nicht zu der Heirat, zu der wir die Vorbereitungen getroffen haben, entschlossen hast?"

„Lieber Pate," antwortete Celeste, etwas erstaunt über dieses plötzliche Zurredestellen, „meines Wissens habe ich das nicht zu Mama gesagt."

„Hast du nicht vorhin", sagte Flavia, „eine überschwengliche Lobrede auf Herrn Felix Phellion gehalten?"

„Ich habe über Herrn Phellion nicht anders als alle übrigen Leute gesprochen."

„Bitte," sagte Thuillier kategorisch, „keine Zweideutigkeiten: weigerst du dich, ja oder nein, Herrn de la Peyrade zu heiraten?"

„Lieber Freund," sagte der Provenzale dazwischentretend, „du hast eine so brüske und bestimmte Art, Fragen zu stellen, wie sie mir hier, zumal in meiner Gegenwart, sehr wenig am Platze zu sein scheint; willst du mir in meiner Eigenschaft als Hauptbeteiligter gestatten, mit dem Fräulein eine Aussprache zu haben, die wohl tatsächlich nötig geworden sein dürfte? Frau Colleville wird mir diese Gunst nicht versagen; in meiner Lage enthält dieser Anspruch, wie ich meine, nichts, was ihre mütterliche Besorgnis wachrufen könnte."

„Ich würde Ihrem Wunsche gern entsprechen," erwiderte Flavia, „wenn ich nicht fürchtete, daß alle solche Maßnahmen so aussehen könnten, als ob das, was unwiderruflich beschlossen worden ist, überhaupt in Frage gestellt werden dürfe."

„Ich, gnädige Frau, habe im Gegensatz dazu den dringlichsten Wunsch, daß Fräulein Celeste bis zum letzten Augenblick die volle Freiheit der Entscheidung gelassen werde. Haben sie also die Güte, wie wir bei Gericht sagen, Ihren Beschluß auf meinen Antrag zu verkünden."

„Gut", sagte Frau Colleville; „Sie halten sich für sehr gewandt; wenn Sie sich also von dem kleinen Mädchen einwickeln lassen sollten, um so schlimmer für Sie! – Kommen Sie mit, Thuillier?" fügte sie hinzu, „wir sind hier jetzt überflüssig."

Als die beiden Brautleute allein waren, zog la Peyrade einen Sessel für Celeste heran, nahm sich selbst einen Stuhl und sagte:

„Mein Fräulein, Sie werden mir, wie ich zu glauben wage, die Gerechtigkeit widerfahren lassen, daß ich Sie mit dem Ausdruck meiner Gefühle nicht gelangweilt habe. Ich weiß von Ihrer Herzensneigung und gleichzeitig von Ihren Gewissensbedenken; ich hoffte, daß ich schließlich, indem ich mich recht klein machte, zwischen diesen entgegengesetzten Strömungen hindurchschlüpfen könnte; aber auf dem Punkte, auf dem wir jetzt angelangt sind, glaube ich weder indiskret noch ungeduldig zu erscheinen, wenn ich Sie bitte, mir mitzuteilen, welchen Entschluß Sie gefaßt haben."

„Oh, mein Gott," erwiderte Celeste, „da Sie mich mit solcher Güte und Freimütigkeit fragen, mein Herr, so will ich Ihnen sagen, was Sie ja auch schon wissen, daß, da ich mit Herrn Felix Phellion zusammen aufgewachsen bin und ihn weit länger kenne als Sie, der Gedanke an eine Heirat, der ja für ein junges Mädchen immer etwas Beunruhigendes hat, mit ihm mich weniger als mit jedem andern erschreckt hat."

„Seinerzeit", bemerkte Theodosius, „war es Ihnen aber doch gestattet, Ihre Wahl auf ihn zu lenken..."

„Gewiß, aber damals bestand zwischen uns ein Zwiespalt in bezug auf das religiöse Denken."

„Und heute ist dieser Zwiespalt nicht mehr vorhanden?"

„Fast gar nicht mehr", sagte Celeste. „Ich bin in die Lage versetzt worden, meine Ansicht derjenigen besser unterrichteter und erleuchteter Personen als ich unterzuordnen, und Sie selbst haben ja gestern mit angehört, in welcher Weise sich der Herr Abbé Gondrin darüber ausgesprochen hat."

„Es sei fern von mir," entgegnete der Provenzale, „das Urteil eines so hervorragenden Richters anfechten zu wollen. Gleichwohl erlaube ich mir zu bemerken, daß es unter den Mitgliedern des Klerus verschiedene Schattierungen gibt: die einen gelten als zu streng, die andern als zu nachsichtig. Der Herr Abbé Gondrin ist mehr Prediger als Kasuistiker."

„Aber Herr Felix", sagte Celeste lebhaft, „scheint doch den Hoffnungen des Herrn Vikars durchaus entsprechen zu wollen, denn ich weiß, daß er ihn heute früh aufgesucht hat."

„Also", sagte la Peyrade ein wenig ironisch, „hat er schließlich doch den Pater Anselm aufgesucht? Aber zugegeben, daß Herr Phellion in seinen religiösen Grundsätzen Ihnen bald die gewünschte Gewähr bieten könnte, haben Sie auch, mein Fräulein, das große Ereignis, das eben in sein Leben eingegriffen hat, in Betracht gezogen?"

„Gewiß; aber das scheint mir doch kein Anlaß zu sein, schlechter über ihn zu denken."

„Nein, aber es kann ihm Veranlassung geben, selbst besser über sich zu denken. Ich befürchte für Sie, daß seine Bescheidenheit, seine Anspruchslosigkeit, die seinem Wesen einen besonderen Reiz verliehen haben, einem Selbstvertrauen und einer Selbstzufriedenheit, der Entwicklung einer ausgesprochenen Persönlichkeit weichen werden, die die Quelle seiner zärtlichen Gefühle trüben und erschöpfen könnten; und das werden Sie sich nicht verhehlen dürfen, mein Fräulein, daß, wer eine neue Welt entdeckt hat, auch noch eine zweite wird entdecken wollen: wollen Sie mit dem Firmament rivalisieren?"

„Sie führen Ihre Sache sehr geistvoll," sagte Celeste lächelnd, „und ich glaube, daß Sie als Advokat ein ebenso beunruhigender Gatte sein werden wie Herr Phellion als Astronom."

„Um aber ernsthaft zu sprechen, mein Fräulein," begann der Provenzale wieder, „ich glaube, daß Sie ein vortreffliches Herz haben und der zartesten Empfindungen fähig sind: wissen Sie auch, was Herrn Phellion zuteil geworden ist? Bei seiner Aufopferung für seinen alten Lehrer hat er keinen Schaden erlitten; sein frommer Betrug ist schon bekannt geworden, ebenso, daß er der rechtmäßige Entdecker ist, und wenn ich Minard, den ich eben getroffen habe, Glauben schenken darf, wird er sofort zum Ritter der Ehrenlegion ernannt und sehr bald zum Mitglied der Akademie der Wissenschaften gewählt werden. Wäre ich eine Frau, so würde ich, daß muß ich Ihnen gestehen, es nicht gern sehen, wenn gerade in dem Augenblick, wo ich einen Mann wieder zu Gnaden aufnehme, sich ein solcher Glücksstrom über ihn ergießt; ich würde fürchten, daß die öffentliche Meinung mir vorwerfen könnte, ich tue das, weil ich mich an dem Kultus der aufsteigenden Sonne beteiligen will."

„Oh, mein Herr!" entgegnete Celeste lebhaft, „Sie werden mich eines so niedrigen Gefühls doch nicht für fähig halten."

„Ich nicht," sagte der Provenzale, „ich habe ja auch eben erst das Gegenteil behauptet; aber die

Welt urteilt so voreilig, sie ist so ungerecht und zugleich so ganz in Vorurteilen befangen!"
Als er bemerkte, daß er das junge Mädchen, das nichts erwiderte, in Verwirrung versetzt hatte, fuhr la Peyrade fort:
„Um nun von einer viel ernsteren Seite Ihrer Lage zu sprechen, von etwas, was nicht nur eine rein persönliche Angelegenheit ist, die Sie, sozusagen, mit sich selbst abmachen müssen – wissen Sie, daß Sie in diesem Augenblick, ohne es zu wollen, die Ursache der traurigsten und bedauernswertesten Szene in diesem Hause geworden sind?"
„Ich, mein Herr?" sagte Celeste, halb erstaunt, halb erschreckt.
„Jawohl; Sie haben aus Ihrer Patin, infolge ihrer außergewöhnlichen Liebe zu Ihnen, eine ganz neue Frau gemacht. Zum erstenmal in ihrem Leben hat sie einen eigenen Gedanken gehabt. Und mit dieser Willenskraft, die sich bei ihr um so stärker geltend macht, je weniger davon bisher überhaupt verbraucht wurde, hat sie erklärt, daß sie Ihnen nicht die geringste Mitgift geben wolle, und ich brauche Ihnen nicht zu sagen, an wessen Adresse sich diese unerwartete Ablehnung richtet."
„Ich bitte Sie, mein Herr, mir zu glauben, daß ich dieser Absicht meiner Patin vollständig fern stehe."
„Ich weiß das wohl," sagte la Peyrade, „und es wäre ja auch kein großes Unglück, wenn nicht Fräulein Brigitte diese Stellungnahme ihrer Schwägerin, die sie immer ihren Wünschen gegenüber gefügig und gehorsam gefunden hatte, als eine Beleidigung angesehen hätte. Es hat häßliche Auseinandersetzungen gegeben, die bis zu Gewalt-

akten geführt haben. Thuillier, zwischen Hammer und Amboß gestellt, hat das nicht verhindern können; ohne es zu wollen, hat er im Gegenteil die Sache noch verschlimmert, die sich so zugespitzt hat, daß Sie, wenn Sie nicht einen furchtbaren Zornausbruch fürchten müßten, sobald Sie sich in das Zimmer Fräulein Thuilliers begeben würden, sie damit beschäftigt finden könnten, ihre Koffer zu packen und das Haus zu verlassen!"

„Was sagen Sie da, mein Herr?" rief Celeste entsetzt.

„Die reine Wahrheit; Sie können es sich von den Dienstboten bestätigen lassen, denn es erscheint mir selbst fast unglaublich."

„Aber das ist ja unmöglich!" rief das arme Kind aus, dessen Aufregung bei jedem weiteren Worte des geschickt vorgehenden Provenzalen wuchs; „ich kann doch nicht die Ursache eines solchen Unglücks sein."

„Das heißt, Sie wollen es nicht sein, denn in Wirklichkeit ist das Unglück schon geschehen; gebe der Himmel, daß es wieder rückgängig gemacht werden könne!"

„Aber, mein Gott, was soll ich denn tun?" sagte Celeste und rang die Hände.

„Sich opfern, mein Fräulein, würde ich Ihnen ohne Zögern antworten, wenn mir unter den obwaltenden Umständen nicht die ebenso beneidenswerte wie schmerzliche Rolle eines Opferdieners zufiele."

„Mein Herr," erklärte Celeste, „Sie legen den Widerstand, den ich leisten könnte und dem ich kaum Ausdruck gegeben habe, ganz falsch aus; ich konnte wohl eine Vorliebe haben, aber ich habe mich niemals als ein Opfer angesehen; und was geschehen muß, um dem Hause seine Ruhe wieder zurückzugeben, das werde ich ohne Widerstreben und sogar gern tun."

„Das wäre weit mehr," erwiderte la Peyrade mit geheuchelter Bescheidenheit, „als ich für meine Person erwarten darf; aber um das, was wir beide wünschen zu erreichen, bedarf es wenigstens nach außen hin, wie ich Ihnen erklären muß, noch eines weiteren. Frau Thuillier hat eine so vollständige Wesensänderung bezeigt, daß sie nicht sofort wieder die alte sein wird, wenn Sie nur verzichten wollen; es klingt in meinem Munde zwar sehr lächerlich, aber die Situation verlangt es, daß Ihre Patin glauben muß, eine direkte Taktlosigkeit begangen zu haben, indem Sie meinem Wunsche mit einer Bereitwilligkeit entgegenkommen, die ja an sich gewiß sehr unwahrscheinlich ist, die aber so gut gespielt werden müßte, daß sie die erforderliche Illusion bei ihr hervorruft."

„Gut," sagte Celeste, „ich werde mich fröhlich und glücklich zu zeigen wissen. Meine Patin ist für mich eine zweite Mutter, mein Herr, und was täte man nicht für eine Mutter!"

Die Lage war nun so geworden, und Celeste hatte so offen ihr tiefes Empfinden und ihre unbedingte Opferwilligkeit gezeigt, daß la Peyrade, wenn er auch nur ein wenig Herz besessen hätte, vor der Rolle, die er spielte, Ekel hätte empfinden müssen; aber Celeste war für ihn nur eine Stufe, die hinauf führte; und wer hat sich jemals darum gekümmert, ob die Leiter, wenn sie nur empor führt, es mit Begeisterung tut oder nicht? Es wurde also beschlossen, daß Celeste zu ihrer

Patin gehen und sie davon überzeugen sollte, daß sie im Irrtum gewesen sei, wenn sie jemals an ein Gefühl des Widerwillens gegen la Peyrade bei ihr geglaubt hätte. Wäre der Widerstand Frau Thuilliers erst beseitigt, so würde sich alles leicht erledigen; der Advokat übernahm es, Frieden zwischen den beiden Schwägerinnen zu stiften, und man kann sich denken, daß ihm die Worte nicht fehlten, dem harmlosen Kinde eine Zukunft vorzuspiegeln, in der er durch seine Hingebung und seine Liebe jedes Bedauern über den moralischen Zwang, den sie sich auferlegte, verschwinden machen würde.

Als Celeste die Sache bei ihrer Patin zur Sprache brachte, stieß sie auf viel weniger Widerstand, als sie erwartet hatte. Um sich bis zu offenem Aufruhr zu versteigen, hatte es bei der armen Frau, die damit gegen ihr eigenstes Wesen und Temperament handelte, einer fast übermenschlichen Willensanspannung bedurft. Sobald sie das erdichtete Bekenntnis ihres heißgeliebten Patenkindes vernommen hatte, trat die Reaktion bei ihr ein, und es mußte ihr die Kraft fehlen, auf dem eingeschlagenen Wege weiter vorwärts zu gehen. Sie ließ sich also leicht von der Komödie täuschen, die ihr zu Gunsten des Provenzalen vorgespielt wurde. Und als erst das Unwetter an dieser Stelle sich beruhigt hatte, war es la Peyrade nicht schwer, Brigitte davon zu überzeugen, daß sie bei der Unterdrückung des Aufstandes gegen ihre Autorität ein bißchen weiter als erlaubt gegangen war; da ihre Autorität nicht mehr in Frage gestellt wurde, so war Brigitte ihrer Schwägerin nicht mehr böse darüber, daß sie sie beinahe geschlagen hätte, und mit einigen freundlichen Worten und einer Umarmung wurde der Zwist, bei dem die arme Celeste alle Kriegskosten zu tragen hatte, beigelegt.

✩

NACH DEM DINER IM FAMILIENKREISE LIESS sich der Notar, zu dem man am nächsten Tage sich ohne weitere Feierlichkeit begeben wollte – denn eine zweite Auflage der verunglückten Soiree war nicht möglich –, bei Fräulein Thuillier melden. Der Beamte war gekommen, um den Beteiligten den Entwurf des Kontraktes zu unterbreiten, bevor er die Reinschrift fertigen ließ. Diese Aufmerksamkeit war erklärlich bei einem Manne, der zu einer so wichtigen Persönlichkeit wie Thuillier in Beziehungen trat, und der nichts versäumen wollte, um ihn als ständigen Klienten zu bekommen.

La Peyrade war zu klug, um den Anschein zu erwecken, als schenke er der Vorlesung irgendwelche Aufmerksamkeit. An einigen von Brigitte verlangten Änderungen, die dem Notar einen hohen Begriff von den Fähigkeiten der alten Jungfer in bezug auf Geschäftsangelegenheiten beibrachten, konnte der Provenzale leicht erkennen, daß man ihm gegenüber ein wenig mehr Vorsichtsmaßregeln traf, als anständig war, aber er wollte keine Schwierigkeiten machen; er wußte, daß die Maschen eines Kontraktes niemals so eng sind, daß nicht ein entschlossener kluger Mann hindurchzuschlüpfen vermöchte; es wurde dann die Zusammenkunft im Notariatsbureau auf den nächsten Tag um zwei Uhr verabredet, wo nur die Familie zugegen sein sollte.

Während des Abends trieb la Peyrade, indem er die entgegenkommende Haltung, die er Celeste angeraten hatte und die sie, so gut sie konnte, zeigte, gewissermaßen sein Spiel mit dem armen Mädchen und zwang sie, indem er warme Dankbarkeit und beglückte Liebe heuchelte, ihm in einem Tone zu antworten, der himmelweit von dem wahren Empfinden ihres Herzens entfernt war, das Felix Phellion ganz und gar ausfüllte.
Als Flavia den Provenzalen so alle seine Verführungskünste entwickeln sah, mußte sie an die Art denken, mit der er sich einst bemühte, sie zu umgarnen. „Dieses Ungeheuer!" sagte sie ganz leise vor sich hin; aber sie mußte trotz ihrer Qual ein freundliches Gesicht zeigen, und einen Augenblick später gab ein von la Peyrade dem Hause Thuillier anscheinend geleisteter wichtiger Dienst seinem Einfluß und seinem Ansehen die letzte Weihe.
Minard wurde jetzt gemeldet.
„Meine lieben Freunde," sagte er beim Hereintreten, „ich komme, um Ihnen eine kleine Eröffnung zu machen, die Sie sicherlich überraschen wird, und die uns allen eine Lehre ist, wie vorsichtig man mit der Einführung von Fremden bei sich sein soll."
„Wieso denn?" fragte Brigitte neugierig.
„Diese Ungarin, von der Sie so begeistert waren, diese Frau Torna, Gräfin von Godollo..."
„Nun, und?" bemerkte die alte Jungfer.
„Nun," fuhr Minard fort, „die ist nichts von alledem, und Sie haben zwei Monate lang ein ganz gemeines ausgehaltenes Frauenzimmer auf jede Weise verhätschelt."

„Wer hat Ihnen denn das erzählt?" fragte Brigitte, die nicht so leicht zugeben wollte, daß sie so zum Narren gehalten worden war.

„Man hat mir das nicht erzählt," antwortete der Bürgermeister, „ich habe mich selbst davon überzeugt, de visu."

„Was? Sie verkehren also mit ausgehaltenen Frauenzimmern?" sagte Brigitte, die ihrerseits zum Angriff überging. „Das ist ja reizend, wenn das Zélie wüßte!"

„Nicht er verkehrt mit ihnen," bemerkte Thuillier schlau, „sondern sein Herr Sohn, von dem wir nette Sachen erfahren haben!"

„Jawohl," sagte Minard, ärgerlich über die Art, wie seine Neuigkeit aufgenommen wurde; „da dieser Bursche die Keckheit gehabt hat, Ihnen seine Komödiantin zu empfehlen, brauche ich Ihnen ja nichts mehr zu verschweigen. Herr Julian brüstet sich in der Tat damit, daß er eine Schauspielerin von einem kleinen Theater aushält, und in Gesellschaft dieses Geschöpfs habe ich ‚Ihre Freundin', Frau von Godollo, getroffen. Ich denke, daß ich mich klar ausdrücke und daß danach Zweifel nicht mehr möglich sind."

„Für Sie mag das klar sein," entgegnete Brigitte, „aber vorausgesetzt, daß Sie nicht einer von den netten Vätern sind, die die Kinder mit ihren Mätressen bekannt machen, möchte ich Sie doch fragen, wie Sie sich in der Gesellschaft von Herrn Julians ‚Blondine' befinden konnten."

„Ah, Sie scheinen anzunehmen," sagte Minard, in Eifer geratend, „daß ich imstande wäre, die Ausschweifungen meines Sohnes noch zu unterstützen?"

„Ich nehme gar nichts an," erwiderte Brigitte; „aber Sie selbst haben uns doch gesagt: ‚Ich befand mich in der Gesellschaft von ...'."

„Das habe ich nicht gesagt," unterbrach sie Minard, „ich habe nur erklärt, daß ich Frau von Godollo, die Frau Komorn heißt und ebensowenig Gräfin ist wie Sie und Frau Colleville, in Gesellschaft der gemeinen Kreatur gesehen habe, mit der mein Sohn sein Geld und seine Zeit durchbringt. Soll ich Ihnen nun noch Näheres über das Wie und Warum dieser Begegnung berichten?"

„Aber gewiß," sagte Brigitte in ungläubigem Tone, „eine solche Erklärung halte ich nicht für überflüssig."

„Also um Ihnen zu zeigen, wie ich über die Ausschweifungen meines Sohnes denke, muß ich Ihnen mitteilen, daß ich, durch einen anonymen Brief davon in Kenntnis gesetzt, sofort Schritte tat, um mich mit eigenen Augen von der Richtigkeit zu überzeugen, denn im allgemeinen weiß ich wohl, was man von anonymen Briefen zu halten hat."

„Merkwürdig," wandte sich Brigitte mit einer Zwischenbemerkung an la Peyrade, „daß wir noch keine über Sie, Herr Advokat, erhalten haben!"

„Wenn Sie mir nicht zuhören wollen," sagte Minard, durch dieses Unterbrechen verletzt, „dann hätten Sie mich nicht nach den Einzelheiten zu fragen brauchen."

„Gewiß," erwiderte Brigitte, „aber ich höre zu. Sie wollten sich also mit eigenen Augen überzeugen .."

„Ja," begann Minard wieder, „und an dem Tage, wo Sie bei Ihrem Diner auf mich warteten, war ich in die Folies Dramatiques gegangen, dem Schauplatz der Verirrungen Julians, wo das Debut seines

Frauenzimmers stattfinden sollte. Ich wollte mich vergewissern, ob der Bursche, der angeblich krank war, nicht gleich nach uns das Haus verlassen hatte, um auf seinem Posten bei der Claque zu sein; es ist wirklich traurig, wenn man konstatieren muß, wie tief diese Unsinnigen sinken können, wenn sie sich in eine Person vom Theater verlieben."

„Und er war dort?" fragte Brigitte, die sehr wenig Anteil an dem väterlichen Schmerz des Herrn Bürgermeisters zu nehmen schien.

„Nein, mein Fräulein, er war nicht da. Im Zuschauerraum habe ich ihn nicht bemerkt; aber als der Vorhang aufging, und ich infolge einer Bewegung auf der Bühne mein Auge dorthin richtete, erblickte ich meinen Jungen, die Schande meines Alters, wie er in der gemütlichsten Weise mit einem Feuerwehrmann plauderte und dabei soweit aus der Kulisse heraustrat, daß einer der groben Stammgäste des Parterres ihm zurief: ‚Nimm doch deine Visage zurück, du Störenfried!' Sie können sich vorstellen, wie erfreut mein väterliches Herz über diese freundliche Aufforderung war."

„Ja," sagte Brigitte, „Sie haben ihn zu sehr verwöhnt, den lieben Herrn Julian."

„Ich verwöhne ihn so wenig," fuhr Minard fort, „daß ich ohne die dringenden Vorstellungen seiner Mutter schon die schärfsten Maßregeln gegen ihn ergriffen hätte; nachdem ich aber gestern die verständigen und so toleranten Worte des Abbés Gondrin mit angehört hatte, kam ich auf den Gedanken, seinen Rat einzuholen, dementsprechend ich dann folgendermaßen vorging..."

„Verstehen sich denn Geistliche auch auf solche Sachen?“ bemerkte Brigitte verächtlich.

„Der Beweis, daß sie sich darauf verstehen, ist, daß das, was mir der Herr Vikar vorgeschlagen hatte, vollkommen geglückt ist. Ich ging zu der Mutter dieser gefährlichen Person und sagte ihr, daß ich, um ein Ende mit dieser garstigen Sache zu machen, über die sie gewiß ebenso traurig sei wie ich, mich zu einem Opfer entschließen wolle; daß ich bis zu einer Rente von fünfzehnhundert Franken, oder einem Kapital von dreißigtausend Franken, das, auf einmal ausbezahlt, eine Mitgift für ihre Tochter sein würde, gehen wolle, und fügte hinzu, daß sie von meinem Sohne nichts zu erwarten hätte, da ich ihm nichts mehr geben würde. ‚Das trifft sich gut‘, antwortete mir die Frau, ‚da ist gerade ein Sekretär beim Friedensrichter des zwölften Bezirks, der ein Auge auf Olympia geworfen und der jetzt eben wieder eine Anknüpfung versucht hat‘.“

„Hat sie Ihnen nicht den Namen dieses Sekretärs genannt?“ fragte la Peyrade.

„Ich glaube nicht,“ antwortete Minard; „jedenfalls weiß ich ihn nicht mehr; alles wurde in einem Augenblick mit der Mutter geordnet, die mir eine sehr ordentliche Frau zu sein scheint.“

„Aber bei alledem“, bemerkte Brigitte, „sehe ich immer noch nichts von Frau von Godollo.“

„Haben Sie nur Geduld,“ sagte Minard, „‚das einzige, was ich fürchte‘, erklärte mir die Mutter der Schauspielerin, ‚das sind die bösen Ratschläge einer Polin, einer Frau Cramone, in die meine Tochter sich vernarrt hat und von der sie sich leiten läßt; vielleicht, wenn Sie sie sehen und ihr ein

Geschenk in Aussicht stellen wollten, daß sie dann auf unsere Seite treten würde; sie ist gerade hier, soll ich sie rufen? Ich werde ihr, ohne Ihren Namen zu nennen, sagen, daß ein Herr sie zu sprechen wünscht.' Ich stimme zu, die Fremde wird geholt, und nun stellen Sie sich mein Erstaunen vor, als ich Ihre Frau von Godollo vor mir sehe, die, sobald sie mich erblickt hat, mit einem tollen Lachen davonrennt."

„Und sind Sie auch ganz sicher, daß sie es war?" fragte Brigitte. „Wenn Sie sie nur flüchtig gesehen haben..."

Der schlaue Provenzale war nicht der Mann, der sich eine solche Gelegenheit entgehen ließ, gegen den Schwindel der Ungarin aufzutreten.

„Der Herr Bürgermeister hat sich nicht getäuscht", sagte er in bestimmtem Tone.

„Was? Sie wußten das?" sagte Fräulein Thuillier, „und Sie haben uns mit einem solchen Gezücht verkehren lassen?"

„Im Gegenteil," sagte la Peyrade; „ohne Skandal und ohne jemandem etwas mitzuteilen, habe ich Ihr Haus von ihr befreit. Sie erinnern sich noch, wie plötzlich diese unglückselige Person ihre Wohnung verlassen hat: ich war es, der ihr, nachdem ich entdeckt hatte, wer sie war, zwei Tage Zeit gab, den Platz zu räumen, indem ich ihr drohte, im Weigerungsfalle alles zu enthüllen."

„Mein Lieber," sagte Thuillier und drückte dem Advokaten die Hand, „du hast da ebenso klug wie entschlossen gehandelt. Wir haben damit noch eine Verpflichtung mehr gegen dich."

„Also Schwamm über die ganze Sache, Papa Minard!" sagte Brigitte. „Wir werden unsererseits

über die Streiche des Herrn Julian reinen Mund halten. Wollen Sie nicht eine Tasse Tee trinken?"
„Gern", erwiderte Minard.
„Celeste," sagte die alte Jungfer, „klingle doch nach Henri, er soll den großen Kessel aufs Feuer setzen."
Obgleich sie sich erst am Nachmittag des nächsten Tages zum Notar begeben sollten, begann Brigitte bereits vor acht Uhr mit ihrem „Herumgewirtschafte", wie es ihr Bruder nannte.
Brigitte erklärte, daß man, wenn man sich nicht zeitig zurecht mache, niemals fertig werden würde. Sie verhinderte Thuillier daran, in das Bureau der Zeitung zu gehen, indem sie behauptete, daß man ihn, wenn er einmal weggegangen wäre, nicht mehr wiedersehen würde; sie stieß die Köchin Josephine herum, damit das Déjeuner früher bereit sei, und trotz der Vorgänge des vorhergehenden Abends mußte sie sich große Mühe geben, Frau Thuillier nicht wieder vor den Kopf zu stoßen, die sich nicht so, wie sie wollte, nach dem berühmten Grundsatz richtete: lieber zu früh als zu spät.
Sie machte dann bei Collevilles denselben Lärm, legte ihr Veto gegen eine zu elegante Toilette ein, die Flavia anziehen wollte, und bezeichnete Celeste genau das Kleid und den Hut, den sie wählen sollte. Was Colleville anlangt, der, wie er sagte, von seinem Bureau im Rathause nicht wegbleiben durfte, so zwang sie ihn, schon morgens den Frack anzuziehen, stellte seine Uhr nach ihrer und erklärte ihm dann, daß man, wenn er zu spät käme, „zunächst" nicht auf ihn warten würde.
Recht komisch war es, daß Brigitte, die alle an-

dern gehetzt hatte, beinahe selbst nicht zur festgesetzten Zeit fertig geworden wäre. Da sie allen helfen zu müssen glaubte und von ihrem gewohnten Beschäftigungen um keinen Preis etwas versäumt hätte, war sie mit Nachsehen und Handanlegen überall so sehr dabei, daß sie schließlich selbst nicht fertig wurde. Die Schuld an der Verzögerung, die sie beinahe verursacht hätte, wurde übrigens dem Friseur zugeschoben, den sie hatte holen lassen, damit er ihr „den Scheitel mache". Da der Künstler sich für verpflichtet gehalten hatte, ihr eine moderne Frisur zu machen, so mußte er alles wieder aufmachen und eine Frisur herstellen, die den hergebrachtenGewohnheiten seiner Kundin entsprach, welche gerade darin bestanden, daß sie überhaupt niemals richtig frisiert war, sondern beständig, vulgär gesprochen, wie eine „wütende Katze" aussah.
Gegen einhalb zwei Uhr waren la Peyrade, Thuillier, Colleville, Frau Thuillier und Celeste im Salon versammelt. Flavia erschien gleich darauf; um ein Schimpfen zu vermeiden, hatte sie ihre Armbänder erst unterwegs befestigt und sah nun zu ihrer Freude, daß sie Brigitte noch zuvorgekommen war. Diese war nicht nur ärgerlich über ihre Verspätung, sondern auch noch aus einem andern Grunde in Wut. Unter den gegebenen Umständen hatte sie es für erforderlich gehalten, ein Korsett anzulegen, ein Raffinement, das sie sonst für entbehrlich hielt. Die Unglückliche, die sie jetzt, und zwar gerade an der gewünschten Stelle, schnüren mußte, hatte allein einen Begriff davon, wie schrecklich und stürmisch solche Korsett-Tage zu verlaufen pflegten.

„Ich möchte lieber eine Obeliske zu schnüren haben", sagte das Mädchen; „ich glaube ‚die' würde sich besser dabei benehmen und jedenfalls kein solches Geschimpfe loslassen."

Während man sich so in aller Stille darüber lustig machte, die Königin Elisabeth bei einem solchen Zeitvertrödeln ertappt zu haben, erschien der Portier und übergab Thuillier ein verschlossenes Paket, das eben bei ihm abgegeben worden war und die Aufschrift trug: „Herrn Thuillier, Direktor des Echos de la Bièvre. – Sehr eilig!"

Der Adressat beeilte sich, die Hülle zu öffnen und fand darin eine Nummer eines offiziösen Blattes, das schon einmal sich wenig entgegenkommend und wohlwollend gegenüber der neuen Redaktion gezeigt hatte, in dem es den „Austausch", den die periodisch erscheinenden Journale von Zeitung zu Zeitung gern untereinander zu vollziehen pflegen, ablehnte.

Beunruhigt über diese Zusendung in seine Privatwohnung und nicht in das Bureau des Echos, entfaltete Thuillier schnell das Blatt und las mit einer Erregung, die man sich vorstellen kann, folgenden Artikel, der, um die besondere Aufmerksamkeit auf sich zu lenken, mit roter Tinte eingerahmt war:

„Eine obskure Zeitung war schon im Begriff, im Dunkeln und eines natürlichen Todes zu sterben, als ein Streber neuesten Datums daran ging, sie künstlich zu beleben. Seine Absicht geht dahin, sie als Schemel zu benutzen, um sich von seinem städtischen Amte zu der so beneideten Stellung eines Deputierten hinaufzuschwingen. Glücklicherweise wird diese an den Tag gekommene Intrige sich als zwecklos erweisen. Die Wähler werden sich durch die fadenscheinigen Lockungen dieses Stücks Papier nicht fangen lassen, und falls die Lächerlichkeit dieser albernen Kandidatur sie nicht schon inzwischen gerichtet haben sollte, so werden wir diesem Herrn Prätendenten rechtzeitig klarmachen, daß es für die hohe Ehre, ein Repräsentant des Volkes zu sein, nicht schon genügt, das erforderliche Geld zum Ankauf einer zurückgesetzten Zeitung und zum Engagement eines Helfers zu haben, der das abscheuliche Kauderwelsch seiner Artikel und Broschüren ins Französische übersetzt. Wir begnügen uns für heute mit dieser kleinen Warnung, aber unsere Leser mögen überzeugt sein, daß wir sie auf dem Laufenden über diese Wahlkomödie halten werden, falls man den traurigen Mut besitzen sollte, sie fortzusetzen."

Thuillier las diese Kriegserklärung zweimal durch, wobei sich seine Miene stark verdüsterte; dann nahm er la Peyrade beiseite und sagte zu ihm:

„Sieh mal, das ist eine ernste Sache."

Der Provenzale las den Artikel.

„Nun und?" sagte er dann.

„Wie denn, nun und?" bemerkte Thuillier.

„Was siehst du denn Ernstes darin?"

„Was ich darin Ernstes sehe? Ich finde, daß man nicht gut beleidigender gegen mich schreiben kann."

„Du bist doch wohl nicht im Zweifel," fuhr la Peyrade fort, „daß das von irgendeinem edlen Cérizet stammt, der dir aus Rache einen Knüppel zwischen die Beine wirft."

„Ob Cérizet oder ein anderer, wer diesen Schmähartikel verfaßt hat, ist ein unverschämter Mensch," sagte Thuillier aufgeregt, „und ich kann dazu nicht stillschweigen."

„Ich bin nicht der Meinung," sagte la Peyrade, „daß man darauf antworten soll. Du bist weder genannt noch näher bezeichnet, obgleich es schwer ist, den Angriff nicht auf dich zu beziehen. Unser Gegner muß sich erst noch weiter vorwagen, dann kann man ihm zur rechten Zeit eins auf die Finger geben."

„Keineswegs!" erklärte Thuillier; „eine solche Beleidigung darf man nicht stillschweigend hinnehmen."

„Teufel nochmal!" sagte der Advokat, „was hast du für eine empfindliche Haut! Aber bedenke doch, mein Lieber, daß du ein Wahlkandidat und ein Journalist bist, und daß man sich dazu eine Elefantenhaut anschaffen muß."

„Ich lasse mir grundsätzlich nicht auf den Fuß treten, lieber Freund. Außerdem wird ja schon die Fortsetzung angekündigt. Man muß daher mit solchen Frechheiten kurzen Prozeß machen."

„Also schön!..." sagte la Peyrade. „Beim Journalismus wie bei Wahlkandidaturen hat ein heftiges Temperament gewiß auch sein Gutes: man verschafft sich Respekt und beugt vielen Angriffen vor."

„Gewiß," meinte Thuillier, „principiis obsta; heute nicht, weil wir keine Zeit dazu haben, aber spätestens morgen werde ich die Sache dem Gericht anzeigen."

„Dem Gericht?" riel la Peyrade, „du willst die Sache vors Gericht bringen? Aber es liegt ja hier kein Anlaß zu einem Strafprozeß vor; weder du noch die Zeitung sind genannt, und dann ist solch ein Prozeß ja eine jämmerliche Geschichte; das sieht aus, wie wenn Kinder, die Schläge bekommen haben, sich bei der Mutter oder beim Lehrer beklagen. Wenn du noch sagen wolltest, daß Fleury dafür eintreten soll, das würde ich verstehen, obgleich es dich persönlich angeht und es sehr schwer sein dürfte, darin eine Beleidigung für die soziale Position der Zeitung, für die der verantwortliche Redakteur eintreten muß, zu sehen."

„Was denn?" entgegnete Thuillier, „glaubst du etwa, daß ich mich mit einem Cérizet oder irgendeinem Raufbold der Regierung einlassen werde? Ich setze meinen Stolz darein, mein Lieber, nur bürgerlichen Mut zu beweisen, der sich nicht einem Vorurteil beugt, und der, statt sich selber Genugtuung zu verschaffen, sich auf die Verteidigungsmittel beschränkt, die ihm das Gesetz gewährt. Übrigens habe ich mit Rücksicht auf die Rechtsprechung des Kassationshofs auch durchaus keine Lust, mich in die Lage zu versetzen, mein Vaterland zu verlassen, oder einige Jahre im Gefängnis zubringen zu müssen."

„Wir werden über alles das noch zu reden haben", sagte la Peyrade; „aber deine Schwester würde alles für verloren halten, wenn wir diese kleine Verlegenheit vor ihr erwähnen wollten."

Als er Brigitte eintreten sah, hatte Colleville ausgerufen:

„Komplett!"

Und er hatte einen Refrain aus der „Pariserin" angestimmt.

„Mein Gott, Colleville, was haben Sie für schlechte Manieren!" sagte die Verspätete, indem sie sich beeilte, einen Stein in den Nachbarsgarten zu

schmeißen, um keinen in ihren geworfen zu bekommen. – „Sind wir nun alle fertig?" fuhr sie fort und zog sich ihre Mantille vor dem Spiegel zurecht. „Wie spät ist es denn? Wir wollen doch nicht zu früh kommen, wie Leute aus der Provinz."
„Zwanzig Minuten vor zwei Uhr," sagte Colleville, „meine Uhr geht genau nach der Tuilerienuhr."
„Also dann ist es gerade richtig", erklärte Brigitte; „bis zur Rue Caumartin brauchen wir nicht mehr. – Josephine," rief sie aus der Salontür, „wir essen um sechs Uhr, stecken Sie die Pute rechtzeitig an den Spieß und passen Sie ordentlich auf, daß sie nicht wie voriges Mal verbrannt ist. – Was ist denn da los?" bemerkte sie und schloß schnell die Tür, die sie geöffnet hatte; „ein Störenfried, hoffentlich war Henri so klug und hat gesagt, daß niemand zu Hause ist."
Das war aber durchaus nicht der Fall, denn Henri erschien und meldete, daß ein älterer Herr, mit Orden geschmückt und von sehr vornehmen Äußeren, in einer dringenden Angelegenheit empfangen zu werden wünsche.
„Konnten Sie ihm denn nicht sagen, daß niemand zu Hause ist?"
„Das hätte ich schon getan, wenn das Fräulein nicht gerade die Salontür geöffnet hätte, so daß der Herr die ganze Familie versammelt sah."
„Ja," sagte Brigitte, „Sie haben natürlich immer Recht."
„Was soll ich ihm für einen Bescheid geben?" fragte der Diener
„Sagen Sie," antwortete Thuillier, „daß ich bedaure, den Herrn nicht empfangen zu können, weil mich der Notar zur Unterzeichnung eines

Ehekontrakts erwartet, daß ich ihn aber, wenn er in zwei Stunden wiederkommen will ..."

„Das habe ich ihm alles schon gesagt", erwiderte Henri; „er hat mir aber geantwortet, daß dieser Kontrakt gerade der Grund sei, weswegen er gekommen wäre, und daß sein Besuch Sie mehr anginge als ihn."

„Also empfange ihn und expediere ihn mit ein paar Worten", sagte Brigitte; „das wird schneller gehn, als wenn wir uns hier Henris Auseinandersetzungen anhören, der der reine Redner ist."

Wäre la Peyrade gefragt worden, so hätte er vielleicht nicht dasselbe angeraten, denn er hatte schon mehr als einen Beweis von den Steinen erfahren, die eine geheimnisvolle Macht seinen Heiratsplänen in den Weg zu werfen bemüht war, und auch dieser Besuch schien ihm von böser Vorbedeutung zu sein.

„Führen Sie ihn in mein Arbeitszimmer", sagte Thuillier, der sich entschlossen hatte, dem Rat seiner Schwester zu folgen, und indem er die Tür öffnete, die aus dem Salon in den Raum führte, wo er seinen unbequemen Besucher empfangen wollte, trat er vor diesem hinein.

Fast unmittelbar darauf guckte Brigitte durch das Schlüsselloch und sagte:

„So, nun läßt dieser dumme Thuillier ihn sich auch noch setzen und noch dazu hinten im Zimmer, so daß man nichts hören kann von dem, was sie reden."

La Peyrade, der seine Erregung hinter einem unbefangenen Äußeren verbarg, ging auf und ab; er näherte sich sogar den drei Damen, die zusammen saßen, und richtete einige liebenswürdige Worte an Celeste, die sie mit dem lachenden beglückten Gesicht aufnahm, das zu ihrer Rolle gehörte. Colleville vertrieb sich die Zeit damit, daß er ein Anagramm auf die sechs Worte: „die Zeitung Echo de la Bièvre“ machte, und durch Kombination der Buchstaben hatte er bald eine für die Zukunft des Unternehmens wenig beruhigende Version gefunden; aber da ihm für das letzte Wort noch ein Buchstabe fehlte, war sein „Werk“ noch nicht ganz fertig geworden.

„Wie viel er schnupft!“ sagte Brigitte inzwischen, die beständig ihr Auge am Schlüsselloch hatte; „gegen seine goldene Dose ist die von Minard gar nichts, ich habe noch nie ein solches Format gesehen! Vielleicht ist sie bloß vergoldet,“ fügte sie nach einigem Nachdenken hinzu. „Aber reden tut immer nur er, und Thuillier sitzt dabei und hört zu wie ein Schaf. Das ist mir übrigens egal, ich gehe jetzt hinein und werde ihnen sagen, daß man die Damen nicht so warten läßt.“

Als sie schon die Hand auf die Türklinke gelegt hatte, hörte sie Thuilliers Besuch sehr laut sprechen, was sie veranlaßte, wieder durchs Schlüsselloch zu sehen.

„Endlich ist er aufgestanden“, sagte sie befriedigt. Als sie aber bald darauf sah, daß sie sich getäuscht hatte, und daß der kleine Alte nur aufgestanden war, um die Unterhaltung lebhafter fortzusetzen, indem er das Zimmer der Länge und Breite nach durchmaß, sagte sie:

„Nein, wahrhaftig, ich gehe jetzt hinein und melde Thuillier, daß wir vorausgehen; er kann nachkommen, wenn er fertig ist.“

Und die alte Jungfer klopfte zweimal kurz und

energisch an und trat entschlossen in das Arbeitszimmer ihres Bruders.

Jetzt war la Peyrade so geschmacklos – seine Neugier war übrigens durch sein großes Interesse an der Sache verzeihlich –, seinerseits durch das Schlüsselloch zu sehen, was drin vorging. Zuerst glaubte er den kleinen Alten wiederzuerkennen, den er schon einmal, als Herr Kommandeur angeredet, bei Frau Godollo bemerkt hatte; dann nahm er wahr, wie Thuillier zu seiner Schwester mit einer Ungeduld und einer befehlenden Geste sprach, die in nichts an seine gewöhnliche Nachgiebigkeit und Unterwürfigkeit erinnerte.

„Thuillier scheint ja ein ganz besonderes Interesse an der Unterhaltung mit diesem Menschen zu finden," sagte Brigitte, als sie in den Salon zurückkehrte, „denn er hat mir ganz grob befohlen, sie allein zu lassen, obgleich der kleine Mann, der seinerseits sehr höflich war, mir sagte, daß sie gleich fertig seien! ‚Jedenfalls soll man auf mich warten'! hat Jérôme noch hinzugefügt. Seitdem er in der Zeitung schreibt, ist er nicht wiederzuerkennen, er benimmt sich, als ob er mit dem Stock regieren wollte ..."

„Ich habe große Angst, daß er sich von einem Intriganten beschwatzen läßt", sagte la Peyrade. „Ich bin sicher, daß ich den kleinen Alten bei Frau Komorn gesehen habe, an dem Tage, da ich bei ihr war, um ihr zu erklären, daß sie den Platz räumen solle; das muß jemand sein, der zu derselben Gesellschaft gehört."

„Das hätten Sie mir auch vorher sagen können!" entgegnete Brigitte; „dann hätte ich mich bei ihm nach der Gräfin erkundigt, damit er sieht, daß

wir über seine Ungarin genau Bescheid wissen."
In diesem Moment hörte man, wie die Stühle gerückt wurden; Brigitte lief wieder an ihr Schlüsselloch.
„Ja," sagte sie, „jetzt geht er; und Jérôme begleitet ihn mit lauter Bücklingen hinaus."
Da es noch etwas dauerte, bis Thuillier wieder erschien, hatte Colleville Zeit, ans Fenster zu treten und, als er den kleinen Alten in das elegante Kupee, von dem schon die Rede war, einsteigen sah, auszurufen:
„Donnerwetter! Was für eine strahlende Livree! Jedenfalls ist das ein Intrigant im großen Stil."
Endlich erschien Thuillier wieder. Sein Gesicht war nachdenklich und seine Worte sehr ernst.
„Mein lieber la Peyrade," bemerkte er, „du hast uns nicht gesagt, daß noch ein anderes Heiratsprojekt dich ernsthaft beschäftigt hat."
„Doch, ich habe dir gesagt, daß man mir die Hand einer sehr reichen Erbin angetragen hat, daß mein Herz mich aber hierher zog und daß ich nicht die Absicht hatte, mich auf die Sache einzulassen, die deshalb auch niemals ernsthaft ins Auge gefaßt wurde."
„Ich glaube aber doch, daß du mit Unrecht über diesen Vorschlag so leichtfertig hinweggegangen bist."
„Was? du machst mir, und noch dazu in Gegenwart dieser Dame, Vorwürfe, daß ich meiner ersten Neigung und unsern alten Abmachungen treu geblieben bin?
„Lieber Freund, die Unterhaltung eben war für mich sehr belehrend; und wenn du erst alles wissen wirst, was ich erfahren habe, und viele andere

Dinge, die dich allein angehen und dir anvertraut werden sollen, dann wirst du mir zustimmen. Eins ist jedenfalls sicher, daß wir nämlich heute nicht zum Notar gehen werden; und was dich betrifft, so kannst du nichts Besseres tun, als dich unverzüglich zu Herrn du Portail begeben."

„Schon wieder dieser Name, der mich wie ein Gewissensbiß verfolgt!" riel la Peyrade aus.

„Geh nur gleich hin, er erwartet dich; das ist die unerläßliche Vorbedingung, wenn wir weiter kommen wollen. Wenn du mit diesem ehrenwerten Rentier gesprochen haben wirst und du dann noch auf der Heirat mit Celeste bestehst, dann können wir auf deine Wünsche eingehen; bis dahin aber werden wir keinen Finger rühren."

„Aber, alter Junge," sagte Brigitte, „du läßt dich da ja von einem Wortverdreher beschwatzen; das ist ja einer von derselben Clique wie die Godollo."

„Frau von Godollo," antwortete Thuillier, „ist durchaus nicht das, was ihr denkt, und man wird in unserm Hause am besten kein Wort über sie sagen, weder im guten noch im bösen Sinne. Was aber la Peyrade anlangt, an den diese Aufforderung nicht zum erstenmal ergangen ist, so begreife ich wirklich nicht, warum er noch zögert, diesen Herrn du Portail aufzusuchen ..."

„Nanu?" sagte Brigitte, „hat dich denn dieser kleine Alte ganz verhext?"

„Ich sage dir, daß dieser kleine Alte alles das wirklich ist, worauf sein Äußeres schließen läßt. Er besitzt sieben Ordenskreuze, eine wundervolle Equipage und hat mir Dinge mitgeteilt, die mich in das größte Erstaunen versetzt haben."

„Dann ist er wohl ein Kartenleger, so wie die Frau Fontaine, bei der sich mir einmal alles herumgedreht hat, als ich mit Frau Minard bei ihr war und wir gedacht hatten, wir würden über die alte Zauberhexe uns recht auslachen können."

„Wenn er auch kein Zauberer ist," erwiderte Thuillier, „so ist er doch ein Mann, der einen sehr langen Arm hat, und ich glaube, es würde Einem schlecht bekommen, wenn man seine Wünsche nicht berücksichtigte. Übrigens hat er dich, Brigitte, obwohl er dich kaum gesehen hat, gleich richtig erkannt, denn er sagte mir, du seiest eine echte Herrscherin, zum Befehlen geboren."

„Er macht in der Tat einen sehr vornehmen Eindruck, der kleine Alte", entgegnete Brigitte, die sich nach diesem Kompliment die Lippen ableckte, als ob sie Sahne gegessen hätte. – „Hören Sie, mein Lieber," wandte sie sich dann an la Peyrade, „wenn ein so großes Tier so dringend darauf besteht, dann gehen Sie doch zu du Portail; das verpflichtet Sie ja doch noch zu nichts."

„Aber gewiß", sagte Colleville; „ich würde hundertmal zu allen du Portails oder allen ‚Portalen' der Welt gehen, wenn man mir das anempfehlen würde."

Die Szene begann der aus dem „Barbier von Sevilla", wo jeder zu Basilio sagt, er solle zu Bett gehen, weil er Fieber habe, so ähnlich zu werden, daß la Peyrade ärgerlich seinen Hut nahm und sich dorthin begab, wohin ihn sein Schicksal rief: Quo sua fata vocabant.

Als la Peyrade in der Rue Honoré-Chevalier anlangte, wurde er zweifelhaft; der Anblick des verfallenen Hauses, in das er sich begeben sollte, ließ ihn annehmen, daß er die Nummer falsch verstanden habe. Es erschien ihm unwahrscheinlich, daß eine Persönlichkeit von der Bedeutung, die man bei du Portail voraussetzen mußte, hier wohnen könne. Zögernd wandte er sich daher an den Meister Perrache, den Portier. Aber sobald er das Vorzimmer der Wohnung, wohin er gewiesen wurde, betreten hatte, sah er, daß das gute Äußere des alten Kammerdieners Bruneau und das ganze äußerst vornehme Mobiliar vollkommen seinen Erwartungen entsprachen. Auf seine Anmeldung hin unverzüglich in das Arbeitszimmer des Rentiers geführt, sah er sich zu seinem nicht geringen Erstaunen dem angeblichen Kommandeur, dem Freunde der Frau von Godollo, oder wenn man lieber will, dem kleinen Alten gegenüber, den er kurz vorher bei den Thuilliers erblickt hatte.

„Endlich!" sagte du Portail und erhob sich, um einen Stuhl heranzurücken, „endlich sieht man Sie, Sie widerspenstiger Mann; Sie haben sich recht lange nötigen lassen!

„Darf ich fragen, mein Herr," sagte la Peyrade stolz und ohne sich zu setzen, „welches Interesse Sie daran haben, sich in meine Angelegenheiten zu mischen? Ich kenne Sie nicht, und ich darf hinzufügen, daß der Ort, wo ich Sie ein einziges Mal gesehen habe, nicht gerade einen übermäßigen Wunsch bei mir hervorgerufen hat, Ihre Bekanntschaft zu machen.

„Wo haben Sie mich denn gesehen?" fragte du Portail.

„Bei einem gemeinen Frauenzimmer, das sich mit Gräfin von Godollo anreden ließ."

„Und zu der der Herr auch hingegangen war,"

sagte der kleine Alte, „und zwar mit viel persönlicherem Interesse als ich.“

„Ich bin nicht hierhergekommen,“ sagte Theodosius, „um einen geistreichen Disput zu halten. Ich habe das Recht, von Ihnen, mein Herr, Erklärungen über Ihr Vorgehen in bezug auf mich zu verlangen; ich darf Sie daher bitten, diese Erklärungen nicht länger durch Scherze hinauszuschieben, zu denen ich nicht die geringste Lust habe, mich herzugeben.

„Nun, mein Lieber, dann setzen Sie sich, denn ich habe auch keine Lust, mir den Hals zu verrenken, wenn ich so von unten herauf mich mit Ihnen unterhalten soll.“

Diese Aufforderung war durchaus begründet und in einem Tone gehalten, der annehmen ließ, daß sich der Rentier durch großartige Manieren nicht sehr einschüchtern ließ. La Peyrade entschloß sich also, dem Wunsche des Hausherrn zu willfahren, aber er bemühte sich, das so unwillig als möglich zu tun.

„Herr Cérizet,“ sagte du Portail, „ein Mann in ausgezeichneter gesellschaftlicher Position, der die Ehre hat, zu Ihren Freunden zu gehören...“

„Ich sehe diesen Mann nicht mehr“, unterbrach ihn la Peyrade lebhaft, der die maliziöse Absicht des Alten wohl verstand.

„Also jedenfalls zu der Zeit, als Sie ihn noch zuweilen sahen,“ fuhr du Portail fort, „zum Beispiel bei dem Diner im ‚Rocher de Cancale‘, da hatte ich den ehrenwerten Herrn Cérizet beauftragt, Sie wegen einer Heirat zu sondieren...“

„Die ich abgelehnt habe,“ unterbrach ihn Theodosius, „und die ich entschiedener als je ablehne.“

„Das ist die Frage“, fuhr der Rentier fort; „ich denke im Gegenteil, daß Sie darauf eingehen werden, und gerade um von dieser Sache zu reden, wünsche ich schon seit so langer Zeit eine Zusammenkunft mit Ihnen.“

„Aber in welcher Beziehung,“ sagte la Peyrade, „steht denn diese Irre, die Sie mir an den Hals werfen wollen, zu Ihnen? Es ist weder Ihre Tochter noch eine Verwandte von Ihnen, wie ich annehme, denn sonst würden Sie bei Ihrer Jagd auf einen Mann für sie wohl mehr Zartgefühl entwickeln.“

„Das Mädchen ist die Tochter eines meiner Freunde,“ sagte du Portail; „sie hat ihren Vater schon vor mehr als zehn Jahren verloren; seit dieser Zeit habe ich sie zu mir genommen und sie mit all der Sorgfalt umgeben, die ihr trauriger Zustand verlangte; ihr Vermögen, das ich noch erheblich vermehrt habe und zu dem noch das meinige kommt, das ich ihr zu hinterlassen gedenke, macht sie zu einer sehr reichen Partie. Wie ich weiß, sind Sie kein Feind einer großen Mitgift und suchen nach einer solchen an den übelsten Stellen, zum Beispiel in einem Hause wie dem Thuilliers, oder, um mich Ihres Ausdrucks zu bedienen, bei einem ‚gemeinen Frauenzimmer‘, das Sie kaum kennen; ich habe mir daher gedacht, daß Sie auch eine aus meiner Hand annehmen würden, zumal die Krankheit meines jungen Mädchens von den Ärzten für leicht heilbar erklärt worden ist, während Sie Herrn und Fräulein Thuillier niemals davon werden kurieren können, daß der eine ein Dummkopf und die andern eine Megäre ist, ebensowenig wie Sie Frau Komorn davon heilen werden, daß sie eine Dame von sehr mäßiger und sehr zweifelhafter Tugendhaftigkeit ist."

„Wenn es mir so paßt," antwortete la Peyrade, „kann ich auch das Mündel eines Dummkopfs und einer Megäre heiraten; ebenso kann ich der Gatte einer Kokette werden, wenn eine Leidenschaft mich dazu treibt; wenn man mir aber selbst die Königin von Saba aufzwingen wollte, so werden weder Sie, mein Herr, merken Sie sich das wohl, noch die mächtigsten und geschicktesten Leute mich dazu bringen, sie hinzunehmen."

„Deshalb beabsichtige ich ja auch, mich an Ihre gesunde Vernunft und an Ihre Einsicht zu wenden, aber um mit jemandem zu reden, muß man ihn auch zur Hand haben. Erwägen wir nun einmal Ihre Lage, und fahren Sie nicht gleich auf, wenn ich, wie ein Chirurg, der seinen Kranken heilen will, meine Hand erbarmungslos auf die wunden Stellen einer bisher recht mühseligen und recht bewegten Existenz lege. Dabei muß ich zuerst feststellen, daß die Angelegenheit Celeste Colleville für Sie vollkommen erledigt ist."

„Und warum das?" fragte la Peyrade.

„Weil ich eben von Thuillier komme und ihn in Schrecken versetzt habe, indem ich ihm alle Unannehmlichkeiten ausmalte, die er schon erfahren hat und die ihm noch bevorstehen, wenn er daran festhielte, Ihnen sein Mündel zur Frau geben zu wollen. Er weiß jetzt, daß ich es war, der den wohlwollenden Absichten der Frau Gräfin du Bruel in der Ordenssache entgegengetreten ist; daß ich seine Broschüre habe beschlagnahmen lassen; daß ich die Ungarin in sein Haus entsandt habe, die euch alle so glänzend zum Narren gemacht hat;

daß auf meine Veranlassung heute der Angriff in den Regierungsblättern begonnen wurde, der mit jedem Tage heftiger werden wird, nicht gerechnet die übrigen Hindernisse, die seiner Kandidatur nötigenfalls in den Weg gelegt werden würden. Sie haben also, wie Sie sehen, mein lieber Herr, in Thuilliers Augen nicht mehr das Verdienst, sein Wahlmacher zu sein, sondern Sie sind für seine ehrgeizigen Ansprüche ein Stein des Anstoßes geworden: ich brauche Ihnen nicht zu sagen, daß die Festungsmauer, in der Sie diese Familie, die im Grunde genommen niemals ernstlich etwas von Ihnen wissen wollte, eingeschlossen hielten, vollständig in Bresche geschossen und niedergerissen ist.

„Aber wer sind Sie denn," fragte la Peyrade, „daß Sie alles das, dessen Sie sich rühmen, ausführen konnten?"

„Ich werde Ihnen nicht antworten, daß Sie zu neugierig sind, denn Sie sollen es gleich erfahren; aber fahren wir, wenn es Ihnen recht ist, mit der Inaugenscheinnahme Ihrer Existenz fort, die heute vernichtet ist, für die ich aber eine glänzende Auferstehung plane. Sie sind achtundzwanzig Jahre alt und haben kaum eine Karriere begonnen, in der ich Sie hindern werde, noch einen weitern Schritt vorwärts zu tun. Noch einige Tage, und der Vorstand der Advokatenkammer wird zusammentreten und Ihr Verhalten in der Angelegenheit des Grundstücks, das Sie so naiv waren, den Thuilliers in die Hände zu spielen, mehr oder weniger scharf verurteilen. Sie dürfen sich also keinen Illusionen hingeben: hätten Sie auch nur eine ernste Verwarnung zu gewärtigen, und ich nehme nur den günstigsten Fall an, so ist ein Advokat doch kein Kutscher, den die Rüge des Gerichtshofs nicht hindern konnte, weiter mit seinem Wagen zu fahren; denn einmal verwarnt, sind Sie sogut wie von der Liste gestrichen..."

„Und dieses wertvolle Ergebnis", sagte la Peyrade, „habe ich jedenfalls auch Ihrem Wohlwollen zu verdanken?"

„Und ich rühme mich dessen sogar," erwiderte du Portail, „denn um Sie in den Hafen zu lotsen, mußte das Schiff erst vollständig abgetakelt werden; ohne das hätten Sie immer weiter mit eigenen Segeln durch die Untiefen der Bourgeoisie steuern wollen."

Da er merkte, daß er es unzweifelhaft mit einem starken Gegner zu tun hatte, hielt es der kluge Provenzale für angemessen, seine Haltung etwas zu mäßigen, und sagte in erheblich ruhigerem Tone:

„Sie werden mir erlauben, mein Herr, daß ich den Ausdruck meiner Dankbarkeit noch aufschiebe, bis ich weitere Aufklärungen erhalten habe."

„Sie sind also", fuhr du Portail fort, „im Alter von achtundzwanzig Jahren ohne einen Pfennig Geld, ohne Stellung und mit sehr... zweifelhaften Antezedenzien und mit Beziehungen, wie die zu Herrn Dutocq und dem ‚kühnen' Cérizet, belastet; Sie schulden Fräulein Thuillier zehntausend Franken, die Sie ihr ehrlicher Weise auch dann würden zurückzahlen müssen, wenn Sie sich nicht aus Selbstgefühl dazu verpflichtet hätten; Frau Lambert schulden Sie fünfundzwanzigtausend Franken, die Sie unzweifelhaft genötigt sind, ihr baldigst wiederzugeben; endlich ist soeben diese Heirat, die Ihre letzte Hoffnung und Ihre Rettungsplanke war, für Sie unmöglich geworden. Wenn ich Ihnen nun, unter uns gesagt, etwas Vernünftiges vorzuschlagen habe, meinen Sie nicht, daß Sie sich mir ein wenig zur Verfügung stellen sollten?"

„Es wird immer noch Zeit sein," antwortete la Peyrade, „Ihnen das Gegenteil zu beweisen, und ich habe nicht die Absicht, auf das, was Sie mit mir vorhaben, einzugehen, bis ich Ihre Pläne nicht genauer kennengelernt habe."

„Ich habe Ihnen eine Heirat vorschlagen lassen", begann du Portail wieder; „diese Heirat steht nach meiner Absicht in engem Zusammenhang mit einer andern Kombination, die Ihnen eine Existenz bieten soll, auf die Sie gewissermaßen schon durch erbliche Beziehungen hingewiesen werden. Wissen Sie, was der Onkel, nach dem Sie um das Jahr 1829 suchten, in Paris machte? Bei Ihrer Familie galt er als Millionär, und als er, bevor Sie noch mit ihm zusammengekommen waren, plötzlich starb, hinterließ er nicht einmal so viel, daß die Beerdigung davon bezahlt werden konnte; ein Armensarg und ein Massengrab, das war sein Ende."

„Haben Sie ihn denn gekannt?" fragte Theodosius.

„Er war mein bester und ältester Freund", erwiderte du Portail.

„Aber die Summe von hundert Louisdor," sagte la Peyrade lebhaft, „die mir bei diesem Anlaß während der ersten Zeit meines Pariser Aufenthalts von unbekannter Hand zugestellt wurde..."

„Kam in der Tat von mir", antwortete der Rentier; „unglückseligerweise konnte ich, mit einer

Unzahl von Geschäften überhäuft, was Sie sogleich besser verstehen werden, mein wohlwollendes Interesse für Sie, mit dem mich das Andenken an Ihren Onkel erfüllte, nicht weiter betätigen: so erklärt es sich, daß ich Sie auf dem Strohlager einer Mansarde bis zu einem solchen Grade von Elend gelangen ließ, daß Sie einem Dutocq und einem Cérizet in die Hände fielen."

„Ich bleibe Ihnen darum nicht weniger verpflichtet, mein Herr", sagte la Peyrade; „seien Sie überzeugt, daß ich, wenn ich gewußt hätte, daß Sie der edelmütige Beschützer, den ich bisher nicht aufzufinden vermochte, waren, auch ohne Ihre Aufforderung abzuwarten, die erste Gelegenheit benutzt hätte, zu Ihnen zu kommen und Ihnen meinen Dank auszusprechen."

„Lassen wir die Komplimente beiseite", sagte du Portail; „um nun zu dem ernsten Gegenstand unserer Besprechung zu kommen: was würden Sie sagen, wenn Sie erführen, daß dieser Onkel, wegen dessen Gunst und Hilfe Sie nach Paris kamen, ein Agent jener geheimen Macht war, die der Gegenstand so vieler lächerlicher Fabeln und törichter Vorurteile ist?"

„Ich verstehe nicht recht", sagte la Peyrade mit unruhiger Neugier; „darf ich Sie bitten, sich deutlicher auszudrücken?"

„Ich will den Fall setzen," fuhr du Portail fort, „daß Ihr Onkel noch lebte, dann würde er wohl so zu Ihnen sprechen: ‚Mein guter Neffe, du strebst nach Vermögen und Einfluß; du wünschest dich aus der Masse herauszuheben und an allen bedeutenden Angelegenheiten deiner Zeit teilzunehmen; du möchtest ein Betätigungsfeld für deinen lebhaften, gewandten, erfindungsreichen und ein wenig zur Intrige geneigten Geist finden und in einer hohen, vornehmen Sphäre diese Willenskraft und diese Erfindungsgabe betätigen, die du bisher an die törichte und unnütze Ausbeutung des trokkensten und ledernsten, was es auf der Welt gibt, nämlich eines Bourgeois, verschwendet hast. Deshalb, mein guter Neffe, bücke dich und komm mit mir durch diese kleine Tür, die ich dir öffnen will, und die in ein großes Haus führt, das zwar übel berüchtigt, das aber dennoch besser ist als sein Ruf. Sobald du die Schwelle überschritten hast, wirst du dich zu der ganzen Größe deiner Begabung aufrichten können, wenn nur ein Funke davon in dir vorhanden ist: die Staatsmänner, die Könige sogar, werden dir ihre geheimsten Gedanken anvertrauen; du wirst ihr heimlicher Mitarbeiter sein, und dementsprechend wird kein Glück, das Geld und wichtige Stellung einem Manne verschaffen können, dir versagt und unerreichbar sein."

„Aber, mein Herr," wandte la Peyrade ein, „ohne daß ich Sie noch zu verstehen glaube, muß ich doch bemerken, daß mein Onkel in so elenden Verhältnissen gestorben ist, daß die Armenfürsorge seine Bestattung hat auf sich nehmen müssen..."

„Ihr Onkel", erwiderte du Portail, „war ein Mann von seltener Begabung, aber er neigte zu einem Leichtsinn, der seine ganze Karriere gefährdete. Er war verschwenderisch, von leidenschaftlicher Vergnügungssucht und kümmerte sich nicht um die Zukunft; er wollte auch die Genüsse auskosten, die für den gewöhnlichen Menschen geschaffen, die aber für die außergewöhnlich genial Begabten das schwerste Hindernis und die gefährlichste Falle sind; ich rede von seiner Familie: er besaß eine Tochter, die er leidenschaftlich liebte, und an diesem Punkte gelang es seinen furchtbaren Feinden, seine Existenz zu erschüttern und die fürchterliche Katastrophe herbeizuführen, die sein Leben vernichtete. Ihr Onkel ist – Sie sehen, daß ich jetzt auf Ihre Angelegenheiten komme – vergiftet worden."

„Und das", sagte la Peyrade, „soll für mich eine Ermutigung sein, den dunklen Weg zu betreten, auf den er mich veranlaßt hätte, ihm zu folgen?!"

„Und wenn ich es nun wäre, mein lieber Herr," entgegnete du Portail, „der Ihnen diesen Weg weist?"

„Sie, mein Herr?" sagte la Peyrade verblüfft.

„Ja, ich, der Schüler Ihres Onkels und dann sein Beschützer und sein guter Engel; ich, dessen Einfluß seit fast einem halben Jahrhundert fast täglich gewachsen ist; ich, der ich reich bin, und zu dem die Regierungen, von denen eine die andere stürzt, wie man Kartenhäuser umwirft, kommen, um von ihm Sicherheit und Unterstützung für ihre Zukunft zu erbitten; ich, der ich der Direktor eines großen Theaters von Drahtpuppen bin, der ‚Colombinen' vom Schlage der Frau von Godollo besitzt; ich, der ich morgen, wenn es für den Erfolg eines meiner Vaudevilles oder meiner Tragödien erforderlich sein sollte, als Inhaber des Großkordons der Ehrenlegion, des Hosenbandordens und des Ordens vom goldenen Vließ vor Sie hintreten könnte! Und wollen Sie wissen, warum weder Sie noch ich durch Gift sterben werden? Warum ich, glücklicher als die zeitgenössischen

Herrscherfamilien, mein Szepter dem Nachfolger, den ich mir gewählt habe, übergeben kann? Weil ich, ebenso wie Sie, mein junger Freund, trotz Ihrer anscheinenden südländischen Feurigkeit, kühl und alles berechnend bin und niemals meine Zeit mit unerheblichen Dingen vergeude; weil Leidenschaftlichkeit, wenn die Umstände mich veranlaßten, solche zu zeigen, bei mir immer nur eine äußerliche Sache geblieben ist. Es ist mehr als wahrscheinlich, daß Sie schon von mir gehört haben; für Sie will ich nun einen Zipfel der Hülle, die mich verbirgt, lüften; sehen Sie mich genau an und achten Sie scharf auf mich: ich habe weder einen Pferdefuß noch einen Schwanz am Rücken; ich erscheine im Gegenteil in der Gestalt des friedlichsten aller Rentiers im Viertel Saint-Sulpice; hier, wo ich, wie ich wohl sagen kann, seit fünfundzwanzig Jahren mich der allgemeinen Achtung erfreue, nennt man mich du Portail; für Sie aber heiße ich, wenn Sie mir gestatten wollen, Corentin!"

„Corentin!" rief la Peyrade aus, aufs äußerste überrascht.

„Ja, mein Herr, und Sie sehen, daß ich mit dieser Enthüllung meines Geheimnisses meine Hand auf Sie lege und Sie anwerbe. Corentin! ‚Der größte Polizeimann der modernen Zeit' wie mich der Verfasser eines Artikels in der ‚Bibliothek der Zeitgenossen' nennt, dem ich übrigens die Gerechtigkeit widerfahren lassen muß, daß er von meinem Leben keine Ahnung hat."

„Ich werde Ihr Geheimnis unverbrüchlich bewahren", sagte la Peyrade; „aber die Stellung, die Sie so gütig sind, mir in Ihrer Nähe anzubieten..."

„Erschreckt Sie oder beunruhigt Sie jedenfalls", unterbrach ihn der Exrentier lebhaft. „Schon das Wort erschreckt Sie, bevor Sie sich noch über die Sache Rechenschaft abgelegt haben. Die Pooliizei! .... Sollten Sie sich Vorwürfe darüber machen, daß Sie das furchtbare Vorurteil, das sie brandmarkt, nicht teilen?"

„Ganz gewiß ist sie eine nützliche Institution," sagte la Peyrade, „aber ich glaube nicht, daß man sie immer nur verleumdet hat. Wenn das Handwerk ihrer Mitglieder ein ehrenwertes ist, weshalb brauchen sie sich versteckt zu halten?"

„Weil alles, was die Gesellschaft bedroht," antwortete Corentin, „und was sie berufen sind zu unterdrücken, im Dunkeln vorbereitet und angezettelt wird. Die Diebe, die Verschwörer – stecken sie etwa einen Zettel an ihren Hut mit der Aufschrift ‚Ich bin Guillot, der Hirt dieser Herde?' Und ist es nötig, daß wir, wenn wir sie packen wollen, es ausläuten lassen, wie der Kommissar morgens durch den Polizeidiener, wenn er anordnet, daß die Portiers vor der Tür fegen sollen?"

„Wenn eine Empfindung so allgemein ist, mein Herr," entgegnete la Peyrade, „so ist das kein Vorurteil, sondern eine Anschauung, und eine solche Anschauung muß jeder Mann, der auf Selbstachtung und die Achtung der andern Anspruch erhebt, sich zur Richtschnur nehmen."

„Und als Sie den in Konkurs geratenen Notar ausbeuteten?" rief Corentin. „Als Sie einen Kadaver bestahlen, um die Thuilliers zu bereichern, nahmen Sie damals Rücksicht auf Ihre Selbstachtung und die Vorschriften Ihres Standes? Und wer weiß, was für andere dunkle Handlungen sich in Ihrem

Leben noch finden! Ich habe mehr Anspruch darauf, für einen ehrenhaften Mann zu gelten als Sie, denn abgesehen von meiner Berufstätigkeit habe ich mir auch nicht eine einzige zweifelhafte Handlung vorzuwerfen, und wo ich konnte, habe ich immer und überall Gutes getan. Glauben Sie, daß ich in den elf Jahren, wo ich diese Geisteskranke behüte, immer auf Rosen gebettet war? Aber es ist die Tochter Ihres Onkels, meines alten Freundes; und wenn ich nun im Gedenken daran, daß meine Tage gezählt sind, Sie bitte, für schönes bares Geld mich auf diesem Posten abzulösen..."

„Wie?" sagte la Peyrade, „diese Kranke ist die Tochter meines Onkels la Peyrade?"

„Ja, mein Herr, das Mädchen, das ich Ihnen zur Frau geben will, ist die Tochter Peyrades, denn er hatte seinen Namen demokratisiert, oder wenn Sie lieber wollen, die Tochter des Vaters Canquoëlle, des Pseudonyms, das er nach dem kleinen Gut Canquoëlle annahm, auf dem Ihr Vater mit elf Kindern kaum zu leben hatte. Kenne ich Ihre Familie, trotz der Verschwiegenheit, die Ihr Onkel in bezug auf sie bewahrte, nicht ganz genau? Habe ich nicht, bevor ich Sie für Ihre Kusine bestimmte, die genauesten Erkundigungen eingezogen? Sie verziehen den Mund über die Polizei; aber, wie das Volk sagt, sie steht Ihnen ja noch am besten zu Gesicht; Ihr Onkel gehörte zu ihr, und dank der Polizei war er der Vertraute, ich möchte beinahe sagen der Freund Ludwigs XVIII., der ein außerordentliches Vergnügen an seiner Unterhaltnug fand; Ihre Kusine ist ein echtes Kind ihres Vaters; Ihrem Charakter und Ihrem Geiste entsprechend, muß Ihr ganzes Wesen aus der törichten Lage, die Sie

sich geschaffen haben, heraus nach der Lösung streben, die ich Ihnen vorschlage; das bedeutet, daß Sie an meine Stelle treten sollen, daß Sie, machen Sie sich das klar, der Nachfolger Corentins werden sollen, mein Herr! Und Sie glauben, daß ich Sie nicht wie ein Lehen einziehen werde, und daß Sie mir mit törichten Erwägungen bourgeoiser Eitelkeit entschlüpfen werden?"
La Peyrade mußte in Wahrheit doch nicht so eigensinnig auf seiner Ablehnung bestehen, wie es den Anschein hatte, denn der Eifer des großen Polizeimannes und die Art, wie er sich seiner Person bemächtigen wollte, ließen seine Lippen sich zu einem Lächeln verziehen.
Corentin war inzwischen aufgestanden und durchmaß das Zimmer, in dem die Unterhaltung stattfand, mit großen Schritten, während er mit sich selbst zu sprechen schien.
„Die Polizei!" rief er aus. „Von ihr kann man dasselbe sagen, was Basilio zu Bartolo von der Verleumdung sagt: ‚Die Polizei, mein Herr! Die Polizei, Sie wissen nicht, was Sie da gering achten!' Und wer schätzt sie denn wirklich gering?" fuhr er fort. „Die Schwachköpfe, die nichts besseres wissen, als das zu mißachten, worauf ihre Sicherheit beruht. Schaffen Sie die Polizei ab, so ist auch die Zivilisation erledigt. Und verlangt sie denn Hochachtung von diesen Leuten? Sie will ihnen nur ein Gefühl einflößen: Furcht, den starken Stock, mit dem man die Menschen regiert, diese gemeine Rasse, deren niedrige Instinkte man selbst mit der Hilfe Gottes, der Hölle, des Henkers, und der Gendarmen kaum zu bändigen vermag."
Dann fuhr er, vor la Peyrade stehen bleibend und

ihn mit verächtlichem Lächeln musternd, in seinem Hymnus fort:

„Gehören Sie etwa auch zu diesen Narren, die in der Polizei nur einen Haufen von Spionen und Angebern sehen, und denen niemals der Gedanke gekommen ist, daß in dieser Uniform auch kluge Politiker, Diplomaten ersten Ranges, Richelieus stecken können? Aber Merkur, mein Herr, Merkur, der geistvollste der heidnischen Götter, war er nicht die Inkarnation der Polizei? Es ist richtig, er war auch der Gott der Diebe. Wir sind also mehr wert als er, denn wir versteigen uns nicht so weit."

„Dennoch", warf la Peyrade ein, „ist Vautrin, der berüchtigte Chef der Sicherheitspolizei..."

„Gewiß!" entgegnete Corentin, seine Promenade wieder aufnehmend, „in den Untiefen gibt es immer Schlamm, und trotzdem, täuschen Sie sich nicht darüber, ist Vautrin ein genialer Mensch, den nur seine Leidenschaften, ebenso wie Ihren Onkel, auf Abwege geführt haben. Aber blicken Sie doch höher hinauf (denn es handelt sich eben in der Hauptsache darum, auf welche Stufe man sich selber stellen will): Ist der Polizeipräfekt, der ehrenhafte, beliebte, geachtete Minister, etwa ein Spion? Und ich, mein Herr, ich bin der geheime Polizeipräfekt der Diplomatie und der hohen Politik, und da besinnen Sie sich, ob Sie sich auf den Thron setzen sollen, von dem der alternde Karl V. herabzusteigen gedenkt? Klein erscheinen und Ungeheures vollbringen, in einem behaglich eingerichteten Keller, wie diesem hier, leben und draußen befehlen; eine unsichtbare Armee zur Verfügung haben, die immer bereit, immer pflichttreu, immer gehorsam ist; die Kehrseite einer jeden Sache kennen, niemals über einen Faden stolpern, weil man sie selbst alle in der Hand hat; durch alle Schlüssellöcher sehen, in alle Geheimnisse eindringen, alle Herzen und alle Gewissen durchstöbern: das, mein Herr, flößt Ihnen Furcht ein! Aber Sie scheuen sich nicht, sich in dem dunklen, schlammigen Sumpf des Hauses Thuillier herumzuwälzen; Sie, ein Rassepferd, lassen sich vor einen Mietwagen spannen und arbeiten für die Wahl und die Zeitung dieses reich gewordenen Bourgeois!"

„Man tut eben, was man kann", antwortete la Peyrade.

„Bemerkenswerter Weise", fuhr Corentin in seinem Gedankengange fort, „hat die Sprache, gerechter und anerkennender als die öffentliche Meinung, uns an die richtige Stelle gesetzt, denn sie hat das Wort ‚Polizei' zu einem Synonym von Zivilisation, also dem Gegensatz zur Wildheit, gemacht, indem sie dafür den Ausdruck ‚état policé' geschaffen hat. Wir kümmern uns auch, das versichere ich Ihnen, sehr wenig um Vorurteile, die uns beschimpfen; niemand kennt die Menschen besser als wir, und wer sie kennt, der verachtet ihre Verachtung ebensosehr wie ihre Achtung."

„In dem Gedankengang, den Sie mit solcher Wärme entwickeln, liegt sicherlich viel Wahres", sagte la Peyrade schließlich.

„Viel Wahres!" antwortete Corentin und setzte sich wieder; „sagen Sie ruhig, es ist die Wahrheit, nichts als die Wahrheit, aber es ist noch nicht die ganze Wahrheit. Im übrigen, mein lieber Herr, genug davon für heute. Mein Nachfolger zu wer-

den und Ihre Kusine mit einer Mitgift, die nicht weniger als fünfhunderttausend Franken betragen wird, zu heiraten, das ist mein Angebot. Ich erwarte von Ihnen jetzt keine Antwort; ich würde auch kein Vertrauen zu einem Entschluß haben, der nicht ernsthaft überlegt ist. Ich bin morgen den ganzen Vormittag zu Hause; hoffentlich werden Sie sich meiner Überzeugung anschließen!"
Dann verabschiedete er seinen Besucher mit kühlem kurzem Gruß:
„Ich sage Ihnen nicht Adieu, sondern auf Wiedersehn, Herr de la Peyrade!"
Dabei näherte sich Corentin einem Tischchen, auf dem alles für die Bereitung eines Glases Zuckerwasser, das er sich wohl verdient hatte, zurecht stand, und ohne weiter auf den Provenzalen, der sich etwas bedrückt entfernte, zu achten, schien er ausschließlich mit dieser prosaischen Tätigkeit beschäftigt zu sein.
War es noch nötig, daß am Tage nach der Begegnung mit Corentin ein Besuch der Frau Lambert, die eine sehr drängende und unbequeme Gläubigerin geworden war, auf den Entschluß la Peyrades drückte? Zogen ihn nicht, wie ihm am Tage vorher der Versucher erklärt hatte, sein Charakter, sein Geist, sein Ehrgeiz, die Torheiten seiner Vergangenheit unwiderstehlich zu der eigenartigen Lösung hin, die sich ihm so plötzlich geboten hatte?
Und das Verhängnis, wenn man so sagen darf, wollte ihn auch noch mit seidenen Schnüren erdrosseln. Man schrieb den 31. Oktober, die Gerichtsferien gingen zu Ende; am 2. November sollten die Sitzungen wieder beginnen, und für diesen

Tag empfing der Advokat, gerade als ihn Frau Lambert verließ, auch noch die Vorladung zum Erscheinen vor dem Vorstand seiner Kammer.

Zu Frau Lambert, die energisch auf Rückzahlung drängte, weil sie angeblich das Haus des Herrn Picot verlassen und nächstens in ihre Heimat ziehen wollte, hatte er gesagt:

„Kommen Sie übermorgen um dieselbe Zeit wieder, dann wird Ihr Geld bereitliegen."

Auf die Aufforderung, sich vor den Vorstandsmitgliedern zu verantworten, erwiderte er, daß er dem Vorstande nicht das Recht zuerkenne, Rechenschaft von ihm über seine Privatangelegenheiten zu verlangen. Das war eine nichtssagende Antwort. Unvermeidlich mußte danach seine Streichung aus der Advokatenrolle beim Obergericht erfolgen; aber sie erweckte den Anschein eines würdevollen Protestes, durch den seine Eigenliebe nicht verletzt wurde.

Endlich schrieb er ein paar Zeilen an Thuillier, in denen er ihm mitteilte, daß er infolge seines Besuchs bei du Portail sich gezwungen sehe, einem andern Heiratsprojekt näher zu treten. Er gebe also Thuillier sein Wort zurück und hielte sich auch an das seinige nicht mehr gebunden. Alles das war kühl und ohne Bedauern über seinen Heiratsverzicht gesagt. In einer Nachschrift fügte er noch hinzu: „Über meine Stellung bei der Zeitung werden wir noch sprechen", womit er andeutete, daß er sie eventuell aufgeben würde.

Er behielt eine Abschrift dieses Briefes zurück, und als er eine Stunde später in Corentins Arbeitszimmer nach dem Ergebnis seiner Erwägungen gefragt wurde, gab er statt einer Antwort dem gro-

ßen Polizeimann den Eheverzicht, den er eben niedergeschrieben hatte, zu lesen.
„Schön," sagte Corentin; „aber Ihre Stellung bei der Zeitung werden Sie vielleicht noch einige Zeit beibehalten müssen; die Kandidatur dieses Dummkopfs stört die Pläne der Regierung, und wir werden noch davon zu sprechen haben, wie wir den Absichten des Herrn Munizipalrats ein Bein stellen; als allmächtiger Chefredakteur werden Sie vielleicht Gelegenheit haben, ihm irgendeinen hübschen Streich zu spielen, und ich glaube nicht, daß sich Ihr Gewissen gegen eine solche Mission erheblich sträuben wird."
„Gewiß nicht!" sagte la Peyrade; „die Erinnerung an die Demütigungen, die ich so lange habe ertragen müssen, wird mich sogar ein besonderes Vergnügen daran finden lassen, dieser kleinbürgerlichen Sippe eins zu versetzen."
„Seien Sie vorsichtig!" sagte Corentin, „Sie sind noch jung und müssen sich vor solchen galligen Regungen hüten. In unserm strengen Beruf dürfen wir nichts lieben und nichts hassen. Die Menschen sind für uns, je nach ihrer Qualität, hölzerne oder elfenbeinerne Figuren, mit denen wir unsere Schachpartien spielen. Wir müssen sein wie das Schwert, das niederfällt auf das, was man ihm zum Zerhauen vorlegt, das aber allein dafür zu sorgen hat, daß es geschliffen ist, und gegen niemand gutgesinnt oder übelwollend ist. Jetzt aber wollen wir von Ihrer Kusine sprechen, der Sie, wie ich annehme, begierig sind, vorgestellt zu werden."
La Peyrade brauchte keinen Eifer zu heucheln, denn er verlangte in der Tat sehr danach.

„Lydia de la Peyrade", sagte Corentin, „ist fast dreißig Jahr alt; aber ihre Jungfräulichkeit, die sie im Verein mit ihrer leichten Geisteskrankheit von allen Leidenschaften, allen Gedanken, allen Eindrücken, die den Menschen verbrauchen, fernhielt, hat sie gewissermaßen in ewiger Jugend erhalten. Sie würden Sie kaum für zwanzigjährig halten; sie ist blond und schlank; ihr außerordentlich feingeschnittenes Gesicht ist vor allem durch den Ausdruck himmlischer Güte auffallend. Infolge der schrecklichen Katastrophe, bei der ihr Vater zugrunde ging, ihres Verstandes beraubt, hat sich eine fixe Idee ihrer bemächtigt: sie hat beständig im Arm oder neben sich ein Wäschebündel, das sie wiegt und dem sie alle Sorgfalt wie einem kranken Kinde angedeihen läßt; ausgenommen Bruneau, meinen Kammerdiener, und mich, die sie kennt, hält sie jeden andern Mann für einen Arzt, den sie konsultiert und wie ein Orakel anhört. Eine Krisis, die vor kurzer Zeit bei ihr ausbrach, hat Horace Bianchon, diesen Fürsten der Wissenschaft, davon überzeugt, daß sie ihre Vernunft wiedergewinnen würde, wenn an Stelle dieser lange dauernden Komödie der Mütterlichkeit die Wirklichkeit treten könnte. Wäre das nicht ein erstrebenswerter Versuch, dieses Gemüt, denn Tag nur leicht verschleiert ist, wieder dem vollen Licht zuzuführen? Und meinen Sie nicht auch, daß das Band der Verwandtschaft, das Sie mit ihr verbindet, Sie ganz besonders berufen erscheinen läßt, diesen Heilungsversuch zu unternehmen, noch dazu, da für Bianchon und noch zwei andere hervorragende Ärzte, die mit ihm über den Zustand der Kranken beraten haben, kein Zweifel an einem glücklichen Erfolge besteht? Jetzt will ich Sie zu Lydia bringen; denken Sie daran, daß Sie Ihre Rolle als Arzt gut spielen; denn die einzige Möglichkeit, sie ihre gewöhnliche Sanftmut aufgeben zu lassen, besteht darin, daß man nicht auf ihren ewigen Wunsch noch einer Konsultation eingeht."

Nachdem sie mehrere Zimmer durchschritten hatten, wollte la Peyrade und sein Führer gerade dasjenige betreten, in dem sich Lydia gewöhnlich aufhielt, wenn sie nicht mehr Raum brauchte, um ihr vorgebliches Kind im Umhergehen einzuwiegen, als sie plötzlich von einigen meisterhaft auf einem Klavier von herrlichstem Ton angeschlagenen Akkorden aufgehalten wurden.

„Wer ist das?" fragte la Peyrade.

„Lydia," antwortete Corentin mit einem geradezu väterlichen Stolz; „sie ist eine bewunderungswürdige Musikerin, und wenn sie auch nicht mehr, wie zu der Zeit, da ihr Geist noch nicht getrübt war, entzückende Melodien niederschreibt, so zaubert sie doch mit ihren Fingern solche hervor, die mir oft ans Herz greifen ... An das Herz Corentins," fügte der kleine Alte lächelnd hinzu, „und das bedeutet wohl ein ganz besonderes Lob für die Virtuosin! Aber setzen wir uns und hören wir zu; wenn wir hineingingen, würde das Konzert sofort zu Ende sein und die Konsultation beginnen."

La Peyrade war überrascht, als er eine Improvisation vernahm, bei der die so seltene vollkommene Übereinstimmung zwischen der Inspiration und der kunstvollen Ausführung sein eindrucksfähiges Empfinden ebenso tief wie unerwartet erregte.

Corentin hatte seine Freude an dieser Überra-

schung, die der Provenzale durch wiederholte Ausrufe des Entzückens zu erkennen gab, und sagte, als ob er seine Ware rühmen wollte:
„Was? Das nennt man spielen; Liszt kann ihr nicht das Wasser reichen!“
Auf ein sehr schnelles Scherzo ließ die Spielerin jetzt die ersten Töne eines Adagios folgen.
„Oh,“ sagte Corentin, der das Thema erkannte, „jetzt wird sie singen.“
„Sie singt auch?“ fragte la Peyrade?
„Wie die Pasta und die Malibran; hören Sie nur!“
In der Tat erklang jetzt nach einigen Takten eines Vorspiels in Arpeggien eine sonore Stimme, deren Ton den Provenzalen bis ins tiefste Innere zu bewegen schien.
„Wie die Musik auf Sie wirkt!“ sagte Corentin. „Ihr seid beide füreinander bestimmt.“
Mit einer Handbewegung erlegte la Peyrade ihm Schweigen auf, und als die Töne immer stärker erklangen, ließ ihn seine Erregung in den Ruf ausbrechen, der Corentin seinerseits in lebhaftes Erstaunen zu versetzen schien:
„Oh, mein Gott! Das ist ja dasselbe Lied und dieselbe Stimme!“
„Sollten Sie etwa Lydia schon irgendwo begegnet sein?“ fragte der große Polizeimann.
„Ich weiß es nicht... ich denke, nein,“ erwiderte la Peyrade mit stockender Stimme, „oder jedenfalls vor sehr langer Zeit... Aber dieses Lied..., diese Stimme...; mir scheint...“
„Gehen wir hinein“, sagte Corentin.
Und indem er rasch die Tür öffnete, zog er den Provenzalen mit sich.
Lydia, die mit dem Rücken zur Tür saß und durch

die Klänge des Klaviers verhindert wurde, zu hören, was hinter ihr vorging, merkte nichts davon.
„Sehen Sie sie an!“ sagte Corentin. „Können Sie sich an sie erinnern?“
La Peyrade machte einige Schritte vorwärts, aber kaum hatte er auch nur das Profil der Geisteskranken erblickt, als er, die Hände über dem Kopf zusammenschlagend, laut ausrief:
„Sie ist es!“
„Still!“ erwiderte Corentin.
Aber Lydia hatte sich, als Theodosius den Ruf ausstieß, umgewandt, und indem sie ihre Aufmerksamkeit nur auf Corentin richtete, sagte sie:
„Das ist häßlich und schlecht von Ihnen, daß Sie mich so stören! Sie wissen, ich will nicht, daß man mir zuhört. Ach so, nein, nein!“ fuhr sie beim Anblick von la Peyrades schwarzem Rock fort, „Sie bringen mir den Doktor; das ist sehr nett von Ihnen, ich wollte Sie schon bitten, ihn holen zu lassen; die Kleine schreit schon den ganzen Morgen; ich kann noch so viel singen, um sie einzuschläfern, es nützt alles nichts.“
Und sie holte eiligst aus einem Winkel, wo sie aus zwei umgekippten Stühlen und den Kissen des Sofas eine Art Wiege hergestellt hatte, das, was sie ihr Kind nannte.
Lydia ging jetzt auf la Peyrade zu, während sie mit der einen Hand ihr kostbares Bündel hielt und, da sie nur Augen für die törichte Schöpfung ihres kranken Gehirns hatte, mit der andern beschäftigt war, das Mützchen ihrer „geliebten Kleinen“ zurecht zu schieben. Aber als sie sich Theodosius näherte, wich dieser zitternd, blaß und mit starrem Blick voll Schrecken vor ihr zurück und hielt

erst an, als ihn ein Stuhl, der hinter ihm stand, das Gleichgewicht verlieren ließ, so daß er auf den Sitz hinsank.

Ein Mann von der Klugheit Corentins, der außerdem bis ins kleinste die schreckliche Tragödie, bei der Lydia den Verstand verloren hatte, kannte, hatte bereits alles erraten und begriffen; aber es entsprach seinen Absichten, in diese furchtbaren Düsternisse durch den Augenschein volle Klarheit dringen zu lassen.

„Sehen Sie nur, Doktor," sagte inzwischen Lydia, während sie die Windeln abwickelte und die Nadeln, mit denen sie befestigt waren, in den Mund nahm, „wie sie zusehends abmagert!"

La Peyrade vermochte nicht zu antworten; das Gesicht in sein Taschentuch vergraben, ließ er ein keuchendes Stöhnen vernehmen, das ihm nicht erlaubte, auch nur ein Wort zu sprechen.

Da wurde sie von einer fieberhaften Ungeduld, einer Begleiterscheinung ihres Geisteszustands, ergriffen, und rief:

„Aber sehen Sie sie doch an, Doktor!" Dabei faßte sie Theodosius so heftig am Arm, daß er genötigt war, ihr sein Gesicht zu zeigen... „Oh, mein Gott", stieß sie hervor, als sie den Provenzalen ansah.

Und das Wäschebündel, das sie in den Armen gehalten hatte, fallen lassend, wich sie eiligst zurück. Ihr Blick wurde verstört, mit ihren weißen Händen faßte sie sich an die Stirn und ins Haar, daß es in Unordnung geriet, und schien in ihrem eingeschlummerten und widerstrebenden Gedächtnis angestrengt nach einer Erinnerung zu suchen. Dann näherte sie sich, wie ein scheues Pferd, das den Gegenstand, der es erschreckt hat, beschnuppert, langsam wieder und beugte sich halb vor, um das Gesicht des Provenzalen, das er gesenkt hielt und abzuwenden versuchte, genauer zu betrachten, und verweilte in bedrückendem Schweigen mehrere Sekunden bei dieser Prüfung. Plötzlich stieß sie einen furchtbaren Schrei aus, flüchtete in die Arme Corentins und preßte sich mit eiserner Gewalt an ihn:

„Retten Sie mich! Retten Sie mich!“ rief sie aus, „das ist er! Der Bösewicht, der Elende! Das ist er, der alles getan hat...“

Und mit ausgestrecktem Finger schien sie den jammervollen Gegenstand ihres Schreckens auf seinem Platze festzubannen.

Nach diesem Ausbruch stammelte sie noch einige zusammenhangslose Worte, dann verschleierten sich ihre Augen; Corentin fühlte, wie alle ihre Muskeln, mit denen sie ihn wie mit einem Schraubstock an sich gepreßt hatte, nachgaben, und in seinen Armen hielt er die besinnungslos gewordene Lydia, ohne daß der fassungslose la Peyrade auch nur daran gedacht hätte, sich ihm zu nähern und ihm zu helfen, sie zu stützen und auf das Sofa zu legen.

„Sie dürfen hier nicht bleiben“, sagte Corentin zu ihm. „Gehen Sie in mein Arbeitszimmer; ich komme gleich nach.“

Und einige Minuten später, nachdem er die Kranke der Sorge Kates und Bruneaus überlassen und Perrache eiligst nach dem Doktor Bianchon geschickt hatte, fand sich Corentin bei la Peyrade ein.

„Sie sehen, mein Herr,“ sagte er feierlich, „daß ich, wenn ich mit einem gewissermaßen leidenschaftlichen Bemühen dem Gedanken an diese Heirat nachgegangen bin, den Absichten Gottes nachzukommen suchte."

„Mein Herr," sagte la Peyrade zerknirscht, „ich muß in der Tat gestehen..."

„Das ist unnötig," unterbrach ihn Corentin, „Sie brauchen mir nichts zu erklären, aber ich habe Ihnen vieles mitzuteilen. Der alte Peyrade, Ihr Onkel, hatte sich in der Hoffnung, für seine angebetete Tochter eine Mitgift zu gewinnen – was Sie, wenn Sie auf meinen Rat hören wollen, niemals tun sollten – in gefährliche Machenschaften von Privatgeschäften eingelassen. Hierbei traf er auf jenen Vautrin, von dem Sie gestern sprachen, der damals, wie es inzwischen geschehen ist, noch nicht von der Polizei in Anspruch genommen war. Ihr Onkel war bei aller seiner Gewandtheit doch nicht stark genug, einen Kampf gegen diesen Mann bestehen zu können, dem ja auch jedes Mittel recht war: Mord, Gift, Vergewaltigung. Um die Tatkraft Ihres Onkels lahmzulegen, wurde Lydia, wenn auch nicht entführt, so doch aus ihrer Wohnung in ein anscheinend anständiges Haus gelockt, wo sie zehn Tage lang eingeschlossen blieb, ohne sich allzusehr über ihre Gefangenschaft und die Abwesenheit ihres Vaters zu beunruhigen: man hatte sie zu überzeugen vermocht, daß alles auf seinen Befehl geschehe; und deshalb, mein Herr, sang sie auch, wie Sie sich erinnern werden!"

„Oh", stöhnte la Peyrade und bedeckte sein Gesicht mit den Händen.

„Das unglückliche Mädchen," fuhr Corentin fort, „sollte, wenn ihr Vater nicht binnen zehn Tagen das geforderte Lösegeld bezahlt hätte, eine entsetzliche Behandlung zu gewärtigen haben. Ein Narkotikum und ein junger Mann sollten dieselbe Rolle spielen, wie der Henker bei der Tochter Sejans..."

„Gnade, mein Herr, Gnade!" rief la Peyrade.

„Ich habe es Ihnen gestern ja gesagt," begann Corentin wieder, „daß Sie vielleicht noch andere Dinge auf Ihrem Gewissen haben dürften als das Haus Thuilliers; aber Sie waren damals ja noch so jung! Ohne jede Erfahrung brachten Sie aus Ihrem Heimatlande die Brutalität und die Glut des südländischen Blutes mit, die Sie sich auf jede sich bietende Gelegenheit stürzen ließen; außerdem hatte man von Ihrer Verwandtschaft mit dem Opfer erfahren, und für diese Verbrecherkünstler, die das Verderben einer zweiten Clarissa Harlowe planten, hatte Ihr Dazwischentreten einen zu großen Reiz, als daß selbst ein gewandterer und erfahrener Mann als Sie sich hätte rühmen können, den Vorlockungen, die man Ihnen bot, widerstanden zu haben. Glücklicherweise hat die Vorsehung es zugelassen, daß es in dieser furchtbaren Angelegenheit nichts gibt, was nicht wieder gutzumachen wäre; dasselbe Gift kann, je nach seiner Anwendung, den Tod und die Heilung bringen."

„Aber mein Herr," sagte la Peyrade, „werde ich für ‚sie' nicht ein Gegenstand des Schreckens bleiben, und wird mir so das Wiedergutmachen, von dem Sie sprachen, nicht unmöglich gemacht werden?"

„Der Arzt ist da", meldete Kate, die die Tür geöffnet hatte.

„Wie geht es Fräulein Lydia", fragte la Peyrade voll Interesse.

„Sie ist ganz ruhig", antwortete Kate; „eben wollte ich sie bewegen, zu Bett zu gehen, was sie nicht tun wollte, weil sie, wie sie sagte, nicht krank sei, und brachte ihr Wäschebündel, da hat sie mich ganz erstaunt angesehen und zu mir gesagt: ‚Was soll ich denn damit machen, meine gute Kate? Wenn du willst, daß ich mit der Puppe spielen soll, dann bring mir wenigstens etwas Besseres als das hier.'"

„Sie sehen," sagte Corentin und drückte dem Provenzalen die Hand, „Sie sind die Lanze Achills gewesen."

Und er entfernte sich mit Kate, um Bianchon zu begrüßen.

Allein geblieben, gab sich Theodosius eine Zeitlang Gedanken hin, die man sich vorstellen kann, als sich die Tür des Arbeitszimmers öffnete und Bruneau, der Kammerdiener, Cérizet hereinführte.

Als er la Peyrade erblickte, rief der Gerichtssekretär aus:

„Ei, ei! Ich dachte es mir ja, daß du schließlich doch du Portail aufsuchen würdest... Na, und die Heirat? Wird es was damit?"

„Aber ich muß mich doch zuerst nach der Ihrigen erkundigen", antwortete der Provenzale.

„Was? Hat man dir davon erzählt? Wahrhaftig ja, mein Lieber. Wenn man sich so lange auf dem stürmischen Meer herumgetrieben hat, will man schließlich mal ein Ende machen... Weißt du, wen ich heirate?"

„Jawohl, eine junge Künstlerin, Fräulein Olympia Cardinal, einen Schützling der Familie Minard, die ihr dreißigtausend Franken mitgibt."

„Und die mit den dreißigtausend," fuhr Cérizet fort, „die mir du Portail versprochen hat, wenn deine Heirat zustande kommt, und mit den früheren fünfundzwanzigtausend, die mir deine Heirat, die nicht zustande gekommen ist, eingebracht hat, ein ganz nettes kleines Kapital von fünfundachtzigtausend Franken ausmachen; dazu eine wahrhaft hübsche Frau, da müßte man ja ganz vom Himmel verlassen sein, wenn man damit nicht irgendwelche Geschäfte machen könnte. Aber ich habe vor allem über eins mit dir zu reden. Du Portail, der zu sehr beschäftigt ist, um mich empfangen zu können, weist mich hierher, damit wir uns darüber verständigen, wie wir die Wahl Thuilliers hintertreiben wollen. Hast du irgendeinen Plan in Aussicht?"

„Nein, ich muß sogar gestehen, daß ich in der Geistesverfassung, in die mich die Aussprache, die ich eben mit Herrn du Portail gehabt habe, versetzt hat, nicht sehr zum Plänemachen geeignet bin."

„Die Sache liegt so:" fuhr Cérizet fort, „die Regierung hat einen andern Kandidaten in Bereitschaft, der noch nicht hervorgetreten ist, weil die ministeriellen Verhandlungen mit ihm auf Schwierigkeiten gestoßen sind. Inzwischen hat die Kandidatur Thuilliers Boden gewonnen; Minard, auf den man zur Ablenkung gerechnet hatte, hält sich törichterweise beiseite; die Beschlagnahme eurer Broschüre hat deinem stumpfsinnigen Schützling eine gewisse Popularität verliehen. Kurz, das Ministerium fürchtet, daß er durchkommt, und seine Wahl wäre ihm außerordentlich unangenehm. Solche aufgeblasene Dummköpfe wie

Thuillier sind bei der Opposition scheußlich unbequem: sie sind wie ein Krug ohne Henkel, man weiß nicht, wo man sie anpacken soll."
„Herr Cérizet," sagte la Peyrade, der allmählich einen gönnerhaften Ton angenommen hatte und außerdem gern wissen wollte, wie weit der andere von Corentin ins Vertrauen gezogen war, „ich sehe, daß Sie mit den geheimen Absichten der Regierung sehr vertraut sind: sollten Sie den Weg zu einer gewissen Kasse in der Rue de Grenelle gefunden haben?"
„Nein. Alles, was ich Ihnen da erzähle," entgegnete Cérizet, „denn das ‚Du' scheint zwischen uns ja endgültig abgeschafft zu sein, weiß ich von du Portail."
„Ach so," sagte la Peyrade leise; „wie verhält es sich eigentlich mit diesem du Portail, du hast ja schon eine ganze Zeit Beziehungen zu ihm? Ein so kluger Mensch wie du muß doch über eine Person, die, unter uns gesagt, einen ziemlich geheimnisvollen Anstrich hat, Bescheid wissen."
„Lieber Freund," erwiderte Cérizet, „du Portail ist ein ziemlich gerissener Mann. Der alte Schlaukopf scheint bei der Domänenverwaltung angestellt gewesen zu sein, wo er eine Direktorstelle in einem der seit dem Sturz des Kaiserreichs nicht mehr existierenden Departements innegehabt haben muß, etwa im Departement la Dyle, oder la Doire, oder Sambre-et-Meuse, oder Deux-Nèthes."
„Ja ...", sagte la Peyrade.
„Hierbei", fuhr Cérizet fort, „scheint er sein Schäfchen ins Trockene gebracht zu haben und

hat sich, da er eine natürliche Tochter besitzt, in ziemlich geschickter Weise den Ruf eines Philanthropen verschafft, indem er sie für die Tochter eines seiner Freunde, namens Peyrade, ausgab, die er zu sich genommen habe. Dann hat ihn dein Name de la Peyrade auf den Gedanken gebracht, um die Wahrscheinlichkeit dieser Version zu erhöhen, sie mit dir zu verheiraten, da er ja schließlich doch einen Mann für sie finden mußte."

„Das mag so sein. Aber wie erklärst du dir seine intimen Beziehungen zur Regierung und das Interesse, das er an den Wahlen nimmt?"

„Das ist doch ganz natürlich," antwortete Cérizet. „Du Portail ist auf Geld versessen und mischt sich gern überall ein; er leistet Rastignac, dem großen Wahlmacher, der, wie ich glaube, auch sein Landsmann ist, als Amateur Dienste; und dieser versorgt ihn dafür mit Nachrichten, die er beim Börsenspiel benutzt."

„Hat er dir das alles anvertraut?" fragte la Peyrade.

„Wofür hältst du mich?" entgegnete Cérizet; „dem alten Biedermann gegenüber, von dem ich schon die Zusage der dreißigtausend Franken verlangt habe, spiele ich den Einfältigen und mache mich klein, aber ich habe Bruneau, den alten Kammerdiener, ausgehorcht. Du kannst dich mit dem Hause verbinden, du Portail ist ein mächtig reicher Mann, er wird dich zum Unterpräfekten ernennen lassen, und du begreifst, daß von da zu einer Präfektur, bei dem Vermögen, das du haben wirst, nur ein Schritt ist."

„Ich danke dir für deine Auskünfte," sagte la Peyrade; „ich weiß jetzt wenigstens, woran ich mich zu halten habe; aber wie hast du ihn denn kennen gelernt?"

„Oh, das ist eine ganze Geschichte; er ist durch meine Vermittlung wieder in den Besitz einer großen Menge Diamanten gelangt, die ihm entwendet worden waren."

Jetzt erschien Corentin wieder.

„Alles geht vortrefflich", sagte er zu la Peyrade. „Sie ist anscheinend auf dem besten Wege, ihren Verstand wieder zu erlangen. Bianchon, den ich von allem in Kenntnis zu setzen für nötig hielt, wünscht sich mit Ihnen zu besprechen. – Unsere kleine Prüfung der Angelegenheit Thuillier wollen wir, wenn es Ihnen recht ist, mein lieber Herr Cérizet, auf heute abend verschieben."

„Na, hier ist er also endlich!" sagte Cérizet und schlug la Peyrade auf die Schulter.

„Jawohl," sagte Corentin; „Sie wissen, was ich Ihnen versprochen habe, Sie können darauf rechnen."

Cérizet entfernte sich sehr vergnügt.

☆

AM TAGE NACH DER UNTERHALTUNG ZWISCHEN Corentin, la Peyrade und Cérizet, die die Eröffnung des Belagerungszustandes über die Kandidatur Thuilliers zum Gegenstande hatte, unterhielt sich dieser gerade mit seiner Schwester über den Brief, in dem Theodosius auf Celestes Hand verzichtete, und zeigte sich besonders über die Nachschrift beunruhigt, in der der Provenzale durchblicken ließ, daß er möglicherweise nicht Chefredakteur des „Echo de la Bièvre" bleiben würde. Da erschien der Diener Henri und fragte ihn, ob er Herrn Cérizet empfangen wolle. Thuilliers erster Gedanke war, den unerwarteten Besucher abweisen zu lassen. Als er es aber länger überlegte, dachte er daran, daß bei der Verlegenheit, in die ihn die Androhung la Peyrades in jedem Augenblick bringen konnte, Cérizet ihm eine wertvolle Aushilfe sein könne. Er ließ ihn also hereinführen.

Sein Empfang war trotzdem sehr kühl und gewissermaßen abwartend. Was Cérizet anbelangt, so erschien er durchaus nicht verlegen, sondern wie ein Mann, der sich die Konsequenzen seines Vorgehens wohlüberlegt hat.

„Na, mein werter Herr," sagte er zu Thuillier, „fangen Sie nun an, sich über den edlen la Peyrade etwas klarer zu werden?"

„Was verstehen Sie darunter?" fragte der alte „Beau".

„Daß Sie einem Manne," antwortete Cérizet, „der, nachdem er solche Intrigen gesponnen hat, um Ihr Mündel zu heiraten, nun brüsk damit bricht, ebenso wie er eines schönen Tages den leoninischen Vertrag in bezug auf seine Chefredakteurstelle, dessen Unterschrift er Ihnen abgenötigt hat, brechen wird, nicht ein so blindes Vertrauen schenken dürfen, wie Sie es bisher getan haben."

„Sie haben mir also", sagte Thuillier eifrig, „Mitteilungen zu machen, die sich darauf beziehen, daß la Peyrade eventuell nicht mehr bei meiner Zeitung bleiben will?"

„Nein," sagte der Armenbankier; „bei dem Verhältnis, in dem ich zu ihm stehe, werden Sie begreifen, daß ich ihn nicht gesehen und noch weniger von ihm vertrauliche Nachrichten erhalten habe. Aber für meine Schlußfolgerungen brauche ich mich nur auf den wohlbekannten Charakter dieses Menschen zu beziehen, und Sie können überzeugt sein, daß er an dem Tage, wo er seinen Vorteil darin sehen wird, Sie zu verlassen, Sie wie einen alten Überzieher wegwerfen wird; ich habe das schon selbst erlebt und spreche aus Erfahrung."

„Haben Sie denn mit ihm schon Streit gehabt, bevor Sie verantwortlicher Redakteur wurden?"

„Das weiß der Himmel!" entgegnete Cérizet; „bei der Sache mit dem Hause, das er Ihnen verschafft hat, war ich es, der den Hasen aufgespürt hatte. Er sollte mich in Verbindung mit Ihnen bringen und mir die Gesamtmiete des Grundstücks verschaffen; als aber die unglückselige Geschichte mit dem Höherbieten dazwischen kam, hat er das benutzt, um mich beiseite zu schieben und den Gewinn aus diesem Unternehmen für sich zu behalten."

„Den Gewinn?" bemerkte Thuillier, „ich vermag nicht einzusehen, daß der für ihn sehr erheblich gewesen ist, und abgesehen von der Heirat, auf die er heute ja selbst verzichtet..."

„Wie?" unterbrach ihn der Wucherer, „zuerst zehntausend Franken, die er Ihnen abgenommen hat unter dem Vorwande, Ihnen den Orden zu verschaffen, auf den Sie heute noch warten; dann die fünfundzwanzigtausend Franken, die er der Frau Lambert schuldete, für die Sie gebürgt haben und die Sie sehr wohl mal ohne Widerrede zu bezahlen haben dürften."

„Was muß ich da hören?!" rief Brigitte und

fuhr in die Höhe, „du hast für fünfundzwanzigtausend Franken Bürgschaft übernommen?"

„Jawohl, mein Fräulein," entgegnete Cérizet; „hinter dieser Summe, die ihm dieses Weib ebensowenig geliehen hat wie ich, steckt ein Geheimnis, und wenn ich recht berichtet bin, liegt da irgendeine sehr schmutzige Geschichte zugrunde. Aber la Peyrade hat so geschickt operiert, daß er sich vor Ihrem Herrn Bruder weißwaschen und als einen verkannten und unentbehrlichen Menschen hinstellen konnte . . ."

„Aber", unterbrach ihn Thuillier, „woher wissen Sie denn, daß ich für Herrn de la Peyrade gebürgt habe, wenn Sie ihn seit damals nicht mehr gesehen haben?"

„Von dieser Wirtschafterin, mein Herr, die allen Leuten erzählt, daß sie jetzt ihr Geld sicher wiederbekommen wird."

„Na," sagte Brigitte zu ihrem Bruder, „du machst ja nette Sachen!"

„Mein Fräulein," erwiderte Cérizet, „ich habe Herrn Thuillier nur einen kleinen Schreck einjagen wollen, in Wahrheit aber denke ich, daß Sie nichts verlieren werden. Wenn ich auch nicht genau weiß, was für eine Heirat la Peyrade macht, so glaube ich doch kaum, daß die Familie ihn unter dem Druck zweier so schimpflicher Schuldposten lassen wird, und wenn es nötig sein sollte, werde ich mich deshalb ins Mittel legen."

„Ich danke Ihnen, mein Herr," sagte Thuillier, „für Ihr bereitwilliges Eintreten; aber gestatten Sie mir, Ihnen zu sagen, daß ich etwas überrascht davon bin, denn die Art, in der wir uns getrennt haben, konnte mich das nicht erwarten lassen."

„Ach," sagte Cérizet, „denken Sie vielleicht, daß ich Ihnen deshalb böse war? Ich habe Sie nur bedauert, das ist alles; ich sah, daß Sie in seinem Banne waren und sagte mir, daß Sie den la Peyrade erst mal auf die Probe stellen sollten, aber ich wußte, daß der Tag bald kommen würde, wo Sie mir Gerechtigkeit widerfahren lassen müßten. Bei diesem Herrn lassen die Schlechtigkeiten niemals lange auf sich warten."

„Gestatten Sie," sagte Thuillier, „in dem Aufgeben der Heiratspläne vermag ich eine solche Schlechtigkeit nicht zu erblicken; die Sache hat sich gewissermaßen durch gütliche Vereinbarung erledigt."

„Und die Verlegenheit, in die er Sie bringen will," entgegnete Cérizet, „wenn er jetzt plötzlich seine Chefredakteurstellung verläßt, und die Schuld, die er Ihnen aufgeladen hat, halten Sie das auch für eine Freundlichkeit?"

„Herr Cérizet," sagte Thuillier noch immer zurückhaltend, „ich habe einmal zu la Peyrade gesagt, daß es keinen unersetzlichen Menschen gibt, und wenn die Chefredaktion meiner Zeitung vakant werden sollte, so bin ich überzeugt, daß mir sofort sehr viele schleunigst ihre Dienste anbieten werden."

„Soll das für mich gesagt sein?" fragte Cérizet; „da kämen Sie an den Unrechten, denn wenn Sie mir die Ehre erweisen wollten, meine Mitarbeit zu wünschen, so wäre es mir unmöglich, darauf einzugehen. Der Journalismus ist mir schon seit langem verleidet; ich weiß nicht, wie ich mich von la Peyrade beschwatzen lassen konnte, es mit Ihnen noch einmal zu wagen, aber diese letzte

Erfahrung ist ja auch keine angenehme gewesen, und ich habe mir gelobt, daß man mich niemals wieder dazu bringen würde; ich bin auch wegen einer ganz anderen Angelegenheit als einer Pressesache zu Ihnen gekommen.“

„Ah“, ließ sich Thuillier vernehmen.

„Ja,“ begann Cérizet wieder; „da ich mich daran erinnerte, wie glatt Sie das Geschäft mit dem Hause, bei welcher Gelegenheit ich die Ehre hatte, von Ihnen empfangen zu werden, erledigt haben, so dachte ich, daß ich mich bei einer ähnlichen Sache, die ich augenblicklich an der Hand habe, an niemanden besser wenden könnte als an Sie. Aber ich pflege nicht so zu handeln wie la Peyrade. Ich werde Ihnen nicht erzählen, daß ich Ihr Mündel heiraten will, und daß ich das, was ich mache, aus Freundschaft und Ergebenheit für Sie tue. Es ist ein Geschäft, und zuerst will ich mir meinen Gewinnanteil sichern; dann glaube ich, daß das Fräulein die Verwaltung eines solchen Grundstücks als etwas recht Schwieriges erkannt haben wird, denn ich habe eben gesehen, daß alle Ihre Läden noch leer stehen. Nun, wenn sie dem Gedanken an eine Gesamtvermietung, den la Peyrade damals unterdrückt hat, nähertreten wollte, so könnte das bei unserer Gewinnverteilung in Rechnung gestellt werden. Das war der Anlaß für meinen Besuch, mein Herr; Sie sehen, daß die Zeitungsangelegenheit nicht das geringste damit zu tun hat.“

„Aber zunächst muß man doch wissen,“ sagte Brigitte, „was das für ein Geschäft ist.“

„Es ist“, antwortete Cérizet, „gerade das Gegenteil dessen, das Sie mit la Peyrade gemacht haben. Sie haben dieses Haus beinahe umsonst bekommen, aber Sie sind durch den Höherbietungstermin beunruhigt worden. Heute handelt es sich nun um ein Pachtgut in der Beauce, das soeben für ein Butterbrot verkauft worden ist, und das Sie bei einer geringen Preiserhöhung unter fabelhaft günstigen Bedingungen an sich bringen könnten."

Und Cérizet setzte ihnen auseinander, in welcher Weise vorzugehen sei, und zwar mit allen Einzelheiten, auf die einzugehen der Leser uns erlassen wird, zumal ihn das allem Anschein nach weniger interessieren dürfte als Brigitte. Die Auseinandersetzung war recht klar und deutlich, sie machte einen sehr starken Eindruck auf die alte Jungfer; und selbst Thuillier mußte, trotz seines vorsichtigen Mißtrauens, zugestehen, daß das vorgeschlagene Geschäft anscheinend eine sehr gute Spekulation war.

„Nur muß man sich die Sache erst ansehen", sagte Brigitte.

Man wird sich erinnern, daß sie auch bei dem Hausgeschäft la Peyrade gegenüber sich auf nichts einlassen wollte, bevor sie nicht an Ort und Stelle gewesen war.

„Nichts leichter als das," sagte Cérizet, „ich selbst muß mich auch von der Sache, falls wir gemeinsam darauf eingehen wollen, überzeugen; ich hatte die Absicht, in diesen Tagen einen kleinen Ausflug dorthin zu machen; wenn Sie wollen, fahre ich sofort mit einem Postwagen bei Ihnen vor; morgen ganz früh sind wir dort, sehen es uns an, frühstücken und können morgen abend zur Essenszeit wieder hier sein."

„Aber die Post," sagte Brigitte, „das ist etwas für die Grandseigneurs; mir scheint, daß die Diligence . . ."

„Mit den Diligencen," antwortete Cérizet, „da weiß man niemals, wann man ankommt; wegen der Ausgabe brauchen Sie sich übrigens nicht zu beunruhigen; ich hätte die Reise ja auch ohne Sie gemacht; ich stelle Ihnen also zwei Plätze in meinem Wagen zur Verfügung. Kommt die Sache zustande und setzen wir unsere Anteile fest, so können wir ja dann die Kosten teilen."

Für Geizhälse geben kleine Vorteile häufig bei großen Geschäften den Ausschlag; nachdem sie pro forma sich ein wenig gesträubt hatte, nahm Brigitte schließlich den Vorschlag an, und noch am selben Tage fuhren die drei Geschäftsteilhaber nach Chartres. Cérizet hatte Thuillier verpflichtet, la Peyrade nichts von dieser Reise zu sagen, damit der Provenzale nicht auf den Gedanken käme, ihm während der kurzen Abwesenheit einen hinterlistigen Streich zu spielen.

Am andern Tage war das Trio gegen fünf Uhr abends wieder zurückgekehrt; Bruder und Schwester, die sich in Cérizets Gegenwart ihre Eindrücke nicht ungeniert hatten mitteilen können, waren beide der Ansicht, daß es ein ausgezeichnetes Geschäft sei. Sie hatten sich überzeugt, daß es Boden erster Klasse war, die Wirtschaftsgebäude waren in untadelhaftem Zustande, lebendes und totes Inventar machten einen sehr guten Eindruck; und ein Landgut zu haben, das gab in Brigittes Augen dem Reichtum erst die letzte Weihe.

„Minard", sagte sie, „hat nur ein Stadthaus und

Geld, wir aber werden ein Gut haben, Grundbesitz; ohne solchen kann man nicht für reich angesehen werden."
Thuillier stand nicht so sehr im Banne dieses Hoffnungstraums, dessen Erfüllung übrigens noch in ziemlich weiter Ferne lag, daß er deshalb seine Wahl und seine Zeitung aus den Augen verloren hätte. Das erste, was er tat, war daher, nach der Nummer zu fragen, die am Morgen erschienen war.
„Es ist keine gekommen," antwortete der Diener.
„Das ist ja eine nette Wirtschaft!" sagte Thuillier ärgerlich, „nicht einmal der Besitzer der Zeitung wird ordentlich bedient!"
Und obgleich die Essenszeit heranrückte und er nach der Reise viel lieber ein Bad genommen hätte, als nach der Rue d'Enfer zu eilen, nahm Thuillier einen Wagen und fuhr auf die Redaktion des „Echos".
Hier neue Enttäuschung: die Redaktion war geschlossen, alle Angestellten fort, ebenso la Peyrade; und was Coffinet anbelangt, der, wenn auch nicht im Bureau, so doch wenigstens als Portier auf seinem Posten hätte sein müssen, so war er, wie seine Frau sagte, „Besorgungen machen gegangen" und hatte den Schlüssel zu dem Schrank, in dem die Zeitungsnummern aufbewahrt wurden, mitgenommen. Es war für den unglückseligen Eigentümer also ausgeschlossen, sich die Nummer zu verschaffen, wegen der er einen so weiten Weg gemacht hatte.
Es ist unmöglich, sich Thuilliers Entrüstung vorzustellen: mit großen Schritten ging er im Redaktionsbureau auf und ab und rief, laut mit sich

selbst sprechend, wie man es in so erregter Situation zu tun pflegt:

„Ich werde sie alle rausschmeißen!"

Wir sind genötigt, den scharfen Ausdruck, den er gebrauchte, etwas abzuschwächen.

Als er diese Verwünschung ausgestoßen hatte, wurde an die Tür des Zimmers geklopft.

„Herein!" rief Thuillier mit einem Ton, in dem Zorn und Ungeduld durchklangen.

Der jetzt hereintrat, war Minard, der ihm um den Hals fiel.

„Mein lieber, edler Freund!" sagte der Bürgermeister des elften Bezirks und ließ seiner Umarmung einen warmen Händedruck folgen.

„Was ist denn? Was gibt es denn?" entgegnete Thuillier, der aus diesen heißen Freundschaftsbezeigungen durchaus nicht klug werden konnte.

„Oh, mein Lieber," fuhr Minard fort, „Ihr Verhalten ist bewunderungswürdig, man kann nicht ritterlicher, nicht uneigennütziger handeln! Es hat auch ungeheuren Eindruck in unserm Bezirk gemacht."

„Aber was denn nun eigentlich?" rief Thuillier ungeduldig.

„Der Artikel, der Schritt," erklärte Minard weiter, „alles ist so vornehm, so erhaben!"

„Aber was denn für ein Artikel, für ein Schritt", sagte der Besitzer des „Echos", ganz außer sich geratend.

„Der Artikel von heute morgen", antwortete Minard.

„Der Artikel von heute morgen?"

„Aber haben Sie ihn denn im Schlaf geschrieben, haben Sie so heroisch gehandelt, ohne es zu wissen?"

„Ich? Ich habe überhaupt keinen Artikel geschrieben," rief Thuillier, „ich war seit gestern von Paris abwesend und weiß nicht einmal, was in der Morgenzeitung gestanden hat; hier ist nicht mal ein Bureaudiener, der mir eine Nummer geben kann."

„Ich habe sie hier", sagte Minard und zog die so heiß ersehnte Nummer aus der Tasche; „wenn Sie den Artikel auch nicht verfaßt haben sollten. so haben Sie ihn doch wenigstens inspiriert, und jedenfalls steht er da."

Thuillier stürzte sich auf das Blatt, das ihm Minard gereicht hatte, und verschlang mehr, als daß er ihn las, folgenden Artikel:

„Lange genug hat der Besitzer dieser wiederauferstandenen Zeitung, ohne sich zu beklagen und ohne darauf zu antworten, die feigen Insinuationen ertragen, mit denen eine käufliche Presse jeden Bürger überhäuft, der, unerschütterlich in seinen Überzeugungen, sich nicht unter das kaudinische Joch der Regierung beugen will. Lange genug hat sich ein Mann, der für seine Hingebung und Selbstverleugnung in seiner wichtigen Tätigkeit bei der Pariser Verwaltung Beweise gegeben hat, sagen lassen, daß er nur ein Ehrgeiziger und ein Intrigant sei. Herr Jérôme Thuillier hat von der Höhe seiner Würde mit Verachtung auf diese plumpen Beleidigungen herabgesehen; ermutigt durch sein verächtliches Schweigen haben bezahlte Schreiber erklären dürfen, daß seine Zeitung, die aus Überzeugung und aus uneigennützigstem Patriotismus geschaffen worden war, nur als Fußschemel der Spekulation auf ein Deputiertenmandat dienen sollte. Herr Jérôme Thuillier hat sich diesen Anwürfen gegenüber schweigend verhalten, weil die Gerechtigkeit und die Wahrheit geduldig sind, und weil er das Reptil mit einem einzigen Fußtritt zertreten wollte. Der Tag für diese Exekution ist jetzt gekommen."

„Verdammter Kerl, dieser la Peyrade!" sagte Thuillier, bei diesem Satze verweilend; „wie glänzend das gesagt ist!"

„Großartig!" rief Minard.

Dann fuhr Thuillier laut fort:

„Jedermann, Freunde wie Feinde, werden Herrn Jérôme Thuillier das Zeugnis ausstellen, daß er nichts getan hat, um einer Kandidatur nachzulaufen, die ihm von selbst angeboten wurde."

„Das ist klar", unterbrach sich Thuillier wieder. Dann las er weiter:

„Aber da seine Anschauungen so gehässig gefälscht und seine Absichten so unwürdig entstellt worden sind, ist es Herr Jérôme Thuillier sich selbst und vor allem der großen nationalen Partei, in der er als bescheidener Soldat mitkämpft, schuldig, ein Exempel zu statuieren, das die elenden Sykophanten der Regierung vernichtet."

„La Peyrade schilderte mich wirklich sehr gut", unterbrach Thuillier nochmals seine Lektüre, „ich begreife jetzt, warum er verboten hat, mir die Zeitung zu schicken, er wollte sich über meine Überraschung freuen... Das die elenden Sykophanten der Regierung vernichtet", wiederholte er nach dieser Bemerkung nochmals.

„Herr Thuillier hatte bei der Gründung dieses Oppositionsorgans so wenig die Absicht, seine Kandidatur aufzustellen und aufrecht zu erhalten, daß er gerade jetzt, wo seine Wahl die besten und für

seine Rivalen vernichtendsten Chancen hat, hier öffentlich in feierlichster, unbedingtester und unwiderruflichster Form erklärt, daß er auf seine Kandidatur verzichtet..."
„Was, was?" rief Thuillier, der falsch gelesen oder falsch verstanden zu haben glaubte.
Da Thuillier, ganz verstört, nicht imstande zu sein schien, fortzufahren, nahm ihm Minard das Blatt aus der Hand und las an seiner Statt weiter:
„Auf seine Kandidatur verzichtet und die Wähler ersucht, alle Stimmen, die sie ihm ehrender Weise zugedacht hatten, auf Herrn Minard, den Bürgermeister des elften Bezirks, seinem Freund und Kollegen in der städtischen Verwaltung zu vereinigen."
„Aber das ist ja eine Gemeinheit!" rief Thuillier, nachdem er seine Sprache wiedergefunden hatte, „Sie haben sich diesen Jesuiten, diesen la Peyrade gekauft...."
„Also," sagte Minard, über Thuilliers Haltung verblüfft, „er hatte diesen Artikel mit Ihnen gar nicht vereinbart?"
„Der Elende hat meine Abwesenheit benutzt, um ihn in die Zeitung einzuschmuggeln; jetzt kann ich mir auch erklären, warum er verhindert hat, daß mir die Nummer zugeschickt wurde."
„Was Sie da behaupten, mein Lieber," sagte Minard, „wird aber allen Leuten sehr wenig glaubhaft erscheinen."
„Aber ich erkläre Ihnen, daß es ein Verrat, eine abscheuliche Hinterlist ist... Ich auf meine Kandidatur verzichten! Warum sollte ich denn verzichten?"
„Sie werden begreifen, mein Lieber," sagte Mi-

nard, „daß ich es zwar sehr bedaure, wenn hier ein Vertrauensbruch vorliegt, aber ich habe nun mein Wahlzirkular losgelassen, und wahrhaftig jetzt heißt es: wer das Glück hat, führt die Braut heim!"

„Lassen Sie mich in Ruhe!" sagte Thuillier, „das ist doch eine von Ihnen bezahlte Komödie!"

„Herr Thuillier," rief Minard jetzt drohend, „ich warne Sie, das noch einmal zu wiederholen, wenn Sie nicht bereit sind, mir Rechenschaft zu geben!"

Zu seinem Glück wurde Thuillier, der ja schon vorher sein Glaubensbekenntnis in bezug auf seine Zivilcourage abgelegt hatte, durch Coffinet verhindert zu antworten; denn der Bureaudiener öffnete die Tür und meldete:

„Die Herren Wähler des zwölften Bezirks."

Der Bezirk wurde von fünf Personen repräsentiert. Ein Apotheker, der Vorsitzende der Deputation richtete an Thuillier folgende Ansprache:

„Wir sind hergekommen, mein Herr, nachdem wir von dem Artikel, der heute früh im ‚Echo de la Bièvre' erschienen ist, Kenntnis erhalten hatten, um Sie zu fragen, was in Wahrheit die Veranlassung und die Bedeutung dieses Artikels sind, denn wir finden es unerhört, daß Sie, nachdem Sie zuerst um unsere Stimmen geworben haben, jetzt, unmittelbar vor der Wahl, in übel angebrachtem Puritanismus Unordnung und Verwirrung in unsere Reihen bringen und dadurch wahrscheinlich den Sieg des Regierungskandidaten sichern. Ein Kandidat gehört nicht mehr sich selbst, er gehört seinen Wählern, die versprochen haben, ihn durch ihre Stimmen auszuzeichnen. Übrigens," fuhr der Redner fort und warf einen Blick auf Minard,

„‚die Anwesenheit‘ des Kandidaten, den Sie uns zu empfehlen sich bemühen, beweist, daß Sie mit ihm unter einer Decke stecken, und ich brauche nicht zu fragen, wer hier getäuscht werden soll.“

„Aber nein, meine Herren,“ sagte Thuillier, „ich verzichte nicht auf meine Kandidatur. Der Artikel ist ohne mein Wissen geschrieben und gedruckt worden. Morgen werden Sie in der Zeitung selbst das Dementi lesen und gleichzeitig erfahren, daß der Niederträchtige, der mein Vertrauen getäuscht hat, nicht mehr Mitglied der Redaktion ist.“

„Sie bleiben also,“ sagte der Sprecher, „trotz Ihrer gegenteiligen Erklärung der Kandidat der Opposition?“

„Jawohl, meine Herren, bis zu meinem Tode, und ich bitte Sie, Ihren ganzen Einfluß in dem Bezirk aufzubieten, damit der Wirkung dieser Hinterlist in meinem Namen entgegengetreten wird, bis ich selbst offiziell den formellen Widerruf veröffentlicht haben werde.“

„Hört, hört!“ riefen die Wähler.

„Und was Herrn Minards, meines Mitbewerbers, ‚Anwesenheit hier‘ anlangt, so habe ich sie nicht veranlaßt; ich hatte sogar, gerade als Sie eintraten, eine sehr lebhafte Auseinandersetzung mit ihm.“

„Hört, hört!“ riefen die Wähler wieder.

Und nachdem er dem Apotheker herzlich die Hand gedrückt hatte, begleitete Thuillier die Deputation hinaus.

Als er wieder in das Redaktionszimmer zurückgekehrt war, sagte er:

„Mein lieber Minard, ich nehme das Wort, das Sie

verletzt hat, zurück, aber Sie werden sich jetzt überzeugt haben, daß meine Entrüstung nicht gespielt war."

Jetzt öffnete Coffinet nochmals die Tür und meldete:

„Die Herrn Wähler des elften Bezirks."

Diesmal wurde der Bezirk durch sieben Personen repräsentiert. Der Vorsitzende der Deputation, ein Strumpfwarenhändler, richtete folgenden kleinen Speech an Thuillier:

„Mein Herr, mit aufrichtiger Bewunderung haben wir heute morgen aus Ihrer Zeitung von Ihrer hervorragenden Bürgertat gehört, die uns alle tief gerührt hat. Durch Ihren Verzicht liefern Sie den Beweis einer ungewöhnlichen Uneigennützigkeit, und die Achtung Ihrer Mitbürger..."

„Erlauben Sie," unterbrach ihn Thuillier, „ich darf Sie nicht fortfahren lassen; der Artikel zu dem Sie mich freundlichst beglückwünschen, ist durch ein Versehen in die Zeitung gekommen."

„Wie?" sagte der Strumpfwarenhändler, „Sie verzichten nicht? Und Sie können glauben, daß neben der Kandidatur des Herrn Minard, dessen ‚Anwesenheit hier' mir ziemlich merkwürdig vorkommt, Ihr Beharren irgendeine Aussicht auf Erfolg hat?"

„Mein Herr," entgegnete Thuillier, „wollen Sie gefälligst die Herren Wähler ersuchen, die morgige Nummer der Zeitung abzuwarten, ich werde darin die bündigsten Erklärungen abgeben. Der heutige Artikel beruht auf einem Mißverständnis."

„Um so schlimmer für Sie," sagte der Strumpfwarenhändler, „wenn Sie sich dadurch die Gelegenheit entgehen lassen, in der Schätzung Ihrer

Mitbürger einen Platz an der Seite Washingtons und anderer großer Männer des Altertums einzunehmen!"

„Also bis morgen, meine Herren," sagte Thuillier; „ich fühle mich darum nicht weniger durch Ihren Besuch geehrt, und wenn Sie erst die ganze Wahrheit kennen werden, dann werden Sie hoffentlich finden, daß ich mir Ihre Achtung nicht verscherzt habe."

„Die ganze Geschichte kommt mir ziemlich unklar vor", sagte einer der Wähler laut.

„Jawohl," sagte ein anderer, „das sieht beinahe so aus, als ob man uns an der Nase herumführt."

„Meine Herren, meine Herren!" sagte der Vorsitzende, der Deputation Halt gebietend, „warten Sie bis morgen, da werden wir ja die Erklärungen des Kandidaten lesen."

Damit zog sich die Deputation zurück.

Es ist nicht sehr wahrscheinlich, daß Thuillier sie bis hinaus begleitet hätte; jedenfalls aber wurde er daran durch la Peyrade gehindert, der jetzt hereintrat.

„Ich komme eben von dir, mein Lieber", sagte der Provenzale; „man sagte mir, daß ich dich hier finden würde."

„Sie sind jedenfalls mit der Absicht hergekommen, mir Erklärungen über den merkwürdigen Artikel abzugeben, den Sie sich erlaubt haben, in meinem Namen einrücken zu lassen?"

„Gerade deshalb," sagte la Peyrade. „Der Mann, den Sie kennen, und dessen mächtigen Einfluß Sie schon verspürt haben, hat mir gestern die Ansicht der Regierung über Sie vertraulich mitgeteilt, und ich überzeugte mich, daß Sie unvermeidlich unterliegen müssen. Ich wollte Ihnen daher einen würdigen und ehrenvollen Rückzug sichern."

„Sehr schön, mein Herr," erwiderte Thuillier, „aber Sie wissen doch wohl, daß Sie von heute ab nicht mehr Mitglied der Redaktion dieses Blattes sind?"

„Ich wollte Ihnen das selbst ankündigen."

„Und dabei doch gewiß auch die kleine Verrechnung zwischen uns regeln?"

„Meine Herren," sagte Minard, „ich sehe, daß Sie geschäftlich miteinander zu tun haben und empfehle mich Ihnen."

Sobald Minard sich entfernt hatte, sagte la Peyrade: „Hier sind zehntausend Franken, die ich Sie bitte, Fräulein Brigitte zuzustellen; ferner das Schriftstück, in dem Sie für die von mir der Frau Lambert geschuldeten fünfundzwanzigtausend Franken die Bürgschaft übernahmen, und ihre Quittung, daß sie bezahlt ist."

„Es ist gut, mein Herr..." sagte Thuillier.

La Peyrade grüßte und entfernte sich.

„Schlange!" sagte Thuillier, ihm nachblickend.

„Cérizet hat das richtige Wort für ihn gefunden", sagte la Peyrade: „ein aufgeblasener Narr!"

Der Schlag war für die Kandidatur Thuilliers tödlich, aber Minard hatte keinen Vorteil davon. Während sie sich um die Stimmen der Wähler stritten, tauchte ein Hofmann, ein Adjutant des Königs, auf, der mit Tabakbureaus und anderem Wahl-Kleingeld um sich warf und als dritter Spitzbube zwischen den beiden Kandidaten, die sich miteinander herumschlugen, ans Ziel gelangte.

Brigitte bekam natürlich niemals ihr Landgut in

der Beauce: es war nur eine Vorspiegelung gewesen, mit deren Hilfe Thuillier von Paris fortgelockt werden sollte, damit la Peyrade seinen Streich ausführen konnte. Außer dem der Regierung geleisteten Dienst war das gleichzeitig die Rache für alle Demütigungen, die der Provenzale erduldet hatte.
Thuillier hatte wohl einigen Verdacht, daß Cérizet mit im Spiel gesteckt hätte, aber dieser verstand sich zu rechtfertigen, und indem er den Verkauf des „Echos de la Bièvre" vermittelte, das zu einem Albdruck für seinen unglückseligen Besitzer geworden war, konnte er sich vollkommen reinwaschen.
Das elende Oppositions-Blättchen wurde auf Veranlassung Corentins angekauft und zu einem Flugblatt gemacht, das Sonntags in den Kneipen verkauft wurde, nachdem es in der „Höhle" der Polizei hergestellt worden war.

☆

UNGEFÄHR EINEN MONAT NACH DER SZENE, bei der sich la Peyrade überzeugt hatte, daß er sich durch sein früheres Vergehen unwiderruflich für die Zukunft gebunden habe, und nachdem inzwischen die Heirat mit seinem Opfer vollzogen war, das zwar schon ziemlich lange dauernde lichte Intervalle hatte, in den vollen Besitz seiner Geisteskräfte aber erst nach Erfüllung der von den Ärzten vorher gestellten Bedingung gelangen konnte, befand sich der Anwärter auf Corentins Amt eines Morgens mit ihm in seinem Arbeitszimmer.

Indem er mit ihm zusammenarbeitete, machte er bei dem großen Meister seine Lehrlingszeit in dem schwierigen, Behutsamkeit verlangenden Beruf, in den er eingegliedert war, durch. Aber Corentin fand, daß sein Schüler bei diesem Einarbeiten nicht die vollen Hingebung und Lust entwickelte, die er gewünscht hätte. Er merkte wohl, daß der Provenzale es in seinem Innern wie eine moraliche Herabwürdigung ansah; mit der Zeit würde sich dieser Eindruck wohl verwischen, aber vorläufig hatte sich die erforderliche innere Festigkeit noch nicht bei ihm entwickelt.

Nachdem er eine Anzahl Briefe, die Berichte seiner Agenten enthielten, geöffnet hatte, überflog Corentin flüchtig die Auskünfte, die viel seltener, als man annehmen möchte, brauchbar waren; dann warf er sie achtlos in den Papierkorb, aus dem sie später zusammen verbrannt wurden. Nur einem der Berichte schien der große Mann eine besondere Aufmerksamkeit zu schenken; während er ihn durchlas, huschte zuweilen ein Lächeln über seine Lippen, und als er ihn zu Ende gelesen hatte, reichte er das Manuskript la Peyrade hin und sagte zu ihm:

„Hier ist etwas, das Sie angeht; Sie werden sich überzeugen, daß wir auch in unserm anscheinend so ernsten Beruf manchmal einer Komödie begegnen. Lesen Sie laut, es wird uns erheitern."

Bevor la Peyrade zu lesen begann, fügte Corentin noch hinzu:

„Sie müssen wissen, daß der Bericht von einem gewissen Henri verfaßt ist, den Frau Komorn bei Thuilliers untergebracht hatte."

„Also", sagte la Peyrade, „gehört es auch zu Ihren

Maßnahmen, daß Sie Dienstboten für sich verwenden?"

„Zuweilen", antwortete Corentin; „wenn man alles erfahren will, muß man alle Mittel gebrauchen; aber hierbei macht man häufig Fehlgriffe. Es trifft nicht zu, daß die Polizei zu gewissen Zeiten ein System daraus gemacht und mit einer vollständigen Liste von Lakaien und Kammermädchen das Familienleben wie mit einem Riesennetz überzogen hätte. Es gibt keine feststehenden Regeln für unser Handeln; wir richten uns nach der Zeit und nach den Umständen. Ich brauchte Ohren und Einfluß bei Thuilliers, deshalb hatte ich die Godollo auf sie losgelassen; sie ihrerseits brachte zu ihrer Unterstützung einen unserer Leute dort unter, einen intelligenten Burschen, wie Sie sehen werden; aber in einem andern Falle würde ich einen Diener, der mir die Geheimnisse seines Herrn verkaufen wollte, einstecken und dem Betroffenen eine Warnung zukommen lassen, auf die Zuverlässigkeit seiner Umgebung besser aufzupassen."

„Sehr geehrter Herr Geheimer Polizeidirektor," schrieb der gewisse Henri an Corentin, „ich bin nicht mehr bei dem kleinen Baron, denn dieser Mann tut nichts weiter, als sich zu amüsieren, und ich würde bei ihm nie etwas erfahren, was zu berichten wert wäre. Ich habe eine andere Stellung gefunden, wo ich bereits verschiedenes mit angesehen habe, das Sie, mit Rücksicht auf die Mission, die mir die Gräfin von Godollo anvertraut hatte, interessieren dürfte; ich beeile mich daher, es zu Ihrer Kenntnis zu bringen. Ich habe eine Stellung im Hause eines alten Gelehrten, namens

Picot, erhalten, der an der Place Madeleine dasselbe erste Stockwerk des Hauses innehat, in dem früher meine alte Herrschaft, die Thuilliers, wohnte."

„Was!" rief la Peyrade, die Lektüre unterbrechend, aus, „der Vater Picot, der zugrunde gerichtete alte Narr, wohnt in dieser Prachtwohnung?"

„Lesen Sie nur weiter!" sagte Corentin; „das Leben hat noch ganz andere Seltsamkeiten aufzuweisen; Sie werden die Erklärung dafür weiter unten erhalten; unser Korrespondent – sie haben alle den Fehler, daß sie im Detail ertrinken – setzt zu viele Punkte auf seine I."

Der gewisse Henri schrieb weiter:

„Die Thuilliers haben vor kurzer Zeit ihre Wohnung aufgegeben und sind wieder in das Quartier Latin gezogen. Fräulein Brigitte hat es in den Prachträumen nie recht gefallen; bei ihrem vollkommenen Mangel an Erziehung fühlte sie sich dort unbehaglich. Von wegen daß ich mich deutlich ausdrücke, so nannte sie mich einen Redner und konnte auch Herrn Pascal, ihren Portier, nicht leiden, weil er, in Anbetracht daß er Küster der Madeleinekirche ist, ein anständiges Benehmen besitzt; selbst an den Händlern auf dem großen Markt hinter der Kirche, wo sie natürlich ihre Einkäufe machte, hatte sie immer etwas auszusetzen und schimpfte über ihre hochnäsige Art, weil sie kein so freches Maul wie die in der Markthalle haben, und weil sie sie auslachten, wenn sie etwas herunterhandeln wollte. Sie hat ihr Haus im ganzen an einen Herrn Cérizet vermietet, einen sehr häßlichen Menschen mit ganz zerfressener

Nase, für einen jährlichen Mietpreis von fünfundfünfzigtausend Franken. Dieser Mann scheint sich darauf zu verstehen; er hatte eben eine Schauspielerin von einem kleinen Theater geheiratet und beabsichtigte, das erste Stockwerk zu beziehen, wo er außer seinen Wohnräumen noch die Bureaus einer Versicherungsgesellschaft für Erbschaften unterbringen wollte, als Herr Picot, der aus England mit seiner Frau, einer sehr reichen Engländerin, zurückgekehrt war, die Wohnung sah und einen sehr guten Preis dafür bot, was Cérizet bewog, sie ihm abzutreten; dessentwegen bin ich durch Vermittlung des Herrn Pascal, des Portiers, mit dem ich in sehr guten Beziehungen geblieben war, bei Herrn Picot in Dienst getreten."

„Picot mit einer sehr reichen Engländerin verheiratet," unterbrach sich la Peyrade nochmals, „das ist ja unfaßlich!"

„Lesen Sie nur weiter," sagte Corentin, „Sie werden es nachher schon verstehen."

„Das Vermögen meines neuen Herrn," fuhr la Peyrade fort, „das ist eine ganze Geschichte, und ich erzähle sie dem Herrn Polizeidirektor, weil eine andere Persönlichkeit, für die sich Frau von Godollo von wegen ihrer Heirat interessierte, eng damit verbunden ist. Diese andere Persönlichkeit ist ein gewisser Herr Felix Phellion, der einen Stern erfunden hat und der aus Verzweiflung, weil er das Fräulein nicht heiraten konnte, das man dem edlen la Peyrade bestimmt hatte, den Frau von Godollo so hübsch an der Nase herumgeführt hat..."

„Dieser Lump!" bemerkte der Provenzale nebenbei; „wie er von mir spricht! Er scheint noch nicht zu wissen, mit wem er es zu tun hat..."

Corentin lachte herzlich, dann hieß er seinen Schüler fortfahren.

„... Der aus Verzweiflung, weil er das Fräulein nicht heiraten konnte, ... nach England gegangen war, um sich dort zu einer Weltumseglung einzuschiffen, eine echte Liebesidee. Herr Picot, sein alter Lehrer, der sich sehr für ihn interessiert, hörte von seiner Abreise und fuhr sofort hinter ihm her, um diesen Verzweiflungsschritt zu verhindern, was ihm nicht leicht wurde. Die Engländer sind natürlich auf solche Entdeckungen sehr eifersüchtig, und als sie sahen, daß sich Herr Phellion im Gefolge ihrer Gelehrten einschiffen wollte, fragten sie ihn, ob er einen Auftrag dazu von der Admiralität hätte; da er einen solchen nicht vorweisen konnte, lachten sie ihn aus und fuhren ab, ohne daß sie etwas Weiteres hören wollten, weil sie fürchteten, daß er mehr von den Dingen verstünde als sie."

„Er springt recht hübsch mit der ‚Entente cordiale' um, Ihr Herr Henri", bemerkte la Peyrade lustig.

„Da sie so am Strande zurückgeblieben waren, schickten sich Telemach und sein Mentor ..."

„Sie sehen, daß unsere Leute literarisch gebildet sind", bemerkte Corentin.

„Schickten sich Telemach und sein Mentor gerade an, nach Frankreich zurückzukehren, als Herr Picot einen Brief erhielt, wie ihn nur eine Engländerin zu schreiben vermag. In dem Briefe stand, daß sie seine ‚Theorie des Perpetuum mobile' gelesen und von der großartigen Erfindung eines Sterns, die er eben gemacht hätte, gehört habe; daß sie ihn für ein Genie halte, das wenigstens ebenso groß wie Newton sei, und daß sie, wenn ihm ihre Hand nebst einem Vermögen von achtzigtausend Pfund Sterling oder zwei Millionen Franken anstände, sie sie ihm anbiete. Herr Picot schien diesem Angebot nicht abgeneigt und hatte eine Zusammenkunft mit dieser Engländerin, einer Frau von wenigstens vierzig Jahren, mit roter Nase, hervorstehenden Zähnen und einer Brille. Der erste Gedanke des Biedermanns war, sie mit seinem Schüler zu verheiraten; aber da er sich überzeugte, daß das unmöglich war, betonte er, bevor er selbst darauf einging, daß er alt und zu drei Vierteln blind sei, daß er keinen Stern erfunden habe und daß er nicht einen Heller besitze. Die Engländerin erwiderte ihm, daß Milton nicht jünger als er und vollkommen blind war; daß Herr Picot nach ihrer Ansicht nur am grauen Star leide, daß sie sich darauf verstehe, denn sie sei die Tochter eines Chirurgen, und daß sie ihn operieren lassen würde; daß sie absolut keinen Wert darauf lege, ob er einen Stern erfunden habe oder nicht; daß er der Verfasser der ‚Theorie des Perpetuum mobile' sei, daß sie seit zehn Jahren sich ihn im Traume ersehnt habe und daß sie ihm nochmals ihre Hand anbiete und eine Mitgift von achtzigtausend Pfund Sterling oder zwei Millionen Franken. Herr Picot erwiderte, wenn ihm das Augenlicht wiedergegeben würde, und wenn sie sich bereit erkläre, in Anbetracht dessen, daß er England hasse, in Frankreich zu wohnen, würde er sich von ihr heiraten lassen. Die Operation wurde ausgeführt, und zwar mit Erfolg, und nach Verlauf von drei Wochen erfolgte die Ankunft der Neuvermählten in der Hauptstadt. Alle diese Einzelheiten weiß ich von der Kammerfrau der Frau Picot, mit der ich sehr intim bin."

„Hören Sie diesen eingebildeten Gecken!" sagte Corentin lachend.

„Was ich dem Herrn Polizeidirektor aber noch zu berichten habe, das sind die Ereignisse, von denen ich de visu sprechen kann und die ich infolgedessen zu bezeugen imstande bin. – Kaum hatten Herr und Frau Picot sich vollständig eingerichtet, was in kostbarster und komfortabelster Weise geschah, so übergab mir mein Herr eine Anzahl Dinereinladungen für die Familie Thuillier, die Familie Colleville, die Familie Minard, den Herrn Abbé Gondrin, den Vikar an der Madeleinekirche, kurz für fast alle die Gäste, denen er zufällig einen Monat vorher bei dem Diner der Thuilliers begegnet war, wo er sich so merkwürdig aufgeführt hatte. Alle Personen, die diese Einladung erhielten, waren so erstaunt, zu hören, daß der gute alte Picot reich geheiratet hatte und die alte Wohnung der Thuilliers innehabe, daß sie sämtlich bei Herrn Pascal, dem Portier, vorsprachen, um sich zu vergewissern, daß sie nicht das Opfer eines Scherzes geworden seien. Nachdem sie sich aber überzeugt hatten, daß alles ‚wahr und wirklich' war, fand sich die ganze Gesellschaft pünktlich ein. Sie wurde von Frau Picot empfangen, die sehr wenig französisch kann und zu allen Erscheinenden sagte: ‚Meine Mann kommen gleich', worauf sie weiter keine Unterhaltung führen konnte, so daß die Stimmung sehr kühl und unbehaglich wurde. Endlich erschien Herr Picot; man war erstaunt, an Stelle des alten schlecht gekleideten Blinden einen hübschen wohlkonservierten ältern Herrn,

der noch jung für seine Jahre aussah, vor sich zu sehen, der in ungezwungenem Tone folgende Anrede hielt:
,Ich bitte um Verzeihung, meine Damen, daß Sie mich nicht schon bei Ihrer Ankunft hier vorgefunden haben, aber ich wollte in der Akademie der Wissenschaften das Resultat einer Wahl abwarten, und zwar der des Herrn Felix Phellion, den Sie ja alle kennen, und der mit allen gegen drei Stimmen gewählt worden ist.'
Diese Nachricht verfehlte nicht, Eindruck auf die Gesellschaft zu machen.
Dann fuhr Herr Picot fort:
,Ich muß mich auch bei Ihnen entschuldigen, meine Damen, wegen der etwas ungewöhnlichen Art, in der ich mich vor einigen Wochen in diesen selben Räumen, in denen wir heute zusammen sind, benommen habe. Zu meiner Entschuldigung mag meine Krankheit, der mir drohende Prozeß und der Umstand dienen, daß mich eine alte Wirtschafterin, die ich glücklicherweise losgeworden bin, bestahl und in jeder Weise quälte. Heute sehen Sie mich reich und verjüngt durch die Güte der liebenswürdigen Frau, die mir ihre Hand gereicht hat, und ich wäre in der besten Stimmung, Sie würdig zu empfangen, wenn die Erinnerung an meinen jungen Freund, dessen Ruhm die Akademie durch ihre Wahl soeben bestätigt hat, nicht einen trüben Schatten über mein freudiges Empfinden breitete. Wir alle hier', fuhr Herr Picot lauter fort, ,müssen uns ihm gegenüber schuldig fühlen; ich, durch meine Undankbarkeit, als er mir den Ruhm seiner Entdeckung und den Preis für seine unsterblichen Arbeiten zuschob, ich, für

den er später, als er mich nach England nachzog, der Anlaß für das Glück wurde, das mir noch in meinen alten Tagen in den Schoß fiel; das junge Fräulein dort, das jetzt die Augen voll Tränen hat, weil sie ihn so töricht der Gottlosigkeit beschuldigte; das andere Fräulein mit dem strengen Gesicht, weil sie den würdigen Antrag seines alten Vaters, auf dessen weißes Haar sie mehr Rücksicht hätte nehmen sollen, so schroff zurückwies; Herr Thuillier, weil er ihn seinem Ehrgeiz opferte; Herr Colleville, weil er seine väterliche Pflicht, seiner Tochter den würdigsten und ehrenhaftesten Gatten zuzuführen, nicht erfüllte; Herr Minard, weil er in eifersüchtiger Weise seinen Sohn an seine Stelle bringen wollte. Nur zwei Personen sind hier, Frau Thuillier und der Herr Abbé Gondrin, die ihm Gerechtigkeit widerfahren ließen! Nun, ich frage diesen frommen Mann, ob man nicht zuweilen an der himmlischen Gerechtigkeit zweifeln muß, wenn man einen so edelmütigen jungen Menschen, als das Opfer von uns allen, Wind und Wogen ausgesetzt sieht, und uns drei lange Jahre hindurch die Sorge bedrücken wird, ob wir ihn wiedersehen werden?‘

‚Die Vorsehung vermag sehr viel, mein Herr‘, antwortete der Abbé Gondrin; ‚Gott wird Herrn Felix Phellion inmitten der Gefahren beschützen, und ich hege die feste Hoffnung, daß er in drei Jahren seinen Freunden wiedergeschenkt sein wird.‘

‚Aber wird es in drei Jahren noch Zeit sein?‘ fuhr Herr Picot fort; ‚wird Fräulein Colleville solange auf ihn warten?‘

‚Ja, ich schwöre es!‘ rief das junge Mädchen aus,

hingerissen von ihrem Gefühl, das sie nicht länger beherrschen konnte.

Dann setzte sie sich ganz beschämt wieder hin und zerfloß in Tränen.

‚Und Sie, Fräulein Thuillier,' fragte Herr Picot, ‚und Sie, Frau Colleville, werden Sie dem Kinde auch erlauben, sich für den, der ihrer so würdig ist, bereit zu halten?'

‚Aber gewiß! Aber gewiß!' rief man von allen Seiten; der volle, warme Ton des Herrn Picot, in dem man eine Träne erzittern fühlte, war allen Anwesenden zu Herzen gegangen.

‚Dann ist es noch Zeit, die Vorsehung nicht zu bemühen', sagte Herr Picot.

Und zur Tür eilend, an der ich horchte, wobei er mich beinahe ertappt hätte, rief er mir laut zu:

‚Melden Sie Herrn Felix Phellion und seine Angehörigen.'

Und nun traten wirklich aus einer Tür fünf bis sechs Personen, die hinter Herrn Picot im Salon erschienen.

Beim Anblick ihres Geliebten vergingen Fräulein Colleville die Sinne, aber diese Ohnmacht dauerte nur einen Augenblick, und als sie Herrn Felix vor sich knien sah, warf sie sich Frau Thuillier weinend in die Arme und rief:

‚Patin, Sie haben mir ja immer gesagt, daß ich hoffen soll!'

Fräulein Thuillier, die ich trotz ihres herben Charakters und ihrer mangelhaften Erziehung immer für ein hervorragendes Frauenzimmer gehalten habe, hatte jetzt eine schöne Regung; als man sich ins Speisezimmer begeben wollte, sagte sie:

‚Einen Augenblick!'

Und indem sie vor dem alten Herrn Phellion hintrat, sprach sie zu ihm:
‚Lieber Herr und alter Freund, ich bitte für Fräulein Colleville, unsere Adoptivtochter, um die Hand des Herrn Felix Phellion!‘
‚Bravo, bravo!‘ rief man von allen Seiten.
‚Mein Gott!‘ sagte Herr Phellion mit Tränen in den Augen, ‚womit habe ich soviel Glück verdient?‘
‚Sie sind immer ein Ehrenmann gewesen und ein Christ, ohne es zu wissen‘, antwortete der Abbé Gondrin.“
An dieser Stelle warf la Peyrade das Manuskript beiseite.
„Nun, Sie lesen nicht zu Ende?“ sagte Corentin und nahm den Brief wieder in die Hand.
„Aber es steht auch wirklich nichts weiter drin, Herr Henri macht mir nur noch das Geständnis, daß ihn diese Szene gerührt hat, und sagt weiter, er wisse, daß ich mich früher für diese Heirat interessiert habe, und deshalb habe er geglaubt, mir die näheren Umstände, unter denen sie zustande gekommen sei, berichten zu sollen; und wie bei allen diesen etwas weitschweifigen Polizeiberichten, schließt er mit einer ziemlich unverhüllten Bitte um eine Gratifikation... Ah, hier ist doch noch etwas ziemlich Wichtiges“, fuhr Corentin fort; „beim Essen ließ die Engländerin durch Herrn Picot mitteilen, daß sie keine Erben hätte und daß nach ihrem und ihres Mannes Tode ihr ganzes Vermögen Felix zufallen solle, der also einmal ein sehr reicher Mann sein wird.“
La Peyrade war aufgestanden und ging mit großen Schritten auf und ab.

„Nun," fragte Corentin, „was haben Sie denn?"
„Nichts", entgegnete der Provenzale.
„Doch", sagte der Polizeimann, „ich glaube, Sie sind ein bißchen neidisch auf das Glück des jungen Mannes. Gestatten Sie mir, mein Lieber, Ihnen zu bemerken, daß, wenn ein solches Schicksal Ihrem Geschmacke entspricht, Sie auch ebenso hätten verfahren müssen wie er; als ich Ihnen die hundert Louisdor übersandte, damit Sie Jura studieren konnten, hatte ich Sie noch nicht zu meinem Nachfolger bestimmt; Sie konnten Ihr Schiff mit Aufwendung aller Mühe selbst steuern und mußten den Mut haben, schwierige und mühselige Arbeiten auszuführen, dann wären auch Sie ans Ziel gelangt. Sie aber wollten das Glück vergewaltigen. Sie stürzten sich in den Journalismus, von da in die Geschäfte; Sie machten Bekanntschaft mit den Herren Dutocq und Cérizet; geradeheraus gesagt, ich halte es für ein Glück, daß Sie den Hafen erreicht haben, in dem Sie jetzt gelandet sind. Im übrigen besitzen Sie nicht das erforderliche harmlose Gemüt, für das ein Glück, wie es Felix Phellion vorbehalten war, einen großen Reiz gehabt hätte. Die Bourgeois . . ."
„Die Bourgeois," sagte la Peyrade lebhafte, „die kenne ich jetzt, und ich habe sie auf meine Kosten kennengelernt. Sie haben viele Lächerlichkeiten und selbst große Laster, aber sie besitzen auch Vorzüge und zum wenigsten achtungswerte Eigenschaften, in ihnen steckt noch die Lebenskraft unserer sonst so verdorbenen Gesellschaft."
„Unserer Gesellschaft!" bemerkte Corentin lächelnd; „Sie reden, als ob Sie noch zu ihr gehörten. Sie stehen außerhalb ihres Rahmens, mein

Lieber, und Sie sollten sich zufriedener mit Ihrem Lose zeigen; die Regierungen verschwinden, die Gesellschaften gehen unter oder siechen dahin; aber wir, wir herrschen über alles dieses, und die Polizei ist für die Ewigkeit da.“

☆